포크너 자선 단편집 2

윌리엄 포크너 지음 | 조호근 옮김

서커스

이 책의 저작권은 서커스출판상회에 있습니다.
복사나 스캔 등의 방법으로 출판사의 허락 없이 복제하거나
무단으로 전재하는 행위 등은 저작권법에 위반되므로 주의하시기 바랍니다.

차례

IV 황무지

아드 아스트라	09
승리	44
균열	94
반전	108
세상을 떠난 모든 파일럿들에게	162

V 중간지대

와시	197
명예	219
마티노 박사	240
여우 사냥	272
펜실베이니아 역	302
자택의 예술가	324
브로치	352
우리 밀라드 할머니와 베드포드 포레스트 장군과 해리킨 크릭 전투	377
황금의 땅	425
여왕이 있었네	459
산골의 승리	485

VI 저 너머

저 너머	535
검은 음악	559
다리	592
미스트랄	621
나폴리에서의 이혼	671
카르카손	695

일러두기

1 이 책은 William Faulkner, *Collceted Stories of William Faulkner*(1950)를 완역하여 두 권으로 분권한 것이다.
2 본문의 [ ] 안에 담긴 내용은 해당 용어에 대한 독자들의 이해를 돕기 위한 것이고, 설명이 길거나 책을 전반적으로 이해하는 데 도움이 된다고 여겨진 내용은 해당 페이지의 아래에 각주로 정리했다. 이것들은 전부 옮긴이가 작업했다.
3 사이시옷은 발음과 표기법이 관용적으로 굳어져 있는 경우를 제외하고는 가급적 사용하지 않았다.

포크너 자선 단편집 2

IV. 황무지 THE WASTELAND

아드 아스트라

승리

균열

반전

세상을 떠난 모든 파일럿들에게

아드 아스트라
Ad Astra

우리가 어느 나라에 속했는지는 나도 모르겠다. 커민을 제외한 나머지 우리는 미국인으로 시작했으나 3년 동안 치덕치덕 훈장이 붙은 군복과 비행기는 영국 것이었고, 우리는 그 3년 동안 우리가 어느 나라에 속하는지 의문을 품거나 생각하거나 기억하려 시도조차 않았던 듯하다.

그리고 그날에, 그 저녁에, 우리는 그 이하, 또는 그 이상이었다. 우리가 3년 동안 그런 의문을 품지도 않았다는 깨달음에도 미치지 못했거나 그를 초월했다는 뜻이다. 서버다*는 ― 그곳에 한동안 머물렀던, 터번을 쓰고 꼼수를 써서 소령의 견장을 달고 있는 사람이었다 ― 우리가 물속에서 움직이려 애쓰는 사람 같다고 말했다. "하지만 곧 맑아지리다." 그는 말했다. "증오와 언

---

* subadar. 영국군에서 인도인 부대의 중대장을 일컫는 단어. 정규 영국군 계급을 부여받지 못했기에, 규정대로라면 인도 식민군의 견장을 패용하는 것은 불가능했을 것이다.

어의 악취가 말이오. 우리는 무력함과 절박함 이외의 모든 것을 잃어버린 채 물속에서 움직이려 애쓰며, 숨을 참고 우리의 훌륭한 사지가 아주 조금씩 움직이는 모습을 지켜보고, 다른 이들의 정지된 훌륭한 모습을 건드리지 못하고 지켜보며, 서로에 닿지 못하는 이들이니 말이오."

그때 우리는 아미앵으로 향하는 차에 타고 있었다. 사토리스가 운전하고 커민은 그보다 머리 반 개는 큰 미식축구용 샌드백 같은 모습으로 조수석에 타고 있었고, 서버다와 블랜드와 나는 뒷좌석에 타고 있었으며, 저마다 주머니에 술병 한두 개씩은 가지고 있었다. 물론 서버다는 제외하고 말이다. 그는 작은 키에 땅딸막하고 살집 있는 체구였지만, 냉철한 정신만큼은 거인 같은 자였다. 나머지 우리가 알코올의 소용돌이 속에서 제정신을 놓고 있는 동안에도, 그는 반석 같은 모습으로 자기 덩치보다 4사이즈는 더 큰 침중한 저음으로 나직하게 말했다. "내 나라에서 나는 군주였소. 그러나 모든 인간은 형제니까."

그러나 12년이 흐른 지금, 나는 우리들을 수면의 벌레로, 고립되고 방향을 잃은 채 발버둥치는 존재로 여긴다. 수면 위에 뜬 것도 아니다. 공기도 물도 아닌 경계선에서, 때론 잠기고 때론 그렇지 않은 상태인 존재들인 것이다. 작은 만으로 밀려드는 높은 파도를 본 적이 있을 것이다. 물은 얕고 만은 조금 불길해 보일 정도로 너무도 익숙하게 고요하지만, 어두워지는 수평선 너머에는 폭풍우가 몰아치다 사라지고 있는 것이다. 우리가 둥둥 떠 있는 물은 그런 곳이었다. 12년이 지난 지금도 그보다 더 맑아지지는 않았다. 시작도 끝도 없었다. 우리는 방금 벗어난 폭풍우의 존재와 아직도 벗어날 수 없는 이국 땅의 존재조차 지각하지 못한 채 아무 이유 없이 그저 울부짖을 뿐이었다. 두 번의 높은 파도의 간극 사이에서, 삶을 누리기에도 너무 젊었던 우리들은 죽고 말았다.

우리는 길 한복판에서 다시 멈춰 술을 마셨다. 사방이 어둑하고 광활했다. 그리고 조용했다. 실제로 주목하고 언급하게 될 정도였다. 대지가 에테르 속에서 깨어나서, 마치 아직은 스스로 깨어났다는 사실을 알지도 믿지도 못하는 듯한 숨 쉬는 소리가 들릴 정도였다. "하지만 지금은 고요하구려." 서버다가 말했다. "모든 인간은 형제일지니."

"자네 유니언*에서 발언한 적 있었지." 블랜드가 말했다. 금발에 키가 훤칠한 친구였다. 여자들이 있는 방 앞을 지나갈 때면 정박지로 연락선이 들어올 때처럼 한숨이 물결치곤 했다. 그도 사토리스와 마찬가지로 남부 사람이었다. 그러나 사토리스와는 달리, 출격한 5개월 동안 그의 비행기에는 총알구멍 하나 나지 않았다. 그러나 그는 옥스퍼드 대대**에서 전입해 온 친구였고 — 로즈 장학생***이었다 — 그때부터 따개비와 부상 훈장을 이미 달고 있었다.**** 술에 취하면 자기 아내 이야기를 하곤 했

---

* 옥스퍼드 유니언. 1823년에 창설된 옥스퍼드의 명성 높은 토론회다.
** 1차대전 당시에 옥스퍼드 대학 또는 옥스퍼드셔 출신 젊은이들로 구성되었던 대대.
*** 세실 로즈가 창설하여 1902년부터 미국, 영연방, 남아프리카, 독일 학생에게 수여되는 명성 높은 장학금. 현재는 국적과 성별을 불문하고 모든 외국인 학생을 대상으로 한다.

는데, 문제는 우리 모두가 그가 결혼하지 않았다는 사실을 알고 있다는 것이었다.

그는 사토리스 손에서 술병을 가져가더니 들이켰다. "우리 아내가 얼마나 귀엽고 사랑스러운데." 그는 말했다. "내 아내 이야기 좀 들어 보라고."

"하지 마." 사토리스가 말했다. "그 아내는 커민한테나 주라고. 여자가 필요한 모양이니까."

"좋아." 블랜드가 말했다. "자네가 가져도 돼, 커민."

"그 여자 금발인가?" 커민이 말했다.

"나도 모르지." 블랜드가 말했다. 그는 다시 서버다 쪽을 돌아봤다. "자네 유니언에서 발언한 적 있지. 자네 기억이 나."

"아." 서버다가 말했다. "옥스퍼드. 그렇소."

"이 친구는 상류 계급의 뽀얀 피부를 가진 작자들하고 같이 학교에 다닐 수는 있는데," 블랜드는 말했다. "그들의 군 계급장을 달지는 못한다고. 그들의 계급이란 혈통이나 행동이 아니라 피부색의 문제이기 때문이야."

"전투가 진실보다 더 중요할지니." 서버다는 말했다. "우리가 명성과 특권을 소수에게 제한해야 하는 이유는, 목숨 바치는 자들이 그것을 계속 원하게 만들어야 하기 때문이오."

"왜 더 중요한데?" 내가 말했다. "이번 전쟁은 모든 전쟁을 영

****따개비barnacle는 훈장의 리본에 끼우는 금속핀인 'bar'의 군대 은어인데, 훈장을 여러 번 수여받았다는 뜻이다. 부상 훈장은 적대작전 중 부상을 입었음을 의미한다. 즉 비행기에 총알구멍 하나 없는 이유가 단순히 전투를 회피했기 때문이 아니라는 뜻이다.

원히 끝내려는 전쟁인 줄 알았는데."

서버다는 음울하고 평온한, 사과하는 듯한 손짓을 했다. "나도 잠깐 백인의 입장에서 말한 것뿐이오. 코카서스인에게는 더 중요하겠지. 그 존재는 오직 가능한 행위로만 이루어져 있으며, 그 모든 행위의 총합이 전쟁일 터이니."

"그러니까 너희들이 우리보다 더 멀리 볼 수 있다는 건가?"

"어둠 속에서 불빛을 찾아 둘러보는 사람은, 불빛 속에서 불빛을 찾아 둘러보는 사람보다 더 멀리 보게 마련이오. 망원경의 원리도 그런 것이지. 렌즈는 그저 고통과 번민으로 가득한 감각에 확신할 수 없는 존재가 있다는 것만 확인시켜 줄 뿐이오."

"그럼 자네한테는 뭐가 보이나?" 블랜드가 말했다.

"난 여자들이 보여." 커민이 말했다. "밀밭처럼 끝없이 펼쳐진 노란 머리카락의 물결과, 그 안에 파묻혀 있는 내 모습이 보여. 밀밭에 쭈그려 앉아 숨은 강아지 본 적 있어? 너희 중에 누구라도?"

"암캐 사냥을 해 본 적은 없어서." 블랜드가 말했다.

커민은 우람하고 거대한 몸을 돌려 뒤를 보며 앉았다. 온 세상 사람들을 합친 것만큼이나 거대한 친구였다. 정비공 두 명이 그를 돌핀*의 조종석에 힘겹게 집어넣는 모습은, 마치 여자 청소부 두 명이 너무 작은 베갯잇에 베개를 집어넣고 있는 것과 흡사해서, 한 번쯤 구경할 만한 광경이었다. "1실링만 주면 네녀석 머리

---

* 솝위드 5F.1 돌핀. 1918년 왕립공군에 도입된 복엽 전투기. 윗날개가 지나치게 낮아 키가 큰 파일럿은 가운데 부분 위쪽으로 머리가 튀어나올 정도였다고 한다.

를 똑 따 버릴 텐데."

"그러니까 자네는 인간의 올바름을 믿는다는 거지?" 내가 말했다.

"1실링만 주면 네놈들 머리를 모두 똑 따 버릴 텐데." 커민이 말했다.

"나는 인간의 비루함을 믿소." 서버다가 말했다. "그쪽이 낫지."

"그럼 너한테는 내가 1실링 주겠어." 커민이 말했다.

"좋아." 사토리스가 말했다. "자네들 중에서 위스키 한 모금으로 밤공기를 이겨내려 해본 사람 있나? 누구라도?"

커민이 술병을 받아들더니 들이켰다. "여자가 땅끝까지 펼쳐져 있는 거야." 그는 말했다. "둥글고 뽀얀 여자의 몸들이 시끌벅적한 밀밭 속에 여기저기 반짝이고 있고."

그렇게 우리는 순무밭 사이의 외줄기 길에 멈추어 어둑한 고요함 속에서 술판을 벌였고, 천천히 만취의 기운이 내리덮이기 시작했다. 그렇게 떠났던 우리는 천천히 길을 따라 진지하게 맨정신으로 반석처럼 버티고 있는 서버다에게로 돌아와서, 어딘가 멀리서 평온하고 꿈결 같은 목소리로 우리가 모두 형제라고 말하는 그의 목소리 위에서 쉬게 되었다. 그러다 어느새 모나한이 우리 옆에 와 있었다. 자기 자동차 전조등을 정면으로 받으며 우리 차 옆에 서 있었다. 왕립공군 모자에 미군복 차림이고, 어깨끈은 양쪽 모두 틀어져 너덜거리고 있었으며, 커민의 술병을 들이켜고 있었다. 그 옆에는 두 번째 남자가, 마찬가지로 우리보다 조금 짧고 몸에 잘 맞는 군복 차림으로, 머리에 붕대를 두른 채 서 있었다.

"나랑 한 판 붙지." 커민이 모나한에게 말했다. "1실링 줄 테니까."

"됐어." 모나한이 말했다. 그는 다시 술을 들이켰다.

"우리는 모두 형제일지니." 서버다가 말했다. "때론 그릇된 숙소에 발을 멈추기도 한다오. 밤이 되었다 생각하고 멈추지만 아직 밤이 아닌 것을. 그게 전부일 뿐이오."

"소버린 금화 한 닢 줄 테니까." 커민이 모나한에게 말했다.

"됐다고." 모나한이 말했다. 그는 머리에 붕대를 두른 다른 남자에게 술병을 내밀었다.

"캄사합니다." 그 남자가 말했다. "하치만 이미 많이 먹었습니다."

"저 친구하고 싸워야겠군." 커민이 말했다.

"그 모든 것이 우리가 마음 너머를 볼 수 있으면서도" 서버다가 말했다. "마음이 닿는 안에서만 행할 수 있기 때문이니."

"그랬다가는 진짜로 한바탕 할 거야." 모나한이 말했다. "이 놈은 내 거라고." 그는 머리에 붕대를 감은 남자 쪽을 돌아봤다. "네놈 내 거 아니냐? 여기, 마셔."

"충푼히 마셨습니다, 캄사합니다, 신사 여러푼." 남자가 말했다. 그러나 클로슈-클로*에 들어가기 전까지는, 우리 중 누구도 그 남자에게 별 주의를 기울이지 않았던 듯하다. 술집 안에는 사람이 북적이고 소음과 연기가 가득했다. 우리가 들어선 순간 모

---

* Cloche-Clos. '닫힌 종'이라는 뜻이며, 작중에서는 술집 이름이다.

든 소음이, 마치 현이 끊어진 것처럼 뚝 하고 멈추었고, 그렇게 말려들어간 현의 끄트머리가 충격과 경악을 불러일으켰는지 일제히 고개가 돌아갔으며, 웨이터는 — 지저분한 앞치마를 두른 노인이었는데 — 입을 떡 벌린 채 우리 앞에서 뒷걸음질쳤는데, 도저히 믿을 수 없다는 듯한 표정이 마치 그리스도 또는 악마를 직접 대면한 것만 같았다. 우리는 방을 가로질렀고, 웨이터는 우리 앞에서 물러났으며, 걸음을 옮길 때마다 경악한 얼굴들이 우리를 바라봤고, 우리 옆 탁자에 앉아 있던 프랑스인 장교 세 명은 똑같은 경악한 표정으로 우리를 바라보다가 이윽고 분개하고, 뒤이어 격분하기 시작했다. 그들 중 하나가 자리에서 일어나자, 방 전체를 채우던 정적은 기관총처럼 짤막하게 끊어 숙덕거리는 소음으로 변해 버렸다. 그제야 나는 처음으로 모나한의 동행인을 돌아보았다. 녹색 군복과 헐렁한 검은색 바지와 검은 군화와 붕대까지. 최근 면도를 하다 턱을 벤 듯했고, 붕대를 감은 머리와 정중하고 멍하고 핏기 없고 병색이 느껴지는 얼굴을 보니 모나한이 제법 힘들게 굴린 것처럼 보였다. 둥근 얼굴에 나이가 많지는 않았고, 깔끔하고 각지게 두른 붕대는 그와 터번을 두른 서버다 사이에 무수한 세대에 걸쳐 누적된 차이를 부각시킬 뿐이었으며, 거친 얼굴과 해진 군복의 모나한이 그 옆에 붙고 프랑스인들의 경악하고 성난 얼굴에 둘러싸여 있으면서도, 그는 정중하고 경계하는 태도로 오직 모나한이 자신에게 강요하는 만취 상태에 저항할 방법만을 고민하고 있는 것처럼 보였다. 그에게는 어딘가 안토니우스*처럼 느껴지는 구석이 있었다. 뻣뻣하고 군인답고 단추 하나도 잘못 채우지 않은 몸가짐과, 각 잡힌 붕대와 최근 생긴 면도날 상처까지, 모든 것이 그가 격렬하고 불가해한 혼돈 속에서도 개인의 몸가짐에 대한 신념의 불길을 열렬하게 사수하는 것처럼 보이게 만들었다. 그러다 문득 나는 모나한에게 두 번째 동행이 있음을 깨달았다. 미군 헌병이었다. 그는 술을 마시고 있지 않았다. 독일인 옆에 앉아서, 천주머니에서 꺼낸 담배를 말고 있을 뿐이었다.

독일인의 반대편에 앉은 모나한은 자기 술잔을 채우고 있었다. "오늘 아침에 이놈을 데려왔어." 그가 말했다. "이놈은 우리 집으로 데리고 갈 생각이야."

"왜?" 블랜드가 말했다. "이놈을 뭘 어떻게 하려고?"

"내 소유물이니까." 모나한이 말했다. 그는 독일인 앞에 가득 채운 잔을 놓았다. "자. 마셔."

"나도 한 놈쯤 아내 앞으로 데려갈까 생각해 보기도 했는데." 블랜드가 말했다. "그래야 내가 전쟁터에 갔다 왔다고 증명할 수 있을 테니까 말이야. 그런데 괜찮은 놈이 안 보이더라고. 그러니까, 몸이 온전한 놈 말이지."

"얼른." 모나한이 말했다. "마셔."

"충분히 마셨습니다." 독일인이 말했다. "하루 종일 충분히 마셨습니다."

"너 이 친구하고 함께 미국으로 가고 싶은 거냐?" 블랜드가 말했다.

---

* 대 안토니우스. 또는 사막의 안토니우스, 이집트의 안토니우스. 그리스도교 성인으로 사막의 교부들의 지도자였으며, 최초의 수도자로 여겨진다. 사막을 순례하며 무수한 유혹과 마주치고 그를 이겨낸 일화가 유명하다.

"네, 그러고 싶습니다. 감사합니다."

"물론 그러고 싶겠지." 모나한이 말했다. "내가 네놈을 남자로 만들어줄 테니까. 마셔."

독일인은 잔을 들었지만, 그저 그대로 들고만 있을 뿐이었다. 그의 얼굴은 탄원하듯 경직되어 있었지만, 자신을 극복한 사람 같은 일종의 고요함 또한 느껴졌다. 사자 앞에 선 옛 순교자들도 저런 표정이었으리라. 게다가 그는 아프기도 했다. 술 때문이 아니라, 머리 때문에 말이다. "바이로이트에 아내와 자식이 있습니다. 내 아들이요. 아직 얼굴도 보지 못했습니다."

"아." 서바다가 말했다. "바이로이트라, 나도 봄철에 거기 가본 적 있소."

"아." 독일인이 말했다. 그는 황급히 서바다를 돌아봤다. "그래요? 음악 때문에요?*"

"그렇소." 서바다가 말했다. "그대 중 일부는 그대들의 음악에서 진정한 형제애를 느끼고 맛보고 행했다고 하더군. 나머지 우리는 그저 마음 너머를 바라볼 수 있을 뿐이오. 그러나 그 음악에 심취한 동안에는 조금이나마 그들의 족적을 따라갈 수 있지."

"하지만 결국 우리는 돌아와야 하지요." 독일인이 말했다. "좋은 일이 아닙니다. 왜 항상 돌아와야 하는 걸까요?"

"아직 때가 되지 않았기 때문이오." 서바다가 말했다. "하지만 머지않아…… 한때 그랬던 것만큼 멀지는 않을 거요. 당장이 아

---

* 바이에른주 바이로이트는 바그너의 출생지이며 매년 열리는 바그너 축제로 유명하다. 바이로이트를 방문한 관광객이라면 바그너의 오페라하우스와 유서 깊은 콘서트홀을 방문했을 것이라 짐작할 수 있다.

닐 뿐이지."

"그렇습니다." 독일인이 말했다. "패배는 우리에게 좋을 겁니다. 패배는 예술에도 좋지요. 승리는, 별로 좋지 않습니다."

"그러니까 너네가 작살났다는 건 인정하는 거구만." 커민이 말했다. 그는 다시 땀을 흘리고 있었고, 사토리스의 콧구멍에서는 핏기가 가셨다. 나는 서버다가 해준 물에 빠진 사람들 이야기를 떠올렸다. 우리의 경우에는 물 대신 취기라는 것만이 다를 뿐이었다. 알코올 의존증이라는 고립이 인간들을 소리 치고 웃고 싸우게 만드는 것이며, 그 대상은 서로가 아니라 견딜 수 없는 자기 자신이며, 취하면 그 자신이라는 존재는 한층 혐오스러워지지만 그만큼 도망치기도 힘들어지는 것이다. 큰 소리로, 그리고 그걸 묻을 만큼 더욱 큰 소리로, 분노한 프랑스의 검은 적란운이 깔리는 것은 눈치채지도 못한 채로 (다른 탁자들은 꾸준히 비어 가고 있었다. 나머지 손님들은 이제 상석의 여주인 근처에 뭉쳐 서 있었고, 나이 들고 철테 안경을 쓴 여주인은 자기 앞의 선반에 뜨개질거리 뭉치를 내려놓고 앉아 있었다) 우리는 서로를 향해 고함치고, 도망칠 수 없는 고립 속에서 이방의 언어로 서로에게 떠들고, 같은 말을 되풀이하고, 아무도 그 말을 듣지 않았다. 그리고 그런 우리들의 고함에 파묻힌 채로, 한층 더 이방인인 독일인과 서버다는 나직하게 음악과 예술과 패배에서 피어나는 승리에 대한 이야기를 나누었다. 그리고 바깥의 11월의 어둠 속에서는 추위에 멈추어 있는, 아직 믿기도 힘들고 아직 다 깨어나지도 않은 악몽이, 고리타분한 수다 속 정욕과 모아들여 포대기에 싼 탐욕을 숨 쉬듯 내뱉고 있었다.

"신께 맹세코, 나는 밑바닥 아일랜드놈이야." 모나한이 말했다. "그게 나라는 인간이야."

"그게 뭐 어쨌다고?" 사토리스가 말했다. 달아오른 얼굴에 핏기 빠진 콧구멍이 백악처럼 보였다. 7월에 그의 쌍둥이 형제가 죽었다. 우리 아래에서 비행하던 카멜* 편대에 있었고, 그 일이 벌어지자 사토리스는 직접 그리로 내려갔다. 그 후로 일주일 동안, 그는 초계 임무에서 돌아오자마자 연료탱크와 탄창을 채우고는 홀로 다시 이륙하곤 했다. 어느 날 누군가 그를 목격했는데, 낡은 AK.W.**의 상공 5천 피트에서 빙빙 돌고 있었다고 한다. 아마 그날 아침에 그의 형제와 함께 있었던 누군가가 훈족*** 정찰 비행대 대장의 비행기 식별표지를 목격했던 모양이었다. 어쨌든 사토리스는 그렇게 AK.W.를 미끼로 쓰면서 그런 짓을 하고 있었던 것이다. 그가 어디서 그 비행기를 얻어냈고 누구의 도움으로 띄웠는지는 우리는 알 수 없었다. 그러나 그 주에 그는 AK.W.로 급강하하는 놈들을 노리는 방식으로 훈족 셋을 잡아냈고, 8일째부터는 다시 나가지 않았다. "그놈을 잡은 게 분명해." 홉은 이렇게 말했다. 그러나 우리는 알 수 없었다. 그가 말해 주지도 않았다. 하지만 그 후로 그는 제정신을 찾았다. 원래부터 별

---

* 솝위드 카멜 복엽기. 이 시점에서는 구형기라 주로 참호 사격에 동원되었고, 돌핀 등의 다른 기종과 대형을 구축할 때는 고도제한 때문에 한층 낮은 위치에서 비행했다.

** 암스트롱 휘트워스 F.K.8을 의미한다. 1차 대전 후기에 경장 폭격, 포병 관측, 정찰 용도로 사용된 다목적기였다. 엔진 덮개에 찍힌 사명의 두문자 A.W.때문에 이런 이름이 붙었다.

*** 독일군.

로 말수가 많지는 않았다. 자기 몫의 초계비행을 하고, 일주일에 한 번쯤 콧구멍이 허옇게 변할 때까지 비교적 조용한 식으로 술에 취할 뿐이었다.

블랜드는 거의 한 번에 한 방울씩, 고양이와 흡사한 나태함으로 자기 잔을 채우고 있었다. 남자들이 그를 좋아하지 않는 이유와 여자들이 그를 좋아하는 이유를 알 것만 같았다. 커민은 탁자 위에서 팔짱을 끼고, 쏟아진 술에 소맷자락을 적시면서, 독일인을 노려보고 있었다. 눈은 핏발이 서고 조금 불룩 튀어나온 것처럼 보였다. 미군 헌병은 구겨진 몽키캡을 쓰고 멍해 보이는 얼굴로 담뱃잎 부족으로 빈약하게 말아버린 담배를 피우고 있었다. 호각이 달린 쇠사슬은 가슴주머니 속으로 사라지고, 권총은 무릎에 놓인 채 슬쩍 튀어나와 있었다. 그 너머에는 프랑스인들이, 군인들과 웨이터와 여주인이, 탁자 앞에 한데 뭉쳐 있었다. 그들의 목소리가 멀리서 울리는 것처럼, 마치 9월 풀밭의 귀뚜라미 소리처럼 들렸고, 움직이는 손의 그림자가 벽을 타고 올라갔다 획 하고 사라지기를 반복했다.

"나는 병사가 아니야." 모나한이 말했다. "나는 신사가 아니야. 아무것도 아니라고." 틀어져 덜렁거리는 어깨끈 맨 아래에는 찢어낸 흔적이 보였다. 왼쪽 주머니 위에는 계급장과 훈장을 뜯어낸 흔적이 더 길게 두 줄로 남아 있었다.* "내가 무언지 모르겠어. 이 빌어먹을 전쟁터에 3년 동안 있었는데 지금 아는 거라고는, 내가 죽지 않았다는 것뿐이야. 나는—"

---

* 중위 계급장을 뜯어낸 흔적이다.

"자네가 안 죽었다는 건 어떻게 아나?" 블랜드가 말했다.

모나한은 블랜드를 바라보았다. 그의 입이 말을 끝맺지 못한 채 벌어졌다.

"1실링만 주면 네놈을 죽여 주지." 커민이 말했다. "네 빌어먹을 면상이 마음에 안 든다고, 중위 양반. 빌어먹을 중위 양반."

"나는 밑바닥 아일랜드놈이야." 모나한이 말했다. "그게 내 전부라고. 우리 아버지도 밑바닥 아일랜드놈이었어, 신께 맹세코. 우리 할아버지는 어떤 사람인지도 모르고. 할아버지가 있기는 했는지도 모르겠군. 아버지도 기억 못 하니까. 아마 수많은 남자 중 하나였겠지. 그래서 아버지는 신사가 될 필요조차 없었어. 신사가 되어야만 했던 적도 없었다고. 그래서 땅바닥에 하수도를 파면서 백만 달러를 벌 수 있었던 거야. 그래서 아버지는 높이 번쩍이는 유리창을 바라보며 말씀하실 수 있었지 — 내가 직접 들었어. 그때 아버지가 피우던 담배 연기는 너희 빌어먹을 하찮은 애새끼들이 뱃속을 몽땅 게워내게 만들 수 있을 정도였고—"

"자네 아버지의 돈 자랑을 하는 건가, 아니면 하수도 자랑을 하는 건가?"

"— 그 창문을 올려다보며 내게 말씀하시기를, 그러니까, '네가 예일에서 만난 잘난 친구들과 그 아비와 어미와 여동생들과 어울릴 때는 말이다, 항상 인간이란 자기 쓰레기의 노예라는 사실을 잊지 말라고 일깨워 주거라. 따라서 40층짜리 건물의 부엌 뒷문을 돌아다니는 네 늙은 아비가 그들 모두의 왕이라는 사실을—"

"이것 보게, 친구." 헌병이 말했다. "이제 슬슬 그만할 때가 됐어. 나는 이 포로를 전달해야 한다고."

"기다려 봐." 모나한이 말했다. 그는 블랜드에게서 눈을 떼지 않았다. "너 뭐라고 했지?"

"자네 아버지의 돈 자랑을 하는 건가, 아니면 하수도 자랑을 하는 건가?"

"아니야." 모나한이 말했다. "내가 왜 그런 걸 하겠어? 내가 잡은 훈족 열세 놈이나 훈장 두 개를 자랑하지 않는 것과 마찬가지지. 그중 하나는 저놈의 빌어먹을 왕이—" 그는 커민 쪽으로 고개를 까딱했다. "— 준 거고."

"우리 빌어먹을 왕 아니라고." 커민이 말했다. 소맷자락은 쏟은 술에 천천히 젖어들고 있었다.

"이것 보라고." 모나한이 말했다. 그는 자기 어깨에 너덜거리는 어깨끈과 가슴팍의 평행한 찢어진 자국을 가리켜 보였다. "난 그딴 것들을 이렇게 생각한다고. 너희들의 영광이며 신사도에 대한 빌어먹을 헛소리들 전부를 말이야. 난 젊었어. 너희들도 그럴 거라 생각했지. 그러다 그 한복판에 들어가 보니, 아무 의미 없다는 것을 깨달은 후에도 멈출 틈이 없었단 말이야. 근데 이젠 끝났지. 종말을 맞았다고. 이젠 나 자신으로 돌아갈 수 있어. 밑바닥 아일랜드놈으로. 젊은 시절에는 삽과 곡괭이밖에 몰랐으며, 자신의 때가 찾아오기 전에 즐길 시간이 끝나 버린 이민자의 아들로. 그분은 토탄 늪지대 출신으로 바다를 건너왔는데, 그 아들은 신사 놈들의 학교를 다니다가 그 토탄 늪지대와 그곳에서 땀 흘려 일하던 이들의 주인이었던 작자들과 어울려 으스대러 바다 너머로 돌아갔다고. 그리고 왕의 칭찬까지 들었지."

"1실링씩 줄 테니까 네놈들 머리를 똑 따 버리게 해 줘." 커민이 말했다.

"그런데 왜 그 친구를 데려가려 하는 건가?" 블랜드가 말했다. 모나한은 그저 블랜드를 바라볼 뿐이었다. 모나한에게서도 어딘가 순교자 같은 분위기가 풍겼다. 맹렬하고, 어리석음 때문이 아니라 어리석음을 향한 불분명한 태도가, 마치 우리가 이미 멎어 버린 과거의 정욕과 욕망의 북소리를 증류해 그에게 주입해서, 그 안의 무력함과 누적된 절망을 목도하고 경악하게 만든 것만 같았다. 블랜드는 꼿꼿이 앉아 다리를 뻗은 채로, 손은 바지에 찔러넣고 앉아 있었다. 차분하고 잘생긴 얼굴이 견디기 힘들 정도였다. "곡괭이에 현을 달아서 활로 켜게 만들기라도 할 건가? 길고양이 내장을 삽에다 매달기라도 할 건가? 어쩌면 저녁식사 후에 맨해튼의 화장실 물을 내리며 자네 아버지한테 연주해 줄 수도 있으려나?" 모나한은 그대로 격하고 넋이 나간 표정으로 블랜드를 바라볼 뿐이었다. 블랜드는 그 나른한 얼굴을 슬쩍 독일인 쪽으로 돌렸다.

"이것 보게." 헌병이 말했다.

"그쪽은 아내가 있나, 헤어 로이트난트?*" 블랜드가 말했다.

독일인이 고개를 들었다. 그는 재빠르게 사람들의 면면을 훑었다. "네. 감사합니다." 그는 말했다. 여전히 가득 채운 잔은 손에 들고만 있고 건드리지도 않은 상태였다. 그러나 예전만큼 명

---

* Herr Leutnant. leutnant는 보통 독일의 군 계급에서 최하급 장교를 의미한다.

징한 정신 상태는 아니었으니, 술 때문에 머리가 지끈거리고 알코올이 혈관에서 맥박치는 소리가 울리고 있었기 때문이다. "우리 카족은 프로이센의 남작 가문입니다. 형제가 넷이 있치요. 툴째는 육군에 있고, 셋째는 베를린에서 아무 일도 안 하고, 막내는 용기병단 후보생이었습니다. 장남인 저는 대학에 카치요. 커키서 배웠습니다. 당시에는 시간이 있었치요. 고요한 땅에서 온 우리 젊은이들을 한데 모아 놓코, 지구와 인류의 위대한 운명을 목도하는 여인처럼 빠르게 흘러가는 시대를 지켜보는 것만 카탔습니다. 인류의 실수로 인한 해묵은 쓰레기, 해묵은 폐키물을 전부 쓸어내고 옛 시절의 영웅적인 질박함을 카춘 새 종족이 새로운 지구를 컨게 될 컷만 카탔습니다. 당신들도 크런 때를 알고 있치요? 눈이 반짝이고, 피가 빠르게 흐르는 것 카튼 그런 때를?" 그는 우리 얼굴을 둘러보았다. "아닙니카? 음, 어쩌면 미국에서는 크럴지도 모르지요. 미국은 새로운 국가니카요. 새로운 집에는 헌 집에만큼 쓰레기가 많지 않을 수도 있는 법이고." 그는 평온한 얼굴로 자기 유리잔을 잠시 바라보고 있었다. "나는 집으로 톨아갔습니다. 아버지한테 내가 대학에서 배운 컷으로는 부족하다고 말했죠. 남작이 되지 않케타고 했습니다. 아버지는 믿을 수가 없타더쿤요. 크는 아버지 조국인 독일에 대해 말했습니다. 나는 독일은 분명 존재하지만, 당신이 아버지 조국이라고 부르는 것을 나는 형제 조국이라고 부른타고 말했습니다. 아버지라는 단어는 카장 먼저 쓸어버려야 할 야만이라고 말했습니다. 인간의 역사를 도덕성 대신 임의적인 불의로, 사랑 대신 힘으로 채운 계급 체제의 상징이라고 했습니다."

"베를린에서 셋째 동생이 불려왔고, 군대에서 둘째 동생이 돌아왔습니다. 나는 그래도 남작이 되지 않겠다고, 이젠 좋지 않다고 말했습니다. 우리는 조상들의 초상화가 벽에서 굽어보는 작은 홀에 있었지요. 나는 치안판사처럼 그들 앞에 섰습니다. 그리고 내가 남작이 되지 않을 것이므로, 프란츠가 남작이 되어야 한다고 말했지요. 아버지는 내가 남작이 될 수 있다고, 되어야 한다고, 그것이 독일을 위한 일이라 말했습니다. 그래서 나는, 독일을 위해서 내 아내가 남작 부인이 되어야 하느냐고 물었지요. 그리고 나는 치안판사처럼 그들 앞에서 내가 농노 출신 음악가의 딸과 결혼했다고 알렸습니다."

"그렇게 끝났지요. 베를린에 있던 동생이 남작이 되기로 정해졌습니다. 그와 프란츠는 쌍둥이였지만, 프란츠는 벌써 대위, 즉 우리 카이저와 함께 고기를 먹을 수 있는 가장 낮은 계급이었습니다. 그래서 나는 내 아내와 내 음악과 함께 바이로이트에 머물렀지요. 죽은 것이나 다름없었습니다. 아버지가 죽은 후에야 편지가 도착했고 거기엔 내가 그를 죽인 것이며, 베를린에서 돌아온 동생이 남작이 되었다고 적혀 있었습니다. 그러나 그는 집에 머물지 않았습니다. 1912년에 한 베를린 신문에 어느 숙녀의 남편에게 살해당했다는 소식이 적혔고, 결국 프란츠가 남작이 되어야 했지요."

"그리고 전쟁이 터졌습니다. 하지만 나는 내 아내와 내 음악과 함께 바이로이트에 머물렀는데, 전쟁이 그리 길지 않으리라 생각했기 때문입니다. 그 전에도 그리 길지 않았으니까요.* 자부심 넘치는 아버지 조국은 강단의 우리가 필요하다고 말하면서도, 언제 필요한지는 알지 못했습니다. 그리고 우리가 필요하다는 사실을 깨달았을 때는 너무 늦어버렸고, 죽지 않으려는 농노들이나 할 수 있는 일들만이 남았지요. 그래서—"

"그럼 왜 전쟁터로 온 건가?" 블랜드가 말했다. "여자들이 내보내던가? 설마 달걀이라도 던져 대던가?"

독일인은 블랜드를 바라봤다. "나는 독일인입니다. 그건 나라는 존재를 넘어서는 문제예요. 남작이나 카이저를 위한 게 아닙니다." 그리고 그는 눈길을 돌리지 않은 채 블랜드를 바라보기를 그만두었다. "남작들이 생기기 전에도 독일은 있었습니다." 그는 말했다. "그리고 그 이후에도 독일은 있을 겁니다."

"이 전쟁 후에도?"

"그렇기에 더욱. 예전의 독일은 자부심, 입에서 뱉은 단어 하나일 뿐이었습니다. 이제는…… 그걸 뭐라고 부르지요?……"

"자신의 깃발을 격파하는 국가." 서버다가 말했다. "자신을 정복하는 인간."

"또는 아이가 잉태하는 여인." 독일인이 말했다.

"정욕에서 태어나는 산고." 서버다가 말했다. "산고에서 태어나는 확신. 하느님. 진실."

헌병은 다시 담배를 말고 있었다. 그는 흉포하고 절제되고 냉정한 표정으로 서버다를 주시했다. 그는 담배종이를 한 번 핥고는 나를 돌아봤다.

---

* 독일 입장에서 '그 전의 전쟁'인 보불전쟁은 6개월 만에 독일의 승리로 끝났다.

"이 빌어먹을 나라에 처음 왔을 때는" 그는 말했다. "깜둥이는 그냥 깜둥이인 줄로만 알았는데. 하지만 이젠 누가 누군지도 모르겠단 말이야. 저놈은 뭔가? 뱀 조련사인가?"

"맞아." 나는 말했다. "뱀 조련사지."

"그럼 그 뱀을 꺼내서 때리기 시작하는 게 좋겠는데. 나는 저 포로를 넘겨야 한다고. 저쪽 개구리*들 하는 꼬라지 좀 보라고."

내가 몸을 돌리자, 프랑스인 세 명이 방을 떠나는 모습이 보였고, 뒷모습에서 모욕과 분노가 느껴졌다. 독일인은 다시 말하고 있었다.

"신문에서 프란츠가 대령이 되고 뒤이어 장군이 되었으며, 마지막으로 봤을 때만 해도 소총의 공이만큼이나 작았던 사관생도 동생이 카이저에게 몸소 표창받은 에이스가 되었다는 것도 알았습니다. 크러다 1916년이 되었지요. 신문에서 생도 동생이 탕신네 비숍**이라는 훌륭한 사람에게 죽었다는 걸 읽었지요ㅡ" 그는 커민 쪽으로 고개를 까딱해 보였다ㅡ "크리고 나 자신이 생도가 되었습니다. 내가 알던 크대로였어요. 내가 기대하던 크대로였습니다. 크래서 나는 비행사로 전속했습니다. 크리고 프란츠가 참모총장이 되었다는 컷을 알게 되었고, 매일 밤마다 '오늘도 무사히 돌아왔구나'라고 생각하면서도 크게 아무 의미도 없다는 컷

---

* 프랑스인을 일컫는 멸칭.

** 윌리엄 에이버리 비숍(1894~1956), 통칭 빌리 비숍. 캐나다의 에이스 파일럿. 적의 비행장을 기습하는 전술로 72기의 공식 격추 기록을 세우며 1차대전 캐나다군과 영국군을 통틀어 최고 에이스의 자리에 올랐다. 훗날 캐나다 공군 원수직에 오른다.

도 알고 있었지요."

"그러다 우리 카이저가 도망쳤습니다.* 그러다 프란츠가 베를린에 있다는 소식을 들었지요. 나는 그래도 하나는 확실하다고 믿었습니다. 우리가 모든 자존심을 버린 것은 아니라고, 이제 끝이 멀지 않았으며 싸움터에서 멀리 떨어진 베를린에 있는 프란츠는 안전할 것이라고요."

"그러다 그날 아침이 되었습니다. 7년 동안 만나지 못한 어머니가 손수 편지를 보냈더군요. 나를 남작이라 칭했습니다. 프란츠가 베를린 거리에서 말을 타고 가다가 독일 병사의 총에 맞았다는 겁니다. 어머니는 마치 모든 것을 잊은 것 같았습니다. 여자는 그 모든 것을 빨리 잊을 수 있으니까요. 진실도, 정의도, 그 모두가 여자에게는 현실이 아니니까요. 손에 쥐거나 죽을 수 없는 모든 것이요. 그래서 나는 모든 서류와, 내 아내와 아직 얼굴도 보지 못한 내 아들의 사진을 태우고, 내 군번줄을 부수고 군복에서 모든 계급장을 제거하고는—" 그는 자기 옷깃을 손짓해 보였다.

"그러니까 자네 말은" 블랜드가 말했다. "돌아갈 생각이 아예 없다는 건가? 그렇다면 권총을 쓰고 자네 정부에 비행기는 남겨주는 편이 낫지 않았겠나?"

"자살은 육신만을 죽일 뿐입니다." 독일인이 말했다. "육신으로는 아무것도 해결하지 못합니다. 중요치 않으니까요. 그저 가능할 때마다 깨끗이 유지하기만 하면 될 뿐입니다."

---

* 빌헬름 2세는 1918년에 11월 혁명으로 퇴위한 후 네덜란드로 망명했다.

"그저 여관의 방 하나일 뿐이니." 서버다가 말했다. "그저 우리가 잠시 숨어 있을 장소일 뿐이니."

"화장실이지." 블랜드가 말했다. "변기라고."

헌병이 자리에서 일어섰다. 그는 독일인의 어깨를 툭툭 쳤다. 커민은 독일인을 물끄러미 바라보고 있었다.

"그러니까 너네가 작살났다는 건 인정하는 거지." 그가 말했다.

"크래요." 독일인이 말했다. "우리가 카장 병들어 있었기에 우리 차례가 먼저 왔습니다. 다음에는 당신네 영국의 차례일 겁니다. 그러고 나면 영국도 치유되겠지요."

"당신네 영국이라고 부르지 마." 커민이 말했다. "나는 아일랜드 사람이라고." 그는 모나한을 돌아보았다. "네놈이 너희 빌어먹을 왕이라 그랬지. 너희 빌어먹을 왕이라고 하지 마. 아일랜드에는 어 닐* 이후로 왕이 없었다고. 신께서 그 붉은 머리의 엉덩이를 축복하시길."

독일인은 뻣뻣하고 절제된 동작으로 그쪽을 가볍게 손짓했다. "알겠습니까?" 그는 딱히 누구에게랄 것도 없이 말했다.

"승자가 잃은 것을 패자가 얻게 되리니." 서버다가 말했다.

"그럼 자넨 이제 어떻게 할 건가?" 블랜드가 말했다.

독일인은 대답하지 않았다. 병색이 완연한 얼굴과 깔끔히 싸맨 붕대를 드러낸 채, 꼿꼿이 앉아 있을 뿐이었다.

---

* Ur Neill. 영어로 O'Neill이라고 적는 가문명. 아일랜드의 주요 군주 가문이다.

"그대는 어떻게 할 거요?" 서버다는 블랜드에게 말했다. "우리 중 무엇을 할지 아는 사람이 있기나 하겠소? 전쟁에서 싸운 이 세대의 모든 이들은 오늘 밤에 죽었소. 우리가 아직 모르고 있을 뿐이오."

우리는 서버다를 바라봤다. 커민은 핏발이 선 단추구멍 같은 눈으로, 사토리스는 콧구멍에 핏기가 가신 채, 블랜드는 나태하고 견딜 수 없는 버르장머리 없는 여자의 분위기를 풍기면서 의자에 몸을 묻고서. 헌병이 독일인의 뒤에 서 있었다.

"자네 정말로 엄청나게 걱정하는 것 같은데."

"믿지 않는 거요?" 서버다가 말했다. "기다려 보시오. 깨닫게 될 테니."

"기다려?" 블랜드가 말했다. "지난 3년 동안 그런 습관이 생길 만한 짓거리는 하나도 안 한 것 같은데. 지난 26년 동안에도 마찬가지고. 그 전은 기억이 안 나지만. 했을 수도 있지."

"그렇다면 기다리는 것보다도 빨리 깨닫게 될 것이오." 서버다가 말했다. "깨닫게 되리니." 그는 침중하게 고요한 눈으로 우리를 둘러보았다. "저 너머에서 4년 동안 썩어 문드러지던 이들도—" 그는 짧고 굵직한 팔을 휘둘렀다—"우리보다 더 죽어 있지 않을지니."

헌병이 다시 독일인의 어깨를 툭툭 쳤다. "젠장할." 그가 말했다. "따라오라고, 친구." 문득 그가 고개를 돌렸고, 우리 모두는 고개를 들고 탁자 옆에 와서 서 있는 프랑스인 두 명, 장교와 하사관을 바라보았다. 한동안 우리는 그러고만 있었다. 마치 작은 벌레들이 일제히 자기들의 궤적이 맞물린다는 것을, 그리하여 더 이상 목적 없을 필요도, 심지어 계속 날아다닐 필요도 없다는 것을 깨닫게 된 것처럼 말이다. 나는 알코올 기운 아래의 뱃속에 단단하고 뜨거운 응어리가 뭉치기 시작하는 것을 느꼈다. 마치 전투에서처럼, 마치 뭔가 곧 일어난다는 사실을 알고 있는 것처럼. 지금이야. 이제 모든 걸 내던지고 나 자신이 될 수 있어. 이제. 지금이야. 이런 생각이 떠오르는 순간 말이다. 제법 즐거운 기분이었다.

"저게 왜 여기 있나, 무슈?" 장교가 말했다. 모나한은 의자에 비스듬하게 앉아 몸을 뒤로 젖힌 채로, 대퇴부가 발이라도 되는 것처럼 몸무게를 싣고서, 테이블 위에 팔을 늘어트리고 올려다보았다. "왜 프랑스에 불쾌한* 상황을 만드나, 무슈, 응?" 장교가 말했다.

누군가 자리에서 일어나는 모나한을 붙들었다. 그의 뒤편에 서 있던 헌병이 반쯤 일어선 채로 그를 붙잡고 서 있었다. "자아아암깐 기다려." 헌병이 말했다. "자아아암깐 기다리라고." 그가 말하자 아랫입술에 걸린 꽁초가 덜렁거렸고, 손은 모나한의 어깨에 올라가 있어서 헌병대 완장이 뚜렷하게 드러나 보였다. "뭐가 문제냐, 개구리 자식?" 그가 말했다. 장교와 하사관 뒤편으로는 다른 프랑스인들이 서 있었고, 노파도 하나 있었다. 그녀는 사람들을 뚫고 안으로 들어오려 애쓰고 있었다. "이놈은 내 포로야." 헌병이 말했다. "나는 원하는 데면 어디든 이놈을 데리고 갈 거고, 내키는 대로 얼마든지 거기 머물게 할 거다. 대체 뭔 불만이

---

* 원문에서는 여기서 프랑스어 단어인 desagreable을 사용한다.

있는데?"

"무슨 자격으로 말이오, 무슈?" 장교가 말했다. 큰 키에 홀쭉하고 비극적인 얼굴을 가진 남자였다. 나는 그의 한쪽 눈이 의안이라는 사실을 깨달았다. 아무런 움직임 없이, 그 가짜 눈보다도 더욱 죽어 있는 얼굴에 뻣뻣하게 박혀 있기만 했으니까.

헌병은 자기 완장 쪽으로 눈짓을 하더니, 다시 장교를 보는 대신 허리춤에 걸려 흔들리는 권총을 두드려 보였다. "네놈들의 빌어먹을 개판인 나라 곳곳으로 끌고 다닐 거다. 네놈들의 빌어먹을 의회로 끌고 들어가서 네놈들 대통령을 걷어찬 다음 그 자리에 앉힐 거다. 그동안 네놈은 거기서 얌전히 닥치고 있으라고. 내가 돌아와서 네놈이 지린 오줌을 닦아줄 때까지 말이야."

"아." 장교가 말했다. "해병대 개새끼였군. 알겠소." 그는 죽어 있는 얼굴은 조금도 움직이지 않은 채 잇새로만 '개섀끼'라고 발음했고, 그것 자체도 모욕이었다. 그의 뒤편에서 여주인이 프랑스어로 비명을 지르기 시작했다.

"보쉬!* 보쉬! 깨트렸어! 깨트렸어! 컵도 전부, 접시도 전부, 유리잔도, 쟁반도 — 전부! 전부! 보여줄 테니까! 이런 날을 위해 보관하고 있었다고. 포격이 있었던 때부터 8개월 동안 이런 날을 위해서 상자에 모아 놓고 있었다고. 쟁반도, 컵도, 접시도, 유리잔도, 30년 동안 가지고 있던 물건들이 전부 사라졌어, 한번에 깨뜨려버렸다고! 게다가 손님들 앞에 내놓기 부끄러운 이런 유리잔을 사는 데도 50상팀이나 내야 했고—"

---

* Boche. 독일인의 멸칭.

여기서 권태는 견딜 수 없는 임계점에, 클라이맥스에 도달했다. 알코올조차도 범접할 수 없었다. 동질성의 희석이 견딜 수 없는 지점에 이르면 군중에게 동기부여가 이루어진다. 모나한이 자리에서 일어섰고, 헌병이 그를 뒤로 끌어 내동댕이쳤다. 그러자 마치 모든 것을 단번에 내동댕이친 것처럼, 우리는 4년 동안 고상한 언어로 치장해 오던 망령을 뻔뻔하고 수치심 없이 마주 보며 합심하여 질서정연하고 신속하게 덤벼들었으며 그때마다 포대기는 조금씩 벗겨져 나갔다. 헌병이 장교에게 덤벼들고, 뒤이어 커민이 일어나서 헌병에게 맞서는 모습이 보였다. 헌병이 주먹으로 커민의 턱을 세 방 갈기자 커민은 그를 번쩍 들어 군중 뒤편으로 내동댕이쳤고, 그는 허공에서 가로로 날아가며 권총을 빼려 애쓰다가 그대로 사라져 버렸다. 푸알뤼* 세 명이 모나한의 뒤로 다가가는 모습과 장교가 술병으로 그를 때리려 하는 모습이 보였고, 사토리스가 그 뒤편에서 장교에게 달려들었다. 커민은 자리를 떴다. 그가 나가면서 만든 틈새로 여주인이 비명을 지르며 들어왔다. 남자 둘이 그녀를 붙들었지만 그녀는 계속 전진하며 독일인에게 침을 뱉으려 시도했다. "보쉬! 보쉬!" 그녀는 침을 뱉고 거품을 물며 소리쳤고, 회색 머리카락은 흐트러져 얼굴 위에서 흩날렸다. 그녀가 몸을 돌리더니 있는 힘껏 내게 침을 뱉었다. "당신네도 마찬가지야!" 그녀가 비명을 질렀다. "폐허가 된 건 영국이 아니지! 당신네도 프랑스의 시체를 파먹으러 온 거잖

---

* Poilus. 1차 대전기 프랑스 보병 병사를 일컫는 속어. '털이 많은 자' '덥수룩한 자'라는 의미로 참호전의 극한 상황에서 헝클어진 머리와 수염으로 덥수룩해진 병사의 모습을 상징한다.

아, 자칼! 독수리! 짐승! 깨트렸어, 깨트렸다고! 전부! 전부! 전부!" 그리고 그 모든 일이 벌어지는 아래에서, 독일인과 서버다는 흔들리지 않고, 흔들지도 않고, 주변을 주시하고 경계하며 침착하게 앉아 있었다. 독일인은 병색이 깃들고 콧대 높은 얼굴로, 서버다는 짜리몽땅한 우상처럼, 양쪽 모두 구약성서 속의 예언자들처럼 터번을 두른 채로.

오래 걸리지는 않았다. 아예 시간이 들지조차 않았으니까. 아니, 우리가 시간의 밖에 있었다고 말하는 편이 나을지도 모르겠다. 표면 위에 뜬 것이 아니라 표면에 붙들린 채로, 우리가 죽지 않은 옛 시간과, 서버다가 우리가 죽었다고 말한 새로운 시간의 경계면에 붙들린 채로. 손에 들린 술병과 푸른 소맷동과 검댕이 묻은 손 너머에서, 가면 같은 얼굴들이 굳은 얼굴로 바라보고 아이들이나 놀랄 소리 없는 고함으로 가득한 속에서, 다시 커민의 모습이 눈에 들어왔다. 마치 화물을 가득 싣고 거친 바다를 헤쳐 나가는 배처럼 보이는 모습이었다. 팔 아래에는 늙은 웨이터를 끼고, 입에는 헌병의 호각을 물고 있었다. 뒤이어 사토리스가 하나뿐인 전구를 향해 의자를 휘둘렀다.

거리는 추웠고, 그 추위는 옷을 뚫고 알코올로 팽창한 땀구멍으로 들어와 골격 그 자체에 전달되어 웅웅거렸다. 광장은 텅 비어 있었고, 불빛은 멀리서 이따금 비칠 뿐이었다. 너무도 고요해서 분수에 흐르는 희미한 물소리가 들릴 정도였다. 어딘가 멀리서, 구름이 낮게 깔린 하늘 아래서도 멀게 느껴지는 곳에서 — 아련한 고함 소리와 온 힘을 다해 비명을 지르는 여인의 목소리,

이제는 목쉰 듯한 군중의 외침이 들리더니 뒤이어 밴드의 연주가 흘러나오기 시작했다. 벽의 그림자에 붙어선 모나한과 커민은 독일인을 양쪽에서 부축해 세우고 있었다. 그는 의식을 잃은 상태였다. 세 남자에게서 보이는 부분이란 흐릿한 얼룩 같은 머리의 붕대뿐이었고, 들리는 부분이란 꾸준하고 단조롭게 흘러나오는 모나한의 욕설뿐이었다.

"프랑스인과 영국인의 동맹이란 처음부터 있어서는 안 되는 것이었소." 서버다가 말했다. 말투는 지극히 자연스러웠다. 아예 보이지 않는 그의 자연스러운 목소리가 오르간 소리처럼 울리는 것을 듣고 있자니, 그의 체구와는 도무지 어울리지 않는다는 느낌이 들었다. "서로 다른 나라들이 같은 목적을 위해 힘을 합쳐서는 안 되는 법이오. 서로 다른 목적을 품고 제각기 싸워야지. 서로 충돌하지 않는 목적을 위해, 저마다의 수단으로 말이오." 사토리스가 분수대에서 돌아오다 우리 앞을 지나쳤다. 뒤집은 모자를 불룩하게 채운 채, 조심스레 걷고 있었다. 그가 걸음을 옮길 때마다 물이 뚝뚝 떨어지는 소리가 들렸다. 그는 붕대가 번득이고 모나한이 꾸준하고 나직하게 욕설을 내뱉는 얼룩 덩어리에 합류했다. "그리고 저마다 자기네 전통을 추구해야 하오." 서버다가 말했다. "우리 민족을 보시오. 영국인이 그들에게 소총을 줬소. 그들은 소총을 멀거니 보다가 내게 와서 말했소. '이 창은 너무 짧고 너무 무겁습니다. 이렇게 크고 무거운 창으로 어떻게 재빠른 적을 죽이라는 겁니까?' 그들은 단추 달린 군복을 내주면서 항상 단추를 채우라고 말했소. 나는 우리 민족이 꼼짝도 않고 쭈그려 앉아서, 담요와 밀짚과 빈 모래주머니에 귀까지 파묻힌 채로, 추위에 잿빛이 된 얼굴로 참호를 가득 메우고 있는 곳을 지나다녔소. 병든 육신에서 담요를 들춰 보니 셔츠만 걸치고 있더군."

"영국 장교들이 우리 민족에게 '저리 가서 이런 일을 해라'라고 말해도, 그들은 꿈쩍도 하지 않았소. 그러다 어느 대낮에 대대 전체가, 포탄 구멍 너머에서 움직임을 포착하고는, 그대로 참호에서 뛰쳐나가 버렸소. 나하고 다른 장교 한 명도 함께 딸려갔지. 우리는 총 한 발 쏘지 않고 참호선을 밀어붙였소. 그중 살아남은 이들은 — 장교, 나, 그리고 다른 열일곱 명은 — 적 참호선이 꺾어지는 부분에서 사흘을 버텼소. 우리를 탈출시키려고 여단 전체가 투입되어야 했지. '왜 총을 안 쏜 건가?' 장교가 물었소. '저들이 꿩 사냥처럼 자네들을 즐겁게 쏘아내지 않던가.' 그들은 장교를 바라보지 않았소. 마치 아이들처럼 수근거리면서, 경계하며, 수치심 없이 서 있었지. 나는 우두머리에게 물었소. '다스*여, 소총은 장전되어 있었나?' 그들은 마치 아이들처럼 소심하면서도 수치심 없이 서 있었소. '수많은 군주의 자손 되는 분이여.' 다스가 말했소. '다스여, 그대가 아는 진실을 사힙**에게 가감 없이 말하게.' 내가 말했소. '장전되어 있지 않았습니다, 사힙.' 다스가 말했소."

다시 멀리서 밴드 소리가 흐린 하늘 아래로 쿵쿵거리며 울렸

---

* 'Das'는 산스크리트어에서 유래한 이름으로, '하인servant' 또는 '신의 종 servant of God'이란 의미다.
** Sahib. 식민지 인도에서 백인 또는 유럽인을 칭하는, sir에 대응하는 존칭.

다. 저쪽에서는 독일인에게 병에 든 술을 먹이고 있었다. 모나한이 말했다. "어때. 좀 괜찮은가?"

"머리가 캐질 컷 카타요." 독일인이 말했다. 그들의 목소리는 마치 벽지를 고르는 것처럼 차분하기만 했다.

모나한이 다시 욕설을 내뱉었다. "돌아가야겠어. 신께 맹세코, 내가—"

"아니, 아닙니다." 독일인이 말했다. "용납하지 않케씁니다. 당신은 이미 책무를 다했고—"

우리는 벽 그림자 아래 붙어서 술을 마셨다. 어차피 남은 병은 하나뿐이었다. 커민은 빈 병을 벽에 대고 휘둘러 깨뜨려버렸다.

"이제 어쩌나?" 블랜드가 말했다.

"여자." 커민이 말했다. "아일랜드 국가 출신의 커민이 노란 머리카락의 물결 속에서 개처럼 뛰노는 모습을 구경해 주겠어?"

우리는 그곳에 서서 멀리서 울리는 밴드의 연주와 고함 소리에 귀를 기울였다. "정말로 괜찮은 거야?" 모나한이 말했다.

"코맙습니다." 독일인이 말했다. "괜찮은 키분입니다."

"그럼 가자고." 커민이 말했다.

"저 친구를 데려갈 건가?" 블랜드가 말했다.

"그래." 모나한이 말했다. "그게 뭐?"

"헌병 사령관보에게 데려가는 게 낫지 않겠나? 아파 보이는데."

"네 빌어먹을 얼굴을 갈겨서 푹 꺼지게 해 줘야겠냐?" 모나한이 말했다.

"알았다고." 블랜드가 말했다.

"이것 봐." 커민이 말했다. "싸움 대신 엉겨붙기를 선택하는 등신이 있나? 모든 남자들은 형제이고, 그 마누라들은 자매이니. 그러니 함께 가자, 한밤중의 화승총병들이여.*"

"잠깐 자네." 블랜드가 독일인에게 말했다. "정말로 저들과 같이 가고 싶은 건가?" 눈에 보이는 것은 머리에 붕대를 두르고 있는 독일인과 서버다뿐이었다. 마치 다섯 망령 사이의 두 부상자처럼.

"이놈 잠깐 잡고 있어 봐." 모나한이 커민에게 말했다. 그리고 모나한은 블랜드에게 다가갔다. 그는 블랜드에게 욕설을 내뱉었다. "난 싸움이 좋아." 그는 여전히 높낮이 없는 목소리로 말했다. "심지어 작살나는 것도 좋아하지."

"잠깐." 독일인이 말했다. "이번에도 내가 용납하지 않케씁니다." 모나한은 멈칫했다. 그와 블랜드 사이의 거리는 1피트도 되지 않았다. "바이로이트에 내 아내와 아들이 있습니다." 독일인이 말했다. 그는 내게 말하고 있었다. 세심하게 주소를 두 번 불러줬다.

"내가 아내한테 편지를 써 주지." 내가 말했다. "뭐라고 전할까?"

"아무컷도 아니라고 전해 주세요. 당신도 알케치요."

"그래. 자네가 잘 있다고 전해 주지."

"삶이란 아무컷도 아니라고 전해 주세요."

---

* 1차 대전 당시 영국군 사이에서 유행했던 저속한 가사의 군가 '한밤중의 화승총병 The Midnight Fusileers'을 인용해서 비꼬는 말.

커민과 모나한이 다시 양쪽에서 그의 팔을 붙들었다. 그들은 몸을 돌려서, 거의 짊어지다시피 그를 끌고 움직이기 시작했다. 커민이 문득 우리를 돌아보았다. "평화가 함께하기를." 그가 말했다.

"그대도, 부디 평화를." 서버다가 말했다. 그들은 걸음을 옮겼다. 우리는 그들이 불빛이 있는 거리 입구로 가서 실루엣으로 변하는 모습을 지켜보았다. 그곳에는 아치가 하나 있었고, 흐릿하고 차갑고 희뿌연 불빛에 보이는 아치와 벽면은 마치 대문처럼 보였고, 그들 또한 양쪽에서 독일인을 붙들고 대문으로 들어가는 것처럼 보였다.

"저 친구를 어떻게 다루려는 걸까?" 블랜드가 말했다. "방구석에 세워놓고 불을 *끄려나*? 아니면 프랑스 여인숙에는 남자끼리 할 때를 위한 침대가 따로 있으려나?"

"그딴 빌어먹을 일에 누가 신경을 쓰겠어?" 내가 말했다.

밴드의 연주가 쿵쿵거리며 가까워졌다. 추웠다. 알코올과 추위 때문에 육신이 움찔거릴 때마다, 나는 그 소리가 뼈마디에 울리는 듯하다고 생각했다.

"나는 이런 기후에서 7년을 지냈소." 서버다가 말했다. "그런데도 여전히 추위는 좋아지지를 않는구려." 그의 목소리는 마치 6피트 키의 덩치에서 나오는 것처럼 깊고 나직했다. 그런 목소리를 선사한 이들이 이렇게 말했을 것만 같았다. "이 친구에게 자기 말을 잘 전달할 수 있는 수단을 주자고." "왜? 이 친구 말을 누가 듣는다고?" "자기가 듣겠지. 그러니까 그걸 잘 들을 수단도 같이 주는 거야."

"그럼 자네는 왜 인도로 돌아가지 않나?" 블랜드가 말했다.

"아." 서버다가 말했다. "나도 그와 같소. 나 또한 남작이 되지 않을 작정이오."

"그러니까 자리를 비워서 인간을 황소나 토끼로 취급하는 작자들이 들어와서 자네 자리를 가져가게 만들겠다는 거군."

"나 자신을 치움으로써 2천 년이 걸려서 이룩한 일을 하루아침에 무효로 만든 셈이지. 그 정도면 의미가 있지 않겠소?"

우리는 추위에 몸을 떨었다. 이제 밴드의 소리는 귀에 와닿는 것이 아니라, 추위가 되어 고함치고 웅얼거리며 차가운 손을 우리 뼛속으로 뻗기 시작했다.

"뭐." 블랜드가 말했다. "자네 민족을 해방하는 일이라면 자네보다 영국 정부가 더 손을 써야 할지도 모르는 일이니까."

서버다는 가볍게 블랜드의 가슴팍을 툭 쳤다. "그대는 현명하오, 친구여. 모든 영국인이 그만큼 현명하지 못하다는 사실이 영국에 기쁨으로 다가오기를."

"그럼 자네는 남은 평생 추방자로 살겠다는 건가?"

서버다는 짧고 두툼한 팔을 들어 커민과 독일인과 모나한이 사라졌던 아치 쪽을 가리켰다. "그가 한 말을 듣지 못했소? 이 삶은 아무것도 아니라오."

"그렇게 생각하는 거야 자유지." 블랜드가 말했다. "하지만 신께 맹세코, 나는 지난 3년 동안 구해낸 것들이 아무것도 아니라고 생각하고 싶지 않단 말이야."

"그대는 죽은 사람을 구한 거요." 서버다가 평온하게 말했다. "곧 알게 될 거요."

"나는 내 운명을 구한 거야." 블랜드가 말했다. "자네도 다른 누구도 내 운명이 어찌될지는 알 수 없다고."

"그대의 운명이란 죽은 자가 되는 것뿐이지 않소? 그대의 세대가 그런 운명을 맞은 것은 참으로 불운한 일이오. 그대의 남은 삶 동안 망령이 되어 지상을 배회해야 하는 것 또한 참으로 불운한 일이오. 그러나 그것이 그대의 운명일지니." 멀리서 고함이, 한결같은 음정이, 여성적이며 동시에 어린아이 같은 소리가 들려왔다. 그리고 다시 밴드의 관악기와 쿵쿵거리는 소리가, 쓸쓸하고 명랑하게, 히스테릭하게, 그러나 대부분은 쓸쓸하게 들려오기 시작했다. 차가운 불빛에 빛나는 아치는 뻥 뚫린 채 깊숙이 텅 비고 고요해서, 마치 다른 도시로, 다른 세계로 통하는 대문처럼 보였다. 갑자기 사토리스가 자리를 떴다. 그는 벽까지 천천히 걸어가서 팔을 대고 벽에 기대더니, 토하기 시작했다.

"젠장." 블랜드가 말했다. "술이 필요해." 그는 나를 돌아봤다. "자네 술병은 어디 갔어?"

"없어졌는데."

"어디로 없어져? 자네 두 병 있었잖아."

"이젠 하나도 없다고. 물이나 마셔."

"물?" 그가 말했다. "물 따위를 마시는 자식이 누가 있어?"

그러자 뜨겁고 딱딱한 응어리가 다시 내 뱃속에 맺혔다. 즐겁고, 견딜 수 없고, 진짜인 응어리가. 다시 지금이야, 이제 모든 걸 내동댕이칠 수 있어, 라고 말하게 되는 순간이 찾아왔다. "네놈이 마셔야지. 이 빌어먹을 개자식아." 나는 말했다.

블랜드는 나를 보고 있지 않았다. "두 번이라." 그는 나직하고 무심한 투로 말했다. "한 시간에 두 번이군.* 최고의 순간이라 할 만하지 않나?" 그는 몸을 돌려 분수대 쪽으로 걸음을 옮겼다. 사토리스는 꼿꼿하게 몸을 세운 채 걸어 돌아왔다. 밴드 소리는 추위와 뒤섞여 뼛속에서 울렸다.

"몇 시쯤 됐어?" 나는 말했다.

사토리스는 자기 손목을 확인했다. "열두 시."

"자정은 넘었을 텐데." 나는 말했다. "분명하다고."

"열두 시라고 했다." 사토리스가 말했다.

블랜드는 분수대에 몸을 숙이고 있었다. 그쪽에는 불빛이 조금 있었다. 우리가 그에게 가 닿자 그는 몸을 일으키고는 얼굴을 훔쳤다. 불빛이 그의 얼굴에 닿았고, 나는 잠시 그렇게 위쪽까지 훔쳐야 하는 걸 보니 얼굴 전체를 물에 담갔을 거라고 생각하다가, 문득 그가 울고 있다는 것을 깨달았다. 그는 그렇게 서서, 얼굴을 훔치면서, 격하지만 조용히 울고 있었다.

"우리 불쌍한 아내." 그는 말했다. "우리 불쌍한 아내."

---

* 모호한 문장이지만, 블랜드의 입장에서는 욕을 먹은 것이 두 번이며 (처음에는 모나한에게, 다음에는 화자에게) 화자의 입장에서는 폭력의 기운이 올라온 것이 두 번이었다.

승리
Victory

I

 그 습기 찬 아침, 마르세유발 특급열차에서 내려 리옹 역*으로 들어오는 그를 본 사람들의 눈에는 큰 키에, 조금 뻣뻣하고, 구리빛 얼굴과 끝이 뾰족한 콧수염에 거의 백발인 남자의 모습이 비쳤을 것이다. "귀족이로군." 그들은 냉정한 태도, 각 잡힌 정장, 각 잡힌 지팡이를 각 잡히게 든 모습, 얼마 안 되는 짐을 보면서 이렇게 말했을 것이다. "복무했던 귀족이야. 그런데 눈에는 문제가 좀 있는 것 같은데." 그러나 전쟁이 끝나고 4년이 지난 때였던지라, 당시 유럽에는 남녀를 불문하고 눈에 문제가 좀 있는 사람이 상당히 많았다. 그래서 그들은 프랑스인보다 머리 반 개는 더 큰 사람이 메마르고 경직된 눈으로, 경직되고 단호하며 절도 있는 분위기로 걸음을 옮겨 택시 안으로 사라지는 모습을 그저 지

---

* Gare de Lyon. 파리 중심부 남서쪽에 있는 역으로, 마르세유발 열차가 들어온다.

켜보면서 생각했을 것이다. 물론 실제로 신경을 쓴 사람이 있을 경우의 이야기지만. "잠시 후에는 영국 공사관이나 대로변의 어느 탁자에 앉아 있겠군. 아니면 부아*에서 훌륭한 영국 숙녀들과 같은 마차에 타고 있거나 말이야." 그게 전부일 터였다.

그리고 그가 파리 북역**에 도착해 같은 택시에서 내리는 모습을 본 사람들은, 이렇게 생각했을 것이다. '저 귀족은 서둘러 고향으로 돌아가는 중인 모양이군.' 그의 짐을 받아준 짐꾼은 훌륭한 영어로 아침 인사를 건네고, 아마 짐꾼 본인도 기대했을 영국다운 노려보는 시선을 회답으로 받은 다음, 그를 정기선 열차***에 태워 주었다. 이번에도 그게 전부일 터였다. 심지어 그가 아미앵에서 열차를 내리더라도 괜찮을 터였다. 영국 귀족 중에는 실제로 그러는 이들도 있었으니까. 사람들이 그를 눈여겨보고 지나가는 그를 따라다니기 시작한 것은 그가 로지에에 도착한 후부터였다.

그는 대절한 자동차에서 덜컹거리며 뜯겨 나간 거리를 따라 나아갔고, 거리 양옆으로는 문도 창문도 없이 뜯겨 나간 벽들이 석양 속에 깔쭉깔쭉한 유리조각처럼 서 있었다. 무너진 벽 때문에 거리 이곳저곳이 막혀 있었고, 그 회벽이 떨어져 나간 틈새에 가

---

* 불로뉴 숲Bois de Boulogne을 가리킨다. 파리 서부의 공원으로 상류층에게 인기 있었다.

** Gare du Nord. 파리의 주요 기차역 중 하나로, 프랑스 북부와 북유럽으로 가는 기차가 출발한다.

*** 파리에서 출발하여 영불해협 정기선이 출항하는 항구인 디에프로 가는 열차.

느다란 잡초가 싹을 틔우고 있었다. 텅 비어 폐허가 된 정원 중 한 곳에는 전차 한 대가 무성한 잡초 속에 기울어진 채 침묵하고 있었다. 이곳이 로지에였지만, 그는 이곳에 멈추지 않았다. 이곳에는 이제 아무도 살지 않으며 멈출 장소마저도 없었기 때문이었다.

그래서 자동차는 덜컹거리며 폐허 밖으로 천천히 움직였다. 비포장 진흙길은 이윽고 미국에서 만든 조잡한 새 벽돌과 철판과 타르칠한 지붕으로 구성된 마을로 이어졌고, 가장 높이 솟은 건물 앞에서 멈추었다. 거리와 똑같은 모양새였다. 벽돌벽에 문이 달려 있고, 미국제 유리를 끼운 한쪽 창문에는 '식당'이라는 단어가 적혀 있었다. "도착했습니다, 손님." 기사가 말했다.

승객은 가방과 얼스터 외투와 각 잡힌 지팡이를 들고 차에서 내렸다. 그는 회벽을 새로 칠한 싸늘하고 황량한 제법 큰 방에 들어섰다. 방 안에는 당구대가 하나 있고, 남자 셋이 당구를 치는 중이었다. 남자 하나가 어깨 너머로 힐긋 보더니 말했다.

"봉주르, 무슈."

새로 들어온 남자는 아예 대꾸조차 하지 않았다. 그는 방을 가로질러 싸구려 카운터를 지나치더니, 그 너머의 열린 방문으로 다가갔고, 40대 어름으로 보이는 여자가 무릎에 바느질거리를 올린 채로 그를 바라보았다.

"봉주르, 마담." 그는 말했다. "도르미(방 있습니까), 마담?"

여자는 짧고 고요하게 그를 일별할 뿐이었다. "쎄 싸(네), 무슈."

"도르미, 마담?" 그는 목소리를 조금 높이며 말했다. 뾰족한 콧수염에는 빗방울이 조금 맺히고, 그의 경직되었지만 자신감 있는 눈 아래에서 축축히 젖어 있었다. "도르미, 마담?"

"봉, 무슈." 여자가 말했다. "봉, 봉."

"도르—" 새로 들어온 남자가 다시 시도하는데, 누군가 그의 팔을 건드렸다. 그가 들어왔을 때 당구대 쪽에서 말을 걸었던 남자였다.

"르가데, 무슈 랑글레(여기 좀 보시오, 영국 양반)." 남자는 말했다. 그는 새로 들어온 남자에게서 가방을 받아들고 다른 팔을 휘둘러 천장을 가리켰다. "라 샹브르(방)." 그는 다시 여행자를 건드렸다. 그리고 손바닥 위에 얼굴을 기대고는 눈을 감았다. 그리고 다시 천장을 가리키고는 방을 가로질러 난간 없는 나무계단으로 향했다. 그는 카운터를 지나치며 몽당양초를 꺼냈고 계단 앞에서 불을 붙였다(큰 방과 여자가 앉아 있던 문 안쪽의 방은 천장에서 전선 하나에 연결되어 있는 전구로 불이 밝혀져 있었다).

그들은 계속 나타났다가 사라지는 그림자를 앞세운 채로, 무덤처럼 싸늘하고 축축한 비좁은 복도로 들어섰다. 벽에 거칠게 바른 회반죽도 아직 마르지 않았다. 바닥에는 양탄자도 페인트칠도 없이 소나무 널판이 그대로 드러나 있었다. 싸구려 금속 문고리가 양쪽에서 대칭으로 반짝였다. 눅진한 공기가 마치 손처럼 촛불을 덮고 있는 듯했다. 그들은 마찬가지로 젖은 회반죽 냄새가 풍기고 복도보다도 더 추운 방에 들어섰다. 눅진한 추위가 거의 만져질 정도라, 마치 죽은 자들과 최근에 올린 벽 사이의 공기가 3분 디저트 상품처럼 응고되는 것만 같았다. 방에는 침대

하나, 화장대 하나, 의자 하나, 세면대 하나가 있었다. 그릇과 주전자와 요강은 미제 에나멜 제품이었다. 여행자가 침대를 건드렸는데도 시트에서는 아무 소리도 나지 않았다. 두 사람의 숨결이 흐릿한 촛불에 증발되는 고인 공기 속에서, 마대자루처럼 거친 천이 힘없이 손에 달라붙을 뿐이었다.

주인은 화장대 위에 양초를 내려놓았다. "디네(저녁식사), 무슈?" 그가 말했다. 여행자는 각 잡힌 옷차림과는 어울리지 않는 모습으로, 경직된 분위기로, 주인을 내려다보았다. 왁스로 굳힌 콧수염은 크라바트의 줄무늬 위에서 마치 총검처럼 흐릿하게 빛났다. 주인이 그 크라바트의 줄무늬 패턴이 스콧 연대의 것이라는 사실은 알 리가 없었다. "망제(먹어)?" 주인이 소리쳤다. 그는 무언극을 하듯 격하게 씹는 동작을 했다. "망제?" 그는 고함을 질렀고, 그의 그림자는 바닥을 가리키는 주인의 동작을 흉내 내며 움직였다.

"그래요." 여행자도 대답으로 소리쳤다. 둘의 얼굴은 1야드도 채 떨어져 있지 않았다. "그래, 그래요."

주인은 격하게 고개를 끄덕이고는, 바닥을 가리키고 문을 가리키고 다시 고개를 끄덕인 다음에 방을 나섰다.

그는 아래층으로 돌아왔다. 이제 여자는 부엌으로 가서 화덕 앞에 서 있었다. "먹겠단다." 주인이 말했다.

"그럴 줄 알았어요." 여자가 말했다.

"저런 작자들은 그냥 자기 집에 있는 게 나을 텐데." 주인이 말했다. "여기 있는 사람 모두가 방 하나에 들어갈 수도 없는 종족으로 태어나지 않아서 얼마나 다행인지 모르겠어."

"전쟁터를 보러 온 모양이죠." 여자가 말했다.

"당연히 그렇겠지." 주인이 말했다. "기왕이면 4년 전에 올 것이지. 그때야말로 전쟁터를 구경할 영국인들이 필요했는데 말이야."

"그때는 너무 늙어서 못 왔겠죠." 여자가 말했다. "머리 못 봤어요?"

"그럼 이젠 얌전히 집에 있어야지." 주인이 말했다. "더 젊어졌을 리는 없잖아."

"어쩌면 자기 아들의 무덤을 보러 온 걸지도 몰라요." 여자가 말했다.

"저 작자가?" 주인이 말했다. "저놈이? 저런 싸늘한 작자가 무슨 수로 아들을 가지겠어."

"당신 말이 옳을지도 모르죠." 여자가 말했다. "어쨌든 저 사람 문제잖아요. 우리 문제는 저 사람한테 돈이 있느냐뿐이고요."

"그건 그렇지." 주인이 말했다. "이런 사업을 하는 사람들은 손님을 가려 받을 수가 없으니까."

"저 사람은 가릴 수 있지만요." 여자가 말했다.

"잘됐군!" 주인이 말했다. "아주 좋아! 골라보라고 해! 저 영국인한테 직접 말해줄 만한 소리군."

"떠날 때 직접 말해 주는 게 어때요?"

"좋군!" 주인이 말했다. "그게 더 좋겠어. 좋아! 젠장, 그거 잘됐다고!"

"그만." 여자가 말했다. "저기 내려와요."

그들은 여행자의 규칙적인 발소리에 귀를 기울였고, 이윽고 그가 문간에 등장했다. 더 큰 방의 더 약한 불빛을 등지고 있으니, 그의 어두운 얼굴과 하얀 머리카락은 마치 코닥 음화 사진처럼 보였다.

두 사람분의 식탁이 차려져 있고, 적포도주가 든 유리병이 하나씩 놓여 있었다. 여행자가 자리에 앉자, 다른 손님이 들어와서 남은 자리에 앉았다 — 키가 작고 쥐 같은 얼굴에다가 척 보기만 해도 속눈썹이 아예 없다는 것이 분명한 남자였다. 그는 조끼 맨 위에다 냅킨을 꽂고는 수프 국자를 들고 (수프 그릇은 그들 사이의 식탁 한가운데 놓여 있었다) 상대방에게 권했다. "페트-무아 로뇌르(부디 먼저 드시죠), 무슈." 그는 말했다. 상대방은 뻣뻣하게 고개를 꾸벅 숙이며 국자를 받았다. 키 작은 남자는 수프 그릇의 뚜껑을 열어 주었다. "부 베네 에그자미네 세 센드 드 노 빅투아(우리가 승리를 거둔 현장을 살펴보러 오셨습니까), 무슈?" 그는 자기 차례에 수프를 뜨면서 이렇게 말했다. 상대방은 그를 바라봤다. "무슈 랑글레 아 푀테트르 보쿠 데 자미 키 송 통베 앙 브와지나쥐(영국 신사분이라면 이 근방에 친구분들이 많이 묻혀 있을지도 모르겠군요)."

"프랑스말 못 험다." 상대방이 음식을 먹으며 말했다.

키 작은 남자는 음식을 들지 않았다. 그는 아직 물기도 묻지 않은 숟가락을 그대로 그릇 위에 올려놓았다. "나는 괜찮습니다. 영어를 할 줄 아니까요. 나는 스위스인입니다. 모든 랑그(언어)를 할 줄 알지요." 상대방은 대꾸하지 않았다. 빠르지는 않아도 꾸준하게 음식을 먹을 뿐이었다. "당신네 용맹한 동료 국민들의 무덤을 보러 돌아온 겁니까? 아니면 아들이 여기 있나요?"

"아니." 음식을 먹는 손을 멈추지 않은 채로, 상대방이 말했다.

"아니라고요?" 상대방은 수프를 마시고 그릇을 옆으로 밀었다. 그는 포도주를 조금 마셨다. "아들을 잃은 사람이 있다니 참 안타까운 일 아닙니까." 스위스인이 말했다. "하지만 다 끝난 일이지요. 안 그렇습니까?" 이번에도 상대방은 아무 말도 하지 않았다. 그는 스위스인을 바라보지도 않았다. 뻣뻣한 얼굴의 뻣뻣한 콧수염 위에 달린 그 삭막한 눈은, 아무것도 쳐다보지 않는 듯했다. "나도, 나 또한 고통받습니다. 모두가 고통받지요. 하지만 나는 이렇게 혼잣말을 하곤 합니다. 당연한 일 아닌가? 그게 전쟁이지."

여전히 상대방은 대꾸하지 않았다. 그는 꾸준히 신중하게 음식을 마저 먹고는, 식사를 끝내고 자리에서 일어나서 방을 나섰다. 그는 카운터에서 촛불을 켰고, 코듀로이 외투 차림의 다른 남자 옆에서 기대어 서 있던 주인이 그에게 유리잔을 슬쩍 들어 보였다. "오 봉 도르미르(푹 주무시오), 무슈." 주인이 말했다.

여행자는 왁스를 먹여 뻣뻣한 콧수염과 그림자에 파묻힌 눈, 그리고 촛불 때문에 한층 더 수척해 보이는 얼굴로 주인을 바라봤다. "뭐라고요?" 그는 말했다. "그래, 그래요." 그는 몸을 돌려 계단으로 향했다. 카운터의 두 남자는 그의 뻣뻣하고 침착한 뒷모습을 지켜보았다.

기차가 아라스를 떠난 후로, 두 여자는 객실의 다른 손님 하나를 주시하는 중이었다. 이 노선에는 일등석이 없기 때문에 삼등 객차였고, 여자들은 머리에 숄을 두르고 두툼한 농노의 손은 무릎에 놓인 닫힌 바구니 위에 얌전히 올린 채로, 맞은편의 남자가

— 구릿빛의 수척한 얼굴과 뚜렷하게 대비되는 하얀 머리카락, 바늘처럼 뾰족한 콧수염, 외국에서 제작한 정장과 지팡이까지 — 닳아 번들거리는 목제 좌석에 앉아서, 창밖을 내다보는 모습을 지켜보고 있었다. 처음에는 언제라도 시선을 피할 준비를 하고 슬쩍 바라볼 뿐이었지만, 남자가 그들의 존재를 알아차리지도 못하는 듯하자, 그들은 손으로 입을 가리고 조용히 수군거리기 시작했다. 그러나 남자는 이 또한 눈치채지 못하는 듯했고, 이내 그들은 나직하게 대화를 나누고 경계와 호기심으로 눈을 반짝이며 이곳에 어울리지 않는 뻣뻣한 남자의 모습을 지켜보았다. 그가 지팡이에 조금 몸을 기대며 앞으로 나와 앉아서 지저분한 창문 너머를, 붉게 칠한 표지판으로 조각조각 나뉘어 소용돌이치는 자그마한 이해 불가능한 경작지라는 섬들과 파괴된 도로며 사람 키만큼 커다란 부서진 나무 밑동이 그들을 잉태한 파괴의 자궁 위에 황량하게 서 있는 모습 외에는 아무것도 볼 것이라고는 없는 창문 너머를 바라보는 모습을. 그러다 갑자기 기차가 속도를 줄이며 벽돌 건물의 폐허 사이로 진입했고, 그중 작은 집 하나에 대문자 이름이 새겨진 철판이 박혀 있었다. 그들은 남자가 몸을 앞으로 빼는 모습을 지켜봤다.

"저거 봐!" 한 여자가 말했다. "입을 보라고, 이름을 읽고 있잖아. 내가 뭐랬어? 아까 말한 대로야. 아들이 여기서 죽은 거라고."

"그럼 아들이 정말 많은가보네." 다른 여자가 말했다. "아라스를 떠난 후로 이름이라는 이름은 전부 읽고 있으니까. 에! 에! 저런 남자한테 아들이라고? 저런 차가운 남자한테?"

"저런 사람들도 애는 생겨."

"그러려고 위스키를 마시는 거지. 그것도 없으면……"

"맞아. 저놈들은 돈이랑 음식밖에 생각 안 하니까. 영국인들이란."

그들은 이내 열차에서 내렸다. 기차는 계속 나아갔다. 이내 다른 승객들이, 진흙투성이 장화를 신고 산 짐승이나 죽은 짐승을 담은 바구니를 든 다른 농부들이 객차에 들어왔다. 기차가 폐허가 된 대지를 가로질러 폐허 속 벽돌이나 강철로 지은 역을 방문하는 동안, 그들은 차례대로 창가에 몸을 기울이고 뻣뻣하게 꼼짝 않고 앉아 있는 남자를, 그리고 이름을 읽는 그의 입술을 지켜보았다. "전쟁의 풍경을 지켜보게 놔두자고. 이제야 소문이라도 듣고 찾아온 모양이니 말이야." 그들은 서로 이런 대화를 주고받았다. "그러고 나면 알아서 집으로 가겠지. 자기 뒷마당에서 전쟁이 벌어진 것도 아니니."

"자기 집에서 벌어진 것도 아니고." 한 여자가 말했다.

II

대대는 빗속에서 쉬어 자세로 서 있었다. 전선 뒤편의 휴양 주둔지에서 보낸 지 이틀째였고, 장비의 보급과 정비도 끝났고, 결원도 메워서 대열도 빽빽해졌고, 이제는 계속 쏟아지는 빗줄기 속에서 양떼처럼 어리석게 순종하며 빗줄기에 흐려진 선임하사관의 모습을 마주하고 쉬어 자세로 서 있는 중이었다.

이내 광장 맞은편의 문에서 대령이 등장했다. 그는 잠시 문간에 멈춰서 트렌치코트 자락을 여미고는, 부관 두 명을 꽁무니에 단 채로 광을 낸 군화를 조심조심 옮기며 다가오기 시작했다.

"사열한다, 전체 차렷!" 선임하사관이 소리쳤다. 대대의 병사들은 일제히 먹먹하고 부루퉁한 철컥거리는 소리를 울렸다. 선임하사관은 빙 돌아서서 장교들 쪽으로 한 걸음을 옮긴 다음, 겨드랑이에 지휘봉을 낀 채로 경례를 붙였다. 대령은 자기 모자챙 쪽으로 지휘봉을 들어올렸다.

"쉬어." 그가 말했다. 대대는 다시 둔하고 물이 줄줄 흐르는 철컥 소리를 냈다. 장교들은 제1소대의 가장자리 열로 접근했고, 선임하사관은 장교들의 끄트머리로 따라붙었다. 제1소대 하사관이 한 발짝 앞으로 나서며 경례했다. 대령은 아예 반응하지 않았다. 그 하사관은 선임하사관의 뒤로 따라붙었고, 그 다섯 명은 중대 전열을 지나가며 뻣뻣하게 정면을 바라보는 얼굴들을 하나씩 훑어보았다. 제1중대였다.

하사관은 대령의 뒷모습에 경례를 붙이고는 원래 자리로 돌아가서 차렷 자세를 취했다. 제2중대의 하사관이 한 걸음 나와서 경례하고 무시당하고는, 선임하사관 뒤편으로 붙어서 제2중대의 전열을 지나갔다. 대령의 트렌치코트에서 튕겨 나간 물방울이 광낸 군화 위로 떨어졌다. 땅에서 튄 진흙이 군화를 타고 올라와 물과 만나서 함께 흘러내렸고, 뒤이어 다시 진흙이 광낸 군화를 타고 올라왔다.

제3중대. 대령이 어느 병사 앞에서 걸음을 멈추었다. 모자 뒤편을 타고 흘러내린 물 때문에 트렌치코트의 어깻단이 부풀어오른 대령의 모습은, 마치 짜증과 분노로 가득한 한 마리 새처럼 보였다. 다른 두 장교와 선임하사관과 하사관도 차례로 걸음을 멈추었고, 다섯은 저마다 자기 앞에 있는 다섯 병사를 노려보았다. 다섯 병사는 뻣뻣하게 서서 눈도 깜빡이지 않고 정면을 바라보고만 있었다. 목각으로 만든 얼굴에 목각으로 만든 눈알이 붙어 있는 것처럼 보였다.

"하사관." 대령이 심술 가득한 목소리로 말했다. "이자가 오늘 면도를 한 건가?"

"네, 각하!" 하사관이 우렁찬 목소리로 말했다. 선임하사관이 말했다.

"이자가 오늘 면도를 한 건가, 하사관?" 그러자 이제 다섯 명이 모두 병사를, 장교들이 그곳에 없는 것처럼 그들 너머를 바라보고 있는 병사를 노려보았다. "도열한 상태에서 대답할 때는 한 발짝 앞으로 나온다!" 선임하사관이 말했다.

아직 입도 열지 않았던 병사는 열에서 한 발짝 나오면서, 대령의 군화에서 한층 높은 곳까지 진흙을 튀겼다.

"이름이 뭔가?" 대령이 말했다.

"024186 그레이입니다." 병사가 유창하게 내뱉었다. 중대는, 대대는, 그대로 정면을 바라보고만 있었다.

"각하!" 선임하사관이 소리쳤다.

"가, 각하." 병사가 말했다.

"오늘 아침에 면도했나?" 대령이 말했다.

"안 했심다, 가, 각하."

"왜 안 했나?"

"면도 안 험다, 가, 각하."

"면도를 안 한다고?"

"낫살을 들 묵어서 면도 안 험다."

"각하!" 선임하사관이 소리쳤다.

"가, 각하." 병사가 말했다.

"면도를 안 한다고……" 대령의 목소리는 짜증 섞인 눈초리 뒤편 어딘가에서, 모자챙에서 흘러내리는 물소리 속으로 잦아들었다. "이름을 기록해 놓도록, 선임하사관." 그는 이렇게 말하고 지나갔다.

대대는 뻣뻣하게 정면을 바라보고 있었다. 곧바로 대령과 두 장교와 선임하사관이 다시 일렬로 시야에 등장했다. 선임하사관은 적절한 자리에 멈추어 대령의 뒤통수에 경례를 했다. 대령은 다시 지휘봉을 든 손을 휙 젖혀 보이고는 걸음을 재촉했고, 장교 두 명을 꽁무니에 붙인 채 빠른 걸음으로 자기가 나왔던 문으로 돌아갔다.

선임하사관은 다시 대대를 마주했다. "열중 쉬어—" 그가 소리쳤다. 알아보기 힘든 움직임이 열에서 열로 전해지며, 뒤이어 축축하고 부루퉁한 철컥 소리가 생겨나자마자 사라졌다. 선임하사관은 다시 겨드랑이에서 지휘봉을 빼들고 있었다. 그는 이제 장교들이 하듯이 지휘봉에 힘을 싣고 있었다. 그의 눈이 한동안 대대 전면을 훑었다.

"커닝엄 하사관!" 마침내 그가 말했다.

"예 선임하사관님!"

"그 작자의 이름은 받아적었나?"

잠시 침묵이 흘렀다 — 짧다고 말하기에는 조금 길고, 길다고 말하기에는 조금 짧은 잠시였다. 그리고 하사관이 말했다. "어떤 작자 말씀이십니까?"

"너희 병사!" 선임하사관이 말했다.

대대는 뻣뻣하게 서 있었다. 빗줄기가 조용히 대대와 선임하사관 사이를 찌르고 들어왔다. 마치 서둘러 떨어지기에도, 그치기에도 너무 지쳤다는 듯이.

"면도 안 하는 너희 병사 말이다!" 선임하사관이 말했다.

"그레이입니다, 선임하사관님!" 하사관이 말했다.

"그레이. 구보로 이리 나오도록."

그레이라는 남자는 서두르지 않고 앞으로 나와서 무신경하게 대대 앞으로 걸어왔다. 어두운 색조에 축축한 킬트는 젖은 군마용 모포만큼이나 무거웠다. 그는 걸음을 멈추고 선임하사관을 마주했다.

"오늘 아침에 면도하지 않은 이유가 뭔가?" 선임하사관이 말했다.

"낫살을 들 묵어서 면도 안 험다." 그레이가 말했다.

"선임하사관!" 선임하사관이 말했다.

그레이는 선임하사관의 어깨 너머를 뻣뻣하게 바라보고 있었다.

"준사관에게 말할 때는 상대방의 계급을 복창한다!" 선임하사관이 말했다. 그레이는 끈덕지게 그의 어깨너머만을 바라보고 있었고, 챙 없는 모자 아래의 얼굴은 마치 화강암으로 만든 듯 차가운 빗살을 무시하고 있었다. 선임하사관은 목소리를 높였다.

"커닝엄 하사관!"

"예 선임하사관님!"

"이 병사의 이름을 불복종으로도 적어 놓도록."

"잘 알겠습니다 선임하사관님!"

선임하사관은 다시 그레이를 바라봤다. "내가 몸소 네놈을 형벌부대로 보내 주겠다. 정렬!"

그레이는 선임하사관이 지켜보는 가운데 서두르지 않고 대열의 자리로 돌아갔다. 선임하사관은 다시 목소리를 높였다.

"커닝엄 하사관!"

"예 선임하사관님!"

"처음 명령했을 때 저 병사의 이름을 받아 적지 않았다. 다시 그런 일이 벌어지면 네놈이 직접 그리 들어가게 될 거다."

"잘 알겠습니다 선임하사관님!"

"편히 쉬어!"

"그런데 면도는 왜 안 한 거시여?" 상등병이 물었다. 임시 숙소로 돌아온 후의 일이었다. 석조 창고에 벽면은 문드러진 데다 빛이라고는 들어오지 않고, 암모니아 냄새 풍기는 공기 속에서 냄새가 고약한 화로를 둘러싸고 젖은 밀짚 위에 쭈그려 앉은 채였다. "오늘 아침에 사열할 거라고는 니도 알고 있었잖어."

"낫살을 들 묵어서 면도 안 험다." 그레이가 말했다.

"그래도 오늘 아침에 대령이 직접 사열할 거라고는 알고 있었잖어."

"낫살을 들 묵어서 면도 안 험다." 그레이는 완고하고 무성의하게 같은 대답을 반복했다.

III

"200년 동안" 매튜 그레이는 말했다. "클라이드 강에서 배가 건조되지 않는 날도 없었고, 그레이 가문 사람이 못을 박은 배가 클라이드 강 하구로 나가지 않는 날도 없었다. 일요일만 제외하고." 그는 고개를 숙이고, 철제 안경테 너머로 젊은 알렉을 바라보았다. "그리고 불신자들과는 달리 안식일에는 절대 망치질이나 톱질을 하지 않았다. 하루 만에 배를 만들 수 있다면 그런 일이 가능한 것은 당연히 그레이 가문일 테니까." 그는 완고한 자부심을 섞어 덧붙였다. "그러니 이제, 네가 네 할아버지와 나와 함께 조선소로 나가서 남자로서 남자들 사이에서 자리 잡을 정도로 크고 나면, 망치와 톱을 쥐고 남자답게 행동해야 할 거다."

"적당히 혀라, 매튜." 늙은 알렉이 말했다. "이 꼬맹이도 너나 나만큼이나 똑바로 톱질할 줄 알고 하루에 못을 박는 개수도 충분허니까."

매튜는 아버지의 말에는 신경도 쓰지 않았다. 그대로 안경 너머의 장남을 바라보며 느릿하고 신중하게 말을 이을 뿐이었다. "그리고 존 웨슬리*는 나이가 두 살 부족하고, 꼬마 매튜는 열 살이 부족하고, 너희 할아버지는 이제 늙은이라 머지않아―"

"적당히 혀라." 늙은 알렉이 말했다. "나는 아직 예순여덟밖에 안 됐으니까. 이 꼬맹이헌테 런던으로 여행갔다 돌아오면 내가

---

* 감리교의 창시자. 아들에게 존 웨슬리라는 이름을 붙였다는 사실은 안식일 언급과 더불어 그레이 가족이 독실한 감리교도임을 나타낸다.

교구 무덤에 들어가 있을 거라고 말할 게냐? 어차피 성탄절 즈음에는 다 끝날 긴데."

"성탄에 끝나든 아니든." 매튜가 말했다. "조선공인 그레이 가문의 남자는 잉글랜드의 전쟁에는 아무런 볼 일 없다."

"적당히 혀라고 했다." 늙은 알렉이 말했다. 그는 자리에서 일어나 벽난로 선반으로 갔다가 상자를 하나 가지고 돌아왔다. 세월에 거무스레하고 반질반질해진 나무 상자였고, 모서리는 철로 마감질이 되어 있었으며, 머리핀을 든 어린아이라면 누구나 열 수 있을 법한 큼지막한 자물쇠가 달려 있었다. 그는 주머니에서 거의 자물쇠만큼이나 커다란 철제 열쇠를 꺼냈다. 그리고 상자를 열고는 벨벳에 싸인 보석 세공인의 상자를 꺼내서 그것도 열었다. 새틴 안감 속에 훈장이 있었다. 선홍색 리본에 달린 청동 한 조각, 빅토리아 십자 훈장이었다. "너희 사이먼 삼촌이 여왕한테서 이 금속 조각을 받아오는 동안,* 나는 계속 클라이드강 하구로 배를 만들어 내려보냈다." 늙은 알렉이 말했다. "불평 따위는 못 들었고 말이다. 필요하다면 알렉이 여왕한테 봉사하고 오는 동안 내가 계속 배를 내려보내마. 이 꼬맹이는 보내 주자꾸나." 그는 말했다. 그는 훈장을 다시 나무 상자에 넣은 다음 자물쇠를 잠궜다. "조금 싸운다고 이 아이가 상하지는 않을 게다. 이 꼬맹이 나이나 네 나이가 문제라면, 그냥 내가 가도 될 테고. 알렉, 애야, 잘 들어라. 저들은 분명 예순여덟 먹은 튼튼한 젊은이

---

* 빅토리아 여왕의 재임 시절이라면 보어 전쟁(1899~1903)일 가능성이 클 것이다.

를 거절할 리가 없고, 나는 너랑 같이 가게 되고 매튜처럼 늙은 이들만 남아 최선을 다하게 될 기다. 아니, 매튜. 이 꼬맹이 막을 생각은 허들 말그라. 여왕이 도움을 청할 때 봉사하러 갔던 그레이 가의 남자가 없는 줄 아느냐?"

그리하여 젊은 알렉은 주중에 주일 정장을 차려입고, 신약성서와 손수건에 싼 집에서 구운 빵 한 덩이를 가지고 언덕을 내려가 입대했다. 그리고 이때가 늙은 알렉이 마지막으로 일한 날이었으니, 머지않은 어느 아침에 매튜는 늙은 알렉을 집에 두고 홀로 조선소로 일하러 내려가게 될 것이기 때문이었다. 그리고 그 후로 맑은 날이면 (그리고 때론 날씨가 나쁜 날에도 그랬다. 며느리가 그를 발견하고 억지로 집 안으로 몰아넣을 때까지) 그는 숄을 걸친 채 현관 앞 의자에 앉아서 남동쪽을 바라보며, 때때로 집 안에 있는 며느리를 부르며 이렇게 말하곤 했다. "저거 들어봐라. 저거 들리지? 총소리여."

"저는 아무것도 안 들리는데요." 며느리는 이렇게 말하곤 했다. "그냥 킨키드비트의 바다 소리잖아요. 이제 그만 집 안으로 들어오세요. 매튜가 싫어할 거예요."

"적당히 혀라, 애야. 그레이 가 남자가 총을 쐈는데 나한테 안 들릴 리가 있겠냐?"

입대하고 얼마 지나지 않아 잉글랜드에 있는 젊은 알렉에게서 편지가 도착했다. 그는 잉글랜드에서 병사로 지내는 일은 클라이드사이드에서 조선공으로 지내는 것과 너무도 다르며, 나중에 다시 편지를 쓰겠다고 적었다. 그는 그 말대로 매달 꾸준히 편지를 보내며, 병사의 일은 배를 만드는 것과는 너무 다르고 비가 아직도 계속 내린다고 적었다. 이후 그들은 일곱 달 동안 그에게서 소식을 듣지 못했다. 그러나 그의 어머니와 아버지는 매달 첫째 월요일마다 함께 편지를 써서 보냈다. 이전 편지와, 그리고 그 이전 열두어 통의 편지와 거의 같은 내용을.

우리는 잘 있다. 놈들이 가라앉히는 것보다 클라이드에서 나가는 배의 수가 더 많을 거다. 아직 성서는 가지고 있지?

이건 아버지의 느릿하고 꿋꿋한 필체였다. 뒤이어 어머니의 필체가 이어졌다.

몸은 괜찮니? 뭐 필요한 건 없고? 제시하고 내가 스타킹을 짰으니까 그리 보낼 거야. 알렉, 내 아들 알렉.

그는 그 일곱 달 동안, 그러니까 형벌부대에 있는 동안, 이 편지를 받았다. 그의 옛 상등병이 보내준 것이었는데, 그가 자신의 삶이 어떻게 바뀌었는지를 가족에게 알리지 않았기 때문이었다. 그는 동료 죄수들 사이에 옹송그린 채, 상의 안에는 신문지를 채우고 머리와 발은 찢어진 담요조각으로 감싼 채로 진흙탕에 쭈그리고 앉아서 답장을 썼다.

저는 잘 지내요. 성서는 아직 가지고 있어요(가족에게는 자신의 소대가 그걸 담뱃불 붙일 때 쓰고 있으며 이미 〈애가〉를 훌쩍

넘어섰다는 사실은 알리지 않았다). 아직도 비가 내려요. 할아버지와 제시와 매튜와 존 웨슬리에게 사랑한다고 전해 주세요.

그러다 형벌부대에서 보내는 시간이 끝났다. 그는 자신의 옛 중대로, 옛 소대로 돌아와서 몇몇 새 얼굴과 편지 한 통을 마주했다.

우리는 잘 있다. 아직도 클라이드에서는 배들이 나가고 있다. 여동생이 하나 더 생겼다. 너희 어머니는 건강하다.

그는 편지를 접어 한쪽으로 치웠다. "대대에 새 얼굴이 많이 늘었습다." 그는 상등병에게 말했다. "그기에 슨임하사관도 새 사람 아님까."

"아니." 상등병이 말했다. "똑같은 사람이여." 그는 뭔가를 가늠하는 듯 그레이를 찬찬히 바라보고 있었다. 이내 그의 표정이 편해졌다. "오늘은 면도를 했구먼." 그는 말했다.

"예." 그레이가 말했다. "이제 면도를 헐 만큼 낫살을 묵었습다."

그날 밤 대대는 아라스로 올라갈 예정이었다. 예정 시간은 자정이었고, 그래서 그는 얼른 답장을 썼다.

저는 잘 있어요. 할아버지와 제시와 매튜와 존 웨슬리와 아기한테 사랑한다고 전해 주세요.

"잘 잤나! 좋은 아침!" 무릎덮개와 후드를 뒤집어쓴 장군 하나가 자동차에서 몸을 빼고 쾌활하게 그들을 향해 장갑 낀 손을 흔들며 소리쳤다. 그들은 바퐁 길가에서 길을 터 주려고 도랑으로 들어가 힘겹게 나아가던 도중이었다.

"쾌활한 노친네*구먼." 누군가 말했다.

"장교들이란." 두 번째 병사가 발음을 길게 끌며 말했다. 그는 미끄러운 진흙에 넘어지며 욕설을 내뱉고, 무릎까지 빠지는 도랑의 가장자리를 붙들려고 안간힘을 썼다.

"아, 그 뭐." 세 번째 병사가 말했다. "장교들도 전쟁터에는 나가지 않겄나, 아무리 그래도."

"그라믄 같이 가믄 되는 기 아녀?" 네 번째 병사가 말했다. "전쟁이 저 뒤짝에서 열리는 것도 아니구먼."

소대는 하나씩 길을 벗어나 도랑으로 들어가 들러붙는 진흙탕 속에서 힘겹게 발을 옮기며 멈춰 있는 차량을 지나서, 힘들게 기어올라 다시 도로 위로 올라섰다. "그는 내게 말하네, 내게 말해, '독일놈들은 파리까지 닿는 새로운 대포를 가지고 있다구.' 그러면 나는 그에게 말하네, '그건 암것두 아니라구, 나한테는 우리 군단의 사령부를 때리는 대포가 있으니.'"

"잘 잤나! 좋은 아침!" 장군은 계속 자기 장갑을 흔들며 경쾌하게 소리쳤고, 대대는 길을 벗어나 도랑으로 들어갔다가 힘겹

---

* cheery auld card. 아침 인사를 건네는 쾌활한 장군과 그를 보며 이렇게 말하는 병사까지, 모두 1차 대전기를 노래한 시인 시그프리드 사순의 「The General」의 한 대목과 일치한다. 사순의 시에서 이 쾌활한 장군은 잘못된 전략으로 부대를 전부 죽음으로 몰아넣는다.

게 다시 도로로 기어올라오는 일을 반복했다.

 그들은 참호 안에 있다. 면전에서 소총이 발포하기 직전까지는, 누구도 총 한 번 쏘지 않았다. 그레이는 앞에서 세 번째 위치에 있다. 섬광탄을 피하고 탄공에서 탄공으로 기어가며 전진하는 동안, 그는 계속 선임하사관과 장교 쪽으로 가까이 다가갔다. 소총이 처음 발포하는 섬광 속에서, 장교가 부대를 이끌고 전진하는 방향에서 철조망의 빈틈이 보인다. 격하게 번들거리는 철조망에서도 총탄이 튀긴 진흙이 묻어 녹슨 부분만은 반짝이지 않고, 그 섬광을 배경으로 큰 키의 선임하사관이 훌쩍 뛰어든다. 뒤이어 그레이도 총검을 앞세운 채로 끙끙대는 고함과 총성이 울리는 참호 속으로 뛰어내린다.

 이제 수십 발의 섬광탄이 터진다. 죽음을 부르는 빛 속에서, 그레이는 선임하사관이 체계적으로 참호의 다음 굴곡 너머로 수류탄을 던져넣는 모습을 바라본다. 그는 참호 가장자리에서 몸을 굽히고 기대 서 있는 장교를 지나쳐 그에게 달려간다. 선임하사관은 다음 참호로 사라졌다. 그레이는 그 뒤를 따라가서 선임하사관을 따라잡는다. 선임하사관은 한 손으로 마대자루 커튼을 젖히면서 대피호로 수류탄을 던져넣고 있다. 마치 지하 저장고로 오렌지를 던져넣듯 태평한 모습이다.

 선임하사관은 눈빛을 번쩍이며 휙 돌아본다. "너였냐, 그레이." 그는 말한다. 대지에 먹먹해진 포성이 울린다. 선임하사관이 새 폭탄을 찾아 자기 짐을 뒤적거리는 동안, 그레이의 총검이 그의 숨통에 박힌다. 선임하사관은 덩치가 큰 남자다. 그는 그레이의 소총 총신을 양손으로 붙든 채 뒤로 넘어진다. 치아가 번들거리고, 그레이 또한 그와 함께 넘어진다. 그레이는 소총에 매달린다. 마치 우산자루에 꽂힌 쥐새끼를 떨어내려는 것처럼, 총검에 찔린 육신을 흔들어 떨어내려 애쓴다.

그는 총검을 빼낸다. 선임하사관은 쓰러진다. 그레이는 소총을 거꾸로 쥐고 개머리판으로 선임하사관의 얼굴을 찍으려 하지만, 참호 바닥이 너무 부드러워서 머리를 받쳐 주지 못한다. 그는 주변을 노려본다. 문득 발판용 널판지 하나가 진흙 속에 뒤집혀 있는 것이 보인다. 그는 널판지를 빼내어 선임하사관의 머리 아래 놓고는 소총 개머리판으로 얼굴을 짓이긴다. 뒤쪽의 첫 참호선에서 장교가 소리치고 있다. "선임하사관, 호각을 불게!"

IV

표창의 설명에는 그레이 이등병이 야간 기습에서 살아남은 네 명의 병사 중 하나로서, 장교가 부상을 당하고 모든 부사관이 전사한 상황에서 지휘권을 행사하였으며(작전의 목적은 빠른 기습으로 포로를 구출하는 것이었다), 적 전선에 교두보를 마련하고 증원이 도착하여 위치를 확보할 때까지 버텼다는 내용이 적혀 있었다. 장교는 자신이 부하들의 퇴각을 명령하며 자신을 버려두고 각자 목숨을 구하라고 말했으나, 그레이가 어디선가 독일군의 기관총을 들고 등장했고, 그의 동료 셋이 엄폐물을 세우는 동안 장교에게 다가오더니 섬광탄 권총을 가져가서 공격을 요구하는 신호탄을 발사했다고 증언했다. 그 모든 일이 너무 빠르게 일어나서, 적들이 반격하거나 포격을 시도하기도 전에 증원이 도착했다는 것이었다.

그의 가족이 표창을 실제로 보았다고 생각하기는 힘들 것이다. 어쨌든 그가 병원에 머무는 동안 도착한 편지의 어조는 조금도 변하지 않았다. "우리는 잘 있다. 배는 계속 나가고 있다."

그의 다음 편지는 다시 몇 달이 지난 후에야 도착했다. 런던에서 다시 일어나 앉을 수 있게 된 다음에 쓴 것이었다.

좀 아팠는데 이제는 괜찮습니다. 상자 안에 있던 것과 비슷한 훈장을 받았는데, 이건 전부 빨간색이 아니에요. 여왕님도 오셨습니다.* 할아버지와 제시와 매튜와 존 웨슬리와 아기한테 사랑한다고 전해 주세요.

답장은 금요일에 쓴 것이었다.

네가 괜찮아졌다니 네 어머니가 좋아하는구나. 할아버지는 돌아가셨다. 아기 이름은 엘리자베스다. 우린 잘 있다. 네 어머니가 사랑한다고 전해 달란다.

그의 다음 편지는 3개월 후에, 이번에도 겨울에 보내졌다.

---

* 수훈십자장Distinguished Service Cross을 말한다. 1차 대전 당시의 영국 군주는 물론 여왕이 아니었다.

다친 곳은 괜찮습니다. 장교 지원자 학교에 다니고 있어요. 제시와 매튜와 존 웨슬리와 엘리자베스에게 사랑한다고 전해 주세요.

매튜 그레이는 이 편지를 놓고 아주 오랫동안 고심했다. 너무 오래라서 답신을 일주일 늦게, 첫째 월요일이 아니라 둘째 월요일에 작성했을 정도였다. 그는 가족이 잠자리에 들 때까지 기다렸다가 조심스레 편지를 작성했다. 너무 긴 편지라서, 또는 편지를 너무 오래 붙들고 있어서, 이내 그의 아내가 잠옷 차림으로 방에 들어올 정도였다.

"잠자리에 가 있어." 그는 아내에게 말했다. "곧 갈 테니까. 그 녀석한테 해줄 말이 좀 있어."

마침내 펜을 내려놓고 의자에 기대 다시 읽어보니, 분명 긴 편지이긴 했다. 느리고 신중하며, 삭제의 줄이나 잉크 얼룩조차도 없이 작성된 편지였다.

……네 훈장은 ……그 길에는 허영과 자만이 존재하기 때문이다. 장교가 되겠다는 허영과 자만 말이다. 네 근본을 거짓으로 마주하면 안 된다, 알렉. 너는 신사가 아니다. 너는 스코틀랜드 출신 조선공이다. 네 할아버지가 여기 계셨다면 그분도 같은 말씀을 하셨을 거다…… 다친 곳이 괜찮아졌다니 기쁘구나. 네 어머니가 사랑한다고 전해 달란다.

그는 집으로 훈장을 보냈고, 그와 함께 별과 리본과 손목에 막대가 달린 새 군복을 입고 찍은 사진도 보냈다. 그러나 직접 집으로 돌아가지는 않았다. 그는 봄이 되어 플랑드르로, 엉망이 된 순무밭과 양배추밭 위로 개양귀비 꽃잎이 바람에 흩날리는 곳으로 돌아갔다. 휴가를 받았을 때도 런던의 장교들 단골 가게에서 시간을 보내고, 가족에게는 휴가를 받았다는 사실을 알리지 않았다.

그는 여전히 성경을 가지고 있었다. 종종 그는 소지품 사이에서 성경을 찾아내어, 자신의 인생을 변하게 만든 깔쭉깔쭉하게 찢어진 페이지를 펴 보곤 했다. ······*소리 있어 내게 이르되 베드로야, 일어나서 죽이고*— *

종종 그의 당번병은 그가 무심하게 신경 쓰지 않는 채로, 성경을 넘겨 찢어진 페이지를 바라보며 생각에 잠기다가 — 연륜 또는 연륜의 부족을 내비치는, 징집병에서 장교까지 상승한 사람의 수척하고 외로운 분위기에, 냉철하고 심오하며 성숙한 차분함을 지녔으며, 표정과 몸짓에서는 근엄하고 진중한 신념이 묻어나는 얼굴로(당번병은 "지가 헤이그** 본인이기라도 헌 것처럼"이라고 말하곤 했다) — 깨끗한 탁자 앞에 앉아서 차분하고 느릿하게, 마치 아이처럼 입속에서 혀를 굴리며 편지 쓰는 모습을 지켜보곤 했다.

저는 잘 있습니다. 2주 동안 비가 안 왔습니다. 제시와 매튜와

---

* 사도행전 11장 7절.
** 더글러스 헤이그. 1915년부터 서부전선에서 영국 해외 파견군의 총지휘를 맡았다.

존 웨슬리와 엘리자베스에게 사랑을 전해 주세요.

4일 전에 전선에서 대대가 내려왔다. 소령과 대위 두 명과 중위 대부분이 전사했기 때문에, 이제 남은 대위가 소령이 되고, 중위 두 명과 하사관 한 명이 중대를 맡게 되었다. 그동안 증원 병력이 도착하여 편제를 메웠고, 대대는 내일 다시 출발할 예정이었다. 그래서 오늘은 K 중대가 사열을 준비하며 도열하고, 대위 대행 중위(그레이라는 이름이었다)가 각 소대의 전면을 따라 천천히 움직인다.

그가 천천히, 체계적으로, 하사관을 꽁무니에 붙인 채 병사들 앞을 걸어간다. 그가 걸음을 멈춘다.

"참호용 공구*는 어디 있나?" 그가 말한다.

"날아가서—" 병사는 입을 연다. 그리고 바로 말을 멈추고는 뻣뻣하게 정면만 응시한다.

"배낭에서 날아가 버렸다는 건가?" 대위가 그 대신 말을 마무리한다. "언제부터? 지난 나흘 동안 무슨 전투에 참가했기에?"

병사는 나른한 거리를 뻣뻣한 눈으로 응시한다. 대위는 걸음을 옮긴다. "저 병사의 이름을 기록하도록, 하사관."

그는 두 번째, 세 번째 소대로 넘어간다. 다시 그가 걸음을 멈춘다. 그가 병사를 위아래로 훑어본다.

"이름이 뭔가?"

---

* 손잡이와 직각으로 한쪽에는 삽날, 반대쪽에는 곡괭이가 달린 1차 대전 당시 사용된 야전삽.

"010801 매클란입니다, 대위님."

"보충병인가?"

"보충병입니다, 대위님."

대위는 걸음을 옮긴다. "저 병사의 이름을 기록하도록, 하사관. 소총이 지저분하다."

해가 진다. 마을이 석양을 배경으로 검은 실루엣으로 일어선다. 강물이 반사된 불길에 번들거린다. 강에 놓인 다리는 검은 아치가 되어 있고, 그 위로 검은 종이에서 잘라낸 듯한 인간들이 꾸물거리며 움직인다.

부대는 길가 도랑에 웅크리고, 대위와 하사관은 조심스레 난간 너머를 훔쳐본다. "알아볼 수 있나?" 대위가 낮은 목소리로 말한다.

"훈족 놈들입니다, 대위님." 하사관이 속삭인다. "철모를 보면 알 수 있습니다."

이내 행렬이 다리를 완전히 건너온다. 대위와 하사관은 다시 부대가 웅크리고 있는 도랑으로 기어들어온다. 그들 중에는 머리에 붕대를 감은 부상병이 하나 있다. "이제부터는 부하들을 조용히 시키도록." 대위가 말한다.

그는 도랑을 따라 앞장서 전진해서 이윽고 마을 외곽에 도달한다. 여기서 그들은 해가 닿지 않는 담벼락 아래 조용히 앉아서 부상병을 둘러싸고 기다리고, 대위와 하사관은 다시 기어 나간다. 그들은 5분 후 돌아온다. "착검." 하사관이 낮은 소리로 말한다. "조용히 이동한다."

"지가 다친 녀석이랑 남을까요, 하사관님?" 누군가 속삭인다.

"아니." 하사관이 말한다. "녀석도 우리랑 함께 운을 걸어볼 거다. 전진."

그들은 대위의 뒤를 따라, 조용히 벽에 숨어 이동한다. 벽이 끝나는 지점은 다리와 이어지는 도로와 직각으로 교차한다. 대위가 손을 들어올린다. 부대는 멈추고 대위가 모퉁이 너머를 힐긋거리는 모습을 지켜본다. 그들은 다리 진입부와 반대 방향에 있다. 교두보와 도로 모두 아무도 보이지 않는다. 마을은 석양 속에서 고요하게 꿈꾸고 있다. 마을 너머의 하늘에서는 퇴각하는 행렬이 일으킨 자욱한 흙먼지가 장밋빛과 금빛으로 변해 가고 있다.

그러다 소리가 들린다. 짧고 으르렁대는 듯한 외마디 소리다. 10야드도 떨어지지 않은 가슴팍까지 오는 무너진 담벼락 뒤에, 병사 넷이 기관총 하나를 둘러싸고 앉아 있다. 대위가 다시 손을 들어올린다. 병사들은 소총을 거머쥔다. 군화의 징이 포석을 때리는 소리가 울리고, 놀란 비명이 날카롭게 끊긴다. 주먹질, 짧고 거친 숨소리, 욕설. 총성은 없다.

머리를 싸맨 부상병이 새된 소리로 웃기 시작하고, 이내 누군가 놋쇠 맛이 나는 손으로 그의 입을 막는다. 대위의 지시하에 그들은 문을 부수고 들어가서 기관총과 시신 네 구를 안으로 옮긴다. 그들은 기관총을 위층으로 가져가서 다리 진입부를 내려다보도록 창문에 기관총을 설치한다. 해가 더 저물고, 그림자가 다리와 강물 위로 더욱 길고 고요하게 드리운다. 머리를 싸맨 부상병은 혼잣말을 주절거린다.

다른 행렬이 도로 저편에 등장한다. 석탄 광부처럼 둥그런 철모를 쓰고, 강인하고 규율 잡힌 모습이다. 행렬 뒤편에서 부대가 떨어져나오더니 3개 분대로 갈라진다. 2개 분대는 기관총을 가져와서 도로 양편에 설치한다. 가까운 쪽은 기관총을 나포했던 위치의 장애물을 사용하려 한다. 나머지 1개 분대는 폭파 장비와 폭발물을 가지고 다리로 돌아간다. 하사관은 19명의 병사 중 6명에게 이동하라고 지시하고, 그들은 소리 없이 계단을 내려간다. 대령은 기관총과 함께 창문 앞에 남는다.

다시 짧은 돌격과 실랑이와 근접전이 이어진다. 대위는 창문에서 거리 맞은편의 기관총 분대가 고개를 돌리는 모습을, 뒤이어 기관총의 총구가 돌아가고 발포하는 모습을 확인한다. 대위는 자기 기관총으로 그쪽을 한 번 긁어준 다음, 뒤이어 다리에 있는 부대를 긁어서, 메추라기 떼처럼 가장 가까운 담벼락으로 흩어지게 만든다. 대위는 기관총을 붙들어 그쪽으로 유지한다. 그들은 달리는 속도가 느려지다가 하얀 도로 위에 여기저기 흩어져 그대로 움직임을 멈춘다. 뒤이어 그는 기관총을 길 건너 기관총 쪽으로 되돌린다. 그 기관총도 멈춘다.

그가 다시 명령을 내린다. 머리를 싸맨 병사를 제외한 남은 병사들이 계단을 달려 내려간다. 병력 절반은 창문 아래의 기관총 앞에 멈추고는 끌고 오기 시작한다. 나머지는 거리 건너편에 있는 두 번째 기관총을 향해 달려간다. 그들이 반쯤 건너갔을 때 다른 기관총이 불을 뿜는다. 달려가던 병사들이 달리던 도중에 한몸처럼 고꾸라진다. 킬트가 앞으로 쓸려올라가며 하얀 허벅지가 드러난다. 기관총의 공격이 문간에서 첫 번째 기관총의 시체들을 떨어내고 있는 병사들 쪽을 긁는다. 대위가 기관총을 다시 내리려는 순간, 창문 왼쪽에서 먼지가 피어오르고 그의 기관총에서 금속 튕기는 소리가 나더니, 팔과 가슴팍에서 뜨거운 기운이 느껴지고 그대로 창문 오른쪽에서 먼지가 피어오른다. 그는 다른 기관총 쪽을 긁는다. 그쪽도 멈춘다. 그는 기관총이 사격을 멈춘 후에도 움츠리고 있는 덩어리들을 향해 사격을 계속한다.

검은 대지가 태양의 가장자리를 먹어들어간다. 거리는 이제 완전히 그림자에 잠겼다. 마지막으로 태양빛이 방 안을 비추고 그대로 사라진다. 그의 뒤편 어스름 속에서는 부상병이 웃음을 터트리고, 그 웃음은 이내 조용하고 만족스러운 횡설수설로 잦아든다.

어두워지기 직전에 다른 대열이 다리를 건넌다. 아직 충분히 빛이 남아서 이번 병사들은 카키색 군복을 입고 납작한 철모*를 쓰고 있는 것이 보인다. 그러나 볼 사람은 아마 아무도 없을 것이다. 2층으로 올라와서 차가워진 기관총 옆의 창틀에 기대 앉은 대위를 발견한 정찰대는, 처음에는 그가 죽었다고 생각했기 때문이다.

이번에는 매튜 그레이도 훈장의 상찬을 볼 수 있었다. 누군가 〈가제트〉 지에서 잘라다가 그에게 보내줬기 때문이었다. 그는 그 기사를 병원에 있는 아들에게 보내며, 이런 편지를 동봉했다.

---

* 영국군의 군복이 카키색이고 '납작한 철모'는 영국군의 브로디 헬멧Brodie helmet을 말하는 것이다.

……일단 네가 전장에 나선 만큼, 우리는 네가 훌륭하게 전쟁을 치르고 있다는 사실에 기뻐하고 있다. 네 어머니는 그 정도면 네 몫을 끝마쳤으니 집으로 돌아와야 한다고 생각한다. 하지만 여자들은 이런 일을 이해하지 못하지. 하지만 나 자신도 이제 다들 싸움을 멈출 때가 되었다고 생각한다. 임금이 올라도 식료품이 너무 비싸져서 상인들 말고는 아무도 이득을 보지 못하는 상황이다. 전투의 승자조차 번영할 수 없는 시점에 이르면, 전쟁을 멈춰야 할 때가 온 것이다.

V

그의 옆 침상에, 그리고 훗날에는 긴 유리 베란다의 의자 옆자리에, 소위 한 명이 있었다. 그들은 종종 대화를 나누었다. 아니, 소위가 말하는 동안 그레이는 듣고 있었다고 해야 할 것이다. 그는 평화에 대해서, 전쟁이 끝난 후에 할 일에 대해서 말했다. 마치 전쟁이 곧 끝나기라도 할 것처럼, 성탄절 이후까지 계속되지 않을 것처럼.

"성탄절 즈음이면 우린 다시 전장으로 돌아가 있을 걸세." 그레이가 말했다.

"독가스 중독인데요? 독가스 피해자는 바로 보내지 않아요. 일단 완치부터 되어야죠."

"회복할 걸세."

"그래봤자 너무 늦을 겁니다. 성탄절까지는 전부 끝날 거예요.

한 해를 더 이어갈 리가 없어요. 제 말 믿지 않으시는 겁니까? 때론 대위님이 전장으로 돌아가고 싶어 하시는 것 같다니까요. 하지만 끝날 겁니다. 성탄절까지는 끝날 거고, 저는 떠날 겁니다. 캐나다로요. 이젠 고향 땅에 우리에게 남은 것 따위는 아무것도 없으니까요." 그는 상대방을, 수척하고 지친 얼굴에 거의 백발이 된 남자가 가을 햇살을 맞으며 눈을 감고 누워 있는 모습을 지켜봤다. "저랑 같이 떠나는 건 어떠십니까."

"성탄절 당일에 지방시*에서 보지." 그레이가 말했다.

그러나 그렇게 되지는 않았다. 그는 11월 11일의 종소리**도 여전히 병원에서 들었으며, 성탄절에도 여전히 병원에 머물면서 집에서 보낸 편지를 받아보았다.

이젠 집으로 돌아와도 된다. 머지않아 전쟁은 끝날 거다. 저들의 자존심과 허영이 전부 말라붙어 버렸으니, 지금이야말로 다른 어느 때보다도 더 많은 배가 필요할 거다.

의무장교는 경쾌하게 그에게 인사를 건넸다. "젠장, 데본으로 돌아가면 나이팅게일의 노랫소리가 들리는 곳***을 아는데 말일세. 여기에 이렇게 붙들려 있다니." 그는 그레이의 가슴을 통통

---

* 지방시앙고엘Givenchy-en-Gohelle은 파드칼레 지역의 마을로, 아라스 전투에서 폐허가 되었으며 참전 캐나다군 전몰자 묘역과 기념물이 있다.

** 콩피에뉴 휴전협정이 있었던 1918년 11월 11일. 실질적으로 이날로 1차 대전이 종결되었다.

*** 나이팅게일은 영국 서정의 상징이며 동시에 로맨스를 암시하기도 한다.

쳤다. "소리는 상당히 작아졌군. 조금 웅얼거리는 정도야. 앞으로 전쟁터를 멀리하기만 하면 별로 불편하지도 않을 걸세. 그래도 휘말리지 않게 조심하는 게 좋겠지." 그는 그레이가 웃음을 터트리기를 기다렸지만, 그레이는 웃지 않았다. "자, 이제 전부 끝났으니까, 빌어먹을 전쟁도. 여기 서명해 주겠나." 그레이는 서명했다. "시작했을 때처럼 순식간에 잊을 수 있었으면 좋겠군. 자, 그럼—" 그는 살균된 미소를 띠며 손을 내밀었다. "잘 가게, 대위. 행운을 비네."

오전 7시 정각에 언덕을 내려온 매튜 그레이는, 막 퇴원한 사람처럼 핼쑥한 얼굴에 도시 사람의 옷을 입고 지팡이를 짚은 키 큰 남자를 발견하고 걸음을 멈추었다.

"알렉?" 그는 말했다. "알렉." 둘은 악수를 나누었다. "널 알아보지도— 오늘 올 줄도……" 그는 자기 아들을, 백발이 된 머리를, 왁스로 굳힌 콧수염을 바라보았다. "상자에 넣을 훈장이 두 개가 됐다고 편지에 썼었지." 그리고 매튜는 오전 7시 정각인데도 언덕을 다시 오르기 시작했다. "너희 어머니를 보러 가자."

그 짤막한 순간, 알렉 그레이는 옛날로 돌아갔다. 어쩌면 자신이 생각한 것처럼 멀어진 것은 아닐지도 모른다. 어쩌면 그는 언덕을 오르고 있었을 뿐이고, 자신의 귀향은 과거로의 회귀가 아니라 자갈 하나가 일으키는 산사태 같은 것이었을지도 모른다. 물론 그런 생각은 순간적으로 스치고 지나갔을 뿐이었지만. "조선소는요, 아버지."

아버지는 점심통을 든 채로 단호하게 걸음을 옮겼다. "그건 기다려도 된다." 그가 말했다. "너희 어머니를 보러 가야지."

어머니는 문간에 나와서 그를 맞이했다. 그녀 뒤편으로는 이제 사내가 다 된 젊은 매튜와 존 웨슬리, 그리고 이제야 처음으로 보는 엘리자베스가 있었다. "군복 안 입고 왔네." 젊은 매튜가 말했다.

"그래." 그가 말했다. "그래, 나는—"

"너희 어머니는 네가 군복을 전부 차려입은 모습을 보고 싶어 했다." 아버지가 말했다.

"아니에요." 어머니가 말했다. "절대! 아니라고요! 절대!"

"조용, 앤." 아버지가 말했다. "이 아이는 이제 상자에 담을 훈장을 두 개나 받은 대위요. 이건 거짓 겸손일 뿐이오. 너는 용기를 보였으니, 그에 맞춰 마땅히— 하지만 내가 할 말은 아니구나. 그레이 가의 남자에게 걸맞은 제복이란 작업복과 망치일 테니까."

"네, 아버지." 알렉은 말했다. 그는 아주 오래전부터 용기를 품은 인간 따위는 없으며, 그저 도로에 뚜껑이 열린 맨홀에 빠지듯이 눈먼 채 용맹 속으로 뛰어들 뿐이라는 사실을 깨닫고 있었다.

그는 그날 밤이 되어 어머니와 아이들이 잠자리에 들 때까지 아버지에게 이야기를 꺼내지 않았다. "잉글랜드로 돌아갈 겁니다. 일자리를 약속받았어요."

"아." 아버지가 말했다. "아마 브리스톨이겠지? 거기서도 배를 만든다던데."

램프가 발하는 빛이 벽난로 선반에 놓인 상자의 검고 반짝이는 표면에서 흐릿하게 번들거렸다. 바람이 한 줄기 올라가며 하늘을 검은 주발처럼 텅 비게 만들고, 어두운 공간 속에서 집과 언덕과 곶의 모습을 깎아내듯 드러냈다. "바람이 밤새 불겠구나." 아버지가 말했다.

"다른 일도 있습니다." 알렉이 말했다. "그러니까, 저도 친구들이 생겼거든요."

아버지는 철제 안경을 벗었다. "친구가 생겼다라. 분명 장교나 뭐 그런 사람들이겠지?"

"네, 아버지."

"친구란 있으면 좋은 존재다. 밤에 벽난로 앞에 둘러앉아서 대화를 나눌 때는 말이다. 하지만 그 지점을 넘어서면, 네 결점을 보듬어줄 수 있는 사람은 결국 너를 사랑하는 사람뿐이다. 온갖 시행착오를 저지르는 사람을 견뎌내려면 그를 깊이 사랑해야 한다."

"그런 부류의 친구는 아닙니다, 아버지. 그들은……" 그는 말을 멈췄다. 아버지와 눈을 마주치지 못했다. 매튜는 자리에 앉아 천천히 엄지로 안경을 닦았다. 바람 소리가 들려왔다. "이번 일이 실패하면 조선소로 돌아오겠습니다."

아버지는 침중한 얼굴로 그를 바라보며, 천천히 안경을 닦았다. "조선공이란 그런 부류의 사람이 아니다, 알렉. 주님을 경외하고, 늑재를 붙이는 선체가 자신의 것인 것처럼 작업에 매진하며……" 그는 움직였다. "성서가 무슨 조언을 해줄지 알아보자꾸나." 그는 안경을 다시 썼다. 탁자에는 묵직한 황동 제본 성경이 한 권 놓여 있었다. 그는 성경을 펼쳤다. 단어들이 페이지에서 솟아올라 그를 마중 나오는 것처럼 보였다. 그러나 그는 큰 소리로 구절을 낭독했다. "수천의 군세의 대장이자 수만의 군세의 대장이니……. 자부심의 구절이었다.* 그는 아들을 마주하고, 목을 숙여 안경 너머로 그를 바라봤다. "그래서 런던으로 갈 생각이냐?"

"네, 아버지." 알렉이 말했다.

VI

그의 자리가 기다리고 있었다. 사무실이었다. 그는 이미 명함도 만들었다. A. 그레이 대위, M.C., D.S.M. 그리고 런던으로 돌아오는 길에 미망인과 고아를 후원하는 자선단체인 장교 협회**에 가입했다.

그는 괜찮은 구역에 방을 잡았고, 명함과 왁스칠한 콧수염과 각 잡힌 옷차림에 흉내 내지도 못할 방식으로 지팡이를 든 채로, 경쾌하며 동시에 눈에 띄지 않는 모습으로 걸어서 사무실로 출퇴근하며, 피카딜리에서는 맹인과 상이군인들에게 동전을 주면서 어느 연대 출신인지를 물었다. 한 달에 한 번씩 그는 집으로 편지를 썼다.

---

* 여기서 포크너가 인용한 성경 구절이 어느 부분인지는 명확하지 않다. 비슷한 내용이 사무엘서, 출애굽기, 민수기 등에 등장하나 일치하지는 않는다. 인용 이후에 따옴표가 닫히지 않는 것 또한 여러 해석이 가능할 것이나, 여기서는 원문 그대로 수록했다.

** 영국군 퇴역장교와 미망인 및 고아를 돕기 위해 1919년 만들어진 자선단체.

저는 잘 있습니다. 제시와 매튜와 존 웨슬리와 엘리자베스에게 사랑을 전해 주세요.

그 첫해에 제시가 결혼을 했다. 그는 은식기 세트를 선물로 보냈고, 그 때문에 조금 빠듯하게 지내며 저축한 돈을 빼 와야 했다. 그가 저축을 하는 이유는 노년을 대비해서가 아니었다. 그러기에는 대영제국을 너무 확고하게 믿고 있었기에, 마치 여인처럼, 신부처럼 대영제국에 몸을 내맡겼기 때문이었다. 그는 자신이 생명을 잃었다 되찾았던 그 죽음의 풍경을 찾아 해협을 다시 건널 때를 대비해 저축을 하고 있었다.

기회는 3년 후에 찾아왔다. 휴가계를 제출할 계획을 짜고 있는데, 어느 날 매니저가 먼저 그 화제를 꺼냈다. 그는 각 잡히게 꾸린 가방 하나를 들고 프랑스로 향했다. 그러나 즉시 동쪽으로 방향을 잡은 것은 아니었다. 그는 우선 리비에라로 갔다. 그리고 일주일 동안 신사처럼 돈을 쓰며 신사처럼 살았다. 온 유럽의 호리호리한 여인들이 몰려드는 화사한 새장 같은 그곳에서, 홀로 고독하게.

그것이 그날 아침 지중해특급에서 내리는 그의 모습을 본 파리 사람들이 "부유한 귀족이로군"이라고 말했던 이유였고, 당시의 무모하고 좌절을 모르는 병사들 아래에서 3년 동안 침묵하다가 이제 다시 움트기 시작하는 땅을 지나면서, 객차 삼등칸의 딱딱한 벤치에 앉아서 지팡이에 몸을 기대어 창밖을 바라보며 철판으로 지은 역사 건물에 새겨진 이름을 입술만 움직여 읽는 모습을 보면서도 그 말을 반복했던 이유였다.

그는 런던에 되돌아와서야 떠나기 전에 알았어야 하는 일을 깨달았다. 자기 자리가 사라져 있었던 것이다. 매니저는 깍듯하게 그를 계급으로 부르며 상황이 나빠졌다고 알려주었다.

그의 손에 남은 저축은 천천히 녹아내려갔다. 그는 마지막 남은 저축으로 어머니에게 선물할 검은색 실크 드레스를 샀고, 편지를 첨부했다.

저는 잘 지냅니다. 매튜와 존 웨슬리와 엘리자베스에게 사랑한다고 전해 주세요.

그는 친구들을, 자신이 알고 지내던 장교들을 방문했다. 그가 가장 친하게 지냈던 한 남자는 난롯불이 지펴진 따뜻한 방에서 위스키를 대접했다. "그래서 지금은 일을 안 하고 있나? 운이 안 좋구먼. 그건 그렇고 위트비 그 친구 기억하나? 어느 중대를 이끌었지. 괜찮은 녀석이었어. 그런데 사람 운이 없었더군. 지난주에 자살했다네. 상황이 이러니."

"아, 그랬나? 그래. 기억하네. 운이 안 좋군."

"그래. 운이 안 좋았어. 괜찮은 녀석이었는데."

그는 더 이상 피카딜리의 맹인과 상이군인들에게 동전을 건네지 않았다. 신문을 사는 데 필요했기 때문이다.

직공 급구
석공이 되세요

자동차 운전수 구함. 참전 기록 불필요

상점 점원 (21세 이하여야 함)

조선공 필요

그리고 마지막으로 이런 자리가 있었다.

도시 밖의 고객분들을 대할 사회적 명망과 인맥이 있는 신사분 구함. 임시직

그는 그 일거리를 가져왔고, 왁스칠한 콧수염과 각 잡힌 정장 차림으로 웨스트엔드의 선술집들에서 버밍엄과 리즈에 이르는 장소들을 누비고 다녔다. 그러나 임시직이었다.

직공

목수

도장공

겨울 또한 일시적이었다. 봄이 되자 그는 왁스칠한 콧수염과 다림질한 정장 차림으로 백과사전 한 질을 들고 행상인이 되어 서리Surrey로 들어갔다. 자신이 입고 있는 이외의 소지품은 전부 팔아치우고, 시내에 있는 하숙집도 포기한 후였다.

지팡이와 왁스칠한 콧수염과 명함은 여전히 지닌 채였다. 서리는 부드럽고 녹색이고 온화했다. 비좁고 작은 정원에 비좁고 작은 집이 서 있었다. 벨벳 재킷을 입은 제법 나이 든 남자 하나가 화단에서 어슬렁거리고 있었다. "안녕하십니까, 선생님. 실례지만 제가—"

벨벳 재킷을 입은 남자가 고개를 든다. "옆문으로 가 주실 수 있겠소? 이리 오지 마시오."

그는 옆문으로 향한다. 새로 갓 칠한 하얀 나무문에는 에나멜을 입힌 표지판이 붙어 있다.

거지 행상인 출입금지

그는 문을 지나쳐 담쟁이 아래 숨은 작은 문을 두드린다. "안녕하십니까, 아가씨. 실례지만 잠시—"

"썩 꺼져요. 문에 붙은 표지판 못 봤어요?"

"하지만 저는—"

"썩 꺼져요. 안 가면 주인님을 부르겠어요."

가을이 되어 그는 런던으로 돌아왔다. 어쩌면 그 자신도 이유를 설명할 수 없었을지도 모르겠다. 어쩌면 말로 꺼낼 수 없는 이유였을지도, 다시 죽어 버린 그의 삶에서 체현과 극치의 순간을 다시 현재로 가져오고자 하는 본능이었을 뿐일지도 모를 일이었다. 그러나 그는 여전히 왁스칠한 콧수염에, 꼿꼿한 자세에, 왼쪽 겨드랑이 아래 지팡이를 낀 채로, 황동색 흉갑을 입은 왕실 근위병이며 얼룩덜룩한 거세마들이며 선홍색 제복을 걸친 경비병들 사이를, 영대와 중백의를 걸친 교회의 병사들이며 평복 차림의 주님의 수호자들 사이를 돌아다녔고, 그 모두가 절망에 귀를 기울이며 2분 정도는 관심을 보여주었다. 주머니에는 아직 30실링이 남아 있었고, 그 돈으로 그는 명함을 보충했다. A. 그레이 대위, M.C., D.S.M.

아직 봄까지는 몇 주 정도가 남았고, 봄철의 허약한 미숙아 같은 겉치레뿐인 희멀건 날이 이어지는 중이다. 희미한 햇살 속에서 건물들이 분홍빛과 금빛 안개 속으로 사라진다. 여인들은 모피에 제비꽃을 꽂아서, 이 위험하고 기만적인 공기 속에서 자신이 꽃처럼 피어나도록 보이려 애쓴다.

그런 여자가 한쪽 모퉁이 벽에 기대서 있는 남자를 두 번 돌아보았다. 백발에 수척한 체구, 꼬아 놓은 수염은 끝이 갈라져 있고, 셀룰로이드 옷깃 안에는 색이 바래고 너덜너덜해진 연대 스카프를 걸치고 있으며, 한때 고급품이었을 정장은 이제 실밥이 사방에 드러나 있는데도 지난 24시간 안에 다림질한 것처럼 보이는 남자가, 눈을 감고 벽에 기댄 채로, 다 떨어진 모자를 거꾸로 들어 앞으로 내민 채로 서 있었다.

그는 한참을 그렇게 서 있었다. 누군가 팔을 툭 쳤다. 경관이었다. "움직이십시오, 선생. 구걸 금지입니다." 모자 안에는 페니 동전 7개와 하프펜스 동전 3개가 들어 있었다. 그는 비누 하나와 약간의 음식을 샀다.

다시 종전기념일이 찾아오고 지나갔다. 그는 다시 거리에 섰다. 지팡이를 겨드랑이에 끼고, 번쩍이는 제복을 입고 조용히 서 있는 사람들을 지나, 다 떨어지거나 제법 버티고 있는 헌옷을 입은 사람들이 끈덕지고 어리둥절한 표정으로 일렬로 늘어서 있는 곳으로 향했다. 지금 그의 눈에는 구걸꾼의 희망 섞인 체념이 아니라, 어느 꼽추의 소리 없는 쓴웃음을 떠오르게 만드는 쓰라림이 떠올라 있다.

경사의 포석 위에서 초라한 모닥불이 타오른다. 그 일렁이는 불빛 속에서 곰팡이가 자라는 축축한 임뱅크먼트* 벽과 다리의 석조 아치가 어스름 속에 떠오른다. 경사의 포석이 끝나는 곳에서 보이지 않는 강물이 조수의 흐름에 따라 꿀럭인다.

다섯 명의 사람이 불가에 누워 있다. 일부는 잠든 듯 머리를 가리고, 다른 이들은 담배를 피우며 담소를 나눈다. 남자 하나는 벽에 등을 기대고, 손은 옆으로 늘어트린 채 앉아 있다. 그는 맹인이다. 그렇게 앉은 채 잠을 청한다. 자기 말로는 눕기가 두렵다고 한다.

"앞이 안 보이면 누워 있어도 별다를 게 없지 않아?" 다른 사람이 말한다.

"뭔가 일이 생길지도 모르니까." 맹인이 말한다.

"무슨 일? 포탄이라도 떨어져서 시력을 되찾아줄 것 같나?"

"포탄을 실제로 주기는 했으니까." 세 번째 남자가 말한다.

"오. 그냥 우리를 전부 일렬로 세워놓고 빌어먹을 포격이라도 떨궈 줬으면 좋겠는데."

"그래서 시력을 잃은 건가?" 네 번째 남자가 말한다. "포탄 때

---

* 웨스트민스터에서 블랙프라이어까지 이어지는 임뱅크먼트는 현재는 공원이 조성되어 있지만, 당시에는 하수도의 온기 때문에 런던의 빈민과 노숙자가 모여드는 곳이었다.

문에?"

"오. 몽스에 있었다더군. 모터바이크를 타고 전령으로 활동했다고. 그 이야기 좀 해 줘봐, 친구."

맹인은 얼굴을 조금 든다. 그 외에는 조금도 움직이지 않는다. 그는 억양 없는 목소리로 말하기 시작한다. "그녀는 손목에 작은 흉터가 있었어. 그래서 알 수가 있었지. 그 손목에 흉터를 낸 사람이 나라고 말할 수 있을지도 모르겠군. 언젠가 함께 가게에서 일하고 있을 때였지. 낡은 엔진을 하나 가져다가 바이크에 올리던 중이었어. 그래서 우리가 함께—"

"뭐야?" 네 번째 남자가 말한다. "무슨 소리를 하는 거야?"

"쉬이이잇." 첫 번째 남자가 말한다. "소리 좀 죽여. 자기 애인 이야기 하는 거야. 브라이튼로드에서 바이크 가게를 했는데 결혼할 예정이었다더라고." 그는 계속 목소리를 낮추어, 맹인의 지치고 단조로운 목소리에 묻혀버릴 음량으로 말한다. "입대해서 군복을 받은 날에 같이 사진을 찍었다더라고. 그걸 계속 가지고 있었는데, 어느 날 잃어버린 거야. 조금 정신이 나가 버리더군. 그래서 우리는 결국 그 사진과 대충 비슷한 크기의 명함을 하나 가져다줬어. '여기 자네 사진이야, 친구.' 우리는 말했지. '이번에는 잘 쥐고 있으라고.' 그래서 저 친구는 아직 그 명함을 가지고 있어. 아마 이야기를 끝내기 전에 자네한테 보여주려고 할 거야. 그러니 알려주지 마."

"알았어." 상대방이 말한다. "절대 말 안 하지."

맹인은 말을 잇는다. "— 병원에 있을 때 그녀에게 편지를 썼는데, 당연히도 그녀가 직접 찾아왔어. 손목의 흉터로 알 수 있었지. 목소리는 다른 듯했지만, 그때 이후로는 어차피 모든 것이 다르게 들렸으니까. 그래도 흉터로 알 수 있었어. 우리는 함께 앉아서 손을 마주잡았고, 나는 그녀의 왼쪽 손목 안쪽의 흉터를 만질 수 있었어. 영화관에서도. 그 흉터를 만질 수 있으면 마치 내가 직접 그녀를—"

"영화관?" 네 번째 남자가 말한다. "저 친구가?"

"그래." 상대방이 말한다. "영화관에 데려갔다더라고. 희극으로 말이야. 그럼 사람들 웃음소리를 들을 수 있으니까."

맹인은 말을 잇는다. "— 영화 때문에 눈이 아프다고, 나를 영화관에 두고 나갔다가 다 끝나면 돌아와서 나를 데려가겠다고 했지. 그래서 나는 괜찮다고 했어. 그다음 밤에도 같은 일이 벌어졌어. 나는 괜찮다고 했지. 그다음 밤에는 나도 안 가겠다고 했어. 그냥 있던 곳에, 병원에 머물러 있자고 했지. 그랬더니 그녀가 한동안 아무 말도 않는 거야. 그녀의 숨소리가 들렸지. 그러다 그녀가 괜찮다고 했어. 이후로 우리는 영화관에 가지 않았어. 그저 앉아서 손을 맞잡고, 나는 종종 그 흉터를 만지고 있을 뿐이었지. 병원에서는 목소리를 높일 수가 없으니까 속삭일 뿐이었어. 하지만 대부분은 아예 말을 하지 않았어. 그냥 손만 잡고 있었지. 그런 시간이 8일 밤 동안 계속됐어. 내가 직접 헤아렸지. 그러다 8일째 밤이 된 거야. 우리는 그렇게 서로의 손을 붙든 채 앉아 있었고, 나는 때때로 그녀의 흉터를 만졌지. 그런데 갑자기 손이 휙 하고 뿌리쳐진 거야. 그녀가 일어나는 소리가 들렸지. '잘 들어요.' 그녀가 말했어. '이렇게 계속할 수는 없어요. 당신도 언젠가는 알아야 할 테고.' 그래서 나는 말했어. '내가 알고 싶은 건 하나뿐이야. 당신 이름이 뭐지?' 그녀는 자기 이름을 알려줬어. 간호사 중 하나더군. 그리고 그녀는—"

"뭐야?" 네 번째 남자가 말한다. "그게 무슨 일이야?"

"직접 들었잖나." 첫 번째 남자가 말한다. "병원에 있던 간호사 중 하나였다고. 그 여자는 진즉에 다른 남자랑 튀어 버렸고 그의 손을 붙들어준 건 간호사였다는 거지. 그가 속아넘어갔다고 생각하고 있었고."

"그런데 저 친구는 어떻게 안 건데?" 네 번째 남자가 말한다.

"들어 봐." 첫 번째 남자가 말한다.

"— '그리고 당신은 내내 알고 있던 거군요.' 그녀가 말했어. '처음부터요?' '흉터 때문이야.' 나는 말했어. '반대쪽 손목에 흉터가 있다고. 오른쪽 손목에 흉터가 있으니까.' 나는 말했어. '그리고 엊그제 밤에는 가장자리를 살짝 들어 보기도 했지. 대체 뭐야.' 나는 말했어. '천 반창고 같은 건가?'" 맹인은 벽에 기대어 앉아서 손은 미동도 없이 옆으로 늘어트린 채, 고개만 살짝 든다. "그렇게 알아차린 거야. 흉터로. 흉터를 낸 사람이 나인데도 그걸로 속일 수 있으리라고 생각한 거지. 생각해 보면—"

불에서 가장 먼 곳에 누워 있던 사람이 고개를 든다. "그만." 그가 말한다. "그 작자가 온다."

나머지 사람들은 일제히 고개를 돌려 입구 쪽을 바라본다.

"누가 온다는 거야?" 맹인이 말한다. "짭새들이야?"

그들은 대답하지 않는다. 그는 입구로 들어오는 사람을 지켜본다. 지팡이를 들고 있는 키 큰 사람이다. 맹인을 제외한 남자들은 자기들 사이로 들어오는 키 큰 남자를 보면서 입을 다문다. "누가 온다는 거야?" 맹인이 말한다. "친구들!"

새로 들어온 사람은 그들과 모닥불을 지나친다. 눈길조차 주지 않는다. 그는 계속 걸음을 옮긴다. "이제 잘 보라고." 두 번째 남자가 말한다. 맹인은 이제 앞으로 몸을 조금 숙이고 있다. 일어날 채비를 하려는 것처럼 손으로 양옆의 땅바닥을 더듬거린다.

"누굴 보라는 거야?" 그가 말한다. "뭐가 보이는데?"

그들은 대답하지 않는다. 그들은 몰래 집중해서 새로 들어온 남자를 지켜보고 있다. 남자는 옷을 벗더니 하얀 그림자가 되어, 어둠 속에서 유령처럼 일렁이며 물로 들어가 몸을 씻는다. 차갑고 더러운 강물을 한 움큼씩 떠올려 몸을 때린다. 그는 불가로 돌아온다. 사람들은 황급히 눈길을 돌린다. 맹인과 (그는 여전히 정면을 보고 앉아서, 당장이라도 일어나려는 것처럼 팔로 땅을 짚은 채, 소리와 움직임이 느껴지는 쪽으로 얼굴을 향하고 있다) 다른 한 사람만을 제외하고. "이쪽 돌멩이가 뜨겁습니다, 선생님." 그는 말한다. "바로 불 옆에 놓아두었거든요."

"고맙네." 새로 들어온 남자가 말한다. 그는 여전히 사람들을 인식조차 못 하는 듯하고, 그래서 그들은 조용히 다시 그 남자를, 그가 너저분한 옷가지를 돌 위에 올려놓고 불에서 다른 돌을 꺼내어 다림질하는 모습을 지켜본다. 그가 옷을 챙겨입는 동안, 그에게 말을 걸었던 남자가 물가로 내려가서 그가 사용했던 비누 조각을 들고 돌아온다. 그들은 그대로 새로 들어온 남자가 비누에 손가락을 문지른 다음 콧수염을 뾰족하게 꼬는 모습을 지켜본다.

"왼쪽에 조금 더 바르시지요, 선생님." 비누를 들고 있는 남자가 말한다. 새로 들어온 남자는 다시 손가락에 비누질을 하더니 왼쪽 콧수염을 다시 꼬고, 상대방은 고개를 슬쩍 뒤로 기울이며 그 모습을 지켜본다. 그 형상이나 태도나 옷가지가 모두 캐리커처로 그린 허수아비 같다.

"이제 됐나?" 새로 들어온 남자가 말한다.

"잘됐습니다, 선생님." 허수아비가 말한다. 그는 어둠 속으로 물러갔다가 비누 대신 모자와 지팡이를 들고 돌아온다. 새로 들어온 남자는 그걸 받아든다. 그는 주머니에서 동전 하나를 꺼내 허수아비의 손에 올린다. 허수아비는 모자에 손을 올려 인사한다. 새로 들어온 남자는 사라진다. 그들은 큰 키와 꼿꼿한 등판과 지팡이가 사라질 때까지 그 뒷모습을 지켜본다.

"뭐가 보이는 건데, 친구들?" 맹인이 말한다. "뭐가 보이는지 나도 알려 달라고."

VII

휴전일 이후 잉글랜드에서 이민을 떠난 퇴역 장교 중에는 워클리라는 이름의 소위가 하나 있었다. 그는 캐나다로 가서 밀농사로 크게 성공하여 주머니와 건강 양쪽이 두둑해졌다. 여간 두둑해진 것이 아니었기 때문에, 만약 그가 고향 땅을 방문한 첫날 저녁에 (성탄절 전야였다) 피카딜리 광장이 아닌 파리의 리옹 역에서 걸어나왔더라면, 사람들은 그를 보고 이렇게 말했을 것이었다. "그냥 부유한 귀족이 아니라, 아주 잘난 부유한 귀족이로구먼."

그는 런던에서 필요한 옷가지를 맞출 정도로만 머물렀고, 새로 사 입은 옷이 너무 마음에 든 나머지 (예전이었더라면 도저히 감당할 수 없었을 양복점에서 맞춘 것이었다) 딱히 어디로든 갈 생각도 들지 않을 정도였다. 그래서 그는 흥겨운 인파에 섞여들어 거리를 누비다가, 문득 발걸음을 멈추고 얼굴 하나를 멍하니 바라보았다. 거의 백발의 머리에, 콧수염에 왁스를 칠해 뾰족하게 세운 남자였다. 스카프는 연대의 색깔과 문양을 간신히 알아볼 수 있을 정도로 너덜너덜했다. 올이 다 풀린 옷가지는 갓 다림질한 듯했고, 손에는 지팡이를 들고 있었다. 그는 포석 위에 서서 지나치는 사람들에게 뭔가 말을 걸고 있는 듯했고, 워클리는 손을 앞으로 내민 채로 갑작스레 그의 앞으로 다가섰다. 그러나 상대방은 완벽하게 죽은 눈으로 그를 멀거니 바라볼 뿐이었다.

"그레이." 워클리가 말했다. "내가 기억 안 납니까?" 상대방은 강렬한 죽은 눈으로 그를 바라봤다. "병원에 함께 있었지요. 이후에 캐나다로 갔습니다. 기억 안 납니까?"

"그렇군." 상대방이 말했다. "기억이 나네. 자네 워클리지." 그리고 그는 워클리를 바라보기를 그만두었다. 그는 슬쩍 옆으로 움직여 다시 행인을 마주하고 손을 뻗었다. 워클리는 그제야 그 손에 성냥 서너 갑이 들려있다는 사실을 깨달았다. 어느 담배가게에서도 1페니면 한 갑을 살 수 있는 물건이었다. "성냥? 성냥 사시죠, 선생님?" 그가 말했다. "성냥? 성냥 사시죠?"

워클리도 움직여서, 상대방의 바로 앞으로 다가섰다. "그레이—" 그는 말했다.

상대방은 다시 워클리를 바라보았고, 이제 그 시선에는 절제

되었지만 끓어오르는 짜증 비슷한 것이 담겨 있었다. "건드리지 마, 이 개자식아!" 그는 이렇게 말하고는, 다시 군중을 향해 돌아서며 손을 뻗었다. "성냥? 성냥 사시죠, 선생님!" 그는 노래하듯 말했다.

워클리는 걸음을 옮겼다. 문득 그는 다시 걸음을 멈추고, 몸을 반쯤 돌려 왁스칠한 콧수염 위의 수척한 얼굴을 바라보았다. 이번에도 상대방은 그를 정면으로 마주했지만, 그 눈길은 마치 알아보지 못한 것처럼 그대로 흘러가 사라져 버렸다. 워클리는 그대로 움직였다. 빠른 걸음으로. "이런 세상에." 그는 말했다. "토할 것 같구만."

균열
Crevasse

 포격의 가장자리를 빙 돌아 예전 탄흔과 새 탄흔으로 들어갔다가 다시 기어 나오며, 부대는 전진한다. 두 사람이 가운데 한 사람을 끼고 반쯤 끌다시피 운반하고, 다른 둘은 그들의 소총 세 정을 나르고 있다. 세 번째 남자의 머리는 피 묻은 헝겊으로 동여매져 있다. 갈 길 모르는 다리가 제멋대로 움직이고, 머리는 이리저리 흔들리며, 땀방울이 천천히 진흙에 뒤덮인 얼굴을 타고 흘러내린다.

 포격이 계속해서 평원 저 멀리까지 뻗어나가며 아득하고 뚫을 길 없는 소리가 울린다. 종종 가벼운 바람이 어딘가에서 불어오고, 잠깐이지만 가느다란 회갈색의 연기가 쓰러진 포플러 위에서 피어오른다. 부대는 한 달 전에 밀을 파종했으나 이제는 금속 조각과 달아오른 헝겊 무더기 속에서 휘저어진 땅으로, 토양을 뚫고 자라난 싹들이 버티고 있는 들판으로 들어가 가로지른다.

 들판을 가로지른 부대는 수로로 들어서고, 수로 가장자리에는

5피트 정도 높이에서 평행으로 잘려나간 가로수들이 서 있다. 병사들은 수로가에 주저앉아 오염된 물을 마시고 수통을 채운다. 동료를 운반하던 병사들은 부상병을 그대로 땅으로 미끄러트린다. 힘없이 수로 둑에 걸려 있던 부상병의 양팔이 물에 잠기고, 다른 이들이 돕지 않았더라면 머리까지 잠겨 버렸을 것이다. 병사 중 하나가 철모로 물을 퍼 주지만, 부상병은 목으로 넘기지 못한다. 그래서 그들은 부상병을 똑바로 붙든 다음 철모 가장자리를 그의 입술에 대고는 거기다 물을 부어 주고, 부상병의 머리에 물을 부어 붕대를 적셔 버린다. 그리고 한 병사가 주머니에서 더러운 걸레를 꺼내서 어색하게 부드러운 손놀림으로 부상병의 얼굴을 닦아 준다.

대위, 소위, 하사관은 여전히 선 채로 더러워진 지도를 뚫어져라 바라보고 있다. 수로를 넘어가면 지대는 천천히 높아진다. 수로변의 땅을 보면 희멀건 지층에 백악층이 눈에 띈다. 대위는 지도를 치우고 하사관은 병사들에게 자리에서 일어나라고, 나직한 소리로 명령한다. 운반을 맡은 병사 둘은 부상병을 일으켜 세우고, 그들은 모두 수로 둑을 따라 이동하여 이윽고 물에 잠긴 바지선의 이물과 고물이 양쪽 강둑에 닿아 다리가 되어 있는 곳에 도착하고, 그대로 수로를 건너간다. 여기서 그들은 다시 걸음을 멈추고, 대위와 소위는 다시 지도를 확인한다.

희멀건 봄날의 한낮을 뚫고, 마치 끝없는 금속 지붕을 계속해서 때리는 우박처럼 총성이 이어진다. 걸음을 재촉하자 백악질의 토양이 천천히 발밑에서 솟아오르기 시작한다. 땅은 메말라 거칠어 퍼석퍼석하게 부서지고, 부상병을 부축하는 두 병사의 발걸음은 힘겨워지기만 한다. 그러나 그들이 걸음을 멈추자, 부상병은 몸부림치며 뿌리치고는, 머리를 손으로 감싸고 비틀거리며 걸어나가다 발이 걸려 넘어진다. 운반하던 동료들은 그를 붙들어 일으키고는, 혼잣말을 중얼거리는 그를 가운데 놓고 팔을 비틀어 어깨로 올린다. 그는 "……모자*가……"라고 중얼거리며 손을 빼내어 자기 붕대를 잡아당긴다. 동요가 앞으로 번져나간다. 대위가 뒤를 돌아보더니 걸음을 멈춘다. 부대 또한 명령 없이도 걸음을 멈추고 총구를 내린다.

"붕대를 잡아당기고 있습다, 대위님." 운반병 중 하나가 대위에게 말한다. 그들은 부상병을 양쪽에서 붙든 채 자리에 앉힌다. 대위는 그 옆에 무릎을 꿇고 앉는다.

"……모자가 ……모자가." 병사는 중얼거린다. 대위는 붕대를 헐겁게 푼다. 하사관이 수통을 건네고, 대위는 붕대를 적신 다음 부상병의 눈두덩에 손을 가져다 댄다. 다른 병사들은 주위에 둘러서서, 일종의 냉정하고 거리감 있는 관심을 품고 그 모습을 지켜본다. 대위가 자리에서 일어선다. 운반병들은 부상병을 다시 일으킨다. 하사관이 이동 명령을 내린다.

그들은 계곡 산마루에 도달한다. 계곡의 사면은 서쪽으로 뻗어나가 완만한 경사의 고원 지대로 이어진다. 남쪽으로는 회갈색의 먼지구름 아래에서 폭격이 맹렬히 이어지고 있다. 서쪽과 북쪽으로는 반짝이는 광활한 평원 여기저기서 작은 숲 위로 연기

---

* bonnet. 스콧 연대가 킬트와 함께 착용하는 모자. 정신이 혼미한 부상병은 자신의 붕대를 모자로 착각하고 있다.

가 느릿하게 피어오른다. 그러나 이 연기는 뭔가를 태우는 연기, 화약이 아니라 나무를 태우는 연기다. 두 장교는 손으로 눈가를 가리고 주변을 둘러보고, 병사들은 다시 명령 없이 행군을 멈추고 팔을 내린다.

"젠장, 대위님." 소위가 갑자기 높고 가느다란 목소리로 말한다. "집을 태우는 거잖습니까! 후퇴하고 있군요! 짐승! 짐승 같은 놈들!"

"가능한 일이로군." 대위는 손을 올린 채 그쪽을 주시하며 말한다. "이제 저 포격을 우회해서 이동할 수 있다. 저 너머에 도로가 있을 테니까." 그는 다시 빠른 걸음으로 앞장선다.

"전진." 하사관이 나직한 어조로 말한다. 병사들은 다시 의문 없이 유순하게 팔을 들어올린다.

계곡은 고스*와 흡사한 거친 잡초로 가득하다. 곤충이 꽃에서 웅웅대며, 발치에서 짓 소리와 함께 날아올랐다가 한낮의 햇살을 맞으며 다시 파닥대며 내려앉는다. 부상병은 다시 주절대고 있다. 부대는 휴식하며 그에게 물을 주고 붕대를 다시 적셔 주고는, 두 병사가 운반병들과 교체한 다음 서둘러 부상병을 끌고 대열에 따라붙는다.

대열 선두가 멈춘다. 병사들은 마치 화물열차가 멈출 때처럼 퍼뜩 놀라며 앞사람과 부딪친다. 대위의 발치에 널찍하고 살짝 함몰된 둥그런 흔적이 보이고, 죽은 것처럼 보이는 잡초들이 대지에서 총검이 뭉쳐 솟아난 것처럼 듬성듬성 자라 있다. 소구경

---

* 스코틀랜드에 흔한 낮은 키의 관목. 강렬한 노란색의 꽃이 핀다.

포탄이 만든 탄흔이라기에는 너무 크고, 대구경 포탄이 만들었다기에는 너무 얕다. 다른 뭔가가 만들었으리라는 단서는 아예 존재하지도 않았기에, 그들은 조용히 그 아래를 들여다보기만 한다. "묘하군요." 하사관이 말한다. "대체 뭐가 이런 걸 만들었으리라 생각하십니까?"

대위는 대답하지 않는다. 그는 방향을 튼다. 부대는 함몰된 듯 그런 흔적을 우회하며, 조용히 그 안쪽을 바라보며 지나친다. 그러나 그 흔적을 지나치자마자 새로운 흔적이 등장한다. 아마 그만큼 크지는 않은 듯하지만. "놈들이 뭘 사용해서 이런 흔적을 만든 걸까요." 소위가 말한다. 이번에도 대위는 대답하지 않는다. 부대는 이번 함몰된 흔적도 우회해서 계속 산마루를 따라 이동한다. 계곡 반대편에는 침식되어 희뿌연 면을 드러내는 백악 지층이 깎아지른 듯 겹겹이 모습을 드러내고 있다.

좁은 협곡이 갑자기 그들의 앞길을 가로지른다. 대위는 다시 방향을 틀어 협곡과 평행으로 전진하고, 이내 협곡은 직각으로 방향을 틀어 그들의 행군 방향으로 이어진다. 협곡 바닥은 그림자에 감싸여 있다. 대위는 깎아지른 벽을 따라 그림자 속으로 앞장선다. 병사들은 부상병을 조심스레 아래로 내리고는 걸음을 재촉한다.

잠시 후 협곡 앞길이 열린다. 부대는 자신들이 아까 확인한 얕게 함몰된 흔적 한가운데로 걸어나왔다는 사실을 깨닫는다. 다만 이번에는 경계도 명확하고, 반대편 벽면에는 다른 흔적의 존재가 보인다. 두 장의 접시처럼 포개져 있는 느낌이다. 부대는 첫 번째 흔적을 가로지르고, 죽은 풀의 총검이 메마른 채로 그들의 다리를 찔러댄다. 그들은 틈새를 통해 두 번째 흔적으로 들어선다.

이번 흔적은 작은 모형 절벽 사이의 작은 모형 계곡처럼 생겼다. 머리 위로는 나른하고 텅 빈 하늘만이 이어지고, 북서쪽에 흐릿한 연기 얼룩이 보일 뿐이다. 포격 소리는 이제 먹먹하게 멀리서 울릴 뿐이다. 귀에 들린다기보다는 대지의 진동으로 느끼는 것에 가깝다. 최근 만들어진 포탄의 탄흔이나 표지 따위는 전혀 없다. 마치 갑작스레 전쟁의 손길이 닿지 않은, 아니 누구의 손길도 닿지 않은 지역에, 생명도 없으며 침묵 자체마저도 사멸한 지역에 흘러들어온 것만 같다. 그들은 부상병에게 물을 먹이고 다시 걸음을 옮긴다.

계곡과 함몰된 흔적이 그들의 눈앞으로 어설프게 이어진다. 정체를 알 수도 추측할 수도 없는 이유 때문에, 원형에 가까운 수많은 분지들이 서로 겹치며 무수히 생겨난 것만 같다. 희끄무레한 잡초의 총검이 계속 그들의 다리를 찔러대고, 잠시 후 그들은 다시 아문 흉터처럼 서 있는 나무들을 마주친다. 녹색인 것도 죽은 것도 아닌 나뭇잎이 듬성듬성 매달려 있는 모습이, 마치 정지된 시간에 따라잡혀 붙들린 채로, 바람이라고는 없는데도 서로 퍼석한 소리로 잡담을 나누는 것만 같다. 계곡 바닥에도 경사가 있다. 계곡 자체가 애매하게 푹 파인 흔적으로 내려갔다가, 다시 애매하게 양쪽을 둘러싼 벽 사이에서 상승하는 것처럼 느껴진다. 그런 작은 흔적 중 하나의 한가운데에, 희끄무레하고 둥그런 백악 덩어리들이 얇은 표토를 뚫고 비쭉 솟아오른 것처럼 보인다. 탄력 있는 땅이 마치 코르크 위를 걷는 것처럼 느껴진다.

발소리도 나지 않는다. "즐거운 산보로군요." 소위가 말한다. 별로 목청을 높이지 않았는데도, 그 갑작스러움이 비좁은 계곡을 천둥처럼 가득 메우며 침묵의 자리를 채워넣는다. 너무도 오래 깨진 적 없는 침묵이 자신의 본분을 잊은 것처럼, 그의 말소리가 오래도록 그들의 주변을 휘감는다. 그들은 하나가 되어 조용하고 냉정하게 주변을, 그들을 둘러싼 벽을, 완고한 유령 같은 나무들을, 고요하고 먹먹한 하늘을 둘러본다. "들어앉아서 새나 뭐 그런 것들을 노리고 매복하기 딱 좋겠네요." 소위가 말한다.

"그래." 대위가 말한다. 이번에는 그의 말소리가 느릿하게 머무르다 잦아든다. 후미의 병사들이 다가붙고, 그 움직임이 전열로 전달된다. 병사들은 조용하고 냉정하게 주변을 둘러본다.

"하지만 여긴 새가 없네요." 소위가 말한다. "벌레조차 없어요."

"그래." 대위가 말한다. 말소리는 잦아들고, 정적이 다시 내려앉는다. 햇볕 속에서, 완전히 고요하게. 소위는 걸음을 멈추고 뭔가를 발로 휘젓는다. 병사들도 걸음을 멈추고, 소위와 대위는 반쯤 파묻혀 부스러진 소총을 건드리지 않고서 살펴본다. 부상병이 다시 횡설수설한다.

"뭐인 것 같습니까, 대위님?" 소위가 말한다. "캐나다에서 쓰는 물건처럼 보이는데요. 로스 소총이죠. 맞죠?"

"프랑스군 제식 소총이다." 대위가 말한다. "1914년제야."

"아." 소위가 말한다. 그는 발끝으로 소총을 뒤집어 본다. 총신에는 아직도 총검이 달려 있지만, 개머리판은 썩어서 떨어져 나간 지 오래다. 그들은 고르지 못한 땅 위로, 여기저기 백악의 덩어리들이 흙을 뚫고 솟아난 사이로 걸음을 재촉한다. 흐릿하고 나른한 햇빛이, 침체되고 실체도 열기도 없는 빛이 계곡 안에 고인다. 총검 같은 풀잎이 드문드문 빳빳하게 솟아나 있다. 그들은 다시 부스러지는 벽을 둘러보고, 그러다 부대 전열의 병사들의 눈에 소위가 다시 걸음을 멈추더니 둥그런 백악 덩어리 하나를 자기 소총으로 쿡쿡 찌르는 모습이 들어온다. 뒤집힌 덩어리는 흙이 묻은 눈구멍과 아래턱 없이 미소 띤 얼굴로 그들을 바라본다.

"전진." 대위가 날카롭게 말한다. 부대는 움직인다. 지나가는 병사들은 조용하지만 흥미롭게 해골을 바라본다. 그들은 얕은 표토 위에 구슬처럼 여기저기 박혀 있는 다른 희끄무레한 덩어리들 사이로 걸음을 옮긴다.

"혹시 그거 눈치채셨습니까? 전부 같은 자세로 있어요." 소위는 즐겁게 재잘거리는 목소리로 이렇게 말한다. "다들 똑바로 앉아 있다고요. 참 이상하게 매장하네요. 앉혀놓다니. 흙도 얕고요."

"그래." 대위는 말한다. 부상병은 계속해서 주절거린다. 운반병 두 명이 그와 함께 멈추지만, 다른 이들은 서둘러 장교들을 따라가며 두 운반병과 부상병을 지나친다. "물 멕이려고 멈추지 말그라." 운반병 하나가 말한다. "걸으면서 마심 되지." 그들은 다시 부상병을 부축하며 서두르고, 한 명은 그러면서 수통의 목을 잡아서 부상병의 입에 대 준다. 수통이 이빨에 부딪쳐 달그락거리고 물이 상의로 쏟아진다. 대위가 뒤를 돌아본다.

"뭐하는 건가?" 그가 날카롭게 말한다. 병사들이 몰려든다. 냉정하지만 눈을 둥그렇게 뜨고 있다. 그는 조용히 뚫어져라 바라보는 얼굴들을 둘러본다. "후미에 무슨 일 있나, 하사관?"

"신경이 곤두선 모양입니다." 소위가 말한다. 그는 침식된 벽면을, 대지에서 조용히 솟아나 있는 희끄무레한 둥근 덩어리들을 둘러본다. "저도 그런 기분이고요." 그가 말한다. 그는 웃음을 터트리지만, 지나치게 가늘고 금세 끝나 버리는 웃음이다. "얼른 여기서 나가시죠, 대위님." 그가 말한다. "다시 태양 아래로 나가자구요."

"여기도 태양 아래다." 대위가 말한다. "다들 긴장 풀도록. 앞으로 밀고 들어오지 마라. 곧 나가게 될 거다. 도로를 찾아서 포격을 피해 통과한 후에 다시 연락을 시도할 거다." 그는 몸을 돌려 다시 걸어간다. 부대는 다시 움직인다.

그러다 그들은 한몸이 된 듯 멈춘다. 걷는 도중에 갑작스레 제동이 걸린 것처럼 멈추고 서로를 바라본다. 다시 발밑의 땅이 움직인다. 병사 하나가 높은 소리로, 마치 여인이나 말처럼 비명을 지른다. 단단한 땅이 그들 발밑에서 세 번째로 들썩이고, 몸을 휙 돌린 간부들은 아래로 떨어지는 병사 너머로 구멍이 뻥 뚫리고 그 가장자리에서 여전히 마른 흙이 부스러지는 모습을 목격한다. 뒤이어 두 번째 병사의 발밑에서 다시 땅이 무너진다. 그 직후 칼이 베고 지나간 것처럼 그들 모두의 발밑으로 실금이 퍼져나간다. 대지가 발밑에서 무너지며 희멀건 흙덩이로 조각나고, 그 사이로 검은 공동이 마치 고요한 폭발처럼 터져나가며 썩은 육신의 냄새가 분명한 악취가 솟구친다. 병사들이 정신을 차리고 (이제 조용하게, 첫 병사가 비명을 지른 후로는 아무 소리도 들리지 않았기에) 한쪽 흙덩이에서 다른 흙덩이로 뛰어 건너려 하자, 흙덩이는 기울어지고 미끄러지더니 계곡 바닥 전체가 천천히 아래로 흘러내리며 그들을 어둠 속으로 빠뜨려버린다. 음산하게 우릉거리는 소리가 부패의 폭발과 함께 햇빛 위로 솟구치고, 솟아오른 흐릿한 흙먼지는 검은 구멍을 둘러싼 희뿌연 공기 속에 나부낀다.

대위는 더듬거리며 자신이 무너져내리는 벽면과 함께 빠져들고 있는 상황을 파악한다. 칠흑 같은 어둠 속에서 공포와 발버둥 소리가 울린다. 다른 누군가 비명을 지른다. 비명이 멎는다. 부패의 구덩이 속에서 계속해서 부상병의 연약한 목소리가 흘러나오는 것이 들린다. "난 안 죽었어! 난 안 죽었어!" 그 소리도 갑자기 멈춘다. 마치 누군가 그의 입을 틀어막은 것처럼.

그러다 대위를 실은 채 무너져내리던 절벽이 천천히 멈추며 그를 상처 하나 없이 단단한 바닥 위로 뱉어낸다. 그는 잠시 그대로 누운 채 기다리고, 죽음과 붕괴의 물결이 빛과 공기가 있는 쪽으로 밀려나가며 그의 얼굴을 스치고 지나간다. 뭔가에 몸이 걸렸던 모양이다. 그 물체는 가볍게 그의 몸 위로 떨어져내리더니, 마치 산산조각 나는 듯 먹먹한 덜컹거리는 소리를 낸다.

뒤이어 빛이 보인다. 머리 위 동굴 입구의 깔쭉깔쭉한 형상이 눈에 들어오더니, 뒤이어 하사관이 손전등을 들고 그를 굽어보고 있는 모습이 보인다. "매키?" 대위가 말한다. 하사관은 대답 대신 손전등으로 자기 얼굴을 비춘다. "매키 소위는 어디 있나?" 대위가 말한다.

"죽었습니다, 대위님." 하사관은 목쉰 소리로 속삭인다. 대위가 일어나 앉는다.

"얼마나 남았나?"

"열넷입니다, 대위님." 하사관이 속삭인다.

"열넷이라. 열둘이 사라졌나. 빨리 파내야겠군." 그는 자리에서 일어선다. 위에서 내리쬐는 흐릿한 빛이 산사태로 무너진 흙더미 위를, 열세 개의 철모와 절벽 아래 웅크리고 있는 부상병의 붕대 위를 차갑게 비춘다. "여기가 어딘가?"

하사관은 대답 대신 손전등을 움직인다. 어둠 속으로 비스듬히 뻗어나간 빛줄기는 벽과 토굴을 지나 뻥 뚫린 어둠 속으로 사라진다. 벽면에는 희끄무레한 백악질이 번득인다. 토굴의 벽을 따라 앉거나 기대 있는 해골들은 어두운 색조의 군복과 헐렁한 주아브 바지 차림에, 부스러지는 총기들이 그 옆에 놓여 있다. 대위는 이들이 1915년 5월 전투의 세네갈 부대임을 깨닫는다.* 아마도 백악 동굴에 피난했다가 그대로 가스 공격을 받아 전사했을 것이다. 그는 하사관으로부터 손전등을 넘겨받는다.

"살아남은 병사가 있는지 찾아본다." 그가 말한다. "참호 공구를 꺼내도록." 그는 벼랑 위편으로 불빛을 비춘다. 빛은 그대로 암울한 어둠 속으로, 뒤이어 머리 위편의 흐릿한 한낮의 햇살의 증거 속으로 사라진다. 하사관이 뒤를 따르는 가운데, 그는 무너지는 흙더미를 기어오른다. 발밑에서 흙이 한숨 소리와 함께 아

---

* 프랑스군은 1915년의 제2차 이프르 전투에 모로코와 세네갈 지원부대를 투입한다. 독일군은 이들을 대상으로 독가스 공격을 감행하고, 공격의 대상이 된 부대는 궤멸에 가까운 타격을 입는다. 프랑스군이 흑인 부대를 전선에 투입한 것도, 독일군이 독가스를 사용한 것도 이때가 처음이었다.

래로 흘러내린다. 부상병이 다시 소리를 지르기 시작한다. "난 안 죽었어! 난 안 죽었어!" 그러다 그 목소리는 높고 숨죽인 비명으로 변한다. 누군가 그의 입을 틀어막는다. 목소리는 이내 웅웅거리는 소리로 변하더니, 뒤이어 조금씩 높아지는 웃음소리가 되고, 다시 비명으로 변했다가, 다시 틀어막힌다.

대위와 하사관은 최대한 높이 올라가며 흙을 찔러보고, 흙더미는 발밑에서 무너지며 더 길고 숨죽인 한숨 소리를 낸다. 벼랑 아래쪽의 병사들은 웅크린 채로 희끄무레하고 창백하고 인내심 깃든 얼굴을 들어 빛을 바라보고 있다. 대위는 손전등으로 벼랑 위아래를 훑는다. 시야 안에는 팔이나 손 따위는 보이지 않는다. 공기가 천천히 잦아들고 있다. "전진한다." 대위가 말한다.

"알겠습니다, 대위님." 하사관이 말한다.

토굴은 양쪽 모두 어둠 속으로 이어진다. 끝 모를 완전한 어둠, 조용히 앉거나 벽에 기댄 채 팔을 양옆으로 늘어뜨린 해골들로 가득찬 어둠이다.

"흙이 무너지며 우릴 앞으로 밀어냈군." 대위가 말한다.

"예, 대위님." 하사관이 속삭인다.

"큰 소리로 말하게." 대위가 말한다. "이건 동굴일 뿐이야. 들어온 사람이 있다면 우리도 나갈 수 있을 거다."

"예, 대위님." 하사관이 속삭인다.

"우릴 앞으로 밀어냈으니, 저 너머에 입구가 있을 거다."

"예, 대위님." 하사관이 속삭인다.

대위가 손전등으로 앞길을 비춘다. 병사들은 일어나서 조용히 그 뒤로 따라붙는다. 부상병도 그들 중에 끼어 있다. 그가 끙끙거리는 소리를 흘린다. 동굴은 계속 이어지고, 어둠 속에서 번들거리는 벽면이 계속해서 펼쳐진다. 앉아 있는 이들은 부대가 지나가는 내내 빛을 향해 웃음을 흘린다. 공기가 묵직해진다. 부대는 헐떡이며 발걸음을 서두르고, 이내 다시 공기가 가벼워지며 손전등이 토굴을 뒤덮고 있는 다른 흙더미를 훑어내린다. 대위가 흙더미로 올라간다. 그는 전등을 끄더니 천천히 흙더미를 타고 동굴 천장에 맞닿아 있는 곳까지 올라가서 코를 킁킁거린다. 다시 불빛이 켜진다. "두 명, 참호 공구를 들고 앞으로." 그가 말한다.

병사 두 명이 그에게 올라간다. 그는 병사들에게 공기가 꾸준히 들어오는 작은 틈새를 보여준다. 그들은 격렬하게 그곳을 파내며 뒤편으로 흙을 뿌린다. 이내 다른 두 명이 그들과 교체한다. 머지않아 틈새는 병사 네 명이 동시에 지나갈 수 있는 토굴로 변한다. 공기는 한층 신선해진다. 병사들은 마치 개처럼 끙끙거리는 소리를 내면서 격렬하게 흙을 파낸다. 부상병은 그들의 소리를 듣기라도 했는지, 또는 흥분을 알아차리기라도 했는지, 다시 높은 소리로 의미 없이 웃기 시작한다. 그러다 토굴 맨 앞에 있던 병사가 밖으로 이어지는 구멍을 뚫는다. 그를 둘러싸고 빛이 물처럼 흘러들어온다. 그는 정신없이 파들어간다. 나머지 병사들은 그의 흔들리던 엉덩이의 실루엣이 시야에서 사라지고 햇빛이 터져 들어오는 모습을 바라본다.

나머지 병사들은 부상병을 버려두고 비탈을 오르며, 출구를 향해 으르렁거리며 다투기 시작한다. 하사관이 병사들을 향해 뛰쳐나가더니 참호 파는 삽으로 그들을 때려 출구에서 떨어트리며, 목쉰 속삭이는 소리로 욕설을 내뱉는다.

"나가게 두게, 하사관." 대위가 말한다. 하사관은 행동을 그만둔다. 그는 옆으로 물러서서 병사들이 뒤얽혀 토굴을 나가는 모습을 지켜본다. 그런 다음 그는 내려와서, 대위와 함께 부상병을 도와 비탈을 올라간다. 토굴 출구에서 부상병은 그들을 뿌리친다.

"난 안 죽었어! 난 안 죽었어!" 그는 발버둥치며 소리친다. 그들은 회유와 완력으로 여전히 비명을 지르며 발버둥치는 부상병을 토굴로 밀어넣고, 그는 다시 얌전해지더니 꾸물거리며 토굴을 지나간다.

"먼저 나가게, 하사관." 대위가 말한다.

"뒤따라가겠습니다, 대위님." 하사관이 속삭인다.

"먼저 가라고 했다!" 대위가 말한다. 하사관은 토굴로 들어간다. 대위가 그 뒤를 따른다. 그는 동굴을 막아버린 산사태의 반대편으로 뚫고 나오고, 그 아래쪽에는 열네 명의 병사가 한데 모여 무릎 꿇고 있는 모습이 보인다. 손과 무릎을 땅에 댄 짐승 같은 모습으로, 대위는 숨을 들이쉬고, 그 숨결을 따라 거친 소리가 울린다. "곧 여름이 되겠군." 그는 이렇게 생각하며, 허파에서 공기를 비우는 것보다 더 빨리 빨아들여 호흡을 되돌리려 시도한다. "곧 여름이 될 테고, 날도 길어질 테지." 경사 아래에 열네 명의 남자가 무릎을 꿇고 있다. 가운데 있는 사람은 손에 성경을 들고 있고, 그는 책의 내용을 단조롭게 읊조린다. 부상병의 횡설수설하는 소리가, 뜻도 억양도 없고 끝없이 이어지는 주절거림이 차츰 높아지며 그 소리를 뒤덮어 버린다.

반전
Turnabout

I

그 미군은 — 나이 든 쪽은 — 멋들어진 베드포드 코듀로이 바지 차림이 아니었다. 바지도 상의와 마찬가지로 평범한 능직 군복이었다. 그리고 군복 상의에도 런던에서 재단한 긴 아랫단은 달리지 않았고, 따라서 샘 브라운 벨트 아래로는 상의 밑자락이 헌병의 권총집 아래 군복자락처럼 비죽 튀어나와 있을 뿐이었다.* 게다가 새빌 로**에서 맞춘 군화가 아니라 단순한 각반과 중년 남성에게 어울리는 편한 신발을 신고 있었고, 각반과 신발의 색조도 일치하지 않았으며, 군 보급품인 벨트는 양쪽 모두에 어울리지 않았고, 가슴에 달린 날개 모양 계급장에도 별다른 세공은 들어가지 않았다. 그러나 그 아래 달린 훈장의 리본은 상당

---

* 베드포드산 코듀로이는 1차 대전 당시 고급 장교 군복에 사용되었다. 여기까지의 묘사는 대상이 멋 부리는 젊은 장교의 유행을 따르지 않음을 나타낸다.

** 런던의 유명한 고급 양복점 거리.

히 괜찮은 것이었으며,* 어깨의 견장에는 대위를 나타내는 막대 두 개가 달려 있었다. 키는 별로 크지 않았다. 얼굴은 갸름하고 조금 매부리코였다. 지성이 깃든 두 눈은 조금 지쳐 보였다. 스물 다섯을 넘은 나이였다. 그를 지켜본 사람이라면 '파이 베타 카파'는 아니라도 '스컬 앤드 본즈' 정도는 되며, 어쩌면 로즈 장학생일 수도 있다고 생각했을 것이다.**

그를 마주하는 남자 중 하나는 아마 그를 아예 볼 수조차 없었을 것이다. 미군 헌병에게 붙들려 있었기 때문이다. 상당히 취한 상태인 데다, 길고 홀쭉하고 힘없는 다리가 그를 붙들고 일으켜 세운 험악한 인상의 헌병과 대비되어, 마치 가장 무도회의 아가씨처럼 보일 정도였다. 아마 열여덟 살 정도일 것이며, 훤칠한 키에 혈색 좋은 하얀 얼굴과 푸른 눈, 그리고 여자처럼 도톰한 입술을 가지고 있었다. 수병의 하늘색 코트는 단추가 제멋대로 채워져 있고 최근에 묻은 진흙 자국이 있었으며, 금발 머리카락 위에는 그 누구도 범접하거나 흉내 낼 수 없으며 누구나 알아볼 수 있는 멋들어진 허세의 증표, 즉 영국 왕립 해군의 장교 모자가 얹혀 있었다.

"이건 무슨 일인가, 상병?" 미군 대위가 말했다. "뭐가 문제지? 이 사람은 영국군 아닌가. 그쪽 헌병이 처리하게 놔 두는 편이 좋을 텐데."

"저도 압니다." 헌병이 말했다. 그는 숨을 몰아쉬며 힘겹게, 육

---

* 리본 달린 훈장은 전통적으로 적전에서 용맹을 증명한 군인에게만 수여된다.
** 각각 미합중국 고등교육기관, 예일, 옥스퍼드의 명예 협회다.

체적 압박을 받고 있는 사람의 목소리로 말했다. 사지가 여성처럼 낭창낭창하기는 해도, 영국 젊은이는 보기보다 무거웠던 — 또는 무력했던 — 것이다. "차렷!" 헌병이 말했다. "장교 면전이다!"

그러자 영국 젊은이는 노력을 하기는 했다. 정신을 차리려 애쓰며 눈의 초점을 맞췄다. 그는 몸을 흔들며 헌병의 목 언저리에 팔을 두르더니, 움찔거리며 손가락이 조금씩 곱아드는 반대쪽 손을 오른편 귓가에 가져다 대며 경례를 하고는, 그러면서 다시 비틀거리다 간신히 버티고 섰다. "잘 가세요, 장교님." 그는 말했다. "장교님 이름이 비티가 아니었음 좋겠는데.*"

"아닐세." 대위가 말했다.

"아하." 영국 젊은이가 말했다. "안 그렇다니 다행이네요. 실수했네. 기분 상하신 건 아니죠?"

"안 상했네." 대위는 나직하게 말했다. 그러나 그의 시선은 헌병을 향해 있었다. 두 번째 미국인이 입을 열었다. 소위이자 마찬가지로 파일럿인 사람이었다. 그러나 그는 스물다섯 살도 아니었고 멋들어진 바지와 런던에서 맞춘 군화 차림에, 군복 상의는 옷깃만 아니라면 영국군 군복이라 해도 믿을 정도였다.

"해군 애송이 중 하나로군요." 그가 말했다. "밤새 여기 배수로에서 끄집어내느라 애쓰더군요. 대위님은 시내로 별로 안 나오니 모르시겠지만."

---

* 데이비드 비티 제독은 1차 대전 중반 이후로 영국 대함대 총사령관직을 맡았다. 즉 자신의 최고 상관이다.

"아." 대위가 말했다. "이야기는 들어본 적 있네. 이제 기억이 나는군." 추가로 그는 거리가 상당히 북적이는 데다 ― 인기 좋은 카페 바로 바깥이었다 ― 계속 지나가는 행인도 군인도 민간인도 여성도 이게 흔한 광경이라는 듯 발길을 멈추지조차 않는다는 사실도 알아차렸다. 그는 여전히 헌병을 바라보고 있었다. "자기 배에 데려다줄 수 없나?"

"대위님이 오시기 전에도 그 생각은 했습니다." 헌병이 말했다. "그런데 어두워진 후에는 승선할 수 없다는 겁니다. 해질녘이 되면 배를 치워 버린다나요."

"배를 치워?"

"똑바로 서라, 수병!" 헌병은 거칠게 말하며, 힘없이 늘어진 그의 짐짝을 홱 잡아당겼다. "대위님이시라면 무슨 소린지 아실 수도 있겠군요. 저는 도저히 무릅니다. 보트를 부두 아래에다가 보관한답니다. 밤마다 부두 아래로 몰아넣기 때문에, 내일 썰물이 나간 후에나 다시 꺼낼 수 있다는 겁니다."

"부두 아래에다? 보트를? 이게 무슨 소린가?" 그는 이제 소위를 향해 말하고 있었다. "수상 모터사이클 같은 물건이라도 운용하는 건가?"

"그 비슷한 겁니다." 소위가 말했다. "보신 적 있을 겁니다. 보트 말입니다. 위장까지 다 되어 있는 '론치'라고 부르는 물건입니다. 항구를 이리저리 오가는 모습을 보신 적 있으실 겁니다. 이 녀석들은 온종일 그런 짓만 하다가 밤새 여기 배수로에서 늘어져 자는 겁니다."

"아." 대위가 말했다. "나는 그 보트가 함장을 태우고 다니는 물건인 줄 알았네. 그러니까 자네 말은, 저쪽에서는 해군 장교라는 작자들을 데려다가—"

"저도 잘은 모르죠." 소위가 말했다. "배에서 배로 뜨거운 물이라도 나르고 있을지 누가 알겠습니까. 아니면 빵이나요. 아니면 냅킨이나 뭐 그런 걸 잊었을 때마다 전속력으로 왕복하는지도 모르죠."

"터무니없군." 대위가 말했다. 그는 다시 영국 젊은이를 바라보았다.

"정말로 그러고 다닙니다." 소위가 말했다. "밤새 이놈들 때문에 시내가 소란스럽죠. 배수로마다 들어차 있어서 그쪽 헌병들이 수레에 담아 나릅니다. 공원에 나온 보모들처럼요. 어쩌면 프랑스인들이 낮 동안에라도 배수로를 좀 비워 놓으라고 그 론치란 물건을 줬는지도 모르겠군요."

"아." 대위가 말했다. "알겠네." 그러나 대위는 알아듣지도 못하고, 제대로 듣고 있지도 않았고, 자기가 들은 것을 믿지도 않은 것이 분명했다. 그는 영국 젊은이를 바라봤다. "자, 그래도 저 꼴로 두고 갈 수는 없지 않겠나."

영국 젊은이는 다시 똑바로 서려고 시도했다. "단언하건대 아무 문제 없습니다." 그는 멍한 얼굴로, 거의 즐거울 정도로 경쾌한 목소리로, 제법 예의를 차려 말했다. "익숙하거든요. 이 빌어먹을 포석은 좀 거칠지만요. 프랑스 놈들한테 어떻게든 처리하라고 시켜야 한다고요. 원정팀 젊은이들이 왔는데, 제대로 된 경기장 정도는 받는 게 당연하지 않겠어요?"

"이 모든 짓거리에 아주 익숙한 것은 분명하군요." 헌병이 거친 목소리로 말했다. "자기가 원맨 원정팀이라고 생각하나 봅니다."

 그 순간 다섯 번째 남자가 끼어들었다. 영국군 헌병이었다. "좋은 밤일세." 그가 말했다. "뭔 일인가? 무슨 일이야?" 그러다 그는 미군 군복의 계급장을 알아차렸다. 그는 경례했다. 그의 목소리에 영국 젊은이가 몸을 빙 돌리더니 비틀거리며 그를 노려보았다.

 "아. 안녕, 알버트." 그가 말했다.

 "좋은 밤이오, 호프 씨." 영국군 헌병이 말했다. 그는 어깨 너머로 미군 헌병을 향해 말했다. "이번에는 무슨 일인가?"

 "별일 아니야." 미군 헌병이 대꾸했다. "굳이 문제랄 게 있다면 자네들이 전쟁을 수행하는 방식이겠지. 하지만 나야 외부인이니까. 자, 데려가게."

 "어떻게 된 건가, 상병?" 대위가 말했다. "저 친구가 뭘 하고 있었던 건가?"

 "자기 입으로 아무것도 아니라고 하지는 않을 겁니다." 미군 헌병은 영국군 헌병 쪽을 고갯짓하며 말했다. "지빠귀나 울새나, 뭐 그따위로 부르겠죠.* 조금 전에 세 블록 뒤편에서 이 거리로 들어섰는데, 항만에서 오는 트럭이 줄지어 거리를 메우고 있더란 겁니다. 운전사들은 대체 뭐가 문제냐고 고래고래 소리를 질러대고 있고요. 그래서 거리를 따라가 보니까 세 블록이 사거리

---

* 사소한 장난 또는 즐거운 모험이라는 뜻이며 클로드의 말버릇인 영국 속어 lark(종달새)를 빗대는 말.

까지 전부 통행이 막혀 있더란 말입니다. 그래서 문제의 발단이 있는 곳으로 가 보니까, 운전사 열두 명 정도가 거리 한복판에서 무슨 토론을 하고 있더란 겁니다. 그래서 그쪽으로 가서 '이게 대체 무슨 일인가?'라고 물었죠. 그랬더니 저한테 문제를 떠넘겨 버렸고, 이 애송이가 길바닥에 누워 있는 걸 발견한 겁니다—"

"국왕 폐하의 장교에게 그게 무슨 말버릇인가." 영국군 헌병이 말했다.

"주의하게, 상병." 대위가 말했다. "그래서 이 장교를 발견했는데—"

"거리 한복판에서 빈 바구니를 베개 삼아 잠들려던 중이더군요. 손을 머리 아래 가지런히 모으고, 다리를 꼰 채로, 일어나서 움직일지 말지를 놓고 말다툼을 벌이고 있었지요. 트럭은 얼마든지 되돌아가거나 다른 거리로 갈 수 있지만, 자기는 이 거리가 자기 몫이라 다른 거리를 쓸 수 없다는 거였습니다."

"자기 몫?"

영국 젊은이는 흥미를 가지고 즐겁게 귀 기울였던 모양이었다. "숙소 말이에요." 그가 말했다. "전쟁이라는 비상사태에서도 규율이란 게 있잖습니까. 제비뽑기로 숙소를 정했다고요. 이 거리는 제 몫이니까, 침범할 수 없단 말입니다. 알았어요? 옆 거리는 제이미 위더스푼네 숙소입니다. 그런데 제이미는 아직 거길 안 쓰고 있으니, 트럭은 그리 지나다녀도 되거든요. 아직 안 잘 거라고요. 불면증이니까. 잘 알고 있었죠. 그래서 그렇게 말했어요. 트럭은 그쪽 길을 쓰라고. 이제 알겠죠?"

"그런 거였나, 상병?" 대위가 말했다.

"들으신 그대롭니다. 일어나지를 않더군요. 그냥 그렇게 누워서 말싸움만 하고 있었죠. 그중 하나한테 어디든 가서 자기네 법규집을 가져오라고 하면서—"

"칙령 규정* 말이군." 대위가 말했다.

"— 그 책을 보면 자기하고 트럭 중에서 누구한테 도로의 권리가 있는지 알 수 있다고 말하는 겁니다. 그러다 제가 그를 일으켰고, 그때 대위님이 오신 겁니다. 그게 전붑니다. 그리고 대위님이 허락하신다면, 이제 이 장교를 국왕 폐하의 보모한테 넘기고 싶은데—"

"그걸로 됐네, 상병." 대위가 말했다. "자네는 가 보도록. 이 건은 내가 처리하겠네." 헌병은 경례를 붙이고 자리를 떴다. 이제 영국 젊은이를 부축하는 사람은 영국군 헌병이었다. "그렇게 데려갈 수 있겠나?" 대위가 말했다. "이 친구 숙소가 어딘가?"

"솔직히 말하자면, 저도 이들의 숙소가 있는지 없는지조차 잘 모르겠습니다. 저희는 — 저는 보통 날이 밝을 때까지 술집에 틀어박혀 있는 모습만 봤으니까요. 숙소를 이용하지 않는 듯합니다."

"그러니까 자네 말은, 배를 숙소로 쓰지는 않는다는 소린가?"

"음, 대위님, 엄밀하게 말하자면 그 물건을 배라고 부를 수는 있다고 생각합니다. 그러나 그런 곳에서 잠을 청하려면 이분보다는 조금 더 피곤한 상태여야 할 겁니다."

"알겠네." 대위가 말했다. 그는 헌병을 보며 말했다. "그 보트

---

* King's Regulations. 영국 및 커먼웰스군이 사용하는 군 법규집.

가 대체 어디에 쓰는 물건인가?"

이 질문에 대답하는 헌병의 목소리는 즉각적이고 단호하며 아예 억양조차 없었다. 마치 닫힌 문처럼. "저로서는 알 수 없습니다, 대위님."

"아." 대위가 말했다. "그런가. 자, 어쨌든 이번에는 이 친구도 해가 뜰 때까지 술집에 머무를 상태는 아닌 것 같군."

"제가 구석 테이블이 있는 술집을 찾아다가 재워 놓고 오는 것은 어떻겠습니까." 헌병이 말했다. 그러나 대위는 그 말을 듣고 있지 않았다. 그는 다른 카페의 불빛이 포석 위에서 빛나는 길 건너편을 바라보고 있었다. 영국 젊은이는 아이처럼 늘어지게 하품을 했다. 아이 같은 분홍색 입이 힘껏 벌어졌다.

대위는 헌병을 돌아보며 말했다.

"저쪽으로 건너가서 보가트 대위의 운전수를 불러다 주겠나? 호프 씨는 내가 맡겠네."

헌병이 떠났다. 이제는 대위가 영국 젊은이의 겨드랑이 아래 손을 넣어 부축하고 있었다. 젊은이가 다시 피곤한 아이처럼 하품을 했다. "좀 버티게." 대위가 말했다. "금세 차가 올 걸세."

"알았어요." 영국 젊은이는 하품을 하다 말고 중얼거렸다.

II

일단 차에 태우자, 그는 갓난아기가 그러듯이 갑작스럽고 평온하게, 두 미군 사이에 앉은 채로 잠들어 버렸다. 그러나 30분밖에 걸리지 않는 비행장에 도착해서 그를 다시 깨워보니, 그는 제법 생생해진 모습으로 위스키를 요구했다. 식당에 들어설 즈음에는 제법 제정신을 차린 듯한 모습으로, 불빛이 환한 방을 마주하고 눈을 조금 깜빡일 뿐이었고, 비스듬히 얹은 모자와 단추를 잘못 채운 수병용 상의 차림에 목에는 때묻은 실크 머플러를 휘감고 있었는데, 보가드는 그 머플러에 제법 유명한 사립학교 문양이 수놓아져 있음을 알아차렸다.*

"아." 그는 이제 혀가 꼬이지 않은 생생하고 또렷한 목소리로, 제법 명랑하고 제법 큰 소리로 말했고, 식당에 있던 다른 사람들은 몸을 돌려 그를 바라보았다. "좋네요. 위스키나 뭐 있어요?" 그는 새를 물어오는 사냥개처럼 일직선으로 구석을 향해 전진했고, 소위는 그 뒤를 따랐다. 보가드는 이미 몸을 돌려서 다섯 남자가 카드를 치고 있는 반대편 구석 테이블로 가는 중이었다.

"어느 동네 함장님이야?" 누군가 말했다.

"내 눈에 띄었을 때는 스카치 해군 총사령관이던데." 보가드가 말했다.

다른 사람이 고개를 들었다. "아, 시내에 내려갔을 때 본 적 있는 친구로군." 그는 방문객 쪽을 바라봤다. "아마 그래서 선 채로 들어왔을 때 못 알아본 모양인데. 평소에는 배수로에 엎어져 있는 모습만 보게 되니까."

"아." 첫 번째 남자가 말했다. 그 또한 주변을 둘러보았다. "그놈들 중 하나라고?"

"당연하지. 자네도 본 적 있을 거 아냐. 포석에 쭈그려 앉아서,

---

* 이튼 또는 동급의 유명 사립학교의 크리켓 선수였으리라는 의미.

라임놈들* 헌병 한둘이랑 어깨동무 하고 있는 모습을."

"그래, 본 적 있지." 다른 남자가 말했다. 그들은 모두 영국 젊은이를 바라보았다. 그는 카운터 앞에 서서 큰 소리로 명랑하게 떠들고 있었다. "죄다 저 녀석처럼 생겼어." 남자가 말을 이었다. "열일곱이나 열여덟 정도 됐겠지. 그 조그만 보트를 타고 언제나 이리저리 왔다갔다만 한다고."

"하는 일이 그런 거야?" 세 번째 남자가 말했다. "그러니까, WAAC에 딸린 남성 해병 보조 부대원이라고?** 원 세상에, 입대한 게 실수였어. 어차피 이놈의 전쟁을 제대로 홍보한 놈도 없지만 말이야."

"난 모르겠네." 보가드가 말했다. "그냥 배 타고 돌아다니는 건 아닐 거야. 뭔가 하는 일이 있겠지."

그러나 그들은 그의 말을 듣고 있지 않았다. 방문객을 바라보고 있을 뿐이었다. "저놈들은 시간을 철저하게 지킨다고." 첫 번째 남자가 말했다. "해가 진 다음에 저놈들 상태를 보면 거의 확실히 몇 시인지 알 수 있을 정도지. 내가 모르겠는 건 말이야, 새벽 1시까지 저런 꼬라지인 인간이 다음 날 전함이 코앞에 닥쳐도 알아볼 수 있겠냐는 거야."

---

* limey. 1차 대전 당시 미국이 영국 해군을 부르던 멸칭. 괴혈병 대책으로 라임주스를 마시는 작자들이라는 뜻이다.
** 영국군의 여성보조부대 WAAC(Women's Army Auxiliary Corps)는 자원봉사자로 구성되어 1917년 3월부터 프랑스 전선에서 활동했으며, 주로 통신, 조리, 판매, 서무, 행정, 정비 업무를 담당했다. 화자는 클로드를 보조부대의 보조부대원이라 칭함으로써 이중으로 격하시키는 셈이다.

"어쩌면 말이야, 배에 보낼 전갈이 있을 때마다," 다른 남자가 말했다. "그냥 사본을 잔뜩 만들어서 들려놓고, 론치를 일렬로 세우고 배를 가리킨 다음 출발 신호를 내릴지도 몰라. 그러면 배에 명중하지 못한 보트들은 그냥 항구를 떠돌다가 부두 어딘가에 박아 버리는 거지."

"그것보다는 뭔가 더 하겠지." 보가드가 말했다.

그는 뭔가 추가로 말하려 했지만, 그 순간 방문객이 유리잔을 하나 든 채로 카운터를 떠나 그들에게 다가왔다. 걸음걸이는 안정되었지만 얼굴은 불그레하고 눈은 반짝였으며, 다가오는 도중에도 큰 소리로 명랑하게 떠들고 있었다.

"그러니까요. 그쪽 친구들도 같이 한 잔 어울리지—" 그는 말을 멈추었다. 뭔가를 알아본 듯했다. 그들의 가슴팍을 바라보고 있었다. "아, 그렇군요. 당신들 하늘을 나는군요. 전부 다. 와, 이런 세상에! 그거 재밌나요, 음?"

"그래." 누군가 말했다. "재밌지."

"하지만 그만큼 위험하겠죠?"

"테니스보다 조금 빠른 정도지." 다른 남자가 말했다. 방문객은 환하고 사근사근하며 흥미 가득한 얼굴로 그를 바라보았다.

다른 남자가 재빨리 끼어들었다. "보가드 말로는 자네가 함장이라고 하던데."

"딱히 배라고 부를 물건도 아닌 걸요. 그래도 고마워요. 그리고 함장도 아니에요. 로니가 함장이에요. 저보다 조금 서열이 높거든요. 나이 때문에."

"로니?"

"네. 친절하고 착한 애송이에요. 나이가 있어서 좀 쪼잔하지만."

"쪼잔하다고?"

"끔찍할 정도예요. 말도 안 된다구요. 연기가 보이는데 나한테 쌍안경이 있으면 방향을 튼다니까요. 저쪽 갑판이 안 보일 정도로 말이에요. 그럼 비버를 못 한다구요. 어제까지 내가 2점 뒤처졌어요."

미군들은 서로를 마주 보았다. "비버를 못 한다고?*"

"우리 게임이에요. 배스킷 마스트**를 볼 때마다 있잖아요. 배스킷 마스트 있다. 비버! 그럼 1점. 근데 에르간스트라세는 이제 안 쳐 줘요."

테이블에 둘러앉은 남자들은 서로를 마주 보았다. 보가드가 입을 열었다. "그렇군. 자네나 로니가 배스킷 마스트가 달린 배를 보면, 비버를 1점 얻는다는 말이지. 알았네. 에르간스트라세는 또 뭔가?"

"독일 밴데요. 우리가 나포해서 부정기 화물선으로 써요. 앞돛대에 이것저것 붙여놔서 배스킷 마스트하고 어정쩡하게 비슷하거든요. 가로대에 케이블에 주렁주렁 달려서요. 전 별로 닮았다

---

* 턱수염 기른 남자를 보면 1점을 올리는 간단한 게임. 이 게임이 등장하는 만평을 종종 수록한 〈펀치〉에 따르면 옥스퍼드 학생들 사이에서 처음 만들어졌다고 한다. 클로드와 그 동료는 배스킷 마스트를 볼 때마다 비버를 외치고 있다. 반면 미군들은 그 게임을 모를 뿐 아니라, 비버라는 단어의 성적 함의(여성기의 은유) 때문에 추가로 당황하는 중이다.

** 돛대가 사라진 1차 대전기의 군함에 종종 설치한 쌍곡면 형식의 철골 관측탑.

고 생각하지 않았어요. 그런데 로니는 그렇다는 거예요. 그리고 점수를 불렀죠. 그러다 다른 날에는 제가 하구를 가로지르는 모습을 보고 로니한테 점수를 불렀어요. 그런 다음에는 그 배는 안 쳐 주기로 합의했죠. 이제 알겠죠?"

"아." 테니스 이야기를 꺼냈던 남자가 말했다. "잘 알겠군. 자네하고 로니는 론치를 타고 이리저리 내달리면서 비버 놀이를 한다는 거지. 흐으으음. 아주 좋군. 자네들 혹시 그 놀이를 다른 식—"

"제리." 보가드가 말했다. 방문객은 움직이지 않았다. 그는 여전히 웃으면서 눈을 크게 뜨고 말한 남자를 내려다보고 있을 뿐이었다.

말을 꺼낸 사람은 여전히 방문객을 바라보고 있었다. "자네하고 로니네 보트의 선미를 노랗게 칠해 놓지는 않았나?"

"선미를 노랗게요?" 영국 젊은이가 말했다. 이제 웃음기는 사라졌지만, 여전히 유쾌한 얼굴이었다.

"보트에 함장이 둘씩이나 있으면, 선미를 노랗게* 칠하거나 뭐 그래야 할 것 같아서."

"아." 방문객이 말했다. "버트하고 리브스는 장교가 아니에요."

"버트하고 리브스라." 상대방이 비꼬는 투로 말했다. "거기다 추가로 타는 사람까지 있다고. 그 친구들도 비버를 하나?"

"제리." 보가드가 말했다. 다른 사람들이 그를 돌아보았다. 보

---

* 노란색은 겁쟁이를 뜻한다.

가드는 고개를 슬쩍 꼬며 말했다. "이쪽으로 좀 오게." 상대방이 자리에서 일어섰다. 그들은 한쪽으로 빠졌다. "그 정도로 하게." 보가드가 말했다. "분명히 말했어. 아직 애잖나. 자네가 저 나잇대였을 때는 제정신이 박혀 있었나? 가끔 예배당에 들를 정도로만 간신히 붙어 있었겠지."

"우리나라는 4년 동안 전쟁을 치르고 있지 않았으니까." 제리가 말했다. "우리는 여기까지 와서 우리 돈을 쓰면서 밤낮없이 총을 맞고 있는데, 심지어 우리 싸움도 아니잖나. 그런데 저 라임 놈들은 우리가 아니었으면 열두 달 전부터 독일 놈들처럼 다리를 직각으로 들고 행진하고 있었을 거면서—"

"입 다물게." 보가드가 말했다. "무슨 자유 차관 선전물*처럼 말하는군."

"— 이게 무슨 축제나 그런 것처럼 말하고 있잖나. '재밌다'고." 그는 경쾌한 가성을 따라하며 말을 이었다. "하지만 그만큼 위험하겠죠?'라고."

"쉬이이잇." 보가드가 말했다.

"저놈하고 그 로니라는 놈을 한 번이라도 항구에서 맞닥뜨리고 싶군. 어디든 상관없으니까. 런던이라도. 제니** 한 대만 있으면 될 텐데. 제니? 젠장, 수상용 날개가 달린 자전거면 충분하다고! 진짜 전쟁이란 게 뭔지를 보여주겠어."

---

* 자유 차관 Liberty Loan은 1차 대전의 전쟁 자금 마련을 목적으로 1917년에 도입되었으며, 일련의 홍보 캠페인이 뒤따랐다.

** Curtis JN 복엽 훈련기. 통칭 '제니'.

"자, 이제 그 정도로 하게. 금방 떠날 친구 아닌가."

"저놈을 어떻게 하려는 건가?"

"오늘 아침 비행에 데려갈 생각일세. 하퍼 대신 앞자리에 태우지. 자기 말로는 루이스 기관총*을 다룰 줄 안다고 하니까. 자기네 보트에 그게 달려 있다더군. 나한테 하던 말에 따르면 ― 자기가 700야드 떨어진 곳에서도 해협의 부표 불빛을 맞출 수 있다고 하던데."

"뭐, 그거야 자네 마음이지. 어쩌면 저놈이 자네를 이길지도."

"이겨?"

"비버 놀이에서 말이야. 그럼 다음으로 로니한테 도전해 보라고."

"어쨌든 내가 전쟁이 뭔지 보여줄 생각일세." 보가드가 말했다. 그는 방문객 쪽으로 시선을 돌렸다. "저 친구네 나라는 3년째 전쟁을 치르는 중인데, 저 친구는 시합을 치르러 대도시로 나온 고등학생처럼 굴고 있으니 말이야." 그는 다시 제리를 바라보며 말했다. "하지만 지금은 저 친구를 건드리지 말게."

그들이 다시 테이블로 돌아오는 동안에도, 방문객의 목소리는 시끄럽고 경쾌하게 울렸다. "⋯⋯로니가 먼저 쌍안경을 잡으면 가까이 다가서 확인하는데, 내가 먼저 쌍안경을 잡으면 빙 돌아서 연기밖에 안 보이는 곳으로 나간다니까요. 끔찍하게 쪼잔하죠. 끔찍해요. 하지만 에르간스트라세는 이제 안 쳐 줘요. 그리고

---

* 핸들리 페이지 타입 O/400 폭격기의 기관총 사수석은 시야 확보를 위해 조종석 앞에 달려 있었다. 루이스 기관총은 기수와 복엽 뒤편에 배치되었다.

실수를 해서 에르간스트라세를 보고 비버를 외치면, 자기 점수에서 비버 둘을 까야 하죠. 로니가 깜빡하기라도 해서 거기서 외치면 저랑 동점이 될 텐데 말이에요."

III

 2시가 되었는데도 영국 젊은이는 여전히 밝고 순진하고 명랑한 목소리로 주절대는 중이었다. 1914년에 스위스 여행 계획이 망해 버렸고, 그래서 16세 생일날에 아버지가 약속했던 여행을 가는 대신, 자신과 가정교사는 웨일스 정도로 만족해야 했다고. 그러나 자신과 가정교사는 제법 높은 데까지 올라갔기 때문에 감히 말하자면 — 물론 스위스를 경험해 보신 분들한테 실례가 되고자 하는 건 아니지만 — 웨일스에서도 스위스에서만큼이나 멀리까지 내다볼 수 있다고 생각한다는 것이었다. "적어도 땀도 그만큼은 흘렸고, 숨도 그만큼은 헉헉댔겠죠." 그는 덧붙였다. 그리고 그를 둘러싼 그보다 조금 나이 많은 미군들은 조금 엄격하고 조금 진지한 얼굴로, 일종의 냉정한 경탄과 함께 그 말을 듣고 있었다. 그들은 이제 한둘씩 자리에서 일어나 밖으로 나가 있다가 비행복을 입고 헬멧과 고글을 든 채로 돌아오고 있었다. 잡역병 하나가 커피잔을 올린 쟁반을 가지고 들어왔고, 방문객은 문득 이미 한참 동안 바깥의 어둠 속에서 엔진 소리가 울리고 있었다는 사실을 깨달았다.
 마침내 보가드가 자리에서 일어섰다. "따라오게." 그는 말했다. "자네 옷을 챙겨주지." 식당에서 나와 보니 엔진 소리가 상당히 컸다. 공회전하는 천둥소리 같았다. 눈에 보이지 않는 활주로를 따라 어슴푸레하게 번쩍이는 청록색의 불꽃들이 허공에 걸린 듯 일렬로 늘어서 있는 모습이 보였다. 그들은 비행장을 가로질러 보가드의 숙소로 들어갔고, 맥기니스 소위는 침상에 앉아 비행용 부츠의 끈을 묶고 있었다. 보가드는 시드콧 비행복*을 한 벌 꺼내 침상 너머로 던져 주었다. "이걸 입게." 그가 말했다.

"이런 것까지 필요해요?" 방문객이 말했다. "그렇게 오래 날 건가요?"

"아마도." 보가드가 말했다. "입는 게 좋을 걸세. 위쪽은 춥거든."

방문객은 비행복을 집어들었다. "그런데요." 그가 말했다. "그런데요, 로니하고 나도 내일 ─ 그러니까 오늘 임무를 해야 하거든요. 내가 좀 늦어도 로니가 신경 안 쓸까요? 나 때문에 기다릴 수도 있을 텐데."

"차 마실 시간 전까지는 돌아올 거야." 맥기니스가 말했다. 자기 부츠 때문에 상당히 바쁜 듯했다. "약속하지." 영국 젊은이는 그를 바라보았다.

"몇 시까지 돌아와야 하나?" 보가드가 말했다.

"아, 어디 보자." 영국 젊은이가 말했다. "아마 괜찮지 않을까 싶어요. 어차피 출발 시각은 로니가 정하게 해 주거든요. 내가 조금 늦어도 로니는 기다려 줄 거예요."

---

* 모피와 방풍용 견직물을 이용해 한 벌로 만든 비행복. 고고도 비행을 위해 1917년에 개발해서 도입되었으며 1950년대까지 왕립 공군에서 사용되었다.

"그럼 기다리겠지." 보가드가 말했다. "비행복 챙겨 입게."

"알았어요." 상대방이 말했다. 두 사람은 그가 비행복 입는 것을 도와주었다. "이런 건 입어본 적이 없어요." 그는 즐겁게 재잘대며 말했다. "산 위에 올라가는 것보다 훨씬 멀리까지 보이겠죠?"

"더 많이 보이긴 하지." 맥기니스가 말했다. "마음에 들 거야."

"아, 좋네요. 로니가 나를 기다려주기만 하면 좋을 텐데. 종달새처럼 즐겁네요. 하지만 그래도 위험하겠죠?"

"당연하지." 맥기니스가 말했다. "뭐 장난하는 것도 아니고."

"입 다물게, 맥." 보가드가 말했다. "따라오게. 커피 좀 더 들겠나?" 그는 방문객을 보며 말했지만, 대답한 쪽은 맥기니스였다.

"안 됩니다. 커피보다 좀 나은 걸로 해야죠. 날개에 커피 얼룩이 묻으면 골치 아프다고요.*"

"날개에요?" 영국 젊은이가 물었다. "왜 날개에 커피가 묻어요?"

"다물라고 했네, 맥." 보가드가 말했다. "따라오게."

그들은 다시 비행장을 가로질러, 웅얼거리고 있는 불길의 둑 쪽으로 다가갔다. 거리가 가까워지자 방문객도 핸들리-페이지**의 형체와 외곽선을 조금씩 알아볼 수 있었다. 마치 풀먼 객차***

---

* 클로드가 토할 것이라는 의미.

** 영국 핸들리 페이지 사에서 제작한 복엽 폭격기. 가장 많이 생산된 타입 O/400 모델은 전장 20미터에 달하여 제작 당시 세계에서 가장 큰 비행기였다. 폭탄 적재량은 910킬로그램이었으며 주로 전략 폭격과 해상 폭격에 운용되었다.

를 경사로로 몰아서 덜 만든 고층건물의 1층 골조에 올려 놓은 것처럼 보였다. 방문객은 말없이 그 모습을 바라보았다.

"이거 순양함보다 더 큰데요." 그는 변함없이 밝고 흥미 가득한 목소리로 말했다. "그러니까, 있잖아요. 이게 한 덩어리로 날리가 없어요. 나도 이런 거에는 안 속아요. 전에 본 적이 있다고요. 두 덩이로 분리되어 날겠죠. 보가드 대위님이랑 내가 한쪽에 타고, 맥이랑 다른 친구 하나가 다른 쪽에 타는 거예요. 맞죠?"

"아니야." 맥기니스가 말했다. 보가드는 자리를 뜬 후였다. "전부 한 덩이로 나는 거다. 아주 큰 종달새지? 말똥가리쯤 되려나?"

"말똥가리요?" 방문객은 우물거렸다. "아, 그것보다는. 순양함이요. 날아다니는 순양함. 그렇게 말하고 싶은데요."

"그리고 잘 들어." 맥기니스가 말했다. 그가 손을 내밀었다. 뭔가 차가운 물건이 영국 젊은이의 손 안으로 꿈지럭거리며 들어왔다. 술병이었다. "조금 메슥거린다 싶으면 말이야, 알았지? 이걸 한 모금 마시라고."

"오, 메슥거리려나요?"

"당연하지. 다들 그런다고. 비행이란 그런 거야. 이걸 마시면 나아질 거고. 하지만 나아지지 않는다면 말이야. 알겠어?"

"뭘요? 네. 뭘요?"

*** 미국의 풀먼 사 Pullman Company가 19세기 중반부터 제작·운영한 고급 침대차 및 객차를 말한다. 일반 열차보다 넓고 안락한 좌석, 침대칸, 식당칸, 도우미 서비스 등을 갖춘 럭셔리한 열차 차량으로, 장거리 철도 여행의 상징이자 부유층의 이동수단으로 여겨졌다.

"비행기 옆쪽으로 토하지 마. 옆으로 토하지 말라고."

"옆으로 토하지 말라고요?"

"바람 때문에 보기 대위님하고 내 얼굴로 되돌아온다고. 앞이 안 보여. 그럼 끝장이라고. 알았지?"

"오, 알았어요. 그럼 어떻게 해야 하나요?" 그들의 나직하고 짤막하고 진지한 대화는 마치 음모를 꾸미는 것처럼 들렸다.

"그냥 고개 숙이고 마음껏 토해."

"오, 알았어요."

보가드가 돌아왔다. "그 친구한테 앞좌석에 들어가는 방법을 일러 주겠나?" 그가 말했다. 맥기니스는 발판을 타고 앞장서 올라갔다. 전면으로 나가며 동체가 기울어지자 통로도 좁아졌다. 기어 들어가야 할 정도였다.

"이리 기어 들어가서 계속 전진해." 맥기니스가 말했다.

"개구멍 같은데요." 방문객이 말했다.

"정말 그렇지?" 맥기니스는 경쾌하게 맞장구쳤다. "얼른 들어가라고." 그는 구부정하게 몸을 굽히고 상대방이 기어 전진하는 소리에 귀를 기울였다. "쭉 들어가면 루이스 기관총이 있을 거야." 그는 통로에 대고 말했다.

방문객의 목소리가 되돌아왔다. "찾았어요."

"조금만 기다리면 화기 담당 하사관이 와서 장전이 되어 있는지 확인해 줄 거야."

"장전은 되어 있는데요." 방문객이 말했다. 그리고 그가 말을 끝내자마자 짧은 스타카토 리듬으로 총성이 울렸다. 고함 소리가 이어졌고, 비행기 기수 아래의 땅에서 들리는 소리가 가장 컸다. "괜찮을 텐데요." 영국 젊은이의 목소리가 들렸다. "쏘기 전에 서쪽으로 총구를 돌렸거든요. 그쪽에는 해군 사무소하고 그쪽 여단본부밖에 없어요. 로니하고 나는 언제나 어딜 가기 전에는 항상 이렇게 하곤 했죠. 너무 빨리 쐈으면 죄송해요. 아, 그리고 말인데," 그는 덧붙였다. "제 이름은 클로드예요. 얘기 안 한 것 같아서."

보가드는 다른 두 장교와 함께 비행장에 서 있었다. 다들 서둘러 달려온 참이었다. "서쪽으로 쐈다고." 한 사람이 말했다. "대체 어디가 서쪽인지 어떻게 안 거야?"

"선원이잖아." 다른 사람이 말했다. "잊은 모양이군."

"게다가 기관총 사수이기까지 한 모양인데." 보가드가 말했다.

"저놈이 그건 안 까먹기를 빌어 보자고." 첫 번째 사람이 말했다.

IV

그럼에도 불구하고 보가드는 자신으로부터 10피트 앞쪽 기수에 있는 동그란 사수석에 튀어나와 있는 실루엣 형상의 머리에서 시선을 떼지 않았다. "그래도 기관총을 제대로 쏘기는 했으니까." 그는 옆에 앉은 맥기니스에게 말했다. "게다가 탄창을 직접 끼우기까지 한 것 아닌가?"

"그렇죠." 맥기니스가 말했다. "그냥 저 기관총이 웨일스 산꼭대기에서 사방을 둘러보는 자기하고 자기 가정교사라고 생각하고 죄다 까먹지나 않았으면 좋겠는데요."

"데려오지 않았어야 했는지도 모르겠어." 보가드가 말했다. 맥기니스는 대답하지 않았다. 보가드는 조종간을 슬쩍 올렸다. 앞쪽 사수석에서는 방문객의 머리통이 끊임없이 이리저리 움직이며 두리번거리고 있었다. "목표 지점에 도착해서 폭탄을 부린 다음 돌아오면 되는 일인데." 보가드가 말했다. "어둠 속에서 말이야. 젠장, 자기네 나라가 4년 동안 이런 난장판 속에 빠져 있는데, 자기 쪽으로 겨누는 총부리조차 보지 못했다는 게 말이 되나."

"머리를 집어넣지 않는다면 오늘 밤 동안에 보게 될 것 같습니다만." 맥기니스가 말했다.

그러나 젊은이는 머리를 집어넣지 않았다. 심지어 목표물 상공에 도착해서 맥기니스가 안쪽으로 기어 내려가 폭탄의 잠금장치를 풀 때에도 마찬가지였다. 심지어 탐조등이 그들을 발견하고, 보가드가 다른 비행기들에 신호를 보내고 급강하를 시작하고, 쌍발 엔진이 최대 속도로 울부짖으며 빗발치는 총탄 사이를 뚫고 지나가는 동안에도, 젊은이는 한쪽으로 몸을 쭉 빼고 탐조등 불빛에 얼굴을 드러내고 있었으며, 보가드는 마치 무대 위 스포트라이트를 받은 것처럼 또렷하게 드러난 젊은이의 얼굴을 바라보게 되었다. 그 얼굴에는 어린아이처럼 흥미와 즐거움만이 가득했다. '그런데 루이스 기관총까지 쏘고 있잖아.' 보가드는 생각했다. '그것도 정면으로.' 그는 급강하를 계속하며 계기판 바늘을 주시한 채로 오른손을 들어서, 맥기니스의 시야 안으로 손을 내릴 준비를 했다. 그는 손을 내렸다. 엔진의 소음 위로 폭탄의 고정쇠가 찰칵거리며 풀리고 휘파람 소리와 함께 떨어져내리는 소리가 들렸고, 폭탄의 무게에서 해방된 비행기는 그대로 튕겨오르듯 순식간에 위로 솟구치며 잠시 탐조등 불빛에서 벗어났다. 이후 그는 한동안 바빠졌는데, 다시 총탄 사이를 이리저리 피해 다니고, 그들을 포착하여 영국 젊은이가 한쪽으로 몸을 기울인 모습을 드러나게 만드는 다른 탐조등 불빛에서 벗어나야 했기 때문이다. 그런데 젊은이는 오른쪽 날개 뒤편의 착륙장치 방향을 내려다보고 있었다. '어디선가 읽은 적이 있나보군.' 보가드는 이렇게 생각하며 고개를 돌려, 편대의 나머지 비행기들을 확인했다.

이윽고 상황은 전부 종료되었고, 차갑고 공허하고 평화롭고 꾸준히 들리는 엔진 소리만 제외하면 거의 고요한 어둠이 찾아왔다. 맥기니스는 다시 조종석으로 돌아온 다음 자기 자리에 버티고 서서 신호탄을 쏘고, 잠시 그대로 선 채로 아직도 탐조등이 하늘을 가르며 훑어대는 뒤편을 돌아보았다. 그리고 그는 다시 자리에 앉았다.

"좋습니다." 그가 말했다. "넷 다 무사히 있어요. 이제 돌아갑시다." 그러다 그는 앞쪽을 바라보았다. "우리 국왕 폐하의 신민께서는 어떻게 된 겁니까? 폭탄 투하 장치에다가 목줄을 걸어 버리신 건 아니죠?" 보가드는 그쪽을 향했다. 앞쪽 사수석은 비어 있었다. 별빛에 다시 흐릿한 실루엣이 보이는데도, 지금 그 안에는 기관총 말고는 아무것도 보이지 않았다. "아니." 맥기니스가 말했다. "저기 있군요. 보이십니까? 밖으로 몸을 기울이고 있어요. 젠장, 밖에다 토하지 말라고 말했는데! 이제 돌아오는군요." 방문객의 머리가 다시 시야에 들어왔다. 그러나 이내 다시 내려가면서 시야에서 사라졌다.

"다시 돌아오는군." 보가드가 말했다. "그만두게 만들게. 30분만 있으면 해협에 있는 모든 훈족 전투기가 우리를 덮칠 거라고 말해."

맥기니스는 다시 아래로 내려가서 통로 입구에 대고 몸을 수그렸다. "돌아와!" 그는 소리쳤다. 젊은이는 거의 밖으로 나와 있었다. 그렇게 서로 쭈그리고 두 마리 개처럼 얼굴을 마주한 채로, 그들은 천으로 만들어진 벽면 양쪽에서 여전히 굉음을 울려대는 엔진 소리 사이로 고래고래 소리질렀다. 영국 젊은이의 목소리는 가늘고 높았다.

"폭탄이요!" 그가 소리쳤다.

"그래." 맥기니스는 소리쳤다. "폭탄을 떨궜지! 지옥을 보여줬다고! 당장 자리로 돌아가! 10분만 있으면 프랑스에 있는 훈족 놈들이 전부 우리를 덮쳐 올 테니까! 다시 기관총을 잡으라고!"

다시 젊은이의 높은 목소리가 소음 위로 흐릿하게 들려왔다. "폭탄이요! 괜찮아요?"

"그래! 그래! 괜찮아. 당장 기관총으로 돌아가라고, 빌어먹을 자식아!"

맥기니스는 다시 조종석으로 기어 올라왔다. "돌아갔습니다. 제가 좀 몰고 있을까요?"

"그러지." 보가드는 말했다. 그는 맥기니스에게 조종간을 넘겼다. "부드럽게 집으로 몰아가게. 해가 뜨자마자 놈들이 우리를 덮쳐올 테니까."

"알겠습니다." 맥기니스가 말했다. 갑자기 그가 조종간을 움직였다. "우측 날개는 또 뭐가 문젭니까?" 그가 말했다. "이거 보십쇼…… 맞죠? 우측 보조익에서 묵직한 느낌이 납니다. 느껴보십쇼."

보가드가 잠시 조종간을 넘겨받았다. "이건 눈치 못 챘는데. 조종용 철사가 파손된 거겠지. 가까이 스친 총탄은 없었다고 생각했는데. 그래도 신경은 쓰고 있게."

"알았습니다." 맥기니스가 말했다. "그래서 대위님은 내일 ─ 그러니까 오늘 저놈 보트에 승선하실 거라고요."

"그래. 약속했네. 빌어먹을, 저런 꼬맹이한테 상처를 줄 수는 없잖나."

"콜리어한테 만돌린 빌려달라고 해서 가져가지 그러십니까? 그럼 항해 내내 노래라도 부르실 수 있으실 텐데요."

"내가 약속한 일이네." 보가드가 말했다. "그쪽 날개를 조금 올려보게."

"알았습니다." 맥기니스가 말했다.

30분이 지나자 날이 밝아오기 시작했다. 하늘이 잿빛으로 변했다. 맥기니스는 즉시 말했다. "자, 놈들이 오는군요. 저것 좀 보십쇼! 9월 모기떼 같잖습니까. 저놈이 갑자기 흥분하거나 비버 놀이를 시작하지 않았으면 좋겠는데요. 비버 한 번이면 로니한테 1점 뒤지게 되는 셈이잖습니까. 물론 상대방이 수염이 있어야겠지만…… 조종간 드릴까요?"

V

8시가 되자 아래쪽에 해협과 해안이 보이기 시작했다. 비행기는 엔진 회전을 늦추며 고도를 내리기 시작했고, 보가드는 해협의 바람 위에 부드럽게 비행기 동체를 실었다. 경직되고 조금 지친 얼굴이었다.

맥기니스 또한 지치고 면도가 필요해 보였다.

"저놈 이번에는 뭘 보고 있는 것 같습니까?" 그가 말했다. 영국 젊은이가 다시 조종석 오른쪽으로 몸을 빼고 오른쪽 날개 뒤편의 동체 아래쪽을 주시하고 있었기 때문이다.

"난 모르겠네." 보가드가 말했다. "총알구멍이라도 보는 모양이지." 그는 좌측 엔진을 힘껏 회전시켰다. "정비병을 불러야겠어—"

"저쪽보다 가까운 위치에도 총알구멍은 많다고요." 맥기니스가 말했다. "예광탄이 저 녀석 뒤편으로 들어가는 모습을 분명 봤단 말입니다. 아니면 바다를 보는 걸 수도 있겠군요. 하지만 잉글랜드에서 넘어올 때 바다는 충분히 봤을 텐데." 그 말에 보가드는 수평 비행으로 바꾸었다. 기수가 날카롭게 들리며 백사장과 밀려드는 파도 가장자리가 동체와 평행을 이루었다. 그러나 영국 젊은이는 여전히 뒤쪽으로 몸을 내밀고, 뒤편 아래쪽의 우측 날개 아래쪽만을 바라보고 있었다. 몰입한 얼굴에는 어린아이 같은 흥미만 가득했다. 비행기가 완전히 멈출 때까지 그는 같은 행동만을 반복하고 있었다. 뒤이어 그는 아래로 들어갔고, 엔진이 꺼진 후의 완벽한 정적 속에서 꾸물거리며 통로를 따라 기어 나오는 소리가 들렸다. 두 조종사가 뻣뻣한 몸을 이끌고 조종석에서 내리는 것과 동시에 그 또한 통로에서 나왔다. 환하고 열정적인 얼굴에, 높고 흥분한 목소리였다.

"아, 정말로! 오, 대단했어요! 진짜 끝내 주네요. 거리를 어떻게 그렇게 잘 재나요. 로니가 이걸 보기만 했다면! 오, 대단했어요! 아니면 우리 쪽과는 다른 걸지도 모르겠네요 — 공기에 닿자마자 작동되거나 그런 식은 아닌가 봐요.*"

두 미군은 그를 바라보았다. "뭐가 다르다는 건가?" 맥기니스가 말했다. "폭탄이요. 정말 끝내줬어요. 정말이지, 잊을 수 없을 거예요. 아, 정말로, 있잖아요! 끝내줬다고요!"

잠시 후 맥기니스가 말했다. "폭탄?" 기절할 것 같은 목소리였다. 그리고 두 조종사는 서로를 바라보더니 한목소리로 외쳤다. "우익에!" 그들은 한몸처럼 발판을 타고 내려가서, 방문객이 줄줄 따라오는 가운데 비행기 반대편으로 달려가서 우측 날개 아래를 확인했다. 폭탄이 오른쪽 바퀴 옆에 꽁무니가 걸린 채 다림추처럼 대롱대롱 매달려 있었다. 끄트머리가 모래 위를 아슬아슬하게 스칠 정도였다. 모래 위에 바퀴자국과 평행으로 길고 가느다란 선이 이어지는 모습도 보였다. 폭탄의 가장 위험한 끄트머리가 끌려간 흔적이었다. 그들 뒤편에서는 영국 젊은이의 높고 명료하고 천진난만한 목소리가 울리고 있었다.

"저는 엄청 겁났다구요. 그래서 말하려고 애썼잖아요. 그런데 여러분 일이니까 나보다는 잘 알겠거니 하는 생각이 들었어요. 기술이 정말 대단했어요. 정말이지, 잊을 수 없을 거예요."

---

* 작중에서도 설명하지만, 1차 대전에 사용되었던 어뢰는 프로펠러를 고정해 놓았다가, 고정쇠가 풀리며 프로펠러가 돌기 시작하면 그 회전력으로 신관이 장전되는 식으로 작동했다.

VI

 총검 꽂은 소총을 든 해병이 보가드를 지나쳐 부두로 나가서는, 보트 쪽으로 그를 안내했다. 부두는 텅 비어 있었고, 부두 외곽으로 다가가서 바로 아래를 내려다보기 전까지는 보트의 모습을 눈치채지조차 못했다. 기름때 묻은 두터운 무명옷을 입은 남자 두 명의 등판이 보였고, 그들은 몸을 일으켜 보가드를 흘긋 쳐다보고는 다시 몸을 숙였다.

 길이가 30피트 정도에 너비가 3피트 정도 되는 보트였다. 녹회색 위장 페인트가 칠해져 있었다. 상부 갑판이 배 앞쪽을 덮고, 뭉툭한 굴뚝 두 개가 비스듬하게 솟아나와 있었다. '이런 세상에.' 보가드는 생각했다. '상부 갑판 아래가 통째로 엔진이라면―' 상부 갑판 바로 뒤편에 조타석이 있었다. 큼지막한 타륜과 계기판이 보였다. 상부 갑판에서 1피트 정도 높이로, 고물에서 시작되어 갑판이 시작하는 위치까지, 그리고 갑판의 가장자리를 지나 계속되어 다시 뒤로 이어지다 반대편 뱃전을 따라 고물까지, 마찬가지로 위장색을 칠한 튼튼한 가림판이 이어졌다. 말하자면 열려 있는 고물 부분을 제외하고 배를 완전히 감싸는 셈이었다. 조타석 정면의 가림판에는 지름이 8인치 정도 되는 구멍이 눈알처럼 뻥 뚫려 있었다. 보가드는 길고 좁고 조용하고 사나운 보트의 모습과, 고물 쪽에서 빙 돌아가는 기관총과, 낮은 가림판과 ― 그 가림판까지 포함해도 수면 위에 떠 있는 선체의 높이는 1야드를 조금 넘길 정도에 불과했다 ― 그 가운데에서 앞쪽을 주시하는 텅 빈 눈을 보면서, 조용히 생각했다. '강철이야. 강철로 주조한 물건이야.' 그는 제법 심각하고 제법 생각에 잠긴 얼굴로, 트렌치코트의 옷깃을 여미고 단추를 채웠다. 마치 추위를 느끼기 시작하는 것처럼.

그는 뒤편에서 발소리를 듣고 몸을 돌렸다. 비행장에서 나온 잡역병이 소총을 든 해병과 동행해서 다가오고 있었다. 잡역병은 종이로 포장한 큼지막한 꾸러미를 들고 있었다.

"맥기니스 소위님이 대위님께 보내는 물건입니다." 잡역병이 말했다.

보가드는 꾸러미를 받아들었다. 잡역병과 해병은 물러갔다. 그는 꾸러미를 풀었다. 물건 몇 가지와 휘갈겨 쓴 쪽지가 들어 있었다. 물건들은 신품 노란색 실크 소파 쿠션과 빌려온 물건이 분명한 일본풍 양산, 그리고 빗 하나와 두루마리 휴지 한 통이었다. 쪽지에는 이렇게 적혀 있었다.

카메라는 찾을 수가 없었고 콜리어는 만돌린을 안 빌려줍디다. 로니라면 빗을 연주할 수도 있겠군요.

맥.

보가드는 물건들을 바라보았다. 그러나 그의 얼굴은 여전히 제법 생각에 잠겨 있고 제법 진중했다. 그는 물건들을 다시 종이에 싸서는 부두로 가지고 올라가서, 조용히 물속에 떨어트렸다.

보이지 않는 보트 쪽으로 돌아오자 두 남자가 다가오는 모습이 보였다. 그는 바로 젊은이를 알아보았다 ― 훤칠하고, 늘씬하고, 벌써 대화 중이었는데 열렬히 떠들고 있고, 자기보다 키 작은 동료 쪽으로 슬쩍 머리를 굽히고 있었다. 그의 동료는 주머니에 손을 찌른 채 파이프를 피우며 터벅터벅 걸어오고 있었다. 젊은이는 여전히 펄럭이는 방수복 아래 하늘색 수병 코트를 걸치고 있었지만, 머리에는 비스듬히 쓴 멋들어진 모자 대신 보병의 지저분한 발라클라바 모자를 쓰고 있었고, 그 뒤편으로는 마치 그의 목소리에 따라 펄럭이는 듯, 방수복 자락이 뷔르누*만큼이나 길게 늘어진 커튼처럼 흩날리고 있었다.

"거기 안녕하세요!" 아직 100야드도 넘게 떨어져 있는데도, 젊은이는 소리쳤다.

그러나 보가드의 눈길은 두 번째 남자에 머물러 있었다. 지금까지 평생 저렇게 흥미로운 인물은 본 적이 없는 것만 같았다. 구부정한 어깨와 살짝 아래를 향하는 얼굴의 형상만으로도 무신경한 분위기가 풍겼다. 옆 사람보다 머리 하나는 작았다. 얼굴은 마찬가지로 불그레했지만, 그 만듦새 속에는 거의 음침함에 가까울 정도의 침잠하는 근엄함이 깃들어 있었다. 스무 살이지만 1년 동안, 심지어 잠든 중에도, 스물한 살로 보이려 애써온 남자의 얼굴이었다. 목이 높은 스웨터와 두터운 무명 바지 차림이었다. 그 위에는 가죽 재킷을 걸치고, 또 그 위에는 지저분한 해군 장교의 긴 외투를 걸치고 있었는데, 끝이 거의 발치에 닿을 정도인 데다 한쪽 어깨끈이 없고 단추는 아예 하나도 남지 않은 물건이었다. 머리에는 앞뒤로 챙이 달린 격자무늬 사냥모자를 쓰고, 가는 스카프로 모자 위를 둘러서 귀를 전부 덮고 목을 빙 둘러서

---

* burnous. 아랍·베르베르 남성들이 입는 전통적인 긴 외투.

왼쪽 귀 아래에서 교수인의 매듭**으로 마무리하고 있었다. 스카프는 믿을 수 없을 정도로 더러웠고, 주머니에 팔꿈치께까지 깊숙이 찔러 넣은 모습과 구부정한 어깨와 슬쩍 숙인 머리를 보니, 마치 마녀라고 목매달린 동네 할머니처럼 보였다. 잇새에는 짧은 브라이어 파이프를 거꾸로 물고 있었다.

"여기 있네요!" 젊은이가 소리쳤다. "이쪽은 로니예요. 이쪽은 보가드 대위님이시고."

"안녕하시오?" 보가드가 말했다. 그는 손을 내밀었다. 상대방은 아무 말도 하지 않았지만, 느릿하게 손을 내밀기는 했다. 제법 차가웠지만 단단하고 못이 박힌 손이었다. 그러나 말은 한마디도 하지 않았다. 그저 보가드를 슬쩍 바라보고는 시선을 돌릴 뿐이었다. 그러나 보가드는 순간 그의 시선에서 기묘한 것을 느꼈다. 일종의 일렁임이었다. 몰래 흥미로운 존경심을 품는 느낌, 마치 열다섯 살 소년이 서커스 곡예사를 보고 느끼는 것과 흡사한 감정이었다.

그러나 그는 아무 말도 하지 않았다. 그대로 아래로 내려갈 뿐이었다. 보가드는 그가 부두 가장자리까지 가서 그대로 바다로 뛰어내리면서 훌쩍 사라지는 모습을 지켜보았다. 그는 이제 보이지 않는 배의 엔진이 돌아가고 있음을 깨달았다.

"우리도 승선해야겠는데요." 젊은이가 말했다. 그는 보트 쪽으로 걸음을 옮기다 문득 멈추었다. 그리고 보가드의 팔을 툭 쳤다.

** hangman's noose. 올가미를 만들고 끝을 둘둘 감아 마무리하는 매듭법. 교수대에 사용한다.

"저쪽에요!" 그가 소리를 낮춰 말했다. "보여요?" 흥분으로 목소리가 높아져 있었다.

"뭐 말인가?" 보가드 또한 속삭였다. 그리고 몸에 밴 습관대로 반사적으로 뒤와 위쪽을 살폈다. 젊은이는 그의 팔을 붙들고 항만 너머를 가리켰다.

"저기요! 저 너머에요. 에르간스트라세예요. 다시 배치를 바꿨네요." 항만 너머에 낡고 녹슬고 천천히 흔들리는 배 한 척이 떠 있었다. 작고 별 특징도 없었지만, 젊은이의 이야기를 떠올린 보가드는 그 앞돛대가 전선과 골조가 기묘하게 얽혀서 — 상당한 파격이나 자유분방한 상상력을 허용해 준다면 — 배스킷 마스트처럼 보인다는 사실을 확인했다. 옆에 선 젊은이는 좋아서 낄낄대기 직전이었다. "로니도 저걸 봤을까요?" 그는 속삭였다. "어떻게 생각하세요?"

"난 모르겠네." 보가드가 말했다.

"아, 세상에! 로니가 고개를 들었다가 저게 에르간스트라세라는 걸 모르고 비버라고 외치면, 우린 동점이 될 텐데요. 아, 세상에! 어쨌든 따라오세요." 그는 여전히 낄낄거리면서 걸음을 옮겼다. "조심해요." 그가 말했다. "사다리가 끔찍하거든요."

젊은이가 먼저 내려갔고, 보트에 있던 두 병사는 일어나서 경례를 했다. 로니는 갑판 아래로 이어지는 작은 해치 속으로 들어가서는 해치를 가득 채운 채 등짝만 보이고 있었다. 보가드는 조심스럽게 사다리를 내려갔다.

"이런 세상에." 그는 말했다. "자네들은 이 사다리를 매일 오르락내리락 해야 하는 건가?"

"진짜 끔찍하죠?" 상대방이 그다운 행복한 목소리로 말했다. "하지만 아시잖아요. 전쟁이란 임시변통으로 꾸려나가는 것이고, 왜 이렇게 오래 이어지는지 알 수 없으니 그대로 계속되는 것이라고요." 보가드의 몸무게가 내려앉은 것만으로도 가느다란 선체가 미끄러지며 출렁였다. "수면 바로 위에서 떠다니는 배예요." 젊은이가 말했다. "이슬이 많이 내리면 잔디밭에도 뜰 수 있다고요. 종이조각처럼 미끄러져 나갈걸요."

"정말인가?" 보가드가 말했다.

"아, 그럼요. 이렇게 만든 이유가 그건데요." 보가드는 그 이유라는 것을 짐작도 할 수 없었지만, 지금은 조심조심 어디에든 앉으려고 애쓰느라 너무 바빴다. 앉을 만한 가로대 따위는 없었다. 보트의 밑면을 따라 조타석에서 고물까지 이어지는 길고 두툼한 원통형의 툭 튀어나온 부분 정도가 전부였다. 로니가 다시 시야 안으로 들어왔다. 그는 이제 타륜 앞에 앉아서 몸을 수그리고 계기판을 살피고 있었다. 그러다 문득 어깨 너머로 그를 바라보면서도, 그는 아무 말도 하지 않았다. 뭔가 묻는 듯한 시선을 던질 뿐이었다. 지금 그의 얼굴에는 윤활유 자국이 길게 묻어 있었다. 이제는 젊은이의 얼굴 또한 공허해 보였다.

"됐어요." 그가 말했다. 그는 수병 하나가 가 있는 이물 쪽으로 시선을 돌렸다. "이물 이상 없나?" 그가 말했다.

"이상 없습니다." 수병이 말했다.

다른 수병은 고물 쪽에 가 있었다. "고물 이상 없나?"

"이상 없습니다."

"출항한다." 보트는 고물 아래에서 물 끓는 부르릉 소리를 내며 방향을 틀었다. 젊은이는 보가드를 내려다보며 말했다. "한심한 짓거리죠. 그래도 깔끔하게 해야 한다니까요. 언제 한심한 대령님 하나가 올지—" 문득 그가 걱정하는 표정을 지었다. "있잖아요, 안 춥겠어요? 외투를 한 벌 더 가져올 생각을 못 했는데—"

"난 괜찮을 걸세." 보가드가 말했다. 그러나 젊은이는 이미 자기 방수복을 벗고 있었다. "아냐, 괜찮네." 보가드가 말했다. "안 받을 걸세."

"추워지면 말씀해 주셔야 해요?"

"그래, 물론이지." 그는 자기가 앉아 있는 원통을 내려다보고 있었다. 실은 반쪽짜리 원통이었다 — 그러니까, 대형 스토브로 이어지는 온수 파이프를 세로로 잘라서, 열린 쪽을 아래로 가도록 바닥면에 고정시킨 것처럼 보였다는 뜻이다. 길이가 20피트에 두께는 2피트가 넘어 보였다. 가장 높은 위치는 거의 뱃전만큼 높았고, 원통과 양옆의 뱃전 사이에는 남자 하나가 발을 옮겨 걸어다닐 공간 정도만 남아 있었다.

"그거 뮤리엘이에요." 젊은이가 말했다.

"뮤리엘?"

"네. 그 전에 있던 거는 애거서였고요. 우리 고모님 성함에서 따왔죠. 로니하고 내가 다뤘던 첫 번째 거는 이상한 나라의 앨리스였어요. 로니하고 내가 흰토끼고요.* 재밌죠?"

"아, 자네하고 로니한테 셋이나 있었다는 거로군?"

---

* 보가드는 배를 말하는 줄로만 알고 있지만, 클로드는 원통형 발사관 안에 든 어뢰 이야기를 하고 있다. 흰토끼는 앨리스를 구멍 건너편으로 유도하는 역할을 한다. 어뢰와 발사관에 빗댄 농담.

"아, 그렇죠." 젊은이가 말했다. 그는 몸을 기울였다. "로니가 그거 못 알아챘나 봐요." 그가 속삭였다. 얼굴은 다시 즐겁게 환히 빛나고 있었다. "돌아올 때를 기대하자고요." 그가 말했다. "잘 봐요."

"아." 보가드가 말했다. "에르간스트라세 말이로군." 그는 고물 쪽을 바라보고는 생각했다. '세상에! 정말 멀리까지 갈 모양인데.' 뱃전 너머를 바라보니 항구 건물들이 빠른 속도로 멀어져 가는 것이 보였고, 그는 속으로 이 보트가 이륙한 핸들리-페이지만큼이나 빠르게 움직이는 듯하다고 생각했다. 아직 열린 바다로 나오지도 않았는데도 보트는 파도의 최고점에서 다른 최고점으로 통통 튕기며 움직였고, 그럴 때마다 충격이 느껴졌다. 그의 손은 아직 자신이 앉아 있는 원통 위에 올려져 있었다. 그는 다시 원통을 내려다보고는, 관이 나오는 것처럼 보이는 로니의 자리에서 비스듬하게 내려가 사라지는 고물까지를 쭉 눈으로 훑었다. "이 안에 공기가 들어 있나보군." 그가 말했다.

"뭐가 들어요?" 젊은이가 말했다.

"공기 말일세. 이 안에 공기를 저장하는 것 아닌가. 그 때문에 보트가 높이 뜨는 거지."

"아, 그렇군요. 그럴 수도 있겠어요. 가능성 있겠네요. 그런 생각은 안 해 봤는데." 그는 뷔르누를 바람에 펄럭이며 앞으로 나오더니 보가드 옆자리에 앉았다. 두 사람의 머리가 가림판 아래로 내려갔다.

고물 쪽에서는 항구가 순식간에 멀어지며 바다 아래로 가라앉고 있었다. 이제 보트는 완전히 물 위로 솟아올랐다가 앞으로 떨어지며, 한순간 거의 멈출 것 같은 충격을 받고는, 다시 솟아올랐다 떨어지기를 반복했다. 파도가 탄환을 삽으로 퍼서 흩뿌린 것처럼 이물 앞으로 퍼져나갔다. "이 외투를 받으셨으면 좋았을 텐데요." 젊은이가 말했다.

보가드는 대답하지 않았다. 그는 젊은이의 환한 얼굴을 돌아보았다. "우리 지금 항구 밖으로 나온 것 아닌가?" 그는 조용히 말했다.

"그렇죠…… 외투 받으실래요?"

"아니, 괜찮네. 괜찮을 걸세. 어차피 그리 오래는 안 갈 것 아닌가."

"그렇죠. 금방 돌릴 거예요. 그러면 파도는 좀 괜찮아질 거고요."

"그래. 방향을 돌리면 괜찮을 걸세." 그러다 그들은 방향을 틀었다. 움직임이 한결 수월해졌다. 그러니까, 보트가 선체를 떨면서 파도로 돌진하지는 않게 되었다는 뜻이다. 보트는 이제 파도의 골 사이로 들어가서, 속도를 올려 속이 메슥해지는 격한 좌우 운동을 시작했다. 한쪽으로 기울었다가, 다음 순간 반대쪽으로 기울어지면서. 그러나 속도는 빨라졌고, 보가드는 처음 보트를 내려다봤을 때와 똑같은 또렷한 정신으로 고물 쪽을 바라보고 있었다. "이젠 동쪽으로 가기 시작했군." 그가 말했다.

"북쪽을 아주 살짝 첨가해서요." 젊은이가 말했다. "이젠 좀 탈 만해졌죠?"

"그렇군." 보가드가 말했다. 이제 고물 쪽으로는 광활한 바다와, 끓어오르는 파도를 배경으로 가느다란 바늘처럼 기울어진 기관총만이 보일 뿐이었고, 수병 두 명은 조용히 고물 쪽에 몸을 숙이고 있었다. "그래, 좀 편하군." 그리고 그는 말했다. "얼마나 멀리까지 가는 건가?"

젊은이는 몸을 기울였다. 그리고 다가와 앉았다. 목소리를 조금 낮추기는 했지만 행복하고 자부심 넘치며 기밀을 공유하는 듯한 목소리였다. "그건 로니 마음이에요. 사실 이건 로니가 생각한 거라서요. 시간만 더 있었으면 나도 생각해 냈을 텐데. 나도 감사드리고 싶고 뭐 그러니까. 하지만 로니가 나이가 더 많아서요. 머리회전도 빠르거든요. 예의이기도 하고, 노블리스 오블리제나 뭐 그런 것도 있고. 오늘 아침에 있었던 일을 말하자마자 생각해 낸 모양이에요. 내가 이랬거든요. '아, 정말이야, 거기 갔었어. 내 눈으로 봤다고.' 그러자 그는 '비행을 했다는 거야?'라고 말했고 나는 '진짜라고'라고 말했고 그는 '어디까지? 거짓말 하지 말고'라고 했고 나는 '정말 멀리까지 갔어. 엄청났다고. 밤새 날아갔어'랬어요. 그랬더니 로니가 '밤새 날아갔다니. 그럼 베를린까지 갔다온 모양이군'이랬고, 나는 '난 몰라. 아마 그럴걸'이라고 말했어요. 그랬더니 로니가 '베를린이라. 그럼 우리랑 잠깐 나갔다 돌아오는 정도로는 그 친구한테는 하나도 재미없겠는걸' 이라는 거예요. 그러더니 곰곰 생각에 잠겼고 나는 기다리다가 말했어요. '하지만 우린 베를린까지는 못 데려가잖아. 너무 멀다고. 게다가 길도 모르고.' 그랬더니 로니는 번개처럼 빠르게 '하지만 킬*이 있잖아'라고 말하는 거예요. 그래서 저는—"

"뭐라고?" 보가드가 말했다. 그의 온몸이 움직임 없이 바짝 긴장했다. "킬까지? 이걸 타고?"

"당연하죠. 로니가 생각한 거예요. 쪼잔하기는 한데 머리는 좋다니까요. 그러더니 이렇게 덧붙였죠. '그 친구한테 제브뤼헤** 정도가 구경거리나 되겠어. 우리가 할 수 있는 최선을 다해야지. 베를린이라니.' 로니는 이렇게 말했어요. '세상에! 베를린이라니.'"

"잠깐 기다려 보게." 보가드가 말했다. 그는 이제 완전히 몸을 돌리고 심각한 얼굴로 상대방을 마주하고 있었다. "이 보트가 어디에 쓰는 물건인가?"

"어디에 쓰냐뇨?"

"목적이 뭐냔 말일세." 그리고 자신의 질문에 대한 답변을 스스로 깨달아버린 그는, 원통에 손을 올리며 말했다. "이 안에 있는 게 뭔가? 어뢰겠지? 어뢰가 맞겠지?"

"아시는 줄 알았는데요." 젊은이가 말했다.

"아니." 보가드는 말했다. "모르고 있었네." 자신의 목소리가 멀리서 메마른 귀뚜라미 소리처럼 들려오는 듯했다. "이건 어떻게 발사하나?"

"발사요?"

"이걸 보트에서 어떻게 떨어뜨리냔 말이네. 조금 전에 저 해치를 열었을 때 안에 엔진이 보였네. 이 발사관이 끝나는 지점 바로 앞에 엔진이 있는 셈이지 않은가."

---

* Kiel. 발트해에 면한 독일의 주요 항구도시로, 프로이센 시절부터 독일의 해군 본부이자 최중요 군항으로 기능했다.
** Zeebrugge. 벨기에의 항구도시. 1차 대전 당시 독일 해군의 잠수함 기지가 있었다.

"아." 젊은이가 말했다. "저쪽에 장치를 당기면 어뢰가 고물 쪽으로 떨어져요. 물에 닿자마자 프로펠러가 회전하기 시작하고, 그러면 어뢰는 장전이 끝나는 거예요. 그런 다음에 재빨리 보트를 돌리면 어뢰는 그대로 직진하죠."

"그러니까 자네 말은—" 보가드는 말했다. 조금 시간이 지난 후에야 다시 목소리가 나오기 시작했다. "그러니까 자네 말은, 보트 선체의 방향으로 어뢰를 조준한 다음 어뢰를 투하하면 바로 움직이기 시작하고, 그때 보트를 비켜주면 어뢰가 보트가 방금까지 있던 자리를 통과하며 날아간다는 건가?"

"금방 알아들으실 줄 알았어요." 젊은이가 말했다. "로니한테도 그렇게 말했어요. 항공병이시니까요. 대위님 것보다는 별거 없긴 하죠. 하지만 어쩔 수 없는 일이잖아요. 우리는 물 위에서 최선을 다하는 거예요. 그래도 금방 알아들으실 줄 알았어요."

"기다려 보게." 보가드가 말했다. 자신의 목소리가 차분하게만 느껴졌다. 보트는 파도를 넘으며 양옆으로 흔들리며 쏜살같이 나아갔다. 그는 거의 꼼짝 않고 앉아 있었다. 자신이 혼잣말을 주절거리는 소리마저 귀에 들리는 것 같았다. "얼른. 물어보라고. 뭘 물어봐? 어뢰를 발사하기 전에 배에 얼마나 근접해야 하는지를 물어보란 말이야⋯⋯ 좀 기다려." 그는 차분한 목소리로 말문을 열었다. "이제 로니한테 가서 말 좀 해 주게. 그러니까 로니한테 — 그냥 그—" 목소리가 다시 떨리기 시작하는 것이 느껴졌고, 그래서 그는 입을 다물었다. 그는 거의 꼼짝 않고 앉아서 목소리가 되돌아오기만을 기다렸다. 젊은이는 이제 몸을 숙이고 그의 얼굴을 바라보고 있었다. 젊은이의 목소리에 다시 걱정하는 기색이 어렸다.

"알겠어요. 속이 안 좋으신가 보네요. 이 빌어먹을 뱃전이 워낙 낮아서."

"그래서가 아닐세." 보가드가 말했다. "나는 그냥 — 혹시 킬로 가라는 명령을 받은 건가?"

"오, 아뇨. 결정권은 로니한테 줘요. 보트가 무사히 돌아오기만 하면 되는 거죠. 이건 대위님께 드리는 선물이에요. 감사의 의미로요. 로니의 생각이었죠. 비행에 비하면 별거 아니지만요. 그런데 좀 바꾸는 게 좋을까요?"

"그래, 좀 가까운 곳으로 가지. 있잖나, 내가—"

"그렇군요. 알겠어요. 전쟁 중에 놀러 나가면 곤란하죠. 로니한테 말하고 올게요." 그는 앞으로 나섰다. 보가드는 움직이지 않았다. 보트는 파도를 따라 길게 미끄러지며 쏜살같이 나아갔다. 보가드는 조용히 고물 쪽을, 획획 지나가는 바다와 하늘을 바라보았다.

'이런 세상에!' 그는 생각했다. '버틸 수 있겠어? 버틸 수 있겠냐고?'

젊은이가 돌아왔다. 보가드는 지저분한 종이 빛깔의 얼굴로 그를 돌아봤다. "다 잘됐어요." 젊은이가 말했다. "킬로는 안 간대요. 가까운 곳 중에서 사냥감이 비슷하게 괜찮은 곳으로 갈 거예요. 로니가 대위님이 이해해 주셨으면 한다고 전하랬어요." 그는 자기 주머니를 뒤적거리고 있었다. 술병 하나가 주머니에서 나왔다. "여기요. 어젯밤의 도움은 안 잊으니까요. 똑같이 보답해 드려야죠. 드시면 속이 좀 가라앉을 거예요."

보가드는 꿀꺽 한 모금을 크게 마셨다. 그리고 젊은이에게 술병을 내밀었지만, 그는 거절했다. "임무 중에는 건드리지도 않아요." 그는 말했다. "그쪽 친구들하고는 다르거든요. 우리 일은 별 거 아니니까."

 보트는 계속 쏜살같이 달려갔다. 해는 이미 서쪽 하늘에 걸려 있었다. 그러나 보가드는 이미 모든 시간과 거리 감각을 잃은 상태였다. 앞을 보니 로니의 얼굴 맞은편에 뚫린 둥그런 눈구멍으로 하얀 바다가 보였고, 타륜에 얹힌 로니의 손과 화강암을 깎아 만든 듯 옆얼굴에 돌출된 턱, 그리고 불을 안 붙인 채 거꾸로 물고 있는 파이프가 눈에 들어왔다. 보트는 계속 쏜살같이 달려갔다.

 그러다 젊은이가 몸을 기울이더니 그의 어깨를 건드렸다. 그는 순간 일어설 뻔했다. 젊은이가 한쪽을 가리키고 있었다. 붉게 달아오른 태양을 배경으로, 외해 방향 2마일 정도 떨어진 곳에 어선처럼 보이지만 높은 돛대가 달린 선박 한 척이 정박해 있었다.

 "등대선이에요!" 젊은이가 소리쳤다. "놈들 거죠." 보가드는 앞쪽에 낮고 납작한 얼룩이 나타난 것을 깨달았다 — 항만을 둘러싸는 방파제였다. "수로예요!" 젊은이가 소리쳤다. 그리고 팔을 양쪽으로 휘두르며 덧붙였다. "기뢰도 있을 거예요!" 그의 목소리가 바람 속으로 휩쓸려 들어갔다. "이쪽은 기뢰가 잔뜩 깔려 있거든요. 사방에요. 배 아래에도요. 종달새처럼 끝내주죠?"

VII

방파제 쪽으로 파도가 제법 몰아치고 있었다. 바다를 등진 보트는 이제 파도 꼭대기에서 다음 파도로 겅중겅중 뛰어 움직이는 것만 같았다. 그렇게 뛸 때마다 스크루가 허공에 드러나며 엔진은 뿌리째 뽑혀 나가고 싶은 것처럼 울부짖었다. 그러나 보트는 속력을 줄이지 않았다. 방파제의 끄트머리를 지날 때쯤에는 보트가 키에 의지해 수직으로, 마치 돛새치처럼 일어나 있는 듯 보일 지경이었다. 방파제까지 거리는 1마일이었다. 그 끄트머리에서 희미한 빛들이 반딧불처럼 깜빡이기 시작했다. 젊은이는 몸을 기울이며 말했다. "숙이고 계세요. 기관총이에요. 눈먼 총알에 맞을지도 몰라요."

"난 뭘 해야겠나?" 보가드가 소리쳤다. "내가 뭘 할 수 있겠나?"

"정말 용감하시네요! 놈들한테 지옥을 보여줘야겠죠? 좋아하실 줄 알았어요!"

보가드는 쭈그린 채로 젊은이를 올려다보며, 격한 얼굴로 말했다. "나도 기관총은 쏠 수 있네!"

"안 그러셔도 돼요." 젊은이가 마주 소리쳤다. "첫 이닝은 양보하자구요. 스포츠 정신이잖아요. 우리가 원정팀이고. 그렇죠?" 그는 앞을 보고 있었다. "저기 있네요. 보여요?" 그들은 이제 항구 안쪽으로 들어와 있었고, 앞쪽으로 너른 항만이 펼쳐졌다. 수로에는 대형 화물선 한 척이 정박해 있었다. 선체 중앙부에 큼지막한 아르헨티나 국기가 그려진 모습이 보였다. "전투 위치로 가 있어야 해요!" 젊은이는 그를 내려다보며 소리쳤다. 그리고 그 순간, 로니가 처음으로 입을 열었다. 보트는 이제 잔잔해진 물 위를 내달리고 있었다. 로니는 속도를 조금도 줄이지 않고 뒤도 돌아보지 않은 채로 뭔가를 말했다. 튀어나온 턱을 흔들고 잇새에 문 불도 안 붙인 파이프를 조금 우물거리면서, 입매 한쪽으로 단어 하나를 뱉었을 뿐이었다.

"비버."

아까 '장치'라고 불렀던 것 위로 몸을 수그리고 있던 젊은이가 퍼뜩 상반신을 일으켰다. 놀라고 분노한 표정이었다. 함께 앞쪽을 바라본 보가드는 로니가 팔을 들어 우현을 가리키고 있다는 사실을 알아차렸다. 1마일 정도 떨어진 곳에 정박한 경순양함이 한 척 있었다. 분명 배스킷 마스트가 달려 있었고, 그가 지켜보는 와중에 후면 포탑에서 불이 번쩍이기 시작했다. "아, 젠장!" 젊은이가 울부짖었다. "아, 진짜 짜증 나! 아, 빌어먹을, 로니! 이제 3점 뒤처졌잖아!" 그러나 그는 어느새 다시 환하고 멍하고 주의를 집중하는 얼굴로 다시 장치 위로 몸을 수그리고 있었다. 진지한 것이 아니라, 그저 차분하게 기다리는 것뿐이었다. 보가드는 다시 앞을 바라봤고, 보트는 키를 축으로 삼아 선회하더니 엄청난 속도로 화물선을 향해 달려가기 시작했다. 로니는 이제 타륜에 한 손을 얹고 다른 손은 자기 머리 높이까지 들어올리고 있었다.

그러나 보가드는 그 손이 절대 내려오지 않을 것만 같다고 생각했다. 그는 앉은 게 아니라 쭈그린 채로, 조용한 공포 속에서, 다가오는 기관차를 철로 사이에 서서 찍은 활동사진처럼 아르헨티나 국기가 점점 커지는 모습을 바라보고 있었다. 다시 그들 뒤편의 순양함에서 포격 소리가 들렸고, 화물선도 꽁무니 쪽에서 근거리 직사를 시작했다. 보가드는 양쪽 모두 소리조차 듣지 못했다.

"이런, 세상에!" 그는 소리쳤다. "제발, 신이시여!"

로니의 손이 내려왔다. 보트는 다시 키를 축으로 삼아 선회했다. 보가드의 눈앞에서 뱃머리가 풀쩍 일어서더니 빙 돌았다. 선체가 그대로 옆면으로 화물선을 들이받을 것만 같았다. 그러나 그런 일은 벌어지지 않았다. 보트는 긴 접선을 그리며 쏜살같이 멀어졌다. 보가드는 보트가 멀리 빙 돌아서 바다 방향으로 향하리라 생각했다. 그러면 화물선은 고물 쪽에 위치할 것이고, 문득 그 순간 순양함의 위치가 머릿속에 그려졌다. '화물선이 사라지면 측면에서 공격받을 텐데.' 그는 생각했다. 그러다 그는 문득 화물선과 어뢰를 기억해 내고는 어뢰가 명중하는 장면을 구경하려고 뒤돌아 화물선을 바라보았다. 그런데 공포스럽게도 보트가 다시 화물선 쪽으로 미끄러지듯 선회하는 것이었다. 꿈속에 사로잡힌 사람처럼, 그는 자신이 화물선 쪽으로 총알처럼 내달려서 그대로 미끄러지듯 뱃전 아래를 지나가는 동안, 갑판의 얼굴이 보일 정도로 가깝게 지나가는 동안, 그저 멍하니 보고만 있었다. '어뢰가 빗나간 거야. 빗나간 어뢰를 잡아다가 다시 쏘려는 거라고.' 그는 이런 멍청한 생각을 했다.

그래서 그는 누군가 어깨를 툭툭 쳤을 때에야 젊은이가 자기 뒤까지 와 있다는 사실을 깨달았다. 젊은이는 차분한 목소리로 말했다. "로니의 좌석 아래 크랭크 손잡이가 있거든요. 그걸 좀 가져다 주시면—"

그는 크랭크를 찾았다. 그리고 뒤로 넘겼다. 그는 꿈속에 있는 것처럼 이렇게 생각하고 있었다. '맥이라면 이 친구들이 배에 전화기를 달고 다닌다고 놀렸겠는걸.'* 그러나 그는 젊은이가 그 크랭크로 무얼 하는지 단번에 알아차리지 못했다. 고요하고 평화로운 공포 속에서 그는 여전히 로니를, 그의 입에 물린 차갑고 딱딱한 파이프를, 보트를 최고 속도로 몰면서 화물선 주위를 빙빙 돌고 있는 그를 바라보고 있었기 때문이다. 너무 가까워서 철판의 리벳이 보일 정도였다. 그러다 문득 격하고 성가신 얼굴로 고물 쪽을 돌아본 보가드는, 젊은이가 크랭크로 무엇을 하고 있는지를 목격하고 말았다. 어뢰관의 한쪽 끝에 낮게 달린 작은 윈치에 크랭크를 끼우고 있었던 것이다. 젊은이는 슬쩍 고개를 들다가 보가드의 얼굴을 확인했다. "나가지를 않았어요!" 그는 경쾌하게 소리쳤다.

"나가?" 보가드가 소리쳤다. "나가지를 않다니— 설마 어뢰가—"

젊은이와 수병 중 하나는 제법 바쁘게 움직이며 윈치와 어뢰 발사관을 들여다보고 있었다. "안 나갔네요. 뻑뻑해요. 맨날 이런다니까요. 정비병처럼 똑똑한 친구들이 좀 제대로 작동하게 만들어줘야 할 텐데 — 그래도 일어난 일이니까요. 끌어들여서 다시 발사해야 해요."

"하지만 머리가! 어뢰 맨 앞부분은!" 보가드는 소리쳤다. "아직 어뢰관 안에 있는 것 아닌가? 거기는 무사한 거지?"

"당연하죠. 그런데 이미 작동을 시작했거든요. 장전이 됐다는 거죠. 스크루가 돌기 시작했거든요. 다시 끌어들여서 똑바로 발

---

* 구식 전화기에 연결해서 돌리는 크랭크와 비슷하게 생겼다는 뜻.

사해야 해요. 여기서 멈추거나 속도를 줄이면 어뢰한테 따라잡히는 꼴이거든요.* 그냥 관에 다시 집어넣기만 하면 끝이예요. 빙고! 알겠죠?"

보가드는 이제 자리에서 일어나서, 끔찍한 회전목마 놀이를 계속하는 보트 위에 버티고 몸을 돌렸다. 머리 위 화물선이 영화 속 속임수 영상처럼 발끝으로 서서 빙빙 돌아갔다. "나한테 그 윈치를 주게!" 그가 울부짖었다.

"가만 있어요!" 젊은이가 소리쳤다. "너무 빨리 끌어들이면 안 돼요. 우리가 직접 어뢰관 끄트머리로 밀어넣어야 하거든요. 그럼 빙고죠! 우리한테 맡겨요. 구두장이는 발목 위쪽 일은 모르는 법이잖아요?"

"아, 그렇지." 보가드가 말했다. "아, 당연하지." 마치 다른 누군가가 자기 입으로 대신 말하는 것처럼 느껴졌다. 그는 다른 사람들 옆에서 차가운 어뢰관 위에 손을 올리고 몸을 웅크렸다. 몸 안쪽은 뜨거웠지만 바깥쪽은 추웠다. 억세고 두툴두툴한 수병의 손이 윈치를 조금씩, 수월하게, 한 번에 1인치 각도씩 돌리는 모습을 바라보고 있자니 온몸이 오한으로 움찔거렸다. 어뢰관 끝에서는 젊은이가 몸을 수그리고 스패너로 원통을 가볍게 통통 두드리며, 마치 시계공처럼 세심하고 신중하게 소리에 귀를 기울였다. 보트는 그대로 격렬하게 선회를 계속했다. 보가드는 누군가의 입가에서 끈적이는 액체가 끈처럼 줄줄 흘러나와 자신의

---

* 어뢰의 속도 이하로 보트의 속도를 줄이면, 어뢰관에 끼어 있는 어뢰가 선체와 접촉하여 격발하게 될 것이라는 의미.

손 위로 떨어지는 것을 알아차렸고, 이윽고 그 끈이 자기 입에서 흘러나왔다는 사실을 깨달았다.

그는 젊은이의 목소리도 듣지 못하고, 젊은이가 일어선 것을 알아차리지도 못했다. 그저 보트의 궤적이 직선으로 변하며, 그를 어뢰관 옆에 주저앉게 만들었다는 것만 알아차릴 뿐이었다. 수병은 고물로 돌아갔고 젊은이는 다시 장치 위로 몸을 숙이고 있었다. 보가드는 구역질을 참으며 무릎을 꿇었다. 그는 다시 선회하기 시작하는 보트도, 지금껏 발포할 엄두를 내지 못하던 순양함과 발포할 수 없었던 화물선이 다시 발포를 시작하는 소리도 듣지 못했다. 커다란 국기가 정면에 등장하여 기관차처럼 빠르게 커지는 모습을 보면서도, 로니의 손이 내려올 때에도 아무런 생각도 하지 못했다. 그러나 이번에는 어뢰가 사라졌다는 것은 알았다. 이번에 보트가 급선회하여 방향을 돌릴 때는 선체가 거의 물에서 튀어나가는 것만 같았다. 비행기가 급상승 반전을 할 때처럼 뱃머리가 솟구쳐 하늘을 향했다. 그 순간 엉망이 된 뱃속이 그를 배반했다. 어뢰관 위로 널부러진 그는 솟구치는 물기둥도, 어뢰가 폭발하는 소리도 듣지 못했다. 그저 자기 외투 옷깃을 붙들어 일으키는 손길과 수병 하나의 목소리만을 들었을 뿐이었다. "진정하십쇼, 대위님. 이제 괜찮습니다."

VII

목소리와 손길이 그를 흔들었다. 그는 비좁은 우현 통로와 어뢰관에 걸쳐 기대앉은 상태였다. 제법 오래 그러고 있었던 듯했다. 제법 오래 전에 누군가 자기 몸 위로 옷을 덮어주었던 듯했다. 그러나 그는 머리를 들지 않고 이렇게 말했었다. "난 괜찮네. 자네가 입고 있게."

"필요 없거든요." 젊은이가 말했다. "이제 돌아갈 거라서요."

"미안하네. 내가—" 보가드가 말했다.

"괜찮아요. 이 배들은 빌어먹게 얇아서 말이죠. 익숙해지기 전까지는 누구라도 속이 뒤집히죠. 처음에는 로니하고 저도 그랬어요. 각자 한 번씩이요. 사람 뱃속에 어떻게 그렇게 많은 것들이 들어차는지 못 믿으실 거예요. 여기요." 술병이었다. "쭉 들이켜세요. 잔뜩 드셔도 돼요. 뱃속에 좋아요."

보가드는 들이켰다. 금세 기분이 나아지고 몸이 따뜻해졌다. 나중에 손길이 그를 건드렸을 때, 그는 자신이 잠들어 있었다는 것을 깨달았다.

이번에도 젊은이였다. 하늘색 외투가 너무 작아 보였다. 아마 줄어든 모양이었다. 소맷동 아래로 보이는 길고 늘씬한 소녀 같은 손목은 추위로 창백했다. 그제야 보가드는 자기 몸 위에 덮여 있는 옷가지가 무엇인지를 깨달았다. 그러나 보가드가 입을 열기도 전에, 젊은이는 몸을 수그리고는 희열에 달뜬 얼굴로 속삭였다. "못 알아챘어요!"

"뭘?"

"에르간스트라세요! 배치를 바꿨다는 걸 못 알아챘다고요. 세상에, 성공하면 1점만 뒤처지게 되는 건데." 그는 밝게 빛나는 열정적인 눈으로 보가드의 얼굴을 살폈다. "있잖아요, 비버요. 기분은 좀 나아졌어요?"

"그래." 보가드가 말했다. "좀 낫네."

"아예 알아차리지도 못했다니까요. 아, 세상에! 아, 신이시여!"

보가드는 몸을 일으켜 어뢰관에 걸터앉았다. 항만 입구가 눈앞에 보이기 시작했다. 보트는 조금 속력을 줄였다. 막 황혼이 깔리기 시작한 참이었다. 그는 나직하게 물었다. "이런 일이 자주 벌어지나?" 젊은이는 멍하니 그를 바라봤다. 보가드는 어뢰관을 건드리며 말했다. "이것 말일세. 발사에 실패하는 일."

"아, 네. 그래서 윈치를 달아놓은 거예요. 그것도 나중에 단 거거든요. 처음 만든 보트는 통째로 날아가 버렸거든요. 그래서 윈치를 단 거죠."

"하지만 요즘도 종종 일어나는 거지? 그러니까, 윈치를 달았어도 보트가 날아가는 일이 때때로 벌어지는 것 아닌가?"

"글쎄요, 물론 단언할 수는 없죠. 출항했다가 못 돌아오는 보트들이 있으니까요. 가능은 하죠. 물론 알 방법은 없어요. 나포된 보트 이야기를 들은 적이 없기는 해요. 가능은 하죠. 하지만 우린 아니에요. 아직은요."

"그렇지." 보가드는 말했다. "그렇지." 그들은 항만으로 들어왔다. 보트는 여전히 빠르게 움직이고 있었지만, 이제는 엔진을 가볍게 울리며 어스름이 깔린 물 위를 부드럽게 나아가고 있었다. 젊은이는 다시 몸을 숙이고 즐거운 목소리로 말했다.

"한마디도 하시면 안 돼요!" 그가 속삭였다. "조용히 있어요!" 그는 자리에서 일어서더니 목소리를 높였다. "있잖아, 로니." 로니는 고개를 돌리지 않았지만, 보가드는 그가 듣고 있다는 사실을 알 수 있었다. "그 아르헨티나 배 꽤 재밌지 않았어? 그 안에서 말이야. 그놈은 왜 우리를 지나쳐 간 걸까? 여기 정박할 수도 있었잖아. 밀이라면 프랑스 사람들도 사 줬을 텐데."* 그는 사악하게 여기서 말을 끊었다 — 길 잃은 천사의 얼굴을 가진 마키아벨리처럼. "있잖아. 우리가 여기서 낯선 배를 본 지 얼마나 됐지? 몇 달은 되지 않았어?" 그는 다시 몸을 숙이고는 속삭였다. "이제 잘 보세요!" 그러나 보가드가 보기에는, 로니의 머리는 조금도 움직이지 않았다. "그래도 보고 있다니까요!" 젊은이는 얕은 숨을 몰아쉬며 속삭였다. 그리고 로니는 머리를 조금도 움직이지 않았는데도 분명 바다 위를 살피고 있었다. 그러다 문득, 어스름이 가득 깔린 하늘 위로, 나포된 선박의 앞돛대에 달린 대충 배스킷 비슷한 모양의 실루엣이 떠올랐다. 순간 로니가 팔을 들어 그쪽을 가리켰다. 이번에도 그는 고개를 돌리지 않은 채, 입매 한쪽으로, 불 붙이지 않은 파이프를 입에 끼운 채로, 한마디를 뱉을 뿐이었다.

"비버."

젊은이는 용수철처럼, 앉혀놓았던 개를 풀어준 것처럼 튀어올랐다. "이야, 젠장!" 그는 소리쳤다. "이야, 이 얼간이! 저거 에르간스트라세라고! 아, 빌어먹을 녀석! 이제 1점 차이다!" 그는 한 걸음으로 훌쩍 보가드를 뛰어넘더니 로니 옆으로 가서 몸을 기울였다. "안 그래?" 보트는 엔진을 끈 채로 천천히 부두를 향해

---

* 1차 대전 당시 아르헨티나는 중립국으로 양쪽 모두와 무역을 이어갔고, 양쪽 모두의 공격 목표가 되었다.

다가가는 중이었다. "맞지, 로니? 겨우 1점 차이라고?"

보트는 그대로 부두로 흘러들었다. 수병들은 다시 몸을 수그리며 갑판으로 올라섰다. 로니는 마지막이자 세 번째로 단어 하나를 내뱉었다. "그렇군."

IX

"스카치 한 상자*를 주문하겠네." 보가드는 말했다. "최상품으로 꺼내주게. 단단히 고정하고. 시내로 가져갈 물건일세. 그리고 배달을 맡을 책임감 있는 사람도 불러주게." 책임감 있는 사람이 도착했다. "어느 꼬맹이한테 보내는 물건일세." 보가드는 꾸러미를 가리키며 말했다. "트웰브 아워스 거리에, 카페 '트웰브 아워스' 근처 어딘가에 있을 걸세. 배수로에 박혀 있겠지. 알아볼 수 있을 걸세. 신장 6피트 정도의 꼬맹이거든. 영국군 헌병한테 물어보면 누구든 안내해 줄 걸세. 잠들어 있으면 깨우지는 말게. 그냥 알아서 일어날 때까지 옆에 앉아서 기다리게. 그런 다음 이걸 전하게. 보가드 대위가 보내는 거라고 말해 주게."

X

한 달쯤 지난 후, 미군 비행장으로 흘러온 어느 〈잉글리시 가제트〉 지의 사상자 명단에는 다음과 같은 내용이 실려 있었다.

---

* 위스키 한 상자는 일반적으로 750ml들이 12병이 들어간다.

작전 중 실종: 어뢰정 XOOI. 왕립해군예비대 장교 후보생 R.보이스 스미스 및 L.C.W.호프, 선상 하사관 버트, 이등수병 리브스. 해협 함대, 경어뢰정 전단. 해안 순찰 임무에서 미귀환.

그로부터 얼마 지나지 않아, 미 육군 공군지원대 본부에서도 공고를 하나 발행했다.

정례 출격을 아득히 넘어서는 용기를 발휘한 H.S.보가드 대위 및 휘하 승무원, 대럴 맥기니스 소위, 항공사수 와츠와 하퍼는 초계 호위기도 대동하지 않고 주간 폭격 임무에 참가, 폭탄으로 적 전선에서 수 마일 뒤쪽에 있는 보급창을 파괴했다. 이에 더하여 해당 병사들은 수적 우위를 점한 적군 항공기에 포위당한 상황에서, 남은 폭탄으로 기밀 위치의 적 군단 사령부를 폭격하여 저택을 반파시킨 후, 인원 손실 없이 무사 귀환에 성공했다.

사실 공보에는 덧붙여야 마땅하지만 빠진 내용이 하나 있었는데, 만약 보가드 대위가 작전에 실패하고 어떻게든 생환했더라면 즉시 군사 법정으로 끌려갔으리라는 것이었다.

그는 남은 두 개의 폭탄을 매단 채로 장군들이 둘러앉아 점심을 먹고 있던 저택으로 핸들리-페이지를 급강하시켰고, 폭탄 잠금쇠에 내려가 있던 맥기니스는 결국 그가 신호를 보내기도 전에 그를 향해 고함을 지르기 시작했다. 그러나 그는 지붕의 기왓장을 눈으로 식별할 수 있을 때까지 신호를 보내지 않았다. 마침내 그는 손을 내리고 비행기를 급상승시켰고, 거칠게 울부짖는 엔진음 속에서 입을 벌리고 속삭이듯 숨을 내쉬면서 이렇게 생각했다. '젠장! 젠장! 놈들이 전부 저기 있었더라면 — 장군도, 제독도, 대통령과 왕들도 — 저들 쪽도, 우리도 — 모두 저기 모여 있었더라면 얼마나 좋았을까!'

세상을 떠난 모든 파일럿들에게
All the Dead Pilots

I

 서둘러 찍은 스냅샷, 13년의 세월이 흐르며 조금 색이 바래고 귀퉁이가 접힌 사진 속에서, 그들은 조금 으스대는 모습이었다. 늘씬하고 단단하며 황동과 가죽으로 만든 군복 멜빵을 걸치고서, 낙하산도 없이 몰았던 철사와 목재와 캔버스천을 엮어 만든 비의秘儀의 물체 옆에 서 있는 그들의 모습 또한 비의 속 인물들처럼 보였다. 벼락이 내려치는 한순간에 힐긋 보였다가 사라지는, 한 종족의 어둑한 전조와도 같은 정점처럼, 인간이라고 부르기에는 어딘가 동떨어진 모습이었다.

 그들이 모두 죽었기 때문일 것이다. 옛 시절의 조종사들은 1918년 11월 11일*에 죽어 사라졌다. 요즘의 조종사 사진을 보면, 강철과 캔버스천으로 만들고 신형 엔진덮개와 엔진과 슬롯으로 나뉜 날개를 달고 있는 새로운 형상의 옆에 서 있는 이들을

---

* 1차 대전 종전일.

보면, 조금 기묘하다는 생각부터 든다. 한때 으스대며 서 있던 늘씬한 젊은이들은, 이제 길을 잃고 당황한 듯한 모습이다. 비행에 찾아온 이 색소폰 시대*에서, 이제 뱃살이 조금 두툼해지고 30세나 35세나 어쩌면 그 이상의 나이를 먹고 점잖은 비즈니스 정장 차림으로 서 있는 이들은, 마치 나이트클럽 오케스트라의 색소폰과 미니 브라스밴드 연주자들 사이에 끼어 있는 것처럼 어색해 보이기만 한다. 용접한 중심부와 낙하산과 회전하며 낙하하지 않는 동체가 존재하지 않던 시절에 자신들의 강건함으로 존중을 이끌어내던 이런 이들을 존중하던 이들 또한 죽어 버렸기 때문이다. 그들이 개인 활주로나 골프장 그린에서, 슬립스트림 방지용 립스틱과 비행용 술병을 색소폰 상자에 가득 채우고 날아오르는 색소폰 소년 소녀들을 보면서 순식간에 동정과 당혹감에 사로잡히는 이유가 바로 그것이다. "이런 세상에." 그중 하나는 ─ 항공정비병이었다 조종사로 준위가 되었고, 이후 대위이자 편대장까지 진급한 사람이었다 ─ 언젠가 내게 이렇게 말한 적이 있었다. "비행기를 저런 식으로 몰아도 된다면, 대체 왜 비행하기를 원한다는 걸까?"

그러나 그런 이들은 모두 죽었다. 그들은 이제 뚱뚱한 아저씨가 되어, 일솜씨도 없으면서 책상 앞에 앉아 있느라 배가 나온 채로, 대출금을 거의 갚아가는 교외 주택에서 아내 및 아이들과 함께 살아가며, 통근 열차를 타고 퇴근한 다음에는 기나긴 저녁 시간 동안 정원을 어슬렁거릴 뿐이고, 아마 그조차도 별로 잘하

---

* 1차 대전 전후의 부흥기. F 스콧 피츠제럴드는 '재즈 시대'라고 표현했다.

지는 못할 것이다. 늘씬하고 단단한 남자들, 격하게 으스대고 격하게 술을 마시던 그 남자들은 죽어 있는 일조차도 지금껏 들어온 것만큼 잠잠한 일이 아니라는 것을 깨닫게 된 것이다. 그래서 이 이야기는 복합적이다. 즉각적이고 깊으나 균형감 따위는 없는, 인간이라는 종족이 무엇을 겪고 변화할지에 대한 전조이자 위협을 슬쩍 내비치는, 어둠과 어둠 사이에 순간적으로 명멸하는 번개처럼 짤막하게 이어지는 일련의 인상에 지나지 않을 것이다.

II

1918년에 나는 비행단 본부로 전입한 후 의족에 익숙해지려 애쓰면서 이런저런 일을 처리했는데, 그중 주된 업무는 비행단 전체의 편지 검열이었다. 업무 자체는 나쁘지 않았는데, 당시 만지작거리고 있던 동기화식 카메라*를 실험할 시간을 충분히 확보할 수 있었기 때문이다. 그러나 편지를 뜯어서 어머니와 연인에게 바치는 빤히 보이는 영예로운 거짓말을, 학생 수준의 문법과 맞춤법으로 찍찍 휘갈긴 내용물을 읽는 일은 영 달갑지 않았다. 그러나 전쟁은 아주 큰 행사인 데다 아주 오래 걸리기 마련이다. 따라서 전쟁을 주재하는 자들은 (참모진을 말하는 것이 아니라, 누구든 무엇이든 모든 사건을 주재하는 존재들을 말하는

---

* 1차 대전 당시 독일군은 프로펠러 회전에 동기화되는 카메라를 항공정찰에 사용하여 정보 수집에서 우위를 점했다. 화자는 그와 비슷한 물건을 시험 중이었던 것으로 보인다.

것이다) 종종 지루해지는 모양이었다. 그리고 지루해진 자들은 옹졸해지고 사람 목숨으로 장난질을 시작하기 마련이다.

그래서 종종 나는 아미앵 후방의 카멜 비행중대를 방문하여, 그곳의 총기 담당 하사관과 기관총 동기화에 관한 대화를 나누곤 했다. 스푸머네 중대였다. 그의 숙부는 군단장이며 가터 훈장 수여자였고, 스푸머 본인도 왕실 근위병 출신인 데다 이후 몽스 훈장*과 무공훈장을 받았으며 이제는 단좌식 요격기 중대를 이끌고 있었는데, 아직도 상의에 붙은 세 번째 기장은 관측병 날개 기장**이었다.

1914년에 그는 샌드허스트에 있었다. 덩치 좋고 불그레한 혈색에 찢어진 눈을 가진 젊은이였는데, 나는 그의 숙부가 좋은 소식이 퍼져나가자마자 즉시 그를 데려왔으리라 생각하곤 했다. 어쩌면 숙부의 클럽에서 마호가니 탁자를 가운데 두고 마주 앉았을지도 모를 일이다(당시 그의 숙부는 준장이었고 인도에서 복무 중에 막 소환된 참이었다). 창밖에서는 신문팔이 소년들이 호외를 외치는 가운데, 장군은 아마 이렇게 말했을 것이다. "이거 참, 군대한테 힘이 실리겠어. 기회를 놓치지 말거라."

감히 예측하자면, 훈족 놈들도 내무성도 군대가 원하는 방식으로 전쟁을 수행할 생각이 없다는 사실을 깨달았을 때, 장군은 분노를 터트리기보다는 의기소침했으리라 생각한다. 그러나 스

---

* 1914 Star, 속칭 Mons Star. 1914년의 몽스 퇴각전에 참전한 영국군에 수여한 훈장.

** 관측병 기장은 주로 사수와 관측병 등 조종사가 아닌 인원에게 수여된다. 즉 여기서는 스푸머가 조종사가 아니었음을 뜻한다.

푸머는 이미 몽스로 떠난 후였고 스타 훈장을 가지고 돌아왔으며 (다만 폴란스비는 장군이 스푸머에게 스타 훈장을 안겨주려고 보냈다고 말했는데, 그 훈장만은 직접 가서 받아야 하기 때문이라는 것이었다) 숙부는 돌아온 그를 자기 참모진에 넣었고, 스푸머는 거기서 무공훈장을 받았다. 그런 상황이니 이번에도 숙부가 그에게 훈장을 얻어줄 자리로 보낸 것일 수도 있다. 아니면 이번에는 스푸머가 자기 의지로 간 것일 수도 있을 것이다. 나는 이쪽이 마음에 든다. 나는 그가 제 나라를 위해서 그랬으리라고 생각하고 싶다. 물론 나는 용맹으로 칭찬받거나 비겁함으로 비난받아 마땅한 사람이란 존재하지 않는다고 믿는데, 세상에는 인간이라면 둘 중 하나를 보일 수밖에 없는 상황이라는 것이 존재하기 때문이다. 여하튼 그는 전장으로 나갔고, 1년 후에 관측병 기장과 거의 송아지만큼이나 커다란 개를 데리고 돌아왔다.

그게 1917년의 일이었고, 그와 사토리스가 처음 만나서 충돌한 것도 그때였다. 사토리스는 미국인이었다. 곡물과 검둥이를 재배했거나, 검둥이들이 곡물을 재배했거나 뭐 그런 미시시피의 농장 출신이었다고 한다. 사토리스의 가용 어휘력은 200단어 정도였고, 감히 말하자면 자신이 어디서 어떻게 왜 살았는지도, 그저 농장에서 대고모님과 할아버지와 함께 살았다는 정도 이외에는 알 능력이 없었으리라 생각한다. 그는 1916년에 캐나다를 거쳤고 이후 '풀*'에 있었다. 폴란스비가 그 이야기도 내게 해 주었다. 사토리스는 런던에 여자가 있는 듯했는데, 흔히 말하는 3일

---

* Pool. 전방 부대에 배치되기 전 조종사들이 대기하는 장소.

아내였다가 3년 과부가 된다는 부류의 여자였다. 전쟁의 고약한 측면일 것이다. 그들은 ― 사토리스와 나머지들은 ― 적어도 일부는, 1918년까지 죽지 않았다. 그러나 소녀들은, 여인들은, 1914년 8월 4일*에 죽고 만 것이다.

그래서 사토리스한테는 여자가 있었다. 폴란스비는 사람들이 그녀를 키치너**라고 불렀다고 했는데, "병사들을 떼로 몰고 다니기 때문"이라는 것이었다. 그의 말로는, 사토리스가 알고 있었을지 여부는 모르겠지만, 키치너가 ― 킷이 ― 그들 모두를 버리고 사토리스를 선택한 듯하다는 것이었다. 두 사람은 언제 어디서나 함께 등장했는데, 그러다 폴란스비가 어느 저녁에 사토리스가 식당에서 꽤나 취한 채 홀로 앉아 있는 모습을 발견한 이야기를 해 주었다. 폴란스비 말로는, 이미 킷과 스푸머가 이틀 전에 함께 어디론가 떠났다는 소식을 들은 상태였다고 한다. 사토리스는 코가 비뚤어질 정도로 혼자 술을 마시면서 스푸머가 들어오기만을 기다리고 있었다. 폴란스키는 간신히 사토리스를 택시에 태워 비행장으로 보냈다. 때는 거의 해뜰 무렵이었고, 사토리스는 누군가의 짐에서 대위 군복 상의를 가져오고, 다른 누군가가, 아마 자신의 짐에서 여성용 가터를 가져와서, 가터를 흡사 훈장처럼 상의에 핀으로 꽂았다. 그리고 그는 전직 프로 권투선수였으며 종종 자신과 글러브를 마주했던 상등병 하나를 깨운

---

* 독일이 벨기에를 침공하여 전쟁이 발발한 일자.
** 호레이쇼 허버트 키치너. 1914년 임명된 전쟁부 장관. 모병 포스터의 얼굴로 유명하다. 단시간 내에 육군 병력을 확충하여 그가 모집한 지원병 부대는 '키치너 군'이라 불렀다.

다음, 그에게 속옷 위에 그 군복 상의를 입게 했다. "너 스푸머야." 사토리스는 상등병에게 말했다. "스푸머 대위라고." 그는 비틀거리면서 가터를 자기 손가락으로 쿡쿡 찔렀다. "이건 여자 허벅지 훈장이고." 사토리스는 말했다. 그리고 그는 빌린 군복 아래로 모직 내복이 보이는 상등병과 마주 서서, 동틀 무렵의 어스름 속에서, 서로 맨주먹을 휘둘러 댔다.

III

전장에 뛰어든 사람들은 자신이 휘둘리지 않으리라 생각한다. 전쟁의 장기말로 놀아나지는 않으리라 생각한다. 하지만 이 경우에 문제는 그런 것이 아니었을지도 모른다. 문제는 그들 셋이, 스푸머와 사토리스와 그 개가, 너무도 유머 없이 전쟁을 대했기 때문일지도 모른다. 어쩌면 유머 없는 사람이야말로 그들에게는 공습경보를 넘어서는 끝나지 않는 도전이었을지도 모른다. 어쨌든, 어느 오후에 ― 캉브레가 함락되기 직전인 어느 봄날*에 ― 나는 사격 담당 하사관을 만나러 카멜 비행장으로 갔다가 사토리스와 처음으로 마주치게 되었다. 비행 중대와 개가 스푸머에게 넘어간 것이 지난해의 일이었고, 다음으로 그들은 사토리스까지 그리로 보내 버렸던 것이다.

---

* 캉브레 전투의 영국군 공세는 1917년 11월에 시작되었으며, 같은 해 봄에는 '피의 4월'이라 불린 영국 공군의 지상 지원 작전이 있었다. 이 작전에서 영국 공군은 장비와 훈련의 미비로 인해 심각한 피해를 입었으며, 당시 조종사의 평균 생존 기간은 17시간에 지나지 않았다고 전해진다.

오후 정찰 비행 중인 데다 남은 인원도 아미앵으로라도 나갔는지 자리를 비운 중이라, 비행장은 텅 비어 있었다. 하사관과 나는 격납고 문간의 빈 연료통에 앉아 있었는데, 누군가 장교 식당 쪽에서 고개를 불쑥 내밀더니 은밀하고 경계심 강한 모습으로 양쪽을 둘러봤다. 그가 사토리스였고, 개를 찾는 중이었다.

"개를 찾아?" 나는 말했다. 그러자 하사관이 내게 상당히 복잡한 설명을 해 주었다. 자신을 비롯한 이곳에 등록된 모든 병력이 관찰한 결과를, 식탁 앞에서 또는 밤중에 담배를 피우면서 서로 교환하고 비교하여 짜맞춘 결론이었다. 모든 것을 아는 무시무시한 하급자들의 엄정한 조사의 결과물이라 할 수 있을 것이다.

스푸머는 비행장을 떠날 때마다 개를 어딘가 가둬 놓고 갔다. 그것도 매번 다른 곳에 가둬놓았는데, 사토리스가 끈질기게 개를 추적해서 찾아낸 다음 풀어주었기 때문이다. 개는 지능이 상당한 듯했는데, 스푸머가 업무 때문에 비행단 본부나 그런 곳까지만 갈 경우에는 기껏해야 사병 식당 쓰레기통을 뒤지는 정도가 고작이었기 때문이다. 장교 식당 쓰레기통보다는 그쪽에 끌리는 듯했고 말이다. 그러나 스푸머가 아미앵까지 가는 날이면, 개는 풀려나자마자 즉시 아미앵으로 가는 도로를 따라 달려가서는, 나중에 스푸머와 함께 중대 차량을 타고 돌아오곤 한다는 것이었다.

"사토리스 씨는 왜 그걸 풀어놓는 건가?" 나는 말했다. "스푸머 대위는 개가 음식 쓰레기를 먹지 못하게 하려는 것뿐 아닌가?"

그러나 하사관은 내 말을 듣고 있지 않았다. 그는 문간으로 슬쩍 고개를 내밀고 있었고, 우리는 함께 사토리스를 지켜봤다. 그는 식당에서 나와서 구역 끝에 있는 격납고로 접근 중이었고, 여전히 경계심과 결의로 가득 찬 분위기였다. 그가 격납고로 들어갔다. "다 큰 어른이 하기에는 조금 유치한 짓 아닌가." 나는 말했다.

하사관은 나를 물끄러미 바라보더니, 이내 시선을 돌렸다. "스푸머 대위님이 아미앵으로 떠났는지 아닌지를 알고 싶은 겁니다."

잠시 후 나는 말했다. "아, 젊은 숙녀분 문제로군. 맞지?"

그는 나를 바라보지 않았다. "젊은 숙녀분이라고 부를 수도 있겠지요. 이 나라 어딘가에는 젊은 숙녀분들이 있기는 할 테고요."

나는 잠시 그 말을 곱씹었다. 사토리스가 첫 격납고에서 나오더니 다음 격납고로 들어갔다. "세상에 젊은 숙녀분이 남아 있기는 한 건지 모르겠네." 나는 말했다.

"그 말씀이 옳을지도 모르죠. 전쟁은 여자들에게 가혹하니까요."

"그 여자는 어떤가?" 나는 말했다. "어떤 여자야?"

그는 알려주었다. 그 여자는 성질 고약한 노파하고 함께 에스타미네, 그러니까 그의 표현을 따르자면 '조그만 선술집'을 운영하고 있다고 했다. 장교들은 가지 않는 뒷골목의 작은 가게였다. 어쩌면 그 때문에 사토리스와 스푸머가 그들 사이에서 그렇게 논란의 대상이 된 것일지도 모르겠다. 비행 중대장과 가장 햇병아리 조종사 사이에 경쟁이 벌어진 셈이었으니, 직업군인이 아니라 입대 장병인 프랑스군과 영국군 사이에서는 관심과 온화한 대화의 대상이 되었으며 심지어 내기도박까지 벌어질 정도였던 것이다. "장교들이 엮인 문제니까요." 그는 말했다.

"사병들을 겁주어서 쫓아내니까 말이지?" 내가 말했다. "그래서 그런 거겠지?" 하사관은 내 쪽을 보지 않았다. "그렇게 겁줄 병사들이 많았나?"

"그런 젊은 여자들이 어떤지 아마 아실 겁니다." 하사관이 말했다. "전쟁통이고 뭐 그러니까요."

그 여자도 바로 그런 부류였다. 그런 부류의 여자였다. 하사관의 말에 따르면, 그 여자와 노파는 심지어 혈연관계도 아니었다고 한다. 그의 말에 따르면, 사토리스는 그녀에게 온갖 것들을 사다주었다고 한다 ─ 옷가지나 장신구 따위 말이다. 아마 아미앵에서 살 수 있는 부류의 장신구였을 것이다. 아니면 구내 매점에서 샀을 수도 있을 것이다. 사토리스는 스물을 갓 넘긴 참이었으니까. 그가 고향의 대고모님에게 보낸 편지를 몇 통 읽었던 적이 있는데, 해로우에 다니는 중학생 수준의, 어쩌면 중학생이 더 나은 구석도 있을 법한 편지였다. 스푸머는 그 여자한테 선물 따위는 해본 적도 없었다고 한다. "대위라서 그런 걸지도 모르겠군요." 하사관은 말했다. "아니면 훈장을 달고 있으니 선물이 필요 없었을지도요."

"그럴지도 모르겠군." 나는 말했다.

그리고 그 여자는, 사토리스에게 싸구려 장신구를 선물로 받고 이미앵 뒷골목에서 영국군과 프랑스군 사병들에게 맥주와 와인을 따라주던 그 여자는 거기에 넘어갔고, 스푸머는 자기 계급을 이용해 사토리스에게 특별 임무를 내려 비행장에 묶어놓고 배신한 그녀와 노닥거리면서, 자신의 행위를 숨기려고 개를 가둬 놓는다는 것이었다. 그리고 사토리스는 그 개를 풀어서, 천민의 음식 쓰레기를 뒤지게 만드는 정도로 자기 나름의 보복을 한다는 것이었다.

그는 하사관과 내가 있는 격납고로 들어왔다. 큰 키에 푸른 눈, 사람에 따라 쾌활하거나 무례하다고 여길 만한 얼굴에 웃음기라고는 없는 젊은이였다. 그는 나를 바라보았다. "안녕하세요." 그는 말했다.

"안녕하신가." 나는 말했다. 하사관은 자리에서 일어나려 했다.

"그냥 있어." 사토리스는 말했다. "딱히 필요한 건 없으니까." 그는 격납고 뒤쪽으로 들어갔다. 연료통과 빈 포장재 등이 널려 있는 곳이었다. 그는 자신의 유치한 행위를 딱히 의식하지도 않고, 수치심 따위는 아예 느끼지도 못하는 듯했다.

개는 포장재 중 하나에 들어가 있었다. 황갈색 털이 고운 커다란 개였다. 폴란스비의 말에 따르면, 공군 기장과 몽스 훈장과 무공훈장을 제외하면 스푸머와 개는 서로 비슷하게 생겼다고 했다. 개는 나를 곁눈질로 흘긋 바라보고는 지체하지 않고 그대로 격납고에서 빠져나갔다. 우리는 개가 한달음에 사병 식당쪽 모퉁이로 사라지는 모습을 지켜보았다. 뒤이어 사토리스도 몸을 돌려 장교 식당 쪽으로 향하더니 이내 사라져 버렸다.

잠시 후 오후 정찰대가 돌아왔다. 비행기가 줄지어 늘어서는 동안, 중대 차량이 비행장으로 들어와서 장교 식당 앞에서 멈췄고 스푸머가 차에서 내렸다. "이제 보시죠." 하사관이 말했다. "자기는 지켜보고 있지도 않았고 알아차리지도 못했다는 양 행동할 겁니다."

크고 우락부락한 체구에 녹색 골프 스타킹을 신은 스푸머가 줄지어 늘어선 격납고를 따라 걸어왔다. 그러나 이 격납고에 들어서기 전까지는 나를 보지 못한 모양이었다. 그는 멈칫했다. 거의 알아보기 힘든 멈칫거림이었지만. 뒤이어 그는 나를 곁눈질로 가볍게 바라보며 안으로 들어섰다. "안녕하시오." 그는 높고 성마르며 고저 없는 목소리로 말했다. 하사관은 벌써 일어서 있었다. 스푸머는 뒤편에 엎어져 있는 포장재 쪽으로 곁눈질조차 하지 않고서 그대로 걸음을 멈추었다. "하사관." 그가 말했다.

"네, 대위님." 하사관이 말했다.

"하사관." 스푸머가 말했다. "새 기록계는 도착하지 않았나?"

"네, 대위님. 2주 전에 들어온 것들이 전붑니다. 지금은 전부 사용 중입니다."

"그렇군. 그래." 그는 몸을 돌렸다. 그는 다시 나를 곁눈질로 가볍게 바라보며, 걸음을 재촉하지 않고 격납고 밖으로 나갔다. 그리고 사라졌다. "이제 잘 보시죠." 하사관이 말했다. "우리가 자기를 보고 있지 않다고 생각할 때까지 저쪽으로 가지 않을 겁니다."

우리는 지켜봤다. 문득 그가 다시 시야에 들어왔다. 이젠 제법 빠른 걸음으로 사병 식당 쪽으로 걸어가고 있었다. 그는 모퉁이 뒤편으로 사라졌다. 잠시 후 그는 반항하지 않는 커다란 짐승의 목덜미를 붙든 채 다시 모습을 드러냈다. "그거 먹으면 안 돼."

그가 말했다. "그건 사병용이라고."

IV

 다음 사건에 대해서는 벌어진 그 당시에는 모르고 있었다. 사토리스가 다 끝나고 시간이 흐른 후에야 내게 말해 주었기 때문이다. 어쩌면 그 당시에는 배신당했다는 증거가 직감과 정황밖에 없었기 때문일지도 모르겠다. 스푸머가 아예 자신의 영역이 아닌 임무를 내려서 오후 내내 비행장에 붙들어놓으려 한다거나, 개를 찾아서 풀어주면 그대로 어정쩡한 자세로 느릿하게 아미앵 도로로 달려간다는 정도의 정보 말이다.

 그러나 뭔가 일이 터졌다. 당시에 내가 알 수 있었던 것이라고는, 어느 오후에 사토리스가 개를 찾아냈더니 그 개가 아미앵으로 떠났으며 그는 그 모습을 지켜보았다는 정도뿐이었다. 뒤이어 그는 명령을 어기고 모터바이크를 한 대 빌려서 자기도 아미앵으로 출발해 버렸다. 두 시간 후 개는 돌아와서 사병 식당의 문으로 사라졌고, 그로부터 잠시 후 사토리스가 온갖 가재도구가 잔뜩 실리고 농부 차림의 프랑스 병사가 모는 화물트럭을 타고 돌아왔다(그때는 이미 아미앵에서 퇴각하는 중이었다). 모터바이크도 트럭에 실려 있었는데, 수리가 힘들 정도로 망가진 상태였다. 병사는 사토리스가 개를 치어 죽이려다가 바이크를 전속력으로 도랑으로 몰고 들어갔다고 설명해 주었다.

 그러나 당시에는 누구도 정확히 무슨 일이 벌어졌는지를 알지 못했다. 나는 그가 털어놓기 전부터 그 광경을 상상하고 있었지만 말이다. 프랑스 병사들로 가득한 조그만 방에서, 그 노파가 (아무래도 계급장은 식별할 수 있을 터였다. 최소한 훈장은 알아봤을 테고) 그가 생활공간 쪽으로 들어가지 못하도록 문간을 막고 있는 모습을. 분노하고 당황하고 제대로 말도 하지 못하는 (프랑스어라고는 한마디도 못하니) 그의 머리가 프랑스 병사들 위로 훌쩍 솟은 채, 말도 통하지 않는 그들이 자신을 비웃고 있다고 짐작하는 모습도 상상할 수 있었다. "그런 거였어요." 그는 내게 털어놓았다. "여자 때문에 뻔뻔한 낯짝으로 날 비웃고 있었다고요. 나는 놈이 그 위에 있다는 걸 알고, 저들은 내가 밀고 들어가서 놈을 끌어내 골통을 부숴 줬다가는 그저 면직당하는 정도가 아니라 동맹협약을 위반했다는 이유로 평생 감방에 갇혀 지내리라는 것까지 알고 있었다고요. 영장이나 뭐 그런 거 없이 외국인의 사유물을 침범했다는 이유로요."

그래서 그는 비행장으로 돌아오다가 길가에서 개를 만나고 치어 죽이려 한 것이었다. 개는 비행장으로 돌아왔고, 스푸머도 돌아왔으며, 오후 정찰대가 돌아왔을 때 그는 개의 목덜미를 붙들고 사병 식당 뒤편 쓰레기통에서 끌어내는 중이었다. 여섯이 출격했는데 다섯만 돌아왔으며, 편대장은 비행기가 멈추기도 전에 활주로로 뛰어내렸다. 오른손에는 피투성이 헝겊을 감은 채로, 그는 끌려가지 않으려고 축 늘어진 개를 내려다보는 스푸머 쪽으로 달려왔다. "이런 세상에." 그는 말했다. "놈들이 캉브레를 먹었습니다!"

스푸머는 고개를 들지 않았다. "누가?"

"제리* 놈들이요, 세상에!"

"아, 그런 세상에." 스푸머가 말했다. "이만 가자, 이 녀석아. 그 쓰레기는 먹지 말라고 그렇게 말했는데."

그런 부류의 인간은 무적이나 다름없다. 사토리스와 처음 대화를 나누면서, 나는 그에게 이런 이야기를 꺼내려 했다. 그러나 다음 순간, 나는 사토리스 또한 무적임을 깨달았다. 그 첫만남에서 우리는 이런 대화를 나누었다. "놈이 나한테 카멜 조종법을 배우게 만들려고 시도해 봤어요." 사토리스는 말했다. "아무 대가도 없이 가르쳐 줄 거였거든요. 아무 대가도 없이, 직접 조종석을 뜯어내고 복좌석을 붙여 볼 생각이었어요."

"왜?" 나는 말했다. "무슨 이유로?"

"다른 비행기라도 상관없었어요. 고르게 해 줄 생각이었죠. 원한다면 S.E.**를 주고 나는 Ak.W.***를 타도 됐어요. 아니면 Fee****라도 상관없으니까, 4분이면 깨끗하게 하늘에서 떠나게 만들 수 있었다고요. 땅에다 처박아서 뭘 삼킬 때마다 물구나무를 서야 하게 만들어줄 수 있었는데."

우리는 두 번 이야기를 나누었다. 이게 첫 번째였고, 다음이 마지막이었다. "음, 자네는 그 이상을 해냈지 않나." 마지막으로 대화를 나누었을 때, 나는 이렇게 말했다.

---

* 독일군을 칭하는 영국 은어.

** 왕립항공작업소 Scout Experimental 5. 1917년부터 투입된 전투기로 여러 면에서 솝위드 카멜보다 고급 기종으로 여겨졌다.

*** 암스트롱 휘트워스 F.K.8. 복좌식 복엽기.

****왕립항공작업소 Farman Experimental 2. 1915년 취역했으며 1917년 당시에는 이미 퇴역 직전의 기체로 폭격 임무에만 동원되었다.

당시 그는 치아가 거의 남지 않아서 제대로 말하기도 힘들었다. 원래부터 그리 말수가 많지는 않았고, 죽을 때까지 아마 200단어 정도의 어휘력을 가졌겠지만 말이다. "뭐 이상이요?" 그는 말했다.

"일전에 그를 깨끗하게 하늘에서 떠나게 만들겠다고 하지 않았나. 자네는 그 정도가 아니라 그 이상을 해냈어. 유럽 대륙에서 깨끗이 몰아내 버렸으니 말이야."

V

앞서 그 또한 무적이었다고 말했던 듯하다. 1918년 11월 11일은 그를 죽일 수 없었고, 그가 사무실 책상 앞에 앉아서 매년 살쪄가게 만들지도 못했으며, 한때 단단하고 늘씬하며 번득였던 남자를 흐리멍덩하고 당황하고 배신당한 남자로 만들지도 못했다. 그날이 왔을 때 그는 죽은 지 거의 6개월이 지나 있었기 때문이다.

그는 7월에 전사했지만, 우리가 나눈 대화는 두 번째 사건, 그가 전사하기 전에 일어난 일에 대한 것이었다. 그 마지막 사건은 정찰대가 돌아와서 캉브레가 함락되었다는 사실을 알리고 일주일 후, 아미앵에 포탄이 떨어진다는 소식을 들은 지 일주일 만에 일어났다. 사토리스가 직접 빠진 잇새로 내게 들려준 이야기다. 비행 중대 전체가 함께 출격했다고 한다. 그는 돌파당한 전선에 도착하자마자 편대를 이탈하여, 비행복 다리에 브랜디를 숨긴 채로 아미앵으로 날아갔다. 아미앵은 소개疏開 중이어서 도로마다 가재도구를 실은 트럭과 수레가 가득했고, 본부 병원에서 나온 구급차도 보였으며, 도시와 그 주변 영역에는 진입금지 명령이 내려진 상태였다.

그는 좁은 목초지에 착륙했다. 그의 말로는 수로 너머 농경지에서 일하는 노파가 하나 있었고 (1시간 후에 돌아왔을 때도 여전히 그곳에서, 도시에 떨어지는 포탄 소리에 느리지만 둔중하게 흔들리는 축축한 봄 공기 속에서, 고집불통으로 녹색 고랑 사이에 허리를 숙이고 있었다고 한다) 길가 도랑에는 소형 구급차 한 대가 멈춰 있었다고 했다.

그는 구급차 쪽으로 다가갔다. 시동이 아직 걸려 있었다. 운전사는 안경을 낀 젊은 남자였다. 학생처럼 보였고 술에 잔뜩 취해서 운전석에서 몸을 반쯤 내민 채로 뻗어 있었다. 사토리스도 자기 술병에서 한 모금 마신 다음 운전수를 일으키려 시도했지만 소용이 없었다. 그러자 그는 다시 한 모금을 마신 후 (아마 이 시기쯤에는 그도 술에 절어 있었으리라 생각한다. 그의 이야기에 따르면 그날 아침에 스푸머가 차를 타고 떠나자 개를 풀어줘서 아미앵 도로 쪽으로 달려가는 것을 목격하고는, 작전장교한테 정찰임무에서 빼달라고 말했더니 라파예트 비행단*이 상테르 평원**에서 기다리고 있다는 소리를 들었다고 말했기 때문이다) 운전수를 구급차 안쪽으로 밀어넣고는 직접 아미앵으로 차를 몰기

---

* 미국 참전 이전에 미국 지원병과 프랑스군으로 구성되어 전투에 참여했던 전투기 부대.
** 아미앵 전투의 주요 격전지 중 하나.

시작했다.

그의 말에 따르면, 나중에 등장할 프랑스군 상등병은 어느 문간에 서서 술병을 들이켜고 있었고, 그는 그자를 지나쳐서 에스타미네 앞에 구급차를 세웠다고 한다. 문은 잠겨 있었다. 그는 브랜디병을 마저 비운 다음, 미식축구에서 저들이 그러는 방식대로 온몸을 내던져서 에스타미네 문을 부숴 버렸다. 그리고 그는 안으로 들어섰다. 가게는 텅 비어 있었고, 벤치와 탁자는 뒤집혀 있었으며 선반에는 술병 하나 없었고, 처음에는 그도 자신이 무엇 때문에 왔는지를 떠올리지 못하고 술 때문에 온 것이라고 생각했다고 한다. 그는 카운터 아래에서 와인 한 병을 찾아낸 다음 카운터 모서리에 병목을 내리쳐 깨트렸고, 그대로 거기 서서 카운터 너머의 거울을 보면서 자신이 무엇을 하려고 왔는지 생각해내려 안간힘을 썼다. "꼴이 꽤나 거칠어 보이는데." 그는 중얼거렸다.

그리고 첫 포탄이 떨어졌다. 나도 상상할 수 있다. 조용하고 평화롭고 생각을 자극하는 엉망이 된 방 안에 서 있는데, 문은 안으로 부서지고 그 너머에서는 도시가 생각에 잠긴 채 기다리고 있는데, 느리고 느긋하고 울려퍼지는 소리가 두터운 봄 공기를 뚫고, 축축한 적막 속으로 내려앉는 커다란 손처럼 천천히 내려앉는 것이다. 그는 먼지인지 모래인지 석회인지 모를 것이 어딘가에서 풀썩 일어났다가 희미한 쉿 소리로 잦아들고, 커다랗고 늘씬한 고양이 한 마리가 아무 소리도 없이 카운터 아래에서 뛰어올랐다가 더러워진 수은처럼 바닥으로 흘러내리더니 그대로 사라졌다고 이야기해 주었다.

뒤이어 그는 카운터 너머의 닫힌 문을 보고는 자신이 온 이유를 기억해 냈다. 그는 카운터를 빙 돌아갔다. 그 문도 잠겨 있으리라 생각한 그는 문고리를 붙들고 온 힘을 다해 잡아당겼다. 문은 잠겨 있지 않았다. 문고리는 그대로 떨어져나와 권총 소리를 내며 찬장에 틀어박혔고, 그는 그대로 넘어졌다. "그때 카운터에 머리를 찧었어요." 그는 말했다. "아마 그 때문에 조금 정신이 가물가물했던 것 같아요."

어쨌든 그는 비틀거리며 문을 붙들고 안으로 들어가서 노파를 내려다보고 있었다. 그녀는 계단 맨 아랫단에 앉아서, 앞치마를 머리에 둘러쓴 채로 몸을 앞뒤로 흔들고 있었다. 그의 말에 따르면 앞치마는 제법 깨끗했고 앞뒤로 움직이는 모습은 피스톤 같았으며, 문간에 서 있는 그가 보기에는 입가에 침을 흘린 흔적이 있었다고 한다. "마담." 그는 말했다. 노파는 몸을 앞뒤로 흔들었다. 그는 조심스레 몸을 움직여서 한쪽에 기댄 채 그녀의 어깨를 건드렸다. "투아네트." 그는 말했다. "에텔, 투아네트(그녀는 어디 있어요, 투아네트는)?" 이게 아마 그가 아는 프랑스어의 전부였을 것이다. 그의 어휘는 영단어 196개에 이것과 뱅(와인)까지로 구성되어 있었을 것이다.

이번에도 노파는 대답하지 않았다. 태엽 장난감처럼 앞뒤로 흔들리기만 할 뿐이었다. 그는 조심스레 그녀를 타고 넘어 계단을 올라갔다. 계단 끄트머리에는 두 번째 문이 있었다. 그는 그 앞에 멈춰서서 귀를 기울였다. 목구멍이 뜨겁고 짭짤한 액체로 가득했다. 그는 액체를 뱉어내며 침을 흘렸다. 목구멍은 바로 다시 차올랐다. 이 문도 잠겨 있지 않았다. 그는 조용히 방으로 들어갔다. 방 안의 탁자 위에는 항공대의 청동 기장이 붙은 카키색 모자가 하나 놓여 있었고, 그가 침을 흘리며 문가에 서 있는 동안 창문에서 가장 먼 쪽 구석에서 개가 육중한 몸을 일으켰고, 그와 개가 모자를 가운데 놓고 서로를 마주 보는 동안, 두 번째 포격의 둔중한 소음이 방 안을 뒤흔들며 창문 앞의 축 처진 커튼을 뒤흔들었다.

그가 탁자를 빙 돌자 개 또한 움직이며, 탁자를 가운데 둔 채로 계속 그를 주시했다. 조용히 움직이려 했지만, 지나가다 탁자를 건드려 버렸고(아마 개를 지켜보다 그랬을 것이다), 그래도 결국 반대편 문까지 와서 그 옆에 서서 숨을 죽이고 침을 흘리며 옆방의 정적에 귀를 기울였다. 그때 목소리가 들렸다.

"마망(엄마)*?"

그는 잠긴 문을 걷어차며, 이번에도 미식축구처럼 문이고 뭐고 전부 박살내며 안으로 뛰어들었다. 여자는 비명을 질렀다. 그러나 그의 말로는 여자는 물론이고 그 누구도 눈에 보이지 않았다고 한다. 그저 방 안으로 쓰러지면서 그녀의 비명을 들었을 뿐이었다. 안쪽은 침실이었다. 한쪽 구석에는 여닫이문이 달린 커다란 옷장이 있었다. 옷장 문은 닫혀 있었고, 방 안은 텅 빈 듯했다. 그는 옷장 쪽으로 가지 않았다. 그냥 손과 무릎을 짚고 침을 흘리며 마치 암소처럼 서서, 세 번째 포탄의 울림이 잦아드는 소리에 귀를 기울이고, 창문의 커튼이 마치 숨 쉬는 것처럼 방 안으로 밀려드는 모습을 바라볼 뿐이었다.

---

* 여자가 포주 또는 유사모녀 관계인 노파를 부르는 소리.

그는 자리에서 일어났다. "여전히 어지럽더군요." 그는 말했다. "아마 브랜디와 와인이 뱃속에서 흔들려 뒤섞여서 그런 것 같았어요." 내가 봐도 그럴 것 같았다. 방에는 의자가 하나 있었다. 그 위에는 깔끔하게 개킨 슬랙스 한 벌, 관측병 기장과 훈장 두 개가 달린 상의 한 벌, 군용 벨트 하나가 있었다. 그가 의자를 내려다보며 서 있는 동안 네 번째 포탄이 떨어졌다.

그는 옷가지를 챙겼다. 의자가 넘어지자 그는 의자를 옆으로 걷어차고는 벽에 붙은 채로 부서진 문을 통과해서 처음 방으로 들어가서, 탁자를 지나치며 모자도 집어 들었다. 개는 이미 사라진 후였다.

그는 통로로 들어섰다. 노파는 여전히 계단 맨 아랫단에 앉아서 앞치마를 뒤집어쓴 채 몸을 앞뒤로 흔들고 있었다. 그는 층계 위쪽에 서서 몸을 가누며 침을 뱉을 채비를 했다. 그런데 아래쪽에서 목소리가 들려왔다. "크 페트-부 앙 오(그 위에서 뭘 한 거지)?"

그는 콧수염을 위로 세운 프랑스군 상등병의 모습을 내려다봤다. 거리에서 술을 병째 들이켰던 병사였다. 그들은 한동안 서로를 바라봤다. 그러다 상등병이 팔을 위압적으로 휘두르며 말했다. "데상데(내려와)." 사토리스는 옷가지를 한쪽 손에 모아쥔 채로, 반대편 손을 계단 난간에 올리고는 그대로 타넘어 뛰어내렸다.

상등병은 풀쩍 뛰어 물러섰다. 사토리스는 그를 밀치고 지나치며 벽을 정통으로 들이받았고, 다시 머릿속이 공허하게 울렸다. 그가 몸을 일으키며 뒤를 돌아본 순간 상등병이 그의 골반을 걷어찼다. 상등병은 재차 그를 걷어찼다. 사토리스는 상등병을 쓰러트렸고, 상등병은 묵직한 외투를 깔고 누운 채로 주머니 속에서 손을 움찔거리며 군화로 사토리스의 사타구니를 노렸다. 그리고 그는 손을 빼내고는 단총신 권총으로 사토리스를 지근거리에서 쐈다.

사토리스는 그가 다시 쏘기 전에 달려들어서 권총 든 손을 짓밟았다. 그의 말에 따르면, 군화를 통해 뼈가 으스러지는 감각이 전해졌고, 하사관의 산적 콧수염 안쪽에서 여자 같은 비명이 흘러나왔다고 한다. 사토리스는 그래서 웃겼다고 말했다. 길버트와 설리번 작품*의 해적 같은 콧수염 속에서 그런 소리가 나오다니 말이다. 그래서 그는 한 손으로 상등병을 들어올리고 다른 손으로 소리가 멈출 때까지 턱을 후려쳤다고 한다. 노파는 풀 먹은 앞치마 아래에서 몸을 앞뒤로 흔드는 것을 멈추지 않았다. "약탈당하고 유린당할 준비를 하려고 옷까지 차려입은 것처럼 말이죠." 그는 말했다.

그는 옷가지를 주워 모았다. 카운터에서 다시 술병을 한 번 들이키고, 거울 속 모습을 바라봤다. 그는 문득 입에서 피가 흐르고 있다는 것을 깨달았다. 계단 난간을 뛰어넘다가 혀를 깨물었는지 아니면 목을 깨트린 술병을 들이켜다가 입을 베였는지 짐작도 안 갔다고 했다. 그는 병을 비운 다음 바닥에 내던졌다.

그는 자신이 무엇을 하려 했는지도 알 수 없었다고 했다. 심지

---

* 길버트와 설리번은 19세기 후반의 영국 작곡가로 희극 오페라를 제작했다. 그들의 작품 〈펜잔스의 해적〉은 1879년에 초연한 후 상업적으로 대성공을 거두어 대표작이 되었다.

어 의식불명인 운전사를 구급차에서 끄집어내서 스푸머 대위의 바지와 모자와 훈장 달린 상의를 입히고는 다시 구급차에 밀어 넣을 때까지도 깨닫지 못하고 있었다.

그는 카운터 뒤편에서 먼지 쌓인 잉크대를 봤던 것을 떠올렸다. 그는 자기 비행복을 뒤적여서 종이조각을 찾아냈다. 8개월 전에 어느 런던 양장점에서 받은 영수증이었다. 그는 카운터에 기대어 계속 침을 흘리고 뱉으면서, 영수증 뒤편에 스푸머 대위의 이름과 중대 번호와 비행단을 적은 다음, 그 종이를 훈장과 기장 사이의 상의 주머니에 집어넣고는, 그가 비행기를 두고 온 곳까지 차를 몰아 돌아갔다.

길가 도랑에서 휴식을 취하는 안작* 부대가 하나 보였다. 그는 구급차와 잠든 승객을 그에게 맡겼고, 네 명이 나서서 비행기 엔진 시동을 걸고 날개를 붙잡아서 좁은 공간에서의 이륙을 도와주었다.

그리고 그는 전선으로 돌아갔다. 자기 말로는 돌아간 기억조차 나지 않는다고 했다. 마지막으로 기억하는 것이라고는 자기 아래쪽 경작지에 보이는 노파였는데, 갑자기 포화가 쏟아지더니 지면과 날개 사이의 공기 충격이 느껴질 만큼 고도가 낮아져서 병사들 얼굴을 구분할 수 있을 정도가 되었다. 그는 병사들이 적군인지 아군인지조차 알지 못했지만 무턱대고 기총사격을 내갈겼다고 말했다. "어차피 땅에 있는 사람이 비행기에 부상당했다는 이야기는 들어본 적 없었으니까요." 그는 말했다. "그래요, 들

---

* 호주 및 뉴질랜드 원정군.

기는 했죠. 방금 그건 없었던 말로 할게요. 캐나다에서 1천 에이커의 농경지 한복판에서 쟁기질하는 농부 머리 위로 훈련생이 하나 추락했다는 이야기를 들었거든요."

그러다 그는 비행장으로 돌아왔다. 비행장 사람들 말로는 그가 격납고 두 개 사이를 느릿하게 회전하며 통과해서, 지상에서 양쪽 바퀴의 타이어 밸브가 보일 정도였고, 그대로 활주해서 비행장을 가로지르더니 다시 이륙해 버렸다고 한다. 사격 담당 하사관의 말로는 그대로 수직으로 상승하다가 멈추더니, 한동안 거꾸로 뒤집힌 카멜에 탄 채로 머물러 있었다고 한다. "개를 바라보고 있었어요." 하사관은 말했다. "한 시간 전쯤에 돌아와서 사병 식당 뒤편에서 쓰레기통을 뒤지고 있었거든요." 그는 사토리스가 개를 향해 급강하하더니 선회해서, 2회 회전하며 상승하더니, 거꾸로 뒤집힌 그대로 한쪽 날개를 내리고 하강했다고 말했다. 그런데 아마도 에어밸브를 되돌려놓지 않았는지 100피트쯤에서 엔진이 멈추었고, 사토리스는 거꾸로 뒤집힌 채로 비행장에 두 그루만 남아 있던 포플러나무의 꼭대기를 잘라내 버렸다.

하사관의 말로는 모두가 먼지구름과 철사와 목재가 뒤얽힌 무더기 속으로 달려들었다고 한다. 그러나 그들의 눈앞에서, 사병 식당 뒤편에서 걸어나온 개가 앞서서 그쪽으로 다가갔다. 현장에 먼저 도착한 것은 개였고, 사토리스는 개가 지켜보는 앞에서 손과 무릎을 짚고 구토하기 시작했다. 다음 순간 개가 그에게 다가가더니 머뭇거리며 토사물을 킁킁거리기 시작했고, 사토리스는 일어서더니 몸의 균형을 잡고 개를 걷어찼다. 힘은 없었지만 격렬함과 목적의 순수성만은 돋보이는 모습으로.

VI

안작 부대의 소령이 스푸머의 군복을 걸친 구급차 운전사를 비행장으로 돌려보냈다. 사람들은 그를 침대에 눕혔고, 그가 여전히 잠들어 있던 그날 오후에 준장과 중령이 비행장을 방문했다. 두 사람은 우마차가 비행장에 도착했을 때까지도 여전히 거기 있었고, 우마차 위에는 철사를 엮어 만든 닭장 안에 스푸머가 여자 치마와 뜨개질한 숄을 두른 채로 앉아 있었다. 다음 날 스푸머는 잉글랜드로 귀환했다. 우리는 그가 임시 대령 계급으로 비행학교에 임관했다는 사실을 알게 되었다.

"그래도 걔는 그쪽을 좋아하겠군." 나는 말했다.

"걔요?" 사토리스가 말했다.

"그쪽이 음식은 더 낫지 않겠나." 나는 말했다.

"아." 사토리스가 말했다. 상부에서는 그가 정부 소유인 출입 금지 영역에 진입했다가 보호조치 없이 퇴각하여 임무를 방기했다는 이유로 그를 소위로 강등시켰으며, 덧붙여 다른 비행 중대로 전출시켜 버렸다. 영국 시험비행단 사람들조차도 '세탁소'*라고 부르는 곳으로 말이다.

내가 그를 만난 것은 그가 떠나기 전날의 일이었다. 이제는 앞니가 완전히 사라져 있었고, 그는 자기 말이 어눌하다며 양해를 구했다. 입이 멀쩡했을 때도 어눌한 것은 똑같았지만 말이다.

---

* 여기서 '세탁 wash out'이란 충돌 사고에 의한 사망을 뜻하는 공군 은어였다. 사상자가 많은 영국 시험비행단에서 '세탁소'라고 부를 정도라면 사토리스의 새 중대의 사망률이 심각했을 것이라 짐작할 수 있다.

"재밌는 일은요." 그는 말했다. "내가 가는 곳도 카멜 중대라는 거예요. 웃을 수밖에 없네요."

"웃다니?" 내가 말했다.

"아, 나도 카멜을 탈 줄은 알아요. 총구를 밖으로 내놓고 앉아 있다가, 이따금씩 날개 수평을 잡아주는 정도는 할 수 있죠. 하지만 카멜을 제대로 날리지는 못하거든요. 카멜로 착륙하려면 에어밸브를 맞춘 다음에 그대로 땅으로 돌진해야 해요. 그리고 열을 셌는데 충돌을 안 했으면 수평을 잡는 거죠. 그런 다음에 일어나서 걸어나갈 수 있으면 제대로 착륙한 셈인 거예요. 그 비행기를 다시 쓸 수 있다면 에이스인 셈이고요. 근데 재밌는 건 그게 아니거든요."

"뭐가 안 재밌다는 건가?"

"카멜이요. 진짜 재밌는 건, 내가 가는 데가 야간 비행단이라는 거예요. 아마 죄다 시내에 나가 있다가 어두워진 다음에야 돌아와서 비행기를 띄우겠죠. 저들은 나를 야간 비행단에 보내는 거라고요. 그러니 웃을 수밖에 없잖아요."

"나라도 웃겠네." 나는 말했다. "자네로서는 어찌할 도리도 없는 건가?"

"있죠. 에어밸브를 제대로 맞춰 놓고 땅에 충돌하지 않는 거요. '세탁' 당하지 않고 날개 조명탄을 켜는 거요. 그 정도는 잘 안다고요. 그냥 밤새 깨어 있으면서 조명탄을 터트리고 해뜬 후에도 앉아 있으면 되는 일이잖아요. 그러니 웃어야 별수 있나요. 나는 대낮에도 카멜을 제대로 못 몰아요. 그런데 저들은 그걸 모른다고요."

"그래, 어쨌든, 자네가 약속한 이상을 해내지 않았나." 나는 말했다. "그 작자를 유럽 대륙에서 몰아내 버렸으니 말이야."

"그렇죠." 그는 말했다. "웃을 수밖에 없네요. 모든 남자가 떠난 잉글랜드로 되돌아가게 되었으니까요. 여자는 잔뜩 있는데, 자길 도울 14세에서 80세 사이의 남자는 하나도 없는 곳으로요. 웃을 수밖에 없네요."

VII

7월이 왔을 때에도 나는 여전히 비행단 본부에서, 여전히 종이칼과 풀과 붉은색 잉크통이 갖춰져 있는 책상 앞에서 의족에 익숙해지려고 애쓰는 중이었다. 책상 위에는 얄팍하고 여기저기 얼룩이 묻은 편지봉투 꾸러미가 주기적으로 도착했다 — 잉글랜드 전역의 도시와 마을과 때론 마을보다도 더 작은 거주지의 주소가 적혀 있는 편지봉투였다. 그러던 어느 날, 나는 미국에 거주하는 같은 수신인 앞으로 보내는 우편물 두 통을 마주하게 되었다. 하나는 편지였고 다른 하나는 소포였다. 나는 우선 편지부터 집어들었다. 장소나 일시는 적혀 있지 않았다.

제니 고모님께

엘노라*가 뜬 양말은 받았어요. 내 당번병한테 줬는데 잘 맞는다고 하니까 잘 맞는 모양이지요. 그래요 원래 있던 데보다는 여

---

* 사토리스 대령이 흑인 노예와의 사이에서 얻은 혼외자. 「여왕이 있었네」 참조.

기가 훨씬 나은데 여기는 다 좋은 친구들뿐이거든요 빌어먹을 카멜만 빼고. 교회에 가는 건 괜찮은데 여긴 교회가 항상 있는 게 아니라서요. 정비병들 가는 데는 가끔 있는데 정비병들한텐 필요한가 보더라고요 근데 저는 보통 주일마다 꽤나 바빠서요 그래도 충분히 가는 편이에요. 엘노라한테 양말 고맙고 잘 맞는다고 전해주세요 근데 딴 사람 줬단 얘기는 안 하시는 게 좋을지도 모르겠어요. 아이섬*하고 다른 깜둥이들한테도 인사 전해주시고 할아버지한테도 돈은 잘 받았는데 전쟁은 진짜 돈이 많이 들어간다고 말해주세요.

조니.

하지만, 말브룩**들은 애초에 전쟁을 일으키지도 않는다. 전쟁을 만들려면 상당히 많은 단어가 필요하지 않을까 싶다. 아마 그게 이유일 것이다.

소포의 배송 주소는 편지와 일치했다. 버지니아 사토리스 부인, 제퍼슨, 미시시피, 미합중국. 그리고 나는 문득 생각했다. 이 친구가 그녀에게 선물을 보낼 생각을 떠올릴 수조차 있을까? 그

---

* 엘노라의 아들.

** '말브룩Malbrouck'은 원래 존 처칠, 말버러 공작을 풍자한 이름으로, 프랑스 민요 〈말브룩이 전쟁에 나가네Malbrouck s'en va-t-en guerre〉에 등장한다. 이 민요는 전쟁의 허무함과 우스꽝스러움을 풍자하기 위한 노래로 군인, 특히 '용맹하지만 결국 무의미하게 죽는' 군인을 조롱하는 정서가 담겨 있다. 그래서 '말브룩'은 이후로 전쟁에 끌려가는 평범한 병사, 혹은 전쟁의 무의미함을 체현하는 상징처럼 쓰이게 되었다. 이 문장은 전쟁을 일으키는 건 병사가 아니라, 더 높은 자리의 권력자들이라는 의미이다.

세상을 떠난 모든 파일럿들에게

가 외국에 거주하는 여성한테 보낼 선물을 고른다는 상황 자체가 상상이 가지 않았다. 적어도 일부 남자들이 실패 없는 전략 삼아 고르는 하찮은 선물 따위는 고르지 않을 것이다. 뭔가 보낼 생각을 했다면 아마 크랭크축이나 추락한 훈족 전투기에서 건져 낸 피스톤 연결핀 한 줌 정도일 것이다. 그래서 나는 소포를 열었다. 그리고 자리에 앉은 채 내용물을 훑어보았다.

안에는 주소지가 적힌 봉투 하나, 귀퉁이가 접힌 서류 몇 장, 액체가 거무스레하게 말라붙고 뻣뻣해진 손목끈이 달린 손목시계, 한쪽에는 유리가 아예 남지 않은 고글, 이름의 두문자가 새겨진 은제 벨트 버클이 있었다. 그게 전부였다.

따라서 아까의 편지는 읽을 필요조차 없었던 셈이었다. 소포의 내용물도 살펴볼 필요가 없었는데도 내가 원했기에 확인한 것이었다. 그러니 이제 그 안의 편지는 내가 읽고 싶지 않아도 읽어야만 했다.

— *비행중대, 왕립 공군, 프랑스.*
1916년 7월 5일.

친애하는 부인,

부인의 아드님이 어제 아침에 전사했다는 소식을 전하고자 합니다. 아드님은 전선을 넘어 적을 추격하는 임무를 수행하는 도중 총격으로 사망했습니다. 부주의하거나 능력이 부족해서는 아닙니다. 아드님은 훌륭한 군인이었습니다. 적의 항공기는 아드님보다 수적으로 우세했으며 고도와 속도도 확보했는데, 우리 측에게 불행한 일이었지만 숙련 기술자가 부족한 우리 정부를 탓

할 수 있는 일은 아니었습니다. 물론 부인께는 위로가 되지 않겠지만요. 우리 편대의 다른 조종사, R. 키얼링 씨가 1천 피트 아래에 있었지만 그곳까지 올라갈 수는 없었는데, 아드님께서 격납고에서 오랜 시간을 보내며 지난주에 새 엔진을 장착했기 때문입니다. 아드님은 10초 동안 화망의 한복판에 있었고 키얼링 씨의 말에 따르면 비행기에서 뛰어내렸다고 하는데, 안전하게 활강하며 하강하는 도중에 적의 항공기가 안정 및 조종장치를 쏘아 날려 버려서 기체가 회전하기 시작했습니다. 이런 슬픈 소식을 전해드리게 되어 정말 유감이며, 그가 성직자의 주재하에 매장되었다는 소식이 조금이나마 위안이 될지도 모르겠습니다. 나머지 유품은 차후에 보내겠습니다.

진심으로 조의를 표하며,
C. 케이, 소령

아드님은 신부님의 주재하에 생바스트 바로 북쪽의 공동묘지에 묻혔는데, 그곳이 다시 폭격당하지는 않을 듯하며 전쟁이 머지않아 끝나리라 기대하기 때문입니다. 이제 우리에겐 카멜 두 대와 E.A. 일곱 대밖에 없으니까요. 그때쯤에는 이곳은 우리 땅으로 남아 있을 겁니다.

C. K., 소령.

나머지 편지들은 그의 대고모*가 보낸 편지로, 그리 많지도 않

---

* 앞선 편지의 수신인인 버지니아(제니) 사토리스. 「아드 아스트라」의 베이어드 사토리스가 조니의 형이다.

고 그리 길지도 않았다. 그가 왜 이 편지들을 간직했는지는 알 수 없었다. 여하튼 자기가 간수한 것은 분명했다. 어쩌면 그 봄날 아미앵에서 외투 속에서 발견한 런던 재봉사의 영수증처럼, 그저 잊어버리고 있던 것일지도 모르겠지만 말이다.

……외국 여자들은 건들지 말거라. 나 또한 전쟁을 겪은 사람이고 전쟁 도중에 여자들이 어떻게 행동하는지를 알고 있다. 심지어 양키들을 상대로도 말이다. 그리고 너처럼 아무짝에도 쓸모없는 고집불통 꼬맹이도……

그리고 이런 편지도 있었다.

……네가 집으로 돌아올 때가 되었다고 생각한다. 너희 할아버지*는 나이를 먹어가고, 그쪽에서는 싸움을 끝낼 가망조차 보이지 않는구나. 그러니 너는 집으로 돌아와라. 이제 양키들이 싸움에 끼어들었다. 원한다면 그놈들이 싸우게 해야지. 그놈들 전쟁이다. 우리 전쟁이 아니야.

그게 전부다. 그걸로 끝이다. 용기든 무모함이든 원하는 대로 불러도 좋은 그것은 그저 찰나를 밝히는 불꽃일 뿐, 탁! 소리와 함께 꺼지면서 원래의 어둠이 돌아온다. 그 때문이다. 꾸준히 섭취하기에는 너무 독하기 때문이다. 그리고 꾸준히 섭취한다면

---

* 사토리스 대령의 아들인 베이어드 사토리스.

불꽃이 아니라 눈을 아프게 하는 빛이 되어 버릴 것이다. 그 때문에 그것은 찰나에만 존재하며 오직 종이 위에서만 보존되고 연장될 수 있다. 어린아이라도 만들 수 있는 무해한 성냥불을 1분만 가져다 대면 그대로 사라져 버리는 사진 한 장, 몇 개의 단어 속에서 말이다. 황을 바른 1인치 길이의 나뭇조각이 그 어떤 기억이나 비탄보다 더욱 길고, 식스펜스 동전만 한 불꽃 하나가 용기나 절망보다 더욱 격렬한 셈이다.

V. 중간지대 THE MIDDLE GROUND

와시

명예

마티노 박사

여우 사냥

펜실베이니아 역

자택의 예술가

브로치

우리 밀라드 할머니와 베드포드 포레스트 장군과
해리킨 크릭 전투

황금의 땅

여왕이 있었네

와시
Wash

 서트펜은 침상 머리맡에서 어미와 자식이 누운 모습을 굽어보며 서 있었다. 쭈그러든 벽의 날판 사이로 이른 햇살이 긴 연필 자국처럼 들어와서, 벌리고 선 두 다리와 손에 들린 채찍을 가로질러, 꼼짝 않고 누운 채 조용하고 뜻모를 음울한 눈으로 그를 올려다보는 산모와, 그 옆에 거무죽죽하지만 깨끗한 옷조각에 싸여 누운 갓난아기 위로 내리쬐었다. 그들 뒤편에는 검둥이 노파 하나가 힘없는 불길이 타들어가는 지저분한 화덕 옆에 쭈그리고 앉아 있었다.

 "흠, 밀리." 서트펜이 말했다. "네가 암말이 아니라는 게 유감이구나. 말이었더라면 마굿간에서 가장 좋은 칸을 내줬을 텐데 말이다."

 그래도 침상 위의 여자는 움직이지 않았다. 그저 계속해서 무표정하며 젊고 음울하고 뜻 모를, 그리고 방금 겪은 고역으로 여전히 창백한 얼굴로 그를 올려다볼 뿐이었다. 서트펜이 몸을 움직이자 연필 도막 같은 햇살 속으로 60대 남성의 얼굴이 드러났다. 그는 쭈그려 앉은 검둥이에게 물었다. "그리셀다가 오늘 아침에 망아지를 낳았어."

"수말인가요, 암말인가요?" 검둥이 노파가 물었다.

"수말이야. 빌어먹게 잘생긴 수망아지지…… 이놈은 어느 쪽인가?" 그는 채찍을 든 손으로 침상을 가리키며 말했다.

"암말인 것 같은데요."

"하." 서트펜이 말했다. "정말 끝내주게 잘생긴 수망아지라니까. 내가 61년에 북부로 떠날 때* 몰았던 롭 로이하고 완전히 판박이야. 그놈 기억하나?"

"네, 주인님."

"하." 그는 다시 침상 쪽을 힐긋 바라봤다. 여자가 여전히 그를 바라보고 있는지는 아무도 알 수 없었다. 채찍 든 손이 다시 침상 쪽을 가리켰다. "필요한 게 있다면 우리가 가진 것 중에서 뭐든 내주도록 해." 그는 삐걱거리는 문간을 넘어 무성한 잡초 속으로 걸음을 옮겼다(와시가 잡초를 벨 생각이라며 석 달 전에 그에게서 빌려갔던 대낫은 현관 구석에 세워진 채 그대로 녹슬어가는 중이었다). 자기 말이 서 있는 곳으로, 와시가 말고삐를 붙들고 있는 곳으로.

서트펜 대령이 양키들과 싸우러 떠났을 때, 와시는 떠나지 않았다. "대령님 집하고 깜둥이들을 돌봐야 한다고." 캐묻는 모든

---

* 남북전쟁이 시작되었을 때.

사람과 일부 묻지도 않은 사람들에게, 와시는 이렇게 말하고 다녔다. 수척하고 말라리아에 시달린, 흐리멍덩한 따지는 듯한 눈초리에 서른다섯 정도 나이로 보이는 남자였지만, 누구나 그에게 딸뿐 아니라 여덟 살 먹은 손녀딸까지 있다는 사실을 알고 있었다. 그리고 그 변명을 들은 거의 모든 이들은 — 얼마 남지 않은 18세에서 50세 사이의 남자들은 — 그게 거짓말이라는 사실을 알고 있었으나, 일부는 그가 실제로 그렇게 믿고 있으리라 믿기도 했는데, 심지어 그런 이들조차도 그가 서트펜 부인이나 서트펜 가의 노예들에게 자기 권위를 시험해 볼 정도로 머저리는 아니리라 생각하고 있었다. 그들은 와시에게도 그 정도의 정신머리는 있거나 실제로 시도하기에는 너무 게으르거나 무기력하다고 말하곤 했는데, 그와 서트펜 농장의 유일한 연결고리라는 것이 서트펜 대령이 자기 땅 강둑 습지대의 삐걱거리는 판잣집에 4년째 그가 눌러붙어 있도록 허락해 주었다는 것뿐이라는 점을 알고 있기 때문이었다. 서트펜이 총각 시절에 낚시용 숙소로 지었다가 사용하지 않게 되어 허물어져서, 이제는 마치 늙거나 병든 짐승이 죽어가다 물을 마시려고 기어와서 드러누운 것처럼 보이는 건물이었다.

서트펜 가의 노예들 또한 그의 선언을 듣게 되었다. 그들은 웃음을 터트렸다. 그들이 와시를 보고 비웃은 것은 그때가 처음은 아니었고, 안 듣는 데서는 그를 백인 쓰레기라고 부르기도 했다. 그들은 무리 지어 다니면서 습지대와 옛 낚시용 숙소로 이어지는 오솔길에서 그를 만날 때마다 직접 물어보기 시작했다. "당신은 왜 전쟁에 안 나간 거지, 백인 양반?"

그는 걸음을 멈추고, 자신을 둘러싸고 조소를 숨긴 채 바라보는 검은 얼굴과 허연 눈과 이빨을 마주하곤 했다. "돌봐야 하는 딸과 가족이 있어서지." 그는 말했다. "내 길에서 꺼져, 깜둥이 자식들."

"깜둥이?" 그들은 그의 말을 반복했다. "깜둥이라고?" 웃음을 터트리면서. "지금 누가 우릴 보고 깜둥이라는 거야?"

"그래." 그는 말했다. "내가 죽으면 우리가 가족을 돌봐줄 깜둥이가 없어서 그런 거라고."

"대령님이 우리조차 못 살게 막는 저 아래 오두막 말고는 가진 게 아무것도 없기 때문이겠지."

그러자 그는 욕설을 퍼부었다. 때론 땅바닥에서 막대를 집어 들고 달려들기도 했는데, 그들은 흩어지는 듯하면서도 계속 그를 둘러싼 채로 조롱하고 얼버무리는 흑인의 비웃음 소리를 피할 수 없도록 사방에서 울려댔고, 그는 헐떡이고 분노하면서도 아무것도 할 수 없었다. 한 번은 저택 뒷마당에서 그런 일이 벌어졌다. 테네시 산악지대와 빅스버그에서 쓰디쓴 소식이 날아오고 셔먼이 농장을 헤집고 지나가서 대부분의 검둥이들이 그를 따라간 후의 일이었다.* 다른 거의 모든 것들이 연방 군인들과 함께 사라져 버렸으며, 서트펜 부인은 와시한테 뒷마당 정자에 있는 스커퍼농 포도**가 익었으니 따 가도 된다는 전갈을 보냈다. 이

---

* 빅스버그는 14개월의 포위전 끝에 점령되어 남부연합 세력권을 둘로 분할했고, 셔먼은 애틀랜타를 불태운 후 유명한 '바다로의 행군'을 통해 진로를 초토화시키면서 진군했다.

** 미 남부에서 재배하는 녹색 또는 청동색의 백포도 계열 품종.

번에 와시를 괴롭힌 것은 농장에 남은 몇 안 되는 검둥이 중 하나인 하녀였다. 흑인 하녀는 부엌 계단까지 물러나더니 고개를 돌리고 이렇게 말했다. "당장 거기 멈춰요, 백인 양반. 지금 있는 데서 다가올 생각도 하지 말아요. 대령님이 여기 계신 동안에 이 계단을 넘어온 적이 없던 것처럼, 지금도 이리로 넘어와서는 안 돼요."

그 말은 사실이었다. 그러나 그로서도 일종의 자부심 같은 것이 있었다. 실제로 저택에 들어가려 시도한 적이 없었지만, 설령 그랬더라도 서트펜이 기꺼이 자신을 맞아주었으리라고, 출입을 허용했으리라고 생각하고 있었던 것이다. "그렇다 해도 시커먼 깜둥이한테 내가 어딜 못 간다고 명령할 기회를 줄 수는 없지." 그는 혼잣말을 중얼거렸다. "게다가 대령님한테 나 때문에 깜둥이한테 욕설을 내뱉을 기회를 드릴 수는 더더욱 없잖겠어." 이유는 그뿐이 아니었다. 저택을 방문하는 손님이 없는 드문 주일날에는, 그와 서트펜은 가끔 오후 시간을 함께 보내기까지 했던 것이다. 어쩌면 그도 마음속으로는 서트펜이 홀로 남기 싫어하는 성미이며 마땅한 다른 할 일이 없었기 때문이라는 정도는 알고 있었을 것이다. 그러나 두 사람이 스커퍼농 덩굴이 얽힌 정자 아래에서 오후 시간을 함께 보냈다는 것만은 분명한 사실이었다. 서트펜은 해먹에 눕고, 와시는 기둥 하나에 기대어 쭈그려 앉았으며, 둘 사이에는 물양동이가 놓여 있었고, 같은 주전자에 담긴 술을 마시기까지 했다. 그리고 주중의 그는 서트펜의 훌륭한 모습이 ― 둘은 동갑인 데다 생일까지 거의 비슷했지만, 둘 중 누구도 (아마 와시는 이미 손녀가 있고 서트펜의 아들은 아직 학생이었기 때문에) 그 사실을 인식하지 않았다 — 훌륭한 검은 종마에 올라탄 채로 농장을 달려 돌아다니는 모습을 지켜보기만 할 뿐이었다. 바로 그런 순간마다 그는 차분해지며 자부심이 벅차올랐다. 성경에서 이르기를 흰 피부를 지닌 모든 인간의 가축이자 하인이 되도록 주님께서 창조하시고 저주를 내리신 검둥이들이 자기와 자기 가족보다 부유하고 좋은 집에 살고 심지어 좋은 옷까지 입는 세상은, 언제나 자신을 따라다니며 조롱하는 검은 비웃음이 존재하는 세상은, 아마도 그에게 꿈이자 환상에 지나지 않을 것이었다. 진짜 세상은 검은색 서러브레드를 타고 농장을 돌아다니는 그만의 신격화 대상이 사는 곳이었다. 성서에서 모든 인간이 주님의 형상을 본따 창조되었고 따라서 적어도 주님의 눈에는 모든 인간이 똑같은 모습으로 비치리라는 생각을 하면서, 그는 당당하게 혼잣말처럼 이렇게 중얼거릴 수 있었던 것이다. "훌륭하고 자긍심 넘치는 분이잖아. 주님께서 직접 우리 땅에 내려와서 말을 몰고 다니신다 해도 분명 저런 모습이고 싶으셨을 거라고."

서트펜은 1865년에 그 검은 말을 타고 돌아왔다. 10년은 늙은 듯한 모습이었다. 그의 아내가 죽은 겨울에 그의 아들 또한 전사했다. 그는 리 장군이 내린 무용 표창을 가지고 엉망이 된 농장으로 돌아왔고, 근근이 생계를 꾸려가는 그의 딸은 15년 전, 존재조차 잊고 있던 무너져 가는 낚시 숙소에 살게 해 주었던 바로 그 남자로부터도 푼돈이나마 도움을 받고 있었다. 와시는 변함없는 모습으로 그를 맞이하러 나왔다. 여전히 수척하고 여전히 늙지 않은 모습에, 흐리멍덩한 따지는 듯한 눈초리에, 조금은 굽실거리고 조금은 친근하게 굴면서, 소심한 분위기로. "저기요, 대령님." 와시는 말했다. "놈들이 우릴 죽이기는 했지만 끝장내 버린 건 아니잖습니까?"

뒤이은 5년 동안 두 사람의 대화 주제는 그것이었다. 사기 주전자에서 따라 마시는 위스키는 품질이 나빠졌고, 장소 또한 스커퍼농 정자가 아니었다. 둘은 서트펜이 대로변에 세워 놓은 작은 가게의 뒤편에서 이야기를 나누었다. 서트펜은 선반으로 가득한 방 하나짜리 가게에서 와시를 점원이자 짐꾼으로 부리면서, 등유와 흔한 먹거리와 색만 번드르하고 딱딱한 사탕과 싸구려 구슬과 리본 따위를 검둥이나 와시 같은 가난한 백인들에게 팔았고, 그의 고객들은 걷거나 노새를 타고 가게를 찾아와서는 한때 자기 소유의 비옥한 땅에서 말을 몰아 10마일을 내달렸고 (검은 수말은 아직 살아 있었다. 주인이 끈질기게 지키려 애쓰고 있었기 때문에, 마구간은 이제 그 주인이 사는 저택보다 한결 나은 상태였다) 전투에서 용맹하게 휘하 병사들을 지휘했던 그 남자와 10센트나 25센트를 두고 끈질기게 흥정에 매달렸다. 그러다 분을 못 참게 되면, 서트펜은 손님들을 쫓아내고 안에서 자물쇠를 잠가 버린 다음, 와시와 함께 주전자를 들고 가게 뒤편으로 옮겨가곤 했다. 그러나 이제 그들의 대화는 서트펜이 해먹에 누워서 거만하게 독백하고 와시가 기둥에 기대 쭈그려 앉아 낄낄대던 때만큼 조용하지 않았다. 이제는 둘 다 자리에 앉았는데, 그래도 하나 남은 의자는 서트펜이 차지하고 와시는 근처에 있는 상자나 나무통에 걸터앉기는 했다. 이런 상태조차 그리 오래 가지는 못했으니, 이내 서트펜이 무력하고 격렬한 불굴의 단계에 진입하여 비틀거리며 쓰러질 듯 자리에서 일어나서, 권총을 들고 검은 수말을 끌고서 단박에 워싱턴까지 쳐들어가서 이미 죽은 링컨과 이제 민간인이 된 셔먼*을 죽여 버리겠다고 소리치기 시작했기 때문이다. "놈들을 죽일 거다!" 그는 소리치곤 했다. "그 개자식들을 그 자리에서 쏴 죽이고—"

"물론입죠, 대령님. 물론입죠, 대령님." 와시는 넘어지는 서트펜을 붙들면서 이렇게 말하곤 했다. 그리고 그는 가장 처음 지나가는 수레를 세우거나, 그게 없으면 직접 1마일을 걸어서 가장 가까운 이웃집에서 수레를 빌려 돌아와서 서트펜을 집으로 실어 가곤 했다. 그는 이제 저택에 드나들고 있었다. 이미 상당히 오랫동안 해온 일이었고, 그는 빌린 수레로 서트펜을 집으로 데려와서는 마치 그가 수말이라도 된 듯 어르는 소리를 웅얼거려 움직이게 만들었다. 맞이하러 나온 서트펜의 딸은 한마디도 않고 문을 붙들고 서 있었다. 그러면 와시는 한때 하얗던 정문 현관으로, 유럽에서 한 조각씩 날아 왔으며 이제는 없어진 유리판 자리에 널빤지를 대놓은 채광창 아래로, 보풀이 전부 사라진 벨벳 카펫을 지나, 흐릿해지는 페인트 두 줄 사이의 맨 판자널에 지나지 않는 정면 계단을 올라가서, 침실까지 짐꾸러미를 운반했다. 그때쯤이면 이미 어스름이 깔리고 있었고, 그는 운반해 온 짐꾸러미를 침대 위에 부려놓고 옷을 벗긴 다음 조용히 옆에 놓인 의자에 앉았다. 그러고 잠시 있으면 서트펜의 딸이 문간으로 다가왔

---

* 다만 셔먼은 1884년까지 퇴역하지 않았으니, 작품의 배경인 1870년대에는 아직 민간인이 아니었다.

다. "이제 다 괜찮습니다." 그는 이렇게 말하곤 했다. "아무 걱정 안 하셔도 됩니다요, 주디스 양."

그러다 보면 날이 어두워지고, 잠시 후 그는 침대 옆 바닥에 드러눕기는 해도 아직 잠을 청하지는 않았다. 조금 더 있으면 ― 때론 자정이 되기 직전에 ― 침대 위의 남자가 몸을 뒤척이며 신음을 흘리고는 입을 열기 때문이었다. "와시?"

"여기 있습니다요, 대령님. 더 주무십쇼. 우리가 아직 끝장난 건 아니잖습니까? 저랑 대령님은 해낼 수 있습니다."

그때 그는 이미 손녀딸이 허리에 두른 리본을 눈으로 확인한 후였다. 그녀는 이제 열다섯이었고, 그녀의 부류 중에서는 성숙한 편이었다. 그는 손녀딸의 리본이 어디서 왔는지를 알고 있었다. 그 비슷한 리본을 3년간 매일 목격해 왔기에, 손녀딸이 즉시 도전적이고 부루퉁하며 두려워하는 모습으로 거짓말을 했어도 모를 리가 없었다. "그래도 괜찮아." 그는 말했다. "대령님이 네게 주고 싶으셨다면야. 고맙다고 제대로 말하기만 했음 되지."

손녀딸의 드레스를 발견하고, 그녀가 비밀스럽고 반항적이고 겁에 질린 얼굴로 서트펜의 딸인 주디스 양이 만드는 걸 도와줬다고 둘러대는 것을 바라보면서도, 그의 마음은 고요하기만 했다. 그러나 그날 오후에 가게를 닫고 서트펜을 따라 뒤편으로 나가는 그의 얼굴은 제법 심각했다.

"주전자 가져오게." 서트펜이 명령했다.

"잠시만요." 와시가 말했다. "조금만 기다리십쇼."

서트펜은 드레스에 대해서도 부인하지 않았다. "그게 어쨌단 건가?" 그는 말했다.

그러나 와시는 그의 거만한 시선을 정면으로 마주했다. 그리고 나직하게 말했다. "전 대령님을 20년 동안 알아 왔습죠. 대령님이 시키는 일을 거부한 적도 한 번도 없고 말입니다. 그리고 전 이제 예순이 다 된 노인입니다. 그리고 그 아이는 열다섯 먹은 꼬맹이에 지나지 않습죠."

"내가 그 아이한테 해코지라도 할 것 같나? 자네만큼이나 늙은 이 내가?"

"대령님이 아니라 다른 남자였다면, 저도 저만큼이나 늙은이로 여겼을 겁니다. 그리고 늙은이든 아니든, 그 아이가 드레스도 다른 남자의 손을 거친 물건도 가지게 놔두지 않았을 겁니다. 하지만 대령님은 다르시잖습니까."

"어떻게 다른가?" 그러나 와시는 그저 흐릿하고 따지는 듯하며 진중한 두 눈으로 그를 바라볼 뿐이었다. "그 때문에 자네는 내가 두렵다는 건가?"

이제 와시의 눈빛에서는 따지는 기색이 사라졌다. 그저 고요하고 평온하기만 했다. "두렵지는 않습니다. 대령님은 용감한 분이니까요. 대령님이 평생에 단 1분이나 하루 동안만 용감하셔서 리 장군에게서 용감하다는 종이쪽을 받아 오신 건 아니잖습니까. 대령님은 살아 숨쉬는 그 자체가 용맹하신 분입니다요. 그게 다른 거지요. 누가 상을 주지 않아도 저는 알 수 있습니다요. 대령님이 다루거나 가르치는 것은 뭐든, 그게 군대든 무지한 계집애든 아니면 그저 사냥개일 뿐이든, 올바르게 되리라는 걸 잘 알고 있습죠."

서트펜은 불퉁하게 갑자기 몸을 돌려 시선을 피했다. "주전자

가져오게." 그는 날카롭게 말했다.

"물론입죠, 대령님." 와시는 말했다.

  그리하여 2년이 지난 그 일요일 새벽에, 3마일을 걸어가서 데려온 검둥이 산파가 삐걱대는 문을 넘어서 비명을 지르며 누워 있는 손녀딸에게 가는 모습을 지켜보면서도, 그의 마음은 걱정에 사로잡혀 있으면서도 여전히 고요했다. 사람들이 뭐라고 떠들어대는지는 그도 알고 있었다 — 근처 오두막집에 사는 검둥이들이며 하루 종일 가게 주변을 어정대는 백인들이 그들 셋을, 서트펜과 그 자신과 그의 손녀딸을, 이제 몸 상태가 하루가 다르게 드러나 보이면서 뻔뻔하고 반항적인 태도가 조금씩 줄어가는 그 아이를, 무대에 올라가기 직전의 배우 세 명처럼 조용히 바라보고 있다는 것도. "저놈들끼리 뭐라고 수군거리는지는 뻔히 알지." 그는 생각했다. "거의 들릴 지경이라고. *와시 존스가 마침내 서트펜 영감을 붙잡았군. 20년이 걸렸지만 마침내 해낸 거야.*"

  조금만 있으면 날이 밝아올 터였지만, 아직은 아니었다. 뒤틀어진 문틈 너머에서 램프가 흐릿한 빛을 발하는 집 쪽에서는, 손녀딸의 목소리가 마치 시계에 맞추기라도 한 듯 꾸준히 흘러나오고 있었고, 그러는 동안 그의 머릿속에서는 온갖 멋진 생각이 느릿하게 더듬거리며, 왠지 말발굽 소리와 하나인 것처럼 이어졌고, 그러다 문득 말발굽 소리가 멎으며 멋지고 훌륭한 수말에 올라탄 멋지고 훌륭한 남자가 떠올랐다. 그리고 그가 떠오르자 더듬거리던 생각은 자유롭게 풀려나 명징해졌는데, 명확한 이유나 제대로 된 설명이 있어서가 아니라 신과도 같은 그 모습, 고독하고 모든 것을 명쾌하게 만들며 인간의 손길에 더럽혀지지 않은 바로 그 자태 덕분이었다. '그분은 그 아드님과 마님을 죽이고 깜둥이들을 전부 데려가고 농장을 무너트린 양키 놈들보다 훨씬 위대한 분이야. 그분께는 턱없이 부족하며 그분을 배척해서 시골 가게 주인으로 만들어버린 이 빌어먹을 동네보다도 훨씬 위대한 분이라고. 성경 속의 쓴 잔처럼 스스로 입가에 가져다 대셨던* 그 배척보다도 훨씬 위대한 분이란 말이야. 20년이나 그분을 위해 살아온 나는 어째서 그분에 의해 가르침받고 변화되지 못한 걸까? 물론 나야 그분처럼 위대하지도 않고 말을 타고 달리지도 못하기는 했지. 하지만 적어도 그분을 내내 따라오기는 했잖아. 나하고 그분은 해낼 수 있다고, 그분이 나를 어디다 쓰실지를 알려주시기만 한다면 말이야.'

그러다 새벽이 밝았다. 갑자기 자기 집이, 그리고 문가에서 그를 바라보는 검둥이 노파의 모습이 똑똑히 눈에 들어왔다. 그제야 그는 손녀딸의 목소리가 멎었다는 사실을 깨달았다. "계집애요." 검둥이 노파가 말했다. "원한다면 직접 말씀드리구려." 그녀는 다시 집으로 들어갔다.

"계집애라고." 그는 경탄하며 중얼거렸다. "계집애라고." 귓가에 다시 달리는 말발굽 소리가 들리더니, 당당하게 말을 모는 모습이 다시 눈앞에 등장했다. 그는 그 모습을, 세월의 흐름에 따라 바뀌어 가는 자신의 다른 모습들 사이를 말을 타고 지나가다가 마침내 절정에 이르러, 유황빛 하늘 아래에서 군도를 높이 빼들

---

* 4대 복음서에서 언급하는, 예수의 겟세마네 언덕 기도문의 잔을 뜻한다.

고 총탄에 해진 깃발을 펴든 모습을 그대로 흘려보내면서, 평생 처음으로 어쩌면 서트펜도 자기 같은 늙은이일지도 모른다는 생각을 했다. "계집애를 얻었어." 그는 경탄 속에서 이렇게 생각했다. 그리고 문득 아이처럼 즐겁게 깜짝 놀라며 이런 생각을 이었다. "그래요, 대령님. 제가 증조할아버지가 될 만큼이나 오래 살았단 말입죠."

그는 집으로 들어섰다. 발끝으로 걷는 어정쩡한 걸음이, 마치 자기가 이제는 이 집에 살지 않는 듯한 느낌이었다. 방금 빛 속에서 첫 숨을 쉬고 울음을 터트린 갓난아기가, 자신의 핏줄임에도 불구하고 자기 자리를 빼앗은 것처럼. 그러나 아직 침상 위에서는 흐릿한 손녀딸의 탈진한 얼굴 정도만을 알아볼 수 있을 뿐이었다. 문득 화덕 앞에 쭈그리고 있던 흑인 노파가 입을 열었다. "직접 말씀드릴 거라면 빨리 하는 게 좋을 거예요. 이제 동이 트니까."

그러나 그럴 필요는 없었다. 3개월 전에 길을 뒤덮은 잡초를 베려고 빌려다 놓은 대낫이 기대어 있는 현관 모퉁이를 도는 순간, 서트펜 본인이 늙은 수말을 타고 등장했기 때문이다. 그는 서트펜이 어떻게 소식을 들었는지 궁금해하지도 않았다. 주일 새벽에 그분이 이곳까지 나온 이유가 이것 때문임을 당연하게 여겼고, 그래서 서트펜의 손에서 고삐를 받아들고는 거의 얼간이 같은 수척한 얼굴에 일종의 지친 승리의 표정을 띤 채로 이렇게 말했다. "계집애랍니다요, 대령님. 대령님도 저만큼이나 나이를 먹으셨으니—*" 그러나 서트펜은 그를 지나쳐 그대로 집 안으로 들어가 버렸다. 그는 고삐를 붙든 채 서서 서트펜이 바닥을 가로질러 침상으로 다가가는 소리를 들었다. 뒤이어 서트펜이 하는 말을 고스란히 듣고 나니, 마음속에서 무언가가 더 이상 움직이기를 거부하고 굳게 멈춰선 느낌이 들었다.

 미시시피 지역의 날래게 움직이는 태양이 이제 지평선 위로 떠올랐고, 그는 자신이 기이한 하늘 아래, 기이한 풍경 속에, 꿈속에서나 친숙하다고 여길 법한 친숙한 존재들 속에 서 있다는 느낌을 받았다. 마치 한 번도 산을 오른 적 없는 사람의 추락하는 꿈처럼. '내가 정말로 저런 말을 들었을 리가 없어.' 그는 조용히 생각했다. '당연히 그럴 리가 없잖아.' 그러나 그 목소리는, 그 말을 뱉었던 친숙한 목소리는 여전히 말을 계속하고 있었다. 이제는 검둥이 노파한테 오늘 아침 태어난 수망아지 이야기를 하는 중이었다. '그래서 이렇게 일찍 일어나신 거였어.' 그는 생각했다. '그거였어. 나나 내 가족 때문이 아니었어. 침대에서 일어나게 만들 이유조차 되지 못했던 거야.'

 서트펜이 집에서 나와서 잡초밭을 뚫고 올라왔다. 젊었던 시절에는 순식간에 올라왔던 곳을 힘겹고 천천히 올라오고 있었다. 그는 아직 와시의 얼굴을 제대로 보지도 않고 있었다. 그가 입을 열었다. "다이시가 남아서 저 애를 돌봐줄 거다. 너는—" 그러다 그는 와시가 자신을 마주하고 있다는 것을 깨닫고 말을 멈췄다. "뭔가?" 그가 말했다.

 "대령님은 방금—" 귀머거리가 된 것처럼, 자신의 목소리가 고

---

* 와시는 남자아이가 아닌 여자아이를 얻은 것을 서트펜의 노쇠 때문으로 여기고 있다.

저 없이 웅웅거리며 울렸다. "대령님은 방금, 제 손녀딸이 암말이었다면 마구간에서 가장 좋은 칸을 내주셨을 거라고 하셨습니다요."

"그래서?" 서트펜이 말했다. 와시가 조금 허리를 수그린 채 다가오는 모습을 보면서, 그의 눈이 남자가 주먹을 쥐었다 폈다 하는 것처럼 커졌다 다시 가늘어졌다. 지난 20년 동안 자기가 타는 말만큼이나 명령 없이는 절대 움직이지 않던 남자를 바라보며 느낀 엄청난 놀라움이, 서트펜을 순간 그 자리에 붙들어두었다. 그의 눈이 다시 가늘어졌다 커졌다. 그 자리에서 갑자기 몸을 부쩍 세우는 듯했다. "물러서게." 그는 문득 날카롭게 소리쳤다. "날 건드릴 생각은 하지도 마."

"제가 가르침을 드립죠, 대령님." 와시는 특유의 고저 없고 나직하고 거의 부드러운 목소리로 말하며 다가왔다.

서트펜이 승마용 채찍을 쥔 손을 들었다. 검둥이 노파는 닳아 해진 땅속 난쟁이의 얼굴을 가진 검은 괴물 석상처럼 삐걱대는 문 바깥을 슬쩍 내다보고 있었다. "물러서라고, 와시." 서트펜이 말했다. 그리고 그는 채찍을 내리쳤다. 검둥이 노파는 염소처럼 재빨리 잡초 속으로 뛰어나오더니 그대로 도망쳤다. 서트펜은 다시 채찍으로 와시의 얼굴을 후려쳐서 그를 무릎 꿇게 만들었다. 다시 일어나서 다가오기 시작하는 와시의 손에는 대낫이 들려 있었다. 그가 3개월 전에 서트펜에게서 빌렸으며, 이제 서트펜에게는 두 번 다시 필요치 않을 그 대낫이.

그가 다시 집에 들어서자 손녀딸이 침상에서 몸을 뒤척이며 짜증 섞인 목소리로 그의 이름을 불렀다. "밖에 뭐예요?" 그녀가 물었다.

"뭐 말이냐, 아가?"

"밖에 시끄럽던데."

"암것도 아니었다." 그는 부드럽게 말했다. 그는 무릎을 꿇고 앉아서 어색한 손놀림으로 그녀의 뜨거운 이마를 짚었다. "뭐 필요한 건 없고?"

"물 한 모금만 줘요." 그녀가 퉁명스럽게 말했다. "물 한 모금 마시고 싶다고 생각만 하면서 엄청 오래 누워 있었는데, 아무도 나한테는 신경도 안 써주고."

"이제 왔잖니." 그는 달래듯 말했다. 그는 뻣뻣한 몸을 일으켜서 국자로 물을 떠 오고 손녀딸의 머리를 받쳐 물을 먹이고 다시 자리에 누인 다음, 그녀가 아이 쪽으로 몸을 돌리는 모습을 돌처럼 굳은 얼굴로 지켜보았다. 그러나 다음 순간, 그는 손녀딸이 조용히 흐느끼고 있는 것을 발견했다. "자, 자." 그는 말했다. "울면 안 되지. 다시 노파가 아주 예쁜 계집애라고 했어. 이제 다 괜찮아. 다 끝났단다. 이제 너는 더 울 필요가 없어."

그러나 그녀는 계속 조용히, 거의 부루퉁한 느낌으로 흐느꼈고, 그는 다시 일어나서 잠시 침상을 내려다보며 거북하게 서서, 자기 아내가 그리고 자기 딸이 저렇게 누워 있을 때 했던 생각을 반복했다. '여자들이란. 나한테는 수수께끼일 뿐이란 말이지. 애를 원하는 것 같으면서도, 일단 애를 낳으면 그 사실 때문에 울어버린다고. 나한테는 수수께끼야. 모든 남자들한테 그렇겠지.' 그러다 그는 물러나서 창가로 의자를 끌어다 놓고 거기에 앉았다.

길고 화창하고 햇살로 가득한 오전 내내, 그는 창가에 앉아서 기다렸다. 가끔씩 그는 몸을 일으켜 살금살금 침상으로 향했다. 그러나 이제 그의 손녀딸은 잠들어 있었다. 부루퉁하고 평온하고 지친 얼굴로, 아기를 품에 안은 채로. 그는 의자로 돌아와서 다리 자리에 앉아서는, 사람들이 왜 이리 오래 걸리는지 궁금해하며 기다리다 문득 그날이 주일이라는 사실을 깨달았다. 오후가 절반쯤 지났을 때도 그는 여전히 그 자리에 앉아 있었다. 그때쯤 백인 소년 하나가 집모퉁이로 돌아오다 시체를 발견하고 숨죽인 비명을 지르더니, 문득 고개를 들어 창문 안쪽의 와시와 눈을 마주치고는 홀린 듯 바라보다가 그대로 몸을 돌려 달아났다. 와시는 자리에서 일어나서 살금살금 침상으로 다가왔다.

손녀딸은 이제 깨어나 있었다. 소년의 비명을 제대로 듣지는 못했어도 잠이 깨기는 한 모양이었다. "밀리." 그는 말했다. "배 안 고프니?" 그녀는 대답하지 않고 고개를 돌렸다. 그는 화덕의 불을 돋우고 전날 가져왔던 식재료로 음식을 만들었다. 돼지 비곗살하고 차가운 옥수수빵이었다. 그는 지저분한 커피 주전자에 물을 부어 덥혔다. 그러나 쟁반을 가져가니 손녀딸은 입에 대지 않았고, 그래서 그는 홀로 조용히 고독하게 음식을 먹은 다음, 식기를 그 자리에 놔두고 다시 창문가로 돌아갔다.

이제는 말과 총과 개를 가지고 모여드는 남자들이 감지되고 느껴지는 듯했다 — 저마다 호기심이며 복수심을 품은 자들. 서트펜과 동류인 자들, 와시 본인이 스커퍼농 정자를 넘어 저택에 다가갈 수 없던 시절 서트펜의 식탁에서 함께 어울리던 자들이었다. 그들도 아마 자신보다 못한 이들에게 싸우는 법을 가르치고,

장군들로부터 제일가는 용기를 증명했다고 서명한 종이쪽을 받았을 것이다. 그들도 과거에는 거만하고 당당한 자세로 훌륭한 말에 올라타고 훌륭한 농장을 가로질렀을 것이다 — 경외심과 희망의 상징이자, 절망과 비탄의 수단인 그 농장을.

저들은 와시가 자기네로부터 도망치기를 기대할 것이다. 그러나 그가 보기에는 달려드나 달려 도망치나 별로 다를 것도 없어 보였다. 도망쳐 봤자 거들먹거리는 사악한 그림자 한 무리를 피해 그와 똑같은 자들에게로 옮겨가는 정도에 지나지 않을 것이다. 그가 아는 세상에는 저런 부류의 인간이 곳곳에 가득했으니까. 그리고 그는 늙었다. 너무 늙어서 도망칠 수 있더라도 멀리 가지 못할 것이다. 아무리 열심히 아무리 멀리 도망치더라도 절대 저들을 뿌리칠 수 없을 것이다. 예순 살 먹은 노인은 그렇게 멀리까지 도망칠 수 없는 법이니까. 어차피 저런 자들이 살아가며 규율을 세우고 삶의 규칙을 정하는 대지의 경계를 넘어설 수는 없었을 것이다. 그는 5년이 지난 다음에야 처음으로, 양키나 다른 인간의 군대가 어떻게 그들을, 씩씩하고 자부심 넘치고 용맹한 이들을 패배시킬 수 있었는지를 깨달았다. 어쩌면 그도 저들과 함께 전쟁터에 나갔더라면 더 빨리 깨닫게 되었을지도 모를 일이다. 그러나 설령 더 빨리 깨달았더라도, 그게 이후의 그의 삶에 무슨 영향을 끼쳤겠는가? 이전의 삶이 어땠는지를 5년 동안 기억하고 있을 수 있었겠는가?

이제 해가 저물기 시작하고 있었다. 아기는 울고 있었다. 그가 침상으로 다가가자, 그는 손녀딸이 여전히 어리둥절하고 부루퉁하고 읽을 수 없는 표정으로 아이를 돌보는 모습을 발견했다.

"아직 배는 안 고프냐?"

"아무것도 필요 없어요."

"그래도 뭐든 좀 먹어야지."

이번에는 그녀는 아예 대꾸하지 않고 아기를 내려다보기만 할 뿐이었다. 그가 의자로 돌아와 보니 해는 이미 넘어간 후였다. '얼마 안 남았겠군.' 그는 생각했다. 이제 저들이, 호기심과 복수심을 품은 자들이 제법 가까워진 것이 느껴졌다. 심지어 저들이 자신에 대해 뭐라고 말하는지도, 눈앞의 분노 아래 깊은 곳에 어떤 믿음이 흐르고 있는지도 들리는 것만 같았다. *와시 존스 노인이 마침내 제발에 걸려 넘어졌군. 서트펜을 손에 넣었는 줄 알았겠지만, 실은 속아넘어갔던 거지. 대령이 그 계집애랑 결혼하거나 돈으로 갚아주리라 생각했던 거야. 그런데 대령이 거절한 거라고.* "그딴 건 원한 적도 없습니다, 대령님!" 그는 소리 내 외치고는, 자기 목소리에 놀라 정신을 차리고, 황급히 자신을 지켜보는 손녀딸 쪽을 돌아보았다.

"지금 누구한테 말한 거예요?" 그녀가 말했다.

"아무것도 아니다. 그냥 이런저런 생각을 하다가 나도 모르게 튀어나온 거야."

황혼 속에서 그녀의 얼굴이 다시 흐릿해지며 부루퉁한 형체로 변했다. "그렇겠죠. 저 위쪽 저택에 있는 그분한테 목소리가 닿으려면 그보다는 큰 소리로 외쳐야 할 테니까요. 그분을 여기까지 내려오게 하려면 단순히 소리 치는 정도로는 부족할 거고요."

"물론 그렇지." 그는 말했다. "넌 아무것도 걱정 안 해도 된다." 그러나 그의 생각은 이미 부드럽게 흘러가고 있었다. '너는 내가 그런 적이 없다는 걸 알겠지. 내가 이 세상의 사람에게 아무것도 기대하고 요구하지 않았다는 걸 너만은 알겠지. 단 하나 있었다면 너 때문에 기대했던 것뿐인데 그것조차 요구하지는 않았어. 그럴 필요도 없다고 생각했으니까. 나는 그냥 이렇게 말했을 뿐이야. 그럴 필요 없습니다요. 와시 존스 녀석이 리 장군님 본인이 손수 용맹을 칭송하는 표창을 써 주신 분을 어떻게 추궁하거나 의심하겠습니까요? 용맹이라.' 그는 생각했다. '차라리 65년에 아무도 고향으로 돌아오지 않았으면 좋았을 거야.' 그리고 생각했다. 그분의 족속과 내 족속 모두가 이 대지에서 생명을 받지조차 않았더라면 더욱 좋았겠지. 또 다른 와시 존스가 자기 평생이 갈기갈기 찢어지고 불길에 집어넣은 마른 막대들처럼 쪼그라들어 사라지는 모습을 보느니, 차라리 남은 우리 모두가 지표면에서 불타 사라지는 편이 더 나을 거야.

그는 움직임을 멈추고 조용해졌다. 갑자기 말발굽 소리가 또렷이 들려왔다. 즉시 랜턴 불빛이 보이고, 움직이는 불빛을 따라 남자들의 움직임과 번득이는 총신들이 보였다. 그러나 그는 꼼짝도 하지 않았다. 이제는 날이 제법 어두워졌고, 그는 오두막을 둘러싸는 사람들의 목소리와 잡초를 밟는 발소리에 귀를 기울였다. 랜턴은 점점 다가왔다. 그 불빛이 잡초 속에 말없이 누운 시체에 닿더니 멈추었고, 둘러선 말들이 그림자를 드리웠다. 남자 하나가 말에서 내려 랜턴 불빛 속으로, 시체 위로 허리를 굽혔다. 그는 권총을 빼들었다. 그리고 몸을 일으켜 오두막을 향하며 말했다. "존스."

"여기 있습니다요." 와시는 창가에서 나직하게 답했다. "소령님이신가요?"

"이리 나오게."

"물론입죠." 그는 나직하게 말했다. "손녀딸애만 잠깐 돌봐 주고요."

"그 애는 우리가 돌보겠네. 얼른 나오게."

"물론입죠, 소령님. 잠깐만 기다리십쇼."

"불을 켜게. 자네 램프에 불을 켜."

"물론입죠. 잠깐만 기다리십쇼." 사람들은 그의 목소리가 집 안으로 물러나는 것을 들었다. 그러나 그가 푸주칼을 숨겨 놓은 굴뚝 벽틈으로 재빨리 다가가는 모습은 아무도 보지 못했다. 그의 지저분한 삶과 집구석에서 그가 자부심을 가지는 유일한 물건이었는데, 면도날처럼 날카롭게 갈아 놓았기 때문이었다. 그는 침상으로, 손녀딸의 목소리가 들리는 쪽으로 다가갔다.

"누구예요? 불 좀 켜 봐요, 할아버지."

"불은 필요 없을 거다, 아가. 순식간에 끝날 게야." 그는 이렇게 말하고 무릎을 꿇으며, 그녀의 목소리가 들리는 쪽을 더듬거렸다. 이제는 속삭이면서. "어디 있니?"

"바로 여기 있죠." 그녀는 짜증 섞인 목소리로 말했다. "그럼 어디 있겠어요? 대체······" 그의 손이 그녀의 얼굴에 닿았다. "왜 그러······ 할아버지! 할아······"

"존스!" 보안관이 말했다. "이리 나오게!"

"금방 나갑니다요, 소령님." 그가 말했다. 이제 그는 몸을 일으켜 빠르게 움직였다. 어둠 속에서도 등유 깡통을 놓아둔 곳은, 그리고 그 깡통이 가득 차 있다는 사실은 잘 알고 있었다. 가게에서 그걸 가득 채우고, 5갤런의 등유가 제법 무거워서 집으로 오는 마차를 얻어탈 때까지 들고 서 있던 때가 고작 이틀 전이었으니 말이다. 화덕에는 아직 석탄이 남아 있었다. 게다가 삐걱대는 건물 자체가 불쏘시개나 다름없었다. 푸른 불길이 한 번 일렁이자 석탄과 화덕과 벽들이 일제히 터져 나갔다. 기다리던 남자들은 그가 불길을 등지고 대낫을 높이 들어올린 채 사납게 달려나오는 모습을 목격했고, 말들은 뒷발로 일어서며 몸을 돌렸다. 그들은 말을 달래어 다시 불길 쪽을 향하게 만들었으나, 대낫을 치켜들고 사납게 아로새긴 것처럼 보이는 수척한 형상은 그대로 그들을 향해 달려들었다.

"존스!" 보안관이 소리쳤다. "멈춰! 멈추지 않으면 쏘겠네. 존스! 존스!" 그러나 수척하고 분노에 사로잡힌 형상은 불길의 섬광과 굉음을 등진 채 달려올 뿐이었다. 대낫을 높이 든 채로 그들을 향해, 두려움에 사로잡히고 불길이 어른거리는 말들의 눈을 향해, 번득이는 총신을 향해, 어떤 외침이나 소리도 없이 그저 돌진할 뿐이었다.

명예
Honor

I

나는 멈추지 않고 그대로 대기실을 통과했다. 웨스트 양은 "지금 회의중이십니다"라고 말했지만, 나는 멈추지 않았다. 문을 두드리지도 않았다. 그들은 대화를 나누는 중이었고, 그는 말을 멈추고 고개를 들어 책상 맞은편의 나를 바라보았다.

"통지를 얼마나 보내야 저를 해고해 주실 겁니까?" 나는 말했다.

"자넬 해고해?" 그가 말했다.

"그만둘 겁니다." 나는 말했다. "이제 알렸으니 하루 정도면 충분합니까?"

그는 튀어나올 듯한 눈으로 나를 바라보았다. "자네가 시연하기에 우리 자동차가 부족한 데라도 있다는 건가?" 그는 말했다. 엽궐련을 든 그의 손은 책상 위에 놓여 있었다. 루비 반지는 자동차 후미등만큼이나 큼지막했다. "우리하고 함께 일한 지 3주밖에 안 되긴 했지." 그는 말했다. "저 문에 적힌 단어가 무슨 뜻인지 알기에는 시간이 부족하긴 했을 게야."

그가 모른다는 것은 사실이었지만, 3주면 제법 충분한 시간이었다. 이틀만 근무해도 내게는 신기록이었다. 그런데 3주나 근무했으니, 이 정도면 저쪽에서 그대로 손을 내밀어 악수를 청해도 충분할 정도였다.

문제는 내가 뭘 하는 법이라고는 제대로 익힌 적이 없다는 것이었다. 당시 세상이 어땠는지는 누구나 알 것이다. 대학 캠퍼스에마저 영국군이나 프랑스군 군복이 가득했고, 우리는 누구나 전쟁이 끝나기 전에 얼른 끼어들어 조종사 기장 한둘쯤 얻어와서 으스대고 싶어 몸이 달아 있었다. 전쟁터에 뛰어들면 완벽한 천직을 찾을 수 있으리라고 생각했다.

그리하여 휴전일이 찾아온 후 나는 한두 해 정도 시험비행사 일을 하며 머물렀다. 비행기 위 곡예를 배운 것은 단조로운 업무에서 벗어나기 위해서일 뿐이었다. 나는 윌드립이라는 친구와 함께 나인*을 타고 지상에서 보이지 않는 3천 피트 상공까지 올라가서 위쪽 날개 위에서 차력쇼를 벌이곤 했다. 평화로운 시대에 군 생활이란 상당히 지루한 것이기 때문이었다. 낮에는 온종일 늘어져서 거짓말이나 하고 밤에는 내내 포커를 치는 정도가 전부였다. 그리고 고립은 포커에 해롭기 마련이다. 판돈을 달아 놓고 치는 포커판에서는 언제나 무모한 확률에 몸을 맡기게 되기 때문이다.

---

* 영국 공군기인 에어코 D.H.9으로 추정된다. 2인승 복엽기로 1만 8천 피트 상공까지 비행할 수 있었다.

어느 밤에는 화이트라는 친구가 1천 달러를 잃은 적이 있었다. 그는 계속 지기만 했고 나는 그만 끝내고 싶었지만, 나는 이기는 쪽이었고 그가 계속하기를 원했으며, 계속 무모한 도박수를 던지고 매번 패배했다. 그는 내게 차용증을 건넸고 나는 서두를 필요 없다고, 그냥 잊어버리라고 말했는데, 그에게는 캘리포니아에 두고 온 아내가 있기 때문이었다. 그런데 다음 날 밤이 되자 다시 포커를 치겠다는 것이었다. 나는 그만두게 하려 애썼지만 그는 도리어 성을 냈다. 나를 겁쟁이라 불렀다. 그래서 그는 그날 밤 1천 5백 달러를 추가로 잃었다.

그래서 나는 카드를 나누라고, 내가 이기면 판돈을 두 배로 가져가고 그가 이기면 전부 없었던 것으로 해 주겠다고 말했다. 그는 카드를 나누어 퀸을 뽑았다. 그래서 나는 말했다. "아니, 저거면 이기겠는데. 나는 뽑을 필요도 없겠어." 그렇게 말하며 그가 나눈 쪽을 뒤집어 보니, 인물 카드 잔뜩하고 에이스 세 장이 보였다. 그러나 그는 나도 카드를 뽑아야 한다고 종용했고, 나는 말했다. "그게 무슨 의미가 있어? 내가 이길 확률이 얼마나 된다고. 양쪽 덱을 합쳐도 확률이 낮을 텐데." 그러나 그는 막무가내였다. 내가 뽑은 카드는 남은 한 장의 에이스였다. 나는 다시 차용증을 찢으면 어떻겠느냐고 권했지만 그는 자리에 앉은 채 내게 욕설을 퍼부었다. 나는 탁자 앞에서 셔츠 소매와 옷깃을 풀어헤친 채로 앉아서 에이스를 바라보고 있는 그를 놔두고 자리를 떴다.

다음 날 우리는 고속 항공기 시험 임무를 받았다. 나는 할 수 있는 최선을 다했다. 그에게 다시 차용증을 내밀 생각은 없었다. 내게 욕설을 퍼붓는다 해도 한 번 정도는 용납할 수 있었다. 그러나 두 번은 불가능했다. 그때 우리에게 고속 항공기 임무가 들어왔다. 나는 건드릴 엄두조차 못 내는 물건이었다. 그는 그걸 타고 5천 피트까지 올라가서 급강하했고, 풀 스로틀로 2천 피트쯤에 도달한 직후 날개가 완전히 뜯겨 나가 버렸다.

그리하여 나는 4년이 지난 후에야 다시 민간인으로 돌아왔다. 그렇게 떠돌이로 살아가는 도중에 — 내가 처음 자동차 외판원을 시작했을 때였다 — 나는 잭을 만났고, 그는 헛간 급강하 쇼에서 날개에 올라탈 사람을 구하는 조종사가 하나 있다고 일러주었다. 그리하여 나는 그녀를 만나게 되었다.

II

잭은 — 로저스에게 건넬 쪽지를 내게 주면서 — 로저스가 얼마나 훌륭한 조종사인지, 그리고 그녀가 얼마나 그를 마뜩잖게 생각하는지를 말했다.

"그거 참 따분한 이야기인데." 나는 말했다.

"다들 그렇게들 말하지." 잭이 말했다. 그래서 나는 로저스를 만나 쪽지를 건네주면서 — 그는 종종 보이는 호리호리하고 조용해 보이는 조종사 부류였다 — 속으로 그가 변덕쟁이에 열정적이고 예쁘장한 여자와 결혼할 부류의 사람이라고 생각했다. 조종사 기장을 이용해 전쟁통 속에서 낚아챈 다음, 기회가 생기자마자 함께 도망쳐 오는 그런 부류의 여자들 말이다. 그래서 나는 안전하다고 여겼다. 그런 여자가 나 같은 작자를 만나려고 3년을 기다렸을 리가 없기 때문이었다.

따라서 내가 기대하던 모습은, 긴 흑발에 타조 깃털과 울워스* 향초에 둘러싸여 살아가며, 로저스가 길모퉁이 푸줏간으로 달려가서 햄 슬라이스와 감자샐러드를 종이 접시에 담아 오는 동안 푹신한 긴 의자에 누워 담배를 태우는 뱀 같은 여자였다. 그러나 잘못 생각한 것이었다. 그녀는 품이 낙낙한 옅은 색 원피스 위에 앞치마를 두른 채로, 팔에는 밀가루나 뭐 그런 자루를 끼고, 사과하지도 부산을 떨지도 않으며 등장했다. 그는 하워드가 ― 로저스의 이름이다 ― 내 이야기를 했다고 말했고, 나는 "이 사람이 뭐라고 했습니까?"라고 말했다. 그러나 그녀는 그저 이렇게 말할 뿐이었다.

"저녁 시간이 꽤나 지루하기는 할 거예요. 식사하려면 직접 저녁 준비도 도와야 할 테고요. 차라리 진 두어 병 들고서 춤추러 가는 편이 나을 걸요."

"왜 그렇게 생각하십니까?" 나는 말했다. "제가 다른 일은 못할 것처럼 생겼습니까?"

"오, 아닌가요?" 그녀는 말했다.

그리고 우리는 설거지를 끝내고 조명을 끈 다음 불가에 앉았다. 그녀는 바닥에 쿠션을 깔고 로저스의 무릎에 등을 기댄 채 담배를 피우며 재잘거렸다. "분명 당신에게는 지루했겠죠. 하워드는 나가서 저녁을 먹고 어디든 춤추러 가는 게 어떻겠냐고 했거든요. 그런데 내가 당신한테 있는 그대로의 우리를 받아들이게 만들자고 했어요. 처음에도 나중에도요. 혹시 유감이신가요?"

---

* 당시의 10센트 스토어. 즉 싸구려라는 뜻.

앞치마까지 두르고 있으니 거의 열여섯 살 소녀처럼 보일 정도였다. 그녀가 내가 걸칠 앞치마를 사다주었을 때쯤에는, 우리 셋은 함께 부엌으로 들어가서 저녁 준비를 하게 되었다. "당신한테도 이런 일이 별로 즐겁지는 않겠죠. 우리한테도 그래요." 그녀는 말했다. "우리가 너무 가난해서 그런 거예요. 우린 그냥 비행사들일 뿐이니까."

"글쎄요, 하워드는 조종 일에서는 두 사람 몫을 하니까요." 나는 말했다. "그러니 괜찮은 편이죠."

"그이가 당신도 조종사였다고 했을 때, 나는 이렇게 말했어요. '세상에, 공중 곡예사요? 가족 친구를 고를 때는 말이에요, 일주일 전에 초대한 저녁식사 자리에 무사히 도착하기만을 기다리게 되는 사람을 고르면 안 되는 거예요. 우리를 데리고 나가서 저녁을 사 줄 사람을 골라야죠.' 그런데 딱 우리만큼이나 가난한 사람을 골라 왔지 뭐예요." 한 번은 그녀가 로저스에게 이렇게 말한 적도 있었다. "벅에게도 여자를 찾아줘야겠어요. 언젠가는 우리한테 질려 버릴 거라고요." 사람들이 어떤 식으로 이런 말을 지껄이는지는 모두들 알 것이다. 뭔가 의미가 있는 듯한 소리를 지껄이고 있어서 그쪽을 바라보면, 눈빛이 완전히 텅 비어 있는 것이다. 그 모습을 보면 저들이 말하면서 당신을 떠올리고는 있었는지조차 의문을 품게 된다.

아니면 내가 저녁을 사고 영화관에 데려갔어야 하는지도 모를 일이다. "그렇게 들리라고 한 말은 아니었다고요." 그녀는 말했다. "우리를 데리고 외출하라고 암시를 준 건 아니었어요."

"나한테 여자를 찾아줘야겠다는 말은 진심이었습니까?" 나는 말했다.

그러자 그녀는 크고 멍하고 순진한 눈으로 나를 바라보았다. 그때쯤 나는 그들을 종종 우리 집으로 초대하여 칵테일을 대접하곤 했고 — 로저스 본인은 술을 마시지 않았다 — 그런 날 밤에 집으로 돌아오면 내 서랍장 위에 분가루 자국이 남거나 그녀의 손수건 같은 소지품이 떨어져 있었고, 나는 그녀가 여전히 방 안에 있는 듯 그녀의 향기를 맡으며 잠자리에 들었다. 그녀는 말했다. "우리가 당신한테 여자를 찾아줬으면 좋겠어요?" 그러나 그 이야기가 다시 화제에 오르는 일은 없었고, 시간이 흐르면서 남자가 여자와 접촉하며 사소한 친절을 베풀어야 하는 일, 이를테면 높은 계단 따위가 등장하면, 그녀는 하워드가 아니라 내가 자기 남편이기라도 한 것처럼 나를 돌아보곤 했다. 그러다 어느 밤에 폭풍 때문에 시내를 떠날 수 없게 되어 우리 집에서 셋이 묵은 적이 있었는데, 그녀와 로저스는 내 침대를 쓰고 나는 거실에 있는 의자에 앉아 잠을 청했었다.

어느 저녁에 그쪽 집으로 외출하려고 옷을 차려입고 있는데, 전화가 울렸다. 로저스였다. "내가—" 그는 입을 열었지만, 왜인지 더 이상 말을 잇지 못했다. 마치 누군가 손으로 그의 입을 막은 듯했고, 뒤이어 두 사람이 웅얼거리며 대화를 나누는 소리가 들려왔다. 말하는 쪽은 대개 그녀였지만. "아니, 대체—" 로저스가 말했다. 뒤이어 그녀가 수화기에 대고 숨을 내쉬는 소리가 들렸고, 내 이름이 그 입에 올랐다.

"오늘 밤에 오기로 한 거 잊지 말아요." 그녀는 말했다.

"안 잊었습니다." 나는 말했다. "혹시 내가 날짜를 잘못 안 겁니까? 오늘이 아니었다면—"

"얼른 와요." 그녀는 말했다. "끊을게요."

그쪽 집에 등장해 보니 하워드가 나를 맞이하러 나왔다. 평소와 똑같은 얼굴이었지만, 나는 대뜸 들어가지 않았다. "들어오게." 그가 말했다.

"날짜를 잘못 알았을지도 모르겠어." 나는 말했다. "그러니 실례지만—"

그는 문을 활짝 열면서 말했다. "들어오게."

그녀는 푹신한 긴 의자에 누워 흐느끼고 있었다. 나는 영문을 알 수 없었다. 돈 때문인 듯하기는 했지만. "이대로는 못 버텨." 그녀는 말했다. "정말 열심히 애를 썼는데, 이젠 견딜 수가 없어."

"내 보험료가 어느 정도인지는 당신도 알잖아." 그가 말했다. "나한테 무슨 일이라도 생기면 당신은 어떻게 되겠어?"

"지금은 어떻게 됐는데? 빈민가 다세대주택에 사는 여자들도 나보다는 가진 게 많을 거야." 그녀는 고개를 들지도 않은 채, 앞치마가 구겨진 채로 엎드려 있었다. "당신이 그냥 다른 남자들처럼 그 일을 그만두고 보험료가 적게 나오는 다른 일을 구하면 되는 거잖아?"

"나는 가봐야겠군요." 나는 말했다. 내가 있을 자리가 아니었다. 나는 그대로 빠져나왔다. 그는 나를 따라서 문간으로 나왔고, 우리는 동시에 그녀가 긴 의자 위에 엎드려 있는 문으로 이어지는 계단 위를 올려다보았다.

"내가 저축이 조금 있는데." 나는 말했다. "아마 자네 집에서 음식을 너무 축낸 덕분에 쓸 시간이 없었던 모양이야. 그러니 뭐든 급한 일이 생긴다면……" 우리는 그렇게 서 있었고, 그는 문을 붙들고 있었다. "물론 내가 끼어들 일이 아니라면야 억지로 그럴 생각은 없네만……"

"내가 자네라면 안 그럴 거야." 그는 이렇게 말하며 문을 열어주었다. "내일 비행장에서 보지."

"물론." 나는 말했다. "내일 비행장에서 보자고."

나는 거의 일주일 동안 그녀를 만나지도, 그녀의 소식을 듣지도 못했다. 그러나 그와는 매일 얼굴을 마주했기 때문에, 결국 이야기를 꺼낼 수밖에 없었다. "밀드레드는 요즘 어떻게 지내?"

"장모님 댁에 들른다고 갔어." 그는 말했다.

뒤이은 2주 동안 나는 매일 그와 함께 일했다. 비행기 위쪽 날개에 오를 때마다, 나는 고글 안쪽의 그의 얼굴을 돌아보곤 했다. 그러나 우리는 절대 그녀의 이름을 입에 올리지 않았다. 마침내 어느 날, 로저스가 그녀가 귀가했으며 그날 밤 저녁에 초대하겠다고 말했을 때까지 말이다.

그게 오후에 있었던 일이다. 그는 그날 내내 승객을 태우느라 바빴고, 따라서 할 일이 없었던 나는 시간을 죽이면서 저녁이 오기를 기다리고 그녀를 떠올렸다. 가끔 의문이 떠오르기도 했지만, 대부분은 그저 그녀가 다시 집에 돌아와서 내가 들이쉬던 바로 그 연기와 검댕을 들이쉬고 있다는 생각만 할 뿐이었다. 그러다 나는 문득 지금 그리 가야겠다고 생각했다. 마치 계시의 목소리가 "그리로 가라. 지금 당장"이라고 말하는 것만 같았다. 그래서 나는 떠났다. 심지어 옷도 갈아입지 않았다. 그녀는 홀로 불 앞에서 책을 읽고 있었다. 깨진 급유관에서 흘러나온 휘발유에 불이 붙어 주변을 둘러싸고 타오르는 것만 같았다.

III

 웃기는 일이었다. 나는 윗날개에 올라갈 때마다 앞유리 뒤편의 그의 얼굴을 돌아보며, 그가 뭘 알고 있을지를 궁금해했다. 분명 거의 즉시 알아챘을 것이다. 이유는 모르겠지만 그녀는 조금도 신중하지 않았으니까. 언어로도 행동으로도, 그녀는 있는 그대로를 보여주었다. 내 가까이 앉겠다고 고집했다. 그들 위로 우산을 펼치거나 레인코트를 들어줄 때에도 나와 묘한 방식으로 접촉했다. 어떤 남자라도 한 번만 봐도 알아챌 수 있을 정도였던 데다, 그녀는 그가 안 볼지도 모를 때 그런 짓을 해댔다. 그가 보지 못할 때가 아니라, 어쩌면 안 볼지도 모른다는 생각이 들 때 말이다. 나는 안전벨트를 풀고 조종석에서 기어나올 때마다 뒤돌아 그의 얼굴을 보면서 그가 무슨 생각을 하는지, 얼마나 많이 알거나 넘겨짚고 있는지 궁금했다.

 오후에 그가 바쁘면 나는 그곳을 찾았다. 남은 비행 시간 동안 태워줄 손님들을 상대해야 한다는 것이 확실해질 때까지 근처를 어슬렁거리다가, 뭐든 핑계를 대고 빠져나갔다. 어느 오후에 그렇게 떠날 준비를 마치고서 그가 이륙하기만을 기다리고 있는데, 그가 엔진을 끄더니 몸을 내밀고는 나를 불렀다. "가지 말게. 할 말이 있어."

 그래서 나는 그가 알고 있다는 것을 알아차렸고, 그가 마지막 비행을 끝내고 사무실로 돌아와서 비행복을 벗을 때까지 기다렸다. 그는 나를 향했고, 나도 그를 마주 봤다. "저녁 먹으러 오게." 그는 말했다.

도착해 보니 두 사람이 기다리고 있었다. 그녀는 일전의 품이 낙낙한 작은 원피스를 입은 채 밖으로 나와서 내 허리에 팔을 두르고는, 그가 지켜보는 가운데 내게 입을 맞췄다.

"난 당신하고 갈 거예요." 그녀가 말했다. "서로 얘기해 봤는데, 이런 일이 벌어진 이상은 서로를 사랑할 수 없으며 이게 유일한 분별 있는 행동이라는 결론에 동의했어요. 저이는 이제 자기가 사랑할 수 있는 여자를 찾으면 되겠죠. 나처럼 몹쓸 여자가 아닌 사람으로요."

그는 계속 나를 바라보고 있었고, 그녀는 양손으로 내 얼굴을 어루만지며 내 목에 대고 살짝 신음을 흘렸으며, 나는 돌이나 뭐 그런 것처럼 굳어 있었다. 내가 무슨 생각을 하고 있었을 것 같은가? 그녀 생각은 아예 하지도 않고 있었다. 그와 내가 비행 중이고 내가 윗날개로 막 올라갔는데, 그가 조종간을 내팽개쳐버리는 바람에 나 혼자서 방향타를 움직여 비행해야 하는 상황이고, 그가 조종간을 내팽개쳤다는 사실을 내가 안다는 것을 그도 알고 있으니 이제 무슨 일이 일어나도 아무 문제도 없으리라는 생각을 하고 있었다. 따라서 나와 그녀의 포옹은 그저 나무 막대기 두 개를 덧대 놓은 것이나 다름없는 상황이었고, 그녀는 몸을 빼더니 내 얼굴을 바라보았다.

"이제는 날 사랑하지 않는 거예요?" 그녀는 내 얼굴을 쳐다보며 물었다. "나를 사랑한다면 그렇다고 말해요. 그이한테 이미 전부 말했다고요."

그곳에서 빠져나가고 싶다는 생각뿐이었다. 달아나고 싶었다. 겁을 먹은 것은 아니었다. 그저 모든 측면에서 끔찍하게 덥고 추잡할 뿐이었다. 그녀로부터 조금 떨어져 있고 싶었다. 로저스와 나는 이제 춥고 딱딱하고 적막한 곳으로 나가서 일을 마무리지어야 하기 때문이었다.

"자넨 뭘 원하는 거지?" 나는 물었다. "아내와 이혼할 생각이 있나?"

그녀는 내 얼굴을 뚫어져라 주시하고 있었다. 그러다 그녀는 나를 풀어주고 벽난로 선반으로 달려가서 팔에 얼굴을 묻고 울기 시작했다.

"당신 나한테 거짓말을 한 거군요." 그녀는 말했다. "전부 진심으로 한 말이 아니었어. 아 신이시여, 내가 뭘 한 거지?"

이런 일이 어떤지 알 것이다. 세상의 모든 일에는 그에 적절한 때가 있는 법이다. 그 어떤 존재도 홀로 가치를 지니지는 않는다. 여자 또한 아무리 사랑한다 해도 오직 적절한 순간에만 여자일 뿐, 나머지 시간에는 그저 남자가 학습한 방식과는 다른 잣대로 세상을 보는 한 인간일 뿐이다. 무엇이 적절하고 부적절한지에 대해 남자들과는 다른 생각을 가진 존재 말이다. 그래서 나는 그쪽을 향하고 그녀의 몸에 팔을 두른 채로 이렇게 생각했다. "빌어먹을, 그냥 잠깐만 이 일에서 빼 주면 되는 거 아냐! 우리 둘 다 당신을 돌보려고 최선을 다하고 있는데, 당신에게 상처를 줄 리가 없잖아."

보다시피 내가 그녀를 사랑했기 때문이다. 세상의 눈앞에 함께 저지른 죄를 드러내는 것만큼 두 사람을 강하게 결속시키는 일은 달리 없다. 게다가 하워드는 자기 몫의 기회를 받았다. 내가 그녀를 먼저 알아서 결혼했더라면 그가 내 위치에 있었을 것이고, 내게 기회가 있었던 셈이 될 것이다. 그러나 기회를 받았던 쪽은 그였고, 따라서 그녀가 "그럼 우리끼리만 있었을 때 내게 해줬던 말을 지금 해 봐요. 내가 그이한테 전부 털어놨다고 말했잖아요"라고 말했을 때 나는 이렇게 대꾸했다.

"전부? 저 친구한테 전부 말한 겁니까?" 그는 우리를 지켜보고 있었다. "그녀가 자네한테 전부 말했나?" 나는 말했다.

"상관없는 일이네." 그는 말했다. "그녀를 원하나?" 그리고 내가 입을 떼기도 전에, 그는 다시 말했다. "그녀를 사랑하나? 그녀를 소중히 대해 주겠나?"

그의 얼굴은 마치 오랜 세월이 흐른 후에 마주해서 "세상에, 저게 로저스라고?"라고 말해야 할 것처럼 잿빛으로 사그라들어 있었다. 내가 마침내 그곳을 떠날 때쯤, 이혼 문제는 해결되어 있었다.

IV

그리고 다음 날 아침 비행장에 도착해 보니, 이 공중곡예단의 소유주인 해리스가 내게 특별 업무에 대해 알려주었다. 아무래도 내가 잊고 있었던 모양이다. 적어도 그는 분명 말한 적이 있다고 주장했다. 마침내 나는 로저스와는 함께 비행하지 않겠다고 말했다.

"그건 또 왠가?" 해리스가 말했다.

"저 친구에게 물으시죠." 나는 말했다.

"저 친구가 자네하고 같이 비행하겠다고 동의한다면, 자네도 비행할 텐가?"

나는 그러겠다고 대답했다. 그때 로저스가 나왔고, 그는 나와 함께 비행하겠다고 말했다. 그래서 나는 그가 내내 그 업무에 대해 알고 있었으며 함정을 파고 나를 끌어들인다고 생각했다. 우리는 해리스가 나갈 때까지 기다렸다. "이것 때문에 어제 그렇게 빙빙 돌려 말했던 거로군." 나는 말했다. 그리고 욕설을 내뱉었다. "내가 딱 걸려든 거야."

"자네가 조종간을 잡게." 그는 말했다. "내가 자네 곡예를 하지."

"이런 비슷한 일을 해본 적이나 있나?"

"아니. 하지만 자네가 비행기를 제대로 몰기만 하면 얼마든지 할 수 있네."

나는 그에게 욕설을 뱉었다. "기분 좋으시겠지." 나는 말했다. "내가 걸려들었으니까. 얼른. 당장 그 자신만만한 미소를 밖으로 내비쳐 보라고. 얼른!"

그는 몸을 돌려 비행기 쪽으로 가서는 앞쪽 좌석에 들어가기 시작했다. 나는 가서 그의 어깨를 붙들어 뒤로 잡아당겼다. 우리는 서로를 마주했다.

"지금 자네를 때릴 생각은 없네." 그는 말했다. "그런 걸 원하는 거라면 말이야. 다시 착륙할 때까지 기다리고 있게."

"싫은데." 나는 말했다. "한 번이라도 반격하고 싶으니까."

우리는 서로를 바라보았다. 해리스가 사무실에서 우리 쪽을 지켜보고 있었다.

"그만하지." 로저스가 말했다. "자네 신발을 좀 빌려주겠나? 이쪽에는 고무 밑창이 달린 신발을 가져다놓지 않아서 말인데."

"자네 자리로 돌아가." 나는 말했다. "어떻게 한들 뭔 상관이야? 내가 자네 입장이었어도 똑같은 짓을 했을 텐데."

그 업무란 축제가 벌어지는 유원지 위를 날아가는 것이었다. 아래쪽에 색색의 개미처럼 몰려든 인파가 분명 2만 5천은 되었을 것이다. 나는 그날 지금껏 한 번도 시도한 적 없는 무모한 곡예를 시도했다. 땅에서는 그 무모함이 보이지 않았을 테지만. 그러나 매번 비행기는 정확히 내 발밑에 있으면서 측면의 압력이며 균형을 잡아 주었다. 마치 그와 내가 하나의 정신을 공유하고 있는 듯했다. 짐작하겠지만, 나는 그가 나를 가지고 놀고 있다고 생각했다. 나는 그의 얼굴을 돌아보며 바락바락 소리쳤다. "얼른 해, 내가 걸려들었잖아. 배짱이라고는 쥐뿔도 없냐?"

당시 나는 조금 돌아 있었던 모양이다. 우리 둘은 공중에 올라 서로에게 바락바락 소리를 질러대고 있었고, 아래쪽의 조그만 벌레들은 우릴 바라보며 공연의 하이라이트인 공중제비를 기다리고 있었다. 그에게는 내 목소리가 들렸지만, 나는 그의 목소리를 들을 수 없었다. 그저 입술 움직이는 것만 보일 뿐이었다. "얼른 하라고." 나는 소리쳤다. "날개를 조금만 흔들어 보라고. 손쉽게 떨어져 줄 테니까. 알아들었어?"

나는 조금 돌아 있었다. 어떤 느낌인지 알 것이다. 뭐든 뻔히 일어날 것을 아는 일에 돌격하고 싶어지는 기분 말이다. 연인도 자살하는 사람들도 그 기분을 알지 않을까 싶다. 나는 그를 향해 소리쳤다. "사고인 것처럼 보이고 싶다는 거지? 직선비행을 하는 비행기에서 내가 떨어지면 곤란해 보일 거라는 거지? 알겠어." 나는 소리쳤다. "그럼 하자고." 나는 윗날개 한가운데로 돌아와서, 날개의 대각선 지지대를 빙 두르는 안전밧줄을 헐겁게 풀고는, 거기에 몸을 기댄 채로 뒤를 돌아보며 그에게 신호를 보냈다. 나는 조금 돌아 있었다. 그때까지도 여전히 그에게 소리를 질러대고 있었다. 무슨 소리를 질렀는지는 모르겠다. 그때는 이미 추락해서 죽어 버렸기 때문에 알 수가 없는 거라고 생각했던 듯하다. 날개를 고정하는 철사가 신음을 흘리고 나는 지상에 가득한 작은 색색의 점들을 그대로 내려다보고 있었다. 그러다 철사가 제대로 울부짖기 시작하며 그는 비행기를 급상승시켰고, 지상은 비행기 기수 아래쪽으로 미끄러져 내려갔다. 나는 지상이 완전히 사라지고 지평선마저 아래로 내려가서 하늘만 가득 보이게 될 때까지 기다렸다. 그리고 로프의 한쪽 끝을 놓고 잡아당겨 끌른 다음 그의 머리 쪽으로 내팽개치며 비행기가 거꾸로 도는 순간 팔을 활짝 펼쳤다.

자살을 시도하던 것은 아니었다. 나 자신에 대해서는 생각지도 않고 있었으니까. 머릿속에는 오직 그에 대한 생각뿐이었다. 그가 나를 수치스럽게 만든 만큼 그도 수치스럽게 만들어야 했다. 그가 내건 시련에서 내가 실패했으니, 나도 그가 반드시 실패할 시련을 줘야만 했다. 나는 그를 망가트리려 하고 있었다.

내가 떨어진 것은 공중제비의 최고점을 지난 후였다. 색색의 점으로 가득한 대지가 다시 시야로 돌아왔고, 그런 다음에야 내 신발에 느껴지던 압력이 사라지며 추락하기 시작했다. 반쯤 공중제비를 돌아서 땅과 평행한 상태로 몸이 돌아가기 시작하더니, 얼굴이 하늘을 향한 순간에 내 등에 뭔가 부딪쳤다. 헉 하고 가슴에서 숨이 빠져나갔고, 순간적으로 완전히 정신을 잃었던 듯하다. 그리고 눈을 떠 보니 나는 뒤쪽 가장자리 너머로 머리를 내민 채로, 윗날개 한복판에 누워 있었다.

날개의 경사를 따라 너무 내려온 상태라 앞쪽 가장자리에 대고 무릎을 굽힐 수가 없었고, 몸 아래에서 날개가 슬슬 미끄러지는 것이 느껴졌다. 움직일 엄두조차 나지 않았다. 여기서 슬립스트림을 거스르며 상반신을 일으켜 앉으려 했다가는 그대로 뒤로 넘어갈 것이 뻔했다. 비행기 꼬리날개와 지평선을 보니 똑바로 날며 천천히 하강하고 있는 듯했다. 그때 로저스가 조종석에서 일어서더니 안전벨트를 푸는 모습이 보였고, 고개를 조금 돌려서 확인하니 이대로 떨어지면 동체를 완전히 비껴가거나 어깨만 부딪치고 추락할 것이 뻔해 보였다.

그래서 나는 날개가 슬슬 미끄러지는 것을 느끼며, 어깨가 허공으로 나오는 것을 느끼며, 가장자리를 넘어가는 내 등뼈의 개수를 세면서, 로저스가 동체를 타고 조금씩 앞좌석 쪽으로 나오는 모습을 지켜보고 있었다. 나는 그렇게 오랫동안 그가 공기의 압력에 맞서며 조금씩 전진하는 모습을, 바짓자락을 펄럭이는 모습을 주시했다. 잠시 후 그의 다리가 앞좌석 안으로 들어가는 것이 보였고, 그의 손이 내 몸에 닿았다.

우리 비행 중대에 어떤 친구가 있었다. 나는 그를 좋아하지 않았고 그는 나를 증오했다. 별문제는 아니었다. 어느 날 전선을 10마일이나 넘어간 곳에서 흡기밸브가 고장 난 적이 있었는데, 그가 나를 위기에서 구해냈다. 비행장으로 돌아온 다음 그는 이렇게 말했다. "내가 네놈을 구하고만 있었다고 생각하지 마라. 훈족 놈을 사냥하고 있던 거니까. 실제로 잡았고." 그는 고글을 비뚜름하게 올리고 허리에 손을 댄 채로, 마치 웃음을 짓는 것처럼 내게 욕설을 내뱉었다. 하지만 그건 다른 문제였다. 카멜을 타는 조종사들이란 그런 법이다. 내 기체가 망가져도 그저 운 나쁜 일이고, 그의 기체가 망가져도 그냥 운 나쁜 일일 뿐이다. 내가 윗날개 한가운데 올라타 있고 그가 조종간을 잡고 있으며, 속도를 1초만 지체하거나 공중제비 꼭대기에서 슬쩍 흔들어주기만 하면 충분한 상황과는 이야기가 다르다.

그러나 당시 나는 젊었다. 이런 세상에, 나한테도 젊었을 때가 있었다고! 18년의 휴전일 밤[1918년 11월 11일]이 아직도 기억난다. 나는 그날 아침에 알바트로스*에서 끌어내린 엉망인 몰골의 포로를 끌고서, 개구리 헌병 놈들이 그를 끌고 가지 못하게 하려고 아미앵 곳곳을 돌아다니며 술래잡기를 벌였다. 그놈은 좋은 녀석이었고, 그 빌어먹을 땅개 자식들은 그놈을 지원병과 술취한 취사병 따위로 가득한 유치장에 던져넣으려 했다. 나는 그 개자식이 불쌍해졌다. 집에서 이렇게 멀리 떨어진 곳까지 온 데다가 소지품은 전부 털리고 그랬으니까. 내가 젊었던 것은 분명하다.

우리는 모두 젊었다. 군주이자 옥스퍼드 생도였던 어느 인도인

---

* 알바트로스 D.V. 복엽 전투기로 1917년부터 종전 때까지 독일 공군의 주력으로 사용되었다.

이 기억난다. 터번을 두르고 가짜 소령 계급장을 달고 있는 친구였는데, 그는 전쟁에서 싸운 우리 모두가 이미 죽었다고 말했다. "그대들은 모르겠지만" 그는 말했다. "그대들은 전부 죽은 거요. 차이점은 이것뿐이지. 저 바깥에 있는 이들은" — 전선 방향으로 팔을 젖혀 보이며 — "신경 쓰지 않는 것이고, 그대들은 알지 못하는 것이고." 그리고 앞으로 오래 남은 숨 쉬는 날들을 걸어다니는 장례식처럼 살아갈 것이라고도 말했다. 자기가 죽었는지도 모른 채, 1914년 8월 4일*에 사망한 남자들의 관대와 무덤과 묘비로서 살아갈 것이라고. 이상하고 기묘한 놈이었다. 꼬맹이이자 좋은 친구이기도 했지만.

그러나 로저스가 붙들어줄 때까지 스탠다드** 앞날개에 누워서 행군하는 개미떼처럼 가장자리로 밀려나가는 등뼈를 세며 누워 있던 나는, 그리 죽어 있지 않았다. 그날 밤 작별인사를 하러 기차역까지 나온 그는 그녀의 편지 한 통을 가져다줬다. 그녀로부터 처음 받아보는 편지였다. 딱 그녀 같은 글씨체였다. 그녀가 쓰는 향수 내음과 그녀가 나를 어루만지는 손길이 느껴질 정도였다. 나는 편지를 열어보지도 않고 반으로 찢은 다음 그대로 내던졌다. 그러나 그는 편지를 주워서는 다시 내게 건넸다. "어리석은 짓 말게." 그는 말했다.

그게 전부다. 이제 두 사람 사이의 아들이 벌써 여섯 살이다.

---

* 영국이 독일에 선전포고를 한 날로 1차 대전이 전면적인 세계 대전으로 돌입한 전쟁 개시일로 여겨진다.

** 아마도 스탠다드 J-1. 1차 대전 동안 훈련기로 사용되었으며 20년대에는 우편 배달과 헛간 급강하 묘기에 주로 사용되었다.

로저스가 내게 편지를 보내 알게 된 사실이다. 그 편지가 내게 도달하는 데는 6개월이 걸렸다. 내가 그 아이의 대부란다. 자신을 본 적도 없으며 평생 볼 일도 없을 대부를 가진다니 정말 웃기는 일 아닌가?

V

그래서 나는 라인하르트에게 말했다. "고지 후 하루면 충분하겠습니까?"

"1분이면 충분하네." 그는 말했다. 그리고 버저를 눌렀다. 웨스트 양이 들어왔다. 착한 아이다. 내가 머리에서 김을 좀 빼야 할 일이 생길 때마다, 그녀와 나는 길 건너의 아이스크림 가게에서 함께 점심을 먹곤 했고, 나는 그녀에게 그들, 여자들에 대한 이야기를 늘어놓았다. 언제나 최악은 여자들이었다. 그러니까 이런 식이다. 시승 요청 호출을 받아서 가 보면, 자동차를 가득 채울 만큼의 여자들이 현관에 몰려 기다리고 있다가, 일제히 차에 올라타서 쇼핑하러 떠난다. 내가 열심히 다른 차들을 피하고 주차할 장소를 찾으려 애쓰는 동안, 그들은 이렇게 말한다. "존이 이 차를 한번 타 보라고 하더라고. 그런데 이렇게 말해야겠어. 이렇게 주차할 장소를 찾기도 힘든 차를 사는 건 어리석은 짓이라고."

그러면서 반짝이는 얼굴로 수상쩍은 작자를 바라보듯 뚫어져라 내 뒤통수를 쏘아보는 것이다. 우리 차가 어떤 물건이라 기대한 것인지는 그 누구도 모를 것이다. 휴대용 의자처럼 착착 접혀

서 소화전 옆에 세워 놓을 수 있을 줄 알았나. 하지만 젠장, 나는 기차 사고로 남편을 잃은 깜둥이 미망인한테 머리카락 고데기조차 팔지 못하는 인간이다.*

그리하여 웨스트 양이 들어왔다. 착한 아이긴 한데, 문제는 누군가 그녀에게 내가 1년 동안 서너 개의 일자리를 전전하며 한 군데도 붙어 있지 못했고 퇴역 조종사 출신이라고 알려줬다는 것이고, 그녀는 내내 나를 따라다니며 왜 비행을 그만뒀는지, 이제 비행기가 훨씬 대중적이 된 데다 나는 자동차는 물론이고 물건 파는 일 자체에 소질이 없는데 왜 비행 일로 돌아가지 않는지를, 여자들이 흔히 그러듯 캐묻기 시작했다. 누구나 알다시피 다급하고 공감하는 투로 말이다. 그런 여자들은 남자처럼 입을 닥치게 만들 수가 없다. 어쨌든 그녀가 들어왔고 라인하르트는 이렇게 말했다. "모나한** 씨가 떠난단다. 회계한테 안내해 줘라."

"굳이 안 그래도 됩니다." 나는 말했다. "그 돈으로 굴렁쇠나 하나 사시죠."

---

* 사고로 남편을 잃어 보상금 담판을 지으러 가야 하는 과부라면, 그 어느 때보다 외양에 신경을 써야 마땅할 것이다.

** 주인공의 성이 처음으로 등장하며, 앞에 등장한 인도인 서바다와 함께 이 작품을 「아드 아스트라」와 연결하는 역할을 한다.

명예 239

마티노 박사
Dr. Martino

휴버트 재러드가 루이스 킹을 만난 것은 세인트루이스의 어느 성탄절 하우스파티에서였다. 학창시절 친구의 누이가 그를 만나고 싶다고 말한 덕분에 오클라호마로 귀가하던 도중 잠시 들른 곳이었다. 초대받은 이유는 그가 석유가 펑펑 솟아나는 유정油井과 예일 대학의 아우라를 몸에 두르고 있기 때문이었다. 적어도 스스로는 그렇다고 되뇌었고, 어쩌면 실제로 믿었을지도 모르겠다. 처음에는 세인트루이스에서 이틀만 머물기로 계획했으나 일주일을 통째로 보내고서, 밤새 털사로 넘어가서 어머니와 성탄절을 보내고 나서 돌아온 후에, '우리 늪지대 천사님하고 조금 더 놀아줘야겠어'라고 생각하면서 말이다. 복귀하는 기차 안에서도 그녀가 상당히 자주 떠올랐다 — 깡마르고 예민하고 까무잡잡한 여자의 모습이. '미시시피 사람이니까.' 그는 생각했다. '그 성정 때문이야. 미시시피 늪지대에서 태어나고 자란 아이들의 성정.' 성적인 매력을 의미하는 게 아니었다. 뉴헤이븐에서 3년을 보내며 상류층 클럽에 소속되어 있었고 쓸 돈도 넉넉했던 그가, 성적 매력뿐인 여자에게 넘어갈 리가 없었다. 게다가 루이스는 도리어 조금 중성적인 편이었다. 그는 아직 그 성정의 정체를 명확하게 자각하지 못하고 있었다. 그것은 눈에 보이는 것을 넘어선, 그녀 내면에 편재하는 변화의 감각과 신념이었고, 그런 성정마저도 처음에는 예일 대학과 유정이라는 허식이 제공하는 코뿔소처럼 강고한 자족감을 뚫어내지 못하는 듯했다. 처음에는 그녀가 기대와 목적을 품고 자신에게 접근해 온다는 정도만을 알아차렸을 뿐이었고, 그는 즉시 그녀의 접근이 자신의 매력 때문이리라 확신했다.

겉보기로는 딱히 틀린 생각은 아니었다. 그녀를 처음 만난 것은 만찬석상에서였다. 아직 서로 소개도 받지 않았는데도, 식탁을 떠난 지 10분 후에 그녀가 먼저 말을 걸어왔고, 그로부터 10분 후에는 함께 슬쩍 저택을 빠져나와 택시에 올랐고, 목적지 주소를 일러준 쪽은 그녀였다.

비밀스러운 행동에는 익숙해지고 경험도 제법 쌓인 그였지만, 어쩌다 일이 이렇게 흘러가는지 갈피도 잡기 힘들 지경이었다. 어쩌면 그녀를 바라보느라 너무 바빴던 것일지도 모른다. 어쩌면 그때부터 눈에 보이는 곳을 넘어선 그녀의 강렬한 갈망이, 실제로는 자신마저도 넘어섰다는 사실을 깨닫기 시작한 것일지도 모른다. 그의 젊음도, 그의 외모도, 유정과 예일 대학마저도 넘어선 곳을 향하고 있다는 사실을. 그녀가 입에 담은 주소로 가는 길에는 불빛도 음악도 존재하지 않았으며, 그녀가 다 타버린 꽁초를 되살리려는 것처럼 숨을 몰아쉬고 있었기 때문이다. 그는 어둑한 집들과 어둑하고 초라한 거리를 둘러보았다. "우리 지금 어딜 가는 겁니까?" 그가 말했다.

그녀는 대답하지도 그에게 시선을 주지도 않은 채로, 자리에서 조금 앞으로 몸을 뺐다. "엄마는 거기에 가고 싶어 하지 않으시거든요." 그녀가 말했다.

"당신 어머님이요?"

"같이 있었어요. 파티장에서요. 아직 소개 못 받았을 거예요."

"아, 그러니까 어머님한테서 도망쳐 나온 거로군요. 괜히 우쭐했습니다. 저 때문에 빠져나왔다고 생각했거든요." 그녀는 몸을 앞으로 빼고 앉아서, 움츠리고 긴장한 채로 어둑한 집들을 바라보고 있었다. 절반은 주택이고 절반은 작은 상점가인 구역이었다. "어머님께서 그 사람이 당신을 방문하게 허락하지 않으시나 봅니다?"

그녀는 대꾸하지 않은 채 몸을 앞으로 숙였다. 갑자기 그녀가 유리창을 두드렸다. "여기예요, 기사님!" 그녀는 말했다. "바로 여기요." 택시가 멈췄다. 그녀는 몸을 돌려 자리에 몸을 묻은 채 차가운 얼굴로 앉아 있는 재러드를 바라봤다. "죄송해요. 못된 속임수라는 건 저도 알아요. 하지만 어쩔 수 없었어요."

"괜찮습니다." 재러드가 말했다. "별것도 아니죠."

"못된 짓이라는 건 저도 알아요. 하지만 이럴 수밖에 없었어요. 이해해 주셨으면 좋겠어요."

"물론이죠." 재러드는 말했다. "나중에 돌아와서 다시 모셔갈까요? 혼자 파티장으로 돌아가는 건 영 별로일 듯하군요."

"저랑 같이 들어가시는 건 어때요."

"안으로 들어가자고요?"

"네. 괜찮을 거예요. 이해 못 하시리라는 건 알아요. 하지만 괜찮을 거예요. 같이 들어가요."

그는 그녀의 얼굴을 지그시 바라보았다. "아무래도 진심으로 하시는 말씀 같군요." 그는 말했다. "안 그러는 게 좋겠습니다. 하지만 기대에는 부응해 드리죠. 시각을 지정해 주시면 그때 돌아오겠습니다."

"저를 못 믿으시는 건가요?"

"믿을 이유가 있겠습니까? 어차피 제 문제도 아닙니다. 오늘 밤 이전에는 만난 적도 없는 사이잖습니까. 기대에 부응할 수 있어 기쁘군요. 제가 내일 떠난다는 점이 유감일 뿐입니다. 하지만 저를 대신할 사람이야 또 구하실 수 있겠죠. 들어가십시오. 나중에 모시러 오지요."

그는 그녀를 두고 떠났다가 두 시간 후에 돌아왔다. 문 바로 안쪽에서 기다리고 있었는지, 택시가 멈추기도 전에 문이 열리며 그녀가 계단을 달려내려왔고, 그가 내리기도 전에 그대로 택시로 뛰어들었다. "감사합니다." 그녀는 말했다. "감사합니다. 친절하시네요. 정말 친절하세요."

이제 음악이 흘러나오기 시작하는 저택의 마차 출입구 앞에 택시가 멈췄지만, 양쪽 모두 바로 움직이지 않았다. 양쪽 모두 먼저 움직이지 않으려는 듯했지만, 다음 순간 둘은 입을 맞추었다. 그녀의 입술은 여전히, 차가웠다. "당신이 좋아요." 그녀는 말했다. "진심으로 당신이 좋아요."

그 일주일이 끝나기 전에 재러드는 다시 그녀에게 같은 식으로 도움을 주겠다고 제안했지만, 그녀는 조용히 거절했다. "왜입니까?" 그는 말했다. "다시 그 사람을 만나고 싶지 않습니까?" 그러나 그녀는 대답하지 않았고, 그때쯤 그는 이미 킹 부인도 만난 후였으며 속으로 이렇게 되뇌었다. '적어도 나이 든 여자 쪽은 나를 노리고 있긴 하군.' 즉시 간파할 수 있는 일이었다. 그는 그쪽의 관심 또한 유정과 예일 대학의 후광 때문이라 생각했는데, 뉴헤이븐에서 지낸 3년 동안 강좌 수석을 차지하거나 미식축구 시합에서 승리한 적도 없는데도 불구하고, 자신이 딸을 가진 모든 어머니들의 사냥감이라는 믿음을 저버리기에는 부족했기 때문이다. 그러나 며칠이 더 지나서 루이스가 아무 말 없이 사라지고, 그녀가 다른 누군가를 미끼로 사용해서 그 우중충한 거리의 고요한 집을 다녀왔다는 사실을 깨달은 후에도, 그는 도망치지 않았다. '뭐, 이걸로 끝났군.' 그는 이렇게 되뇌었다. '이걸로 버려지겠어.' 그럼에도 그는 도망치지 않았다. 어쩌면 그녀가 이번에는 다른 누군가를 써먹었기 때문일지도 모르겠다. '적어도 그 정도는 나를 배려했다는 거잖아.' 그는 되뇌었다.

뉴헤이븐으로 돌아갈 때는 봄철 무도회에 찾아가겠다는 루이스의 약속까지 받아낸 상태였다. 이제는 킹 부인도 함께 방문하리라는 것도 확실해 보였다. 별로 신경 쓰이는 일은 아니었다. 그러던 어느 날, 그는 문득 자신이 기뻐하고 있다는 사실을 깨달았다. 뒤이어 그는 그 이유가 자신 또한 루이스에게 보살핌이 필요하다는 사실을 알고 있으며 또한, 믿기 때문이라는 것을 깨달았다. 또한 자신이, 스스로에게도 그 어떤 여성에게도 사랑을 언급한 적 없는 자신이, 세상의 수많은 여성 중 하나에게 속절없이 굴복해 버렸다는 사실까지 깨닫게 되었다. 그는 눈에 보이는 것을 넘어선 그녀의 성정과, 세인트루이스의 그 어둑하고 음산한 집을 기억해 냈다. 그리고 그는 생각했다. '뭐, 적어도 어머니는 잡았잖아. 나이 든 쪽은 내 편이라고.' 뒤이은 어느 날, 그는 자신이 해답은 아닐지라도 이유 정도는 발견했다고 믿게 되었다. 심리학 수업 도중이었는데, 그는 갑자기 몸을 꼿꼿이 세우고는 강사에게 집중했다. 강사는 여성, 특히 젊은 여성에 대해서, 그들이 잠시 빠지게 되는 기이하고 신비로운 시기에 대해 말하고 있었다. "맹점이라고나 할까, 마치 고속으로 선회하는 비행사의 눈앞이 깜깜해지는 것과 비슷한 시기가 있는 것입니다. 그럴 때 여인들은 선악을 판별하지 못하며, 따라서 어느 쪽이든 선택할 수 있습니다. 아마 악을 선택하는 경우가 더 많을 텐데, 그 악행 속의 악성은 명징한 사실에 기반을 두는 반면, 선은 그 사실의 부재에 지나지 않기 때문입니다. 그런 시기에 여인들은 자신이 희생양을 만드는 바로 그 수단에 의해 스스로 희생양이 되는 것입니다."

그날 밤, 그는 공부는커녕 아무것도 하지 않으며 벽난로 앞에 한참을 앉아 있었다. "얼른 결혼해 버려야겠어." 그는 말했다. "최대한 빨리."

킹 부인과 루이스가 무도회에 참석하러 도착했다. 킹 부인은 차갑고 엄숙한 얼굴에, 가혹할 정도는 아니지만 항상 경계심을 품고 주변을 둘러보는 중년 여성이었다. 재러드는 문득 루이스를 처음 만나는 것만 같다는 생각이 들었다. 그 순간까지 그는 자신이 그녀의 보이는 곳을 넘어선 성정을 알아차리고 있다는 사실을 깨닫지 못하고 있었다. 그것을 알게 된 것은 그 성정이 한층 긴박해졌기 때문이었다. 마치 두려움이자 동시에 갈망인 것처럼. 마치 다가오는 여름이 그녀에게는 절정이자 위기가 될 것처럼. 그래서 그는 그녀가 병을 앓고 있다고 생각했다.

"어쩌면 바로 결혼하는 편이 나을지도 모르겠습니다." 그는 킹 부인에게 이렇게 말했다. "어차피 학위를 원하던 것도 아니었으니까요." 지금은 동맹이며 아직 적대관계가 되기 전이기는 하지만,* 그는 세인트루이스에서 루이스가 행한 두 번의 외출, 자신이 아는 외출과 자신이 추측한 외출에 대해 킹 부인에게 털어놓지 않았다. 굳이 그녀에게 알릴 필요마저 없다는 느낌이었다. 그녀가 안다는 것을 알고 있다는 듯한, 그녀가 안다는 것을 그가 안다는 것을 그녀도 알고 있다는 듯한 느낌이었다.

"그렇지." 그녀는 말했다. "바로 말일세."

그러나 논의는 그 정도에서 끝났다. 두 사람이 뉴헤이븐을 떠날 때 루이스가 그의 반지를 받아가기는 했지만 말이다. 그러나 손에 반지를 끼지는 않았고, 그녀의 얼굴에는 일전의 경직되고 은밀하며 눈에 보이는 것을 넘어선 표정이 떠올라 있었다. 그는 이제 그 표정이 자신마저, 그리고 유정과 예일 대학이 만들어낸 허수아비마저 넘어선 곳을 향한다는 사실을 잘 알고 있었다. "그럼 7월에 봅시다." 그는 말했다.

"그래요." 그녀는 말했다. "편지 쓸게요. 언제 와도 되는지 편지

---

* 혼전의 남편과 장모는 결혼을 성사시키기 위해 동맹을 맺는다. 반면 결혼 후에는 아내이자 딸의 관심을 놓고 겨루는 적대관계가 된다.

로 보낼게요."

 그게 전부였다. 그는 다시 사교클럽과 강의실로 돌아갔다. 그는 특히 심리학 강좌에 귀를 기울였다. '아무래도 심리학이 필요할 듯하군.' 그는 세인트루이스의 어둑하고 작은 집을, 그녀가 달려 들어가 사라졌던 무미건조하고 어둑했던 문을 떠올리며 생각했다. 그게 문제였다. 직접 본 적도 들은 적도 없는, 성탄절 전야에 뒷골목의 우중충하고 작은 집에 틀어박혀 있던 한 남자. 그는 짜증이 치밀어오르는 것을 느끼며 생각했다. '나는 젊고, 돈도 있고, 예일 학생인데. 그런데 그 작자의 이름조차 모른단 말이지.'

 그는 일주일에 한 번씩 루이스에게 편지를 썼다. 답장은 한 달에 두 번꼴로, 언제나 다른 장소에서 — 리조트나 호텔 등에서 — 보낸 짧고 간략한 쪽지로 돌아왔다. 학위 수여식까지 일주일 남은 6월 중순까지 그런 일이 반복되었다. 그때 전보가 한 통 도착했다. 보낸 사람은 킹 부인이었다. '즉시 찾아올 것'이라는 말과 함께 미시시피주 크랜스턴즈웰스라는 지명이 적혀 있었다. 그로서는 한 번도 들어본 적 없는 동네였다.

 때는 금요일이었다. 30분 후에 방으로 들어온 룸메이트는 짐을 꾸리는 그의 모습을 발견했다. "시내로 나가나?" 룸메이트는 말했다.

 "그래." 재러드가 말했다.

 "그럼 같이 가자. 나도 긴장 좀 풀어야겠어. 학장의 단상 앞에서 환호하는 군중을 마주하기 전에 말이야."

 "안 돼." 재러드는 말했다. "일 때문에 가는 거야."

 "그렇구만." 룸메이트는 말했다. "나도 뉴욕에 일로 만나는 여자*가 하나 있거든. 그 동네에는 그런 여자가 한둘이 아니지만."

"아니야." 재러드는 말했다. "이번에는 아니야."

"그러시겠지." 룸메이트가 말했다.

  그가 찾은 장소는 리조트로, 깔끔하고 작은 체구에 머리가 세어가는 독신녀가 30년 전 부친으로부터 건물과 일부 손님을 상속받아 운영하는 곳이었다 — 계속 골조 건물이 늘어만 가는 호텔에, 인근 앨라배마와 미시시피에서 눈자위가 축 처지고 피부가 갈라지는 늙은 남자들과 유복하게 살아가다 수종이 생긴 늙은 여자들이 모여들어 철분 가득한 물을 마시는 부지 내부의 온천이 있었다. 루이스는 지금까지 살아오는 내내 여기서 여름을 보냈다. 한가로운 늙은 여자들이 잡지나 자수틀 따위를 들고 숄을 두른 채 느긋하게 앉아서, 매년 여름마다 벌어지며 그가 이제 막 알아차리기 시작하는 중인 희극 속 광경을 구경하는 베란다에서 내려다보면, 도금양나무 덤불의 끄트머리가 그 남자가 앉은 긴 의자를 숨겨주고 있었다. 그가 두려워하게 되었으나 아직 얼굴조차 보지 못한 바로 그 남자가, 15년 동안 매년 여름 3개월씩 온종일 앉아 지내는 그곳을 말이다.

  그래서 그는 이른 아침햇살을 받으며 깔끔한 중년 여주인과 나란히 층계참 꼭대기에 서 있었고, 바삐 숙소와 온천 사이를 오가는 늙은 여자들은 호기심으로 눈빛을 반짝이며 은근슬쩍 그를 흘깃거리며 지나갔다. '루이스의 젊은 구혼자가 죽은 사람 하나

---

* business woman. 매춘부.

에 말 한 마리와 경쟁하는 꼴을 구경하는 거겠지.' 재러드는 생각했다.

그러나 그런 생각을 얼굴에 떠올리지는 않았다. 그의 얼굴에는 아무것도 떠올라 있지 않았고, 외투가 필요할 때도 린넨 정도만 입는 미시시피의 6월 날씨 속에서 플란넬과 트위드 재킷을 입고 꼿꼿하게 서 있는 키 큰 남자의 모습에서는, 심지어 지성이랄 것조차 별로 느껴지지 않았다. 그는 아직 얼굴을 보지 못했으며 방금 이름을 알게 된 남자에 대해 여주인과 이야기를 나누는 중이었다.

"심장에 문제가 있대요." 여주인이 재러드에게 말했다, "그래서 조심해야 한다죠. 진료를 비롯해서 모든 활동을 포기할 수밖에 없었어요. 가족이랄 사람도 없고, 매년 여름마다 이리 내려와서 자기 긴 의자에 앉아서 여름을 보낼 정도의 돈밖에 없고요. 우린 그 의자를 마티노 박사의 의자라고 불러요. 나는 여름마다 올해가 마지막이겠구나, 라고 생각하죠. 저 사람을 다시 보지 못할 거라고요. 그런데 5월이 될 때마다 예약을 청하는 전갈이 도착해요. 내 생각을 알고 싶나요? 나는 루이스 킹이 저 사람을 살려둔 거라고 생각해요. 그리고 알비나 킹은 바보고요."

"왜 바보입니까?" 재러드는 말했다.

여주인은 그를 주시하고 있었다 — 그가 도착한 다음 날 아침이었다. 그는 그녀를 내려다보며 처음에는 이렇게 생각했다. '내가 얼마나 들었는지, 그 사람들이 내게 얼마나 말했는지를 궁금해하고 있어.' 곧 그 생각은 이렇게 바뀌었다. '아니야. 이 여자가 바쁘기 때문인 거야. 잡지를 손에 든 다른 사람들하고는 다르게

마티노 박사 **249**

말이야. 내가 어떤 사람인지를 확인하고 저들에게 알리려 하거나, 다른 이들이 어떻게 생각하는지를 내내 생각하고 있으니 바쁠 수밖에 없는 거야.'

그녀는 그를 주시하고 있었다. "루이스를 안 지는 얼마나 됐나요?"

"얼마 안 됩니다. 학교 무도회에서 만났죠."

"아. 뭐랄까, 나는 주님께서 마티노 박사를 불쌍하게 여긴 나머지 루이스의 마음을 다룰 수 있게 해 주신 거라고 생각해요. 그냥 내 생각일 뿐이죠. 원한다면 웃어도 괜찮아요."

"안 웃습니다." 재러드가 말했다. "그 사람에 대해서 좀 더 알려주시죠."

그녀는 계속 그의 얼굴을 주시하며, 활기찬 작은 새 같은 분위기로 그에게 이야기를 들려주었다. 6월의 어느 날에 구겨진 린넨 옷과 파나마모자 차림으로 그가 등장했다는 이야기와, 그의 눈에 대해서("마치 단추구멍 같죠. 게다가 움직일 때도 '자, 움직여라. 이제 계속 움직여'라고 혼자 중얼거리면서 조작한다는 생각이 들 정도로 느릿해요."), 그리고 그가 방명록에 서명하는 글씨가 너무 작아서 읽기 힘들었다는 이야기도 했다. 줄스 마티노, 세인트루이스, 미주리주라고. 그리고 그해 이후로 그는 매년 6월마다 돌아와서, 도금양나무 덤불에 파묻힌 저 긴 의자에 온종일 앉아 있고, 늙은 검둥이 짐꾼이 우편물을 가져다준다고 했다. 의학 저널 두 부와 세인트루이스 신문, 그리고 루이스 킹이 보내는 편지 두 통이었다 — 6월에 보내는 편지에는 그녀가 다음주에 도착한다고 적혀 있고, 8월 말에 보내는 편지에는 그녀가 집에 도착했다고 적혀 있었다. 그러나 여주인은 자신이 하루에도 서너 번씩 오솔길을 따라 그쪽으로 내려가서 그가 괜찮은지를 살핀다는 이야기나, 그가 그 사실을 알아차리지 못한다는 이야기까지는 하지 않았다. 그리고 그녀가 말하는 모습을 바라보던 재러드는 문득 이런 생각을 했다. '그 작자가 당신한테는 어느 강에서 수영을 하라고 시켰던 걸까?'

"그리고 그 사람은 3년 동안 여길 찾았어요." 여주인은 말했다. "누구와도 안면을 트지 않고, 딱히 안면을 틀 생각도 없는 채로, 내가 그 사람의 심장에 대해 알아내기도 전부터 말이죠. 어찌됐든 그 사람은 계속 여길 방문했고 (알비나 킹은 이미 여기서 여름을 보내고 있었다는 사실을 깜빡 잊고 말 안 했네요. 루이스가 태어난 직후부터 그랬어요) 그러다 문득 그 사람이 언제나 루이스가 뛰노는 모습이 보이는 곳에 앉는다는 사실을 깨달았어요. 그래서 어쩌면 자기 아이를 잃은 것은 아닐까 생각했죠. 그러다 자기가 직접 결혼한 적도 없고 남은 가족도 없다고 말해 온 거예요. 그 때문에 루이스한테 끌린 것이 아닐까 생각했어요. 그래서 나는 루이스가 자라는 모습을 지켜보는 그 사람을 내내 지켜봤죠. 대화를 나누는 모습도 지켜봤고, 매년 그 아이를 바라보고 있는 모습도 지켜보다가, 결국 잠시 후에는 이렇게 생각하게 됐어요. '저 사람 결혼하고 싶은 거야. 루이스가 자랄 때까지 기다리고 있는 거라고.' 당시에는 그렇게 생각했죠." 여주인은 이제 재러드를 바라보고 있지 않았다. 그녀가 살짝 웃음을 터트렸다. "세상에, 나도 젊을 때는 한심한 생각을 정말 많이 했다니까요."

"그게 그만큼 한심한 생각인지는 잘 모르겠습니다만." 재러드가 말했다.

"그럴지도 모르죠. 루이스라면 누구에게라도 자랑스러운 아내가 될 테니까요. 게다가 저 사람은 나이를 먹은 후에도 돌봐줄 사람이 없는 혈혈단신인 신세고요." 여주인 본인도 쉰을 훌쩍 넘은 나이였다. "아무래도 나는 여자에게는 결혼 여부가 중요하다고 여기는 시절을 지나쳐 온 것 같아요. 어쩌면 이곳을 이런 식으로 홀로 꾸려가다 보니, 다른 사람들의 행동은 별로 중요하지 않다고 여기게 된 걸지도 모르죠. 훌륭한 식사와 편안한 침대만 제공해 주면 말이에요." 그녀는 여기서 말을 멈췄다. 그녀는 잠시 그림자로 얼룩진 공원과, 나이 든 여성들이 몰려 있는 온천의 천막 쪽을 바라보며 생각에 잠겼다.

"저 사람이 루이스에게 뭔가 시키기도 합니까?" 재러드가 말했다.

"당신, 알비나 킹의 말을 믿고 있군요." 여주인이 말했다. "그 사람은 그 아이한테 아무것도 시키지 않았어요. 무슨 수로 그러겠어요? 저 긴 의자를 떠나지도 않는데요. 절대 떠나지 않죠. 그냥 저기 앉아서 아이가 뛰노는 모습을 바라보기만 했어요. 흙장난을 하기에는 너무 나이가 많아지기 전까지는요. 그러다 저쪽 긴 의자에 앉아서 대화를 나누기 시작했죠. 설령 그런 걸 원했다고 해도, 그런 사람이 무슨 수로 루이스한테 뭘 하라고 시키겠어요?"

"부인 말이 맞는 것 같습니다." 재러드가 말했다. "루이스가 강에서 수영했을 때의 이야기를 좀 해 주시죠."

"아, 그렇죠. 루이스는 언제나 물을 무서워했어요. 그런데 어느 여름에 혼자 수영장에서 헤엄치는 법을 배운 거예요. 그 사람은 거기 있지도 않았어요. 강가에도 마찬가지고요. 우리 모두가 알게 되기 전까지는 그 사람도 모르고 있었죠. 그 사람은 그냥 루이스한테, 절대 무서워하지 말라고 일렀을 뿐이었어요. 그게 나쁜 조언일 리가 없잖아요? 당신이 보기에는 어떤가요?"

"그럴 리 없겠죠." 재러드가 말했다.

"절대 없죠." 여주인은 듣지 못한 것처럼, 그의 말에 귀 기울이지도 않고 있었다는 것처럼 이렇게 말했다. "그래서 그 아이가 들어와서 내게 알렸을 때, 나는 이렇게 말했어요. '강에는 뱀도 있고 그렇잖니. 안 두려웠어?' 그랬더니 루이스가 이러는 거예요.

'맞아요, 두려웠어요. 그래서 한 거예요.'

'그래서 한 거라고?' 나는 말했어요. 그랬더니 그 애는,

'뭔가를 하는 게 두렵다면 자신이 살아 있다는 것을 알 수 있거든요. 하지만 두렵다는 이유로 뭔가를 하지 않는다면 그건 죽은 거나 다름없는 거예요.'

'어디서 들은 말인지는 알겠구나.' 나는 이렇게 말했죠. '장담하는데 분명 그 사람도 그 강에서 수영할 생각은 하지 않을 거야.' 그랬더니 그 애는,

'그분은 수영할 필요 없어요. 아침에 잠에서 깨어나실 때마다, 제가 강물에서 수영하는 것과 마찬가지인 경험을 이겨내시는 분이잖아요. 그래서 저도 그런 일을 해야 하는 거예요. 이거 보세요.' 그러더니 그 아이는 옷 앞섶에서 실에 꿴 뭔가를 꺼내어 내게 보여줬어요. 금속 같은 것으로 만든 1인치 크기 정도의 토끼

였는데, 10센트 상점에서 흔히 볼 수 있는 물건이었죠. 그 사람이 루이스한테 줬다는 거였어요.

'그건 무슨 의미가 있는 거니?' 나는 말했죠.

'이건 제 두려워하는 마음이에요.' 그 애는 말했어요. '토끼죠. 아실 것 같아요? 하지만 이제 황동이 됐잖아요. 두려워하는 형상은 그대로지만, 황동이 되었으니 그 무엇도 해칠 수 없어요. 제가 이걸 가지고 있는 한은 두려워할까 두려워할 필요조차 없는 거예요.'

'그러다 두려워지면 어떻게 하려고?' 나는 말했죠.

'그럼 그분한테 돌려드리는 거죠.' 그 애는 이렇게 말했어요. 이런 관계가 어떻게 해로울 수 있을지, 당신이 부디 말해보겠어요? 그런데 알비나 킹은 언제나 그렇듯이 어리석게 굴더라고요. 루이스가 그러고서 한 시간쯤 있다 돌아왔거든요. 울고 있었어요. 손에는 토끼를 들고 있었고요. '저를 위해 이걸 맡아주시겠어요?' 루이스는 말했죠. '저 말고는 누구한테도 넘겨주시면 안 돼요. 그 누구한테도요. 약속해 주실 수 있어요?'

그래서 나는 약속하고 그 아이를 위해서 토끼를 숨겨주었어요. 루이스는 떠나기 직전에 와서 토끼를 달라고 했죠. 그때 알비나가 와서 다음 여름에는 돌아오지 않을 거라고 했어요. '이런 어리석은 짓거리는 당장 멈춰야 해요.' 그녀는 말했어요. '저 작자가 애를 죽일 거예요. 위험한 사람이라고요.'

그래서 그 말대로, 이듬해 여름에 그들은 오지 않았어요. 루이스가 아프다는 소식이 들려왔고, 나는 이유를 짐작했죠. 알비나가 그 아이를 병으로 몰아넣어 침대 신세를 지게 만든 거였어요.

하지만 줄스 박사는 6월에 도착했죠. '루이스가 엄청 아프다네요.' 나는 그에게 말했어요.

'그렇지요.' 그는 말했어요. '알고 있습니다.' 그래서 나는 그 사람도 소식을 들었나보다고, 루이스가 편지로 알렸나보다고 생각했어요. 하지만 그러고 나니까 문득 루이스가 편지를 쓰기에는 너무 아프지 않을까 의문이 생겼고, 애초에 어리석은 그 애 어머니가 편지를 쓰게 놔둘 리도 없다는 생각이 들더라고요……" 여주인은 재러드를 지켜보고 있었다. "어차피 편지를 쓸 필요조차 없었을 테고요."

"필요조차 없었다고요?"

"그 아이가 아픈 걸 알고 있었으니까요. 그냥 알았던 거예요. 굳이 편지를 쓸 필요도 없었던 거죠. 이제 웃어도 좋아요."

"웃지는 않을 겁니다. 어떻게 알았다는 겁니까?"

"알던 것은 분명해요. 알고 있었다는 걸 나도 알았으니까요. 그래서 그 사람이 세인트루이스로 돌아가지 않는 모습을 보고, 나는 그 아이도 오리라는 것을 알게 되었어요. 정말로 8월이 되니까 오더라고요. 루이스는 키도 훌쩍 크고 홀쭉해져 있었고, 그날 오후에는 처음으로 두 사람이 나란히 서 있는 모습을 봤어요. 거의 그 사람만큼이나 커졌더라고요. 나는 그제야 처음으로 루이스가 여인이 되었다는 사실을 알게 되었어요. 그리고 이제 알비나는 루이스가 타겠다고 주장하는 말 때문에 걱정이 태산이죠."

"벌써 사람 하나를 죽인 말 아닙니까." 재러드가 말했다.

"자동차를 타다 죽은 사람이 더 많을 텐데요. 하지만 당신은 자동차를 타잖아요. 직접 타고 오기도 했고. 강에서 수영할 때도 그 아이는 다치지 않았잖아요?"

"이건 다른 문젭니다. 그녀가 다치지 않을 거라고 어떻게 확신할 수 있습니까?"

"그냥 알고 있어요."

"어떻게요?"

"저 긴 의자가 보이는 곳까지 나가 있어 봐요. 그 사람을 괴롭히지는 말고, 그냥 가서 보기만 해 봐요. 그럼 당신도 알게 될 거예요."

"글쎄요, 저는 그보다는 제대로 된 확신이 필요합니다만." 재러드는 말했다.

그는 킹 부인에게 돌아갔다. 루이스와의 면담은 짧고 거칠고 격렬하게 끝났다. 어젯밤에 있었던 일이었다. 오늘은 그녀의 모습조차 보이지 않았다. '그런데 저 작자는 저 긴 의자에 앉아 있기만 한단 말이지.' 재러드는 생각했다. '그녀가 자기하고 같이 있지도 않은데도. 아예 함께 있을 필요조차 없는 것처럼 말이야. 미시시피와 세인트루이스에 서로 떨어져 있으면서도 그녀가 아픈 것을 알 수 있다고. 글쎄, 이젠 누가 맹점에 빠져 있는지가 확실해진 듯하군.'

킹 부인은 자기 방에 있었다. "그 말이 제 최악의 경쟁자인 모양입니다." 재러드는 말했다.

"그 작자는 뱀이 우글거리는 강물에서 그 애를 헤엄치게 만든 것과 똑같은 이유로 말을 타게 만들려는 걸세. 자기가 애한테 영향력을 끼칠 수 있다고 증명해서, 나한테 굴욕을 안기려고 말이야."

"제가 어찌해야 하겠습니까?" 재러드는 말했다. "어젯밤에 설득하려 시도해 봤습니다. 그런데 보시다시피 이 꼴이잖습니까."

"남자라면 뭘 해야 하느냐고 물으면 안 되는 법일세. 내가 남자고 약혼녀의 인생이 망가질 지경이라면, 그것도 남자에 의해서, 본 적도 없고 누군지도 모르는 남자 때문에 망가질 지경이라면 ― 늙었든 늙지 않았든, 심장이 있든 없든 간에……"

"다시 이야기해 보겠습니다."

"이야기라?" 킹 부인이 말했다. "이야기? 내가 자네한테 서둘러 이리 내려오라고 한 이유가, 그저 이야기나 나누어 보라는 것뿐이라 생각하는 건가?"

"부인은 일단 기다리시죠." 재러드는 말했다. "별일 없을 겁니다. 제가 살피겠습니다."

그 본인도 상당히 오래 기다려야 했다. 그가 앉아 기다리던 텅 빈 로비로 루이스가 들어온 것은 거의 정오가 다 되어서였다. 그는 자리에서 일어났다. "어때요?"

둘은 서로를 마주 보았다. "어떻냐니요?"

"아직도 오늘 오후에 그 말을 탈 생각입니까?" 재러드가 물었다.

"어젯밤에 그 이야기는 끝낸 줄 알았는데요. 그런데 아직도 참견하는군요. 당신한테 이리 내려와달라고 청한 사람은 내가 아니에요."

"하지만 도착하지 않았습니까. 물론 말하고 경쟁해 보라는 이유로 불려온 것이라고는 생각해 본 적도 없지만 말입니다." 그녀는 굳은 눈으로 그를 바라보았다. "말보다도 고약한 존재겠지요. 빌어먹을 죽은 남자하고 말입니다. 20년 동안 죽어 있었던 남자하고 말입니다. 자기 입으로 그렇게 말하고 다닌다고, 사람들이 그러더군요. 심장 전문의라니 본인이 가장 잘 알겠지요. 아마 당신은 그가 겁을 먹게 만들어서 살려 두려는 모양이지만 — 스트리키닌처럼 말입니다, 플로렌스 나이팅게일 양." 그녀는 여전히 고요하고 차가운 얼굴로 그를 바라봤다. "질투하는 건 아닙니다." 그는 말을 이었다. "그런 부류의 감정이 아니지요. 하지만 그 작자가 이미 사람을 죽인 적 있는 말에 당신이 타게 만드는 모습을 보고 있으면……" 그는 그녀의 차가운 얼굴을 내려다보았다. "나하고 결혼하고 싶지 않습니까, 루이스?"

그녀는 시선을 돌렸다. "우리가 아직 젊으니까 그러는 거예요. 우리한테는 시간이 정말 많이 있잖아요. 남은 시간 모두가 우리 것이에요. 하지만 어쩌면 내년에, 내년 바로 오늘에, 모든 것이 아름답고 따스하고 파릇파릇한 계절인데도, 그분은…… 당신은 이해 못 해요. 나도 처음에는 그랬어요. 그분이 처음에 저한테 다이너마이트 뇌관*이 가득 든 성냥갑을 가슴 주머니에 넣고 살아가는 일이 어떤 것인지 말씀해주시기 전까지는요. 그러다 제가 이해할 수 있을 만큼 자란 후의 어느 날, 그분은 이런 말을 해 주셨어요. 이 세상에서 중요한 일은 살아가는 것, 삶을 누리는 것, 살아 있음을 자각하는 것뿐이라고요. 그리고 두려워하는 행위는

---

* 당시 가슴 통증과 심장병에 흔히 복용하던 약물인 니트로글리세린 알약을 의미한다.

자신이 살아 있음을 자각하게 되는 행위지만, 진정으로 삶을 누리려면 그 두려움의 대상을 실제 행동으로 옮겨야만 한다고요. 그분은 죽느니 차라리 두려워하는 편이 낫다고 말씀하셨어요. 자신은 내내 두려워하다가 마침내 두려움을 포기해 버렸고, 따라서 살아 있음을 알면서도 삶을 누리지는 못한다고 말씀하셨어요. 그런데 이제는 그조차도 포기하고 그저 두려워하고만 계세요. 제가 그 외에 다른 뭘 할 수 있겠어요?"

"알겠습니다. 그리고 저는 셔츠에 다이너마이트 뇌관이 든 성냥갑을 넣고 다니지 않으니까, 얌전히 기다리라는 거 아닙니까. 물론 마법의 가루가 든 성냥갑도 없고 말입니다."

"당신이 이해해주리라 기대하지도 않았어요. 당신을 부른 건 내가 아니니까요. 당신이 이 일에 얽히기를 바라지 않았다고요."

"내 반지를 받을 때는 그런 생각은 안 했지 않습니까. 게다가 내가 당신을 처음 본 그날 밤부터 당신은 나를 얽어넣었어요. 그때도 아무 신경도 안 썼고 말입니다. 그리고 나는 이제 당시에는 몰랐던 것들을 아주 많이 알고 있습니다. 그 사람이 반지에 대해서는 뭐라고 생각합디까?" 그녀는 대답하지 않았다. 그를 바라보는 것은 아니었지만, 그렇다고 얼굴을 돌린 것도 아니었다. 잠시 후 그가 다시 입을 열었다. "알겠습니다. 그 사람은 반지에 대해서 모르는 거군요. 아예 보여준 적도 없으니까." 그녀는 여전히 답하지 않고, 그를 바라보지도 시선을 돌리지도 않은 채 있었다. "좋습니다." 그는 말했다. "기회를 한 번 더 드리죠."

그녀는 그를 바라봤다. "뭘 할 기회요?" 그러다 그녀는 말했다. "아. 반지 말이군요. 돌려받고 싶은 거로군요." 그는 그녀가 꼿꼿하고 무표정한 모습으로 옷 아래에서 반지를 매달아 놓은 가는 끈을 끄집어내는 모습을 지켜보고 있었다. 문득 끈을 끊는 가벼운 동작 사이로 두 번째의 물체가 눈에 들어왔다. 여주인이 말했던 작은 금속 토끼였다. 다음 순간 토끼는 시야에서 사라졌고, 그녀의 손이 다시 번뜩 움직이더니 무언가 뺨을 때리며 찌르는 듯한 통증이 느껴졌다. 그녀는 이미 계단 쪽으로 달려가고 있었다. 잠시 후 그는 허리를 숙여 바닥에서 반지를 집어 들었다. 그리고 로비 안을 둘러보았다. '다들 온천에 가 있군.' 그는 이렇게 생각하며, 반지를 손에 쥐었다. '어차피 그러려고 온 사람들이니까. 물을 마시려고 말이야.'

당연하게도 사람들은 색색의 숄과 잡지를 든 채로 온천을 덮은 천막 아래에 모여들어 있었다. 그가 다가서자, 킹 부인이 얼룩투성이 잔 하나를 든 채로 인파 속에서 빠져나왔다. "어땠나?" 그녀는 말했다. "어땠어?" 재러드는 반지를 든 손을 내밀었다. 킹 부인은 차갑고 고요하게 분노하는 얼굴로 반지를 내려다보았다. "때론 저 아이가 내 딸이 맞는지조차 의심이 간다네. 이제 자넨 어찌할 겐가?"

재러드 또한 차갑고 굳은 얼굴로 반지를 내려다보고 있었다. "처음에는 말 한 마리와 경쟁해야 하는 줄만 알았습니다만." 그는 말했다. "이제 보니 여기서는 제가 알던 것보다, 제가 들은 것보다 더 많은 일이 일어나는 모양이더군요."

"허튼소리를." 킹 부인이 말했다. "그 어리석은 릴리 크랜스턴이나, 아니면 여기 있는 다른 늙은 바보들 말에 귀를 기울였던 겐가?"

"이곳 사람들이 항상 알고 있던 정도는 저도 알아야 하지 않겠습니까. 어찌됐든 그녀와 약혼한 남자는 저뿐입니다." 그는 반지를 내려다봤다. "이제 제가 어떻게 하는 게 좋겠습니까?"

"자네가 이런 상황에서 매번 여인네의 조언을 들어야만 하는 그런 부류의 남자라면, 내 조언을 해 주겠네. 그 반지 가지고 네브래스카든 캔자스든 자네가 온 곳으로 돌아가 버리게."

"오클라호마입니다." 재러드는 부루퉁하게 말했다. 그는 반지를 손에 쥐었다. "지금 그 긴 의자에 앉아 있겠지요." 그는 말했다.

"그러지 않을 이유가 있겠나?" 킹 부인이 말했다. "여기에 그 작자가 두려워하는 사람 따위는 아무도 없을 텐데."

그러나 재러드는 이미 걸음을 옮기고 있었다. "부인은 루이스를 찾아가 보십시오." 그가 말했다. "이쪽은 제가 해결하지요."

킹 부인은 오솔길을 따라 걸어가는 그의 모습을 지켜보았다. 그러다 그녀 또한 몸을 돌리더니 협죽도 덤불에다가 얼룩진 잔을 내던진 다음 걸음을 서둘러 호텔로 돌아와서 계단을 올라갔다. 루이스는 자기 방에서 옷을 입는 중이었다. "휴버트한테 반지를 돌려줬더구나." 킹 부인이 말했다. "이제 그 작자가 정말 기뻐하겠어. 비밀을 숨길 필요도 없을 테니까. 그 반지가 처음부터 비밀이기나 했다면 말이지만. 그 작자가 연관되면 사적인 일을 절대 끌어들이지 않는 듯하니 말이다. 그 작자의 사적인 이야기도 별로 원치 않는 듯하고—"

"그만해요." 루이스가 말했다. "나한테 그런 식으로 말하지 말아요."

"아. 게다가 자랑스러워할지도 모르겠구나. 자기 생도 입에서 그런 소리를 들으면 말이지."

"그분은 나를 실망시키지 않아요. 나를 실망시키는 건 엄마죠. 그분은 나를 실망시키지 않아요." 그녀는 주먹을 말아 옆구리에 댄 채로 가녀린 몸을 당당히 세웠다. 다음 순간, 그녀는 갑자기 울기 시작했다. 고개를 드니 볼을 타고 눈물방울이 흘러내렸다. "나는 내내 걱정을 멈출 수가 없는 데다 뭘 해야 할지도 모르겠는데. 그런데 내 어머니라는 사람이 나를 실망시키다니요."

킹 부인은 침대에 앉았다. 루이스는 속옷바람으로 일어서 있었고, 그녀가 벗어놓은 옷가지가 침대와 의자 여기저기에 흩어져 있었다. 침대 옆 탁자에 작은 금속 토끼가 올려져 있었다. 킹 부인은 잠시 그쪽을 주시했다. "휴버트와 결혼하고 싶지 않은 거냐?" 그녀가 말했다.

"엄마한테도 그이한테도, 내가 분명히 약속하지 않았어요? 반지도 기꺼이 받았잖아요? 왜 나를 내버려두지 않는 건데요. 그이는 잠시의 짬조차도, 기회조차도 주지 않으려 해요. 그리고 이젠 엄마까지 나를 실망시켰고요. 나를 실망시키지 않는 사람은 줄스 박사님밖에 없어요."

킹 부인은 차가운 시선으로 지그시 그녀를 바라봤다. "그 바보 같은 릴리 크랜스턴의 말이 옳았구나. 그 작자가 너한테 범죄적인 영향력을 발휘하고 있어. 그 영향력을 네가 자살을 시도하거나 모두의 눈앞에서 한심한 짓을 하게 만드는 정도에만 썼다는 게 다행이로구나. 적어도 아직은—"

"그만." 루이스가 말했다. "그만 좀 해요!" 킹 부인이 다가와서 그녀에게 손을 올릴 때까지도, 그녀는 계속 "그만, 그만"이라고 반복하고 있었다. "엄마는 나를 실망시켰어요! 그리고 이제는 휴버트 씨까지 나를 실망시켰죠. 분명 말하지 않겠다고 약속했는데도, 엄마한테 그 말에 대한 이야기를 해 버렸어요."

"나도 이미 알고 있었다. 그래서 휴버트를 이리 불러온 거야. 나는 너를 아예 다룰 수조차 없으니까. 게다가 네가 그 말을 못 타게 하는 건 누구라도 해야만 하는 일이고."

"엄마는 나를 못 막아요. 오늘은 이 방에 가둬 놓을 수 있을지도 모르지만, 언제까지나 그럴 수는 없잖아요. 엄마는 나보다 나이가 많으니까요. 백 년이 걸리더라도, 결국 엄마는 나보다 먼저 죽을 거예요. 그리고 나는 천 년이 걸리더라도 이리 돌아와서 그 말을 타겠어요."

"그때쯤에는 내가 없을지도 모르지." 킹 부인이 말했다. "하지만 그 작자도 없을 거야. 적어도 그 작자보다는 오래 살 수 있단다. 그리고 적어도 오늘 하루 정도는 너를 이 방에 가두어 놓을 수 있어."

15분 후 늙은 짐꾼이 잠긴 문을 두드렸다. 킹 부인이 나가서 문을 열었다. "재러드 씨가 아래층에서 부인을 뵙자고 하십니다." 짐꾼이 말했다.

그녀는 방을 나오며 문을 잠갔다. 재러드는 로비에 있었다. 다른 사람은 아무도 없었다. "그래서?" 킹 부인이 말했다. "어땠나?"

"루이스 본인이 직접 와서 저하고 결혼하고 싶다고 말해줬으면 한답니다. 징표를 보여주거나요."

"징표?" 양쪽 모두 나직한 목소리로, 조금 긴장한 채, 그러나 제법 침착하고 제법 심각하게 이야기하고 있었다.

"네. 그 반지를 보여줬습니다. 그 작자는 여름 내내 입고 잤던 것 같은 양복 차림으로 거기 앉아서, 루이스가 그 반지를 본 적은 있는지조차 믿지 못하겠다는 눈빛으로 저를 지켜보더군요. 그러다 입을 열더니 이렇게 말했습니다. '아, 반지로군요. 선생의 증거품은 잘못된 쪽의 손에 있는 듯합니다. 선생과 루이스가 약혼했다면, 그 반지는 루이스의 손에 있어야지요. 아니면 내가 너무 구식인가요?' 저는 바보처럼 멍하니 서 있기만 했고, 그 작자는 반지가 울워스에서 사온 싸구려라도 되는 것처럼 지켜보고 있었습니다. 만져도 되느냐고조차 청하지 않더군요."

"그 반지를 그 작자한테 보여줬다고? 약혼반지를? 그게 무슨 한심한 짓인가, 대체—"

"네. 저도 모르겠습니다. 그냥 그렇게 앉아서 그녀에게 이런저런 일을 하게 만들고 있다고 생각하니 그렇게 되더군요. 저를 비웃는 것만 같았습니다. 처음부터 제가 할 수 있는 일은 아무것도 없으며, 자신이 이미 생각한 것 이외의 다른 방안도 생각해 내지 못할 거라고 확신하는 듯했지요. 우리가 결혼하기 전에, 언제든 적절한 시기에 우리 사이에 끼어들 수 있으리라고……"

"그리고 뭐라고 했나? 징표라는 건 대체 어떤 걸 의미하는 거야?"

"그 말은 하지 않았습니다. 그냥 징표라고, 그걸 그녀가 직접 건네줘야 한다고만 했습니다. 반지를 제가 가지고 있다는 사실이 증거로서의 신뢰성을 박탈했으니, 그렇게 해야 자신도 믿을 거라고요. 그 작자를 때릴 뻔했는데, 간신히 손이 나가는 걸 억눌렸습니다. 그 작자는 그대로 앉아 있기만 했고요. 꿈적도 하지 않았습니다. 그대로 눈을 감은 채, 얼굴에 땀이 송골송골 맺히면서 앉아 있을 뿐이었지요. 그러다 눈을 뜨고는 이렇게 말했습니다. '자, 때려 보게.'"

"잠깐 기다려 보게." 킹 부인이 말했다. 재러드는 움직이지 않았다. 킹 부인은 텅 빈 로비를 한 바퀴 둘러보더니, 손톱으로 자기 치아를 톡톡 두드렸다. "증거." 그녀는 말했다. "징표." 그녀가 움직이기 시작했다. "여기서 기다리고 있게." 그녀는 다시 계단을 올라갔다. 육중한 덩치의 여자가, 기관차처럼 막을 수 없고 민첩하게 움직이고 있었다. 그녀는 얼마 지나지 않아 돌아왔다. "루이스는 잠들어 있네." 그녀는 이렇게 말했지만, 재러드는 왜 그런 말을 꺼내는지 이유를 짐작조차 할 수 없었다. 그녀는 꽉 쥔 주먹을 앞으로 내밀며 말했다. "20분 안에 자동차를 타고 떠날 수 있겠나?"

"네. 하지만 왜—?"

"자네 짐도 꾸리고. 나머지는 내가 다 알아서 하겠네."

"그럼 루이스는 — 부인 말씀은 —"

"메리디언으로 가면 결혼할 수 있을 걸세. 한 시간이면 갈 수 있어."

"결혼이요? 그 말씀은 루이스가?"

"그 작자가 확실히 믿을 징표를 그 애한테서 받아왔네. 자네는 자네 쪽 준비나 끝마치고, 누구에게도 어디로 가는지 알리지 말도록 하게. 잘 알겠나?"

"네, 물론이지요. 그러니까 루이스가?"

"절대 아무한테도 알리면 안 돼. 이걸 받게." — 그녀는 뭔가를 그의 손에 쥐여 주었다. "자네 짐을 챙기고, 이걸 그 작자한테 가져가서 건네주게. 루이스를 직접 보겠다고 계속 우길지도 모르네. 하지만 그건 내가 알아서 처리하겠네. 자네는 준비나 확실히 해. 아니면 그냥 쪽지라도 한 장 써줄지도 모르지. 자네는 내 말대로만 하게." 그녀는 계단 쪽으로 몸을 돌리더니, 그녀다운 철저하게 재단된 민첩함으로 서둘러 움직여 사라졌다. 재러드는 손을 펼치고 그녀가 건네준 물건을 바라보았다. 금속 토끼였다. 한때는 도금되어 있었겠지만 너무 오래 전 일이라, 이제는 산화되어 흐릿하게 변색된 모습이었다. 방을 떠나는 그는 달리고 있지는 않았다. 빠른 걸음이기는 했지만.

그러나 15분 후에 로비로 돌아온 그는 달리고 있었다. 킹 부인이 그를 기다리고 있었다.

"쪽지를 써 줬습니다." 재러드가 말했다. "하나는 루이스한테 주고, 하나는 크랜스턴 부인 앞으로 써서 여기 놔두랍니다. 루이스한테 보낸 건 저도 읽어도 된다고 했습니다." 그러나 킹 부인은 이미 그 쪽지를 빼앗아서 펼치고 있었다. "저한테 읽어도 된다고 한 겁니다만." 재러드는 말했다. 그는 거칠게 숨을 몰아쉬고 있었다. "그 긴 의자에 앉아서 제가 하는 꼴을 고스란히 지켜보고 있었습니다. 아까 갔을 때와 똑같은 모습이고, 손조차 움직이지 않았더군요. 그러다 이렇게 말했습니다. '젊은 재러드 선생, 당신 또한 나와 마찬가지로 여자에게 정복당했구려. 하지만 이게 차이점이라오. 당신이 죽임당했다는 사실을 깨닫는 것은 오랜 시간이 흐른 후가 될 것이오.' 그래서 저는 이렇게 말했습니다. '루이스 손에 죽임당한다면야, 저와 그녀에게 남은 평생 동안 날마다 죽임당해도 신경 안 씁니다.' 그랬더니 그 작자가 이렇게 말하더군요. '아, 루이스. 루이스 이야기를 한 줄 아시오?' 그래서 저는 말했습니다. '죽은 게 누군데.' 그렇게 말해 버렸어요. '죽은 게 누군데.' '죽은 게 누군데'라고."

그러나 킹 부인은 이미 그곳에 있지 않았다. 그녀는 벌써 계단을 절반쯤 올라가 있었다. 그녀는 방으로 들어섰다. 루이스가 울면서 잠들어서 퉁퉁 부은 얼굴로 침대에서 고개를 돌렸다. 킹 부인이 그녀에게 쪽지를 건넸다. "이걸 보렴, 우리 딸. 내가 뭐라고 그랬니? 그 작자는 너를 가지고 놀고 있었던 거야. 시간을 때우려고 너를 이용한 거라고."

고속도로에 들어설 때부터 차는 이미 빠르게 달리고 있었다. "얼른 가요." 루이스가 말했다. 그는 속도를 올렸다. 그녀는 호텔 쪽을, 협죽도와 도금양나무 덤불 사이로 북적이는 공원을 단 한 번 돌아보았을 뿐, 이후에는 그대로 재러드 옆자리에 몸을 묻으며 웅크렸다. "더 빨리요." 그녀가 말했다.

"나도 더 빨리 가고 싶습니다." 재러드가 말했다. 그는 그녀 쪽을 힐끔 바라보고는, 다시 제대로 시선을 돌렸다. 그녀는 울고 있었다. "그렇게 기쁜 겁니까?" 그가 말했다.

"뭔가를 잃어버렸어요." 그녀는 조용히 흐느끼며 말했다. "아주 오래 가지고 있던 물건, 어릴 때 받았던 물건이에요. 그런데 그걸 잃어버렸어요. 오늘 아침까지만 해도 가지고 있었는데, 어디에서도 찾을 수가 없어요."

"잃어버렸다고요?" 그가 말했다. "당신한테 줬던……" 그가 페

달에서 발을 뗐다. 속도가 줄어들기 시작했다. "아니, 하지만 당신이……"

"아냐, 안 돼요!" 루이스가 말했다. "멈추지 말아요! 돌아가지 말아요! 계속 가요!"

자동차는 이제 가속 없이 천천히 느려지며 달리고 있었다. 아직 브레이크는 밟지 않은 채였다. "하지만 당신이 직접…… 부인이 당신이 잠들어 있다고 했었지요." 그는 브레이크에 발을 올렸다.

"안 돼, 안 돼요!" 루이스가 울부짖었다. 그녀는 앞으로 몸을 내밀며 앉아 있었다. 그의 말은 아예 듣지조차 못한 듯했다. "돌아가지 말아요! 가요! 계속 가요!"

"그는 알고 있던 거야." 재러드는 생각했다. "그 긴 의자에 앉은 채로도 뻔히 알고 있었던 거야. 내가 죽임당했으면서도 모른다고 말하면서도, 그 의미를 알고 있던 거였어."

이제 자동차는 거의 멈췄다. "계속 가요!" 루이스가 울부짖었다. "가라고요!" 그는 그녀를 내려다보고 있었다. 두 눈은 아무것도 보이지 않는 맹인의 눈 같았다. 얼굴은 핏기가 완전히 가셔 창백했고, 벌린 입은 절망과 굴복의 고통 그 자체를 형상화한 것만 같았다. 그가 더 원숙한 사람이었더라면, 그녀의 옛 얼굴을 두 번 다시 볼 수 없으리라는 사실을 깨달았을지도 모르겠다. 뒤이어 그는 다시 기어를 넣는 자신의 손과, 다시 가속 페달을 밟는 자신의 발을 지켜보았다. '그 사람이 자기 입으로 말했지.' 재러드는 생각했다. '두렵지만 해야 하는 일이 있다고. 자기 입으로 말했어. 이 세상에 중요한 일은 살아 있는 것, 살아 있다는 사실

을 자각하는 것뿐이라고.'

"빨리요!" 루이스는 울부짖었다. "더 빨리!" 자동차는 그대로 달려갔다. 리조트는, 그리고 화사한 숄들이 부스럭대는 널찍한 베란다는, 뒤편으로 멀어져 갔다.

평퍼짐한 여름 드레스들과 노인들의 힘겨운 숨소리와 짧고 날카로운 여자들의 수다 소리 사이에서, 여주인은 베란다에 서서 손에 들린 두 번째 쪽지를 읽었다. "결혼했다고?" 그녀는 말했다. "결혼했다고?" 마치 제삼자가 된 것처럼, 그녀는 쪽지를 펼치고 다시 내용을 읽는 자신의 모습을 지켜보고 있었다. 그리 오래 걸리지도 않았다.

릴리.

앞으로 잠시 내 걱정은 하지 말아 주십시오. 저녁식사 때까지 여기 앉아 있겠습니다. 내 걱정은 하지 마십시오.

J.M.

"자기 걱정은 하지 말라고." 그녀는 말했다. "자기 걱정은." 그녀는 로비로 들어섰다. 늙은 검둥이가 빗자루를 들고 빈둥거리고 있었다. "재러드 씨가 자네한테 이걸 건넸다고?"

"그렇습다 마님. 달려와서 이걸 주더니, 차에다 자기 가방을 실으라고 하셨지요. 그러더니 루이스 양하고 같이 슝! 하고 순찰대처럼 빠르게 대로로 차를 몰고 나가 버렸습다."

"메리디언 쪽으로 갔다고 했지?"

"그렇습다 마님. 줄스 박사님이 앉아 계신 의자 앞을 지나쳐서요." "결혼했다고." 여주인은 말했다. "결혼했다고." 여전히 쪽지를 손에 든 채로, 그녀는 호텔 건물을 떠나 오솔길을 따라서 흰 옷 차림으로 꼼짝도 하지 않고 긴 의자에 앉아 있는 인물이 보이는 지점까지 나아갔다. 그리고 다시 걸음을 멈추고 쪽지를 다시 읽었다. 그녀는 다시 오솔길 끝에 있는, 도로가 내려다보이는 긴 의자 쪽을 올려다보았다. 그리고 그녀는 호텔 건물로 돌아갔다. 여자들은 이제 여기저기 놓인 의자에 흩어져 앉아 있었지만, 서로 뒤얽혀 떼어낼 수 없게 된 무수한 목소리들은 여전히 베란다를 메우고 있었다. 여주인이 다시 호텔 건물로 다가오자 그들은 갑자기 대화를 멈추었다. 그녀는 빠른 걸음으로 건물로 들어섰다. 해질녘까지는 한 시간 정도가 남아 있었다.

그녀는 황혼이 깔리기 시작할 무렵에 부엌에 들어섰다. 짐꾼은 스토브 옆 의자에 앉아서 요리사와 잡담을 나누고 있었다. 여주인은 문간 앞에서 걸음을 멈췄다. "찰리." 그녀는 말했다. "가서 줄스 박사님께 곧 저녁 준비가 끝날 거라고 전하고 오게."

짐꾼은 자리에서 일어나서 옆문으로 부엌을 나섰다. 그가 베란다 앞을 지나갈 때쯤, 여주인은 층계 맨 윗단으로 나와 섰다. 그리고 그가 오솔길을 따라 긴 의자 쪽으로 사라지는 모습을 지켜보았다. 한 여자가 지나가다 그녀에게 말을 걸었지만, 그녀는 대꾸하지 않았다. 검둥이가 사라진 덤불 뒤편을 주시하느라 아예 듣지도 못한 것 같았다. 그리고 그가 다시 모습을 드러낸 순간, 베란다의 손님들은 그녀가 이미 계단을 내려오고 있다는 사실을 깨달았다. 검둥이가 뛰어오고 있다는 사실을 알아차린 것은 그 후의 일이었다. 그녀는 트인 치맛자락을 들어올려 사감선생 같은 발목과 발을 드러낸 채로, 그대로 멈추지 않고 검둥이를 지나치며 오솔길로 달려 들어갔다. 그녀마저 다시 모습을 드러낸 후에도, 손님들은 여전히 앞으로 몸을 빼고 앉아 숨을 죽이고 있었다. 그리고 머리로는 사실임을 알고 있으나 아직 믿을 준비가 안 된 광경을 본 사람의 얼굴로, 황혼을 뚫고 현관으로 올라오는 모습을 지켜보았다. 어쩌면 그녀가 손님 중 하나를 이름으로 부르고 "부탁인데"를 덧붙이면서 나직한 목소리로 말한 이유도, 그녀 자신은 아직 준비가 안 되었기 때문일지도 모를 일이었다.

"마티노 박사님이 방금 돌아가셨어요. 나 대신 시내로 전화 좀 해 줄래요?"

여우사냥
Fox Hunt

 동트기 한 시간 전쯤, 마구간지기 검둥이 젊은이 셋이 랜턴을 들고 마구간으로 다가왔다. 그중 하나가 자물쇠를 열고 문을 미는 동안, 랜턴을 든 검둥이는 손을 높이 들어서 방목지 울타리로 이어지는 침엽수 덤불의 어둠 속으로 빛을 비추었다. 그 어둠 속에서 세 쌍의 커다랗고 간격이 벌어진 눈이 잠시 부드럽게 그들을 바라보더니 이내 사라졌다. "어이 거기." 검둥이가 말했다. "일러바칠 거냐?" 어둠 속에서는 대답은커녕 아무 소리도 들려오지 않았다. 노새의 눈은 그대로 사라졌다. 검둥이들은 자기네들끼리 중얼거리면서 마구간으로 들어섰다. 부드럽고 아무 의미 없고 어리석은 웃음소리가 마구간 안에서 터져나와 흩어졌.

 "몇이나 봤어?" 두 번째 검둥이가 말했다.

 "노새 셋뿐이야." 랜턴을 든 검둥이가 말했다. "그게 전부는 아니겠지만. 모스 삼촌이 두 시쯤에 그 주피터라는 말을 돌보러 나왔거든. 그때 벌써 둘이나 거기 나와서 기다리고 있었다더라고.

흙 파먹는 놈들* 말이야. 훗후."

 칸막이 안의 말들이 히힝거리며 발을 구르기 시작했다. 하얗게 칠한 문 위로 높이 들린 길쭉한 주둥이들이 움직이며 활기찬 그림자를 이리저리 드리웠다. 공기는 기름지고 따뜻하고 암모니아 냄새가 섞였으나 깨끗했다. 검둥이들은 특허 상품인 구유에 여물을 쏟기 시작했다. 원숭이처럼 민첩하고 영리하게 칸막이들 앞을 오가면서, 짧고 부드럽고 의미 없는 탄성을 울리면서. "훗후. 거기 비켜 봐. 오늘은 그 여우를 잡을 거니까."

 침엽수 덤불이 방목지 울타리로 이어지는 지점의 어둠 속에, 열한 명의 남자가 열한 마리의 묶어놓은 노새들에 둘러싸여 쭈그려 앉아 있었다. 11월이라 아침은 싸늘했고, 쭈그려 앉아 형체도 알아보기 힘든 남자들은 움직이지도 대화를 나누지도 않고 있었다. 마굿간 쪽에서 말 먹이는 소리가 들려왔다. 해가 뜨기 직전에, 열두 번째 남자가 노새를 타고 다가와서 내리더니 한 마디 말도 없이 다른 이들 사이에 쭈그려 앉았다. 날이 밝자 안장을 얹은 말 한 마리가 마구간에서 이끌려 나왔다. 풀밭에는 서리가 깔렸고, 마구간 지붕은 은으로 만든 물건이 은색 빛을 받은 것처럼 보였다.

 그제야 쭈그려 앉은 이들이 모두 백인이며 작업복 차림이고, 노새들은 둘만 빼고 안장조차 얹지 않았다는 점이 드러나 보였

---

* clay-eater. 시골의 백인 빈민을 가리키는 멸칭으로, 십이지장충의 감염 증상 중 하나가 흙을 먹으려는 행위라는 점에서 유래한다.

다. 모두 같은 방에, 소나무숲 근처의 흙바닥 깔린 오두막에 모여 있다 온 이들이었고, 그들은 그렇게 진흙이 묻고 도꼬마리 씨앗이 붙은 노새들 사이에 얌전하고 진지하고 침착하게 앉아서, 소유주인 해리슨 블레어보다 훨씬 긴 족보를 가진 훌륭한 말들이 안장을 얹고 한 마리씩 증기로 덥힌 마구간에서 끌려나와 저택으로 이어지는 자갈길을 올라가는 모습을 지켜보고 있었다. 저택 앞에는 사냥개 한 무리가 이미 소란을 피우며 짖어대는 중이었고, 그 베란다에는 부츠와 붉은 코트를 입은 남녀들이 모여들기 시작하는 중이었다.

지저분한 차림새에 서두르는 기색도 없으며 별로 주변에 신경 쓰지도 않는 작업복 차림의 남자들은, 저택과 사냥개와 아마도 손님 중 일부의 소유자인 해리슨 블레어가 크고 사납게 생긴 흑마에 오르는 모습을 지켜보았고, 뒤이어 다른 남자가 해리슨 블레어의 아내를 밤색 암말에 올려주고 자기 자신도 적갈색 말에 오르는 모습도 지켜보았다.

작업복 차림의 남자 하나는 느긋하게 담배를 씹는 중이었다. 그 옆에는 마찬가지로 작업복 차림에 키가 크고 비쩍 말랐으며, 수염 자리에 솜털이 나기 시작하는 젊은이도 하나 있었다. 그들은 고개를 돌리지 않은 채, 입술조차 거의 움직이지 않고 대화를 나누었다.

"저 사람이 그건가요?" 젊은이가 말했다.

나이 든 쪽의 남자는 움직이지 않고 침을 뱉었다. "저 사람이 그거냐니?"

"저 아내의 그거요."

"누구 아내의 그거?"

"블레어의 아내의 그거요."

나이 든 남자는 저택 앞에 몰려든 일행을 살펴보는 중이었다. 적어도 그런 것처럼 보이기는 했다. 멍한 듯 읽을 수 없는 데다 서두르지도 않는 시선이었다. 그가 남자와 여자를 지켜보고 있는지 여부조차 누구도 알아낼 수 없을 듯했다. "귀에 들어오는 말은 믿지 말아라. 직접 본 것도 절반만 믿고." 그는 말했다.

"아저씨 생각은 어떤데요?" 젊은이가 말했다.

나이 든 쪽은 조심스럽게 침을 뱉었다. "아무 생각 안 한다." 그는 말했다. "내 마누라 일도 아닌데." 뒤이어 그는 목소리를 높이지 않고, 어조도 변하지 않은 채 말을 이었으나, 그 대상은 자기 옆으로 다가오는 마구간지기 쪽이었다. "저쪽에 자기 말이 없는 친구 말인데."

"어느 친구?" 마구간지기가 말했다. 나이 든 백인 남자는 밤색 암말의 꽁무니로 자기 적갈색 말을 바짝 붙이는 남자를 가리켰다. "아." 마구간지기가 말했다. "거트리 씨 말이군. 저 사람한테 말이 있었다면 말한테 불쌍한 노릇이겠지."

"그 사람이 소유한 말도 마찬가지야." 백인 남자가 말했다. "그가 소유한 물건은 뭐든 불쌍하지."

"해리슨 씨 말이야?" 마구간지기가 말했다. "여기 있는 말들한테 자네 동정이 필요할 것 같은가?"

"물론." 백인 남자는 말했다. "바로 그거야. 저런 식으로 몰아주다니 저 흑마도 정말 좋아할 것 같군."

"감히 블레어 일가의 말을 동정할 생각은 하지도 말게." 마구간지기가 말했다.

"물론." 백인 남자는 말했다. 그는 증기로 덮힌 마구간에 사는 순혈마들을, 부츠와 핑크풍 코트*를 입은 사람들을, 그리고 흔들리는 흑마에 오른 블레어 본인의 모습을 지그시 살피는 듯했다. "그 암여우를 잡으려 애쓰기 시작한 지도 3년째지." 그는 말했다. "자네 부하 꼬맹이 하나를 시켜서 쏘거나 독살하지 않는 이유가 뭘까?"

"쏘거나 독살해?" 마구간지기가 말했다. "여우는 그렇게 잡으면 안 되는 법이라는 것도 모르나?"

"왜 안 된다는 거지?"

"정정당당한 시합이 되지 못하니까." 마구간지기가 말했다. "자네도 저 사람들 주변에서 꽤 오래 돌아다녔으니, 이제 신사 양반들이 어떻게 사냥하는지는 알 때가 되지 않았나."

"물론." 백인 남자는 말했다. 그는 마구간지기 쪽을 쳐다보지 않고 있었다. "그냥 사람들이 말하는 만큼 그렇게 부자라는 저 사람이"— 그는 다시 침을 뱉었다. 마음에 들지 않아도 모욕하려는 의사는 없는, 손가락질로 블레어를 가리키는 동작을 대신하는 듯한 행동이었다 —"그 늙은 암여우 따위를 증오하느라 허비할 시간이 있다는 게 신기해서 그러는 걸세. 사냥개들을 앞질러 달려서, 뱀을 죽이는 것처럼 몽둥이로 때려죽이려 하다니. 매년 저 많은 사람을 끌고 굳이 여기까지 내려와서 먹이고 재우면

---

* 영국식 여우 사냥의 전통 복식인 붉은색 외투. 작중에서 '미시시피식' 여우 사냥과 대비되는 요소 중 하나다. '핑크'라고 부르는 이유는 색 때문이 아니라 유명한 재단사였던 핑크의 이름에서 따왔기 때문이다.

서, 그 늙고 지저분한 여우 한 마리를 몰아넣으려 애쓰고 있지 않나. 나라면 도끼하고 주머니쥐 사냥개 한 마리만 있어도 하룻밤이면 잡을 수 있는데 말이야."

"저 신사 양반들에 대해서 모를 일이 하나 늘어났을 뿐이겠지." 마구간지기가 말했다.

"그야 그렇지." 백인 남자가 말했다.

능선은 침엽수와 모래톱이 이어지는 긴 해변과도 같았고, 군데군데 능선이 끊어지는 곳 너머로는 거의 1마일 너비의 휴경 중인 논과 그 끄트머리의 찔레덤불로 틀어막힌 배수로가 보였다. 작업복을 입은 남자 둘, 나이 든 남자와 젊은이는, 그런 능선이 끊어지는 틈새 중 하나로 올라가서 노새에 올라탄 채 아래쪽의 농경지를 바라보고 있었다. 능선을 따라 반 마일 정도 떨어진 곳에서 냄새를 놓친 사냥개들의 소리가 들려왔다. 당황하고 다급해진 깨갱거리는 소리가 울리며 능선을 타고 전해져 왔다.

"3년이나 지났으니 슬슬 양키들의 도시 사냥개로는 캐롤라이나 여우를 못 잡는다는 걸 알아차릴 때도 됐을 텐데요." 젊은이가 말했다.

"저 사람도 안다." 나이 든 쪽이 말했다. "개들이 잡기를 원치 않는 거야. 빌어먹을 개가 자기보다 앞서 나가는 것조차 견디지 못하는 사람이니까."

"근데 지금은 앞서 있잖아요."

"그렇게 생각하는 게냐?"

"아니면 저 사람이 지금 어디 있는데요?"

"나도 모르지. 하지만 지금 여우와의 거리로만 따지자면 저 어리석은 사냥개들하고 별반 다르지 않을 게다. 여우가 어디서 쭈그리고 개들을 비웃고 있는지는 모르겠지만, 어쨌든 저 사람은 그리로 가고 있는 거야."

"그러니까 도시 개가 찾아내지 못하는 여우 냄새를 맡아서 쫓아갈 수 있는 사람이 있다는 말씀이세요?"

"저 개들은 여우가 바로 앞길에 있어도 냄새로 쫓아가지 못해. 그 여우를 싫어하지 않으니까. 여우 사냥개든 라쿤 사냥개든 주머니쥐 사냥개든, 훌륭한 사냥개가 되려면 엄청나게 뛰어난 코가 필요한 게 아니라 여우나 라쿤이나 주머니쥐를 지독하게 싫어해야 하는 거다. 개를 사냥감으로 인도하는 건 훌륭한 코가 아니라 증오이기 마련이거든. 그러니 저 친구가 어디로 말을 모는지 확인하면 그 여우가 어디로 달아났는지 알 수 있다는 거다."

젊은이는 목청과 콧구멍으로 비웃는 소리를 냈다. "다 큰 어른이 저런 작고 늙고 지저분한 여우를 증오하다니. 부자가 되려면 정말로 온갖 문제를 겪어야 하는 모양이군요. 딱 봐도 알겠어요."

그들은 농경지 쪽을 내려다보았다. 능선을 따라 멀리서부터 개들의 열성적이고 당황한 깨갱 소리가 들려왔다. 부츠와 외투 차림의 마지막 기수가 그들을 지나쳐 그대로 말을 몰아 지나갔고, 두 사람은 노새에 앉은 채로 와인처럼 녹진하고 햇볕 가득한 정적 속에서, 홀쭉하고 누리끼리한 얼굴에 똑같이 음산하고 냉소적인 표정을 띤 채 귀를 기울였다. 그러다 젊은이가 노새 위에서 몸을 돌리더니 행렬이 다가오던 방향의 능선을 돌아보았다. 그 순간 나이 든 남자도 몸을 돌렸고, 둘은 움직이지도 않고 아무런 소리도 내지 않으면서 기수 두 명이 추가로 다가와서 지나쳐 가는 모습을 지켜봤다. 밤색 암말의 여자와 적갈색 말의 남자였다. 둘은 하나의 짐승처럼, 분신처럼, 양성구유이며 머리 둘에 다리 여덟 달린 켄타우로스처럼 지나쳐 갔다. 여자의 손에는 자기 모자가 들려 있었다. 기울어지는 햇살 속에서, 보브컷으로 자르지 않은 그녀의 머리카락은 부드러운 구름결처럼 흐트러져 밤색 암말의 둔부처럼 번들거렸고, 부드러운 불길처럼 타올랐으며, 그 부피는 그녀의 가녀린 목이 지탱하기에는 너무 무거워 보였다. 그녀는 일종의 섬세하며 어색한 자세로 마치 앞지르려는 것처럼 암말에 기대 있었고, 그런 모습은 암말의 속력과는 별도로 그녀가 달리는 말 위에서 날아가듯 보이게 만들었다.

남자는 적갈색 말을 힘껏 달리게 해서 암말의 꽁무니를 바싹 따라가고 있었다. 그의 손은 고삐를 쥔 여인의 손에 얹혀 있었고, 느리지만 꾸준하게 양쪽 말의 고삐를 당겨 속도를 늦추는 중이었다. 그는 여자 쪽으로 몸을 기울인 채였다. 노새 위의 두 남자가 보기에는, 몸을 숙인 채 지나가는 그의 옆얼굴은 마치 몸을 수그린 매처럼 차갑고 비정해 보였다. 그가 여자에게 말하고 있다는 것도 보였다. 그들은 그렇게, 공중에서 끔찍한 모습으로 뒤얽혀 움직이지 못하는 지빠귀와 매 같은 모습으로, 마치 망령처럼 갑작스레 그들 앞을 지나쳤다. 마른 풀잎 위로 부드러운 말굽 소리가 울리며 그들은 사라졌다. 남자는 몸을 숙이고 여자는 앞으로 몸을 빼서 앉은 모습이, 마치 번개를 타고 도망치고 추격하는 예술 작품처럼 보였다.

그렇게 그들은 사라졌다. 잠시 후 젊은이가 입을 열었다. "저쪽 사냥에도 개는 필요 없을 것 같네요." 그는 여전히 두 기수가 사라진 방향을 바라보고 있었다. "여우하고 똑같아요. 어떻게 저렇게 비쩍 마른 목으로…… 여우를 보면서 저런 작은 미물이 어떻게 저런 커다란 꼬리를 끌고 다니는지 궁금해할 때하고 똑같잖아요. 게다가 예전에 그가 말하는 걸 들었는데." — 이번에 젊은이가 그 대상을 지칭하는 방식은 침 뱉기보다 한층 모호했지만, 언급하는 대상이 적갈색 말의 남자가 아니라 흑마를 탄 남자라는 사실은 분명했다 — "동료 여성한테는 보통 입에 담지 않을 소리를 하더라고요. 그랬더니 그 여자 눈이 여우처럼 빨개졌다가 다시 여우처럼 갈색으로 변하는 거예요." 상대방은 대꾸하지 않았다. 젊은이는 그를 쳐다봤다.

나이 든 남자는 자기 노새에서 조금 몸을 앞으로 뺀 채로, 농경지를 내려다보고 있었다. "저 아래 저건 뭐냐?" 그가 말했다. 젊은이도 그쪽을 살폈다. 아래쪽 숲 가장자리에서 부엽토에 먹먹해진 말굽 소리가 들리더니 수풀 밟히는 소리가 이어졌다. 뒤이어 그들은 흑마를 탄 블레어가 전속력으로 숲에서 튀어나오는 모습을 목격했다. 그는 전력으로 말을 몰아 논으로 들어가더니 날아가는 까마귀처럼 속도를 줄이지 않고 그대로 가로질렀다. 마치 측량사의 끈처럼, 맞은편 논과 경계를 이루는 배수로까지 일직선으로 돌파하고 있었다. "내가 뭐라고 했더냐?" 나이 든 남자가 말했다. "그 여우는 저 너머 배수로 둑에 숨어 있는 거다. 뭐, 서로 눈을 마주칠 만큼 가까워진 게 이번이 처음도 아니긴 하지. 2년 전에도 한 번 저 가죽 말채찍을 던질 정도로 가까이 갔던 적이 있었으니."

"그렇군요." 젊은이가 말했다. "저 사람들은 사냥개 따위는 필요 없겠어요."

산마루까지 이어지는 모래가 깔린 흐릿한 도로 위에, 나무 틈새로 건너편의 논이 파이 모양으로 내다보이는 지점에, 나머지 사냥 일행보다도 후방으로 한참 떨어진 위치에, 경트럭의 차체를 이어다 붙인 포드 자동차 한 대가 서 있었다. 운전대 앞에는 정복 차림의 운전수가 앉아 있었다. 그 옆에는 검은 외투를 입고 중산모를 쓴 남자가 허리를 숙인 채 앉아 있었다. 매끄럽고 평온한 실내 생활자의 얼굴에, 담배를 태우는 중이었다. 얼굴은 냉소적이며 차분했으나 그 순간에는 조금 지친 듯 날카로워 보였는데, 마치 실내에 익숙하고 실내를 선호하는 사람이 추위나 습기 같은 혹독한 자연에 노출되어 무력해진 듯한 모습이었다. 그는 말하는 중이었다.

"물론. 집이고 뭐고 전부 부인 소유야. 일가족이 뉴욕으로 이사 가서 부유해지기 전에 부인의 부친이 가지고 있던 것들이고, 블레어는 여기서 태어났지. 그가 전부 되사서 결혼 선물로 부인한테 건네줬어. 그의 소유로 남은 것이라고는 지금 잡으려 애쓰고 있는 뭔지 모를 그것뿐이지."

"그리고 그것도 못 잡겠지요." 운전수가 말했다.

"당연하지. 매년 여기까지 내려와서 두 달을 보낸다니까. 흙파먹는 놈들하고 깜둥이들 말고는 볼 것도 갈 곳도 없는 여기까지 말이야. 매년 두 달씩 깜둥이떼 사이에서 살고 싶은 거라면 그냥 레녹스 애비뉴*에서 잠깐 지내다 오면 되는 거 아냐? 굳이 진을 입에 댈 필요는 없으니까. 그런데 굳이 이곳을 사들여서 부인한테 선물로 주면서, 부인이 남부 사람이니 향수병이나 뭐 그런 거에 걸릴지도 모른다고 핑계까지 댔단 말이야. 뭐, 그럴 수야 있겠지, 아마도. 하지만 나한테는 14번가** 정도만 되어도 충분히 남쪽이거든. 근데 또 생각해 보면 이곳이 아니었다면 유럽이나 뭐 그런 데로 갔을 수도 있을 테고. 어느 쪽이 더 나쁜지 모르겠군."

"애초에 그분은 왜 결혼한 거랍니까?" 운전수가 물었다.

"왜 그 부인하고 결혼했는지 알고 싶나? 돈 때문은 아니었지. 물론 오클라호마의 인디언 석유를 잔뜩 가지고 있기는 했지만······"

"인디언 석유요?"

"그래. 연방정부는 아무도 원치 않는다는 이유로 오클라호마 땅을 인디언들한테 넘겼지. 그런데 최초의 인디언 이주자들이 그곳에 가서 죽어나자빠지고 그를 묻으려고 땅을 파다 보니까 삽날이 튕겨나가더니 그 친구 땅에서 석유가 솟아나왔고, 그래서 백인들이 찾아온 거야. 신식 포드에 운전수까지 붙여서 어느 인디언한테 찾아가서 이런 소리를 했지. '이보게, 존, 자네 앞마당에 그 썩은 구정물이 몇 군데나 솟아나고 있나?' 그리고 인

---

* 뉴욕 할렘의 6번 애비뉴에서 센트럴파크 북쪽의 지역. 1987년부터 맬컴 엑스 애비뉴로도 불리고 있다. 1930년대 할렘 르네상스의 중심지였으며 진 밀주 판매로 유명했다.

** 당시 맨해튼에서는 도시 중심가인 '업타운'과 보헤미안 및 저소득층이 거주하는 '다운타운'의 경계로 여겨졌다.

디언이 세 군데든 열세 군데든 어쨌든 대답을 하면 백인은 이렇게 말했어. '그것 참 안됐군. 백인 아버지White Father라는 작자가 자네들을 이렇게 속여먹다니, 참 안된 일이야. 뭐, 이젠 괜찮네. 여기 멋들어진 새 자동차 보이나? 이제 이걸 자네한테 넘겨줄 테니, 여기에 자네 식구를 전부 싣고서 땅에서 썩은 물도 안 나오고 백인 아버지한테 속아넘어갈 일도 없는 곳으로 떠나게나.' 그래서 인디언들은 가족을 차에 태웠고, 운전수는 적당히 차를 서쪽으로 몰다가, 인디언한테 가솔린 레버가 어느 건지를 알려주고 차에서 뛰어내려 도시로 돌아오는 첫 차를 타고 돌아온 거지. 알겠나?"

"아." 운전수는 말했다.

"그런 거라고. 그가 잉글랜드에서 우리 일이나 신경 쓰면서 지내고 있을 때, 그 노부인하고 붉은머리 소녀가 고등학교를 다니던 유럽인지 어딘지에서 넘어왔는데, 일주일도 채 지나지 않아서 블레어가 이렇게 말하더란 말이지. '있잖나, 어니, 우리 결혼할 생각일세. 자네는 내 결정을 어떻게 생각하나?' 평생 치맛자락이라면 기를 쓰고 피해 다니면서 밤새 술을 들이켜고 온종일 말이나 타고 달리던 친구가, 난데없이 일주일 만에 결혼하겠다고 나섰단 말씀이야. 하지만 나는 그 노부인을 보자마자 알아챘어. 인디언들 손에서 유정을 빼앗아온 쪽이 그녀와 그녀 남편 중에서 어느 쪽인지 말이야."

"애초에 블레어 씨를 끌어들인 걸 보니 솜씨가 훌륭한 건 분명하군요. 속도는 말할 것도 없고." 운전수가 말했다. "그래도 마냥 좋지만은 않겠습니다. 그분한테 제 딸이 속하게 된다면 끔찍하게 싫을 텐데요. 물론 악감정이 있어서 하는 소리는 아닙니다만."

"내가 키우던 개가 그에게 속하게 되는 것도 싫은데. 아무 가책도 없이 개를 죽이는 꼴을 봤다고. 지팡이를 휘둘러서 단번에 숨을 끊어버렸지. 그리고 이렇게 말하더군. '이봐, 앤드류 불러서 이거 치우게 해.'"

"당신이 어떻게 그분을 견디는 건지 모르겠습니다." 운전수가 말했다. "저야 운전만 하면 되지만요. 하지만 당신은 그분과 밤낮을 같이 생활하면서······"

"합의를 봤으니까. 예전에는 술만 마시면 나를 괴롭히곤 했어. 그러다 한번은 손을 올리자마자 그대로 죽여버리겠다고 말했지. '언제?' 그는 말했어. '병원에서 돌아온 다음에?' '병원에 가기 전일지도 모르지.' 나는 이렇게 대꾸하고 주머니에 손을 넣었지. '그럴 수도 있을 것 같군.' 그는 이렇게 말했어. 그래서 지금은 잘 지내고 있지. 나는 호신봉을 치웠고, 그는 이제 나를 괴롭히지 않고, 그렇게 잘 어울리는 거야."

"왜 그만두지 않은 겁니까?"

"나도 모르겠군. 언제나 사방을 쏘다니게 되기는 해도 괜찮은 일자리기도 하고. 나 참! 절반쯤은 다음에 탈 기차가 티후아나로 가는지 이탈리아로 가는지조차 모른 채 다닌단 말이야. 절반쯤은 내가 어디에 있는지도, 아니면 내일 아침 신문을 읽을 수 있을지조차도 모르고 살지. 그래도 나는 그를 좋아하고, 그도 나를 좋아해."

"괴롭힐 다른 사람이 생겨서 당신을 괴롭히기를 그만둔 것일 수도요." 운전수가 말했다.

"그럴 수도. 어쨌든 결혼 당시까지만 해도 부인은 평생 말이라고는 타본 적 없는 사람이었는데, 그가 부인 머리카락 색하고 같다는 이유로 저 밤색 말을 산 거야. 저걸 사려고 함께 켄터키까지 갔다가, 저걸 태운 칸에 함께 타고 돌아왔지. 나라면 절대 안 했을 일이라고. 합당한 일이라면 당연히 시키는 대로 하겠지만, 말을 태우는 기차칸에 함께 들어갈 생각은 절대 없었거든. 이미 말이 떡하니 버티고 있다면 더더욱. 그래서 나는 다른 침대칸을 써서 돌아왔어.

게다가 말을 마구간에 넣은 다음에야 그 사실을 부인에게 알렸지. '하지만 저는 말을 타본 적이 없는데요.' 부인은 이렇게 말했어.

'내 아내라면 마땅히 말을 탈 줄 알아야지.' 그는 말했어. '당신은 이제 오클라호마 사람이 아니야.'

'하지만 말 못 탄다고요.' 그녀는 말했어.

'적어도 말 위에 앉아 있을 줄은 알아야 해. 사람들이 보고 말탈 줄 안다고 생각하게 말이야.' 그는 말했지.

그래서 그녀는 캘러핸을 찾아가서 늙은 연습용 말을 타기 시작했어. 애들이나, 아니면 브루클린이나 뉴저지의 풀숲에서 선발되어 드라이브나 센트럴파크로 이주하기 위해서 승마를 배우려 하는 코러스 걸들*이나 타는 말들 있잖나. 그리고 그녀는 어릴 적에 회전목마에서 멀미를 심하게 한 후로 말을 뱀 보듯이 싫어

---

* 상류계급의 취미를 익혀서, 리버사이드 드라이브나 센트럴파크에 거주하는 부유층 남성의 눈에 들려고 애쓰는 쇼걸을 가리킨다.

하는 사람이었지."

"그런 걸 다 어떻게 아는 겁니까?" 운전수가 말했다.

"현장에서 봤으니까. 이따금 오후에 그곳에 들러서 부인이 얼마나 따라가고 있는지 확인하곤 했거든. 몇 번은 남편이 와 있는 줄도 몰랐으려나, 뭐 알았을 수도 있고. 어쨌든 그녀는 아이들과 지그필드*네 유망주 한둘 사이에 섞여서 우리를 처다보지 않고 지나치곤 했고, 블레어는 지하철 터널처럼 꺼멓게 분노한 얼굴로 그냥 서 있었어. 마치 지금껏 내내 아내가 회전목마의 목마조차 탈 수 없다는 사실을 알고 있었고 그녀가 실제로 배우든 말든 신경도 안 쓰며, 그저 그녀가 계속 시도하고 실패하는 모습을 지켜보는 것만으로도 충분하다는 것처럼 말이야. 그러다 마침내 캘러핸조차도 그에게 직접 와서 아무 쓸모 없는 일이라고 말할 수밖에 없게 되었지. '잘 알겠네.' 블레어는 이렇게 말했어. '캘러핸 말로는 당신이 목마 위에 간신히 올라앉을 가능성은 있다고 하니까, 싸구려 말을 한 마리 사다가 현관문 앞에 매어 놓겠어. 당신은 우리가 갈 때마다 그 위에 올라앉아 있기라도 해.'

'엄마한테 돌아갈 거예요.' 부인은 이렇게 말했어.

'부디 그랬으면 좋겠군.' 블레어는 말했지. '내 아버지는 평생을 바쳐서 나를 은행가로 키우셨는데, 당신네 노파는 그걸 두 달만에 털어먹었으니 말이야.'"

"그쪽도 자기네 나름대로 돈이 있다고 하지 않았습니까." 운전

---

* 뉴욕의 공연 연출가인 플로렌츠 지그필드 주니어. 수많은 코러스걸을 출연시키는 호화로운 쇼를 공연했고, 일부 부유층은 공연 관람 후 마음에 드는 무용수를 데려가 아내나 정부로 삼곤 했다.

수가 말했다. "왜 그걸 쓰지 않은 거죠?"

"나야 모르지. 뉴욕에는 인디언 돈을 환전해 주는 곳이 없어서일 수도 있고. 어쨌든 그 노부인은 브로드웨이 노면전차의 차장처럼 돈을 요구하고 다녔어. 때론 내가 블레어를 샤워기 아래로 밀어넣었다가 아침 식탁으로 보내서 술 한 잔으로 정신 차리게 만들기도 전부터 쳐들어왔지. 그러니 그녀가 자기 어머니를 찾아가서(파크 애비뉴에 살고 있었으니까)……"

"당신도 거기 있었나요?" 운전수가 말했다.

"울기 시작하니…… 뭐라고? 아, 이건 하녀가 해 준 얘기야. 버크라는 이름의 아일랜드 꼬맹인데, 이따금씩 나랑 어울리곤 했거든. 그 친구, 그러니까 예일대 학생인 인디언 연인 이야기도 그 애가 해 줬어."

"인디언 연인이요?"

"오클라호마인가 어딘가에서 지역 공립학교를 함께 다녔다더군. 무슨 비밀결사 반지 같은 걸 교환한 사이였다지. 그녀 아버지가 닭장에서 유정 세 개를 발견하고 죽어 나자빠져서 노부인이 그녀를 데리고 유럽으로 도망쳐서 학교에 보내기 전까지 말이야. 그래서 그 젊은이는 예일 학생이 됐다가, 작년엔가 동네에 들른 유랑극단의 여자를 데려다 결혼했다지. 어쨌든 그래서, 캘러핸이 자신을 포기했다는 이야기를 들은 부인은 그대로 파크 애비뉴에 사는 자기 어머니한테 갔어. 그리고 울기 시작했지. '어쩌면 이 정도면 그이 친구들한테 우습게 보이지는 않겠구나 하고 생각하고 있으면, 그이가 와서 나를 지켜봐요. 아무 말도 안 하고요.' 그녀는 말했어. '그냥 그 자리에 서서 지켜보고만 있다고요.'

'내가 널 어떻게 키웠는데.' 노부인은 말했지. '뉴욕의 모든 여자들의 입을 닫치게 만들 남편감을 골라줬는데. 그가 요구하는 거라고는 고작해야 허세 가득한 자기 친구들 앞에서 부끄럽지 않을 정도로만 말에 올라타 있는 법을 배우는 것뿐이잖아. 내가 너한테 얼마나 많은 걸 해 줬는데.' 노부인은 이렇게 말했어.

'나는' 그녀는 말했지. '나는 그와 결혼하고 싶지 않았어요.'

'그럼 누구하고 결혼하고 싶었는데?' 노부인이 말했어.

'아무하고도 결혼하고 싶지 않았어요.' 그녀는 말했어.

그러다가 노부인이 그 앨런이라는 젊은이 이야기를 캐묻기 시작한 거야……"

"아까 그 친구 이름이 예일이라 그러지 않았어요?" 운전수가 말했다.

"아니야. 앨런이지. 예일은 그 친구가 다녔던 대학이고."

"컬럼비아 말이겠죠."

"아니, 예일이야. 다른 대학이라고."

"다른 대학 이름은 코넬이나 뭐 그런 건줄 알았는데.[*]" 운전수가 말했다.

"아니, 그건 또 다른 대학이고. 경찰이 싸구려 유흥가를 습격해서 호송차에 태워가지고 시내로 끌고 나올 때마다 이야기가 나오는 대학 있잖아. 자넨 신문도 안 읽나?"

"별로 안 읽죠." 운전수가 말했다. "정치에는 아예 관심 없거든요."

---

[*] 운전수가 아는 대학이 뉴욕주에 설립된 두 군데뿐인 것이다.

"알았어. 어쨌든 그 예일 학생의 아버지도 유정 하나를 찾아서 상당히 엄청난 부자가 된 데다가, 그 노부인은 블레어가 자기를 같은 집에 들이지도 않고 함께 데리고 다니지도 않는다는 점에 화가 나 있었단 말이지. 그래서 그 노부인은 세 명 모두를 — 자기 딸과 블레어와 그 대학생을 — 나름대로 받아들이고 넘어간 상태였어. 자기 딸이 도망쳐 와서 그 말에 타느니 차라리 끝장내겠다고 말했을 때까지 말이지. 그리고 블레어는 우리가 켄터키까지 가서 데려온 그 밤색 말을 탈 생각이라면 마음껏 끝장내 보라고 그녀에게 말했지. '당신이 훌륭한 말을 망치게 두지는 않을 테니까.' 블레어는 말했어. '그러니 내가 타라고 시킨 말에 얌전히 올라타라고.'

그러자 그녀는 뒷문으로 몰래 빠져나와서 그 말을, 그러니까 켄터키에서 사온 좋은 말을 타려고 시도했어. 타는 법부터 익힌 다음에 남편을 놀래주려고 말이지. 첫 시도에서는 다치지 않았지만, 두 번째에는 쇄골이 부러져 버렸지. 그녀는 블레어한테 들키면 어떻게 될지 겁에 질려 있다가, 그녀가 그 말을 처음 탔을 때부터 그가 알고 있었다는 사실을 발견한 거야. 그래서 그해에 우리가 처음으로 이리 내려와서 블레어가 그 사자인지 뭔지를 쫓아다니기 시작했을 때—"

"여우죠." 운전수가 말했다.

"알았어. 나도 그렇게 말했다고. 그래서 그때—"

"당신 사자라고 했잖아요." 운전수가 말했다.

"알았어. 그럼 사자라고 해 두자고. 어쨌든, 그녀는 그 밤색 말을 타고 열심히 따라잡으려 애썼고, 블레어는 이미 사냥개나 다른 사람보다도 앞질러 나가고 있었단 말이야. 2년 전에도 이번하고 똑같았어. 블레어는 개들을 뿌리치고 달려나와서 승마용 채찍으로 후려칠 수 있을 정도로 그 사자한테 접근해서는—"

"여우 이야기겠죠." 운전수가 말했다. "사자가 아니라 여우라고요. 있잖습니까……" 상대방은, 수행원인지 비서인지 정확한 직책을 모를 남자는, 세운 옷깃에 얼굴을 묻고 다시 담배에 불을 붙이고 있었다. 중산모가 슬쩍 미끄러져 얼굴을 가렸다.

"또 왜?" 그가 말했다.

"궁금한 게 하나 있는데요." 운전수가 말했다.

"뭐가 궁금해?"

"그냥 부인을 내버려두고 냅다 말을 달리는 일이 그분 생각에 그렇게 힘들다면 말입니다. 부인이 좋은 켄터키 말을 망치는 꼴을 보아 넘기기 힘들다면요. 자기 생각만큼 그렇게 빨리 말을 몰지 않아도 충분할 거잖습니까."

"그건 또 무슨 소리야?"

"부인에게서 벗어나려는 생각이라면, 올해는 작년만큼 빨리 말을 달릴 필요가 없다는 거지요. 어떻게 생각하세요?"

"뭘 어떻게 생각해?"

"그냥 좀 궁금해서요."

"궁금하긴 뭐가?"

"올해는 그렇게 빨리 달리지 않아도 된다는 사실을, 그분이 알고 있는지 말이죠."

"아. 거트리 얘기군."

"그게 이름입니까? 거트리요?"

"맞아. 스티브 거트리."

"어떤 사람입니까?"

"괜찮은 녀석이야. 남의 음식을 먹고 남의 술을 마시고 남의 여자를 속이지만 때를 기다릴 줄은 아는 녀석이지."

"그래서, 어떻게 생각하는데요?"

"별 생각 안 해. 괜찮은 녀석이라고 했잖아. 내가 보기에는 나쁘지 않아."

"당신한테는 왜요?"

"그냥 괜찮다는 거야. 내가 그 녀석한테 사소한 도움을 주고, 그 녀석도 나한테 사소한 도움으로 갚는 거지. 알겠어?"

"아." 운전수는 말했다. 그는 상대방을 바라보지 않고 말했다. "부인하고는 얼마나 오래 알던 사이랍니까?"

"여섯 달 하고 일주일쯤 되었을라나. 우리가 코네티컷에 가 있을 때 그 녀석도 거기 있었거든. 그 녀석도 부인만큼이나 말을 싫어하는데, 나하고 캘러핸은 그 녀석을 좋게 봤어. 그리고 나는 캘러핸한테도 사소한 도움을 준 적이 있단 말씀이야. 그래서 코네티컷에서 돌아오고 일주일쯤 지나서, 나는 캘러핸을 불러서 블레어한테 괜찮은 말이 한 필 나왔다고 말하게 시켰어. 마주는 말하지 않고 말이야. 그런 다음 그날 밤에는 내가 직접 블레어한테, '반 다이밍 씨도 거트리 씨한테서 그 말을 사들이려고 한다더군요'라고 말했지. '무슨 말을 사?' 블레어가 말했어. '저야 모르지요.' 나는 말했고. '제가 보기에는 야외에 나가 있으면 무슨 말이든 다 똑같아 보이니까요.' '거트리한테도 그렇겠지.' 블레어는 말했어. '자네 그래서 어느 말 이야기를 하는 건가?' '캘러핸이 말

쏨드리던 그 말 있잖습니까.' 나는 말했어. 그랬더니 그는 캘러핸을 욕하기 시작하더군. '나한테 그 말을 얻어다 줄 거라고 말하더니.' 그는 말했지. '캘러핸 말도 아니잖습니까. 거트리 씨 말이죠.' 나는 말했어. 그러고 이틀 밤이 지나간 후, 그는 거트리를 집으로 데려와서 함께 식사를 했지. 그날 밤 나는 말했어. '그 말을 사셨을 줄 알았는데요.' 내내 술을 마시면서 거트리와 캘러핸 욕을 해대고 있었거든. '놈이 안 판대.' 그는 말했어. '계속 설득만 하면 뭐든 팔게 돼 있습니다.' 나는 대답했지. '가격 제시하는 것도 안 듣는데, 무슨 수로 설득을 하겠나?' 그는 말했어. '부인께 설득을 맡기시죠.' 나는 말했지. '부인의 이야기는 들을 겁니다.' 그러니까 나를 때리고는······"

"아까는 그냥 손을 올렸다고만 말했던 것 같은데요." 운전수가 말했다.

"그냥 이야기하다가 손을 휘두른 정도였다는 거야. 나는 어쩌다 보니 같은 순간에 그쪽으로 고개를 돌리던 거고. 나한테 진다는 것을 알고 있는데 나를 때리려 들 리가 있나. 나도 그렇게 말해 줬지. 애초에 외투 안에 있는 호신봉에 손을 올리고 있기도 했고.

그런 후로 거트리는 일주일에 한 번씩 저택을 방문하게 되었지. 내가 그 녀석한테 내가 제법 괜찮게 일처리를 끝마쳤고, 그 일에서는 나 자신 말고는 딱히 누구의 편을 들 생각도 없다고 말해 줬거든. 그는 일주일에 한 번씩 찾아왔어. 처음에는 방으로 들이지도 않더군. 그러다 어느 날 신문을 읽다 보니까 (그나저나 자네도 가끔 신문을 좀 읽는 게 좋아. 적어도 무슨 요일인지 정도는 알 수 있잖아) 그 예일의 앨런이라는 젊은이가 쇼걸하고 도망치는 바람에 대학에서 퇴출당했다는 이야기가 실려 있더란 거야. 아마 아마추어 연인 신분을 잃었기 때문이겠지.* 잔뜩 화가 났던 모양이니 어차피 대학에서는 뛰쳐나왔을 것 같지만. 그래서 나는 그 신문을 가져다가 그 버크라는 하녀애가 (물론 나는 얘하고도 괜찮은 사이야) 가지고 들어가는 아침식사 쟁반 위에 올려놓게 했지. 그리고 어쩌다 보니 그날 오후에 거트리가 돌아오게 됐고 부인은 그를 방으로 받아들였는데, 버크가 갑자기 뭔가를 들고 그 방으로 들어가 보니까 — 정확히 뭔지는 모르겠는데 — 거트리와 부인이 영화관이라면 페이드아웃으로 처리될 장면**을 연출하고 있더란 거지."

"그럼 블레어 씨는 그 말을 얻었겠군요." 운전수가 말했다.

"무슨 말?"

"거트리가 안 팔겠다고 했다던 그 말이요."

"거트리도 나만큼이나 말 따위는 가진 적도 없는데 무슨 수로 팔겠어. 있어봤자 핌리코에서 작년에 시작한 경매 경주를 아직까지 계속할 정도의 말이겠지. 그리고 거트리도 아직 블레어한테 말을 건네줄 정도의 보답은 받지 못했다고."

"아직이라면?"

---

* 1920년대 예일 대학에는 결혼한 학부생을 퇴학시키는 규칙이 존재했다. 어니는 앨런이 결혼을 통해 '아마추어 연인'에서 '프로페셔널 연인'으로 전직했다고 비꼬고 있는 것이다.

** 당시에는 성적 함의를 가지는 영화 장면은 상영할 수 없었으며, 따라서 포옹에서 페이드아웃으로 처리되는 경우가 많았다.

"부인이 그 녀석을 안 좋아하거든. 처음에 그가 홀로 집으로 찾아왔을 때는 현관으로 들여보내 주지도 않았어. 그 버크라는 하녀애가 그 대학생이 실린 신문 기사를 아침식사 쟁반에 올려놓지 않았더라면 다음번에도 마찬가지였겠지. 그리고 그다음에 그가 등장하니까, 다시 들여보내 주지 않았다는 거야. 마치 말이나 개를 대하는 것처럼 말이지. 사실 그녀는 말보다 개를 더 싫어하거든. 개는 타야 할 필요가 없는데도 말이야. 개가 문제였다면 블레어가 그녀한테 타라고 시키지도 않았을 테고. 어쨌든 그래서 나는 다시 나가서 캘러핸한테 열심히 바람을 잡아야 했지. 내가 그 러시아의 드로쉬킨가 뭔가 하는 놈들 수준이 될 정도로 말이야.*"

"러시아 뭐요?"

"그런 게 있어. 자기 영혼까지 저당잡힌 놈들. 나는 저택을 떠날 때마다 어딘가 쓰레기통으로 가서 거트리부터 만난 다음, 캘러핸한테 가서 그를 달래야 했지. 그 친구는 양심이랄 게 있는 사람이었거든. 알겠어?"

"무슨 양심 말입니까?"

"그냥 양심. 그 주일학교 전단지에 나오는 것들 있잖아. 그녀가 마음에 들고 불쌍하다고도 생각하니까, 블레어한테 가서 자기가 계속 거짓말을 해 왔고 거트리는 말 따위는 가진 적도 없다고 털어놓고 싶다던가, 그런 것들 말이야. 면전에 동전을 던져 줘

---

* 여기서 어니는 러시아 농노를 뜻하는 '두샤'와 작은 짐말을 뜻하는 '드로쉬키'를 헷갈린 것으로 보인다.

도 줍지 않는 부류에, 종교에 대한 개념도 있고 주일학교 전단지의 온갖 황금률을 고스란히 지키는 데다, 속이는 대로 속아넘어가는 친구도 아니었거든. 나 참, 주님께서 자기 앞가림 정도는 허용하시지 않으셨다면, 왜 주일을 그런 식으로 만들어 놓으셨겠어? 자네가 말해보라고."

"그 말이 맞는 것 같군요." 운전수가 말했다.

"당연히 내가 맞지. 원 참! 나는 캘러핸한테 블레어 같은 작자는 아주 사소한 이득만 있어도 나와 그의 목줄을 동시에 그어버릴 거라고 말해 줬지. 제정신이 박힌 인간이라면 누구나 그렇듯이 말이야. 그리고 여자 문제가 블레어의 아내에서 끝나겠냐고도 물었지. 저들 사이의 여자 문제가 그녀에서 끝나겠냐고 말이야."

"그래서 그는 아직……" 운전수가 말했다. 그리고 말을 멈추더니 다시 입을 열었다. "저쪽 좀 봐요."

상대방은 그쪽을 바라봤다. 나무 사이의 틈새로, 눈에 보이는 논의 일부분 가운데쯤에서, 분홍색과 검은색의 작은 얼룩이 보였다. 거의 1마일은 떨어져 있었다. 그리 빠르게 움직이는 것 같지도 않았다.

"저게 뭐야?" 남자가 물었다. "여우인가?"

"블레어 씬데요." 운전수가 말했다. "빨리 달리고 있어요. 다른 사람들은 어딨는지 모르겠군요." 그들은 분홍색과 검은색의 얼룩이 그대로 움직여 사라지는 모습을 지켜보았다.

"제정신이 조금이라도 있으면 다들 집으로 돌아갔겠지." 남자가 말했다. "그러니 우리도 돌아가는 편이 나을 것 같은데."

"그렇네요." 운전수가 말했다. "그래서 거트리는 블레어 씨한테 말을 건넬 정도의 보답을 아직 못 받았다는 거죠."

"아직은 아니야. 그녀는 그 녀석을 싫어한다고. 그날 이후로는 집에 들였던 적도 없고, 버크 꼬맹이 말로는 거트리가 파티장에 있었다는 이유만으로 귀가한 날도 있었다더라고. 게다가 내가 아니었더라면 거트리는 아예 이곳에 초대도 받지 못했을 거야. 그녀가 블레어한테 가서 그가 따라온다면 자기는 안 내려오겠다고 말했다더라고. 그래서 나는 다시 캘러핸한테 작업을 쳐서 하루에 한 번씩 블레어한테 들러 그 말 이야기로 바람을 잡아서 거트리를 초대하게 만들었지. 블레어는 어찌됐든 부인을 끌고 내려올 생각이었거든." 운전수는 차에서 내려서 크랭크 쪽으로 향했다. 상대방 남자는 담배에 불을 붙였다. "하지만 블레어는 아직 말을 얻지 못했어. 그녀처럼 긴 머리를 가진 여인이 문제일 때는, 머리를 틀어올린 동안에는 아무 문제 없어. 하지만 머리채를 풀어내린 모습을 한 번이라도 잡아내면 그때부터는 골치 아파지는 거지."

운전수는 크랭크를 손에 쥐었다. 그러다 그는 문득 움직임을 멈추고, 허리를 숙인 채로 고개를 돌렸다. "소리가 들리는데요." 그가 말했다.

"뭔 소리?"

"뿔나팔이요." 청아한 소리가 다시 멀리서 흐릿하게 길게 이어졌다.

"저게 뭔데?" 남자가 말했다. "여기에도 군인이 있나?"

"사냥꾼들이 부는 뿔나팔입니다." 운전수가 말했다. "그 여우를 잡았다는 뜻이에요."

"원 참!" 남자가 말했다. "어쩌면 내일쯤 도시로 돌아가게 될지도 모르겠군."

노새에 올라탄 두 남자는 다시 논을 가로질러 침엽수림으로 이어지는 능선을 올랐다.

"뭐." 젊은이가 말했다. "저 사람도 이제 만족하겠죠."

"그럴 거라 생각하나?" 나이 든 쪽이 말했다. 그는 젊은이보다 약간 앞서 노새를 몰고 있었다. 말하면서도 고개도 돌리지 않았다.

"그 여우를 3년이나 쫓아다녔잖아요." 젊은이가 말했다. "드디어 그놈을 죽였고요. 당연히 만족하지 않겠어요?"

나이 든 남자는 뒤를 돌아보지 않았다. 홀쭉하고 추레한 노새 위에 구부정하게 앉은 채로, 작업복 차림의 다리를 덜렁거리고 있을 뿐이었다. 그는 게으르고 빈정대는 경멸이 섞인 투로 말했다. "신사 양반들에 대해서는 평생 알 수 없는 구석이 있게 마련이거든."

"저한테는 여우는 그냥 여우일 뿐인데요." 젊은이가 말했다. "먹을 수도 없잖아요. 그냥 말들 힘 빼지 말고 독으로 죽이는 편이 나아요."

"물론이지." 나이 든 쪽이 말했다. "그것도 또 다른 평생 알 수 없는 구석일 게야."

"뭐에 대해서요?"

"신사 양반들에 대해서." 그들은 능선으로 올라와서 흐릿한 모랫길을 돌아보았다. "뭐." 나이 든 쪽이 말했다. "신사든 아니든, 캐롤라이나에서 저런 식으로 죽은 여우는 저놈이 유일할 게다. 어쩌면 북쪽에서는 저런 식으로 여우를 죽이는지도 모를 일이지."

"그런 거라면 저 위쪽에 안 살아서 정말 빌어먹게 다행이라는 생각밖에 안 드는데요." 젊은이가 말했다.

"나도 그렇게 생각한다." 나이 든 쪽이 말했다. "나도 이 동네에 제법 잘 어울리며 살아왔고 말이야."

"그래도 한 번쯤 구경은 가 보고 싶어요." 젊은이가 말했다.

"나는 생각 없다." 상대방이 말했다. "거기 살았다가는 저렇게 온갖 고생을 해서 여우를 죽이게 될지도 모르는 일 아니냐."

그들은 침엽수림과 호랑가시나무 덤불과 월귤나무와 찔레 수풀을 따라 능선으로 노새를 몰았다. 갑자기 나이 든 쪽이 노새를 세우더니 손을 뒤로 뻗었다.

"뭐예요?" 젊은이가 말했다. "왜 그러세요?"

잠시랄 것도 없을 정도로 아주 잠깐 멈췄을 뿐이었다. 나이 든 남자는 다시 노새를 몰기 시작했지만, 이번에는 휘파람을 불기 시작했다. 시끄럽지는 않아도 또렷하게 잘 들리는, 우울한 찬송가 같은 곡조가 퍼져나갔다. 그들 바로 앞쪽, 오솔길과 만나는 지점의 수풀에서 난데없이 말이 콧김 뿜는 소리가 터져나왔다. "거기 누굽니까?" 젊은이가 말했다. 나이 든 쪽은 아무 말도 하지 않았다. 두 노새는 한 줄로 걸음을 옮겼다. 그러다 젊은이가 나직하게 말했다. "그 여자 머리를 풀어내리고 있는데요. 봄날 나뭇가지 사이의 햇살 같아요." 두 마리 노새는 햇빛 속에서 자박거리는 흙소리를 듣고 귀를 쫑긋거리며 계속 걸어갔고, 두 남자는 등자도 없이 발을 늘어트린 채로 느긋하게 그 위에 앉아 있었다.

여자는 햇살 속에서 빛나는 구름 같은 머리채를 구릿빛 폭포처럼 어깨 위로 드리운 채로 암말 위에 앉아서, 팔을 들어 바삐 머리를 매만졌다. 남자는 조금 떨어진 곳의 적갈색 말 위에 앉아 있었다. 담배에 불을 붙이는 중이었다. 노새 두 마리는 지치지 않고 어슬렁거리며, 고개를 늘어트리고 귀를 까딱거리며 다가왔다. 젊은이는 대담하며 동시에 은밀한 눈빛으로 여자를 바라봤다. 나이 든 쪽은 부드럽고 느릿하고 음정이 안 맞는 휘파람을 멈추지 않았다. 아예 그들 쪽을 쳐다보지도 않는 듯했다. 그가 아무런 기색도 없이 그대로 스쳐지나가려고 하는데, 적갈색 말에 탄 남자가 그에게 말을 걸었다.

"사람들이 그놈을 잡은 거 아닌가?" 그가 말했다. "나팔 소리가 들렸는데."

"그렇습니다요." 작업복 차림의 남자가 메마르고 느릿하게 끄는 어조로 답했다. "그렇습니다. 잡혔지요. 어차피 결국 잡히는 것 말고는 별다른 수도 없었을 겁니다."

여자는 순간 머리를 매만지던 손을 그대로 멈춘 채로 나이 든 남자에게 시선을 돌렸고, 젊은이는 그런 그녀의 모습을 지켜보았다.

"그건 무슨 뜻인가?" 적갈색 말 위의 남자가 말했다.

"그 흑마를 타고 계시잖습니까." 작업복 차림의 남자가 말했다.

"그러니까, 개는 아예 없었다는 건가?"

"그런 것 같습니다." 남자가 말했다. "그 개들한테는 타고 다닐 흑마가 없으니까요." 노새 두 마리는 이미 멈춰 있었다. 나이 든 남자는 적갈색 말 위의 남자 쪽으로 슬쩍 고개를 돌렸지만, 얼굴은 볼품없는 모자 아래 숨겨져 있었다. "휴경지를 가로질러 배수로 둑 너머에서 숨어 있었지요. 아마 그분이 배수로를 뛰어넘기를 기다렸다가 되돌아 도망쳐 올 생각이었을 겁니다. 개는 겁내지 않는 것 같았으니까요. 셀 수도 없이 개를 속여넘겨 왔으니, 아예 걱정도 안 했겠지요. 염려하는 쪽은 그분이었을 겁니다. 서로를 3년 동안 알고 지냈으니, 자기 엄마나 아내처럼 잘 아는 사이겠지요. 신사분은 결혼한 적이 없으니 모르시겠지만 말입니다. 어쨌든 배수로 둑에서 그러고 있었는데, 그분은 그 위치를 알고 숨쉴 틈도 안 주고 그대로 논을 가로질러 달려가신 겁니다. 아마 나중에 보시게 될 텐데, 매처럼 날카로운 눈에 개처럼 뛰어난 코를 가진 것처럼 그대로 논을 가로지르시더군요. 여우는 개들을 속여넘긴 그 자리에 그대로 있었고요. 하지만 녀석은 숨쉴 틈도 없었고, 허겁지겁 달려나가 둑을 넘으려다가 그만 찔레덤불로 떨어지고 말았는데, 너무 지쳐서 빠져나가 달아나지도 못하는 모양이더군요. 그분은 다가와서 여우가 원했던 것처럼 배수로를 훌쩍 뛰어넘었죠. 허나 여우는 아직 찔레덤불 안에 있었고, 그분은 허공에 있는 동안 아래를 내려다보고 여우를 발견하고는, 그대로 말에서 뛰어내리면서 여우가 했던 것처럼 덤불을 짓밟으며 착지했습니다. 어쩌면 그때는 피했을지도 모르겠군요. 그분 말씀으로는, 여우가 그대로 몸을 돌리더니 얼굴로 뛰어올라서, 그대로 패대기친 다음 부츠 뒷굽으로 짓밟아 버렸다고 하셨습니다.

그때까지도 개들은 도착하지 않았지요. 하지만 처음부터 필요하지도 않았던 것 같더군요." 그는 말을 끝맺고 추레하고 인내심 강한 노새 위에 지저분하고 무기력한 모습으로, 모자가 드리운 그림자에 얼굴을 숨긴 채로 잠시 더 앉아 있었다. "자." 그는 말했다. "저는 이만 가봐야겠습다. 아직 아침도 못 먹었거든요. 여러분 모두 좋은 아침 되시길 빕다." 그는 노새를 움직였다. 두 번째 노새가 그 뒤를 따랐다. 그는 뒤돌아보지 않았다.

그러나 젊은이 쪽은 뒤를 돌아봤다. 타들어가는 담배를 손에 든 채로 흐릿한 연기를 바람 없는 햇살 속의 정적으로 흘려보내는 적갈색 말 위의 남자와, 팔을 들어 구름 같은 밝은 머리카락을 바쁘게 매만지는 밤색 말 위의 여자를. 그는 젊은이들이 흔히 하는 방식대로, 자기 자신을 닿을 수 없는 존재인 그녀에게 투사하여, 분열과 절망이 일어난 허망하고 모호한 순간을 가늠하려 하고 있었다. 그리고 젊은이였기에 그 감정은 분노에 가까웠다. 잃은 자인 여인에 대한 분노에, 그리고 그녀의 파멸이 새겨진 비극적이고 벗어날 수 없는 대지를 딛는 그 남자의 절망에 가까웠다. "그 여자 울던데요." 젊은이는 이렇게 말하고는, 뒤이어 거칠게 욕설을 내뱉기 시작했다. 딱히 대상이나 주어도 없이.

"얼른 가자." 나이 든 남자가 말했다. 그는 돌아보지 않았다. "집에 도착했을 때쯤에는 우리의 사냥 만찬용 옥수수빵이 다 구워져 있을 것 같구나."

펜실베이니아 역*
Pennsylvania Station

I

 7번 애비뉴에 내리는 눈송이의 냄새가 두 사람에 묻어 들어온 듯했다. 아니면 그들보다 먼저 들어온 이들이 폐에 머금고 있다가 뱉어내어, 역사 내부의 아케이드를 끝없고 차가운 평원에서 흩날리지 않고 조용히 잠들어 있어야 마땅한 퀴퀴한 추위로 가득 채운 것일지도 모른다. 빽빽하게 붙은 상점들의 환한 창문 안에는, 커피에 중독되어 기묘한 시체처럼 앉아 있는 사람들의 불면증에 시달리는 눈빛이 어른거리고 있었다.
 사람들이 개미처럼 작고 바지런하게 보이는 원형 홀 안에는 눈의 냄새와 감각이 여전히 감돌고 있었으나 이제는 철골 높은 곳

---

* 구 펜실베이니아 역은 맨해튼의 31번가와 33번가 사이에 지어진 철도역으로, 펜실베이니아 철도회사의 의뢰로 건설되어 1910년에 문을 열었다. 당대 최고 규모의 철도역으로서 150피트 높이의 천장에 3톤 무게의 독수리상 22개로 장식되었으며, 카라칼라 대욕장에서 모티프를 따온 웅장한 대합실이 딸려 있었다. 이후 사용량 감소로 1964년 철거되고 현재의 지하 펜실베이니아 역으로 개장되었으며 지상에는 메디슨스퀘어 가든이 들어섰다.

에만 머무를 뿐이었고, 그마저도 지치고 손상되고 마치 끝없는 평원을 오가는 순례자들의 목소리 같은, 길 잃은 아이처럼 해답을 모르고 끝없이 이곳을 지나쳐가기만 하는 모든 여행객들의 목소리 같은 힘겹고 끊임없는 웅얼거림으로 가득 차 있었다.

두 사람은 흡연실로 걸음을 옮겼다. 늙은 쪽이 안을 들여다보았다. "좋았어." 그는 말했다. 예순 정도로 보이는 얼굴이었으나, 아마도 마흔여덟이나 쉰둘이나 쉰여덟 정도였을 것이다. 한때는 옷깃에 모피가 달렸던 긴 외투를 입고, 뉴욕주 시골 농부의 캐리커처에나 등장할 법한 귀덮개 달린 모자를 쓰고 있었다. 신발은 짝짝이였다. "아직 사람이 별로 없어. 앞으로도 한동안은 그럴 테고." 그들이 서 있는 동안, 다른 세 명의 남자가 다가와서 흡연실 안을 들여다보았다. 두 사람과 비슷하게 별로 소심하지도 은밀하지도 않은 분위기에, 얼굴과 차림새는 그들과 똑같이 수프 배급소와 구세군 숙소의 냄새를 풍기고 있었다. 그들은 안으로 들어섰다. 노인은 앞서서 벤치에 앉은 사람들을 헤치고 흡연실 안쪽으로 들어갔다. 묵직하고 튼튼한 벤치에는 아직도 다양한 연령대의 남자들이 생각에 잠기거나 휴식을 취하며, 벼랑 끝에서 불어오는 바람에 흔들리는 허수아비처럼 잠시 앉았다 일어서고 있었기 때문이다. 노인은 벤치 하나를 골라서 자리에 앉으며, 옆에 젊은이가 앉을 자리를 내주었다. "예전에는 대충 가운데쯤 앉으면 그냥 넘어가 줄지도 모른다고 생각하곤 했지. 그런데 보니까 앉는 위치는 별 영향이 없더라고."

"어디 눕느냐도 마찬가지겠죠." 젊은이가 말했다. 그는 신품인 군복 외투를 입고, 소위 말하는 군용품점에서 1달러 정도면 구할 수 있는 노란색 군대 단화를 신고 있었다. 면도를 하지 않은지도 제법 된 상태였다. "그리고 여기 누워 있는 동안에 숨을 쉬느냐 안 쉬느냐조차도 별 영향이 없어요. 담배나 한 대 있었으면 좋았을 텐데. 굶는 데는 익숙해졌는데, 담배 못 피우는 건 도저히 좋게 받아들일 수가 없단 말입니다."

"물론." 노인이 말했다. "나한테 담배가 있었다면 자네한테 한 대 줬을 텐데. 나는 플로리다에 내려간 후로 담배를 태워 본 적이 없어. 웃기는 일 아닌가. 10년 동안 담배를 끊고 살았는데, 뉴욕으로 돌아오자마자 다른 무엇보다 담배 생각부터 나더란 말일세. 웃기는 일 아닌가?"

"그렇군요." 젊은이가 말했다. "특히 다시 담배를 원하기 시작한 순간에 한 대도 없다면 더욱 말입니다."

"그때는 원하는 것이 손에 없어도 아무 걱정 안 했거든." 노인은 말했다. "그땐 다 괜찮았어. 그러다 내가―" 그는 자세를 바로잡았다. 얼굴에는 할 말 많은 노인들이 흔히 짓곤 하는, 열기도 혼란도 악의도 없이 그저 몰입한 표정이 떠올랐다. "내가 모르겠는 일은 말이지, 그 당시에는 장례 비용이 괜찮다고 생각했다는 거야. 대니의 문제를 발견하자마자 바로 뉴욕으로 돌아왔을 때는―"

II

"그나저나 대니는 또 누굽니까?" 젊은이가 말했다.
"말한 적 없던가? 내 여동생 쪽 조카야. 우리 가족에서 남은 사람이라고는 여동생하고 대니하고 나밖에 없었거든. 가족 중에서 가장 허약한 사람이 나였는데도 말이야. 다들 살아남지 못할 거라고 생각했지. 열다섯이 되기 전에 치료를 포기한 게 두 번이었는데, 다른 가족 모두보다 오래 살게 됐지. 3년 전에 여동생이 죽어서 형제 여덟 명을 모두 제치게 된 셈이야. 그래서 내가 플로리다로 내려가서 살기로 한 거지. 이곳 겨울을 견딜 수 없을 것 같았거든. 그런데 여동생이 죽은 후로도 벌써 겨울을 세 번이나 넘겼어. 하지만 때론 인간이란 도저히 버틸 수 없다고 생각하는 일이라도 뭐든 버텨낼 수 있는 듯하단 말이지. 자넨 안 그렇게 생각하나?"

"전 모르겠는데요." 젊은이가 말했다. "그래서 그 문제라는 건 뭡니까?"

"문제?"

"지금 대니가 어떤 문제에 처해 있는데요?"

"대니를 나쁘게 말하려는 게 아니었어. 나쁜 아이는 아니야. 그냥 젊은이들이 늘 그렇듯이 좀 거칠 뿐이지. 그래도 나쁜 아이는 아니야."

"알았습니다." 젊은이가 말했다. "그럼 문제는 없다는 거로군요."

"그래. 착한 아이니까. 지금은 시카고에 있다네. 괜찮은 직업도 구했어. 내가 뉴욕으로 돌아온 직후에, 잭슨빌의 어느 법률가가 일자리를 알선해 줬다더군. 여동생이 죽었다고 그 애한테 전보를 보내려 시도한 순간에야 그 아이가 일자리를 구했다는 걸 알았다네. 그제야 그 아이가 시카고에서 괜찮은 일을 한다는 사실을 알게 된 거지. 여동생한테 2백 달러는 나갈 것이 분명한 화환을 보냈더군. 그것도 항공편으로 말이야. 그 비용도 만만치 않을 텐데. 일자리를 잡은 지 얼마 안 된 데다가 상사가 도시를 떠나 있어서 도저히 몸을 뺄 수가 없다더군. 착한 아이였어. 그래서 대니네 아래층에 사는 여자가 빨랫줄에서 옷을 훔쳐갔다고 고발했을 때, 내가 여동생한테 말해서 잭슨빌까지 열차 운임을 내줄 테니 이리 보내면 내가 보살피겠다고 말했던 거야. 술집에나 그런 곳을 돌아다니는 밑바닥 젊은이들과 완전히 연을 끊도록 말이지. 그래서 그 아이 문제를 해결하려고 플로리다에서 여기까지 올라왔어. 그러다가 여동생과 함께 핑크스키 씨를 만나러 가게 된 거야. 그때는 장례 비용을 내기 시작하기도 전이었는데 말이지. 여동생이 나를 데리고 가고 싶어 했거든. 늙은 여자들이 어떤지 자네도 알잖나. 문제는 우리 둘이서 나머지 일곱보다 훨씬 오래 살아남았는데도, 여동생은 아직 덜 늙었었다는 것뿐이지. 하지만 늙은 여자들이란 주변에 친족이 아무도 안 남아 있어도 자기가 제대로 매장될 것이라는 생각에서 안온함을 얻으니까. 아마 그 덕분에 살아 돌아다니는 여자들도 있겠지."

"대니가 너무 바빠서 어머니가 매장되었는지도 확인하러 올 수 없는 상황이라면, 더욱 그랬겠죠."

이미 다음 말을 이어가려고 입을 벌렸던 노인은, 잠시 움직임을 멈추고 젊은이를 바라봤다. "뭐라고?"

"그러니까 제 말은, 마침내 땅에 묻히게 되었을 때마저도 찾아오지 않는다면, 찾아오게 만들기가 쉽지 않을 거라는 거죠."

"아, 그럴지도. 나는 그런 걱정은 안 했어. 열다섯 살이 되기 전부터 두 번이나 살기를 포기했기 때문이 아닐까 싶어. 매번 겨울이 지나갈 때마다, 나는 이렇게 중얼거린다네. '좋아, 이쯤에서 선언해도 되겠군. 다시 한 해를 살게 되었다고.' 그래서 플로리다로 간 거지. 이곳의 겨울 때문에. 여동생이 대니 때문에 편지를 보낼 때까지는 돌아온 적도 없고, 그때도 오래 머물지 않았지. 대니에 대한 편지를 받지 않았다면 아예 돌아오지 않았을 테고. 그런데 돌아왔다가 그녀와 함께 관짝 값을 흥정하러 핑크스키 씨를 만나러 가게 되었고, 내 듣기에는 핑크스키 씨가 하는 말이 괜찮은 듯했어. 보험회사에서는 항상 이자를 뜯어가려 든다고 내게 말했지. 연필과 종이를 들고서, 보험회사에 돈을 냈다가는 매일 밤 6분씩 추가로 일해서 그만큼의 돈을 고스란히 보험회사에 갖다바치는 꼴이 된다고 설명해 주었지. 하지만 여동생은 그건 상관없다고 말했어. 고작 6분이고, 새벽 서너 시에는 6분 따위는 아무짝에도 쓸모없는 시간이니—"

"새벽 서너 시요?"

"월스트리트 어딘가에 있는 고층빌딩에서 쓸고 닦는 일을 했거든. 다른 여자 몇 명하고 함께 말이야. 언제나 서로의 작업을 도와서 같은 시간에 일을 끝마치고 함께 지하철을 타곤 했지. 그래서 핑크스키 씨는 연필과 종이를 들고서, 여동생이 예를 들어 15년을 더 산다고 하면 그 돈은 3년 85일을 무보수로 일한 것과 똑같은 금액이 된다고 설명했어. 보험회사를 위해서 3년 85일을 무보수로 일하는 꼴이라고 말이야. 그렇다면 여동생은 15년이 아니라 11년하고 208일밖에 못 사는 셈이라고 말이야. 여동생은 숄 아래에 손가방을 쥔 채로 한동안 가만히 서 있었어. 그러다 입을 열고 이렇게 말했지. '당신이 아니라 보험회사에다 나를 매장해 달라고 부탁한다면, 죽어도 되는 돈이 모일 때까지 3년 85일을 더 살아야 한다는 건가요?'

'흠.' 핑크스키 씨는 어떻게 말해야 할지를 모르겠다는 것처럼 이렇게 운을 떠웠어. '흠, 글쎄요. 그렇게 볼 수 있을지도 모르지요. 보험회사를 위해서 3년 85일을 일하고도 한 푼도 못 받게 된다는 소립니다.'

'일은 문제가 아니에요.' 여동생은 말했지. '일은 문제가 아니니까요.' 그러더니 첫 납입금인 50센트를 손가방에서 꺼내서 핑크스키 씨의 책상에 올려놨어."

III

이따금 긴 잔향음을 끌면서 지하철이 그들 발밑으로 지나가곤 했다. 눈에 띄는 동력도 길잡이도 없이 격렬하게 토굴을 지나가는 녹색의 눈 한 쌍을 보면서, 그들은 잠시나마 저 비할 데 없는 폭력성의 불빛이 마치 묵주의 구슬을 끈에 꿰는 것처럼 인간의 형상을 훑고 지나가며 헤아린다고 생각했다. 파헤쳐진 무덤에서 시작해 일렬로 한 방향으로 죽 이어지다 명멸하며 사라지는 시체들을 헤아리듯이.

"내가 약한 아이였기 때문이었어. 가족들은 열다섯이 되기 전에 내가 죽으리라 생각하며 두 번이나 포기했지. 한번은 보험 판매원이 약정을 판매하려고 나를 물고 늘어져서는, 결국 내가 좋아요, 하나 들게요, 하고 말했던 적이 있었어. 그런데 나를 검사해 보더니, 내가 들 수 있는 상품이란 쉰 살까지 살아남으면 천 달러를 받는 것뿐이라고 하더란 말이야. 그때 나는 스물일곱이었는데 말이지. 나는 여덟 형제 중 셋째였는데, 3년 전에 여동생이 죽어서 그들 모두보다 오래 살게 되었지. 그래서 우리 둘이서 대니가 옷을 훔쳐갔다고 주장한 여자 문제를 해결한 다음에, 여동생은—"

"그 문제는 어떻게 해결한 건데요?"

"대니와 어울려 다니는 애들을 보살피는 일을 맡은 남자한테 돈을 줬어. 시 의회 의원이었는데, 대니와 다른 애들과 아는 사이였어. 그렇게 해결됐지. 그래서 여동생은 매주 핑크스키 씨한테 가서 50센트씩을 납입했어. 나는 최대한 빨리 대니를 데려올 열차 요금을 마련해서 보내기로 했어. 플로리다로 데려와서 내가 보살필 수 있게 말이야. 그런 다음에 나는 잭슨빌로 돌아갔고 여동생은 아무 걱정 없이 핑크스키 씨한테 50센트씩을 납입할 수 있었지. 주일에 다른 숙녀분들하고 함께 일을 끝마친 다음, 우르르 핑크스키 씨네로 몰려가 깨워서는 여동생이 50센트를 건넬 수 있게 만들었지.

여동생이 워낙 우수 고객이어서, 그는 시각 따위에는 개의치 않았어. 언제 오든 괜찮으니 깨워서 돈을 내고 가라고 일렀지. 그래서 때로는 늦으면 4시가 될 때도 있었고, 사람들이 퍼레이드라도 벌여서 건물들마다 콘페티와 깃발 따위로 너저분할 때면 특히 그랬지. 그리고 1년에 네 번쯤은, 여동생 옆집에 사는 숙녀분이 나한테 편지를 보내서 여동생이 핑크스키 씨한테 얼마를 납입했는지를 알리고 대니는 얌전히 잘 지내고 있으며 거친 소년들과 어울리지 않는다고 소식을 전해 줬어. 그래서 나는 돈을 모으자마자 대니한테 플로리다로 오는 기차 표값을 보냈지. 애초에 그 돈 이야기가 들려오기를 기대하지는 않고서.

그래서 내가 헷갈리기 시작한 거야. 여동생은 어느 정도는 글을 읽을 줄 알았어. 목사가 건넨 교회 주보는 문제없이 읽어냈지만, 제대로 쓰지는 못했지. 빗자루 손잡이 크기의 연필을 찾아내서 양손으로 붙들고 쓸 수 있으면, 자기도 제법 괜찮게 쓸 수 있다고 말한 적도 있었어. 하지만 일반 연필은 너무 작았던 모양이야. 손에 쥐어도 빈손인 것처럼 감각이 없다고 했지. 그래서 나는 그 돈 이야기를 듣게 될 줄은 몰랐어. 그냥 돈을 보낸 다음에, 내가 살던 집주인 아주머니한테 말해서 대니가 살 곳을 주선해 놓은 정도였지. 조만간 대니가 여행가방 하나만 들고 이리 들어오리라고 생각하고 있었거든. 집주인은 나를 위해 그 방을 일주일 동안 비워놓았는데, 그때쯤 방을 구하는 남자가 하나 찾아왔어. 그러니 집주인으로서는 방을 비워놓기를 그만둘 수밖에 없었지.

나를 위해서 일주일이나 방을 비워 놨었으니 그 정도면 충분히 공평한 거잖아. 그래서 나는 그 방세도 내기 시작했고, 대니가 찾아오지 않으니 그제야 뭔가 문제가 생겼을지도 모르겠다는 생각을 하기 시작했지. 혹독한 겨울이었으니 여동생한테 대니를 플로리다로 보내는 대신 다급하게 돈 쓸 데가 생겼을 수도 있을 테고, 아니면 대니를 보내기에는 너무 어리다고 여겼을지도 모르니까. 그래서 석 달이 지난 후에, 나는 방을 잡아놓기를 포기했어. 여동생의 옆집 숙녀분은 서너 달마다 편지를 보내서, 주일 아침마다 여동생과 다른 숙녀들이 핑크스키 씨네 집에 찾아가서 50센트씩을 내고 왔다고 알려주곤 했고. 그렇게 52주가 지나자 핑크스키 씨는 관을 마련해 두었어. 금속판에 여동생의 이름을 새겨서 관에다 박아 놓았지. 이름 전체를 말이야. '마거릿 누넌 기혼' 부인이라고.

처음에는 그냥 나무 상자에 지나지 않는 싸구려 관이었는데, 추가로 50센트를 52번 납입하니 그 명판을 떼어서 더 나은 관에 박았어. 이번에는 그해에 세상을 떠날 걸 대비해서 여동생이 직접 선택하게까지 했지. 그리고 세 번째로 50센트를 52번 납입하자 더 나은 관을 고르게 했고, 그다음 해에는 금빛 손잡이까지 붙여 줬어. 여동생이 원할 때마다, 동행도 누구든 데려와서 구경하게 허락해 줬지. 관하고, 금속판에 새겨서 박아 놓은 그녀의 이름까지 말이야. 심지어 새벽 4시에도 잠옷바람으로 내려와서 문을 열고 불을 켜 주곤 했어. 여동생하고 다른 숙녀분들이 뒤편으로 가서 관을 구경할 수 있도록 말이야.

매년 더 나은 관이 등장했고, 핑크스키 씨는 연필과 종이를 가져와서 다른 숙녀분들한테도 여동생이 관 값을 머지않아 변제할 거고, 그다음부터는 금빛 손잡이와 안감 비용만 내게 될 거라고 설명하곤 했지. 안감도 여동생이 직접 고르게 해 줬고, 옆집 숙녀분이 나한테 보낸 다음 편지에는, 여동생이 안감 견본하고 손잡이 그림까지 함께 넣었더라고. 여동생이 직접 그린 그림이었지. 연필이 너무 작아서 못 잡겠다고 항상 말하고 다녔으면서도 말이야. 그런데도 목사가 주는 교회 주보는 읽을 수 있었는데, 자기 말로는 주님께서 자신을 위해 밝혀 주시기 때문이라는 거야."

"정말입니까?" 젊은이가 말했다. "세상에, 지금 담배가 있거나 그 이야기를 잊어버릴 수 있었으면 좋겠군요."

"그래. 그리고 안감 견본도 있었다고. 하지만 그 물건에 대해서는 별로 말할 게 없군. 여동생한테 잘 어울렸고, 핑크스키 씨가 다른 숙녀분들을 데려와서 잘라낸 조각을 보여주면서 결정을 내리는 일에 도움을 받아도 된다고 했다는 정도가 고작일 거야. 핑크스키 씨는 여동생이 일부 고객처럼 그대로 죽어버려서 사업에 손실을 일으키지는 않으리라 믿는다고 말했고, 보험회사들처럼 1센트의 이자를 받아 챙기지도 않았지. 여동생은 그냥 주일 새벽마다 거기 들러서 50센트씩 내기만 하면 끝이었던 거야."

"그렇습니까?" 젊은이가 말했다. "그럼 그 사람 지금쯤은 구빈원에 들어앉아 있겠군요."

"뭐야?" 노인은 굳은 표정으로 젊은이를 바라봤다. "누가 구빈원에 들어가?"

IV

"그러는 내내 대니는 어디 있었습니까? 자선 지원사업을 하고 다녔나요?"

"그렇지. 일자리가 있으면 무슨 일이든 했어. 하지만 과부인 홀어머니만 있고 세상하고 주고받는 방식을 알려줄 아버지가 없는 원기왕성한 젊은이들이 어떤지 알잖나. 그래서 내가 그 애를 플로리다로 데려오고 싶었던 거야."

이제 그의 경직된 표정도 사라지기 시작했다. 그는 수월하게 다시 이야기를 진행하기 시작했다. 고삐를 매어 오래 길들인 말처럼, 주변에는 귀 기울이지 않고 실제 즐거움을 내비치면서.

"그래서 내가 헷갈리기 시작한 거야. 그 애가 잭슨빌로 내려올 돈은 이미 보냈는데 소식이 없으니까, 나는 그저 여동생이 혹독한 겨울이나 이런저런 이유 때문에 그 돈이 필요했거나, 여자들이 흔히 그렇듯이 대니가 너무 어리다고 생각한 모양이라 여겼지. 그런데 내가 방을 포기하고 8개월쯤 지나서, 여동생 옆집 숙녀분으로부터 묘한 편지가 하나 도착한 거야. 핑크스키 씨가 명판을 다음 관으로 옮겨붙였고, 여동생은 대니가 잘 지내고 있어서 기쁘며 내가 그 애를 잘 돌봐줄 거라고 믿었다고 말한다는 거야. 내 여동생이라서 그렇기도 하지만 대니가 착한 애라서 그렇기도 하다면서. 대니가 지금껏 내내 플로리다에 있었다는 것처럼 적어놨던 거지.

하지만 나는 그 애한테서 전보를 받기 전까지는 어디 있는지도 모르고 있었어. 별로 멀지도 않은 어거스틴에서 왔더라고. 나는 여동생이 죽기 전까지는 어떻게 된 일인지도 모르고 있었어. 질리치 부인이, 그러니까 여동생 대신 편지를 써 준 옆집 숙녀분인데, 돈이 도착한 다음 날 대니가 플로리다로 떠날 때 나한테 보내는 편지를 써 줬었다는 거야. 질리치 부인 말로는, 자기가 여동생 대신 편지를 써서 떠나기 전날 대니한테 가는 길에 부치라고 건네줬다는 거지. 나한테는 도착한 적 없었고. 아무래도 대니가 보내지를 않은 것 같아. 아마 젊고 원기왕성한 애니까 홀로 길을 떠나서 우리한테 도움받지 않고 뭘 할 수 있는지를 보여주고 싶었던 거겠지. 내가 플로리다로 내려왔을 때처럼 말이야.

질리치 부인 말로는, 자기는 당연히 대니가 나하고 있으리라 여겼고 내가 여동생한테 보내는 편지에서 대니를 아예 언급하지 않는 게 묘하다고 생각했다는 거야. 그래서 여동생한테 편지를 읽어줄 때마다 대니가 잘 있고 열심히 일한다는 내용을 끼워넣었다는 거지. 그래서 나는 어거스틴에서 대니가 보낸 전보를 받고는 바로 뉴욕의 질리치 부인에게 전화를 걸었어. 11달러나 들었지. 나는 그녀에게 대니가 사소한 문제에 처했다고, 심각한 일은 아니라고 말하고는, 여동생한테는 심각한 일이라고 알리지 말고 그냥 우리가 돈이 좀 필요하다고만 전하라고 했어. 나는 대니한테 플로리다로 내려올 돈도 보내고, 석 달치 방세도 내고, 거기다 내 보험료를 낸 지도 얼마 안 지난 때였고, 변호사를 마주한 대니는 옷깃도 없는 셔츠 차림으로 감방 침대에 앉아서 '내가 돈 나올 구석이 하나 있어요'라고 말했다고 하니까. 그 애는 '쩐'이라는 표현을 썼다고 하지만.

그랬더니 변호사가 이렇게 말했다는 거야. '어디서 돈을 구해오려고?' 그랬더니 대니는 '10분만 집에 들르게 해 줘요. 보여줄 테니'라고 말했지. '75달러예요'라면서, 나한테 그거면 깨끗이 해결된다더군. 그리고 변호사는 그쪽에 돈 따위는 한 푼도 없다고 말했고, 그래서 나는 질리치 부인한테 전화를 걸어서, 여동생한테 핑크스키 씨를 찾아가서 장례 비용 일부를 돌려받으라고 전해달라고 부탁했지. 명패를 작년이나 재작년에 붙여 놓았던 관으로 돌려놓고 있으면, 내가 보험금을 받아다가 핑크스키 씨한테 상환하고 이자까지 붙여줄 거라고 말이야. 그때 나는 교도소에 있었지만, 어디서 전화한 건지는 밝히지 않았어. 그저 애한테 급하게 돈이 필요하다고만 말했지."

"그때는 또 뭘로 잡혀 들어갔던 건데요?" 젊은이가 물었다.

"그 전에 빨랫줄 옷가지 문제로는 감옥에 들어가지 않았다고. 그 여자가 거짓말을 한 거니까. 우리가 돈을 주고 나니까 자기가 잘못 봤을 수도 있다고 인정했다니까."

"알았어요." 젊은이가 말했다. "그래서 뭘로 잡혀 들어갔던 건데요?"

"중절도죄에 경찰 살해라고 하더라고. 그 애를 안 좋아하는 놈들이 누명을 씌운 거지. 그 애는 좀 거칠 뿐이야. 그게 다라고. 착한 애였어. 여동생이 죽었을 때는 장례식에 올 수 없었지만, 그래도 200달러는 나갈 법한 화환을 대신 보냈다고. 항공우편이라 엄청나게 높은 우편료로……"

그의 목소리가 잦아들었다. 그는 즐겁게 깜짝 놀란 표정으로 젊은이를 바라보았다. "이거 농담* 한 걸로 쳐야겠어. 일부러 한 건 아니었는데—"

"그렇겠죠. 농담을 할 생각이 아니었다는 건 알고 있습니다. 그래서 감옥에서는 어떻게 됐죠?"

"도착해 보니까 변호사가 이미 와 있더라고. 친구들이 그 애를 도우라고 변호사를 보냈다는 거야. 그리고 그 애는 자기 어머니의 이름을 걸고서, 경관이 총에 맞았을 때 자기는 거기 있지도 않았다고 맹세했어. 올란도에 있었다는 거야. 올란도에서 웨이크로스로 가는 기차표도 샀는데 놓쳤다면서 보여주더군. 그래서

---

* '항공우편'이라 우편료가 '높다'라고 말해 놓고는 우연한 말재간이라고 생각한 것.

펜실베이니아 역 **315**

자기 손에 남아 있었다면서. 경관이 총에 맞은 밤 날짜가 찍혀 있었으니, 대니는 그곳에 있지도 않았고 다른 놈들이 누명을 씌운 게 뻔히 보이잖아. 그 애는 분통을 터트리고 있었어. 변호사는 친구들이 대니를 도우려고 자길 보내고 이런저런 방법을 알아보는 중이라고 말했지. '신께 맹세코, 그러는 게 좋을 거야.' 대니는 말했어. '내가 얌전히 이런 취급을 받아들이리라고 생각하는 거라면—'

그러자 변호사가 다시 그 애를 조용하게 만들었어. 대니가 뉴욕 시절 자기 고용주가 숨겼다거나 뭐 그런 돈 이야기를 꺼냈을 때하고 마찬가지로 말이야. 그래서 나는 질리치 부인한테 전화를 걸어서, 여동생을 걱정시키지 말고 핑크스키 씨에게 가라고 전해달라고 부탁한 거지. 이틀 후에 질리치 부인의 전보가 도착했어. 질리치 부인은 전보를 보내본 적이 없는 모양인지, 주소를 빼고 10단어*를 채우지도 않고서 이렇게 보냈더군. 당신하고 대니 빨리 집으로 돌아와요 소피 질리치 부인 뉴욕.

그걸로는 아무것도 알 수가 없어서, 우리끼리 상의를 나누다가 변호사가 내가 가서 확인하고 오는 게 좋겠다는 이야기를 꺼냈지. 내가 돌아올 때까지 자기가 대니를 돌봐주겠다면서 말이야. 그래서 우리는 대니가 여동생에게 보내는 편지를 꾸몄어. 질리치 부인이 여동생에게 읽어줄 법한 내용으로, 대니가 잘 있고 문제없이 지낸다고—"

---

* 전보는 최저 요금으로 10단어까지 보낼 수 있다.

V

 그 순간 철도회사 제복을 입은 남자가 흡연실 안으로 들어왔다. 그가 들어오자마자 주변 어딘가에서 — 뒤인지, 위인지에서 — 목소리가 들려왔다. 인간의 언어지만 인간의 목소리처럼은 들리지 않았는데, 우리가 아는 인간에게서 나왔다기에는 너무 큰 소리인 데다 쩌렁쩌렁 울리고, 차갑고, 허망한 성질을 동시에 가지고 있었기 때문이다. 마치 자신이 무슨 말을 하는지조차 개의치 않고 들을 생각도 없다는 것처럼.

 "왔군." 노인이 말했다.

 그와 젊은이는 몸을 돌려 벤치들 쪽을 바라봤고, 다른 머리들도 철사 하나로 조작하는 인형들처럼 일제히 그렇게 돌아갔다. 제복 차림의 남자는 천천히 방 안으로 전진하며 첫 번째 긴의자를 따라 움직였다. 그러자 그 벤치에 앉은 남자들은 물론이고 다른 사람들까지도 슬금슬금 일어나서 자리를 뜨기 시작했다. 마치 제복 차림의 남자가 그곳에 없기라도 한 것처럼. 남자 또한 흡연실이 텅 빈 것처럼 움직이고 있었다. "우리도 움직여야겠는데."

 "젠장." 젊은이가 말했다. "와서 직접 부탁하라고 하자고요. 그러라고 돈을 받는 거잖아요."

 "난 저번에 잡힌 적이 있어. 그것도 두 번째였고."

 "그래서요? 또 잡혀봤자 세 번째밖에 안 될 텐데. 그래서 그때 어떻게 하셨던 건데요?"

 "아, 그렇지." 노인이 말했다. "그 전보를 받은 이상 그렇게 할 수밖에 없었지. 질리치 부인이 아무런 이유 없이 전보를 보내는 데 돈을 썼을 리가 없으니까 말이야. 그 여자가 여동생한테 뭐라고 말한 건지는 모르겠지만, 질리치 부인은 편지로 써서 돈을 아낄 시간조차 없다고 생각한 것은 분명하고, 단어 열 개까지는 채울 수 있다는 것조차 몰랐는데 전신국에서 지적하지 않았다는 얘기잖아. 덕분에 나는 뭐가 잘못된 건지를 알 수가 없었고, 나는 전혀 의심조차 하지 않았어. 그래서 내가 혼란에 빠지게 된 거고."

그는 몸을 돌려 제복을 입은 남자가 벤치 사이로 움직이는 모습을 바라봤고, 그 남자의 진행 방향에 앉아 있던, 누구나 할 것 없이 똑같은 참을성과 극복할 길 없는 쓸쓸한 분위기를 풍기던 짝짝이 옷을 입은 남자들은 그대로 자리에서 일어나 출구 쪽으로 몰려갔다. 끔찍하고 터무니없는 비유기는 해도, 전진하는 뱃머리 앞에서 날아 흩어지는 날치떼 같은 모습이었다.

"뭐에 혼란스러웠다는 겁니까?" 젊은이가 말했다.

"질리치 부인이 다 털어놨거든. 나는 대니를 감방에 두고 (변호사를 보내준 그 친구들이 다음 날 그 애를 빼준 모양이더라고. 다시 소식을 들었을 때는 벌써 시카고에서 좋은 직장을 얻은 후였고. 화환도 보내줬고. 나는 그 애한테 여동생 소식을 전하려 시도할 때까지도 그 애가 감방에서 빠져나온 줄도 모르고 있었어) 뉴욕으로 왔어. 간신히 그만큼의 돈은 남아 있었지. 질리치 부인이 역으로 나를 마중나와서 상황을 들려줬어. 바로 이 역에서 말이야. 그날 밤에도 눈이 내리고 있었지. 부인은 층계 맨 윗단에서 기다리고 있었어.

'동생은 어디 있어요?' 나는 말했어. '함께 온 거 아닙니까?'

'이번에는 또 무슨 일이에요?' 질리치 부인이 말했어. '그 애가 그냥 아픈 정도라면 말 안 해도 돼요.'

'동생한테 그 애가 그냥 아픈 정도가 아니라고 말한 겁니까?' 나는 말했어. '그럴 필요도 없었어요.' 질리치 부인이 말했지. '설령 필요했더라도 그럴 시간도 없었고요.' 그녀는 그날 밤이 너무 추워서, 자기가 불도 피우고 커피도 준비해 놓고서 여동생을 기다렸다고 말했어. 그리고 여동생이 코트와 숄을 벗고 몸을 데우면서 커피잔을 들고 자리에 앉을 때까지 기다렸다가 이렇게 말했다는 거야. '당신 오빠가 플로리다에서 전화했는데.' 부인한테 주어진 시간은 이게 전부였어. 내가 여동생한테 핑크스키 씨를 찾아가라고 전했다는 말은 할 필요조차 없었지. 여동생은 즉시 이렇게 말했거든. '돈이 필요하다고 할 거야.' 내가 일렀던 그대로 말이지.

질리치 부인도 그 점을 주목했어. '아마 당신들이 친척이기 때문일지도 모르겠네요. 둘 다 그 애의 친척이니─' 그러다 그녀는 문득 멈추고 이렇게 말했어. '아, 그 애 이야기는 안 할게요. 걱정 말아요. 이미 그러기에는 너무 늦었으니까.' 그리고 그녀는 자신이 여동생한테 이렇게 말했다고 했어. '오늘 오후에 출근하는 길에 들러서 핑크스키 씨를 만나도 되잖아.' 그러나 여동생은 이미 다시 코트와 숄을 챙겨입기 시작했고, 귀가한 지 30분도 지나지 않은 데다 밖에는 눈도 내리고 있었지. 그런데도 기다릴 생각은 없었던 거야."

"매장 비용을 돌려받으러 가려던 거겠죠?" 젊은이가 말했다.

"그렇지. 질리치 부인은 자기하고 여동생이 핑크스키 씨를 만나러 가서 깨웠다고 했어. 그런데 핑크스키 씨는 여동생이 벌써 돈을 받아갔다고 말하더란 거야."

"뭐예요?" 젊은이가 말했다. "벌써 받아갔다고?"

"그래. 1년쯤 전에 대니가 찾아와서는, 대니한테 지금까지 핑크스키 씨한테 납입한 돈을 전부 주라는 여동생의 쪽지를 건넸고, 그래서 핑크스키 씨는 그대로 했다는 거지. 여동생은 숄 안에 손을 묻은 채로 그저 멍하니 서 있기만 했고, 입을 연 쪽은 질리치 부인 쪽이었어. '쪽지요? 기혼 부인은 쪽지 따위는 보낸 적 없어요. 이 사람은 글을 못 쓴다고요.' 그러자 핑크스키는 이렇게 말했어. '부인 서명이 들어간 쪽지를 아들이 직접 가져왔는데, 부인이 글을 못 쓴다는 것까지 알고 있었어야 한다는 겁니까?' 그러자 질리치 부인은 말했지. '쪽지 보여줘 봐요.'

여동생은 마치 자기가 그 자리에 없는 사람인 것처럼 아무 말도 하지 않았어. 핑크스키 씨는 두 사람에게 쪽지를 보여줬지. 나도 직접 봤어. 이렇게 적혀 있더군. '핑크스키 씨에게 납입한 금액에서 이자를 변제한 전액인 일백삼십 달러를 영수함. 마거릿 N. 기혼.' 그러자 질리치 부인은 130달러라는 금액에 대한 자기 생각을 내뱉고는, 여동생이 매년 26달러씩 5년하고도 7개월을 냈다고 말한 다음, 뒤이어 이렇게 말했어. '이자? 무슨 이자?' 그러자 핑크스키 씨는 이렇게 말했지. '관에서 명판을 떼어내는 금액이오.' 명판을 떼면 관이 중고품이 되기 때문이라는 거야. 질리치 부인의 말에 따르면, 그러자 여동생은 몸을 돌려 문을 향해 걸어가기 시작했어. '기다려' 질리치 부인은 말했지. '당신이 돈을 받을 때까지 여길 떠나면 안 돼. 이건 뭔가 이상하잖아. 당신은 글을 못 쓰니까 그 쪽지에 서명했을 리가 없다고.' 그러나 여동생은 계속 문을 향해 걸음을 옮겼고, 질리치 부인이 '기다려, 마거릿'이라고 말하자 여동생은 그제야 입을 열었어. '내가 서명했어.'"

VI

이제 그들을 향해 천천히 다가오는 제복 차림의 남자의 목소리가 들리기 시작했다. "기차표. 기차표. 기차표를 보여주시오."

"독신 여성의 행동을 알아차리는 것도 충분히 힘든 일인데 말이야." 노인이 말했다. "그런데 자식 하나 딸린 과부는 어떻겠나. 나 또한 여동생이 글을 쓸 줄 아는지는 전혀 모르고 있었어. 아마 매일 밤 사무실 청소를 하다가 배우게 된 거겠지. 어쨌든 핑크스키 씨는 나한테도 쪽지를 보여주면서 여동생이 자기가 서명한 것을 인정했다고 말하고는, 어쩌다 금액이 달라졌는지를 내게 설명해 줬지. 혹시라도 관이 거부당해서 중고품이 될 경우에 손해를 보지 않으려면 요금을 붙일 수밖에 없다는 거야. 어떤 사람들은 관이 신품인지를 정말 중요하게 생각하니까.

그는 여동생의 이름이 적힌 금속판을 다시 처음에 받았던 싸구려 관에 붙였어. 그러니 적어도 관은 남은 셈이지. 손잡이나 안감 따위는 하나도 없었지만 말이야. 나는 그 문제를 아예 입에 담지 않았어. 대니가 돈을 받은 이후로 여동생이 납입한 돈도 별 도움은 안 됐을 거야. 돈 문제로 돌아오느라 이미 그만큼의 비용을 써 버린 데다가, 여동생한테도 관 하나는 남았고—"

제복을 입은 남자의 체계적이고 단조롭고 무자비한 목소리는 이제 제법 가까워졌다. "기차표. 기차표. 기차표를 보여주시오. 기차표가 없으면 나가 주시오."

젊은이가 자리에서 일어섰다. "또 뵙지요." 그는 말했다. 노인도 자리에서 일어섰다. 제복을 입은 남자 뒤편으로 보이는 흡연실은 거의 텅 비어 있었다.

"시간이 된 모양이군." 노인이 말했다. 그는 젊은이를 따라 원형 홀로 나섰다. 홀 안에는 비행기가 한 대 있었다. 움직임 없이 땅에 내려앉은 모습은 마치 알코올에 보존된 커다란 딱정벌레처럼 보였다. 그 옆에는 안내판이 걸려 있었다. 그 비행기가 산맥과 광활한 설원을 넘어 날아왔다는 내용이었다.*

"그냥 뉴욕을 한 바퀴 돌고 왔어도 될 텐데요." 젊은이가 말했다. "굳이 멀리까지 안 가도 됐을 텐데."

"그렇지." 노인이 말했다. "그런데 더 비싸기는 해. 하지만 더 빠르니 그게 당연한 걸지도 모르지. 여동생이 죽었을 때 대니가 항공우편으로 화환을 보냈다니까. 분명 200달러는 나가는 물건이었을 거야. 그러니까 화환만 말이야. 항공우편을 보내는 데 얼마가 드는지는 나도 모르니까."

두 사람은 대합실 너머의 진입로 위편을, 7번 애비뉴로 이어지는 출입구 쪽을 올려다보았다. 문 너머에서 들어오는 눅진하게

---

* 포드 사의 '시티 오브 뉴욕'호로, 1929년에 동서 횡단 여객 시스템의 홍보를 위해 펜실베이니아 역 대합실에 전시되었다.

꺼져 가는 빛이, 대합실 안을 눈의 냄새와 한기로 가득 채우는 듯했다. 그 덕분에 두 사람은 잠시나마 끔찍한 망설임과 무력감의 손아귀를 견뎌낼 수 있었다.

"그래서 두 사람은 집으로 돌아갔지." 노인이 말했다. "질리치 부인은, 여동생을 침대에 눕힌 순간부터 이미 몸을 떨고 있었다고 했어. 그리고 그날 밤에 여동생은 열이 오르기 시작했고, 질리치 부인이 불러온 의사는 여동생을 보더니 전보를 보낼 사람이 있으면 지금 보내는 게 좋겠다고 말했지. 집에 도착해 보니 여동생은 나를 알아보지도 못하더군. 목사도 이미 도착해 있었고, 말을 걸거나 우리가 감옥에서 꾸며낸 대니의 편지를, 잘 있다는 내용의 편지를 읽어줘도 알아듣는지조차 알 수가 없더군. 목사가 직접 읽어줬는데 들리는지 아닌지도 알 수가 없었어. 그날 밤에 여동생은 세상을 떴지."

"그렇습니까?" 젊은이는 진입로를 바라보며 말했다. 그리고 움직이기 시작했다. "전 그랜드센트럴 역으로 갈 겁니다."

노인 또한 다시 움직이기 시작했다. 지치지 않는 민첩함은 그대로였다. "아무래도 그게 가장 나을 것 같구먼. 거기라면 한동안 붙어 있을 수 있겠지." 그는 시계를 올려다보았다. 그리고 놀란 듯 경쾌하게 말했다. "벌써 1시 반이야. 거기까지 가는 데 반 시간은 걸리겠지. 그리고 운이 좋으면 저 친구가 따라올 때까지 두 시간은 걸릴 테고. 세 시간일 수도 있어. 그럼 5시가 된다고. 그러면 동이 틀 때까지 두 시간밖에 남지 않는 셈이잖나."

자택의 예술가
Artist at Home

 로저 하우스는 살집 좋고 온화하며 별 특색 없는 40대의 남자로, 미시시피 계곡 어딘가에서 뉴욕으로 올라와서 광고 작가로 일하다 결혼하고 소설가로 전업하여 장편 한 권을 팔고 버지니아 계곡에 단독주택을 한 채 사서, 방문할 일이 생겨도 절대로 뉴욕으로는 돌아가지 않는 사람이었다. 그는 5년 동안 아내 앤과 자식 둘과 함께 해묵은 벽돌집에서 지내면서, 나이 든 숙녀들이 마차를 타고 차를 마시러 오거나 그를 데리러 빈 마차를 보내거나 검둥이 하인들이 빈 마차를 끌고 와서 꽃나무 순이나 접목할 가지나 피클과 잼이 든 병이나 사인할 그의 소설책 따위를 건네는 그런 삶을 살았다.

 그는 이제 뉴욕으로 돌아가지 않았지만, 종종 뉴욕이 그를 찾아오곤 했다. 한때 그가 알던 사람들, 찬장이 필요할 정도로 먹거리를 사들이기 전에 알던 예술가와 시인 같은 사람들이었다. 책 한 권이나 그림 한 점조차 팔지 못한 화가와 작가들이었다 — 옷깃이 있을 자리에 턱수염을 드리우고, 찾아와서 그의 셔츠와 양말을 걸치다가 떠날 때면 책상 아래 놓고 가는 남자들, 화가의 덧옷을 걸칠 때도 있고 걸치지 않을 때도 있는 여자들이었다. 수척하고 열정적인 포식자이자 예술을 섬기느라 탬버린을 두드리며 방랑하는 이들이었다.

처음에는 그들을 거절하기가 힘들었을 뿐이지만, 이제는 그들이 온다는 소식을 아내에게 알리는 쪽이 더 힘들어졌다. 때론 그 자신조차 오는 줄도 모를 때도 있었다. 보통은 자기네가 도착할 바로 그날에, 주로 수신자 부담으로 전보를 보내곤 했다. 그는 마을에서 4마일 떨어진 곳에 살았으며 자동차까지 살 정도로 책이 팔리지는 않은 데다가, 조금 뚱뚱하고 살짝 과체중인지라 이삼일이 지난 다음에야 우편물을 받아볼 때도 있었다. 어쩌면 그냥 다음 일행이 우편물을 가지고 오기를 기다리는 편이 나을지도 모를 일이었다. 첫해가 지나자 기차역의 담당자는 (전보 담당자이자 기차역 담당자이자 마을에서 로저의 담당자 비슷한 역할이기도 했다) 로저를 찾아온 손님 일행을 척 봐도 알아볼 지경에 이르렀다. 그런 이들은 특유의 멍한 분위기로, 작은 노란색 역사 건물과 지나가는 기차 뒷모습과 이미 어둑해지기 시작하는 산맥을 제외하면 딱히 볼 것조차 없는 비좁은 플랫폼에 서 있곤 했고, 그럴 때마다 담당자는 편지 한 묶음과 소포 꾸러미와 전보를 들고 자신의 작은 사무실에서 나왔다. "계곡을 따라 4마일쯤 올라간 곳에 삽니다. 못 보고 지나칠 리는 없어요."

"누가 계곡을 따라 4마일쯤 올라간 곳에 사는데요?"

"하우스 씨요. 거기까지 갈 거라면 부디 여기 우편물도 그에게 전해 주세요. 하나는 전보입니다만."

"전보라고요?"

"오늘 오전에 도착했지요. 그런데 그 사람이 이삼일 동안 마을까지 안 내려왔거든요. 부디 가져다 주시면 좋겠습니다만."

"전보를요? 젠장. 이리 줘봐요."

"착불 48센트입니다."

"그럼 됐습니다. 젠장."

그렇게 그들은 전보를 제외한 모든 우편물을 챙기고는 4마일을 걸어서, 저녁식사 후에 하우스네 집에 도착하곤 했다. 어차피 별 상관없는 일이기는 했는데, 여자들은 너무 화가 나서 아무것도 못 먹을 지경이기 일쑤였기 때문이고, 여기에는 하우스 부인인 앤도 포함되었다. 그리고 이틀쯤 지나 누군가 로저를 초대하며 마차를 보내면, 로저는 마을에 들러서 전보 요금을 치르고는 이틀 전에 손님이 도착할 예정이라는 소식을 받아보곤 했다.

따라서 하늘색 외투를 입은 시인이 기차에서 내렸을 때, 담당자는 즉시 전보를 들고 비좁은 사무실에서 기어나왔다. "계곡을 따라 4마일쯤 올라간 곳에 삽니다." 그는 말했다. "못 보고 지나칠 리는 없어요. 여기 전보를 그에게 전해 주면 좋겠는데요. 오늘 오전에 도착했는데, 그 사람이 이삼일쯤 마을에 안 내려왔거든요. 그냥 가져가도 됩니다. 선불이거든요."

"저도 잘 압니다." 시인이 말했다. "젠장. 계곡을 따라 4마일이라고요?"

"도로를 따라 쭉 가면 됩니다. 못 보고 지나칠 리는 없어요."

그래서 시인은 전보를 받아들었고 담당자는 그가 계곡길을 따라 눈에서 사라지는 모습을 지켜보았다. 아마 다른 이들도 두세 명 정도가 문간으로 나와 푸른색 외투를 구경했을 것이다. 담당자는 투덜댔다. "4마일이라고." 그는 말했다. "교차점 철차轍叉 넷이라고 말했어도 저 친구는 똑같은 반응이었겠지. 그래도 저런 실내복을 걸치고 있으니 새로 변해서 날아갈지도 모르겠어."

로저는 아내 앤에게 이 시인에 대해서 아무것도 일러두지 않았는데, 아마도 본인조차 아무것도 몰랐기 때문일 것이었다. 어쨌든 이 시인이 절뚝거리며 정원으로 들어와서, 저녁 식탁에 놓을 꽃을 자르고 있던 그녀에게 48센트를 받아야겠다고 말했을 때, 앤은 정말로 상황을 아예 짐작도 못 하는 상태였다.

"48센트요?" 앤이 말했다.

그는 앤에게 전보를 건넸다. "그러니까, 이제는 열어볼 필요는 없지만 말입니다." 시인이 말했다. "그냥 저한테 48센트만 주시면 아예 열어볼 필요조차 없을 겁니다." 그녀는 한 손에는 꽃을, 다른 손에는 가위를 든 채로 그를 멍하니 바라보았고, 어쩌면 그제야 시인도 자신이 누군지 말하지 않았다는 사실을 깨달은 것일지도 모를 일이었다. "저는 존 블레어입니다." 그가 말했다. "오늘 아침에 이 전보를 보내서 방문 예정이라고 알렸죠. 48센트가 들었고요. 그런데 제가 여기 왔으니, 이 전보는 필요 없으실 것 아닙니까."

그리하여 앤은 꽃과 가위를 든 채로 그렇게 서서 "젠장, 젠장, 젠장"이라고 중얼거렸고, 시인은 그녀에게 편지 뜯는 나이프를 가져와야 한다고 종용했다. "상황이 어떻게 돌아가는지는 알고 싶으실 것 아닙니까." 그녀는 계속해서 "젠장, 젠장, 젠장" 하고 말했고 결국 그는 자신이 그렇게 폐를 끼치는 상황이라면, 저녁 식사 때까지만 있다가 걸어서 마을로 돌아가겠다고 말했다.

"걸어간다고요?" 그녀는 그를 위아래로 훑어보며 말했다. "걸어온 거예요? 마을에서 여기까지요? 믿을 수가 없네. 당신 짐은 어디 있어요?"

"전부 챙겨 입고 있지요. 셔츠 두 벌에, 주머니에 여분의 양말도 한 켤레 있습니다. 이 집 식모가 빨래도 해 주겠지요?"

그녀는 꽃과 가위를 든 채로 그를 바라보았다. 그리고 집으로 들어와서 평생 살라고 말했다. 물론 정확하게 그렇게 말한 것은 아니었다. 그녀는 "걸어왔다고요? 말도 안 돼. 당신 좀 아픈 것 같군요. 들어와서 좀 앉아서 쉬고 있어요"라고 말한 다음 로저를 찾으러 가서는 다락방에서 손수레를 꺼내오라고 말했다. 물론 이쪽도 정확하게 그렇게 말한 것은 아니었다.

로저는 아내에게 이 시인에 대해 일러둔 적이 없었다. 아직 전보를 받아보지도 못했기 때문이었다. 어쩌면 그날 밤에 그녀가 남편을 호되게 비난한 이유가 그 때문이었을지도 모른다. 그가 전보를 받아보지 못했기 때문에 말이다.

두 사람은 침실에 있었다. 앤은 머리를 빗는 중이었다. 아이들은 코네티컷의 앤네 가족과 함께 여름을 보내는 중이었다. 앤의 부친은 목사였다. "저번에 분명 이번이 마지막이라고 그랬잖아. 그리고 한 달도 안 지났어. 마지막 패거리가 떠나고 나서, 그 작자들이 화장대며 창문틀에 담배 눌러 끈 자국을 없애려고 손님

방에 새로 페인트를 칠해야 했으니까 똑똑히 기억한다고. 거기다 서랍 하나에서는 핑키한테도 (핑키는 검둥이 식모의 이름이었다) 주워 달라고 부탁하지 않을 쓰레기인 부러진 빗하고, 짝도 맞지 않는 양말 두 켤레도 들어 있었단 말이야. 내가 지난겨울에 당신 신으라고 직접 사온 물건이었어. 거기다 내 것인 줄 알아보지도 못할 지경이 된 스타킹 한 켤레하고. 당신은 맨날 '빈곤의 여신은 자기 슬하를 챙기는 법'이라고 말하곤 했지. 좋아, 그럼 그러라고 해. 우리가 왜 빈곤의 여신 역할을 해야 하는 건데?"

"이번 사람은 시인이잖아. 저번 무리는 시인이 아니었고. 이 집에 시인이 찾아온 지도 제법 됐고 말이야. 시인이 없는 장소는 달콤한 뉘앙스와 미묘함을 잃게 마련이라고."

"끝끝내 욕실에서 목욕 안 하겠다고 주장하던 그 여자는 또 어떻고? 아침마다 수영복도 안 챙기고 계곡으로 내려가야겠다고 주장하던 그 사람 말이야. 결국 그러다가 에이머스 크레인네 (그들 건너편 강둑에 사는 농부였다) 부인이 나한테 전갈을 보내서, 에이머스가 강둑 쪽 농지에서 일하기를 두려워하고 있다고 전했단 말이야. 그런 사람들은 대체 야외를, 시골을 뭐라고 생각하는 거야? 난 도저히 이해가 안 돼. 당신이 그런 작자들을 먹이고 재워줄 의무가 있다고 생각하는 게 이해가 안 되는 것과 마찬가지로—"

"아, 그 정도의 가벼운 공황은 아마 에이머스한테도 좋은 약이 됐을 거야. 자기의 판에 박힌 생활에서 퍼뜩 놀라 깨어나게 하는 효과가 있었겠지."

"그 사람은 일주일에 엿새씩 그렇게 판에 박힌 채 살아가며 아내와 자식들을 먹여살리는 거야. 그게 다가 아니지. 에이머스는 아직 젊어. 아마 실오라기 하나 안 걸치고 강물에 뛰어든 그 짐승을 보기 전까지는 여인에 대해 환상을 품고 있었을 거라고."

"글쎄, 당신들이 주류이긴 하지. 당신하고 크레인 부인 말이야." 그는 그녀의 뒤통수와 머리를 빗는 그녀의 손길을 지켜봤고, 그녀는 아마도 거울 속에서 그를 주시하고 있었을 텐데도 그는 알지 못했으니, 그 또한 예술가이기 때문이었다. "이 남자는 시인이잖아."

"그럼 그 사람이라면 아예 욕실을 떠나지 않겠다고 주장할지도 모르겠네. 당신이 욕조에 들어앉은 그 사람한테 하루에 세 번 음식을 날라다 줘야 할지도 모르겠어. 당신이 그 작자들한테 숙식을 제공하는 걸 의무라고 생각하는 이유가 대체 뭐야? 당신을 쉬운 사냥감으로 여기는 걸 모르겠어? 당신 음식을 먹고 당신 옷을 입으면서, 다른 사람에게 나눠줄 음식이 있으니 영락없는 부르주아라고, 공짜로 나눠준다니 머리가 모자란 사람이라고 생각한다는 걸 말이야? 그런데 이번에는 하늘색 실내복 입은 작자까지 찾아왔네."

"시인으로 살아가려면 여기저기 허술해질 수밖에 없는 거야. 당신은 잘 모르겠지만."

"아, 내가 알 게 뭐야. 전등갓이랑 냄비를 입고 있어도 난 신경 안 써. 대체 저 작자는 당신한테 뭘 원하는 건데? 조언이야, 아니면 단순한 숙식이야?"

"조언은 아니야. 저 사람이 내 정신 상태를 어떻게 여기는지는 저녁식사 자리에서 당신도 들었잖아."

"자기 정신 상태가 어떤지도 제법 명확하게 드러냈지. 이 집에서 저 작자 마음에 드는 것이라고는 핑키의 알록달록한 머릿수건뿐인걸."

"조언은 아니라는 거야." 로저가 말했다. "저 사람이 왜 나한테 자기 시를 보여준 건지도 모르겠어. 무슨 코끼리한테 캐비아를 먹이는 사람처럼 굴면서 말이야."

"그리고 당신은 그 코끼리 어쩌구 하는 격언을 고스란히 받아들였고. 게다가 저쪽 사람들한테 그 사람 책을 펴내도록 만들어 주기까지 하겠지."

"글쎄, 괜찮은 시도 좀 있었어. 그리고 실제로 출판되고 나면 저 사람도 정말 바빠질 거라고. 일해야 하니까. 아니면 누군가 정말로 화를 돋우는 사람이 등장해서 제대로 뭔가를 쓰게 될 수도 있고. 제대로 속이 차 있는 글을 말이야. 내면에 그런 글을 품고는 있거든. 그냥 시 한 편뿐일지도 모르지만, 분명 있기는 있어. 어쩌면 충분히 오래 입을 다물고 있으면 끄집어낼 수 있을지도 모르지. 그리고 저 친구가 4마일을 걸어가야 대화를 나눌 사람이 나오는 여기까지 내려와 보면 그럴 기회가 생길지도 모른다고 생각했어. 물론 에이머스가 저 파란 외투를 알아보기 전까지 말이겠지만."

"아." 앤이 말했다. "그러니까 당신이 저 작자한테 내려오라고 편지를 보낸 거구나. 그럴 줄은 알았지만, 스스로 자유의지를 발휘해서 털어놓다니 정말 기쁘네. 잠이나 자." 그녀는 말했다. "오늘 작업이라고는 한 글자도 안 한 주제에. 당신이 언제 작업을 재개할지 아는 분은 주님뿐이겠지."

이리하여 삶은 변함없이 즐거운 식으로 흘러갔다. 아무래도 시인이란 하나하나가 제각기 다른 족속이기 때문인 듯했다. 적어도 이 시인은 달랐다. 앤은 이내 이 시인을 거의 만나지조차 않게 되었기 때문이다. 밤마다 코 고는 소리를 제외하면 그가 집안에 있는지조차 확신할 수 없을 지경이었다. 따라서 그녀가 다시 분통을 터트린 것은 2주가 지난 다음이었다. 그리고 이번에는 그녀는 머리를 빗는 중조차 아니었다. "그 사람이 여기서 지낸 게 2주던가, 아니면 2년이던가?" 그녀는 화장대 앞에 앉아는 있으나 딱히 아무것도 하지 않는 중이었고, 아무리 예술가라도 남편이라면 그게 나쁜 소식이라는 점을 모를 리 없었다. 여자가 반쯤 옷을 걸친 채 화장대 거울 앞에 앉아 있는데도 거울 속에서 말하는 자신의 모습조차 지켜보지 않고 있다면, 어디선가 타는 냄새를 맡아야 마땅한 법이다.

"저 작자는 여기 2주 동안 있었는데, 어쩌다 부엌에 들르지 않으면 코빼기조차 볼 수가 없네. 우리보다 핑키하고 어울리는 쪽이 더 좋은 듯하니 말이야. 그리고 핑키가 저녁에 일을 쉬는 첫째 수요일 밤에 그 작자가 없어졌을 때 말이야, 나는 처음에는 '요령도 좋지'라고 생각했단 말이야. 그런데 나중에 보니까, 핑키네 집에 가서 그쪽 가족하고 함께 저녁을 먹고는 저녁 예배까지 함께 갔더라고. 그리고 일요일 밤이랑 지난 수요일 밤에도 다시 그리 갔고, 지금 오늘 밤에도 (나한테 지성도 상상력도 없다고 말하고 있으니) 그 작자는 깜짝 놀라겠지만, 나는 그 하늘색 실내복을 걸친 작자가 땀을 뻘뻘 흘리는 깜둥이로 가득한 목조 교회에 아무런 위화감도 없이 틀어박혀 있는 모습을 상상하고 있 단 말이야."

"그래. 꽤나 대단한 광경 아니겠어?"

"그래도 우리 손님이 어디 있는지 모른다든가, 일정 정도의 터무니없음에 눈살을 찌푸리지 않으려고 애써야 한다든가 하는 사소한 당황스러움과는 별개로, 그 작자가 어울리기 즐거운 사람이기는 하지. 가르치고 교화시키려 들면서도 자기를 내세우지는 않고. 당신 타자기 소리를 제외하면 그 작자가 집 안에 있는 줄도 모르겠으니 말이야. 당신이야 2주던가, 2년이던가 동안 한 줄도 안 썼으니 어차피 분명 당신은 아닐 테고. 그 작자는 우리 애들도 출입금지인 방에 당당하게 들어가서 핑키가 행주로도 못 건드리는 그 타자기에 손가락을 올리고는, 자유에 관한 시를 써 내려서 당신 쪽으로 집어던져서 평가와 찬사를 받아낸단 말이지. 그 작자가 그걸 뭐라고 하더라?"

"당신이 말해 봐. 이거 들을 만한데."

"당신한테 던지는 그 모습이 마치 — 마치…… 아, 그래. 생각났어. 코끼리한테 캐비아를 던지듯이 하면서, 이렇게 말하지. '이거 팔릴까요?' 이거 괜찮나요? 나 마음에 드세요?가 아니라, 이거 팔릴까요?라고. 그리고 당신은—"

"계속해 봐. 당신하고는 감히 경쟁할 엄두도 못 내겠으니."

"당신은 그걸 세심하게 읽지. 나야 모르지만 같은 시일지도 모르겠네. 최근에 어느 고명하신 전문가께서 내가 자기 시를 바로 받아들이기에는 지성이 부족하다는 평가를 내리셨거든. 당신은 그걸 세심하게 읽고서 이렇게 말하던데. '그럴 수도 있겠군

자택의 예술가 **333**

요. 저쪽 서랍에 우표가 있습니다.'" 그녀는 창문가로 향했다. "아니, 나는 시라는 것을 직접적으로 받아들일 만큼 진화하지 못한 존재라서 말이지. 나는 이해 못 할 거야. 그런데 그 작자는 저녁 식사 후에 시간이 있을 때마다, 핑키네 교회에서 저녁 예배가 없을 때마다 테라스에서 나한테 그걸 한 숟갈씩 떠먹여 주려고 애쓴단 말이야. 자유에 대해서. 평등에 대해서. 한 음절짜리 단어만 사용해서 말이야. 내가 여자니까 자유 따위는 원하지도 않고 평등의 의미도 모르기 때문에 말이야. 당신이 그 작자를 데리고 올라가서 전문가의 단어를 사용해서 그 작자가 그렇게 현명하지 않다는 사실을 보여줄 때까지 말이야. 문제는 그 작자가 그때는 입을 다물었다가, 나중에 당신네 둘 다 별로 현명하지 못하다는 걸 당신 스스로 증명하기를 기다릴 정도로는 현명하다는 거지." 창문에서는 정원이 내다보였다. 그리고 커튼이 쳐져 있었다. 그녀는 커튼 사이에 서서 밖을 내다봤다. "그래서 우리 젊은 셸리께서는 아직 벽을 깨지 못한 모양이네."

"아직이야. 하지만 거의 다 왔어. 시간을 좀 줘 봐."

"그거 기쁜 소식이네. 이제 여기 2주째 있는 거잖아. 저 작자가 밥벌이로 시를 택해서 다행이라는 생각이 들어. 두 줄로 저지를 수 있는 거잖아. 아니면 이대로 가면……" 그녀는 커튼 사이에 서 있었다. 천천히 안팎으로 나부끼는 커튼 사이에. "젠장. 젠장. 젠장. 저 작자는 제대로 밥을 안 먹어."

그래서 로저는 손수레에 쿠션을 하나 더 얹었다. 다만 그녀가 엄밀하게 그렇게 말한 것은 아니었고, 그도 엄밀하게 그런 일을 한 것은 아닐 뿐이었다.

이건 하나 짚고 넘어가자. 이 시점에서 모든 일이 시작되었다. 깜둥이 교회에서 저녁 예배가 없는 날마다, 시인은 정원으로 나가서 저녁 식탁에 올릴 꽃을 자르는 그녀 뒤를 줄레줄레 따라다니며, 그녀에게 시나 자유나 때로는 꽃에 대해서 떠들곤 했다. 어쨌든 뭔가에 대해 떠들기는 했다. 그날 밤 그와 그녀가 저녁식사 후 정원을 거닐다가 그가 갑자기 말을 멈추었던 순간, 그녀가 알아차려야 했을지도 모를 일이다. 그러나 그렇게 되지는 않았다. 두 사람이 오솔길 끝까지 와서 몸을 돌렸을 때, 그녀가 간신히 정신을 차리고 깨달은 것은 그 작자의 면상이 후려치기 딱 좋게 가까이 와 있다는 것뿐이었다. 어쨌든 그가 포옹을 풀기 전까지는 제대로 움직이지도 못했으니 말이다. 그녀는 뒤로 물러서면서 손을 쳐들었다. "이 빌어먹을 머저리가!" 그녀는 말했다.

그 또한 움직이지 않았다. 마치 그녀에게 정정당당한 한 방을 허용하려는 것처럼. "이 낯짝을 때린다고 뭐가 그리 만족스럽겠습니까?" 그는 말했다.

"나도 알아요." 그녀는 말했다. 그녀는 주먹으로, 가볍지만 동시에 힘을 실어서, 그러나 절제해서 그의 가슴팍을 때렸다. 분노를 실었지만 조심스럽게. "왜 그런 어설픈 짓을 한 거죠?"

그러나 그녀는 그에게서 어떤 답도 얻어내지 못했다. 그는 그저 그곳에 가만히 서서, 정통으로 때릴 수 있는 과녁이 되어줄 뿐이었다. 어쩌면 그녀를 바라보지조차 않고 있었는지도 모른다. 머리카락이 사방으로, 그리고 짧은 말 담요처럼 몸에 잘 맞는 그 하늘색 외투 위로 흐트러져 있었으니까. 수탉, 늙은 수탉 같은 모습이었나. 늙은 황소와는 다르다. 늙은 황소는 눈이 멀고 절름발이가 되거나 해서 무리에서 쫓겨난 후에도, 여전히 아내가 있는 것처럼 보인다. 마치 온몸으로 "그래, 꼬맹이들아, 내키는 대로 구경하거라. 하지만 나도 한때는 남편이자 아비였단다"라고 말하는 듯하다. 그러나 늙은 수탉은 다르다. 결혼하지 않은, 천성이 독신인 생물처럼 보인다. 암탉이 없는 세상에서 독신으로 태어난 데다, 그 사실을 너무 오래전에 깨달아서 세상에 암탉이 없다는 것조차 기억하지 못하는 듯하다. "따라와요." 그녀는 뻣뻣한 몸을 빠르게 돌려 걷기 시작했고, 시인은 어슬렁거리며 그 뒤를 따랐다. 어쩌면 그 때문에 들통난 것일지도 모른다. 어쨌든 그녀는 걸음을 늦추며 뒤를 돌아보았다. "당신이 아주 잘나간다고 생각하나 보죠?" 그녀가 말했다. "내가 로저한테 말할 거라고 생각하고 있을 거 아녜요?"

"모릅니다." 그는 말했다. "그쪽은 생각 안 해 봤거든요."

"그러니까, 내가 말하든 말든 신경도 안 쓴다는 건가요?"

"네." 그는 말했다.

"뭐가 네예요?"

그녀는 그가 자신을 보는지 보지 않는지도, 심지어 자신을 본 적이 있는지조차 확신할 수 없다는 기분이 들었다. 자기보다 거의 두 배는 큰 키로 어정쩡하게 서 있을 뿐이었다. "저는 어린 시절에 일요일마다 셔벗을 먹곤 했지요." 그는 말했다. "레몬향이 살짝 들어간 물건 말입니다. 꼭 수선화 향기 같았다고 기억합니다. 그렇게 기억하는 것 같아요. 그때 저는 네 살…… 세 살이었죠. 어머니가 돌아가시고 나서 도시로 이사해 왔습니다. 기숙학교에 들어갔죠. 벽돌담이 있었고요. 하나뿐인 창문 때문에 마치 눈이 짓무른 애꾸처럼 보였습니다. 죽은 고양이 같기도 했죠, 하지만 그 전에는 이곳처럼 나무가 많은 곳에 있었습니다. 저는 늦은 오후에 부엌 계단에 앉아서, 나무 사이로 비치는 일요일의 햇살을 지켜보며, 셔벗을 먹었지요."

그녀는 계속 그를 바라보고 있었다. 그러다 그녀는 몸을 돌려 빠르게 걸어갔다. 그는 조금 뒤로 떨어져 어슬렁거리며 걸었고, 그러다 그녀가 관목숲 그림자 뒤편에서 걸음을 멈추고 결심한 얼굴로 그를 바라보았을 때조차도, 그는 그저 머저리처럼 서 있기만 했다. 그녀의 손길이 닿을 때까지는. 심지어 그러고 나서도 그는 알아차리지 못했다. 그녀는 얼른 서두르라고 말해야 했다. 그러자 그 또한 깨달았다. 아무래도 시인 또한 여느 남자와 마찬가지로 인간이기 때문인 듯했다.

그러나 이게 다가 아니었다. 이 정도는 어느 영화에서도 구경할 수 있다. 좋은 부분은 뒤이어 이어진 내용이었다.

바로 이때쯤, 두 사람이 두 번째로 몸을 붙인 바로 그때에, 로저가 관목숲 뒤편에서 걸어나오게 되었다. 일종의 우연 비슷한 느낌이었다. 저녁이 소화되도록 달빛을 받으며 잠깐 산보를 한 덕택에 기분 좋고 조용한 상태였다. 셋은 함께 집을 향해, 로저를 가운데 끼우고 걸음을 옮겼다. 너무 빠르게 도착한 모양인지, 앤이 그대로 계단을 올라 집으로 들어가는데도 잘 자라는 인사를 할 생각조차 하지 못했다. 아니면 그 순간에 시구詩句가 잠시 나오지 않게 되었는지, 로저 혼자서 말을 도맡아 하는 중이었기 때문일지도 모르겠다. "달빛 말이야." 로저는 마치 그조차도 자신의 것이라는 양 달을 바라보며 이렇게 말하고 있었다. "나는 달빛을 견딜 수가 없어. 전깃불이 켜진 담벼락으로 달아나지. 그러니까, 예전에는 달빛에 슬프고 늙어진 기분이 들곤 해서 그랬다는 소리야. 근데 이제는 달빛을 받아도 외로운 기분조차 들지 않는다니까. 아무래도 내가 늙은 모양이지."

"그건 사실이지 않습니까." 시인이 말했다. "어디서 얘기 좀 할 수 있을까요?"

"얘기?" 로저가 말했다. 안 그래도 급사장처럼 보이는 모습이긴 했다. 살짝 벗어진 머리에, 과장된 동작으로 식탁 앞으로 와서는 뚜껑을 들어올려 그 안을 들여다보며 마치 이렇게 말하는 것처럼. "자, 이 쓰레기는 마음껏 드셔도 좋습니다. 돈을 내고 싶으시다면야." "이쪽으로 오게." 그는 말했다. 그들은 작업실로 향했다. 그가 책을 쓰는 방, 아이들조차도 들어오지 못하게 하는 방이었다. 그는 타자기 뒤편에 앉아 파이프를 채웠다. 그러다 문득 시인이 자리에 앉지 않았다는 것을 깨달았다. "앉게." 그는 말했다.

"아닙니다." 시인은 말했다. "있잖아요." 그는 말했다. "오늘 선생님 아내분한테 키스를 했습니다. 가능하다면 또 할 겁니다."

"아." 로저는 말했다. 파이프를 채우느라 너무 바빠서, 당장은 시인을 바라볼 틈조차 없는 것처럼 보였다. "앉게."

"아닙니다." 시인이 말했다.

로저는 파이프에 불을 붙였다. "흠." 그는 말했다. "애석하지만 그쪽은 내가 조언해 줄 수 없을 듯하군. 시는 조금 써 봤지만, 여자를 유혹하는 일은 무리였거든." 그는 이제 시인을 바라봤다.

"이것 보게. 자네 꼴이 엉망이야. 자는 게 좋겠네. 이 이야기는 내일 하지."

"아닙니다." 시인이 말했다. "저는 선생님 지붕 아래서 잘 수 없습니다."

"앤은 계속해서 자네 몸이 안 좋다고 말해 왔다네." 로저가 말했다. "자네 몸에 뭐가 문제인지 혹시 아는 바가 있나?"

"모릅니다." 시인이 말했다.

로저는 파이프를 빨았다. 제대로 타게 만들기가 조금 힘든 듯했다. 어쩌면 그가 책상에 파이프를 내려친 이유도 그 때문일지도 모르겠다. 아니면 그 또한, 시인처럼 인간이기 때문이든가. 어쨌든 그가 책상에 파이프를 내려치자 불타는 담배 덩어리가 튕겨 나와서 종이 사이로 떨어졌다. 그들은 그렇게 있었다. 다음 주의 밀가루와 고기나 다름없는 원고들을 시야에 넣고 있는 대머리 남편과, 이발이 필요한 텁수룩한 머리에 옛적 숙녀들이 침대에서 식사할 정도로 아플 때 레이스 달린 부두아르 모자*와 함께 걸치던 연파랑색 외투를 입은 가정 파괴범이. "빌어먹을, 자넨 대체 무슨 생각인가." 로저는 말했다. "내 집에 들어와서 내 음식을 먹고 그 빌어먹을 짓거리로 앤을 괴롭히고……" 하지만 그게 전부였다. 하지만 그조차도 작가에게는, 예술가에게는 제법 괜찮은 편이었다. 어쩌면 시인이 그의 말에 귀를 기울이지조차 않았기 때문일지도 모를 일이긴 했지만. "아예 딴데 가 있군." 로저는 혼

---

* 침실에서 쓰는 머리를 덮는 두건형의 모자. 19세기 말부터 1920년대까지 유행했다.

자택의 예술가 339

잣말을 중얼거렸다. 시인에게 말했듯이 그도 한때 시를 써본 적이 있었기 때문에, 시인이란 어떤 족속인지를 알고 있었기 때문이었다. "지금 위층의 앤의 방문 앞에서 무릎을 꿇고 있는 거야." 그리고 한동안은, 그 문밖은 로저에게도 앤에게 다가갈 수 있는 가장 가까운 장소가 될 것이었다. 그러나 그 또한 나중의 일이었고, 지금 그와 시인은 작업실에 있었다. 그는 시인의 주절대는 입을 다물게 해서 침대로 보내려 하고, 시인은 거부하는 상태로.

"저는 선생님 지붕 아래서 누울 수 없습니다." 시인이 말했다. "앤을 보러 가도 될까요?"

"아침에 보면 되지 않나. 언제든. 자네가 원한다면, 하루 내내. 쓸데없는 소리 말게."

"앤하고 이야기를 해도 될까요?" 시인은 말했다. 마치 단음절 단어밖에 못 쓰는 저능아하고 대화하고 있었다는 것처럼.

그래서 로저는 위로 올라가서 앤에게 말하고, 돌아와서 다시 타자기 뒤편에 앉았고, 이내 앤이 다시 내려왔고 로저는 그녀와 시인이 현관으로 나가는 소리를 들었다. 잠시 후 앤은 홀로 돌아왔다. "그 사람 갔어." 그녀가 말했다.

"그런가?" 로저는 마치 신경도 안 쓴다는 것처럼 말했다. 다음 순간 그는 벌떡 일어났다. "갔다고? 그건 무리야 — 이렇게 늦었는데. 다시 불러와."

"안 돌아올 거야." 앤은 말했다. "그 사람 혼자 있게 놔둬." 그녀는 위층으로 올라갔다. 잠시 후 로저가 위층으로 올라가 보니, 문이 잠겨 있었다.

이제 잘 듣기를 바란다. 여기부터가 재밌는 부분이다. 그는 작업실로 돌아와서 타자기에 종이를 끼우더니 글을 쓰기 시작했다. 처음에는 그리 빠르지 않았지만, 동틀 무렵에는 마치 함석 모이통을 쪼아대는 40마리의 암탉 같은 소리를 내고 있었고, 책상에는 원고가 계속 쌓이고 있었다……

그는 이틀 동안 시인의 모습을 보지도, 소식을 듣지도 못했다. 그러나 시인은 여전히 마을에 있었다. 에이머스 크레인이 그를 알아보고 로저에게 와서 말해 주었다. 에이머스도 뭔가 이유가 있어서 그의 집에 들른 모양이었는데, 그렇지 않다면 지난 이틀 낮밤 동안 로저에게 다가와서 뭔가를 말해 줄 수 있을 리가 없기 때문이었다. "강을 건너기 전부터 타자기 소리가 들리던데요." 에이머스는 말했다. "어제 호텔에서 그 파란 실내복을 봤습니다."

그날 밤, 로저가 일하는 동안, 앤이 계단을 내려왔다. 그녀는 작업실 안을 들여다보았다. "그 사람을 만날 거야." 그녀는 말했다.

"돌아오라고 말하려고?" 로저가 말했다. "내가 돌아오라고 전하라 했다고 알려줄 거야?"

"아니." 앤이 말했다.

그리고 그녀가 밖으로 나가던 때에도, 한 시간 후에 돌아와서 위층으로 올라가서 방문을 잠그던 때에도(그때 로저는 베란다 방충망 안에서, 군용 침상에 누워 잠들어 있었다), 그녀는 타자기 소리를 듣지 못했다.

그리하여 삶은 친숙하고 즐겁고 행복한 방식으로 계속 이어졌다. 그들은 종종 서로 마주쳤으며, 앤이 아침을 먹으러 내려오기조차 그만둔 후로도 하루 두 번씩은 마주쳤다. 다만 그로부터 하루 정도가 흐르자 그녀는 타자기 소리가 그리워졌다. 어쩌면 타자기 소리에 잠 못 이루던 때가 그리워진 것일지도 모르겠다.
"다 쓴 거야?" 그녀는 말했다. "소설?"

"아, 아니. 아니. 아직 안 끝났어. 그냥 하루 정도 쉬는 거야."
타자기가 상승장에 들어섰다고 간주해도 될 법했다.

상승장은 며칠 동안 이어졌다. 그는 일찍 잠자리에 들어서 앤이 집으로 돌아올 때쯤에는 베란다의 침상에 들어가 있는 습관이 들었다. 어느 밤 그녀는 그가 침대에 누워 독서 중인 베란다 방충망 쪽으로 나왔다. "이제 안 돌아갈 거야." 그녀가 말했다. "난 두려워."

"뭐가 두려운데? 애들 둘로는 충분하지 않아? 나까지 치면 셋이지만."

"나도 모르겠어." 독서등 불빛 밖의 그녀의 얼굴은 그림자에 덮여 있었다. "나도 모르겠다고." 그는 독서등을 돌려 그녀의 얼굴을 비추었지만, 그녀는 빛이 얼굴에 닿기 전에 몸을 돌려 달리기 시작했다. 그가 도착한 바로 그 순간에 그의 면전에서 문이 쾅 하고 닫혔다. "눈 멀었어! 눈이 멀었냐구!" 그녀는 문 뒤편에서 소리쳤다. "저리 가! 저리 가!"

그는 물러났지만, 잠을 이룰 수는 없었다. 그래서 잠시 후 그는 독서등의 금속제 갓을 벗겨낸 다음 창문을 따고 아이들의 침실로 들어갔다. 여기서 앤의 방으로 이어지는 문은 잠겨 있지 않았다. 앤은 잠들어 있었다. 달이 지평선으로 다가가고 있어서 그녀의 얼굴이 보였다. 그는 아무런 소리도 내지 않았지만, 그녀는 결국 깨어나서는 움직이지 않고 그를 올려다보았다. "그 사람한테는 아무것도 없어, 아무것도. 어머니에 대해서 기억하는 것이라고는 일요일 오후에 먹던 셔벗의 맛뿐이래. 내 입에서 그 맛이 난다고 했어. 내 입이 자기 어머니라고 했다고." 그녀는 흐느끼기 시작했다. 움직이지도 않고, 베개 위에 똑바로 머리를 얹은 채로, 팔은 시트 아래 넣고서는, 흐느꼈다. 로저는 침대 가장자리에 걸터앉아서 그녀를 어루만졌고, 그녀는 그쪽으로 돌아눕더니 그의 무릎에 얼굴을 묻고 계속 흐느꼈다.

둘은 동틀 때까지 대화를 나누었다. "난 어찌해야 할지 모르겠어. 간통으로도 나는 — 그 누구라도 — 그가 사는 곳에 닿을 수가 없는 거야. 사는 곳? 그 사람은 진짜로 살아본 적조차 없어. 그는—" 그녀는 얼굴을 돌린 채 조용히 숨을 뱉고 있었지만, 여전히 그의 무릎에 머리를 올린 채였고, 그는 그녀의 어깨를 쓸어주고 있었다. "당신 날 다시 받아들여 줄 거야?"

"나도 모르겠어." 그는 그녀의 어깨를 쓸었다. "그래. 그래. 당신을 다시 받아들여 줄 거야."

그리하여 타자기 시장은 다시 호황에 접어들었다. 그날 밤에 앤이 울다 지쳐 잠들자마자 최고점에 도달했고, 이후 사나흘 동안 꾸준히 상승장을 유지했으며, 밤에도 문을 닫지 않았다. 심지어 핑키가 찾아와서 전화기가 고장 났다고 알리고, 그가 전화선이 끊긴 곳을 발견하고 거기에 사용한 가위마저도 원하면 언제든 찾을 수 있겠다고 생각한 후에도 그랬다. 마을로 내려갈 마음은 조금도 들지 않았으며, 공짜로 태워줄 사람이 있어도 그랬다.

자택의 예술가 **343**

그는 오전의 절반 정도를 길가에 나와 앉아 있으면서, 담배 한 갑이나 설탕이나 기타 등등을 대신 가져다줄 사람이 지나가기를 기다렸다. "내가 마을로 내려가면 그 친구가 동네를 떠날지도 모르니까." 그는 말했다.

닷새째 되던 날, 에이머스 크레인이 그의 우편물을 가져왔다. 비가 내리기 시작한 날이었다. 우편물 중에는 앤에게 보내는 편지가 한 통 있었다. "아무래도 이번 시에서는 내 조언을 원치 않는가보군." 그는 혼잣말로 중얼거렸다. "이미 팔렸을 수도 있겠지." 그는 앤에게 편지를 건넸다. 그녀는 편지를 훑어내렸다.

"당신도 읽을래?" 그녀가 말했다.

"별로 그럴 생각은 없는데." 그가 말했다.

그러나 타자기 시장은 여전히 꾸준했고, 따라서 그날 오후 비가 내리기 시작하자 그는 전깃불을 켜야 했다. 비가 너무 거세게 내려서 자기 손가락이 (그는 손가락 두세 개만 사용하는 쪽이었다) 키를 때릴 때조차 소리가 안 들릴 정도였다. 핑키는 찾아오지 않았고, 따라서 잠시 후 그는 타자를 그만두고 쟁반에 먹거리를 챙겨다가 앤의 방문 앞에 놓인 의자에 가져다놓았다. 그 자신은 식사를 하지 않았다.

어두워진 다음에야 그녀가 처음으로 내려왔다. 비는 여전히 내리고 있었다. 그는 그녀가 우비와 고무 모자 차림으로 서둘러 문가를 지나가는 모습을 목격했다. 그녀가 현관문을 여는 순간 그가 팔을 붙들었고, 열린 문으로 비바람이 몰아쳐 들어왔다. "어딜 가려는 거야?" 그가 말했다.

그녀는 붙들린 팔을 뿌리치려 시도했다. "혼자 보내 줘."

"이런 날씨에는 나가면 안 돼. 무슨 일인데 그래?"

"혼자 보내 줘. 제발." 그녀는 팔을 뿌리치면서, 그가 붙들고 있는 문을 잡아당겼다.

"안 된다니까. 무슨 일인데? 내가 할 테니까. 무슨 일이길래 그래?"

그러나 그녀는 그저 그를 바라보며, 팔을 빼내려 애쓰고 문고리를 잡아당길 뿐이었다. "마을로 내려가야 해. 부탁이야, 로저."

"그건 안 돼. 밤이잖아. 비도 이렇게 내리고 있고."

"제발. 제발." 그는 그녀를 붙들었다. "제발. 제발." 그러나 그는 그녀를 계속 붙들고 놓아주지 않았고, 그녀는 문을 놓고 다시 위층으로 올라갔다. 그리고 그는 타자기로 돌아갔다. 여전히 대호황을 유지하고 있는 타자기의 시장으로.

그는 자정까지도 작업 중이었다. 이번에는 앤은 목욕 가운을 걸치고 있었다. 그녀는 문을 붙들고 문간에 서 있었다. 머리를 내린 상태였다. "로저." 그녀가 말했다. "로저."

그는 그녀에게 다가갔다. 뚱뚱한 남자치고는 빠른 움직임이었다. 어쩌면 그녀가 아프다고 생각했을지도 모르겠다. "왜 그래? 무슨 일인데?"

그녀는 현관으로 가서 문을 열었다. 다시 비바람이 쏟아져 들어왔다. "저기 있어." 그녀가 말했다. "저 밖에."

"뭐가?"

"그 사람이. 블레어가."

그는 그녀를 집 안으로 끌어들였다. 그녀를 작업실로 보내 놓은 다음, 그는 우비를 입고 우산을 챙기고는 밖으로 나갔다. "블레어!" 그는 소리쳤다. "존!" 이윽고 작업실 창문의 가리개가 올라가더니 앤이 탁상 램프를 창가로 가져와서는 바깥을 향해 빛을 비추었고, 그러자 그의 눈에도 빗속에 서 있는 블레어의 모습이 눈에 들어왔다. 모자도 쓰지 않고, 도배공이 치덕치덕 바른 것처럼 푸른 외투를 입고는, 앤의 창문을 향해 얼굴을 들고 있었다.

그렇게 우리는 다시 그 상황에 처했다. 시골 유지인 대머리 남편, 그리고 잘생긴 젊은 남자이자 가정파괴범인 시인. 양쪽 신사 모두 예술가였다. 한쪽은 상대방이 젖지 않기를 바라고, 다른 한쪽은 상대방의 가정이 내부에서 파괴되는 일을 용납하지 않는 양심을 지니고 있었다. 그리고 우리 눈앞에서 로저가 녹색 비단으로 만든 여성용 우산을 자신과 시인의 머리 위로 씌우면서, 시인의 팔을 잡아끌기 시작했다.

"이 빌어먹을 바보가! 당장 집 안으로 들어오게!"

"안 됩니다." 로저가 당기는 대로 팔이 조금 딸려가기는 했지만, 시인 본인은 조금도 움직이지 않았다.

"물에 빠져 죽고 싶나? 들어오라고, 이 친구야!"

"안 됩니다."

로저는 시인의 팔을, 마치 젖은 톱밥 인형의 팔처럼 잡아끌었다. 그러다 그는 집 쪽을 향해 소리치기 시작했다. "앤! 앤!"

"그녀가 저한테 집 안으로 들어오라고 말했습니까?" 시인이 말했다.

"나는— 그래. 그렇네. 집 안으로 들어오게. 자네 화난 건가?"

"거짓말이로군요." 시인이 말했다. "혼자 두고 가십시오."

"자네 대체 뭘 하려는 거야?" 로저가 말했다. "여기 그렇게 서 있을 수는 없어."

"할 수 있습니다. 선생님은 들어가세요. 감기 걸립니다."

로저는 집 안으로 달려 들어왔다. 그 전에 말다툼을 벌여야 했는데, 로저는 시인이 우산을 챙기기 원했고 그는 거부했기 때문이었다. 그래서 로저는 집 안으로 달려 들어왔다. 앤은 문간에 나와 있었다. "저 바보가." 로저는 말했다. "나로서는 도저히—"

"들어와요!" 앤이 소리쳤다. "존! 제발요!" 그러나 시인은 빛에서 걸어나가더니 모습을 감추었다. "존!" 앤은 소리쳤다. 그러더니 그녀는 큰 소리로 웃기 시작했다. 손으로 머리를 쓸어내리면서, 머리카락 사이로 로저를 바라보면서. "그가 — 그 사람이 너무— 웃겨 보이잖아요. 너무— 그 모습이—" 그러다 그녀의 웃음도 사라졌고 로저는 그녀를 부축해 주어야 했다. 그는 그녀를 안아들고 위층으로 올라가서 침대에 눕힌 다음, 그녀가 흐느낌을 멈출 때까지 함께 앉아 있었다. 그런 다음에야 그는 작업실로 돌아갔다. 램프는 여전히 창가에 놓여 있었고, 그걸 움직여서 빛이 정원을 가로지르자 다시 블레어의 모습이 보였다. 그는 나무에 등을 대고 땅바닥에 앉아서, 비를 맞으며 얼굴을 들어 앤의 창문을 바라보고 있었다. 로저는 다시 달려나갔지만, 그가 도착해 보니 블레어는 사라진 후였다. 로저는 우산을 쓴 채로 서서 한동안 블레어를 소리쳐 불렀으나 대답은 돌아오지 않았다. 어쩌면 다시 시인에게 우산을 건네려 시도할 생각이었을지도 모른다. 따라서 그가 자기 생각만큼 시인이라는 족속에 대해 잘 알지 못하던 것이었을지도 모른다. 또는 포프*에 대해 생각하고 있었을지도 모른다. 포프라면 우산을 가지고 있었을 테니까.

그들은 두 번 다시 시인을 보지 못했다. 그러니까, 그 시인은 말이다. 그 일이 벌어진 것이 거의 6개월 전이고, 그들은 여전히 그곳에 살고 있으니 말이다. 그러나 그들은 그 시인은 두 번 다시 만나지 못했다. 사흘 전, 앤은 마을에서 부친 두 번째 편지를 받았다. 엘리트 카페, 또는 펠리스라 부르는 가게의 메뉴 카드였다. 이미 그곳의 뜨내기손님들의 서명이 되어 있었고, 시인은 그 뒷면에다 글을 적어 놓았다. 앤은 그 카드를 로저의 책상에 올려놓고 밖으로 나갔고, 로저는 카드를 집어 글을 읽었다.

이번이 바로 중대한 기회인 듯했다. 로저가 언제나 기다리고 있다고 주장하던 그런 기회였다. 그림 따위는 한 점도 들어가지 않은 잡지들에서 그의 시를 수록했는데, 자기네들끼리 서로 훔쳐다 싣는 바람에 시인이 받아야 할 돈은 어디론가 사라져 버렸다는 것이었다. 그러나 이 또한 큰 문제될 일은 아니었는데, 그때쯤 블레어는 이미 죽은 후였기 때문이다.

시인이 어떻게 마을을 떠났는지 그들에게 알려준 사람은 에이머스 크레인의 아내였다. 그리고 일주일쯤 후에는 앤도 떠났다. 그녀는 아이들이 있는 코네티컷으로 가서 자기 부모님과 남은 여름을 보낼 계획이었다. 그녀가 집을 떠나기 전에 마지막으로 들은 소리는 타자기 치는 소리였다.

그러나 로저가 작품을 끝내며 마지막 단어를 쓴 것은 앤이 떠나고도 2주가 지난 후였다. 처음에는 그 시도 작품 속에 넣고 싶

---

* 기질도 미적 지향점도 셸리와 대비되는 예시일 것이다.

었다. 메뉴 카드 뒷면에 적었던 자유에 관한 것이 아닌 시 말이다. 그러나 그는 결국 시를 넣지 않았다. 어쩌면 양심이라 부를 만한 것이 주먹을 날렸기 때문일지도 모를 일이었고, 로저는 작은 남자답게 당당히 서서 그 주먹을 받아들이고는, 그 시를 여러 잡지사에 보내 떠들게 만들어놓고는 자기 원고도 추스려서 발송해 버렸다. 그가 지금껏 쓰고 있던 내용은 무엇이었을까? 자신과 앤과 시인에 관한 내용이었다. 다음에는 무엇을 쓰게 될지 기다리면서 있었던 일을 고스란히 옮긴 내용이었다. 물론 여기저기 각색을 더하긴 했는데, 실제 인물이란 좋은 작품이 될 수 없으며, 가장 흥미로운 작품이란 거의 대부분이 진실이 아닌 뜬소문이기 때문이었다.

그래서 그는 원고를 추려서 발송했고, 그들은 돈을 보내줬다. 마침 좋을 때 도착한 셈이었는데, 겨울이 다가오는 데다 블레어의 병원비와 장례식 비용도 마저 갚아야 했기 때문이다. 그래서 그는 그 비용을 지불한 다음, 남은 돈으로는 앤에게 모피코트를 사 주고 자신과 아이들 몫으로는 겨울 속옷을 조금 샀다.

블레어는 9월에 죽었다. 전보로 그 소식을 받았을 때 앤과 아이들은 아직 돌아오지 않았고, 받은 시간 또한 사나흘쯤 늦었는데, 아직 다음 손님 무리가 도착하지 않았기 때문이었다. 그래서 그는 텅 빈 집에서 타자로 칠 내용도 전부 끝난 채로, 전보를 손에 들고 책상 앞에 앉아 있었다. "셸리라." 그는 말했다. "그 시인의 일생을 그리 훌륭하게 베껴냈다고는 못 하겠군. 들어간 물의 양조차도 부족하니.*"

그는 모피코트가 도착하기 전까지는 앤에게 시인에 대해 털어놓지 않았다. "그럼 당신은 그 사람이……" 앤이 말했다.

"그래. 해가 잘 드는 괜찮은 병실이었어. 간호사도 좋은 사람이었고, 처음에는 그 의사가 특수 간호사를 붙여주기를 꺼리더군. 빌어먹을 도살자 녀석."

때로 사람들은 시인이며 예술가들이 온갖 세금을 낸다는 것 자체가 그들이 사기꾼이라는 의미가 아니겠냐고 생각하곤 한다. 인간이란 스물한 살부터는 자유로운 존재이며 치열한 경쟁 속에서 자신을 지킬 수 있다고 말하고 다니는 자들이니 말이다. 어쨌든 그 나머지 이야기는, 그들이 뒤이어 취한 행동은 다음과 같다.

그는 책을, 자신의 이야기를, 아내에게 읽어주었고, 그녀는 이야기가 끝에 도달할 때까지 아무 말도 하지 않았다. "그러니까 당신은 그런 걸 하고 있었던 거구나." 그녀는 말했다.

그 또한 그녀를 바라보지 않았다. 책장을 정렬하고 고르게 맞추느라 바빠 보였다. "모피코트는 당신 거야." 그는 말했다.

"아." 그녀는 말했다. "그래. 내 모피코트."

그렇게 모피코트가 도착했다. 그러자 그녀는 어떻게 했을까? 그걸 줘 버렸다. 맞다. 크레인 부인에게 줘 버렸다. 부엌에서 얼굴에 달라붙는 머리카락을 열심히 쓸어넘기며, 기름기 빠진 햄 같은 팔뚝으로 버터를 젓고 있는 그녀에게 그대로 건넸다. "어머나, 하우스 부인." 그녀는 말했다. "안 돼요, 이건 못 받아요."

"받아줘야 해요." 앤은 말했다. "우리는 — 나는 사기를 쳐서

---

* 셸리는 이탈리아에서 요트를 타다 폭풍 속에서 익사했다.

이걸 얻은 거예요. 나한테는 이걸 받을 자격이 없어요. 당신은 곡식을 심고 거두어 빵을 만들죠. 나는 아니에요. 그러니 나는 이런 외투를 입을 수 없어요."

그렇게 그들은 외투를 크레인 부인에게 맡기고 걸어서 집으로 돌아왔다. 환한 햇살을 맞으며 잠깐 멈춰서서, 창가에서 그들을 지켜보는 크레인 부인을 한 번 돌아보고는, 자기들끼리 자의로 몸을 붙이기는 했다. "기분이 좀 나아졌어." 앤이 말했다.

"나도 그래." 로저가 말했다. "당신이 크레인 부인한테 그 외투를 건넸을 때 부인의 얼굴을 블레어가 못 봤으니까. 자유고 뭐고, 평등이고 뭐고 없었지."

그러나 앤은 그의 말을 듣고 있지 않았다. "그 사람이…… 살해당한 작은 짐승들의 가죽을 내게 입혔다는 생각을 하지 않아도 되니까…… 당신이 그 사람을 책 속에 집어넣었지만 결국 끝맺지 못했으니까. 당신도 외투의 결말이 이렇게 될 줄은 몰랐겠지? 이번에는 주님께서 당신을 이긴 거야, 로저."

"그렇지." 로저가 말했다. "주님께서는 상당히 여러 번 나를 격파하시지. 하지만 남은 것도 있어. 저쪽 애들은 우리 애들보다 덩치가 크고, 크레인 부인이라도 내 속옷까지는 입지 못할 테니까. 그러니 괜찮은 셈이지."

물론, 괜찮은 셈이었다. 머지않아 성탄절이 찾아올 것이고, 뒤이어 봄이 찾아오고, 여름이, 기나긴 여름이 흘러가며 날이 점점 길어질 터였으니까.

자택의 예술가 **351**

브로치
The Brooch

I

 전화 소리가 그를 깨웠다. 그는 일어나자마자 서두르며 어둠 속에서 가운과 슬리퍼를 찾아 더듬거렸는데, 깨기 전부터도 옆 침대가 비어 있다는 사실을 알고 있었기 때문이며, 아래층 전화기가 놓인 맞은편 문 안쪽에는 그의 어머니가 5년 동안 상체를 일으킨 자세로 침대에 기대 누워 있었기에, 자신이 깨어난 시점에는 이미 어머니도 그 전화 소리를 들었을 것임을 알고 있기 때문이기도 했다. 물론 이 집 안에서 일어난 일이라면 하루 중 어느 때든 어머니가 듣고 있을 것이 분명하기는 했지만.

 그의 어머니는 과부였고, 그는 외동아들이었다. 그가 대학에 다닐 때는 어머니도 따라왔다. 그녀는 아들이 졸업할 때까지 버지니아주 샬러츠빌에 있는 집을 4년 동안 유지했다. 그녀는 부유한 상인 가문의 딸이었다. 남편은 어느 여름날 소개장 두 통을 들고 동네로 찾아든 외판원이었다. 한 통은 목사에게, 다른 한 통은 그녀의 부친에게 보내는 것이었다. 석 달 후 그 행상과 그 딸은 결혼했다. 그의 이름은 보이드였다. 그해에 그는 자기 일자리를 내려놓고 아내의 집으로 이사해 들어가서는, 내내 법률가나 면화 농장주들과 호텔 앞에 나와 앉아서 시간을 보냈다 — 거무스레한 피부에, 숙녀들을 향해 거들먹거리는 자세로 모자를 벗어 인사하는 그런 부류의 남자였다. 결혼 생활 2년째에 접어들어 그녀는 아들을 낳았다. 6개월 후 보이드는 떠났다. 그냥 자리를 뜨면서 아내에게 쪽지를 남겼고, 거기에도 밤마다 침대에 누워서 그녀가 물건 꾸러미 포장에 썼던 노끈을 실패에 둘둘 감아 모으는 모습을 도저히 못 참아주겠다고만 썼을 뿐이었다. 그의 아내는 그의 소식을 두 번 다시 듣지 못했으나, 결혼을 무효화하고 아들의 이름을 바꾸라는 아버지의 말은 거절했다.

그러다 그 상인이 죽으며 온 재산을 딸과 손자에게 넘겨주었다. 그러나 그 손자는 일곱 살이나 여덟 살부터 몸에 맞지 않던 폰틀로이 양복* 상의를 열두 살이 될 때까지 주중에 입던 옷 위로 걸쳐야 했고, 덕분에 어린아이가 아니라 난쟁이로 보일 지경이었다. 설령 어머니가 허락해 줬더라도, 그런 모습으로는 다른 아이들과 어울릴 수 없었을 것이었다. 이윽고 그의 어머니는 아이가 괴롭힘 없이 라운드 재킷과 딱딱한 펠트 모자를 착용할 수 있는 남학교를 찾아 주었지만, 두 사람이 샬러츠빌로 나가 살아야 했던 4년이 시작될 무렵에는 아들은 이미 난쟁이처럼 보이기

---

* 19세기 후반에 영국과 미국에서 유행한 소년용 정장. 긴팔 라운드 재킷과 반바지, 하얀 셔츠에 목깃과 소맷동에는 레이스가 달린 복장이었다. 유행을 주도한 쪽은 주로 어머니들이었으며 대부분의 미국 소년들은 별로 좋아하지 않았다.

에는 훌쩍 커 버린 후였다. 그는 이제 단테의 작품 속 등장인물처럼 보였다 — 아버지보다 몸집은 작아도 거무스레한 잘생긴 분위기는 일부 갖췄으나, 어머니와 함께 있지 않아도 길거리에 젊은 여자들이 지나갈 때면 황급히 고개를 돌리곤 했으며, 이런 행동은 살러츠빌뿐 아니라 그들이 즉시 돌아온 작은 미시시피 촌구석 마을에서도 계속되었고, 그 얼굴에는 15세기 우의적 도상 속의 젊은 수사나 천사들 같은 표정이 떠올라 있었다. 그러다 그의 어머니가 뇌졸중으로 쓰러졌고, 머지않아 어머니의 친구들이 그녀의 침대 머리맡으로 찾아와서 한 여자의 이야기를 늘어놓기 시작했다. 모두가, 심지어 그의 어머니마저도 아들이 관계를 가지고 머지않아 결혼하리라 예상했을 바로 그런 부류의 여자 이야기를 말이다.

그녀의 이름은 에이미로, 사고로 목숨을 잃은 열차 차장의 딸이었다. 지금은 하숙집을 꾸리는 고모와 함께 살고 있었다. 활발하고 대담한 여자로 알려져 있었는데, 후자의 평판은 사실보다 소문이 앞서는 그녀 자신의 악성보다는, 이 작은 남부 마을의 어리석음과 계급으로 인한 불리한 입장 때문에 얻게 된 것이었다. 사람들 보는 눈이 많은 파티에는 언제나 초대되기는 했으나 그녀의 이름을 가볍게 여기는 사람도 상당히 많았고, 특히 그녀의 미래 남편이 태어난 곳처럼 쓰러져가는 옛 저택의 따님인 나이 든 여인들 사이에서는 특히 그랬다.

그리하여 아들은 이내 어둠 속에서 집으로 들어와서 어머니가 상체를 세우고 누운 방문을 지나 계단을 올라 자기 방으로 들어가는 기술을 습득하게 되었다. 그러나 그런 어느 밤, 그는 실패해 버렸다. 집 안에 들어왔을 때 어머니 방문 위편의 채광창은 평소나 다름없이 어둑했다. 설령 그렇지 않았더라도 그날 어머니의 친구들이 방문하여 에이미에 대한 이야기를 들려주었으며, 이후 어머니가 상반신을 일으킨 자세로 다섯 시간 동안 어둠 속에서 보이지 않는 문을 주시하고 있었다는 사실을 그가 알 수 있었을 리가 없었다. 그는 평소처럼 신발을 손에 들고 조용히 들어왔지만, 그가 현관문을 닫기도 전에 어머니가 그의 이름을 불렀다. 목소리를 높이지조차 않았다. 그저 아들의 이름을 한 번 불렀을 뿐이었다.

"하워드."

그는 문을 열었다. 동시에 어머니의 침대 옆 탁자에 놓인 램프에 불이 들어왔다. 그 옆에는 문자반이 멈춘 시계가 놓여 있었다. 2년 전 손을 움직일 수 있게 되었을 때, 어머니가 가장 먼저 한 행동이 바로 그 시계를 멈추는 것이었다. 그는 어머니가 지켜보고 있는 침대 쪽으로 다가섰다 — 누르께한 얼굴과 완벽하게 하얗게 센 머리카락 아래 눈동자도 홍채도 없는 듯 검게만 보이는 눈을 가진, 살집 붙은 여성의 곁으로. "왜요?" 그는 말했다. "어디 아프세요?"

"더 가까이 오거라." 그녀는 말했다. 그는 다가섰다. 둘은 서로를 마주 보았다. 그러다 그는 문득 알아차린 듯했다. 어쩌면 이미 짐작하고 있었을지도 모르겠다.

"누구랑 이야기하신 건지 알겠네요." 그가 말했다. "그 빌어먹을 늙은 대머리수리들이겠죠."

"그 사람들이 물어뜯는 게 시체라는 정도는 아는 모양이라 기쁘구나." 그녀는 말했다. "그렇다면 너라도 우리 집에 그걸 들이지는 않을 테니 안심해도 되겠어."

"대놓고 말씀하시죠. 어머니 집이라고 말이에요."

"그럴 필요 없다. 숙녀가 사는 집이라면 어디든 마찬가지일 테니." 병실의 퀴퀴한 조명처럼 꾸준히 타오르는 램프 불빛 속에서, 두 사람은 서로를 마주 봤다. "너도 남자니까. 비난할 생각은 없다. 심지어 별로 놀랍지도 않구나. 그저 너 자신의 평판을 깎아먹기 전에 경고하고 싶었을 뿐이다. 이 집을 마구간으로 착각하지 말거라."

"그게 대체 무슨 — 하!" 그는 말했다. 그가 뒷걸음질쳐서 문을 활짝 여는 모습에서 아버지의 젠체하는 극적인 동작이 엿보였다. "허락하신 겁니다." 그는 말했다. 그는 문을 닫지 않았다. 그녀는 베개에 기대어 상반신을 세운 채 앉아서 어두운 복도를 바라보며, 아들이 전화기 앞으로 가서는, 여자에게 전화를 걸어서, 내일 결혼하자고 말하는 소리를 들었다. 이윽고 아들이 다시 등장했고, 이번에도 아버지의 젠체하는 극적인 동작을 떠오르게 하면서 문을 닫았다. 잠시 후 어머니는 조명을 껐다. 그때쯤에는 방 안에 햇살이 들어오고 있었다.

그러나 두 사람은 다음 날 결혼하지 않았다. "나 무서워." 에이미가 말했다. "당신 어머님이 무서워. 나를 두고 뭐라고 하셔?"

"나야 모르지. 어머니한테 당신 이야기를 한 적이 없거든."

"당신이 나를 사랑한다는 이야기조차 안 한 거야?"

"그게 무슨 상관인데? 이제 결혼하자."

"그리고 그분이랑 살라고?" 둘은 서로를 마주 보았다. "당신도 일자리를 잡고, 우리끼리 살 집을 구해야 하지 않아?"

"그럴 필요가 있어? 돈은 충분히 많아. 집도 꽤 크고."

"당신 어머니 집이잖아. 그분 돈이고."

"내 것이 될 거야 — 우리 것이. 언젠가는. 부탁이야."

"나가자. 다시 춤을 춰 보는 거야." 하숙집 응접실에서, 그녀가 그에게 춤을 가르치려 시도했지만 내내 실패하면서 있었던 일이었다. 그에게 음악이란 아무 의미도 없었다. 음악의 소음, 또는 그녀의 육체와의 접촉이 그에게 깃들 수 있었던 육체의 조화 능력조차 앗아가 버렸다. 그러나 그는 그녀를 컨트리클럽 야회장에 데려갔다. 다른 이들도 둘이 약혼했다고 알고 있었다. 그러나 그녀는 여전히 춤판에만 온전히 붙어 있지 않고 세워 놓은 차 안이나 어둑한 정원에서 다른 남자들과 어울렸다. 그는 그 점에 대해서, 그리고 술에 대해서 그녀와 논쟁하려 시도했다.

"그럼 나랑 같이 앉아서 마시자고." 그는 말했다.

"우린 약혼한 사이잖아. 당신하고는 재미없어."

"그래." 그는 매번 거절을 받아들일 때처럼 얌전하게 말했다. 그리고 갑자기 움직임을 멈추더니 그녀를 마주했다. "나하고는 뭐가 재미없다는 거지?" 그녀가 몸을 조금 뒤로 뺐고, 그는 그녀의 어깨를 붙들었다. "나하고는 뭐가 재미없다는 거지?"

"아." 그녀는 말했다. "아프잖아!"

"나도 알아. 나하고는 뭐가 재미없다는 거지?"

그러다 다른 한 쌍이 다가왔고 그는 그녀를 놔주었다. 그러고 한 시간 후, 중간 휴식 시간에, 그는 비명을 지르며 발버둥치는 그녀를 끌고 어둑한 차에서 나와 이제 텅 비고 샤프롱들만 영화 관객처럼 줄지어 있는 댄스홀을 가로질러서, 의자를 하나 빼놓고 그녀를 자기 무릎에 얹은 채 엉덩이를 때렸다. 해뜰 무렵에 그들은 20마일 떨어진 다른 마을로 가서 결혼했다.

그날 아침에 에이미는 보이드 부인을 처음으로 그리고 마지막으로 (단 한 번의 예외는 있었지만, 아마도 놀라거나 너무 기뻐서 무심코 나왔을 것이다) '어머님'이라고 불렀는데, 같은 날 보이드 부인은 에이미에게 바로 그 브로치를 격식을 차려 선물했다. 낡고 투박하지만 그래도 귀중한 물건이었다. 에이미는 브로치를 부부의 방으로 가져왔고, 그는 그녀가 제자리에 선 채로, 완벽하게 차갑고 완벽하게 불가해한 얼굴로 브로치를 주시하는 모습을 바라보았다. 그러다 그녀는 브로치를 서랍 속에 넣었다. 손가락 두 개로 집은 채 열린 서랍 위로 가져가서 손가락을 떼고는, 두 손가락을 자기 허벅지에 대고 문질렀다.

"종종 그거 달고 나가 줘야 해." 하워드가 말했다.

"아, 그럴 거야. 감사를 보여야지. 걱정하지 마." 이내 그에게는 그녀가 브로치 착용을 제법 즐기는 것처럼 보이게 되었다. 제법 자주 달고 다녔기 때문이다. 그러다 문득, 그는 에이미의 행동이 즐거움 때문이 아니라 부조화한 모습을 드러내려는 목적 때문임을 깨달았다. 한 번은 일주일 내내 체크무늬 홈드레스와 앞치마 차림의 가슴팍에 그 브로치를 달고 돌아다닌 적도 있었다. 언제나 보이드 부인에게 보일 만한 곳에 달고 다녔으며, 특히 하워드와 함께 차려입고 외출하기 전에 모친의 방에 들러서 취침 인사를 할 때는 항상 달고 들어갔다.

두 사람은 위층에 살았으며, 1년 후에 그곳에서 아이가 태어났다. 그들은 아이를 데리고 내려가서 보이드 부인에게 보여주었다. 그녀는 베개 위에서 고개를 돌려 아이를 일별했다. "이거 참." 그녀는 말했다. "내가 아는 한은 에이미의 부친을 본 기억이 없는데 말이다. 그런데 생각해 보면 애초에 기차 여행을 그리 많이 하지도 않기는 했구나."

"저 늙은— 저 늙은—" 에이미는 온몸을 떨면서 하워드에게 달라붙어 울부짖었다. "나를 왜 저렇게 싫어하는 거야? 내가 자기한테 뭘 했다고? 여길 떠나자. 당신이 일하면 되잖아."

"안 돼. 어머니가 계속 계실 것도 아니잖아."

"있을걸. 영원히 살 거야. 나를 싫어하기 위해서."

"안 돼." 하워드는 말했다. 이듬해 아이가 죽었다. 이번에도 에이미는 이사를 가자고 그를 설득하려 애썼다.

"어디라도 좋아. 어떤 식으로 살든 아무 상관 없어."

"안 돼. 누워만 계신 어머니를 내버려둘 수는 없어. 당신이 다시 외출을 시작하는 건 어때. 춤추러도 가고. 그럼 그렇게 나쁘지만은 않을 거야."

"알았어." 그녀는 한층 나직하게 말했다. "나로서는 그럴 수밖에 없겠네. 이걸 버틸 수가 없으니까."

한쪽은 '당신'이라고 말했고, 반대쪽은 '나'라고 말했다. 어느 쪽도 '우리'라고 말하지는 않았다. 그리하여 토요일 밤마다 에이미는 옷을 차려입고 하워드는 스카프와 외투를, 때로는 셔츠 위에 그대로 걸치고는, 함께 계단을 내려와서 보이드 부인의 문 앞에 멈췄다가, 그대로 나와서 에이미는 차에 오르고 하워드는 그녀가 차를 몰아 멀어지는 모습을 지켜봤다. 그런 뒤 그는 마치 결혼 전에 하던 것처럼, 신발을 손에 든 채로 집 안으로 돌아와서 불 켜진 채광창 앞을 지나 계단을 올라갔다. 그리고 자정이 되기 직전에, 그는 다시 외투와 스카프를 걸치고 살금살금 계단을 내려와서 여전히 불 켜진 채광창 앞을 지나서 현관으로 나가 에이미가 차를 몰고 돌아오기를 기다렸다. 그런 다음 둘은 집 안에 들어와서 보이드 부인의 방을 들여다보고 취침 인사를 건넸다.

그러던 어느 밤, 그녀가 새벽 1시나 되어서야 돌아왔다. 그는 슬리퍼와 잠옷 차림으로 현관에서 한 시간을 기다리고 있었다. 때는 11월이었다. 보이드 부인 방의 채광창은 어둑해진 후였기에 둘은 들르지 않았다.

"어떤 정신 나간 작자들이 시계바늘을 뒤로 돌려놨어." 그녀는 말했다. 그녀는 그를 바라보지 않은 채 옷을 벗고는 브로치와 나머지 보석들을 화장대 위로 던졌다. "당신이 그렇게 바보처럼 밖에 서서 나를 기다리고 있지 않았으면 했는데."

"다음번에도 그 작자들이 시계를 돌려놓으면 그러기로 하지."

그녀는 갑작스레 움직임을 멈추고 완전히 가만히 선 채로, 어깨 너머로 그를 바라보았다. "진심으로 하는 소리야?" 그녀는 말했다. 그는 그녀를 바라보고 있지 않았다. 그녀가 다가와서 곁에 서는 소리가 들리고 감촉이 느껴졌다. 그녀는 그의 어깨를 건드렸다. "하워드?" 그녀는 말했다. 그는 움직이지 않았다. 그러자 그녀는 그에게 달라붙으며, 그의 무릎에 몸을 던지고는, 격하게 울기 시작했다. "우리 어떻게 되어가는 거야?" 그녀는 격하게 그에게 몸을 내던졌다. "뭐가 문제야? 뭐가 문제인 거야?" 그는 그녀를 붙들고 조용히 시켰지만, 제각기 침대에 들어간 후 (전부터 이미 방에는 침대가 두 개였다) 그녀가 사이의 간극을 넘어오는 소리가 들리고 뒤이어 몸으로도 느껴졌다. 그녀는 다시 아까처럼 겁에 질린 듯 격하게, 여인이 아니라 어둠 속 어린아이처럼 그에게 몸을 내던져서 끌어안고는 속삭였다. "나를 믿을 필요는 없어! 하워드! 그래도 돼! 그래도 돼! 믿을 필요는 없어!"

"그래." 그는 말했다. "나도 알아. 다 괜찮아. 괜찮으니까." 그리하여 그 이후로, 그는 12시가 되기 직전에 외투와 스카프를 걸치고 살금살금 계단을 내려와서 불이 켜진 채광창을 지나친 다음, 현관문을 소리나게 열었다 닫고는, 어머니가 무릎에 책을 엎어놓은 채 베개에 기대어 상체를 세우고 있는 방문을 열었다.

"벌써 돌아왔니?" 보이드 부인은 이렇게 말하곤 했다.

"네. 에이미는 먼저 올라갔어요. 필요하신 거 있으세요?"

"없다. 잘 자거라."

"안녕히 주무세요."

그리고 그는 올라가서 침대에 들었고, 잠시 후 (가끔은) 잠이 들곤 했다. 그러나 그런 가끔마다, 때론 그대로 품고 잠들기도 하는 생각이 하나 있었으니, 무력한 지성에 따르는 고요하고 숙명적인 비관과 함께 그는 이렇게 되뇌이곤 했다. *이런 상황이 영원히 지속될 수는 없어. 언젠가 뭔가 일이 터질 거야. 어머니가 에이미를 잡아내시겠지. 그러면 어떻게 하실지도 알고 있어. 하지만 내가 뭘 해야 할까?* 그는 자신이 뭘 해야 할지 알고 있다고 생각했다. 그는 자신이 알고 있다고 믿었다. 정확히 말하자면, 정신의 표층에서는 알고 있다고 장담했으나 그 자신은 외면했다.

지성은 다시 이렇게 속삭였다. 묻어두지 말고 도망치라고. 그냥 외면하라고, 무력감에 찌든 지성은 말했다. *조건이 갖추어진 특정 상황에서 자신이 무엇을 할지를 아는 남자란 없는 법이니까. 현명한 다른 이들이야 결론을 도출할 수 있을지도 모르지만, 나 자신은 아니니까.* 다음 날 아침이면 에이미는 다른 쪽 침대에 돌아와 있었고, 아침햇살 속에서 그런 생각도 사라져 버리곤 했다. 그러나 가끔은, 심지어 햇살 속에서도 그런 생각이 돌아와서, 자신의 인생을, 두 사람이 만들었으나 이제는 둘만으로 다시 메울 수 없는 세 번째 조각이 필요한 이 불완전한 가족을, 관조하듯 사색하는 그에게 속삭이곤 했다. *그래. 어머니가 뭘 하실지도 알고 에이미가 나한테 뭘 요구할지도 알고 내가 그걸 안 하리라는 것도 알고 있지. 하지만 내가 뭘 해야 할까?* 그러나 이 생각마저도 오래가지는 않았으니, 아직 그런 일이 일어나지는 않았으며 다음 토요일까지는 기나긴 엿새가 남아 있다고 스스로를 다독이게 되기 때문이었다. 이 시점에서는 지성마저 사라지고 그저 무력함만 남을 뿐이었다.

II

그리하여 전화벨이 울리는 소름 끼치는 소리가 들렸을 때, 그는 이미 옆 침대가 아직 비어 있다는 것을, 그리로 아무리 빨리 전화기에 가 닿는다 해도 이미 너무 늦었다는 것을 알고 있었다. 그는 슬리퍼를 찾으려고 애쓰지도 않았다. 얼음처럼 차가워진 계단을 달려 내려가서, 어머니 방의 채광창 앞을 지나가며 불이 켜지는 모습을 목격하고, 전화기로 가서 수화기를 내릴 뿐이었다. "아, 하워드. 정말 죄송해요. 마사 로스인데요, 정말 방해해서 죄송하지만, 에이미가 불안해할 것 같아서요. 집에 돌아온 후에야 그걸 차 안에서 발견했다고 전해 주세요."

"네." 그는 말했다. "차 안에서요."

"우리 차 말이에요. 차 열쇠를 잃어버려서 우리가 그쪽 모퉁이까지 데려다줬잖아요. 사실은 우리 집으로 데려와서 햄이랑 달걀이라도 좀 들자고 권했는데, 에이미가 그러고 싶지 않다고—" 반대편의 목소리가 잦아들었다. 그는 차가운 수화기를 귀에 붙인 채로 전화선 반대쪽의 침묵에, 깊이 들이쉰 호흡 같은 당황의 기색에 귀를 기울였다. 본능적이며 여성적이고 자기방어적인 침묵이었다. 그러나 그 잠깐의 머뭇거림조차 오래 지속되지는 않았다. 거의 즉시 목소리는 이어졌지만, 이제는 완전히 변해 있었다. 공허하고 매끈하고 절제하는 목소리로. "에이미는 잠자리에 들었나보네요."

"네. 잠자리에 들었습니다."

"아. 방해해서 정말 죄송해요. 깨워 버리다니. 하지만 에이미가 걱정할 것만 같았거든요. 당신 어머님 물건이고 가족의 유산이잖아요. 하지만 물론 아직 잃어버린 걸 모르고 있다면 에이미를 귀찮게 할 필요도 없겠죠." 전화선을 타고 경직된 웅웅거리는 소리가 울렸다. "제가 전화했다거나 그런 얘기도." 전화선이 웅웅거렸다. "여보세요. 하워드?"

"그렇지요." 그는 말했다. "오늘 밤은 굳이 귀찮게 할 생각 없습니다. 아침에 직접 전화 주시죠."

"네, 그럴게요. 방해해서 정말 죄송해요. 당신 어머님까지 깨운 게 아니라면 좋겠어요."

그는 수화기를 돌려놓았다. 추웠다. 조용한 방문을 바라보고 있자니, 얼음처럼 차가운 바닥 위에서 맨발가락이 곱아드는 것이 느껴졌다. 그 문 너머에는 어머니가 베개에 몸을 꼿꼿이 기대고 앉아 있을 것이다. 누르께한 얼굴과 읽을 수 없는 검은 눈과 에이미가 비바람을 맞은 면화 같다고 말한 머리카락을 지니고, 몸을 다시 움직일 수 있게 된 5년 전에 4시 10분 전으로 멈춰 놓은 시계 옆에서. 문을 열어보니 머릿속에서 그린 풍경이 그대로 펼쳐져 있었다. 손의 위치마저도 똑같았다.

"그 애가 집에 없구나." 보이드 부인이 말했다.

"네. 자고 있어요. 우리가 언제 들어왔는지 아시잖아요. 오늘 밤 마사 로스네에 반지 하나를 놔두고 와서 마사가 전화를 해준 거예요."

그러나 그녀는 아들의 말을 듣고 있지조차 않은 듯했다. "그러니까 지금 이 순간에 그 애가 이 집에 있다고 맹세한다는 거냐."

"그럼요. 당연히 있죠. 자고 있다고 했잖아요."

"그럼 내려보내서 나한테 인사하고 가라고 해라."

"말도 안 돼요. 안 그럴 거예요."

둘은 침대 발판을 사이에 두고 서로를 마주 보았다.

"거부한다고?"

"네."

둘은 조금 더 오래 서로를 마주 보았다. 그러다 그는 몸을 돌리기 시작했다. 주시하는 어머니의 시선이 느껴졌다. "그럼 다른 이야기를 하자꾸나. 잃어버린 건 그 브로치겠지."

그는 이 질문에도 답하지 않았다. 그저 그녀를 다시 바라보며 문을 닫을 뿐이었다. 두 사람은, 혈연으로 인한 격렬한 반감을 품은 채 서로를 지독하게 증오하는 두 적수는, 흥미로울 정도로 비슷한 모습이었다. 그는 방을 나섰다.

그는 침실로 돌아와서 불을 켜고 슬리퍼를 찾은 다음, 벽난로 앞으로 가서 잿불에 석탄을 더 넣고 쩔러대어 불을 키웠다. 벽난로 선반 위의 시계를 보니 12시 40분이었다. 이내 불이 활활 타오르기 시작했다. 몸의 떨림이 멎었다. 그는 침대로 돌아가서 불을 껐고, 이제 가구 위로 어른거리고 화장대 위의 화장품 병과 거울 위로, 그리고 자신의 서랍장에 놓인 작은 거울 위로 일렁이는 벽난로 불만이 남았다. 그의 서랍장 위에는 은제 액자가 세 개 놓여 있었다. 두 개의 큰 액자에는 자신과 에이미의 사진이 들어 있었고, 가운데의 작은 액자는 빈 채였다. 그는 그저 누워 있었다. 아무 생각도 하지 않으면서. 그저 한 번, 조용히 이런 생각이 지나갔을 뿐이었다. *결국 이렇게 됐군. 이제 알 수밖에 없겠지. 내가 무엇을 할지를 알게 될 거야.* 그리고 이후로는 그 생각마저 다시 떠올리지 않았다.

여전히 소름 끼치는 전화음이, 마치 끈질긴 메아리처럼 집 안을 가득 채우고 있는 것만 같았다. 그러다 문득 벽난로 선반에 놓은 시계 소리가, 크지는 않아도 차갑게 반복되는 소리가 들리기 시작했다. 그는 불을 켜고 베개 옆 탁자에 엎어두었던 책을 펼쳤지만, 시계 소리 때문에 도저히 글자에 집중할 수 없었고, 결국 자리에서 일어나 벽난로 선반 앞으로 갔다. 바늘은 이제 2시

30분을 가리키고 있었다. 시계를 멈추고 문자반을 벽 쪽으로 돌린 다음 불가로 책을 가져가니 이제는 글자가 눈에 들어왔고, 시간에 개의치 않고 독서할 때의 느낌이 돌아왔다. 따라서 독서를 멈추고 고개를 든 시각은 정확히 알 수 없었다. 아무 소리도 들리지 않았지만, 그는 에이미가 집에 있다는 것을 알아차렸다. 어떻게 알았는지는 자신조차 몰랐다. 꼼짝하지 않고서 숨을 멈추고, 평화로운 책을 들어올린 채 움직이지 않으며, 그저 기다릴 뿐이었다. 뒤이어 에이미의 목소리가 들렸다. "저예요, 어머님."

 그녀가 '어머님'이라고 말했어. 아직 움직이지 않은 채로, 그는 생각했다. 어머니를 다시 '어머님'이라고 불렀다고. 그는 이제 움직이기 시작했다. 읽던 위치를 표시하고 책을 조심스레 내려놓았으나, 방을 가로지르는 발걸음은 소리를 죽일 생각조차 않은 채 자연스러웠고, 문을 열고 내다보자 보이드 부인의 방에서 나오는 중인 에이미의 모습이 보였다. 그녀는 계단을 오르기 시작했다. 이쪽 또한 자연스러운 발걸음이었으며, 밤에 사로잡힌 집 안에 딱딱한 구두굽의 소리가 날카롭고 부자연스러울 정도로 크게 울렸다. 어머니가 불렀을 때 몸을 숙여서 슬리퍼를 다시 신어야 했을 거라고, 그는 생각했다. 그녀는 아직 그를 보지 못한 채 계속해서 계단을 올라오고 있었고, 흐릿한 복도 불빛이 비친 그녀의 얼굴은 모피코트의 옷깃 속에서 꽃잎 같은 모습으로, 그녀가 파묻혀 있던 장밋빛 반짝이는 차가운 밤의 향기를 그녀 자신보다 먼저 그가 있는 쪽으로 흘려보내고 있었다. 뒤이어 그녀는 층계 꼭대기에 서 있는 그를 마주했다. 아주 잠깐이었을 뿐이지만, 한순간 그녀는 모든 움직임을 멈추었다. 그러나 정지라고 칭할 만한 시간이 지나기도 전에 그녀는 다시 움직이기 시작했고, 그가 서 있는 곳을 지나쳐 침실로 들어가면서 이미 입을 열고 말하고 있었다. "너무 늦었지? 로즈 일가와 함께 있었어. 방금 이 앞 모퉁이에 내려줬는데. 클럽에서 자동차 열쇠를 잃어버렸지 뭐야. 그 차 소리에 깼나보네."

"아니. 이미 일어나 계셨어. 전화 소리 때문에."

그녀는 외투를 벗지 않은 채, 불가로 가서 손을 펴서 내밀었다. 그의 말은 듣지 못한 듯했고, 얼굴은 불빛에 발그레했으며, 층계를 앞서 올라왔던 차갑고 시린 향기가 이제는 그녀의 존재에서 퍼져나왔다. "아무래도 그런 것 같아. 방에 불이 켜져 있었거든. 현관문을 열자마자 들통난 것 같더라. 집 안으로 완전히 들어오기도 전에 '에이미'라고 부르길래 '저예요, 어머님'이라고 대답했지. 그랬더니 '부디 이리 들어오겠니'라길래 들어가 봤더니 그 흰자라고는 안 보이는 눈이랑 작년 면화 뭉치 한가운데에서 뽑아낸 듯한 머리카락으로 이렇게 말하는 거야. '물론 네가 즉시 이 집에서 떠나야 한다는 점은 너도 알고 있으리라 생각한다. 좋은 밤 되거라.'"

"그렇지." 그는 말했다. "아마 12시 30분쯤부터 깨어 계셨을 거야. 하지만 당신이 이미 침대에서 잠들어 있다고 말하고 운에 맡기는 것 말고는 별달리 할 수 있는 일이 없었지."

"그러니까, 그 여자가 아예 안 자고 있었다고?"

"그래. 아까도 말했지만 전화 때문이었어. 12시 30분쯤에."

그녀는 여전히 불길 위로 손을 펼친 채로, 어깨의 모피 너머로 그를 힐긋 바라보았다. 얼굴은 장밋빛이었고 눈빛은 묵직하게 반짝였다. 마치 쾌락을 느낀 후의 여인의 눈처럼, 저도 모르게 공모하듯 공감을 표하는 것처럼. "전화? 여기에? 12시 30분에? 무슨 그런 고약한 — 하지만 상관없지." 그녀는 몸이 따뜻해지기만을 기다리고 있었던 것처럼, 이제 몸을 돌려 그를 바라봤다. 풍성한 외투 속에서 하늘하늘한 드레스 자락이 반짝였다. 지금 그녀의 모습에는 아름다움이랄 것이 깃들어 있었다 — 매달 천 부씩 쏟아져나오는 잡지 속에서 튀어나온 듯한 판에 박힌 말끔한 얼굴이나, 수 마일의 셀룰로이드 필름이 한 종족의 여성의 육신을 억눌러 놓은 일부러 중성적으로 보이도록 만드는 도발 같은 몸매에 깃든 것은 아니었다. 그녀의 아름다움은, 팔을 번쩍 들면서 확고하고 잔혹하게 그에게 접근하는 그녀의 내면에 존재하는 영원불멸의 오랜 여성적인 특질에서 유래하는 것이었다. "그래! 정말 운이 좋았으니까!" 그녀는 이렇게 말하며 그의 몸에 팔을 두르고, 상체를 뒤로 기울이며 승자의 당당한 얼굴로 그의 얼굴을 바라보았다. 이제 냉기 어린 향기가 녹아내린 곳에는 따스한 여인의 체취가 감돌고 있었다. "방금 즉시 떠나라고 말했다니까. 그러니까 우린 떠날 수 있는 거야. 알겠어? 당신 이해가 돼? 이제 떠날 수 있다고. 돈 따위는 다 줘 버려. 전부 가지라 그래. 우리야 뭔 상관이야. 당신이 일자리를 구하면 되잖아. 어디서 어떻게 살아야 하든, 나는 아무 신경 안 써. 이젠 당신도 그 여자와 함께 여기 머물 필요가 없는 거야. 그 여자가 — 그걸 뭐라고 하더라? 당신을 직접 사면해 준 거라고. 문제는 내가 자동차 열쇠를 잃어버렸다는 건데. 하지만 뭔 상관이야. 걸어가면 되지. 그래, 걸어가자. 아무것도 안 들고, 우리가 처음 왔을 때처럼 그 여자 물건은 전부 두고 가는 거야."

"지금?" 그는 말했다. "오늘 밤에?"

"그래! 즉시 떠나라고 했다니까. 그러니까 당연히 오늘 밤 가야지."

"아니." 그는 말했다. 그게 전부였다. 자신이 무슨 질문에 답했는지, 무엇을 거부했는지조차 말하지 않았다. 그러나 여전히 그녀가 그를 끌어안고 있었기 때문에, 굳이 답할 필요조차 없었다. 변한 것이라고는 그녀의 표정뿐이었다. 아직은 사라지거나 겁에 질린 쪽으로 변하지조차 않았다. 그저 어린아이처럼 믿을 수 없다는 표정이 되었을 뿐이었다. "그러니까 당신 말은, 이래도 안 가겠다는 거야? 이래도 그 여자를 안 떠나겠다고? 오늘 밤에는 나를 호텔에 데려다 놓고, 내일 이리로 돌아오겠다는 거야? 아니면 오늘 밤조차 나랑 같이 호텔에 머물지 않겠다는 거야? 나를 그리 데려다 놓고 버려두고 당신은—" 그녀는 여전히 그를 안은 채 바라보고 있었다. 그녀는 입을 열기 시작했다. "아냐, 기다려. 뭔가 이유가 있겠지. 뭔가 — 잠깐." 그녀는 소리쳤다. "잠깐! 당신 아까 전화라고 했지. 12시 반에." 그녀는 여전히 손에 힘을 준 채로, 바늘구멍처럼 작아진 눈동자로, 흉포한 얼굴로 그를 바라보았다. "그거였어. 그게 이유였구나. 여기 전화해서 내 이야기를 한 사람이 누구야? 말해! 얼른 말하라고! 내가 설명할 수 있어. 말해 봐!"

"마사 로스였어. 당신을 방금 모퉁이에 내려줬다고 하더군."

"거짓말이야!" 그녀는 그 이름을 듣자마자 바로 소리쳤다. "거짓말을 한 거라고! 그때 나를 데려다주긴 했는데 아직 이른 시간이라 그 사람들 집으로 따라가서 햄이랑 계란을 좀 먹어야겠다는 생각이 들었어. 그래서 프랭크가 떠나기 전에 다시 불러서 그쪽으로 합류해서 함께 갔다고. 프랭크가 증명해 줄 거야! 그 여자가 거짓말을 한 거라고! 바로 방금 전에 모퉁이에 나를 내려줬다니까!"

그녀는 그를 바라봤다. 둘은 움직이지 않은 채 한순간 내내 서로를 바라보고 있었다. 그러다 그가 입을 열었다. "그럼 브로치는 어디 있지?"

"브로치?" 그녀가 말했다. "무슨 브로치?" 그러나 그가 보는 앞에서, 이미 그녀의 손은 외투 안쪽을 뒤지기 시작했다. 그녀는 마치 숨이 막힌 아이처럼 입을 떡 벌리더니, 뒤이어 그대로 굳은 채로 온몸을 내던지듯 울기 시작했다. 따라서 뒤이은 그녀의 말은 어린아이처럼 입을 크게 벌리고, 온전히 절망 속에 자신을 내맡긴 사람의 목멘 소리로 들려왔다. "아, 하워드! 내가 당신에게 그런 일을 했을 리가 없잖아! 내가 어떻게! 내가 어떻게!"

"괜찮아." 그는 말했다. "조용, 자. 조용, 에이미. 어머니가 들으시겠어."

"알았어. 노력하고 있어." 그러나 그녀는 여전히 끝없이 흘러나오는 눈물 아래로 뒤틀리고 기묘하게 굳은 얼굴로 그를 바라보고 있었다. 마치 눈만이 아니라 온 얼굴의 구멍에서 동시에 물이 솟아나오는 것만 같았다. 이제 그녀도 주어나 상황을 언급하지 않고, 생각을 즉시 말로 옮기기 시작했다. 단순한 저항 또는 거부를. "당신이 알아채지 않았다면 나랑 같이 떠났을 거야?"

"아니, 그래도 안 돼. 어머니를 두고 갈 수는 없어. 어머니가 돌아가실 때까지는 못 떠나. 아니면 이 집이 사라지거나. 그럴 수는 없어. 못 해. 나는—" 둘은 서로를 마주 보았다. 그녀가 바라보는 그의 눈동자 안에는 자신이 아니라, 층계 아래의 누르께한 얼굴이 비치는 듯했다 — 뭉쳐 지저분한 백발과, 격렬하고 완고한 눈이 — 단순히 앞이 보이지 않아서가 아니라, 단호하고 불굴이며 자신을 희생한 누군가의 특질이 자신의 모습에 덮어씌워진 것만 같았다.

"그래." 그녀는 말했다. 그녀는 어디선가 시폰 조각을 꺼내 가볍게 눈가를 두드렸다. 이 순간에조차 본능적으로 마스카라가 번지지 않도록 애쓰고 있었다. "그 여자가 우리를 이긴 거야. 저기 침대에 누워만 있으면서 우리를 이겼다고." 그녀는 몸을 돌려 옷장으로 가서 외박용 가방을 꺼내 화장대 위의 유리병들을 집어넣고는 서랍 하나를 열었다. "오늘 밤에 전부 가져갈 수는 없어. 나중에—"

그 또한 움직이기 시작했다. 그는 작은 빈 액자가 올려져 있는 서랍장에서 지갑을 꺼내고는, 지폐를 빼내고 지갑을 다시 넣은 다음 그녀의 손에 돈을 쥐여주었다. "얼마 안 되기는 할 거야. 하지만 내일까지 돈이 그리 많이 필요할 일도 없을 테고."

"그래." 그녀는 말했다. "그럼 나머지 내 물건도 그때 보내 줘."

"알았어." 그는 말했다. 그녀는 지폐를 접고는 손가락 사이에 끼워서 반반히 폈다. 그를 바라보지는 않았다. 그는 그녀가 어디를 바라보는지 알 수 없었다. 그저 돈을 보고 있는 것이 아니라는 것만 알 뿐이었다. "어디 넣을 핸드백 같은 거 없어?"

"있어." 그러나 그녀는 지폐를 접어 반듯이 펴는 손길을 멈추지 않았다. 여전히 바라보지 않으며, 존재조차 인지하지 못하는 듯이, 그 돈이 아무런 가치도 없으며 아무 생각 없이 무심코 주워든 물건이라도 되는 듯이. "그래." 그녀는 말했다. "그 여자가 우리를 이긴 거야. 저 침대에 누운 채로, 나중에 사람들이 들어와서 밖으로 꺼내가기 전까지는 아예 움직이지도 않을 거면서, 그대로 그 브로치로 우리를 둘 다 패배시킨 거라고." 그리고 그녀는 울기 시작했다. 이제는 그녀의 말소리만큼이나 나직한 울음이었다. "내 아가." 그녀는 말했다. "내 소중한 아가."

그는 이제 조용히 하라고도 말하지 않았다. 그저 그녀가 다시 거의 활기차고 열렬한 동작으로 눈가를 닦은 다음, 거의 웃는 듯한 얼굴로, 세심하게 준비한 저녁 화장이 뭉개지고 흘러내린 자리에 눈물이 남긴 지치고 평화로운 흔적을 채운 모습으로 자신을 바라볼 때까지 기다릴 뿐이었다. "자." 그녀는 말했다. "시간이 늦었잖아." 그녀는 허리를 숙였지만, 그가 앞질러 가방을 들어 주었다. 두 사람은 함께 층계를 내려갔다. 보이드 부인의 채광창에 불이 들어와 있는 것이 보였다.

"차가 없는 게 유감이네." 그는 말했다.

"응. 클럽에서 열쇠를 잃어버렸어. 그래도 주차장에 전화는 해놨어. 아침에 이리 가져올 거야."

둘은 복도에 멈췄고, 그는 전화로 택시를 불렀다. 그리고 둘은 이따금씩 나직하게 대화하며 기다렸다. "바로 잠자리에 드는 게 좋겠어."

"그러게. 지쳤어. 춤도 꽤 많이 췄고."

"음악은 어땠어? 괜찮았겠지?"

"응. 잘 모르겠어. 아마 그랬겠지. 당신은 춤출 때마다 음악이 있는지 없는지도 눈치 못 채잖아."

"그렇지. 아마 그런 것 같아." 그러다 차가 도착했다. 두 사람은 차로 갔다. 그는 잠옷과 가운 차림이었다. 대지는 얼어 딱딱했고, 시린 하늘은 별빛이 가득했다. 그는 차에 타는 그녀를 거들었다.

"얼른 들어가." 그녀가 말했다. "외투도 안 입고 나왔잖아."

"알았어. 당신 물건은 아침 일찍 호텔로 보낼게."

"너무 일찍 보내지는 마. 얼른, 뛰어." 그녀는 이미 외투를 여민 채로 자리에 몸을 묻고 있었다. 그는 이미 조금 전부터, 침실에 있던 어느 순간부터, 따스한 여인의 체취가 다시 응고되어 아까의 흐릿한 얼어붙은 향기로, 부서질 것처럼 비영구적이며 허망한 냄새로 변했음을 깨닫고 있었다. 자동차는 떠났고, 그는 뒤돌아보지 않았다. 현관문을 듣는 순간 어머니가 그의 이름을 불렀다. 그러나 그는 멈추지도, 심지어 문 쪽을 일별하지도 않았다. 그저 먹먹하고 평이하며 잠기운 따위는 전혀 느껴지지 않는 독단적인 목소리에서 벗어나 층계에 발을 들일 뿐이었다. 벽난로 불길은 이미 다 타들어갔다. 강렬한 장미빛 불빛이, 평화롭고 고요하고 따스하게 거울과 윤이 나는 나무 위에 빛나고 있었다. 책은 여전히 펼쳐 엎어놓은 그대로 의자 위에 있었다. 그는 책을 집어들고 두 침대 사이에 있는 탁자를 뒤적여 셀로판 봉투를, 한때 파이프 소제기를 담았으나 이제는 책갈피로 쓰는 물건을 찾아내서는 책에 끼워 내려놓았다. 외투 주머니에 쏙 들어갈 크기인, 모던 라이브러리 출판사의 『녹색의 장원』*이었다. 사춘기에 발견한 책이었다. 이후 내내 읽어온 책이었다. 그 당시에는 세 주인공이 존재하지 않는 리올라마 일족을 찾아가는 부분만 골라 읽곤 했었다. 평범한 소년이 평범하고 진부한 성애물이나 음란물을 읽듯이, 그는 바로 그 부분만 찾아서 몰래 읽곤 했다. 자기가 찾는 것이 동굴의 상징이라는 것도 모르는 채 리마와 함께 황량한 산을 올라 동굴로 향했다가, 도주하고 도망치고픈 욕망을 리마와 공유하며 그곳에서 간신히 도망쳐 나오고, 기다려주지도 않는 그녀의 발자취를 따라서 그녀가 성냥불처럼 무상하고 연약하게, 차갑고 무감정한 달빛 아래 서 있는 곳으로 향하곤 했다. 당시 순수했던 그는 모종의 다급하고 절망스러운 즐거움 속에서, 그녀를 둘러싼 신비는 형체를 갖춘 것이기에 신비일 수 없다고 믿었다. 그녀가 물질적으로 불가해하며 불완전하다고 믿었다. 자신이 겪는 일들이 자신의 탓이 아님을 평온한 절망으로, 책 속

---

* 『*Green Mansions: A Romance of the Tropical Forest*』. 윌리엄 허드슨의 1904년작 모험 로맨스 소설. 베네수엘라 남동부의 기아나 정글을 무대로 한다. 기아나 정글의 인디언 마을에 정착한 젊은이 아벨은 새 소리로 가득한 금기의 숲에서 새와 소통할 수 있는 소녀 리마와 만난다. 고독한 소녀 리마는 아벨의 이야기 속 산맥인 '리올라마'가 자신의 진짜 이름임을 직감하고, 아벨과 아버지 누플라와 함께 어머니의 고향 리올라마의 동족을 찾는 여행길에 오른다. 그러나 동굴에 도착하니 어머니의 동족은 온갖 재해에 이미 모습을 감춘 후였고, 리마는 좌절하면서도 아벨과의 미래를 꿈꾸며 인디언 마을로 돌아온다. 그러나 금기의 숲은 사냥 나온 인디언들로 가득하고 새 소리는 사라진 후였다. 인디언들은 금기의 숲을 개척한 아벨의 용기를 칭송하며 리마를 화형에 처하고, 아벨은 적대 부족으로 달려가서 자신과 함께 살던 인디언 부족을 학살하고 리마의 재를 항아리에 모은다. 노인이 된 아벨은 신도 인간도 자신을 용서할 리 없지만, 리마가 용서해준다면 스스로는 자신을 용서할 수 있으리라 생각하며 그녀와 함께 묻힐 날만을 기다리며 여생을 보낸다.

에서 읽은 것들로 정당화하고 입증할 수 있다는 (그는 그렇게 믿었었다) 젊은이다운 믿음을 품었다. 그러나 결혼 후에는 아이가 죽고 토요일 밤이 시작되기 전까지 그 책을 다시 펴들지 않았다. 그리고 그때부터는 예전에 찾으려 애쓰던 리올라마로의 여정 부분을 피하기 시작했다. 이제 그는 아벨이 (자신이 홀로라는 사실을 세상 누구보다도 잘 아는 남자가) 새 소리로 가득한 빽빽한 금기의 숲을 떠돌아다니는 부분만을 읽었다. 문득 그는 다시 서랍장으로 가서 다시 지갑을 넣어 두는 서랍을 열고는, 그대로 서랍 모서리를 붙든 채로 잠시 그대로 서 있었다. "그래." 그는 나직하게, 소리 내어 말했다. "내가 하려는 일은 내내 옳은 것이었을 거야."

복도 끝에 있는 욕실은 나중에 건물에 증축해 붙인 것이었고, 에이미를 위해 전기 히터를 가져다놓고 잊고 있었기에 따뜻하기도 했다. 그가 위스키를 보관하는 곳도 거기였다. 자유가 막 시작되리라 믿은 순간에 어머니가 뇌졸중으로 쓰러진 후로, 그는 술을 마시기 시작했다. 그리고 아이가 죽은 후로, 2갤런들이 옥수수 위스키 통을 욕실에 보관하기 시작했다. 욕실은 집에서 제대로 분리되어 있는 데다 어머니 방과는 한참 떨어져 있었지만, 그는 욕실 문 주변과 아래에 꼼꼼하게 수건을 끼웠다. 그리고 다시 전부 빼내고는 침실로 돌아가서 에이미의 침대 덮개를 끌어내려 욕실로 돌아가서 다시 수건을 끼운 다음 그 위로 침대 덮개를 덮었다. 그러나 그 정도로도 그는 만족하지 못했다. 그는 생각에 잠긴 채, 조금 뚱뚱한 모습으로 (그는 춤 배우기를 포기한 이후로 운동이라고는 한 적이 없었고, 이제 그의 몸매에는 이탈리아 젊은이를 떠올리게 하는 부분이라고는 거의 남지 않았다) 손에 든 권총을 늘어트리고 서 있었다. 그는 주변을 둘러보기 시작했다. 그의 시선이 욕조 가장자리에 걸려 있는 욕실용 매트를 향했다. 그는 매트를 가져다가 권총과 손을 한데 감싸고는 벽을 향해서 발포했다. 먹먹한 총성과 진동이 울렸지만 그리 크지는 않았다. 그럼에도 그는 잠시 그대로 서서, 멀리서 들리는 소리를 들으려 애쓰듯 귀를 기울였다. 그러나 아무 소리도 들리지 않았다. 그럼에도 그는 다시 문을 열고는, 조용히 복도를 가로질러 계단을 내려가서 어머니 방문의 어둑한 채광창이 보이는 위치까지 갔다. 그러나 이번에도 그는 멈추지 않았다. 그는 조용히 계단을 다시 올라오며, 차갑고 무력한 추론을 한 귀로 듣고 한 귀로 흘렸다. *너는 네 아비처럼 양쪽 중 누구와도 함께 살 수 없는 거지. 그런데도 네 아비와는 달리 양쪽 모두가 없어도 살 수 없는 모양이야.* 그는 나직하게 혼잣말을 중얼거렸다. "그래. 그 생각이 옳았던 것 같군. 내 정신 속 사색하는 부분이 나보다도 우리에 대해서 잘 알고 있던 것 같아." 그리고 그는 다시 욕실 문을 닫고 조심스레 주변과 아래에 수건을 채웠다. 그러나 이번에는 침대 덮개는 씌우지 않았다. 그는 침대 덮개를 머리 위로 두르고 쭈그려 앉은 채로, 권총 총구를 파이프처럼 잇새에 물고는, 두텁고 부드러운 덮개로 머리를 휘감으며 서둘러 움직였다. 벌써부터 숨이 막혀 오고 있었으니까.

우리 밀라드 할머니*와 베드포드 포레스트 장군과 해리킨 크릭 전투

My Grandmother Millard and General Bedford Forrest
and The Battle of Harrykin Creek

I

우리 가족은 저녁 식사 직후, 식탁을 떠나기 전에 그 일을 하곤 했다. 처음에는 양키들이 멤피스를 점령했다는 소식이 전해진 날부터 사흘 연속으로 했었다. 그러나 그다음에는, 갈수록 우리 솜씨가 늘고 빨라졌기 때문에, 일주일에 한 번이면 할머니도 충분히 만족하게 되었다. 그러다 마침내 멜리산더 사촌누나가 멤피스를 벗어나서 우리와 함께 살러 온 다음부터는 한 달에 한 번으로 줄어들었고, 아버지가 투표로 버지니아 연대의 대령 직위를 잃고** 집으로 돌아와서 석 달 동안 머물면서 농사일에 몰두하며 분노를 삭이고 포레스트 장군 휘하에 들어갈 기병대를 조

---

* 로자 밀라드는 사위인 존 사토리스 대령이 전쟁에 나간 동안 농장을 대신 관리해 주는 중이었다. 이야기의 화자는 사토리스 대령의 아들이자 1차 대전기에 '늙은 베이어드'로 칭해지는 베이어드 사토리스다.
** 남부연합군의 상당수는 지원병 연대로 구성되었으며, 그중 일부는 대령직을 연대 전체의 투표로 선발했다.

직하는 동안에는, 아예 그 일을 그만두었다. 그러니까, 아버지가 지켜보는 가운데 한 번 하기는 했는데, 그날 밤 링고*와 나는 아버지가 서재에서 크게 웃는 소리를 들었는데, 그게 아버지가 귀가한 후 처음으로 웃는 것이었으며, 30초쯤 지나니 할머니가 치맛자락을 높이 올린 채로 나와서 계단을 따라 바삐 내려왔다. 그래서 우리는 아버지가 부대를 조직해서 떠나기 전까지는 그 일을 다시 하지 않았다.

그 일을 할 때면 할머니는 냅킨을 접어 접시 옆에 내려놓았다. 그리고 자기 의자 옆에 서 있는 링고를 향해, 고개도 돌리지 않고 이렇게 말했다.

"가서 조비하고 루시어스를 불러오거라."

그러면 링고는 머뭇거리지도 않고 그대로 부엌을 나섰다. 그냥 루비아나의 등에 대고 "알았어요. 조심해요"라고 말하고는 오두막으로 사라졌다가 조비와 루시어스와 불 켠 랜턴만이 아니라 필라델피아까지 데려오곤 했다. 필라델피아는 아무것도 안 하고 과수원까지 따라왔다가 저택으로 돌아와서 할머니가 일단 그걸로 끝이라고 선언하는 모습을 지켜본 다음, 루시어스와 함께 자기 집으로 돌아가서 잠자리에 들 터였지만 말이다. 그리고 우리는 다락방에서 내가 매주 월요일마다 닭기름 적신 깃털로 자물쇠에 기름칠하는 커다란 가방을 꺼냈고(이때쯤에는 너무 자주

---

* 조비의 손자. 베이어드와 형제처럼 자라고 로자 밀라드를 '할머니'라고 부르는 흑인 소년으로, 베이어드 사토리스가 주요 인물로 등장하는 모든 작품에 함께 모습을 보인다. 포크너의 사토리스 가문에서 링고가 차지하는 위치는 여러모로 미묘하지만 언제나 충직하게 사토리스 가문의 하인으로 행동한다.

해서 랜턴 없이도 다락방으로 올라가 가방을 가져올 수 있을 정도였다), 뒤이어 루비니아가 한쪽 팔에는 저녁식사 때 썼던 은식기가 든 설거지통을 들고 반대쪽 손에는 부엌 시계를 든 채로 부엌에서 들어와서 식탁에 시계와 설거지통을 내려놓은 다음, 앞치마 주머니에서 할머니의 둘둘 말린 스타킹을 꺼내 할머니에게 넘겼고, 할머니는 그중 한짝의 발가락 부분에서 둘둘 말린 걸레를 빼내서 그 안에서 가방 열쇠를 꺼낸 다음, 가슴팍에 걸려 있던 시계를 들고는 걸레로 둘둘 말아서 걸레를 다시 스타킹에 넣고 스타킹을 다시 둥글게 둘둘 말아서 그대로 가방에 넣었다. 그리고 멜리산더 사촌누나와 필라델피아가 지켜보는 가운데, 그리고 한 번은 그 자리에 있던 아버지도 지켜보는 가운데, 할머니는 시계를 바라보며 일어서서, 양손을 들어 8인치 정도 간격으로 벌리고는 고개를 숙여 안경 너머로 시계 문자반을 바라보면서, 큰 바늘이 가장 가까운 시각 위치에 도달할 때까지 같은 자세로 서 있었다.

나머지 우리는 그녀의 손만을 바라보고 있었다. 그녀는 다시 입을 열지 않았다. 그럴 필요도 없었다. 시계바늘이 시각 위치에 가까워지면 큰 소리로 짝하고 손뼉을 칠 것이기 때문이었다. 때론 우리는 그보다 먼저, 손바닥이 부딪치기 전부터 움직일 때도 있었다. 필라델피아를 제외한 모두가 말이다. 할머니는 루시어스 때문에 그녀의 도움을 전혀 요구하지 않았는데, 사실 매번 구덩이를 파고 가방을 나르는 일은 거의 대부분 루시어스가 도맡아 하긴 했다. 그러나 필라델피아도 그 자리에 있어야만 했다. 할머니는 그저 딱 한 번 그녀에게 이렇게 일렀을 뿐이었다. "모든 자유민*의 아내들도 그 자리에 있었으면 한다." 할머니는 말했다. "너희 자유민들이 나머지 우리 자유가 아닌 사람들**이 너희 자유를 지키려고 뭘 해야 하는지 봐줬으면 하는 거다."

이런 일을 시작한 것은 여덟 달쯤 전이었다. 심지어 나조차도 루시어스에게 뭔가 일이 생겼다는 것을 깨닫게 된 적이 있었다. 그리고 링고는 그걸 이미 본 적이 있으며 그게 무엇인지 알고 있다는 것까지도 깨달았고, 따라서 마침내 루비니아가 찾아와서 할머니한테 말했을 때쯤에는 루시어스가 자기 어머니한테 털어놓을 엄두를 냈던 것이 아니라 다른 누군가를 압박해서 그녀에게 대신 털어놓도록 만든 것이나 다름없는 상황이 되고 말았다. 이미 한 번 이상 입 밖에 냈으며, 아마 처음은 어느 밤 오두막에서였겠지만, 다음에는 다른 장소에서 다른 사람들에게, 심지어 다른 농장의 검둥이들에게도 말한 후였기 때문이다. 그때 이미 멤피스는 함락된 후였고, 뉴올리언스도 마찬가지였으며, 따라서 강 왼편에서 우리에게 남은 곳이라고는 빅스버그뿐이었으나 당시 우리는 그조차 믿지 못했고, 어차피 그곳 역시 오래 버티지 못했다. 그러다 어느 아침에 루비니아가 들어와서, 아버지가 버지니아에서 입고 온 낡은 군복 바지를 내게 맞도록 자르고 있는 할머니한테 가서는, 루시어스가 머지않아 양키들이 미시시피 전역과 요크나파토파 카운티를 점령할 것이며 모든 깜둥이들이 자유가 될 것이고, 그런 일이 벌어지면 아주 멀리 떠날 것이라고

---

* 흑인 노예.

** 백인.

떠들고 다닌다고 알렸던 것이다. 루시어스는 그날 아침 정원에서 일하고 있었다. 할머니는 여전히 바지와 바늘을 든 채로 뒤편 베란다로 나갔다. 심지어 안경을 올려 쓰지도 않았다. 그녀는 단 한 번, "거기, 루시어스"라고 말했을 뿐이었다. 루시어스는 괭이를 든 채로 정원에서 나왔고, 할머니는 그를 내려다봤다. 독서나 바느질을 하거나 은을 묻으러 가기 전까지 시계바늘을 읽을 때처럼 안경 너머로 눈을 치뜨고 말이다.

"지금 떠나도 된다." 그녀는 말했다. "굳이 양키들을 기다릴 필요 없다."

"떠나요?" 루시어스는 말했다. "저는 자유민이 아닌데요."

"지금까지 거의 3분 동안 자유민이었다." 할머니는 말했다. "가거라."

루시어스는 거의 열을 셀 수 있을 정도의 시간 동안 눈을 깜빡였다. "어딜 가라고요?" 그는 말했다.

"그건 내가 알려줄 수 없지." 할머니는 말했다. "나는 자유가 아니니까. 머지않아 사방이 양키 세력에 둘러싸여 버릴 테니까 말이다."

루시어스는 눈을 끔뻑였다. 그는 이제 할머니를 똑바로 바라보지 못했다. "원하시는 게 그것뿐인가요?" 그는 말했다.

"그래." 할머니는 말했다. 그렇게 그는 정원으로 돌아갔다. 그리고 그가 자유를 입에 담은 것은 그게 마지막이었다. 그러니까, 대놓고 행동으로 표현하는 일이 사라졌고, 설령 더 말했다 하더라도 루비니아조차 그게 할머니를 귀찮게 할 만한 일은 아니라고 생각했다는 뜻이다. 그걸 계속 상기시키는 사람은 할머니였고, 특히 필라델피아에게, 특히 우리가 장애물 앞 경주마들처럼 서서, 할머니가 손뼉을 치기만을 기다리고 있을 때 더욱 그랬다.

우리 모두는 제각기 맡은 임무를 정확히 알고 있었다. 나는 위층으로 올라가서 할머니의 금 머리핀과 은제 장식이 달린 우산과 깃털 달린 주일용 모자를 가져왔는데, 귀걸이와 브로치는 이미 오래전에 리치먼드로 보냈기 때문이었다.* 그리고 아버지 방으로 가서는 등판이 은제인 옷솔을 가져왔고 멜리산더 사촌누나가 우리와 함께 살러 온 후로는 그 방에도 들러서 그녀의 물건도 가져왔는데, 할머니가 멜리산더의 도움도 받으려 시도했던 때에는 자기 드레스를 전부 가지고 내려왔기 때문이다. 링고는 응접실로 가서 촛대와 할머니의 덜시머와 캐롤라이나에 사는 아버지 쪽 할머니의 목걸이 보석을 가져왔다. 그리고 우리가 다시 식당으로 달려 내려가 보면 루비니아와 루시어스는 식기대를 거의 비워놓은 후였고, 할머니는 여전히 그 자리에 서서 시계 문자반을 바라보며, 가방에 양손을 올리고 열 준비를 하고 있다가 우리가 도착하면 열었고, 그러면 링고와 나는 지하실 문 앞에서 얼른 삽을 낚아채고는 과수원으로 달려가서 덤불과 잡초와 얼기설기 얹어놓은 나뭇가지를 치워서 구덩이를 드러내어 그들이 오는 것이 보일 즈음에는 모든 준비를 마쳐 놓고 있었다. 맨 앞에는 랜턴을 든 루비니아가 있었고, 가방을 든 조비와 루시어스가 그 뒤를 따랐으며, 할머니는 그 옆에서 걷고 멜리산더 사촌누나와 필라델피아가 (그리고 참석했던 한 번은, 내내 웃으며 따라오는 아

---

* 전쟁 수행을 위해 남부연합에 기부했다는 뜻이다.

버지가) 그 뒤를 따랐다. 첫날 밤에는 부엌 시계는 가방에 들어가 있지 않았다. 할머니가 시계를 들고 왔고, 시계바늘을 읽을 수 있도록 루비니아가 랜턴을 비추어 주었으며, 할머니는 우리에게 가방을 구덩이에 집어넣고는 흙을 다시 덮고 땅을 반반하게 다지고 덤불과 잡초를 다시 위로 올리게 만들었다가, 다시 가방을 파낸 다음 집으로 가지고 들어오게 시켰다. 그러던 어느 밤, 그러니까 우리가 다락방에서 가방을 가지고 내려와서 은식기와 은제품을 전부 집어넣고 구덩이로 가져가서 구덩이를 파냈다가 다시 덮고 뒤돌아서 가방을 집 안으로 가져와서 은제품을 꺼내서 제자리에 가져다놓는 일을 하면서 겨울과 여름을 보낸 후의 어느 밤에 그 일이 일어났다. 누가 먼저 생각한 것인지는 모르겠고, 어쩌면 우리 모두가 동시에 생각했을 수도 있을 것이다. 어쨌든 시계바늘이 4시 근처를 지나면서 할머니의 손이 박수 소리를 내기도 전에, 링고와 나는 달려가서 구덩이를 파냈다. 그리고 사람들이 가방을 들고 등장했을 때 링고와 나는 마지막 한 아름의 덤불과 나뭇가지를 그대로 안고 있었으며, 같은 이유에서 루시어스는 자기가 들고 있던 가방 손잡이를 손에서 내려놓지도 않았고, 다음에 일어날 일을 알고 있던 사람은 루비니아뿐인 듯했는데 링고와 나는 부엌 시계가 아직 식탁에 놓여 있다는 것조차 알지 못하고 있었기 때문이다. 그러다 할머니가 입을 열었다. 할머니가 처음의 "가서 조비하고 루시어스를 불러오거라"와 30분 후의 "발을 닦고 잠자리에 들어라" 사이에 입을 연 것은 이때가 처음이었다. 별로 크지도 않고 길지도 않은, 그저 단어 하나일 뿐이었다. "묻어라." 그래서 우리는 가방을 구덩이에 내려놓았고 조비와 루시어스는 흙을 덮었으며 그런 후에도 링고와 나는 덤불을 든 채로 움직이지 않았으며 다시 할머니가, 이번에도 나직한 소리로 말했다. "계속해라. 구덩이를 숨겨." 그러자 우리는 덤불을 돌려놓았고 할머니는 말했다. "파내라." 그래서 우리는 가방을 파내서 집으로 가지고 들어온 다음 물건들을 원래 있던 자리에 가져다놓았고 그제야 나는 부엌 시계가 식당 식탁에 그대로 놓여 있는 모습을 발견했다. 그리하여 우리는 그대로 그 자리에 서서 할머니의 손이 마주칠 때까지 지켜보며 기다리다가, 다시 짝 소리가 나자 그 어느 때보다도 빠르게 가방을 채우고 과수원으로 가지고 나가서 구덩이 안으로 내렸다.

II

그러나 정작 은제품을 땅에 묻어야 할 때가 되었을 때는 너무 늦어버렸다. 모든 일이 끝나고 멜리산더 사촌누나와 필립 매형이 마침내 결혼하고 아버지의 웃음도 멈춘 후에, 아버지는 폭정에 맞서 자유를 지키고자 하는 복잡하지 않은 의지 때문에 뭉친 이질적인 사람들의 모임에서는 언제나 그런 일이 일어난다고 말했다. 그런 이들은 언제나 첫 전투에서는 패배하기 마련이며, 수적으로 열세이고 힘이 부족하다면 외부인의 눈에는 한순간에 모든 것을 잃을 것처럼 보이게 마련이라는 것이었다. 그러나 그런 일은 일어나지 않는다. 그들은 패배에 굴하지 않는다. 그저 자유를 강렬하고 온전하게, 다른 모두를 — 편안함과 안락함과 살찐 영혼 따위를, 남은 것이 아무리 부족하더라도 만족할 수 있을 정도로 — 포기할 수만 있다면, 자유 그 자체가 가뭄이나 홍수와 같은 음의 힘으로 작용하여 폭정을 굴복시키는 것이다. 그리고 그보다 훗날, 2년이 더 지나서 우리가 전쟁에 패배하리라는 사실을 모두 알게 된 후에도, 아버지는 여전히 그런 말을 하고 있었다. "나는 보지 못하겠지만 너는 보게 될 거다. 다음 전쟁에서, 그리고 그 이후로 미국인이 싸울 모든 전쟁에서 너는 보게 될 거다. 남부의 남자들이 모든 전투에서 앞장설 것이며, 심지어 지휘관이 되어서, 우리를 정복한 이들이 자기네가 우리한테서 가져갔다고 생각하는 바로 그 자유를 수호하는 일을 돕게 될 거다." 그리고 그런 일이 실제로 일어났다. 30년 후 윌러 장군*이 쿠바에서 지휘권을 잡게 된 것이다. 아버지가 언제나 변절자라 부르고, 리치먼드에서 편집자 일을 하는 늙은 얼리 장군**이 반역자이자 모친 살해자라고 부르면서 이렇게 평했던 바로 그 사람 말이다. "나는 세상을 뜰 때 로버트 리를 다시 만날 수 있는 삶을 살고 싶었다. 그러나 그러지 못한 이상, 악마가 조 윌러의 푸른 군복을 불태우는 장면을 구경하며 즐길 것이다."

우리에겐 시간이 없었다. 심지어 제퍼슨에 양키가 있는지조차, 그것도 사토리스 농장에서 1마일 안쪽에 있는지조차 모르고 있었다. 애초에 이 동네에는 양키가 많았던 적이 없었다. 당시에는

---

* 조지프 윌러(1836~1906). 남부연합의 장군. 전후 앨라배마주 하원 의원으로 정계에 입문하고 미국-스페인 전쟁에서 중장으로 지휘권을 쥐었다.

** 주벌 얼리(1816~1894). 남부연합의 장군. 셔난도어 계곡의 전투 후 리 장군에게 지휘권을 빼앗겼다. 전후 백인우월주의 및 노예제 폐지 반대 활동가가 되었으며 남부역사학회 회장직을 역임했다.

철도도 없었고, 큰 배가 다닐 만한 큰 강도 없었으며, 설령 제퍼슨을 찾아온다 해도 원할 물건조차 없었는데, 아버지가 그랜트 장군이 자신의 체포에 포상금을 거는 전군 명령을 내렸다고 알려서 모두를 걱정하게 만들기 전이었기 때문이다. 그래서 우리는 전쟁에 익숙해져 있었다. 우리는 전쟁이 철도나 강처럼 명확하게 규정되고 확정된 것이라고, 멤피스에서 철도를 따라 동쪽으로 이동했다가 강을 타고 빅스버그를 향해 남쪽으로 흘러갈 것이라 여기고 있었다. 양키들의 약탈 이야기를 듣기는 했고, 제퍼슨 근처 대부분의 사람들이 자기네 은식기를 재빨리 파묻을 준비를 마쳤다는 것도 알고 있었다. 내 생각에 우리처럼 미리 연습을 한 사람은 없을 것 같았지만 말이다. 그러나 우리 지인 중에서 약탈을 당한 이들과 친족 관계인 사람은 하나도 없었고, 그래서 나는 루시어스조차도 그날 아침이 되기 전까지는 양키들이 들이닥칠 것을 예상하지 못했으리라 생각한다.

11시 즈음이었다. 점심 식탁 준비가 끝난 후라서 모두가 긴장을 풀고 루비니아가 뒤편 발코니로 나와서 종을 울릴 것이라고 확신하고 있을 때, 앱 스놉스*가 평소처럼 괴상하게 생긴 말을 타고 전력으로 달려 도착했다. 그는 아버지 기병대의 병사 중 하나였다. 전투원은 아니었다. 스스로는 자기가 아버지의 기병대장이라는 의미불명의 소리를 하고 다녔으나 우리는 그가 하는 일

---

* 스놉스 일가의 가장으로, 「불타오른 헛간」의 화자의 부친이기도 하다. 「매수인Vendée」에서는 로자 밀라드 살해의 공범이 되어 링고의 복수 대상이 되기도 한다.

을 짐작하고 있었고, 부대가 브래그 장군*과 함께 테네시로 올라가 있어야 하는 이 순간에 그가 제퍼슨에서 무엇을 하는지를 아는 사람은 적어도 우리 중에는 없었으며, 그가 그 말을 얻어서 할머니의 화단 하나를 짓밟으며 달려 들어온 상황을 제대로 이해하는 사람은 아마 세상 어디에도 없었을 것이다. 아마 그 본인은 전할 말이 있으니 그런 행동이 용인되리라 여겼겠지만, 전갈이 있든 없든 그렇게 고래고래 소리를 지르며 할머니네 대문으로 달려들어와서는 안 되는 것이었다. 300야드 밖에서도 보일 정도로 큼지막하게 미합중국 육군 낙인이 찍힌 채 지쳐 헐떡이는 말에 올라탄 채로, 포레스트 장군이 제퍼슨에 있기는 한데 양키 기병연대 하나가 도로를 따라 반 마일도 내려가지 않은 곳에 보였다고 소리치고 있었으니 말이다.

따라서 우리에게는 애초에 시간이랄 것조차 없었던 셈이다. 훗날 아버지는 할머니가, 물론 다른 이에게서 베낀 것이기는 해도, 전략이나 전술 측면에서는 실수를 저지르지 않았다는 사실을 인정했다. 군사적 성공의 가장 중요한 요소는 오래전부터 독창성이 되었다고 말이다. 문제는 모든 일이 너무 빨리 일어났다는 것이었다. 나는 조비와 루시어스와 필라델피아를 데리러 나갔는데, 링고는 할머니가 벌써 저들이 보이면 흔들라고 행주를 들려 길가로 내보냈기 때문이었다. 그리고 할머니는 링고를 지켜볼 수 있는 정면 창문 앞으로 나를 보냈다. 새로 얻은 양키 말

---

* 브랙스턴 브래그(1817~1876). 남부연합의 장군. 미시시피 의용군을 테네시 의용군으로 재편했으며 채터누가 전투 패전 후 사임했다.

을 숨기고 돌아온 앱 스놉스는, 위층으로 올라가서 물건 챙기는 일을 돕겠다고 나섰다. 할머니는 아주 오래전부터 앱 스놉스에게 사람을 딸리지 않고 집 안을 돌아다니게 만들면 안 된다고 말해왔다. 차라리 양키들을 집 안에 들이는 편이 나을 텐데, 양키들이라도 그보다는 더 사려 깊게 행동하리라는 이유에서였다. 그 사려라는 것이 최소한의 분별을 발휘하여, 앱 스놉스처럼 훔친 숟가락이나 촛대를 바로 이웃집에 팔아넘기지는 않으리라는 정도긴 했지만 말이다. 할머니는 그의 말에 대꾸조차 하지 않았다. 그저 "저쪽 문간에 얌전하고 조용히 서 있게"라고 말했을 뿐이었다. 그리하여 멜리산더 사촌누나가 촛대와 브로치와 덜시머를 가지러 응접실로 나갔고, 이번에는 필라델피아도 자유민이든 아니든 거들게 되었지만, 할머니는 시계를 사용할 수조차 없었다.

그저 한순간에 벌어진 일이었다. 링고는 문기둥 위에 앉아서 도로 쪽을 지켜보고 있었다. 그런데 다음 순간 문기둥 위에 올라서서 행주를 흔들기 시작했고, 나는 식당으로 달려들어가며 소리쳤다. 다음으로 기억나는 것은 조비와 루시어스와 필라델피아의 흰자위와, 멜리산더 사촌누나가 손등으로 입을 가린 채 식기대에 기대서서 눈을 홉뜨고 있는 모습과, 할머니와 루비니아와 앱 스놉스가 가방을 사이에 놓고 서로를 노려보던 장면이었다. 그리고 나보다 더 큰 소리로 루비니아가 이렇게 말하는 것이 들렸다.

"콤슨 양이요! 콤슨 양!"

"뭐라고?" 할머니가 소리쳤다. "뭐야? 콤슨 부인 말이냐?" 뒤이어 우리는 모두 기억을 되새겼다. 1년도 전에 최초의 양키 척

후대가 제퍼슨에 들어왔을 때의 일이었다. 전쟁이 시작된 지도 얼마 안 지난 때였으며, 아마 저들이 이름을 들은 제퍼슨 출신의 군인은 콤슨 장군이 유일했던 모양이었다. 어쨌든 척후대 장교는 광장에서 누군가를 붙들고 콤슨 장군이 어디 사는지를 물었고, 늙은 의사 홀스턴 선생은 깜둥이 꼬맹이를 뒷골목으로 보내 콤슨 부인에게 제때 경고를 전했고, 뒤이어 들려온 이야기에 따르면 양키 장교는 부하들에게 빈집을 수색하게 시키고 자기는 말을 타고 집 뒤편으로 돌아갔는데, 늙은 록산 아줌마가 변소의 닫힌 문 앞에 버티고 서 있고, 그 안에는 콤슨 부인이 모자와 양산까지 완벽하게 차려입은 모습으로 앉아 있었다고 한다. "부인이 안에 계십니다." 록산은 말했다. "당장 그 자리에서 멈추세요." 이야기에 따르면 양키 장교는 "실례했소"라고 말하고 모자를 들어보이며 말을 뒤로 몇 발짝 물리더니, 말머리를 돌리고 부하들을 불러모아 떠났다고 한다. "변소 말이로군!" 할머니는 소리쳤다.

"이런 빌어먹을, 밀라드 부인!" 앱 스놉스가 말했다. 그리고 할머니는 아무 대꾸도 하지 않았다. 그를 정면으로 바라보고 있었으니 못 들었을 리는 없었다. 그보다는 아예 신경조차 쓰지 않는 쪽에 가까웠다. 할머니 자신이 직접 한 말이라도 이상할 일은 아니었을 것이다. 당시 상황을 훌륭하게 묘사하는 표현이었으니까. 뭘 하기에도 시간이 부족한 상황 말이다. "이런 빌어먹을." 앱 스놉스는 말했다. "그 이야기는 미시시피 북쪽의 모든 사람들이 알고 있잖소! 이곳과 멤피스 사이의 모든 백인 숙녀가 지금 이 순간에도 은식기가 가득 든 가방을 부여잡고 변소로 들어가고 있을 거란 말이오."

"그럼 우리가 한 발짝 늦은 셈이로군." 할머니가 말했다. "서두르게."

"좀 기다리시오!" 앱 스놉스가 말했다. "기다리라고! 아무리 양키 놈들이라도 이제는 그 수법에 넘어가지 않을 거요!"

"그렇다면 우리 쪽 양키는 조금 다르기를 빌어 보세." 할머니가 말했다. "서두르게."

"밀라드 부인!" 앱 스놉스가 소리쳤다. "기다리시오! 기다리라고!"

그러나 그때쯤에는 링고가 대문에서 내려오며 소리치는 것이 우리 귀에도 들리기 시작했고, 내 기억에 남은 것은 조비와 루시어스와 필라델피아와 루비니아가 어떻게든 서로 가방을 붙들고는, 멜리산더 사촌누나의 풍선처럼 흔들리는 스커트 자락과 함께 뒤뜰로 달려가던 모습이었다. 조비와 루시어스가 가방을 작고 길쭉하고 비좁고 조잡한 변소에 밀어넣고 뒤이어 루비니아가 멜리산더 사촌누나를 그 위로 쑤셔넣은 다음 문을 쾅 닫았고, 이제는 링고가 거의 집에 도착해서 고함 지르는 소리가 아주 잘 들렸다. 뒤이어 나는 앞쪽 창문으로 돌아와서, 저들이 제멋대로 뭉치고 흩어지며 집 안으로 들어오는 모습을 지켜봤다. 푸른 군복을 입은 여섯 명의 병사가, 빠르지만 어딘가 이상한 모습의 말들을, 마치 단순히 한데 매인 정도가 아니라 마차 굴대 비슷한 것에 묶여 있는 듯한 모습으로 들어왔고, 뒤이어 링고가 이제 고함치는 것은 관둔 채 달려왔으며, 마지막으로 일곱 번째 기병이, 군모도 안 쓰고 등자를 딛고 일어선 채로 머리 위로 군도를 휘두르면서 들어왔다. 뒤이어 나는 다시 뒤편 베란다로 나가서, 마당에서 소란을 부리는 말과 남자들을 할머니와 함께 내려다보았고, 이내 할머니가 틀렸다는 사실을 깨달았다. 이들은 단순히 작년에 콤슨 부인네 집에 들렀던 자들 정도가 아니라, 우리 변소의 정확한 위치를 들어서 아는 자들이었던 것이다. 말들은 짝지어 묶여 있었지만, 그 묶인 대상은 마차 굴대가 아니라 거의 통나무에 가까울 정도로 커다란 기둥이었다. 20피트 길이의 기둥이 세 쌍의 말안장 사이에 걸려 있었던 것이다. 그리고 나는 그 얼굴들도 기억한다. 병사들은 면도도 안 했으며 파리하고 별로 즐거워 보이지도 않는 얼굴로, 잠깐 우리를 노려보다가 말에서 뛰어내려 기둥을 묶은 줄을 풀어 말들을 옆으로 물리고 한쪽에 세 명씩 붙어 기둥을 들어올린 다음, 그대로 마당을 달려 가로지르기 시작했다. 동시에 회색 군복*(장교 복장이었다. 필립 매형이었는데, 물론 당시 우리는 그 사실을 모르고 있었고, 그가 필립 매형이 되기 전까지는 더욱 심각한 소동과 혼란이 일어날 터였지만 물론 우리는 그 사실도 모르고 있었다) 차림의 마지막 기수가 집 모퉁이를 돌아 등장했다. 군도는 여전히 들어올린 채였지만, 이제는 등자 위에 서 있는 정도가 아니라 아예 말 목에 엎드리다시피 하고 있었다. 여섯 명의 양키는 그를 보지 못했다. 그리고 우리는 아버지가 목초지에서 병사들을 훈련시킬 때 최고 속도로 말을 달리면서 횡대에서 종대로 진형을 바꾸도록 지시하던 모습을 쭉 지켜봐 왔으며, 덕분에 말발굽 소리 속에서도 아버지의 목

---

* 푸른색은 북군, 회색은 남군의 군복이다.

소리를 알아들을 수 있었고, 지금 말하는 할머니의 목소리는 그에 못지않게 컸다. "저 안에 숙녀가 있는데!" 그러나 양키들은 필립 매형을 보지 못한 것과 마찬가지로 할머니의 목소리도 듣지 못했다. 기둥을 들고 달려가는 여섯 남자와 그 뒤를 따라 말을 달리며 군도를 휘두르는 필립 매형은 그대로 마당을 가로질렀고 마침내 기둥 끄트머리가 변소 문을 때렸다. 그리고 변소는 쓰러진 정도가 아니라 그대로 산산조각 나버렸다. 방금 전까지 서 있던 높직하고 비좁고 어설픈 건물이 한순간에 그대로 사라지고, 필립 매형의 말과 휘두르는 군도 아래에서 이리저리 몸을 피하며 도망치는 푸른 군복의 남자들만이 사방에 가득남았고, 그들은 이내 기회를 찾자마자 그대로 도망쳐 버렸다. 그러자 남은 것이라고는 사방에 가득 널린 널판지와 그 한복판에서 가방을 옆에 끼고 후프스커트를 가득 펼친 채 눈을 감고 비명을 지르고 있는 멜리산더 사촌누나뿐이었다. 잠시 후 계곡 아래쪽에서 들려오기 시작한 빵빵거리는 권총 소리는 이제는 전쟁이 아니라 꼬맹이의 폭죽 장난처럼 들렸다.

"기다리라고 그렇게 말했는데!" 앱 스놉스가 우리 뒤편에서 말했다. "양키들이 벌써 다 알아차렸다고 말하려 했는데 말이오!"

조비와 루시어스와 링고와 내가 구덩이에 가방을 묻고 삽 자국을 숨긴 후에, 나는 필립 매형이 정자에 앉아 있는 것을 발견했다. 군도와 혁대는 벽에 기대 놓았으나 군모는 아무래도 본인조차 어디로 갔는지 모르는 듯했다. 외투도 벗어서 손수건을 쓸면서, 한쪽 눈을 문간으로 내밀고 집 쪽을 힐끔거리고 있었다. 내가 다가가자 그는 몸을 바로 세웠고, 처음에는 그가 나를 보고 있는 줄로만 알았다. 그러나 다음 순간, 나는 그가 무엇을 보는지 알 수가 없어졌다. "정말 아름다운 아가씨군." 그는 말했다. "빗 하나만 가져다 다오."

"다들 집 안에서 당신 기다리고 있는데요." 나는 말했다. "할머니가 뭐가 어떻게 된 일인지 듣고 싶어 하셔요." 이제 멜리산더 사촌누나도 진정한 후였다. 그녀를 집 안으로 들여오는 데는 루비니아와 필라델피아와 결국에는 할머니의 힘까지 필요했지만, 할머니가 미처 시키기도 전에 루비니아가 먼저 움직여서 엘더꽃 와인*을 가져왔고, 이제 멜리산더 사촌누나와 할머니 모두가 응접실에서 그를 기다리고 있었다.

"네 누님이시니?" 필립 매형이 말했다. "그리고 손거울도 하나 가져다 다오."

"아뇨, 장교님." 나는 말했다. "그냥 사촌 사이에요. 멤피스에서 왔고요. 할머니 말씀으로는—" 할머니를 모르니까 이러는 것이 분명했다. 할머니가 누군가를 조금이라도 기다린다는 것 자체가 엄청난 호의였으니까. 그러나 그는 내가 말을 끝맺도록 놔두지조차 않았다.

"그 아름답고 상냥한 아가씨." 그는 말했다. "그리고 깜둥이한 테 물 한 대야하고 수건도 들려 보내 다오." 나는 집으로 돌아갔다. 문득 되돌아봤을 때는 문간으로 내민 눈은 보이지 않았다.

---

* 미국딱총나무 또는 엘더베리American Elder의 꽃으로 만든 숙녀용 술. 엘더베리 열매가 아닌 작은 엘더베리 꽃을 이용해 담근다.

"옷솔도 부탁한다." 그는 말했다.

할머니는 그리 오래 기다리지 않았다. 이미 현관에 나와 있었으니까. "뭐라더냐?" 할머니가 말했다. 나는 그대로 전달했다. "저 남자는 우리가 백주대낮부터 무도회라도 여는 줄 아는 모양이지? 당장 가서 내가 집 안으로 들어와서 우리가 하는 것처럼 뒤편 베란다에서 씻으라고 말했다고 전하거라. 루비니아가 점심을 준비해 놨고, 이미 식사 시간이 지났어." 그러나 할머니도 필립 매형이 어떤 사람인지 모르는 것은 마찬가지였다. 나는 다시 할머니에게 돌아왔다. 할머니는 나를 바라보며 물었다. "저 남자가 뭐라더냐?"

"별로 아무 말도 안 했어요." 내가 말했다. "그냥 저 아름다운 아가씨, 이러고 있던데요."

"저한테도 그 말만 하던데요." 링고가 말했다. 나는 들어오는 소리도 못 들었는데 말이다. "비누와 물 가져다 달라는 소리 말고 말이에요. 계속 저 아름다운 아가씨, 라고요."

"그 소리 할 때도 너는 쳐다보지도 않았지?" 내가 말했다.

"네." 링고가 말했다. "잠깐 동안은 절 보고 그러는 줄 알았지만 말이에요."

이제 할머니는 링고와 나 양쪽 모두를 바라보았다. "하." 그녀는 이렇게 말했고, 나이를 더 먹은 나는 할머니가 이미 필립 매형이 어떤 사람인지 깨달았다는 것을, 멜리산더 사촌누나와 필립 매형 중 어느 한쪽만 보고도 양쪽 모두에 대해 알 수 있었다는 것을 깨달았다. "때론 총알이야말로 날아다니는 것들 중에 가장 덜 치명적인 것이 아닐까 하는 생각이 드는구나. 특히 전쟁

중에는 말이다 — 알았다." 그녀는 말했다. "비누와 물을 가져다 주거라. 하지만 서두르라고 해."

우리는 그 말을 따랐다. 그는 이번에는 "저 아름다운 아가씨"라고 말하지 않았다. 두 번 반복했으니까. 그는 외투를 벗어서 링고에게 건넸다. "솔질 잘해라." 그는 말했다. "너희 누님이라고 하는 걸 들었던 것 같은데."

"아뇨, 아닐 텐데요." 나는 말했다.

"관계없어." 그는 말했다. "꽃다발도 필요해. 손에 들고 들어가야지."

"저 꽃은 할머니 건데요." 나는 말했다.

"관계없어." 그는 말했다. 그는 소매를 걷어붙이더니 세수를 시작했다. "작은 다발이면 돼. 열두 송이 정도만. 분홍색으로 골라와라."

나는 나가서 꽃을 꺾어왔다. 할머니가 여전히 현관에 서 있는지는 알 수 없었다. 아마 없었을 것이다. 적어도 나한테 뭐라 하지는 않았다. 그래서 나는 앱 스놉스가 새로 얻어온 양키 말이 이미 짓밟고 지나간 꽃을 골라낸 다음, 진흙을 털고 줄기를 세워서 정자 쪽으로 돌아갔다. 링고는 머리를 빗는 필립 매형 앞에서 손거울을 들고 있었다. 그리고 그는 외투를 입고 군도를 다시 허리에 차고는 발을 한 짝씩 내밀어서 링고가 수건으로 군화를 닦게 시켰고, 그때 링고가 그걸 보고 말았다. 나라면 봤더라도 입을 열지 않았을 터인데, 그날의 점심식사가 이미 유례없이 늦어진 후였기 때문이다. 양키들이 쳐들어오지 않았더라도 그랬을 것이다. "양키들 때문에 바지가 뜯어진 것 같은데요." 링고가 말했다.

그리하여 나는 집으로 돌아갔다. 할머니는 홀에 서 있었다. 이번에 할머니는 그저 "뭐냐?"라고 물을 뿐이었다. 거의 조용한 목소리였다.

"바지를 뜯어먹었대요." 내가 말했다. 그리고 할머니는 필립 매형에 대해서 링고가 직접 살펴보고 알아낼 수 있었던 것보다도 더 많은 것을 알고 있었다. 가슴팍에서 이미 바늘에 실을 꿰고 있었기 때문이다. 나는 정자로 돌아갔다가 함께 집으로 돌아와서 현관문까지 올라갔고 나는 그가 홀로 들어가기를 기다렸으나 그는 들어가지 않고, 그저 한 손에는 꽃다발을, 다른 손에는 모자를 들고 서 있을 뿐이었다. 애초에 별로 나이 든 사람도 아니었으나 그 순간에는, 온갖 견장에 혁대며 군도와 군화와 박차에도 불구하고, 그리고 지난 2년 동안 우리 병사들과 나머지 대부분 사람의 모습이 변할 수밖에 없었음에도 불구하고, 링고와 나보다도 별로 나이가 많아 보이지 않았다. 마치 그 오랜 세월이 지나는 동안 기억조차 못하고 맛을 떠올릴 수조차 없는, 오직 육체만이 기억하고 있는 음식을 단숨에 먹어치우고 싶다는 것처럼, 그는 꽃다발을 들고 그 아름다운 아가씨 말고는 아무것도 눈에 들어오지 않는다는 표정으로 이렇게 말했다.

"안 돼." 그는 말했다. "내 입장을 알려라. 원래라면 너네 깜둥이가 해야겠지만, 관계없지." 그는 자기 이름을, 세 부분으로 이루어진 전체 이름을 두 번이나 알려주었다. 내가 응접실에 도착하기 전에 전부 까먹으리라 생각하는 것처럼 말이다.

"그럼 들어가요." 나는 말했다. "다들 기다리고 있다구요. 당신 바지가 뜯어진 걸 발견하기 전부터 내내 기다리고 있었다고요."

"내 입장을 알려라." 그는 말했다. 그리고 이름을 다시 알려주었다. "테네시 출신, 중위고, 새비지 대대, 포레스트 장군 휘하, 임시군, 서부 전구戰區 소속이다."

그래서 나는 그렇게 했다. 우리는 홀을 가로질러 응접실로 들어갔고, 할머니는 멜리산더 사촌누나의 의자와 탁자 사이에 서 있었으며, 탁자에는 엘더꽃 와인이 든 물병과 따라놓은 세 잔, 그리고 심지어 루비니아가 옥수수 가루와 당밀로* 만드는 법을 깨우친 티케이크 한 접시까지 놓여 있었고, 그는 다시 문간에서 멈췄고 나는 그가 한순간은 멜리산더 사촌누나조차 볼 수 없음을 깨달았다. 그녀 외에는 아예 아무것도 보이지 않는 주제에 말이다. "필립 생쥐스트 백하우스 중위님 들어오십니다." 나는 말했다. 큰 소리로 말한 이유는 그가 틀리지 말라고 세 번이나 반복해 말해 줬으며, 점심 식탁에 족히 한 시간은 늦은 사람이기는 해도 우리 은식기를 구해낸 사람임은 분명하니 걸맞는 대접을 해 주고 싶었기 때문이었다. "테네시 출신, 새비지 대대, 포레스트 장군 휘하, 임시군, 서부 전구 소속이십니다."

다섯을 셀 정도의 시간이 흐르는 동안, 완벽히 아무 일도 일어나지 않았다. 그러다 멜리산더 사촌누나가 비명을 질렀다. 그녀는 오늘 오전에 뒤뜰의 널판지와 지붕널 사이에서 가방을 끼고 앉아 그랬듯이 의자에 앉은 채 몸을 똑바로 세우고, 다시 눈을 감고 입을 벌린 채로, 계속 비명을 질러댔다.

---

* 밀가루, 계란, 우유, 버터 등의 기존 재료 대신 사용한 전시의 대체 물자.

III

그래서 우리는 점심식사까지 추가로 30분을 기다려야 했다. 다만 이번에 위층으로 멜리산더 사촌누나를 데려갈 사람은 필립 매형 하나로 충분했다. 그에게 필요한 것이라고는 그녀에게 다시 말을 걸 기회뿐이었고 말이다. 다시 내려온 할머니는 이렇게 말했다. "자, 그냥 포기하고 저녁식사라고 부르기 시작할 예정이 아니라면 말이다, 그냥 안으로 들어가서 앞으로 1시간 반 안에 식사를 끝내는 편이 낫겠구나." 그래서 우리는 안으로 들어갔다. 앱 스놉스는 이미 식당에서 기다리고 있었다. 아마 다른 누구보다 오래 기다린 사람이 그일 것이라는 생각이 들었는데, 어쨌든 멜리산더 사촌누나는 그의 친족이 아니었기 때문이다. 링고는 할머니의 의자를 빼 주었고, 우리는 자리에 앉았다. 음식 일부는 식어 있었다. 나머지는 스토브에 너무 오래 들어가 있어서 식었는지 여부는 중요하지 않을 정도의 상태였고 말이다. 그러나 필립 매형은 개의치 않는 듯했다. 어쩌면 원하는 것을 뭐든 먹는다는 것이 어떤 느낌인지 기억해 내기에는 그리 오래 걸리지 않았을 수도 있지만, 어차피 그의 입은 맛을 느끼지 못할 것이 뻔했다. 그는 최소 일주일은 음식이라고는 본 적도 없는 사람처럼, 그리고 자기 포크에 올라간 음식조차 입 안에 들어가기 전에 사라질지 모른다고 여기는 것처럼 식사했다. 그러다 그는 입으로 가져가던 포크를 멈추고는 멜리산더 사촌누나의 빈 의자를 바라보며 웃음을 터트리곤 했다. 그러니까, 그 소리를 웃음 말고 뭐라고 표현할지 나로서는 모르겠다는 말이다. 마침내 나는 입을 열고 이렇게 말했다.

"그럼 당신 이름을 바꾸는 게 어때요?"

그러자 할머니마저 식사를 멈추었다. 그녀는 안경 너머로 나를 바라봤다. 그리고 양손을 들어 안경을 코로 올려 쓰고는 안경을 통해 나를 바라봤다. 그러다 심지어 안경을 앞머리 위로 올리고 나를 바라보기까지 했다. "내가 오늘 아침 11시 이후로 이곳에서 처음 듣는 분별 있는 소리구나." 그녀는 말했다. "너무 분별 있고 간단해서 꼬맹이만이 생각해낼 일이라 믿을 지경이야." 그녀는 그를 돌아보았다. "그러는 게 어떻겠나?"

그는 더 웃었다. 그러니까, 아까와 같은 방식으로 얼굴을 움직이고 같은 소리를 냈다는 소리다. "제 조부님은 매리언과 함께 캐롤라이나 전역을 돌아다니셨고 킹스마운틴에서 싸우셨습니다.* 제 숙부님은 주지사 선거에 나섰다가 부패한 반역자들인 여관 주인과 공화당 노예제 폐지론자들의 연합에 패배하셨고, 제 부친은 차풀테펙 전투**에서 전사하셨습니다. 그 이후로, 그분들이 가지고 계신 이름은 제가 바꿀 수 있는 것이 아닙니다. 게다가 제 고장이 침략자의 무쇠 군화굽 아래 피 흘리며 유린당하는 지금 이런 상황에서는, 제 목숨조차 제 것이 아닙니다." 그리고 그는 웃음을, 아니 뭔지 모를 그 행동을 멈추었다. 그리고 그 얼

---

* 프랜시스 매리언 중령은 '늪지의 여우'라는 별명으로 불린 사우스캐롤라이나 출신 군인이다. 킹스마운틴 전투의 승리는 미국 독립전쟁 도중 남부에서 영국 세력을 일소하는 계기가 되었다.

** 멕시코-미국 전쟁 도중 멕시코시티 외곽의 차풀테펙 성을 함락시킨 전투. 멕시코시티 함락의 길을 열어 미국의 승리를 굳힌 결정적인 전투였다.

굴은 놀란 표정이 되었다. 그러다 그 놀란 표정도 사라졌는데, 처음에는 천천히 사라지다가 점점 빨라지긴 해도 대장간 모루 위에 올라간 쇳조각에서 열이 빠지는 것처럼 빠르지는 않았고, 그러다 마침내 그의 얼굴에는 놀라고 고요하고 거의 평화로운 표정만이 남았다. "제가 전투에서 잃지 않는다면 말이지요." 그는 말했다.

"여기 앉아서 그러기는 그리 수월치 않을 것 같네만." 할머니가 말했다.

"그렇지요." 그가 말했다. 그러나 내가 보기에는 할머니의 말은 귓가로 흘러가기만 한 것 같았다. 그는 자리에서 일어섰다. 이제는 앱 스놉스조차도, 나이프로 짜른 채소 뭉치를 입으로 가져가다 멈춘 채 그를 바라보고 있었다. "그렇군요." 필립 매형이 말했다. 이제 그의 얼굴에는 아까의 아름다운 아가씨 표정이 다시 떠올랐다. "그렇군요." 그는 말했다. 그리고 할머니에게 점심식사에 대해 감사를 표했다. 그러니까, 내가 보기에는 실제로 하고 싶었던 말이 그것이었던 듯하다는 말이다. 우리는 무슨 소린지 거의 알아듣지 못했지만, 아무래도 그는 우리에겐 신경조차 안 쓰고 있었던 듯했다. 그는 고개를 꾸벅 숙였다. 할머니나 다른 누구도 바라보지 않은 채로 말이다. 그리고 "그렇군요"라고 다시 말했다. 그러고는 밖으로 나갔다. 링고와 나는 현관까지 그를 따라 나가서, 그가 말에 올라 한동안 그대로 앉은 채, 군모도 안 쓴 채로, 위층 창문을 바라보는 모습을 지켜봤다. 그가 바라보는 쪽은 할머니 방이었고, 그 옆에는 나와 링고의 방이 있었다. 그러나 멜리산더 사촌누나는 그중 한쪽에 있었어도 그를 볼 수 없었을 텐데,

그녀는 창문 반대쪽에 놓인 침대에 누워 있을 테고 필라델피아는 여전히 찬물에 적신 수건을 짜서 그녀 이마에 올려주고 있을 터였기 때문이었다. 그가 말에 오른 자세는 훌륭했다. 말 타는 솜씨 역시 훌륭했다. 안장에 가볍고 수월하게 몸무게를 실은 채로, 발가락이 발목에서 무릎까지와 직각을 이루도록 만든 것이 아버지가 내게 가르친 그대로였다. 게다가 말 쪽도 훌륭했다.

"정말 빌어먹게 좋은 말이네." 나는 말했다.

"비누나 가져와요." 링고가 말했다.*

그러나 그때조차도 나는 얼른 홀을 돌아보았는데, 식당에서 할머니가 앱 스놉스에게 말을 거는 소리가 들렸기 때문이다. "아직도 저기 계시네." 나는 말했다.

"하." 링고가 말했다. "저기보다 조금 더 멀리 계시지 않는다면 욕할 때마다 입 안에서 비누맛이 난다고요."

그러다 필립 매형이 박차를 가하며 사라졌다. 적어도 링고와 나는 그렇게 생각했다. 2시간 전까지만 해도 우리는 그의 이름조차 들어본 적이 없었고, 멜리산더 사촌누나는 그를 두 번 마주쳤으나 그때마다 눈을 감고 앉아서 비명을 질러댔다. 그러나 링고와 나는 후일 조금 더 나이를 먹은 후 한 가지 사실을 깨달았다. 당시 우리 중에서 단 한 순간이라도 그가 영원히 작별을 고했으리라 믿은 사람은 필립 매형 본인밖에 없으리라는 것이었다. 할머니와 루비니아는 당연히 잘 알았을 테고, 아무리 그의 성이 불운을 품고 있다 하더라도 멜리산더 사촌누나 또한 알고 있었다.

---

* 욕설을 했으니 입을 씻으라는 뜻.

우리는 식당으로 들어갔다. 그리고 나는 문득 앱 스놉스가 우리가 돌아오기를 기다렸다는 사실을 깨달았다. 뒤이어 그가 할머니한테 뭔가를 요구하리라는 것도 알았는데, 설령 아무 문제도 없으리라 알고 있다고 하더라도 단둘이서만 할머니한테 뭔가를 요구하고 싶은 사람은 없을 것이기 때문이었다. 그때 우리는 앱과 일 년 넘게 면식을 트고 있었다. 그러니 할머니처럼 당시 어떤 상황이 벌어지는지를 알고 있어야 마땅했다. 그는 자리에서 일어섰다. "흠, 밀라드 부인." 그가 말했다. "베드 포레스트하고 그 부하들이 여기 제퍼슨에 돌아왔으니 이제부터는 안전해지신 듯하오. 하지만 상황이 조금 더 잠잠해질 때까지, 말들을 여기 부지에 하루 이틀 정도 맡겨두고 싶소만."

"무슨 말 말인가?" 할머니가 말했다. 그녀와 앱은 단순히 서로를 마주 보고 있는 것이 아니었다. 서로의 모든 행동을 주시하고 있었다.

"오늘 아침에 새로 잡은 말들 말이오." 앱이 말했다.

"무슨 말?" 할머니가 말했다. 그러자 앱이 단호하게 말했다.

"내 말들이오." 앱은 그녀를 주시했다.

"왜지?" 할머니가 말했다. 그러나 앱은 그 의미를 알고 있었다.

"여기서 남자 어른은 나뿐이오." 그가 말했다. 그리고 덧붙였다. "내가 가장 먼저 봤소. 놈들은 여기 오기 전에 나를 쫓고 있었고—" 그리고 그는 빠른 속도로 말을 내뱉기 시작했다. 눈은 잠시 흐려졌으나 이내 다시 번득이기 시작했고, 진흙빛 부숭한 수염에 묻힌 꼴이 마치 낡아 해진 도어매트에 깨진 접시 조각 두 개가 얹혀 있는 듯했다. "전리품이라고! 내가 놈들을 이리 데려왔단 말이오! 내가 이리로 유인했소. 군사적 기―습이었다고! 그리고 지금 이 자리에서 계급을 가진 유일한 남부 군인으로서―"

"자넨 군인이 아니야." 할머니가 말했다. "자네가 사토리스 대령한테 자기 마음대로 주장할 때 나도 듣고 있었네. 자네 입으로 독립 기병대장이 되겠다고만 했지, 그 외에는 아무 말도 하지 않았어."

"지금 내가 딱 그러고 있는 것 아니오?" 그가 말했다. "밧줄로 묶어 끌고 오는 것처럼, 말 여섯 마리를 내 몫으로 이곳까지 끌고 오지 않았소?"

"하." 할머니가 말했다. "전리품이든 다른 부류의 노획물이든, 자기 집으로 가져가서 내려놓고 등을 돌릴 수 있을 때까지는 남자든 여자든 소유권을 주장할 수 없는 법일세. 자네는 직접 타고 온 한 마리조차 자네 집으로 가져갈 시간이 없었지 않은가. 그냥 가장 가까운 열린 대문으로 들어왔을 뿐이지. 누구네 집인지는 신경도 안 쓰고."

"그래서 집을 잘못 고른 거야." 그는 말했다. 이제 그의 눈은 자기처럼 반짝이지 않았다. 사실 그 무엇과도 비슷해 보이지 않았다. 그러나 내가 보기에, 그의 얼굴만은 아예 창백해지더라도 낡아 해진 도어매트처럼 보일 것이라는 생각이 들었다. "그렇다면 마을까지도 내 발로 걸어가야 할 모양이로군." 그는 말했다. "이런 짓을 하는 여자는―"

"어디 입 밖에 내 보게나." 할머니가 말했다.

"됐소." 그는 입 밖에 내지 않았다. "……말을 일곱 마리나 끌고 온 남자한테 노새 한 마리도 안 내주다니."

우리 밀라드 할머니와 베드포드 포레스트 장군과 해리킨 크릭 전투

"그렇지." 할머니는 말했다. "그래도 걸어가지는 않아도 될 걸세."

우리는 모두 마구간 앞으로 나갔다. 내가 보기에는 그때까지 앱조차도 몰랐을 것 같은데, 할머니는 이미 그가 타고 온 말을 숨긴 곳을 알아내어 다른 여섯 마리와 함께 그곳에 데려다 놓은 후였다. 그래도 그 말에는 안장과 고삐를 채운 상태였다. 이미 늦었지만 말이다. 나머지 여섯 마리는 마구간 앞을 정신없이 돌아다녔고, 일곱 마리째가 대문 바로 안쪽에 쟁기끈으로 묶여 있었다. 얼굴에 흰 점이 있는 것을 보니 앱이 데려온 말은 아니었다. 앱 또한 할머니와 오래 알아온 사이였으니, 일이 이렇게 되리라는 것을 알고 있어야 마땅했다. 어쩌면 알았을지도 모른다. 그래도 시도는 해볼 모양인지, 그는 방목지 문을 열었다.

"뭐." 그는 말했다. "시간 끌어서 좋을 일은 없지. 아무래도 나는—"

"기다리게." 할머니가 말했다. 그리고 우리는 울타리에 묶여 있는 말을 바라보았다. 언뜻 보기에는 일곱 마리중 가장 좋은 것처럼 보였다. 그러나 자세히 보면, 왼쪽 뒷다리를 살짝 절룩이는 모습이 눈에 들어왔다. 아마 너무 어릴 때부터 너무 많은 무게를 싣고 너무 혹독하게 일해서 그렇게 된 모양이었다. "저 말을 가져가게." 할머니가 말했다.

"저건 내 말이 아니오." 앱이 말했다. "당신네 말이잖소. 나는 그냥 내 말을—"

"저 말을 가져가게." 할머니가 말했다. 앱은 그녀를 바라보았다. 열을 셀 수 있을 정도의 시간이 흘러갔다.

"이런 빌어먹을, 밀라드 부인." 그가 말했다.

"이 장소에서 욕설을 입에 담지 말라고 주의를 준 것 같네만." 할머니가 말했다.

"물론이오, 부인." 앱이 말했다. 그리고 그는 다시 말했다. "이런 빌어먹을." 그는 방목지로 나가서 묶인 말의 입에 재갈을 쑤셔넣은 다음, 안장을 올리고 쟁기끈을 낚아채서 울타리 너머로 던진 다음 자리에서 일어섰고, 할머니는 그가 말에 올라 방목지를 나서고 링고가 방목지 문을 닫을 때까지 내내 그곳에 서 계셨다. 나는 그제야 훈연실 문에 있던 쇠사슬과 자물쇠를 방목지 문에 걸었다는 사실을 깨달았으며, 링고는 자물쇠를 잠그고 열쇠를 할머니한테 가져다줬고 앱은 잠시 멈춰 서서 그녀를 내려다보았다. "뭐, 잘 있으시오." 그는 말했다. "남부연합을 위해서라도 베드 포레스트가 당신한테 말을 전부 뺏기지 않기만을 빌어야겠군." 그리고 그는 다시 욕설을 입에 담았다. 이번에 더 고약해진 이유는 이미 말에 올라 대문을 향하고 있는 중이기 때문이었을 것이다. "아니면 그가 침을 두 번 뱉기도 전에 지랄맞을 보병대만 홀라당 남겨놓을 것이 빌어먹게 뻔하니 말이오."

그리고 그 또한 떠났다. 가끔씩 들려오는 멜리산더 사촌누나의 목소리와, 엉덩이에 미합중국 낙인이 찍힌 채 방목지에 서 있는 말 여섯 마리를 제외하면, 아예 아무 일도 일어나지 않은 것만 같았다. 적어도 링고와 나는 그걸로 모든 일이 끝났다고 생각했다. 이따금 필라델피아가 주전자를 들고 아래층으로 내려와서 멜리산더 사촌누나의 이마에 올리는 천을 적실 찬물을 길어가긴 했지만, 우리는 그마저도 시간이 흐르면 알아서 잠잠해지리라 생각했다. 그러다 필라델피아가 다시 내려와서, 저번에 아버지가 입고 왔던 양키 바지를 잘라서 링고에게 맞도록 수선하고 있는 할머니에게 다가갔다. 그녀는 아무 말도 하지 않았다. 그저 문간에 서서, 할머니가 이렇게 말할 때까지 기다렸을 뿐이었다. "그래. 이번엔 또 뭐냐?"

"밴조가 갖고 싶으시대요." 필라델피아가 말했다.

"뭐야?" 할머니가 말했다. "내 덜시머 말이냐? 연주할 줄도 모르면서. 그냥 위층으로 돌아가라."

그러나 필라델피아는 움직이지 않았다. "엄마한테 도와달라고 말해도 될까요?"

"안 돼." 할머니가 말했다. "루비니아는 쉬는 중이다. 내 보기에 그 정도면 한계까지 버텼어. 위층으로 돌아가거라. 다른 방도가 생각이 안 난다면 와인이나 더 먹이도록 해." 그리고 그녀는 링고와 나한테 어디든 좋으니 다른 데 가 있으라고 말했지만, 마당에 나와 있는데도 멜리산더 사촌누나가 필라델피아한테 말하는 소리가 들렸다. 심지어 한 번은 할머니 목소리도 들렸다. 대부분은 멜리산더 사촌누나가 할머니한테 자신이 이미 할머니를 용서했으며, 무슨 일이 벌어졌더라도 이제 자신이 원하는 것은 평화뿐이라고 말하는 소리였지만 말이다. 잠시 후 루비니아가 누가 부르지도 않았는데 오두막에서 올라와서 위층으로 갔고, 그때쯤 되자 저녁식사 또한 늦어질 것이 분명해 보였다. 그러나 마침내 필라델피아가 내려와서 저녁을 준비했고 우리가 식사를 다 끝낼 즈음에는 멜리산더 사촌누나의 몫이 담긴 쟁반을 가지고 2층으로 올라갔다. 이번에는 머리 위 할머니 방에서 루비니아의 목소리가 들렸고. 그러다 그녀는 내려와서 손도 대지 않은 쟁반을 식탁에 올려놓고는 가방 열쇠를 손에 든 채로 할머니 의자 옆에 섰다.

"알겠다." 할머니가 말했다. "가서 조비와 루시어스를 불러오거라." 우리는 랜턴과 삽을 챙겼다. 그리고 과수원으로 가서 덤불을 치우고 가방을 파내 덜시머를 꺼낸 다음 가방을 묻고 덤불을 다시 올린 다음 열쇠를 할머니에게 가져갔다. 그리고 그 소리는 우리 방에 있는 링고와 내게도 들렸고, 할머니 말이 옳았다. 아주 오래 들어보니 할머니 말이 완벽하게 옳았다. 그조차도 너그럽게 표현한 것이었다. 이내 달이 떠올랐고, 창문에서 정원 쪽을 내려다보니 멜리산더 사촌누나가 달빛이 자개무늬에 반짝이는 덜시머를 들고 긴 의자에 앉은 모습이 보였고, 필라델피아는 앞치마로 머리를 덮은 채로 문틀 앞에 앉아 있었다. 어쩌면 잠들어 있었을지도 모르겠다. 이미 늦은 시간이었으니. 대체 어떻게 잠들 수 있었을지는 짐작도 안 가지만.

그래서 우리는 할머니가 방에 들어올 때까지 소리조차 듣지 못했다. 잠옷 위로 숄을 두르고, 양초 하나를 들고 있는 모습이었다. "나도 못 견디겠으니 금세 해결하도록 하마." 그녀는 말했다. "가서 루시어스를 깨워서 노새에 안장을 올리라고 일러라." 그녀는 링고에게 말했다. "너는 펜하고 잉크하고 종이 한 장 가져오고." 나는 그 말에 따랐다. 그녀는 자리에 앉지 않았다. 내가 양초를 들고 있는 동안 책상 앞에 서서 짤막한 글을 그대로 적어내린 다음 이름을 서명하고, 루시어스가 들어올 때까지 그대로 펼친 채로 잉크를 말렸다. "앱 스놉스 말로는 포레스트 씨가 제퍼슨에 있다고 했지." 그녀는 루시어스에게 말했다. "그를 찾아라. 내가 내일 아침에 여기 아침식사에 초대한다고 말하고, 그 젊은이도 데려오라고 일러라." 그녀는 포레스트 장군이 멤피스에서 장군이 아니던 시절에 알던 사이였다. 그는 밀라드 할아버지의 공구점과 거래하기도 했고, 때론 할아버지와 함께 앞쪽 베란다에 앉기도 했으며 함께 식사도 하던 사이였다. "내가 잡은 말 여섯 마리를 넘길 생각이라고 말해도 된다." 그녀는 말했다. "그리고 노예 사냥꾼이나 병사들은 신경 안 써도 된다. 그 종이에 내 서명 보이지?"

"그자들 걱정은 안 합니다." 루시어스가 말했다. "하지만 양키들한테 걸리면—"

"그렇군." 할머니가 말했다. "하, 잊고 있었군. 너는 양키들을 기다리고 있었지? 하지만 오늘 아침에 온 작자들은 잡히지 않으려 애쓰느라 너무 바빠서 그쪽 이야기는 하지도 않을 것 같지 않더냐? 얼른 가거라." 할머니는 말했다. "남부 병사나 심지어 노예 사냥꾼조차 무시할 수 없는 물건을, 감히 양키들이 무시할 수 있을 것 같으냐? 너희들은 이만 자거라." 그녀는 말했다.

우리는 링고의 침상에 함께 누웠다. 루시어스가 타고 가는 노새 소리가 들렸다. 그러다 다시 노새 소리가 들렸고, 처음에 우리는 잠들었다는 것조차 깨닫지 못하고 있었다. 노새가 돌아왔으며 달은 서편으로 넘어가기 시작했고 멜리산더 사촌누나와 필라델피아도 정원에 보이지 않았다. 적어도 필라델피아는 앞치마를 머리에 덮어쓰고 문간에 앉아 있는 것보다 조금 편하게 잘 수 있는 곳으로, 아니면 적어도 조금 조용한 곳으로 들어간 모양이었다. 루시어스가 더듬거리며 계단을 올라오는 소리도 들렸으나 할머니가 움직이는 소리는 들리지 않았는데, 할머니가 이미 계단 꼭대기까지 나와서 루시어스가 만들지 않으려 애쓰는 소음을 향해 말하고 있었기 때문이다. "큰 소리로 말해라." 할머니는 말했다. "나는 잠도 안 들었고, 입술 모양도 못 읽으니 말이다. 적어도 어둠 속에서는."

"포레스트 장군이 초대받아 영광이라고 하십니다." 루시어스가 말했다. "그리고 오늘 아침식사에는 참석할 수 없는데, 그 시간에는 탤러해치 여울목에서 스미스 장군을 때려잡고 있어야 하기 때문이라고 하십니다.* 하지만 스미스 장군과 볼일이 끝나면 그리 멀지 않은 곳에 있을 테니, 다음에 근처에 올 때는 기꺼이 초대를 받아들이겠다고 하십니다. 그리고 '뭔 젊은이'라셨습니다."

다섯을 셀 수 있을 시간 동안, 할머니는 아무 말도 하지 않았다. 그러다 그녀는 말했다. "뭐라고?"

"'뭔 젊은이'라셨습니다." 루시어스가 말했다.

이번에는 열을 셀 수도 있을 듯했다. 우리한테 들리는 소리라고는 루시어스의 숨소리뿐이었다. 그러다 할머니가 입을 열었다.

"노새 몸은 닦아줬고?"

"네, 부인." 루시어스가 말했다.

"목초지에 다시 풀어다 놓았고?"

---

* 실제로 포레스트는 옥스퍼드에서 12마일 떨어진 여울목에서 스미스의 부대를 격파하려 시도했다.

"네, 부인." 루시어스가 말했다.

"그럼 가서 자거라." 할머니가 말했다. "너희들도."

그리고 포레스트 장군은 뭔 젊은이인지를 알게 되었다. 역시 우리는 잠든 줄도 몰랐는데, 이번에는 노새 한 마리가 아니었다. 해가 막 떠오를 무렵이었다. 할머니 목소리를 들은 우리가 창문에 매달려 보니, 어제와는 비교도 안 될 상황이 펼쳐져 있었다. 이제는 회색 군복이 적어도 50명은 되어 보였다. 바깥이 말에 탄 남자들로 가득했고, 필립 매형이 맨 앞에 나와서, 어제와 거의 똑같은 위치에서 말 위에 앉은 채 할머니 쪽 창문을 올려다보고 있었으며 이번에도 그 창문도 다른 무언가도 눈에 들어오지 않는 모양새였다. 그래도 이제 군모는 가지고 있었다. 심장 위치에 꾹 눌러 구기고 있었고, 면도를 하지 않은 얼굴이었다. 링고가 언제나 나보다 열 살은 많아 보이기는 하지만, 전날의 그는 링고보다도 젊어 보였다. 그러나 그때는 얼굴의 금빛 부드러운 솜털 같은 잔수염 위로 첫 햇살을 받으며 서 있는 모습이 나보다도 젊어 보였다. 수척하고 피곤에 찌든 얼굴을 보니 어제 잠을 이루지 못한 듯했지만, 그 이상의 뭔가도 있는 듯했다. 그러니까 어젯밤에 잠을 못 이룬 게 문제가 아니라, 그 뭔가를 어떻게든 해결하지 못하면 오늘밤에도 한숨도 못 잘 것이 분명해 보였다는 소리다.

"작별입니다." 그는 말했다. "잘 있어요." 그리고 그는 박차를 가하며 말을 돌리고, 어제 군도를 휘둘렀듯이 새 군모를 머리 위로 들어 보이고는 기병 전원이 뒤돌아 화단과 정원을 가로질러 대문을 향해 나아갔고, 잠옷 차림으로 창문에 서서 그 모습을 지켜보던 할머니는, 출신이나 직업을 막론한 그 어떤 남자보다도 우렁찬 목소리로 소리쳤다. "백하우스! 백하우스! 거기 너, 백하우스!"

그래서 우리는 이른 아침을 먹게 되었다. 할머니는 링고를 잠옷바람으로 내보내 루비니아와 루시어스 둘 다를 깨우게 했다. 그래서 루시어스는 루비니아가 불을 켜기 전부터 노새에 안장을 올렸다. 이번에는 할머니도 쪽지를 써 주지 않았다. "텔러해치 여울목으로 가거라." 그녀는 루시어스에게 말했다. "거기 눌러앉아서 필요하다면 그 작자를 기다려라."

"벌써 전투를 시작했으면 어쩌죠?" 루시어스가 말했다.

"전투를 시작했으면?" 할머니가 말했다. "그게 너한테든 나한테든 무슨 상관이냐? 베드포드 포레스트를 찾아라. 가서 중요한 일이라고 알려라. 오래 걸리지 않을 거다. 하지만 그를 데려오지 못하면 여기 다시 얼굴을 들이밀 생각은 하지도 말아라."

루시어스는 노새를 몰아 사라졌다. 그리고 나흘 동안 돌아오지 않았다. 심지어 결혼식 날짜에도 맞추지 못했는데, 넷째 날 석양을 맞으며 진입로로 들어왔을 때는 병사 두 명과 함께 포레스트 장군의 마초 운반용 수레에 올라타고 그 꽁무니에 노새를 매단 모습이었다. 그는 자신이 어디에 있었는지도 몰랐고, 전투의 현장을 따라잡지도 못했다. "아예 소리도 못 들었어요." 그는 조비와 루시어스와 루비니아와 필라델피아와 링고와 내게 이렇게 말했다. "전쟁이란 것이 언제나 그렇게 멀리 빠르게 움직이는 거라면, 어떻게 싸울 틈을 마련하는지도 짐작이 안 되던데요."

그러나 그때쯤에는 모든 것이 끝나 있었다. 루시어스가 떠난 다음 날인 둘째 날이었다. 이번에는 점심식사 직후였으며 그때쯤에는 우리도 병사들에 익숙해져 있었다. 그러나 이번에는 달랐다. 고작 다섯 명이었고, 우리는 그렇게 적은 수의 병사들을 본 적도 없을뿐더러 병사들이란 마당에 들어와 말에서 뛰어내렸다 올라타거나, 할머니의 화단을 전력질주로 짓밟고 지나가는 자들이라고만 생각하고 있었다. 이번에 찾아온 사람들은 전원 장교였으며 그제야 나는 지금껏 병사를 별로 본 적이 없을지도 모른다는 생각이 들었는데, 그토록 많은 견장은 처음 봤기 때문이었다. 그들은 가볍게 승마를 즐기는 사람들처럼 빠른 걸음으로 말을 몰아 다가와서는, 화단을 하나도 짓밟지 않고 말을 멈추었고 포레스트 장군은 말에서 내리더니 할머니가 정면 베란다에서 기다리고 있는 곳으로 걸어 올라갔다. 덩치 크고 먼지투성이에 거의 푸른색으로 보일 정도로 시꺼먼 수염을 가지고, 졸린 올빼미 같은 눈매를 가진 남자가, 벌써부터 모자를 벗어 보이고 있었다. "자, 로지 양." 그는 말했다.

"나를 로지라고 부르지 말아요." 할머니가 말했다. "들어와요. 당신네 신사들한테도 내려서 들어오겠냐고 물어보고요."

"여기서 기다릴 겁니다." 포레스트 장군이 말했다. "조금 서두르는 중이라서 말이지요. 계획이 조금 바뀌어서······" 그렇게 우리는 서재로 들어왔다. 그는 자리에 앉지 않았다. 분명 지쳐 보이기는 했지만, 그저 지친 것보다 훨씬 의욕적인 뭔가 또한 존재했다. "자, 로지 양." 그는 말했다. "나는—"

"나를 로지라고 부르지 말아요." 할머니가 말했다. "로자라고 발음할 줄도 모르는 건가요?"

"알겠습니다, 부인." 그가 말했다. 그러나 실제로 할 수 없는 모양이었다. 적어도 그 자리에서는 한 번도 그렇게 부르지 않았으니 말이다. "우리 둘 다 이만하면 충분히 겪었다고 생각합니다. 그 젊은이가—"

"하." 할머니가 말했다. "어젯밤 전까지는 뭔 젊은이라고 부르더니. 그 작자 어디 있나요? 올 때 데려오라고 분명히 전했을 텐데."

"구속되었습니다." 포레스트 장군이 말했다. 단순히 지친 것 이상인 것은 분명해 보였다. "스미스를 내가 원하던 위치로 끌고 오려고 나흘을 썼습니다. 그 젊은이는 그대로 싸우기만 하면 되는 거였는데." 그는 '싸우다'를 '싸다'로, '몰아넣다'를 '몰타'로, '끌어오다'를 '끄러타'로 발음했다. 그러나 그처럼 전투할 줄 아는 사람이라면, 할머니 같은 사람조차도 발음 정도는 개의치 않게 되는 모양이었다. "세부적인 이야기로 귀찮게 하지는 않겠습니다. 그 젊은이도 몰랐으니까요. 그저 내가 시킨 대로 움직이기만 하면 되는 거였습니다. 외투 옷깃에 뭘 해야 하는지 그려 보내지 않았을 뿐 최선을 다해서 뭘 해야 하는지 정확하게 설명했습니다. 나와 떨어진 순간부터 다시 만날 순간까지 말입니다. 그저 적군과 접촉했다 퇴각하면 끝나는 일이었죠. 그것 말고는 다른 아무것도 못 하도록 정확히 필요한 인원만 배분해 주었습니다. 얼마나 빨리 퇴각할지, 퇴각하면서 얼마나 소란을 피울지, 심지어 소란을 피울 방법까지도 일러 주었습니다. 그런데 그가 뭘 했을 것 같습니까?"

"그건 말할 수 있지요." 할머니가 말했다. "어제 아침 다섯 시에 말을 타고 들어오면서, 병사들을 꽁무니에 달고 와서 내 마당을 가득 채우고는, 내 창문에 대고 작별인사를 외쳤으니까요."

"휘하 병사를 둘로 나누어 절반은 풀숲으로 보내 소리를 내게 만들고, 거의 완전히 바보에 가까운 나머지 절반을 이끌고 군도를 빼들고 전초기지로 돌격했습니다. 총조차 한 발 쏘지 않았어요. 군도를 휘두르며 깔끔하게 내몰아서 스미스의 본대에 합류시키고, 그대로 모든 기병을 이끌고 본대 뒤쪽으로 빠져나가 스미스를 겁먹게 만들었습니다. 덕분에 이제는 내가 놈을 잡게 될지, 놈이 나를 잡게 될지도 모르게 되었지요. 내 휘하의 헌병대장이 어젯밤에야 간신히 그를 잡아들였습니다. 본대로 돌아와서 자기 중대에서 서른 명을 더 끌고 나가서 20마일을 전진해 있더군요. 다시 돌격할 대상을 찾으면서 말입니다. '자네 전사하고 싶은 건가?' 나는 말했습니다. '딱히 그런 건 아닙니다. 그러니까, 어떤 식으로 죽든 상관 없으니까요.' '그건 나도 마찬가지네.' 나는 말했지요. '하지만 자네는 내 휘하의 1개 중대 전원을 위험에 몰아넣었어.' '그러려고 입대한 자들 아닙니까?' 그는 말했습니다. '그들이 입대한 이유는 군사작전에서 이득을 보기 위해서이고, 이득 없이는 목숨을 버려서는 안 되네. 아니면 자네는 인간의 살코기를 거래하는 내 솜씨가 능숙하지 못하다고 생각하는 건가?' '저야 모르지요.' 그는 말했습니다. '어제 이후로는 장군님이든 다른 누구든 어떻게 전쟁을 치르는지 별로 생각하지 않게 되어서 말입니다.' '그저께 무슨 일이 있었기에 자네의 사고방식과 행동양식이 전부 바뀌어 버린 건가?' 나는 말했습니다. '전투를 벌였습니다. 적군을 흩어놓았지요.' '어디서?' '제퍼슨에서 몇 마일 떨어진 어느 숙녀분의 저택에서요.' 그는 말했습니다. '깜둥이 하나는 백인 소년처럼 그 숙녀분을 할머니라고 부르더군요. 다른 사람들은 로지 양이라고 불렀습니다.'" 이번에는 할머니도 아무 말도 하지 않았다. 그저 기다릴 뿐이었다.

"계속하세요." 할머니가 말했다.

"'나는 여전히 전투를 이기려 애쓰는 중이네. 그저께 이후로 자네는 그럴 생각이 없는 듯하지만 말이야.' 나는 말했습니다. '자네는 잭슨에 있는 존스턴에게 보내겠네. 그자라면 자네를 빅스버그 안에 배치해 줄 걸세.* 원한다면 낮이든 밤이든 마음대로 적군에게 돌진할 수 있도록 말이야.' '빌어먹을, 진짜 그러실 겁니까.' 그는 말했습니다. 그리고 저는 ― 실례했습니다 ― '당연히 빌어먹게 그럴 걸세'라고 대답했지요." 그리고 할머니는 아무 말도 하지 않았다. 마치 그저께 앱 스놉스를 대할 때와 같은 모습이었다. 아무것도 듣지 못해서가 아니라, 지금 눈앞의 상황에서는 아무 의미도 없으며, 그런 문제에 구애받을 시간도 없다는 뜻이었다.

"그래서 그렇게 했나요?" 할머니가 말했다.

"못 합니다. 그도 알고 있어요. 네 배나 많은 병력을 퇴각시켰다는 이유로 징계할 수는 없습니다. 우리가 테네시에 있었던 시절이라면 내가 무슨 말을 했을 것 같습니까. 우리 둘은 물론이고, 6년 전에 주지사직에 도전했다가 지금은 브래그 장군의 참모가 되어서 브래그가 공문을 열어보거나 펜을 들 때마다 어깨 너

---

* 조지프 E. 존스턴 장군은 서부 전구戰區의 총책임자이며 미시시피주 잭슨에 주둔해 있었다. 빅스버그의 함락 이후 그 또한 셔먼 장군에 의해 잭슨에서 퇴각하게 되었다.

머로 얼굴을 디미는 그 숙부도 그곳에 살았을 때 말입니다. 나는 여전히 전투를 승리로 이끌려 애쓰고 있습니다. 그런데 그럴 수가 없어요. 여자 하나 때문에, 외로운 젊은 여자 하나 때문에, 그녀를 제외한 다른 모두가 잊으려 애쓰는 상황 한복판에 뛰어들어 적군의 습격에서 그녀를 구해냈다는 불운을 겪은 젊은이의 성을 듣는 일을 견디지 못한다는 바로 그 여자 때문에 말입니다. 그런데 바로 그 때문에, 앞으로 내가 세울 모든 계획은 스물둘 먹은 애송이 자식— 죄송합니다 —의 자비에 놓이게 되었단 말입니다. 회색 외투를 입은 병사가 두 명만 같은 방향으로 움직이더라도 돌격으로 간주하고 내달릴 그 젊은이 때문에 말입니다." 그는 말을 멈추었다. 그리고 할머니를 바라보았다. "어떻게 생각하십니까?"

"그래서 이제야 알아챈 모양이로군요." 할머니가 말했다. "어떻게 생각하긴 뭘 어떻게 생각하나요, 포레스트 씨?"

"아니, 그냥 이 어리석은 짓거리를 끝내자는 말입니다. 그 젊은이한테 총검을 든 경비병을 붙여서 구속해 놓았다고 이미 말했습니다. 하지만 그쪽에서는 아무 문제도 없을 겁니다. 어제 아침부터 그가 제정신이 아니라고 짐작하긴 했지요. 하지만 어젯밤 헌병대에서 데려가서, 그의 생각과는 관계없이 나를 그의 지휘관으로 간주할 수 있는지를 판별하려 애썼으니 제정신을 좀 되찾기는 했을 것 같습니다. 그러니 지금 필요한 일은 부인이 결단을 내려주시는 것뿐입니다. 아주 단호한 결단을요. 지금 당장. 부인은 그 아가씨의 조모 아닙니까. 부인 댁에 살고 있고요. 게다가 멤피스의 숙부인지 뭔지 보호자라 부를 만한 사람에게 돌아가려면 아직 한참을 여기 살아야 할 것 같지 않습니까. 그러니 그냥 결단을 내려 주십시오. 직접 시켜 주세요. 밀라드 씨가 여기 있었더라면 이미 그렇게 하셨을 겁니다. 언제였을지도 알고 있습니다. 지금으로부터 이틀 전이었겠지요."

할머니는 그가 말을 끝맺을 때까지 기다렸다. 반대편 손으로 팔꿈치를 잡고 단단히 팔짱을 낀 자세였다. "내가 할 일은 그게 전부인가요?" 그녀가 말했다.

"그렇습니다." 포레스트 장군이 말했다. "그 아가씨가 애초에 부인의 말을 들을 생각이 없었던 거라면, 그의 지휘관된 입장에서 제가—"

할머니는 "하"라고 말하지조차 않았다. 심지어 나를 보내지조차 않았다. 홀에 멈춰 서서 부르지도 않았다. 그녀는 직접 위층으로 올라갔고 우리는 그대로 그 자리에 서 있었으며 나는 어쩌면 그녀가 덜시머도 가지고 내려올지 모른다고, 내가 포레스트 장군이라면 돌아가서 필립 매형을 데려와서 저녁때까지 서재에 앉혀놓고 멜리산더 사촌누나한테 덜시머를 연주하며 노래하라 시킬 것이라고 생각하고 있었다. 그러고 나서 필립 매형을 후송해 가면, 분명 아무 걱정 없이 전쟁을 끝마칠 수 있을 테니 말이다.

할머니는 덜시머를 가지고 내려오지 않았다. 그저 멜리산더 사촌누나만 데려왔을 뿐이었다. 두 사람이 들어온 후, 할머니는 다시 팔꿈치를 맞잡고 팔짱을 낀 채로 한쪽에 가서 섰다. "여기 데려왔어요." 그녀는 말했다. "알아서 얘기해라. 이쪽이 베드포드 포레스트 씨다." 그녀는 멜리산더 사촌누나에게 이렇게 말했다. "알아서 얘기하세요." 그녀는 포레스트 장군에게 말했다.

그에게는 그럴 시간조차 없었다. 처음 우리 집에 도착한 멜리산더 사촌누나는 링고와 내게 자기가 쓴 시를 읽어주려 했었다. 그것 자체는 큰 문제가 아니었다. 그러니까, 그녀가 우리에게 읽어주겠다고 주장한 내용은 그리 나쁘지 않았으며, 주로 누군가 어딘가로 떠나서 싸우는 동안 창밖을 바라보며 뭔가를 연주하는 (어쩌면 덜시머였을지도 모르겠다) 숙녀에 대한 이야기였다. 문제는 그녀가 시를 읽는 방식이었다. 할머니가 이쪽이 포레스트 씨라고 말하자, 멜리산더 사촌누나의 얼굴은 우리에게 시를 읽어주었을 때와 똑같은 목소리를 낼 듯하게 변했다. 그녀는 서재 안으로 두 발짝 들어오더니 후프스커트를 뒤로 펼치며 정중하게 인사하고 몸을 일으켰다. "포레스트 장군님." 그녀는 말했다. "그분의 동료분을 뵙게 되어 영광입니다. 두 번 다시 그분을 만나지 못할 정인이 그분께 보내는, 전쟁의 승리와 사랑의 성공을 기원하는 간절한 염원을 장군님께서 부디 그분께 전해 주실 수 있으실까요?" 그리고 그녀는 다시 예를 표하고 후프스커트를 뒤로 펼친 다음 자리에서 일어나서 두 발짝 뒷걸음질 친 다음 몸을 돌려 나가 버렸다.

잠시 후 할머니가 입을 열었다. "어떤가요, 포레스트 씨?"

포레스트 장군은 기침하기 시작했다. 그는 한쪽 손으로 외투자락을 들어올리고 반대쪽 손을 뻗어 마치 머스킷이라도 꺼낼 것 같은 동작으로 뒷주머니를 뒤적여서 손수건을 꺼낸 다음, 거기다 대고 한동안 더 기침을 해댔다. 별로 깨끗한 손수건은 아니었다. 필립 매형이 그저께 정자에서 자기 군복 외투를 쓸어내려 시도하던 물건하고 비슷한 모양새였다. 그러다 그는 손수건을 집어넣었다. 그 또한 "하"라고 말하지는 않았다. "여기서 제퍼슨 시내를 가로지르지 않고 홀리 브랜치 도로까지 나갈 수 있습니까?" 그가 말했다.

그러자 할머니가 움직였다. "책상을 열어라." 그녀가 말했다. "메모지를 한 장 꺼내거라." 나는 그 말에 따랐다. 뒤이어 내가 책상 한쪽에 서 있고 포레스트 장군이 반대편에 서 있는 가운데에서, 할머니의 손이 확고하고 별로 느리지 않게, 그리고 별로 시간도 끌지 않고 종이 위에서 펜을 움직이던 모습을 기억한다. 할머니는 무엇을 언급하든 주제와 무관하게 그리 오래 끄는 일이 없는 사람이었으며, 말로 하든 글로 옮기든 그 점은 달라지지 않았다. 당시에는 몰랐고 후일에야, 액자에 넣고 유리를 씌운 채 멜리산더 사촌누나와 필립 매형의 벽난로 선반 위에 올라가 있는 모양을 보고서야 깨달은 일이었지만, 할머니의 섬세하고 기울어진 필체와 그 아래 포레스트 장군의 제멋대로 퍼지는 서명은 그 자체만으로도 밀집한 기병을 이끌고 돌격하는 것처럼 보였다.

테네시 기병대 D중대 소속 P. S. 백하우스 중위는 오늘 자로 소장 직위로 명예 진급하였으며 적군과 교전 중 전사했다. 그 뒤를 이어 필립 생쥐스트 백하우스가 테네시 기병대 D중대 소속 중위로 임관한다.

N. B. 포레스트 중장

당시에는 모르던 일이었다. 포레스트 장군은 종이를 집어들었다. "그럼 이제 전투를 만들어야겠군요." 그가 말했다. "종이 한

장 더 다오, 애야." 나는 다른 종이를 책상에 올려놓았다.

"전투라고요?" 할머니가 말했다.

"존스턴한테 들이밀어야 할 것 아닙니까." 그는 말했다. "나 원 참, 로지 양, 바깥세상의 잘나신 분들이 보기에는 한심해 보일지 몰라도, 나 또한 명확하게 규정되어 거스를 수 없는 규칙에 따라 군대를 통솔하려 애쓰는, 실패를 저지르는 한 명의 인간일 뿐이라는 정도는 이해해 주실 수 없습니까?"

"알겠어요." 할머니가 말했다. "전투를 치르긴 했지요. 내가 지켜봤고요."

"나도 그렇습니다." 포레스트 장군이 말했다. "하." 그가 말했다. "사토리스 전투라고 불러야 하려나."

"아뇨." 할머니가 말했다. "내 집은 안 돼요."

"총격전은 죄다 개울 아래쪽에서만 일어났잖아요." 내가 말했다.

"무슨 개울 말이냐?" 그가 말했다.

그래서 나는 말해 주었다. 목초지를 가로질러 흐르는 개울이었다. 이름은 허리케인 크릭이었지만 백인들조차도 그곳을 허리케인이라 부르는 사람은 할머니 외에는 아무도 없었다. 책상에 앉아서 잭슨에 있는 존스턴 장군에게 보고서를 쓰는 포레스트 장군조차도 그 이름으로 부르지 않았다.

별동대 임무를 맡은 휘하 부대가 적군 본대와 교전하여 전장에서 퇴각 및 분산시킴. 당일 1862년 4월 28일 해리킨 크릭. 병사 1명 전사.

N. B. 포레스트 중장

나는 그 모습을 구경했다. 그가 글을 쓰는 모습을 지켜보았다. 그러다 그는 자리에서 일어나서 쪽지를 접어 주머니에 넣으면서 모자를 올려놓은 탁자 쪽으로 걸음을 옮기기 시작했다.

"잠깐만요." 할머니가 말했다. "종이 한 장 더 꺼내라." 그녀가 말했다. "이리 돌아와요."

포레스트 장군은 걸음을 멈추고 몸을 돌렸다. "한 장 더요?"

"그럼요!" 할머니가 말했다. "휴가증인지 통행증인지, 당신네 바쁜 군대 윗전들이 뭐라고 부르는지는 몰라도 그걸 써 줘야죠! 존 사토리스가 집에 돌아와서 그—" 그리고 할머니 본인이 그 말을 해 버렸다. 그녀는 그대로 나를 노려보고는, 심지어 하던 말을 조금 뒤로 물리기까지 했다. 하려던 말이 잘못 전해지지 않게 만들려는 것처럼. "—집에 돌아와서 그 빌어먹을 신부의 손을 건넬 시간을 보장해 줘야 할 것 아니에요!"

IV

그렇게 모두 끝났다. 그날이 왔고 할머니는 해가 뜨기 전부터 링고와 나를 깨웠고 우리는 뒷문 계단에 쟁반 두 개를 가져가서 아침을 먹었다. 그리고 가방을 파내어 집 안으로 가져와서 은식기를 닦았고 링고와 나는 목초지에서 도그우드와 레드버드 가지를 꺾어왔고 할머니는 멜리산더 사촌누나와 함께 직접 꽃을 모두 잘랐으며 필라델피아는 바구니를 나르기만 했다. 집 안에 꽃이 넘쳐나서 결국 링고와 나는 목초지에서 돌아올 때마다 집 안에서 꽃내음이 날 것이라고 믿기에 이르렀다. 물론 우리가 맡을 수 있는 것이라고는 음식 냄새뿐이었다 — 훈제실에서 꺼내온 마지막 햄과 할머니가 아껴두던 닭고기와 밀가루, 그리고 북부가 항복할 날을 대비하여 샴페인과 함께 모아놓은 마지막 남은 설탕을 사용해서 루비니아가 이틀 동안 요리를 하는 중이었기에, 우리는 북적이는 집에 가까워지고 있다는 증거인 음식 냄새를 맡으면서도 꽃 생각이나 했던 셈이다. 마치 음식에 대해서 잊을 수 있다는 것처럼 말이다. 그리고 사람들은 멜리산더 사촌누나에게 옷을 차려입혔고, 링고는 새 푸른색 바지를 입고 나는 별로 새것이 아닌 회색 바지를 입은 채로, 우리는 — 할머니와 멜리산더 사촌누나와 루비니아와 필라델피아와 링고와 나는 — 늦은 오후의 베란다에 서서 대문으로 들어오는 사람들을 구경했다. 포레스트 장군은 일행 속에 없었다. 링고와 나는 어쩌면 장군이 필립 매형을 데려오기 위해서라도 방문할지 모른다고 생각했었다. 그러다 문득 어차피 아버지도 올 계획이었으니, 포레스트 장군이 아버지한테 그를 데려오게 시켰을지도 모르며, 덤으로 어쩌면 필립 매형은 수갑으로 아버지에게 연결된 상태로 총검을 든 병사들을 대동하고 들어올지도 모른다고 생각했다. 아니면 다른 병사에게 수갑으로 연결된 상태로 멜리산더 사촌누나와 결혼하고, 아버지가 그를 풀어줄지도 모른다고 생각했다.

그러나 포레스트 장군은 참석하지 않았고, 필립 매형은 누구와도 함께 수갑을 차고 있지 않았으며 총검도 없었고 심지어 병사조차 없었으니 참석자가 전원 장교이기 때문이었다. 그리고 마지막 석양이 저무는 동안, 우리는 타들어가는 수제 양초의 불빛을 받으며 응접실에 서게 되었다. 양초를 세운 은촛대는 훌륭하게 반짝이고 있었는데, 다른 은식기들과 함께 그걸 닦은 사람은 필라델피아와 링고와 나였고 심지어 멜리산더 사촌누나까지 조금 거들었다. 할머니와 루비니아가 요리하느라 바빠서 손댈 겨를이 없었기 때문이었다. 물론 루비니아는 그녀가 손댄 은식기를 바로 골라내어 다시 닦으라고 필라델피아에게 건넸지만 말이다. 멜리산더 사촌누나는 아예 몸에 맞춰 수선할 필요조차 없는 드레스를 입고 있었는데, 어머니는 돌아가실 때조차 멜리산더 사촌누나보다 그리 많은 나이가 아니었으며, 심지어 할머니에게도 결혼할 때 입었던 때나 다름없이 몸에 딱 맞았기 때문이었다. 군 목사와 아버지와 필립 매형과 회색 군복에 견장과 군도 차림의 다른 네 사람도 함께 서 있었으며, 멜리산더 사촌누나의 얼굴은 이제 괜찮았고 필립 매형의 얼굴도 마찬가지로 괜찮아 보였는데 일전의 저 아름다운 아가씨 표정을 짓고 있는 데다 우리 중에서 그의 다른 표정을 본 사람은 아무도 없기 때문이었다. 뒤이어 우리는 식사를 했고, 그 식사를 사흘 내내 기다리다가 마침내 해치워버리게 된 링고와 나는, 이후 그 맛이 기억나지 않고 군침만 조금 고이게 될 때까지, 그리고 군침조차 점차 줄어들어 완전히 없어질 때까지 그날 먹은 음식의 이름을 소리 내어 서로 말해주기를 반복했고, 결국 언젠가 전쟁이 끝나고 그런 음식을 다시 맛보아야 군침이 다시 고일 듯하다는 생각을 하게 되었다.

그렇게 모든 일이 끝났다. 마지막 바퀴와 말발굽 소리가 멀어져 갔다. 필라델피아는 촛대들을 들고 응접실에서 들어오며 양초를 불어 껐고, 루비니아는 식탁 위에 부엌 시계를 올려놓고는 저녁에 사용해 지저분해진 나머지 은식기를 설거지통에 모아들여 지저분해진 적도 없었던 것처럼 깨끗이 닦아냈다. "자." 할머니가 말했다. 우리가 지금껏 본 적이 없는 식탁에 팔을 약간 기댄 자세로, 움직이지도 않고서 말이다. 그녀는 고개도 돌리지 않고 링고에게 말했다. "가서 조비와 루시어스를 불러오거라." 그리하여 우리가 가방을 가져와서 벽에 기대 놓고 뚜껑을 열 때까지도, 할머니는 움직이지 않았다. 심지어 루비니아를 바라보지조차 않았다. "시계도 안에 넣어라." 할머니는 말했다. "오늘 밤에는 굳이 시간을 잴 필요조차 없을 듯하구나."

황금의 땅
Golden Land

I

그가 서른이었다면, 온몸을 찔러대는 샤워의 물줄기를 견디고 면도하는 손의 떨림을 멈추게 하려고 아스피린 두 알과 물 타지 않은 진 한 잔을 목으로 넘길 필요는 없었을 것이다. 그러나 서른이었던 그에게는 저녁마다 지금처럼 술을 들이켤 경제적 여유 또한 없었을 것이다. 마흔여덟이 된 지금의 저녁마다 함께 어울리는 그런 남녀들과 어울리지도 못했을 것은 당연한 이야기고 말이다. 그러나 끝나기 직전의 시간마다 드럼과 색소폰을 뒤덮으며 울리는 유리잔 깨지는 소리와 술 취한 여자들의 새된 비명만은, 서른 살 때부터 알고 있던 것이기는 했다. 그때쯤이면 술 마신 양도 수표에 적은 액수도 그가 감당할 수 있는 한도를 살짝 넘겼을 시간이기 마련이었고, 그로부터 여섯 시간에서 여덟 시간 후에는 잠이라기보다는 알코올로 인한 마비라고 불러야 마땅한 상태에서 깨어나서, 간밤의 부풀어오르고 허용된 소란으로부터 벗어나자마자 쉬거나 회복할 시간도 없이 낯익은 침실 모습을 마주하게 되곤 했다. 부겐빌리아가 뒤얽힌 창문으로 흘러드는 아침 햇살 속에서, 견디기 힘들 정도의 고통에 사로잡힌 그의 눈에 침대 발판이 실루엣으로 비쳤고, 그 창문 너머에는, 그의 표현을 따르자면 거의 25년을 이어진 산업과 욕망 그리고 교활함과 행운과 심지어 강건함마저 깃든 기념물이 솟아올라 있었다. 건너편 계곡 사면에는 수입산 올리브나무에 반쯤 파묻히거나 동방의 신전 기둥처럼 줄지어 늘어선 칙칙한 낙우송 사이로 부조 장식처럼 보이는 하얀 빌라 건물들이 드문드문 모습을 드러내 보였다. 미합중국이나 아메리카 대륙이나 온 세상의 한쪽 구석, 아인슈타인이나 루소나 아이스쿨라피우스의 이름이 울려본 적 없는 곳에서조차 그 이름과 얼굴과 심지어 목소리마저 친숙하게 여겨지는 이들이, 그곳의 소유주로 자리하고 있었다.

숙취에 시달리며 깨어난 것은 아니었다. 그는 숙취에 시달린 적도, 음주 때문에 속이 뒤집힌 적도 없었다. 그러기에는 너무 길고 너무 꾸준하게 마셔서이기도 했지만, 30년 동안 부드럽게 살아왔는데도 너무 거친 인간이기 때문이기도 했다. 34년 전의 그날, 열네 살이었던 그는 그 너무 거친 일족과 결별하고, 서쪽으로 가는 화물열차의 제동장치 기둥에 올라타서, 자기 아버지의 삶의 내력이자 존재이며 그 속에 깊이 스며들었던, 그리고 아버지와 같은 이름을 지닌 네브래스카의 작은 촌구석 도시를 뒤로 하고 떠나왔다. 분명 도시 축에 드는 곳이기는 하나, 어디까지나 그림자란 그를 드리우는 존재보다 더 크기 마련이라는 의미에서만 그랬다. 다섯 살 또는 여섯 살 적에 기억하던 모습 속에서도 그곳은 변경의 개척지였다. 광대하고 황막한 평원 한가운데 이엉을 얹은 움집이 모여 있던 작은 전초마을이 드리운 그림자가 점차 몸집을 불려가던 곳이었고, 그와 똑같은 이러 유잉이라는 이름을 쓰던 아버지는 봄과 여름에는 밖으로 나가고 겨울과 가을에는 악취가 진동하는 눈속 움집의 어스름 속에서 시간을 보내며 엿새 동안 밀을 재배하고 그 사이사이에 기도를 드리던 첫 세대의 사람이었다. 그리고 두 번째 이러 유잉은 야간 화물열차를 타고 그 황무지로부터, 나무 한 그루 없는 마을로부터 아주 멀리까지 옮겨와서, 10만 달러짜리 집에 드러누운 채 욕실로 가서 입안에 아스피린 두 알을 털어넣을 수 있을 정도로 어지럼증이 가시기만을 기다리는 중이었고 말이다. 그들은 — 그의 어머니와 아버지는 — 그에게 바로 그것, 인내심을, 견뎌내는 의지를 설명하려 시도했다. 열네 살의 그는 논리와 이성으로는 그들에게 반박할 수도, 자신이 원하는 것을 설명할 수도 없었다. 그래서 그는 그저 도망쳤다. 아버지의 가혹함과 분노로부터 도망친 것은 아니었다. 그는 그 광경 자체로부터 도망치고 있었다 — 나무 한 그루 없는 광활함의 한복판으로부터, 아버지와 어머니의 숨 끊어진 젊은 시절의 총합이자 자연과 흥정하여 얻어낸 결과물인 고적하고 덧없고 인색한 한 줌 밀밭의 삶으로부터, 계절 하나만 지나면 야성적이며 꺾을 수 없는 눈 속의 얼룩이 되어 스러지는 (따라서 약속이나 위협조차 될 수 없는) 그저 우울하며 거의 장난처럼 모든 생명의 종말을 예견하는 듯한 그 장소로부터 말이다. 그리고 심지어 이조차도 그가 진정으로 도망친 대상일 수는 없었으니 결국 그는 도망친 것이 아니기 때문이었다. 그저 열네 살 먹은 아이가 어른을 상대로 들이밀어 성공할 가능성이라도 있는 논쟁 방법이 자신의 부재 또는 소거뿐이었을 따름이었다. 그는 이후 10년의 세월을 반쯤 부랑자이며 반쯤 삯일꾼으로 살아가며 태평양 연안을 따라 내려와 로스앤젤레스에 이르렀다. 서른이 된 그는 로스앤젤레스 출신에 목수의 딸이었던 여자와 결혼했고, 아들 하나와 딸 하나의 아비가 되었으며, 자기 부동산을 소유하게 되었다. 마흔여덟이 된 그는 일 년에 5만 달러를 소비하며, 아무런 도움 없이 홀로 설립하고 1929년의 고난을 무사히 헤쳐나온 사업체의 소유주로 남았다. 자식들에게는 자신의 아버지가 상상조차 못할 뿐 아니라 아예 원론적으로 거부했을 것이 분명한 사치와 도움을 베풀었다 — 매일 아침 그를 집으로 데려와서 옷을 벗기고 침대에 눕혀 주는 필리핀인 운전수가, 그의 외투 주머니에서 끄집어내 책상에 올려놓은 신문이 증명하듯 말이다. 20년 전 아버지의 임종을 앞두고 그는 처음으로 네브래스카로 돌아갔고, 어머니를 모셔온 것도 그때였다. 그녀는 이곳보다 소박한 집에 따로 나가 살고 있었는데, 그녀가 (그는 언급하지 않았지만, 당황스러울 정도로 굳건하고 사려 깊은 태도로) 더 좋거나 화려한 곳을 거부했기에 그렇게 된 것이었다. 처음에는 모두가 그곳에 함께 살았으나, 1년도 지나지 않아 그와 아내와 아이들은 이사를 가게 되었다. 3년 전 그들은 다시 이사했고, 이제 그는 비벌리힐스의 상류층 거주지에서 잠을 깨게 되었다. 그러나 지난 19년 동안, 그는 단 한 번도 (심지어 아침마다 몸을 움직이는 것조차도 아버지 이러가 물려준 품성 또는 체력을, 그러니까 아버지가 네브래스카 평원에서 머무르며 아내가 자식을 품을 구멍을 파면서 동시에 밀을 파종하게 해 주었던 바로 그 힘을, 끔찍하게 소모했던 근래 5년 동안에도 마찬가지였다) 사무실로 가는 길에 그곳에 들러서 (그러려면 20마일을 둘러 가야 했는데도) 어머니와 10분의 시간을 보내는 일을 멈추지 않았다. 어머니는 그가 생각할 수 있는 최대한의 물리적 안락함과 평온함 속에서 살았다. 그녀와 관련된 일을 전부 주선해 놓았기에 살아가며 재산이나 현금 걱정을 할 일도 없었다. 근처 상점과 푸줏간에 전부 신용 거래를 걸어놓았고, 매일 와서 화단에 물을 주고 가꾸는 일본인 정원사가 그녀 대신 장까지 봐 왔다. 아예 청구서를 볼 일조차 없었다. 그리고 그녀에게 하인이 붙지 않은 단 하나의 이유는, 그녀가 일흔의 나이에도 불구하고 모든 요리와 집안일을 홀로 해내는 옛 버릇을 완고하게 유지했기 때문이다. 따라서 상황을 보면 그가 옳았던 것만 같았다. 때론 이렇게 침대에 누운 채로, 일어나 아스피린과 진을 목으로 넘길 의지력을 모으고 있을 때마다(아침일 수도 있고 다음 날 저녁일 수도 있었다. 평소보다 과음해서 예닐곱 시간 정도의 망각으로는 현실과 환상을 구분할 수 없을 때도 있었으므로), 아버지 이러가 그에게 물려준 것이 분명한 강인하고 거친 캠벨파 신도*의 혈통이 깨어나서, 아버지가 어딘가 위편에서 자신의 탕아를, 그리고 그가 이루어낸 모든 것을 내려다보고 있는 모습을 보거나 느끼거나 상상하게 되곤 했다. 만약 실제로 그런 일이 일어났다면, 지난 이틀 아침 동안 내려다보던 아버지 이러는 분명 필리핀인이

---

* 알렉산더 캠벨이 창시한 프로테스탄트 교파인 디사이플파 또는 캠벨파의 신도를 일컫는다.

주인의 외투에서 끄집어내어 책상에 올려놓은 두 통의 타블로이드 신문도 확인하고, 옛 핏줄을 이용하여 복수를 감행했을 것이다. 34년 전 그 오후의 일뿐 아니라, 지난 34년 전부에 대한 복수를.

정신을 차리고 의지력과 신체를 가다듬어 침대에서 일어나던 그는 신문을 쳐서 떨구었다. 신문은 그대로 발치에 펼쳐졌지만, 그는 그쪽을 바라보지 않았다. 그저 실크 잠옷 차림으로, 옛적에 예측할 수 없으며 완고한 대지와 사투를 벌이고 힘겨운 노동에 시달리느라 수척했던 부친과는 달리 늘씬한 모습으로 (심지어 이런 방식으로 한참을 살아온 지금까지도, 그는 아직 뱃살이랄 것조차 별로 없었다) 어디에도 눈길을 주지 않고 우뚝 서 있을 뿐이었다. 발치에 펼쳐진 타블로이드 신문 속에서는 그의 딸이 마주 노려보거나 길고 흰 정강이를 과시하고 있는 대여섯 장의 사진 위로, 줄을 맞춘 검은 헤드라인 글자가 번쩍이고 있었다. '에이프릴 랠러가 드러낸 난잡한 비밀.' 움직이기 시작한 그의 발이 마침내 신문을 밟았고, 그는 그대로 맨발로 욕실로 걸어갔다. 이내 그의 시선은 떨리며 움찔거리는 손으로 옮겨갔고, 그 손은 알약 두 개를 유리 선반에 떨군 다음 텀블러를 걸이에 끼우고 진 술병의 마개를 연 다음 주먹을 벽에 대고 몸을 가누면서 텀블러에 진을 따랐다. 그러나 그는 신문은 결코 쳐다보지 않았으니, 면도를 끝내고 침실로 돌아와서 침대에 앉았을 때도 마찬가지였으며, 그저 슬리퍼에 발을 넣으려고 맨발로 신문을 한쪽으로 밀어 치울 뿐이었다. 어쩌면, 아니 분명히, 신문을 볼 필요도 없었기 때문일 것이다. 그 재판은 오늘로써 사흘째 타블로이드지 화제의 중심이었고, 따라서 지난 이틀 동안 신문을 펼칠 때마다 딸의 금발에 파묻힌 읽어낼 수 없는 딱딱한 얼굴이 그의 눈으로 튀어들어 왔기 때문이다. 심지어 잠든 동안에도 딸을 잊을 수 없었고, 따라서 저녁에서 여덟 시간이 지나서 휴식도 망각도 아무런 간격도 없이 괴로운 숙취에 시달리며 일어나는 것처럼, 딸의 기억 또한 끊기지 않은 채 반추하며 일어나는 것이나 다름없는 상태였다.

그러나 어두운 오렌지색 터틀넥 스웨터 위에 회색 플란넬 상의를 갖춰 입고서 널찍한 스페인풍 계단을 내려가는 그의 모습은, 적어도 겉보기로는 차분하고 침착해 보였다. 섬세한 철제 난간과 대리석 계단이 휘감듯 내려와 타일이 깔린 헛간 같은 거실로 이어졌고, 그 너머 조찬용 테라스에서 아내와 아들이 대화를 나누는 소리가 그의 귀에 들어왔다. 아들의 이름은 보이드였다. 그들 부부는 상호 무시 협정이라 부를 만한 과정을 통해 두 자식의 이름을 지었다. 아내는 아들을 보이드라고 불렀고, 그는 그 이유를 짐작조차 할 수 없었다. 대신 그는 딸을 (지난 이틀 동안 그가 만졌던 모든 신문에서, 에이프릴 랠러라는 이름의 위아래에 달라붙어 여인의 얼굴로 그를 마주했던 바로 그 아이를) 모친의 이름을 따서 사만다라고 불렀다. 그들의 대화가 들려왔다 — 아내와 그의 사이에는 이제 형식적인 예의 말고는 아무것도 남아 있지 않았으며, 지난 10년 동안은 그조차도 별로 많지 않았다. 그리고 아들 쪽은 2년 전 어느 오후에 술에 취해 인사불성인 채로 문 앞으로 배달되어 왔던 적이 있었는데, 차에 타고 있던 동행인의 정체는 결국 알아내지 못했다. 그는 직접 아들의 옷을 벗겨서 침대에 밀어넣다가 아들이 제 속옷 대신 여자의 브래지어와 팬티를 입고 있다는 것을 발견했다. 몇 분 후, 아마도 때리는 소리를 들은 모양인지, 보이드의 어머니가 달려와서는 자기 남편이 여전히 의식불명인 아들을 수건으로 연달아 후려치고 있는 모습을 발견했다. 하인 하나가 얼음물 대야를 가져다놓고 수건을 계속 적셔 건네주는 모습도 말이다. 그는 잔혹하고 의도적인 격정에 사로잡혀 아들을 호되게 후려치고 있었다. 아들을 깨우려는 것인지 아니면 그저 때리고 있을 뿐인지는, 아마 그 자신조차 제대로 몰랐을 것이다. 그러나 아내는 즉시 후자라는 결론을 내렸다. 환멸이 끓어오르는 속에서 그는 아내에게 여자 속옷에 대해 말하려 했지만 아내는 듣기를 거부했고, 대신 사납고 여인다운 분노를 터트리며 그를 공격했다. 그날 이후로 아들은 어머니가 함께 있을 때만 아버지를 마주하려고 애썼으며 (사실 아들이나 어머니 양쪽 모두에게 그리 어려운 일은 아니었다) 그럴 때마다 아들은 위축된 앙심과 보복을 원하는 불손함을 뒤섞은, 반은 고양이 같고 반은 여자 같은 태도로 아버지를 대했다.

그는 테라스에 모습을 드러냈다. 말소리가 멈췄다. 거의 은하만큼이나 높고 부드러우며 흐릿한 캘리포니아의 아지랑이에 휘감긴 태양의 빛이 테라스에 내리쬐며, 일종의 배반과도 같은 흐릿한 밝음을 만들어내고 있었다. 테라스에도, 거칠고 깎아지른 계곡 사면에 드러나 있으나 먼지 한 톨 없이 햇빛에 젖은 테라코타 타일에도, 그 위와 그 반대편을 강렬하고 수많은 색채의 패러독스로 양탄자처럼 가득 메우는, 마치 흙에서 뽑혀와 양분을 섭취하지 못하는 대신 오로지 공기만으로 살아가며 양분 없는 화산암 벽면에 그대로 기대 놓았다가 누군가 나중에 돌아와서 수거해갈 것처럼 보이는 수많은 꽃에도. 아들인 보이드는 밀짚색의 반바지를 제외하면 거의 벌거벗은 모습에, 햇빛에 갈색으로 익은 몸에서는 팔다리와 가슴에 바른 제모제 냄새를 흐릿하게 풍기면서 고리버들 의자에 드러누워 있었다. 발치에는 밀짚 슬리퍼가 놓이고 갈색 다리 위에는 신문 한 부가 펼쳐져 있었다. 이 도시에서 가장 상류층의 신문이었으나 여기에도 절반쯤 걸치도록 검은 헤드라인이 박혀 있었고, 이러는 눈길을 멈추지도, 심지어 자신이 바라보았다는 것을 의식하지도 못한 채, 그곳에도 자신이 아는 이름이 적혀 있다는 사실을 확인했다. 그는 자기 자리로 향했다. 매일 밤 그를 침대에 눕혀 주던 필리핀인이 이번에는 흰색 이튼 재킷 차림으로 그의 의자를 빼 주었다. 오렌지주스가 담긴 유리잔과 빈 찻잔 옆에는 우편물 무더기가 쌓여 있고 그 꼭대기에 전보가 한 통 있었다. 그는 자리에 앉아 전보를 집어들었다. 그리고 아내가 먼저 입을 열기 전까지는 그녀 쪽으로는 눈길도 주지 않았다.

"유잉 부인이 전화하셨어. 당신이 시내로 나가는 길에 잠시 들렀으면 하시던데."

그는 움직임을 멈췄다. 전보를 열어보던 두 손도 움직임을 멈추었다. 여전히 햇빛에 눈을 조금씩 깜빡이면서, 그는 탁자 맞은편에 있는 얼굴로 시선을 돌렸다. 매끈하고 생기 없는 화장에, 얇은 입술과 작은 콧구멍과 청백색의 가혹한 두 눈에, 마치 창문 칠장이들이 사용하는 얇은 은박을 두개골 위에 한 장 붙이고 솔질한 것처럼 세심하게 다듬은 백금발에. "뭐라고?" 그는 말했다.

"전화를 하셨어? 여기로?"

"안 될 건 없잖아? 나는 당신 여자들조차도 여기다 전화 못 걸게 막은 적이 없다고?"

열지 않은 전보가 갑작스럽게 그의 손아귀에서 구겨졌다. "내 말뜻 당신도 알잖아." 그는 거칠게 말했다. "어머니는 평생 나한테 전화를 하신 적도 없어. 하실 필요가 없었으니까. 그런 말을 남기실 이유도 없고. 나는 시내로 나갈 때마다 한 번도 빠지지 않고 거기 들르니까."

"내가 어떻게 알아?" 그녀가 말했다. "당신이 모범적인 남편이자 아버지였던 것과 같은 방식으로 모범적인 아들이었을 수도 있지 않겠어?" 그녀의 목소리는 아직 날카롭지 않았고, 심지어 별로 크지도 않았으며, 흠잡을 데 없는 초현실적인 머리카락 아래에 뻣뻣하고 움직임 없이 앉아서 용서를 모르는 분노를 담은 푸른 눈으로 그를 바라보는 그녀의 모습만으로는, 호흡이 빠른지를 알아내는 것조차 불가능할 터였다. 둘은 사치스러운 탁자를 가운데 두고 서로를 바라보았다 — 20년 전 한때는 아무 생각도 없이 자연스럽고 즉각적으로 서로를 마주 보았으며, 심지어 10년 전까지만 해도 그럴 수 있었던 두 사람이었는데도.

"내 말뜻 당신도 알잖아." 그는 다시 거칠게 말하며 떨리는 몸을 억눌렀다. 스스로는 어젯밤의 술기운이 아직 남았기 때문이라 여기면서. "신문도 안 읽는 분인데. 한 번도 보신 적 없다고. 당신이 보낸 거야?"

"내가?" 그녀가 말했다. "뭘 보내?"

"젠장!" 그가 소리쳤다. "신문 말이야! 어머니한테 신문 보냈어? 거짓말할 생각은 하지도 마."

"내가 보냈으면 어쩔 건데?" 그녀가 소리쳤다. "자기가 뭐라고 모르는 채로 남으려고 해? 자기가 뭐라고 당신이 보호하는 대로 모르고 있어야 하는데? 당신 나한테서 숨기려고 시도라도 해 봤어? 그런 일이 벌어지지 않도록 막으려고 시도라도 해 봤냐고? 술에 취해서 정신도 못 차리고 있던 그 많은 세월 동안에는 알아차리지도 못하고 신경도 안 썼으면서, 사만다가—"

"영화판의 에이프릴 랠러 양이라고 불러주셔야죠." 보이드가 말했다. 두 사람은 그에게는 신경도 쓰지 않았다. 그저 탁자를 가운데 두고 서로를 노려볼 뿐이었다.

"아." 그가 나직하고 뻣뻣하게, 입술을 거의 움직이지 않고 말했다 "그러니까 이번 일도 내 잘못이라 이거지? 내가 우리 딸을 쌍년으로 만들었다고? 이제 다음에는 내가 우리 아들도 호모새—"

"그만!" 그녀가 소리쳤다. 이제 그녀는 숨을 헐떡이고 있었다. 둘은 멋들어진 탁자를 사이에 두고, 5피트의 돌이킬 수 없는 간극을 사이에 두고 서로를 노려보았다.

"자, 자." 보이드가 말했다. "그 애 경력에 간섭하지는 말자고요. 그렇게 오래 고생해서 마침내 맡을 만한 역할을 찾았는데—" 그는 말을 멈추었다. 아버지가 몸을 돌려 자신을 노려보고 있었다. 보이드는 자기 의자에 몸을 묻고서, 거의 여성적이라 할 법한 숨겨진 불손함을 담은 눈으로 아버지를 바라보았다. 갑자기 그의 눈빛이 온전히 여성적으로 변했다. 비명을 반쯤 눌러 참은 채 그는 다리를 휘두르며 튕겨 일어나 달아나려 했지만, 이미 늦어

황금의 땅 435

버렸다. 이러가 그의 옆에 서서 목덜미가 아닌 얼굴을 한 손으로 쥔 채로 일으켜 세웠다. 아버지의 떨리는 손아귀 안에서 보이드의 입이 오므라든 채로 침을 흘렸다. 다음 순간 어머니가 튕기듯 달려나와 이러의 손을 떼어내려 하다가 그대로 밀쳐진 다음, 다시 달려들다가 반대편 손에 붙들려 발버둥치기 시작했다.

"계속해." 그가 말했다. "나불거려 봐." 그러나 보이드는 아무 말도 할 수 없었다. 아버지의 손이 턱을 붙잡아 벌리고 있기 때문이거나, 아니면 두려움 때문이었을 것이다. 이제 그는 의자에서 완전히 떨어져나와서 몸을 뒤틀며 발버둥치고 있었고, 아버지의 한쪽 손에 붙들린 얼굴에서는 공포에 질린 신음이 흘러나왔으며, 반대편에 붙들린 어머니는 내내 비명을 지르고 있었다. 그러다 이러는 보이드를 풀어주며 그대로 테라스에 내동댕이쳤다. 보이드는 한 번 뒹굴더니 몸을 일으켜 웅크린 채로 유리문 쪽으로 물러나며, 한 팔을 들어 얼굴 앞으로 내민 채로 계속 아버지에게 욕설을 내뱉었다. 그러다 그는 사라졌다. 이러는 아내를 마주했다. 그녀 또한 붙들린 채 마침내 조용해져 헐떡이고 있었고, 굴곡이 입체 지도처럼 보이는 두꺼운 화장은 부드럽게 떼어내 얼굴에 붙인 종이 가면처럼 들떠 보였다. 그는 아내를 풀어주었다.

"이 주정뱅이." 그녀가 말했다. "술에 취해 정신 못 차리는 주정뱅이 주제에. 그런데도 자기 자식들이 왜 그 꼴이 됐는지 모른다고—"

"그래." 그가 나직하게 말했다. "좋아. 그게 문제가 아니지. 이미 지나간 일이니까. 중요한 문제는 그걸 어떻게 해결할지야. 우리 아버지라면 알고 계셨겠지. 실제로 하셨던 적도 있고." 그는 메마르고 가볍고 경쾌한 목소리로 말했다. 너무도 그래서 아내조차 헐떡이면서도 입을 다문 채 그를 지켜보기만 할 정도였다. "기억이 나는군. 내가 열 살 무렵이었지. 헛간에 쥐가 들끓었어. 우리는 온갖 것들을 시도했지. 쥐잡이 개. 쥐약. 그러다 어느 날, 아버지가 말씀하셨어. '이리 와라.' 우리는 헛간으로 가서 틈새와 구멍을 전부 막아 버렸지. 그런 다음에 불을 질렀어. 이런 해결책은 어떻다고 생각해?" 그러자 그녀 또한 사라졌다. 그는 조금 눈을 깜빡이며 잠시 서 있었다. 부드럽고 변하지 않는 햇빛과 무구하고 강렬한 꽃무더기 때문인지, 두개골 속 안구가 희미하지만 꾸준하게 욱신거리는 것이 느껴졌다. "필립!" 그는 소리쳤다. 무심한 갈색 얼굴의 필리핀인이 뜨거운 커피포트를 들고 등장해서, 빈 잔과 물방울이 맺힌 오렌지주스 잔 옆에 내려놓았다. "술 한 잔 가져오게." 이러가 말했다. 필리핀인은 그를 힐긋거리더니 바쁘게 움직이기 시작했다. 이러가 지켜보는 가운데, 그는 잔을 옆으로 옮기고 커피포트를 내려놓은 다음 잔을 다시 움직였다. "내 말 들었나?" 이러가 말했다. 필리핀인은 몸을 꼿꼿이 세우고 그를 바라보았다.

"오렌지주스와 커피를 드시기 전에는 술을 내오지 말라고 말씀하셨지 않습니까."

"술 가져올 건가, 안 가져올 건가?" 이러가 소리쳤다.

"잘 알겠습니다, 주인님." 필리핀인이 말했다. 그는 밖으로 나갔다. 이러는 그의 뒷모습을 바라보았다. 예전에도 똑같은 일이 있었기에, 오렌지주스와 커피를 마시기 전까지는 브랜디가 등장하지 않으리라는 사실은 그도 잘 알고 있었다. 필리핀인이 어디 숨어서 그를 지켜보고 있었는지는 영영 알 수 없었지만 말이다. 그는 다시 자리에 앉아 구겨진 전보를 펴들고, 반대쪽 손에는 오렌지주스 잔을 든 채로 내용을 읽었다. 보낸 사람은 그의 비서였다. **어젯밤 내용 유출하기 전에 준비를 끝내놓음 멈춤 신문 전면의 삼십퍼센트를 확보함 멈춤 오늘 오후에 법원 출석을 잡음 멈춤 사무실로 오시거나 저한테 전화**. 그는 오렌지주스 잔을 그대로 든 채로 전보 내용을 다시 읽었다. 그리고 그는 양쪽 모두를 내려놓고 자리에서 일어나서 보이드가 테라스 바닥에 던져 놓은 신문을 주워들고는 절반을 차지하는 헤드라인을 읽었다. **랠러라는 여성은 저명한 지역 유지의 따님**. 자신의 실명이 사만다 유잉이며 부동산업자 이러 유잉의 딸이라는 사실을 인정했다는 내용이었다. 그는 내용을 조용히 읽었다. 그리고 조용하지만 소리 내 말했다.

"그 일본놈이 어머니께 신문을 보여드린 거야. 그 빌어먹을 정원사 놈이었어." 그는 탁자로 돌아갔다. 잠시 후 필리핀인이 소다수를 탄 브랜디를 가지고 돌아와서는, 밝은색 모조 트위드 재킷을 걸친 채로 자동차가 준비되었다고 알렸다.

II

그의 모친은 글렌데일에 살고 있었다. 그가 결혼할 때 이사해 들어갔다 훗날 사들인 집이었고, 그의 아들과 딸이 태어난 집이기도 했다 — 일본인 정원사가 돌보는 페퍼트리와 꽃나무와 덩굴이 늘어선 막다른 골목에 있는 집으로, 그 뒤편에 솟은 황량한 언덕에는 빗질하듯 줄을 그은 위로 낙우송과 대리석이 연극 무대처럼 극적으로 늘어선 공동묘지가 있었고, 그 꼭대기에 올라앉은 붉은 전구로 이루어진 전기 간판은 샌퍼난도 계곡의 안개에 둘러싸일 때면 보이지 않는 루비가 번쩍이듯 붉은빛을 발하는 모습이, 마치 산마루 너머에 천국이 아닌 지옥이 존재하는 것처럼 보이곤 했다. 필리핀인이 앉아서 신문을 읽고 있는 그의 최신 스포츠카에 비교하면 집은 작아 보이기만 했다. 그러나 그녀는 다른 하인이나 자동차나 전화기를 받아들이지 않은 것처럼, 다른 집도 받아들이지 않았다. 수척하고 여위었으며 살짝 허리가 굽은 여자는 캘리포니아에서 안락한 삶을 보내면서도 살집이 붙지 않은 모습으로, 완고하게 네브래스카부터 가져온 의자 중 하나에 앉아서 시간을 보낼 뿐이었다. 처음에 그녀는 네브래스카에서 가져온 가구를 창고에 넣어 두는 정도로 만족하는 듯했다. 굳이 필요하지 않았으니까. (이러는 아내와 가족을 데리고 이 집을 나가서 중간 크기의 두 번째 집으로 옮겨가면서 새 가구를 사들이고, 처음 집은 가구가 그대로 갖춰진 채로 어머니에게 남겼다) 그러나 그가 정확히 떠올릴 수 없는 어느 날, 그는 문득 어머니가 창고에서 의자 하나를 꺼내와서 집 안에서 쓰기 시작했다는 것을 깨달았다. 훗날 그녀에게서 불안한 기색이 느껴지기 시작하자, 그는 집 안의 가구를 전부 치우고 창고의 옛 가구를 꺼내 쓰자는 이야기를 꺼내 봤으나 그녀는 거부했다. 아무래도 네브래스카의 가구들은 있던 자리에 그대로 놔두는 편이 낫거나 그러고 싶다고 생각하는 모양이었다. 뜨개질한 숄을 어깨에 두르고 그렇게 앉아 있는 그녀의 모습을 보면, 도리어 그녀의 아들이 이 집과 이 방에 살거나 소속된 사람으로 보일 정도였다. 해변에서 태운 피부와 관자놀이 부근이 멋들어지게 살짝 회색으로 세어 있는 머리카락, 그리고 세련되게 짝이 맞지 않는 값비싼 장신구까지 말이다. 그녀는 34년 동안 거의 변하지 않았다. 그녀는 물론이고 이러 유잉 노인조차도, 아들의 기억에 남은 죽은 후의 모습은 생전과 비교해서 거의 변하지 않았었다. 빌어먹을 네브래스카의 작은 정착지가 마을이 되고 도시가 되는 동안, 그의 아버지의 아우라는 계속 커져서 마침내 무정한 대지를 상대로 맨손으로 장대한 사투를 벌이고 견뎌내었으며 어떤 면에서는 정복한 거인에 버금갈 정도가 되었다. 그 또한 마을과 마찬가지로 수척하고 앙상한 실제 사람에 비해 터무니없이 늘어진 그림자가 되었던 것이다. 그리고 아들이 기억하는 과거 어머니의 실제 모습 또한 그랬다. 두 사람은 그와 마찬가지로 공기를 마시고 먹고 잠들어야 했으며 그를 세상에 내놓은 장본인임에도 불구하고, 아예 다른 종족에 속하는 것처럼 낯선 이들이었다. 다른 행성에서 찾아와 길을 잃은 이들처럼 사라지지 않는 고독 속에서 오로지 둘이서만, 남편과 아내라기보다는 혈연으로 이어진 형제자매인 것처럼, 심지어 쌍둥이인 것처럼 나란히 서서 똑같은 노고를 견뎌내는 이들이었다. 견뎌낼 수 있는 강건함과 의지력과 힘을 통해 기묘한 부류의 평화를 손에 넣었기에.

"무슨 일인지 말해 보거라." 그녀는 말했다. "이해하도록 시도해 보마."

"그러니까 카지무라가 그 빌어먹을 신문을 보여드린 게 맞는 거군요." 그는 말했다. 그녀는 대답하지 않았을뿐더러, 그를 지켜보고 있지도 않았다.

"예전에 그 애가 2년 동안 영화에 출연해 왔다고 말했었지. 그래서 이름을 바꿔야 했다고도 말이야. 다들 이름을 바꾸니까."

"그렇죠. 흔히 단역이라 부르는 역할로요. 2년 동안이나 말입니다. 대체 왜 그랬는지는 모르겠지만요."

"그리고 지금 네 말은 — 지금 이 일이 전부 그 아이가 영화에 출연하고 싶어서 벌인 일이었고—"

그는 입을 열기 시작하다가, 왠지 모를 초조한 짜증에 다시 입을 다물었다. 비탄이거나 절망이거나 적어도 분노에서 비롯된 듯한 짜증이 그의 목소리를, 어조를, 나직하게 내리누르고 있었다. "그것도 가능한 이유 중 하나라고 말씀드린 겁니다. 제가 아는 거라고는, 그 남자가 영화판 사람이고 배역을 나눠주는 작자라는 것뿐입니다. 그리고 경찰이 그를 체포했고, 사만다와 다른 여자 하나가 문을 전부 잠근 채로 아파트 안에 함께 있었고, 사만다와 다른 여자가 벌거벗은 채였다는 것하고요. 사람들 말로는 그 또한 벗고 있었다던데, 그 작자는 부정하고 있습니다. 법정에서는 자기가 함정에 빠져 누명을 쓴 거라고 말했어요. 여자들이 자신을 협박해서 영화 배역을 얻어내려던 중이었다고요. 자신을 속여 그곳으로 끌어들인 다음, 창문에서 신호를 보내면 경찰이 급습하도록 주선해 놓았다고요. 어쩌면 그럴 수도 있습니다. 아니면 모두 어울려 즐거운 시간을 보내다가 순진하게 체포당한 것뿐일 수도 있고요." 움직임 없이 뻣뻣하게 말하는 그의 얼굴은 참담했다. 흐릿한 쓴웃음은 마치 무뚝뚝하고 뻣뻣하게 고난에 맞서는 것처럼 보였지만, 그저 웃음, 그저 분노일 뿐일지도 모를 일이었다. 그의 어머니는 여전히 그를 바라보지 않고 있었다.

"하지만 너는 그 애가 이미 영화에 출연했다고 했잖니. 바로 그 때문에 그 애가 이름을 바꿔야 했다고도—"

"말씀드렸잖아요. 단역이었다고." 그는 다시 격렬한 짜증과 분노를 잠재우기 위해, 격하게 곤두선 신경줄을 부여잡고 자신을 억눌러야 했다. "그저 이름만 바꾼다고 영화에 출연할 수는 없다는 말이 이해가 안 되세요? 일단 하나를 맡았다고 계속 출연할 수 없다는 것도요? 여자라는 이유만으로 머무를 수 없다는 것도? 이곳에 도착하는 기차마다 그런 여자들이, 사만다보다 젊고 예쁘장하고 영화에 출연하려면 뭐든 하겠다는 여자들이 가득하다는 것도요? 물론 사만다도 뭐든 할 생각이기는 했던 모양입니다만. 하지만 그런 여자들은 사만다가 생각조차 못 해본 일들을 알거나 배우려 애쓸 겁니다. 하지만 그런 이야기는 관두죠. 제 누울 자리를 펴놓은 건 그 아닙니다. 제가 할 수 있는 건 일어나도록 돕는 정도지요. 침대보를 씻어낼 능력은 없습니다. 아무도 못하죠. 어쨌든 이제 가야 합니다. 늦었어요." 그는 자리에서 일어나며 어머니를 내려다보았다. "오늘 아침에 전화하셨다고 하더군요. 이게 용건이었습니까?"

"아니다." 그녀가 말했다. 이제 그녀는 그를 올려다보았다. 이제 그녀의 앙상한 손이 서로 반대쪽 손을 움찔거리며 파고들기 시작했다. "예전에 하인을 구해주겠다고 한 적이 있었지."

"네. 15년 전에 하인이 필요하실 거라고 말씀드렸죠. 마음이 바뀌셨습니까? 제가 하인을 구해다 드리기를—"

이제 그녀는 다시 그를 바라보기를 멈췄지만, 손은 계속 움직이고 있었다. "그건 15년 전의 일이다. 1년에 적어도 500달러씩은 나가겠지. 그러면 전부 합해서—"

그는 짧고 거친 웃음을 터트렸다. "로스앤젤레스에서 1년에 500달러로 하인을 구할 수 있을지 한번 구경하고 싶군요. 하지만 왜—" 그는 웃음을 멈추고 그녀를 내려다보았다.

"적어도 5천 달러라도 말이야." 그녀가 말했다.

그는 그녀를 내려다보았다. 잠시 후 그는 입을 열었다. "또 돈을 요구하시는 겁니까?" 그녀는 대답하지도, 몸을 움직이지도 않았다. 그저 손만이 느릿하고 고요하게 서로를 파고들 뿐이었다. "아." 그는 말했다. "떠나고 싶으신 거로군요. 여기서 도망치고 싶으신 거예요. 저도 그렇습니다만!" 이번에는 그도 자신을 억누르지 못하고 소리쳐 버렸다. "저도 그렇다고요! 하지만 당신은 아이를 가질 때 저를 선택한 게 아니었습니다. 마찬가지로 저도 저 두 녀석을 선택한 게 아니에요. 하지만 저는 녀석들을 감당해야 하고, 당신도 우리 모두를 감당해야 할 겁니다. 빠져나갈 수 없을 거예요." 그는 이제 헐떡이며, 침대에서 일어날 때처럼 의지력을 끌어모아 자신을 억제하며 목소리를 줄였다. 거친 어조는 그대로 남아 있었지만. "어디로 가려는 겁니까? 어디에 틀어박혀 숨으려 그래요?"

"집에." 그녀는 말했다.

"집?" 그는 되풀이했다. 일종의 놀라움이 그 목소리에 스며들어 있었다. "집이요?" 그리고 그는 이해했다. "거기로 돌아가시겠다고요? 그딴 겨울과 눈과 온갖 것들이 있는 곳으로? 나 참, 첫 성탄절을 맞이할 때까지 버티지도 못하실 겁니다. 그것도 몰라요?" 그녀는 몸을 움직이지도 그를 올려다보지도 않았다. "말도 안 됩니다." 그는 말했다. "이번 일도 곧 잠잠해질 겁니다. 한 달만 있으면 이런 사건이 두 건은 더 일어나서, 우리를 제외하면 아무도 기억하지 못하게 될 겁니다. 게다가 어머니는 돈도 필요 없으시잖아요. 몇 년 동안 돈을 요구해 오셨지만, 사실은 필요 없으시잖아요. 과거에 제가 돈 문제로 지독하게 속을 끓인 적이 있어서, 최소한 어머니가 그쪽은 쳐다보지도 않고 사시도록 주선해 드리겠다고 맹세했던 겁니다. 이젠 가 봐야 해요. 오늘 사무실에 중요한 업무가 있습니다. 내일 뵙죠."

이미 1시였다. "법원으로." 그는 자동차에 올라타며 필리핀인에게 말했다. "원 세상에, 한 잔 필요한데." 자동차가 움직였고, 그는 쏟아지는 햇빛 속에서 눈을 감았다. 법원에 도착했다는 사실을 깨닫기도 전에, 비서가 자동차 발판으로 뛰어올라왔다. 비서 또한 모자는 쓰지 않았지만 옷은 진품 트위드 재킷이었다. 터틀넥 스웨터는 완벽한 검은색이었고, 마찬가지로 검은 머리카락은 광택제를 칠한 것처럼 두개골에 착 붙어 번들거렸다. 그는 이러의 눈앞에 신문 조판 인쇄본을 펼쳐보였다. 사진이 들어갈 빈 공간 위편에는 이런 설명이 붙어 있었다. '에이프릴 랠러의 부친.' 그리고 빈 공간 아래에는 해설이 있었다. '이러 유잉, 유잉 부동산 회장, — 윌셔 불러바드, 비벌리힐스.'

"최대한 끌어모은 게 30퍼센트인가?" 이러가 말했다. 비서는 젊었다. 그는 순간적으로 애매하고 짜증과 분노가 섞인 표정으로 이러를 노려보았다.

"원 세상에, 30퍼센트는 그저 숫자일 뿐입니다. 추가 인쇄를 천 부쯤 해서 우리가 보낸 수신자 목록으로 발송할 겁니다. 태평양 연안 전역은 물론이고 동쪽으로 리노까지도 우리 신문이 퍼질 겁니다. 대체 원하시는 게 뭡니까? 사장님 사진 아래에다 '14쪽으로 가서 반면 광고를 참조하세요'라고 적어넣을 수는 없지 않습니까?" 이러는 다시 눈을 감고 앉아서 윙윙거리는 머리가 멈추기를 기다렸다.

"알겠네." 그는 말했다. "다들 준비는 끝났나?"

"전부 끝났습니다. 사장님이 안으로 들어가셔야 할 겁니다. 안으로 들어가야 법원이라는 티가 날 거라고 하더군요."

"알겠네." 이러는 말했다. 그는 자동차에서 나왔다. 눈을 반쯤 감은 채로 비서를 대동하고서, 그는 계단을 올라 법원 건물로 들어섰다. 기자와 사진사들이 대기 중이었지만 그는 아직 그들을 발견하지 못했다. 그저 놀라 입을 떡 벌리는, 대부분이 여자라는 사실을 알고 있는 군중에 둘러싸여 있다는 사실만 알고, 법원 문 바깥 복도에서 길을 정리하는 경관 하나와 자기 비서의 목소리만 들릴 뿐이었다.

"이 정도면 됐습니다." 비서가 말했다. 이러는 걸음을 멈췄다. 아직 눈을 뜨지 않았는데도 한층 어두워졌는지 편한 느낌이 들었다. 그는 자리에 서서, 비서와 경관이 여인들을, 여인의 얼굴들을 뒤로 몰아대는 소리만을 듣고 있었다. 누군가 그의 팔을 붙들어 돌려세웠다. 그는 고분고분하게 손길에 따랐다. 마그네슘 플래시가 번득이며 고통에 시달리는 안구 위로 주먹질하듯 내리찍

했다. 희멀건 얼굴들이 군중 속 비좁은 통로 양옆에서 그를 구경하려고 고개를 들이미는 환상이 눈앞에 보였다. 그는 눈을 꾹 감은 채로 몸을 돌려 더듬거렸고, 진행을 맡은 기자가 그에게 말을 걸었다.

"잠깐만요, 선생님. 혹시 모르니까 한 장만 더 찍겠습니다." 이번에는 그는 눈을 아예 꾹 감고 있었다. 마그네슘 플래시 불빛이 그의 온몸을 휩쓸었다. 흐릿하고 시큼한 냄새 속에서 그는 몸을 돌리고, 다시 비서를 대동하고 눈을 감은 채로 햇살 속으로 나가서 차에 올랐다. 그는 이번에는 다른 명령 없이 이렇게만 말했다. "한 잔 주게." 자동차가 움직이는 동안 그는 다시 눈을 감았고, 차는 시내의 교통량을 뚫고 나와서 이내 그의 몸을 실은 채 조용하고 강력하고 빠르게 움직이기 시작했다. 한참을 그렇게 이동한 끝에, 그는 자동차가 야자수가 늘어선 진입로로 들어서며 속도를 늦추는 것을 느꼈다. 차가 멈췄다. 도어맨이 문을 열면서 그의 이름을 입에 담았다. 승강기 승무원도 그의 이름을 입에 담으며, 명령 없이도 원하는 층에 승강기를 멈추어 주었다. 그는 복도를 따라 걸어가서 문 하나를 두드리고는 열쇠를 찾아 더듬거렸고, 그러는 동안 문이 열리며 느슨한 덧옷 아래 잠옷을 걸친 여자가 문을 열고 나왔다 — 아내와 마찬가지로 염색한 머리에 갈색 눈을 가지고 있는 여자는 문을 안으로 열어 그를 맞이하고 뒤편에서 문을 닫은 다음, 마흔이 가까워지는 여성이 결혼한 사이가 아니며 육체적인 비밀은 없고 정신적 비밀도 얼마 되지 않으며 오래도록 즐겁고 절대적인 친밀함을 누려온 남성에게만 보일 수 있는 짧고 환하고 희미하고 고요한 미소를 지어 보였다. 그녀는 결혼했다가 이혼한 사람이었다. 열네 살 먹은 딸아이가 하나 있었으며, 지금은 그가 아이의 기숙사 비용을 대고 있었다. 그녀가 문을 닫는 모습을, 그는 눈을 깜빡이며 바라보았다.

"신문을 봤군." 그는 말했다. 그녀는 천천히, 열기를 담아서가 아니라 문을 닫는 동작에서 그대로 이어지는 것처럼, 일종의 따스한 포옹처럼 그에게 키스했다. 갑자기 그가 외쳤다. "이해할 수가 없어! 내가 그렇게 온갖 것들을…… 저들을 위해 내가 얼마나 많은 것을 주려고 노력했는데—"

"쉿." 그녀가 말했다. "쉿. 지금은 조용히 해요. 수영복 입고요. 갈아입고 나오면 내가 한 잔 준비해 놓을게요. 혹시 점심도 드실 거면 지금 시킬까요?"

"아니. 점심은 필요 없어. — 내가 저들에게 얼마나 많은 것을 주려고—"

"쉿. 조용. 한 잔 따라둘 테니까 옷부터 갈아입고 와요. 해변으로 나가면 끝내줄 거예요." 침실로 들어가 보니 그의 수영복 바지와 가운이 침대에 놓여 있었다. 그는 옷을 갈아입고 그녀의 옷가지가 걸린 옷장에 자기 정장을 걸었다. 옆에는 그의 다른 정장 한 벌과 저녁때 입을 옷이 걸려 있었다. 거실로 돌아와 보니 그녀가 술을 준비해 놓고 있었다. 그녀는 그가 입에 문 담배에 불을 붙여주고는, 그가 자리에 앉아 유리잔을 드는 모습을, 똑같은 고요하고 감정 없는 미소를 띤 채로 지켜보았다. 그리고 그는 그녀가 덧옷을 미끄러뜨려 벗고는 술병 선반 앞에 무릎을 꿇고 앉아서, 최신 유행의 수영복 차림으로 휴대용 술통을 채우는 모습을 지켜보았다. 올여름에 일만 군데 상점의 일만 개의 여성형 밀

황금의 땅

랍 인형들이 입고 있던 모습, 캘리포니아 해변에서 십만 명의 젊은 여성들이 입고 있던 것과 똑같은 모습이었다. 그는 무릎 꿇은 그녀의 모습을 바라보았다 — 등과 엉덩이와 옆구리는 충분히 늘씬하고 심지어 단단하기도 했으나 (사실 너무 단단해서 조금 근육질인 쪽에 가까웠다. 분명 부단하고 철저하게 관리한 결과일 것이다) 결국은 사십대 여성의 몸이라는 점이 명확했다. 하지만 젊은 여자는 원하지 않는다고, 그는 생각했다. 가능하다면 모든 젊은 여자들이, 모든 젊은 여자들의 육신이, 지상에서 사라지거나 심지어 파괴되기를, 그는 신에게 기도했다. 그는 그녀가 술통을 전부 채우기 전에 잔을 비웠다.

"한 잔 더 해야겠어." 그가 말했다.

"알았어요." 그녀가 말했다. "해변에 가서 한 잔 더 해요."

"아니. 지금."

"일단 해변으로 나가서요. 벌써 세 신데. 그쪽이 낫지 않겠어요?"

"그러니까 내가 지금은 한 잔 더 못 한다고 말하고 싶은 거로군."

"그럴 리가요." 그녀는 이렇게 말하며, 술통을 덧옷 주머니에 넣고는 그녀다운 따스하고 흐릿하며 읽을 수 없는 미소를 띠고 그를 바라보았다. "그냥 물이 너무 차가워지기 전에 몸을 담그고 싶어서 그런 거예요." 둘은 차로 내려갔다. 필리핀인도 이미 알고 있었다. 그는 문을 열어서 여자를 운전석에 태우고, 자신도 따라서 뒷자리로 들어갔다. 자동차가 움직였다. 그녀의 운전 솜씨는 훌륭했다. "잠깐이라도 누워서 눈 좀 붙이지 그래요." 그녀는 이러에게 말했다. "해변에 도착할 때까지 쉬는 게 낫지 않겠어요? 그런 다음에 수영을 좀 하고 한 잔 하는 거예요."

"쉬고 싶지 않아." 그는 말했다. "난 괜찮으니까." 그러나 그는 다시 눈을 감았고 이번에도 자동차는 그를 실은 채 강력하고 부드럽고 빠르게 움직이며, 오후의 햇살 속에서 도시를 구성하는 온갖 것들 사이의 엄청난 거리를 가볍게 주파했다. 그가 눈을 뜨고 있었더라면, 때때로 밝고 부드럽고 흐릿하게 일렁이는 햇살이, 무작위로, 난잡하게 휘날리는 화려한 신문 조각들처럼 건조한 대지 위로 휘날리는 모습을, 그 정처 없는 분위기를 가득 드러내는 도시의 모습을 목격할 수 있었을 것이다 — 지하실도 기반도 없이 푹푹 뚫리는 흙을 몇 인치쯤 파고 들어가 가볍게 고정되어 있는, 밝고 아름답고 화려한 주택가. 저 집들은 흙보다도 가벼우며 그 아래에는 태곳적부터 존재하는 단단한 용암층이 떠받치고 있으니, 거센 폭우가 내리기라도 하면 모든 인간의 흔적은 소방 호스의 물줄기에 배수로가 씻겨내려가듯 시야에서도 기억에서도 사라지고 말 것이다. 거의 계산조차 불가능한 막대한 부를 자랑하는 이 도시의 운명 또한, 스풀 몇 개에 감긴 수백만 달러어치의, 그리고 성냥불을 켰다가 그대로 부주의하게 떨어뜨려 발로 밟아 끄는 한순간 동안 사라질 위기에 처하는 그런 물질*에 기반을 두고 있으니, 기이하게 어울리는 일이었다.

"오늘 어머님을 뵙고 오셨죠." 그녀가 말했다. "그분 혹시—"

"그래." 그는 눈을 뜨지 않았다. "그 빌어먹을 일본놈이 어머니

---

* 영화 필름.

황금의 땅 449

께 드린 모양이야. 다시 돈을 요구하시더군. 그걸로 뭘 하시려는지도 알아냈지. 도망치고 싶으셨던 거야, 네브래스카로. 그래서 나는…… 그리로 돌아가신다면 성탄절까지도 못 버티실 거라고 말했지. 겨울 한 달만으로도 목숨을 잃을 거라고. 어쩌면 겨울까지 가지 않아도 될지도 모른다고."

그녀는 계속 차를 몰았다. 여전히 시선은 도로를 향하고 있었지만, 어쩐지 완벽하게 움직이지 않는 방법을 알아낸 듯하다는 느낌이 들었다. "그래서 그러신 거였군요." 그녀가 말했다.

그는 눈을 뜨지 않았다. "뭐가 그래서 그래?"

"어머님이 내내 당신한테 돈을, 현금을 달라고 말씀하시던 이유 말이에요. 당신이 절대 돈을 안 드릴 텐데도 틈날 때마다 다시 요구하곤 하셨잖아요."

"그게 무슨……" 그는 눈을 뜨고 그녀의 옆얼굴을 바라보다가, 갑자기 몸을 일으켜 앉았다. "그러니까 당신 말은, 어머니가 내내 돌아가고 싶으셨다는 소리야? 지금까지 계속 돈을 달라고 하셨던 게, 그 돈으로 그러고 싶으셨다는 소리야?"

그녀는 그를 잽싸게 힐긋 바라보고는 다시 도로로 시선을 돌렸다. "다른 이유가 뭐가 있겠어요? 어머님이 그 돈을 어디다 쓰시겠어요?"

"그리로 돌아가신다고?" 그가 말했다. "그 겨울로, 그 도시로, 그런 삶의 방식으로, 처음 찾아오는 겨울에 목숨을 잃을 거라는 걸 알면서도…… 그건 거의 죽고 싶다는 소리잖아, 안 그래?"

"쉿." 그녀는 재빨리 말했다. "쉬이이잇. 그런 말 하면 안 돼요. 누구한테도 그런 말은 하지 말아요." 벌써 두 사람에게 바다 냄새가 밀려왔다. 이제 그들은 그쪽으로 비탈길을 내려가는 중이었다. 환하고 소금기 머금은 바람이 그들을 향해 불어오고, 길게 간격을 두고 밀려오는 파도 소리도 들려왔다. 이제 눈에도 보이기 시작했다 — 감청색의 바다가, 해수욕을 즐기는 사람들이 점점이 박힌 해안의 하얀 곡선으로 밀려들어 크림처럼 부서지는 모습이. "클럽을 통과해서 갈 필요 없잖아요." 그녀가 말했다. "여기 주차할 테니까, 그대로 물가로 나가요." 두 사람은 필리핀인을 차에 남겨두고 그대로 해변으로 내려갔다. 이미 밝게 차려입은 인파가 화려하게 북적거리고 있었다. 그녀는 빈 공간을 찾아서 겉옷을 펼쳤다.

"이제 한 잔 줘." 그가 말했다.

"먼저 몸부터 담그고 오세요." 그녀가 말했다. 그는 그녀를 바라보았다. 그리고 천천히 가운을 벗었다. 그녀는 가운을 받아 자기 덧옷 옆에 펼쳤다. 그는 그녀를 내려다보았다.

"어느 쪽일까? 당신이 언제나 나보다 영리하게 굴게 될까, 아니면 언제나처럼 내가 항상 당신을 믿게 될까?"

그녀는 환하고 따사로우며 사랑스럽고 읽어낼 수 없는 얼굴로 그를 바라보았다. "어쩌면 둘 다일지도요. 둘 다 아닐 수도 있고요. 몸부터 담그고 와요. 당신이 나올 때에 맞춰서 술통하고 담배를 준비해 놓을 테니까." 그가 젖어서 헐떡이며, 심장이 조금 힘겹고 빠르게 뛰는 채로 물에서 나왔을 때, 그녀는 이미 수건을 준비해 놓고 있었고, 그가 펼쳐놓은 가운 위에 드러눕자 담배에 불을 붙이고 술통의 뚜껑을 열어 주었다. 그녀 또한 자리에 누워서, 한쪽 팔꿈치에 몸을 의지한 채로, 웃으며 그를 바라보며 그의 머리카락에서 물을 털어 주었고, 그는 그러는 동안 내내 헐떡이며 심장 박동이 느려지고 조용해지기를 기다렸다. 그들과 물가 사이에서, 그리고 그들의 시선이 닿는 해변 양옆으로, 해수욕 손님들이 지나다녔다 — 젊은이들, 수영복 바지 차림의 젊은 남자들과 그보다 딱히 더 많이 걸치지도 않은 젊은 여자들이, 남의 눈을 의식하지 않고 구릿빛 육체를 드러낸 채 걸어다녔다. 그렇게 누워 있자니 마치 저들 부류의 인간들만 존재하는 세계의 가장자리를 따라 걸음을 옮기는 것만 같았고, 48년이라는 세월을 살아온 그 자신은 다른 종족의 마지막 생존자가 된 것처럼 느껴졌다. 이제 저들은 지금껏 지구상에 존재하지 않은 새로운 종족의 시조가 될 것이다. 나이라는 것이 없는 남자와 여자들, 남신과 여신만큼이나 아름다우며 갓난아기의 정신을 가진 종족 말이다. 그는 얼른 몸을 돌려 옆에 누운 여자를 바라보았다. 고요한 얼굴을, 현명한 웃음기를 머금은 눈매를, 희미한 주름이 보이는 피부와 관자놀이를, 염색한 머리카락이 자라나 보이는 모근을, 희미한 푸른색의 수많은 가느다란 혈관이 피부 아래로 비치는 한 쌍의 다리를. "당신이 저놈들보다 훨씬 보기 좋다고!" 그는 소리쳤다. "나한테는 당신이 저놈들보다 훨씬 보기 좋아!"

III

일본인 정원사는 모자를 쓴 채로 유리창을 두드리고 손짓하며 쓴웃음을 머금었고, 이내 나이 든 쪽 유잉 부인이 그에게 다가왔다. 그의 손에는 검은색 헤드라인이 박힌 오후 신문이 들려 있었다. '랠러 여인, 법원에서 난장판을 벌이다.' "받으세요." 일본인이 말했다. "내가 물 주는 동안 읽으세요." 그러나 그녀는 거절했다. 그저 부드럽고 평온한 햇살 안에 서서, 거의 격할 정도로 피어나는 가득한 꽃들에 둘러싸여, 신문을 받아들지도 않고 헤드라인만을 조용히 바라볼 뿐이었다. 그게 전부였다.

"오늘은 신문을 안 보는 게 좋을 듯하군." 그녀가 말했다. "그래도 고맙네." 그녀는 거실로 돌아갔다. 의자를 제외하고는, 모든 면에서 아들이 그녀를 처음 이곳으로 데려와서 이제 여기가 그녀의 집이라고, 며느리와 손자들이 그녀의 가족이라고 말했을 때와 똑같은 모습이었다. 변한 구석은 거의 없었고, 직접 바꾼 부분은 그녀의 아들은 전혀 모르는 곳이었으며, 그렇게 바꾼 것조차 이제는 너무 오래전 일이라 그녀 입장에서는 모아들인 돈에 마지막 동전을 언제 더했는지 기억조차 못 할 정도였다. 그 마지막 한 닢을 넣어둔 장소는 벽난로 선반 위 도자기 꽃병이었고, 그 안에 뭐가 있는지는 1페니 동전 하나까지 알고 있었지만 말이다. 그럼에도 그녀는 꽃병을 내려서 네브래스카에서 여기까지 가져온 의자에 앉은 다음, 그 안의 동전들과 닳아 해진 기차 시간표를 무릎에 쏟았다. 그녀가 15년 전에 시내 매표소까지 직접 걸어가서 가져온 바로 그날 접어놓은 페이지가 여전히 접혀 있었다. 너무 오래전 일이라 네브래스카주 유잉에서 제일 가까운 연결역에 연필로 그린 동그라미는 이미 지워졌다. 그러나 그녀에게는 그 또한 필요치 않았다. 그녀는 정확한 거리를 반 마일 단위까지 알고 있었으며, 요금 또한 페니 한 닢까지 정확하게 알고 있었고, 20년대 초반에 철도가 우려의 대상이 되고 요금이 떨어지기 시작했을 때는 곡물이나 전력 거래 시장을 주시하는 증권중개인보다 더욱 열심히 철도회사 광고와 요금 시세를 살피곤 했다. 그러다 마침내 요금이 안정화되자 유잉으로 돌아가는 기차표는 그녀가 저축한 돈보다 13달러나 더 비싸졌고, 때맞춰 그녀의 수입원 또한 끊기고 말았다. 그녀의 수입원은 두 손자들이었다. 그녀가 20년 전에 이 집으로 들어와서 두 아기를 처음으로 마주한 날, 그녀는 초조함과 간절함을 동시에 느꼈다. 남은 평생 그곳에 의지하게 될 테지만, 반대급부로 뭔가를 얻을 수 있을 테니까. 손자들을 또 다른 이러와 사만다 유잉으로 키워내려 시도했다는 이야기는 아니었다. 아들에게 이미 그런 실수를 저질렀다가 결국 집에서 몰아내 버렸으니까. 그녀는 이제 좀 더 현명해졌다. 고난의 단순한 반복으로 가능한 일이 아님을 알게 되었다. 그녀는 그저 자신과 남편의 힘겨웠던 삶에서 가치 있던 것들을 — 명예와 용기와 자존심을 담아 고난을 인내하며 배운 것들을 — 골라내어, 고난이나 고역이나 절망을 겪는 일 없이 그대로 아이들에게 전달해 주고자 했다. 젊은 며느리와는 마찰이 좀 있으리라 생각했으나, 그래도 진짜 유잉인 그녀의 아들은 자신의 아군이 되어 주리라 믿었다. 심지어 1년 동안 물러서서 기다림을 감내하기까지 했는데, 아이들이 여전히 갓난아기에 지나지 않았기 때문이다. 그녀는 불안해하지 않았다. 아이들 또한 유잉이었으니까. 그녀가 처음으로 찰흙처럼 부드러운 작은 얼굴의 이목구비를 꼼꼼히 뜯어보다 닮은 구석을 전혀 발견하지 못했을 때, 그녀는 아직 갓난아기라 누구와도 닮지 않은 것이 당연하다 말하고 넘어갔다. 그래서 그녀는 참고 기다리기로 했다. 아들이 새

집을 샀으며 지금 집은 죽을 때까지 그녀의 몫이라고 말했을 때까지, 그녀는 이사 계획이 잡혀 있다는 사실조차 알지 못했다. 그녀는 아무 말도 못한 채 떠나는 가족을 지켜봤다. 그리하여 그녀의 계획은 시작되지 못했다. 뒤이은 5년 동안에도 시작되지 못했고, 그동안 그녀는 아들이 갈수록 빠르고 손쉽게 돈을 벌어들이는 모습을, 그녀의 남편이 영예와 존엄성과 자부심을 더럽히지 않고 꿋꿋하게 고생하여 벌어들이던 푼돈과는 비교도 되지 않는 액수를 비열하고 경멸받는 방식으로 벌어들여서, 그와 똑같은 방식으로 돈을 마구 뿌리듯 써대는 모습을 지켜봐야 했다. 아들에 대해 완전히 포기했을 때쯤, 그녀는 며느리와 자신이 양립 불가능한 도덕적 맞수나 다름없다는 사실을 깨닫게 되었다. 5년째 되던 해에 일어난 일이었다. 아들이 집에 와 있던 어느 날, 그녀는 아이들이 탁자에 놓인 자기네 어머니 지갑에서 돈을 빼가는 모습을 목격했다. 애들 어머니는 자기 지갑에 얼마가 들어 있는지조차 알지 못했다. 그녀가 애들 어머니에게 그 이야기를 하자, 그쪽은 벌컥 성을 내면서 어디 한 번 확인해 보자고 말했다. 할머니는 아이들의 잘못을 추궁했고, 아이들은 태연한 얼굴로 모든 사실을 부인했다. 바로 그 순간 그녀와 아들의 가족은 완전히 갈라져 버린 셈이었다. 이후 그녀는 매일 꼬박꼬박 찾아오는 아들이 직접 데려올 때만 두 아이를 마주했다. 그녀에게는 네브래스카부터 가져온 쪼갠 달러*가 몇 개 있었다. 여기서는 돈 쓸 일

---

* 지폐가 아닌 달러 은화를 말한다. 19세기에 발행된 달러 은화는 8등분하여 잔돈으로 사용하는 관습이 존재했다. 물론 이 단편의 배경인 1930년대에는 쪼갠 달러 은화는 실질적으로 아무런 가치도 없었다.

이 없어서 건드리지도 않은 채였다. 그러던 어느 날, 그녀는 아이들이 있는 동안 동전을 근처에 놓아두었고, 돌아와 보니 그 동전 역시 사라진 후였다. 다음 날 아침 그녀는 아들에게 아이들 이야기를 꺼내면서, 며느리와 있었던 일을 떠올리며 직접적이지 않은 방식으로 말하려 했다. "그래요." 아들은 말했다. "제가 돈을 좀 법니다. 가능할 때 최대한 빨리 벌 겁니다. 아주 많이 벌 거예요. 내 아버지는 아이에게 그런 게 필요하리라고 꿈꾼 적조차 없는 사치와 지원을 우리 아이들에게 제공할 겁니다."

"그게 문제야." 그녀는 말했다. "너는 돈을 너무 쉽게 번다. 이 동네 전체가 우리 유잉 일가에게 너무 얕보이고 있어. 우리가 대대로 이곳에서 태어난 가문이었다면 그 아이들한테도 괜찮을지 모르지. 그쪽 일이야 나도 모르니까. 하지만 우리한테는 아니야."

"하지만 저 애들은 여기서 태어났습니다."

"단 한 세대일 뿐이지. 그 애들이 태어나기 이전 세대는 네브래스카의 밀밭 속 개척지에 있는 초가지붕 움집 속에 살았다. 그 이전 세대는 미주리의 통나무집에 살았고. 그리고 그 이전 세대는 인디언들에게 포위당한 켄터키의 요새에 살았고. 이 세상은 유잉 일가에게 쉬웠던 적이 없어. 어쩌면 그게 주님의 뜻일지도 모르겠구나."

"앞으로는 계속 쉬울 겁니다." 그는 말했다. 일종의 승리 선언처럼. "어머니와 저한테도 그럴 거고요. 하지만 우리 아이들한테 더욱 그렇겠죠."

그게 끝이었다. 아들이 떠나자 그녀는 창고에서 꺼내온 하나뿐인 네브래스카 의자에 — 아버지 이러 유잉이 집을 지은 후에 처음으로 그녀를 위해 사준 물건이고, 아들 이러가 걸음마를 시작하기 전까지 요람으로 썼던 물건에 ─ 그럴 때마다 아버지 이러는 밀가루통으로 만든 의자에 우울하고 조용하고 타락하지 않는 모습으로 앉아, 나날이 지나가는 사이의 황혼마다 마땅히 벌어들인 휴식을 취하곤 했었다 ─ 조용히 앉아서 이제 다 끝났다고 나직한 혼잣말을 중얼거렸다. 그녀의 다음 행동은 흥미롭게도 직접적이었다. 개척자들의 기회주의랄까, 검약하게 살아가면서도 눈앞의 이점을 냉정하게 움켜쥐는 그런 성향이 엿보이는 행동이었다. 광대한 네브래스카에서, 물물교환하며 지내온 어린 시절과 강건한 성인 시절에서 얻어낸 무언가를, 그녀 평생 처음으로 쓰기 시작한 느낌이었다. 그리고 그 목적은 사는 것이 아니라 죽는 것이었다. 자신의 그런 행동을 역설적이거나 부정직하다고 여기지는 않은 듯하다. 그녀는 아들이 외상으로 살 수 있게 해놓은 식재료로 사탕과 케이크를 만들어서 손자들에게 건네고, 저들의 아버지가 주거나 어머니의 손가방에서 훔쳐낸 동전을 받기 시작했다. 동전은 열차 시간표와 함께 꽃병 속에 숨겼으며, 그녀의 재산은 아주 조금씩 불어났다. 그러나 몇 년이 지나자 아이들은 사탕과 케이크를 찾지 않게 되었고, 이후 그녀는 기차표 가격이 내려가고 내려가다가 마침내 13달러가 부족한 지점에서 멈추어 버리는 모습을 지켜보고 있어야 했다. 그러나 그녀는 그때조차도 포기하지 않았다. 그녀의 아들이 수년 전에 하인을 구해준다고 했을 때 거절했던 적이 있었다. 그녀는 적절한 시간이 오면, 정확히 때를 맞추면, 적어도 자신이 아끼게 해 주었던 13달러 정도는 받아낼 수 있으리라 생각했다. 그런데 이마저도 실패했다.

"제때가 아니었을지도 몰라." 그녀는 생각했다. "너무 성급하게 시도한 걸지도 모르지. 내가 놀라서 급해졌는지도 몰라." 그녀는 이렇게 중얼거리며, 무릎에 놓인 작은 동전 더미를 바라보았다. "아니면 그 애가 너무 놀라서 거절부터 한 걸지도 모르지. 그 애가 시간이 좀 있을 때 한다면……" 그녀는 마음을 다잡았다. 동전을 다시 꽃병에 넣은 다음 벽난로 선반에 올려놓으면서 눈으로는 시계를 살폈다. 고작 4시였고, 저녁 준비를 시작하려면 두 시간은 더 있어야 할 것이다. 해는 높이 떠 있었다. 창가로 나서고 있자니 스프링클러의 물줄기가 햇빛 속에서 반짝이며 빛나는 모습이 보였다. 여전히 한낮, 여전히 오후였다. 고요하고 칙칙한 색의 산들이 그 너머로 솟아 있었다. 그리고 그 아래로는 도시가, 대지가, 그 아래 도사리고 무수히 뻗어나가는 모습이 보였다. 매년 천 가지 새로운 신앙과 처방과 치유제를 쏟아내지만 그 거짓됨을 입증할 질병조차 존재하지 않는 대지가, 빗방울이나 풍파의 생채기 따위는 찾아볼 수도 없는 황금의 나날 속에서, 끝없이 평온한 과거에서 시작되어 끝없이 평온한 미래로 이어지는 변화 없이 단조로운 아름다운 나날 속에서 이어지고 있었다.

"나는 여기 머물면서 영원히 살게 될 거야." 그녀는 혼잣말을 중얼거렸다.

여왕이 있었네
There Was a Queen

I

 엘노라는 자기 오두막에서 나와서 뒷마당으로 들어섰다. 거대하고 널찍한 저택과 그 부지 전체가, 캐롤라이나에서 찾아온 존 사토리스가 처음 지은 후로 백 년 동안 그러했듯이 나른하고 평화롭게 기나긴 오후에 잠겨 있었다. 그는 이곳에서 죽었고 그의 아들 베이어드도 이곳에서 죽었으며, 베이어드의 아들 존과 존의 아들 베이어드도 저마다 이곳을 떠나 매장되었으나 마지막 베이어드만은 이곳에서 죽지 못했다.*

 따라서 이곳의 고요함은 이제 여인들의 고요함이었다. 엘노라는 뒷마당을 가로질러 부엌 뒷문을 향했다. 10년 전까지만 해도 이 시간대에는 그녀의 이복오라비인(양쪽 모두 그 사실은 몰랐

---

* 「아드 아스트라」에서 쌍둥이 존의 복수를 끝내고 전장에서 돌아온 젊은 베이어드 사토리스는, '스놉스 3부작' 중 하나인 『저택』에서 자동차 사고로 조부인 베이어드 사토리스 노인을 잃은 후 시험용 비행기를 타다가 목숨을 잃었다고 언급된다.

을 가능성이 클 것이다. 심지어 베이어드의 아버지마저도*) 늙은 베이어드가 뒤편 현관을 발을 구르며 오르락내리락 하면서, 타고 나갈 암말을 끌고 오라고 마구간 쪽의 검둥이 남자들에게 소리치고 있었을 것이다. 그러나 이제 그는 죽었고, 그의 손자인 베이어드 또한 스물여섯의 나이로 죽었으며, 검둥이 남자들도 사라져 버렸다. 엘노라의 모친의 남편인 사이먼 또한 묘지로 들어갔고, 엘노라의 남편 캐스피**는 절도죄로 감방에 들어갔으며, 아들 조비***는 빌 스트리트****에서 좋은 옷을 걸치고 다니려고 멤피스로 떠났다. 그리하여 저택에 남게 된 이들은 최초의 존 사토리스의 누이이며 아흔 살이고 꽃밭이 내려다보이는 창가에 휠체어를 가져다놓고 살아가는 버지니아와, 젊은 베이어드의 미망인인 나르시사와 그녀의 아들이었다. 버지니아 듀프레는 1869년에 캐롤라이나 쪽 일족의 마지막 한 사람이 되어 미시시피로 나오면서, 자기가 걸친 옷가지와 함께 캐롤라이나 창문에 썼던 색유리판을 담은 바구니 하나와 잘라낸 꽃나무 가지 몇 개와 포트 와인 두 병을 가져왔다. 그녀는 오라비가 죽는 것도 조카가 죽는 것도 조카의 자식이 죽는 것도 조카의 손자 두 명이 죽는 것

---

* 엘노라의 아버지는 늙은 베이어드와 같은 존 사토리스 대령이며, 따라서 그녀에게도 사토리스 가문의 피가 흐르고 있는 셈이다.

** 『먼지 속의 깃발들Flags in the Dust』에서는 엘노라의 동복남매로 등장하나, 별도의 언급은 찾아볼 수 없다.

***사이먼의 아버지 조비와는 다른 인물이며, 다른 작품에는 등장하지 않는다.

****Beale Street. 멤피스 중심가의 거리로 과거에는 돈 많은 하류층의 유흥가였으며, 블루스 음악의 산실로도 유명하다.

도 지켜보았으며, 이제는 남자 없는 저택에서 조카의 손자의 아내와 그 아들인 벤보와 함께 살고 있었는데, 그녀는 꿋꿋하게 그 아이를 프랑스에서 죽은 삼촌의 이름을 따서 조니라고 불렀다.*
검둥이 쪽으로는 요리를 맡은 엘노라와, 그녀의 아들이며 정원을 돌보는 아이섬, 그녀의 딸이며 버지니아 듀프레의 침대 옆에 깔개를 놓고 자면서 갓난아기처럼 돌보아 주는 새디가 있었다.

그러나 그 정도는 괜찮았다. '내가 감당할 수 있어.' 엘노라는 뒷마당을 가로지르며 생각했다. '도움 따위는 필요 없다고.' 그녀는 — 훤칠한 키에 커피색 피부를 지니고, 작고 높고 잘생긴 머리를 가진 여인은, 딱히 누구에게라고 할 것도 없이 소리 내어 말했다. "이건 사토리스 가문의 일이니까. 대령님도 그렇게 생각했으니까 돌아가실 때 그분을 돌보는 일을 나한테 맡긴 거라고. 나한테 직접 말했다니까. 도시에서 온 외부인들이 아니라." 그녀는 아직 한 시간이나 남았는데 자신을 저택으로 들어오게 만든 바로 그 일을 생각하고 있었다. 그녀가 자기 오두막에서 부산하게 일하고 있는데, 젊은 베이어드의 아내인 나르시사와 열 살 먹은 아들이 해가 중천인 오후에 목초지를 가로질러 가는 모습이 보였던 것이다. 그녀는 문가로 나와서 둘을 지켜봤다 — 소년과 흰옷 차림의 덩치 큰 젊은 여인은 뜨거운 오후인데도 목초지를 가로질러 계곡 쪽으로 내려가고 있었다. 그녀는 백인 여성이라

---

* 『먼지 속의 깃발들』에서, 버지니아는 가문의 전통을 따라 아이에게 존이라는 이름을 미리 지어 놓는다. 그러나 아들에게 사토리스 가문의 저주를 물려주고 싶지 않았던 나르시사는 자신의 처녀 시절 성인 벤보를 이름으로 삼는다.

면 그랬을 것처럼 그들이 어디로 가는지도, 왜 가는지도 궁금해하지 않았다. 그러나 그녀는 반만 흑인이었고, 그녀의 얼굴에는 조용하고 침중한 경멸의 표정이 떠올라 있었다. 가문 후계자의 아내가 그녀에게 내리는 명령을 듣거나 생각할 때마다 짓던 표정이었고, 심지어 후계자가 살아 있을 때도 마찬가지였다. 이틀 전에, 나르시사가 하루쯤 멤피스에 다녀올 테니 그동안 엘노라가 늙은 고모님을 홀로 돌봐야 한다고 알려줬을 때와 똑같은 표정이었다. '어차피 언제나 내가 해온 일인데.' 그때 엘노라는 생각했다. '여기 들어앉은 후로 누구한테든 뭘 제대로 해준 적도 없으면서. 어차피 필요 없었던 주제에. 어디서 감히 그런 생각을.' 그러나 입 밖에는 내지 않았다. 그저 생각만 하면서, 나르시사의 여행 준비를 돕고, 그녀가 마차에 올라 역으로 떠나는 모습을 아무 말 없이 지켜봤다. '그리고 돌아올 필요도 없지.' 그녀는 사라지는 마차를 보며 생각했다. 그러나 오늘 아침에 나르시사는 돌아왔고, 갑작스레 길을 떠난 이유나 갑작스레 돌아온 이유 따위는 설명하지 않았다. 그리고 이른 오후에, 엘노라는 자기 오두막집 문간에 서서 여자와 소년이 6월의 뜨거운 햇살을 맞으며 목초지를 가로질러 내려가는 모습을 지켜보며 서 있었던 것이다.

"뭐, 어딜 가든 저 여자 마음이긴 하지." 엘노라는 소리 내어 말하며 부엌 계단에 발을 올렸다. "제니 양은 깜둥이들한테 돌보라고 저기 의자에 앉혀두고 그냥 멤피스로 떠나 버린 것하고 똑같이 말이야." 그녀는 여전히 소리 내어 앞뒤가 맞지 않는 말을 덧붙였다. "그렇게 간 것도 놀랄 일은 아냐. 돌아온 게 더 놀랍지. 아니, 그것도 안 놀랍네. 일단 여기 들어온 이상 여기서 떠날 수는 없을 테니까." 그러다 그녀는 나직하게, 소리내어, 적의도 열기도 없이 덧붙였다. "천박해. 도시의 하층민* 주제에."

그녀는 부엌에 들어섰다. 그녀의 딸 새디는 탁자 앞에 앉아서, 차갑게 식은 순무청을 먹으면서 접히고 지저분해진 패션잡지를 읽고 있었다. "넌 여기서 뭘 하는 거야?" 그녀가 말했다. "제니 양이 너를 불렀을 때 들릴 만한 곳에 올라가 있어야지?"

"제니 양은 아무것도 필요 없다니까요." 새디가 말했다. "그냥 창가에 앉아 있기만 하는 걸요."

"나르시사 양은 어딜 갔어?"

"난 몰라요." 새디가 말했다. "보리** 데리고 어딘가 떠났어요. 아직 안 돌아왔고요."

엘노라는 끙 소리를 냈다. 신발끈을 묶지 않았기에, 그녀는 두 번 움직여서 신발을 벗어던진 다음 부엌을 떠나 고요하고 천장이 높으며 정원에서 흘러드는 꽃내음과 6월 오후의 나른하고 무수한 소리들로 가득한 홀을 통과해서, 열려 있는 서재 문에 다가갔다. 창문 옆에 (내리닫이창은 올라가 있었다. 겨울에는 캐롤라이나에서 가져온 색유리의 가느다란 경계면이 그녀의 머리와 가슴을 가두어 초상화처럼 보이게 만드는 그 창문이었다) 나이 많은 여인이 휠체어에 앉아 있었다. 앉은 자세는 꼿꼿했다. 깡마르

---

* town trash. 다른 여러 작품에서 언급되듯이, 나르시사의 친정인 벤보는 요크나파토파의 유서 깊은 법률가 가문이었으나, 사토리스처럼 대농장을 소유한 지주 가문은 아니었다. 다만 일부 작품에서는 전쟁 전까지는 마차와 노예 마부밖에 가진 것이 없었던 모습으로 그려지기도 한다.

** 벤보 사토리스의 애칭.

고 반듯한 자세에, 오똑한 코와 석회를 바른 벽면 같은 머리색을 가진 여인이었다. 어깨에는 흰색 모직 숄을 두르고 있었는데, 검은 옷과 대비되어 그녀의 머리카락만큼이나 하얗게 보였다. 그녀는 창밖을 내다보고 있었다. 높이 들어올린 옆얼굴은 조금도 움직이지 않았다. 엘노라가 들어서자, 그녀는 고개를 돌리고는 추궁하는 듯한 내밀한 표정으로 검둥이 여인을 바라보았다.

"뒷길로 들어온 건 아니겠지?" 그녀가 말했다.

"아니에요, 부인." 엘노라가 말했다. 그녀는 휠체어 쪽으로 걸음을 옮겼다.

노부인은 다시 창밖을 바라보았다. "아무래도 나로서는 도저히 이해가 안 된다고 할 수밖에 없겠구나. 나르시사 양이 갑자기 사방을 헤집고 다니기 시작했어. 갑자기—"

엘노라가 휠체어 옆으로 다가왔다. "확실히 그렇죠." 그녀는 차갑고 나직한 목소리로 말했다. "저렇게 게으른 여자치고는요."

"갑자기—" 노부인은 말을 멈추었다. "그녀를 두고 그런 식으로 말하는 건 그만두거라."

"저는 진실만을 말했을 뿐인데요." 엘노라가 말했다.

"그럼 혼자만 생각하고 있어. 그 여자는 베이어드의 아내야. 이젠 사토리스 가문의 여자다."

"그녀는 절대 사토리스 가문의 여자가 못 될 겁니다." 엘노라가 말했다.

노부인은 창밖을 내다보고 있었다. "갑자기 이틀 전에 멤피스로 나가서는 이틀 밤을 보냈지. 아들이 태어난 후로 하룻밤도 떨어져 지낸 적 없으면서. 아무런 이유도 안 대고 아들을 이틀 밤이나 두고 가더니, 돌아와서는 대낮부터 그 아이를 데리고 숲으로 산보를 나갔단 말이다. 그 아이도 어미를 그리워하지도 않더구나. 그 아이가 어미가 떠나 있던 동안 조금이라도 그리워하던 것 같더냐?"

"아뇨, 부인." 엘노라가 말했다. "사토리스 가문의 남자들은 누구도 그리워하는 법이 없습니다."

"물론 그렇겠지." 노부인은 창밖을 내다보았다. 엘노라는 휠체어에서 조금 물러난 뒤편에 섰다. "목초지를 가로지른 다음에도 계속 걸어가더냐?"

"저는 모릅니다. 그대로 움직여서 제 시야에서 벗어났으니까요. 계곡 쪽으로요."

"계곡 쪽으로? 대체 무엇 때문에?"

엘노라는 대답하지 않았다. 그녀는 휠체어에서 조금 물러선 뒤편에, 인디언처럼 조용하고 꼿꼿하게 서 있었다. 오후가 흘러갔다. 태양은 이제 창문 아래 정원을 향해 하강하기 시작했고, 이내 저녁을 맞은 치자꽃* 향기가 느릿한 물결을 이루어, 거의 만져질 정도로 방 안으로 흘러들기 시작했다. 짙고 달큰하고 눅진한 향기였다. 두 여인은 창가에 움직임 없이 서 있었다. 한 명은 휠체어에 앉은 채 조금 몸을 앞으로 숙인 채로, 검둥이 여자는 그 뒤쪽으로 조금 물러나서, 양쪽 모두 여인상을 조각한 기둥처럼 꼼짝 않고 꼿꼿한 자세였다.

---

* 원문에서는 'Jasmine'. 미국 남부에서는 케이프재스민 또는 가드니아라고 부른다.

정원의 햇살이 구릿빛으로 변하기 시작했을 때, 여자와 소년이 정원으로 들어와서 저택 쪽으로 다가왔다. 휠체어의 노부인이 갑자기 몸을 앞으로 기울였다. 엘노라가 보기에는, 휠체어 위의 노부인이 무력한 육신을 벗어날 수 있었더라면 그 동작 그대로 새처럼 정원을 가로질러 소년을 맞이했을 것만 같았다. 본인도 살짝 앞으로 움직인 엘노라는, 노부인의 얼굴에 피어오른 다정하고 친근하며 의식하기를 거부하는 표정을 읽을 수 있었다. 두 사람이 그렇게 정원을 가로질러 저택에 거의 도착했을 때, 노부인이 갑자기 벌떡 몸을 세우며 말했다. "이런, 쟤들 젖었잖느냐! 저 옷 좀 봐라. 옷을 입은 채로 계곡에 들어갔던 거야!"

"저는 가서 저녁 준비를 시작해야 할 것 같군요." 엘노라가 말했다.

II

엘노라는 부엌으로 가서 양상추와 토마토를 준비하고 빵을 (제대로 된 옥수수빵도, 심지어 비스킷조차도 아닌*) 잘랐다. 그녀가 반드시 필요할 때가 아니라면 입에 담지도 않는 이름을 가진 여자가, 그녀에게 굽는 법을 가르쳐 준 빵이었다. 아이섬과 새디는 벽에 붙은 의자 두 개에 앉아 있었다. "딱히 나쁜 감정이 있는 건 아니야." 엘노라가 말했다. "난 깜둥이고 그 여자는 백인이지. 하지만 내가 낳은 까만 아이들 쪽이 그녀보다는 혈통이 괜찮

---

* 즉, 이스트를 사용하지 않는 전통 남부식 빵.

을 거야. 행실은 물론이고."

"엄마든 제니 양이든, 꼭 제니 양 이후로는 제대로 된 사람이 태어난 적이 없는 것처럼 생각한다니까요." 아이섬이 말했다.

"실제로 그렇지 않니?" 엘노라가 말했다.

"제니 양은 나르시사 양하고 그럭저럭 잘 어울리시잖아요." 아이섬이 말했다. "사실 그런 소리를 꺼낼 만한 사람은 제니 양뿐이고요. 그런데 그런 말씀은 한 번도 안 하신다고요."

"그건 제니 양이 상류층분이라 그래." 엘노라가 말했다. "그것뿐이야. 그리고 너는 이쪽 문제에 대해 아무것도 아는 게 없잖니. 너무 늦게 태어나서 그녀 말고는 아무도 못 봤으니까."

"제가 보기에는 나르시사 양도 다른 사람들만큼 충분히 상류층인 것 같아요." 아이섬이 말했다. "뭐가 다른지 모르겠어요."

엘노라가 갑자기 탁자 앞을 떠났다. 아이솜은 황급히 자리에서 일어나서 의자를 움직여 어머니의 앞길을 터 주었다. 그러나 그녀는 그저 찬장으로 가서 쟁반 하나를 꺼내고는 탁자 앞 토마토 쪽으로 돌아갈 뿐이었다. "사토리스 가문의 사람이나 상류층 사람이 되려면, 단순히 그렇게 태어나서가 아니라 행동으로 보여줘야 하는 거다." 나긋나긋하고 날랜 갈색 손이 움직이는 위로, 그녀의 고저도 억양도 없는 목소리가 울렸다. 그녀는 두 여인을 모두 '그녀'라고 지칭하면서, 제니 양을 가리킬 때에는 특히 아무런 억양도 넣지 않았다. "그녀는 홀로 여기까지, 여전히 양키들로 가득한 땅을 가로질러 도착하셨다. 캐롤라이나의 일가친척이 전부 죽거나 살해당해서, 200마일이나 떨어진 미시시피의 늙은 존 주인님밖에 남지 않은 상황에서—"

여왕이 있었네 467

"여기서 캐롤라이나까지는 200마일 이상 될 걸요." 아이섬이 말했다. "학교에서 배웠다고요. 2천 마일에 더 가까울 거예요.*"

엘노라는 손을 멈추지 않았다. 아들의 말도 듣지 못한 것처럼 보였다. "양키들이 *그녀의 아버지와 그녀의 남편을* 죽이고 *그녀와 쓰러진 그녀* 어머니를 지나쳐서 캐롤라이나 저택을 불태우자, *그녀는* 유일하게 남은 혈육을 찾아서 홀로 미시시피까지 오신 거다. 주님께서 만드신 이 세상에 가진 것이라고는 꽃씨 약간과 와인 두 병과 색유리가 든 바구니뿐인 채로, 한겨울에 이곳에 도착하셨어. 그 유리판은 옛 존 주인님이 서재 창문에 끼우셔서 캐롤라이나에 있을 때처럼 그걸로 밖을 내다볼 수 있게 하셨지. *그녀는* 어둑한 성탄절 저녁에 도착했고 옛 존 주인님과 자식분들과 내 엄마가 현관에서 기다리고 있는데, *그녀는* 마차에 고개를 높이 들고 꼿꼿이 앉아서 옛 존 주인님이 내려주러 오기를 기다리고 있었다. 그때는 사람들이 보는 앞에서는 입도 안 맞추던 시대였지. 옛 존 주인님은 '이런, 제니'라고 말씀하시고 *그녀는* '이런, 조니'라고 말씀하신 다음, 그분이 *그녀의* 손을 잡고 이끌어서 서민들이 엿볼 수 없는 집 안으로 들어가셨다. 그런 다음에야 *그녀는* 울기 시작했고, 옛 존 주인님은 4천 마일을 달려온 *그녀를* 껴안고는—"

"여기서 캐롤라이나는 4천 마일이 아니라니까요." 아이섬이 말했다. "2천 마일밖에 안 돼요. 학교에 있던 책에 그렇게 쓰여 있었다고요."

---

* 실제로는 위치에 따라 500마일에서 1천 마일 사이일 것이다.

엘노라는 그에게는 아예 주의도 기울이지 않았다. 손놀림 또한 멈추지 않았다. "그녀는 그 울음에 큰 충격을 받으셨다. '우는 게 익숙하지 않아서 그래.' 그녀는 말씀하셨지. '울지 않는 버릇이 들었으니까. 그럴 시간이 없었거든. 그 빌어먹을 양키 놈들.' *그녀는 말씀하셨어*. '그 빌어먹을 양키 놈들.'" 엘노라는 다시 찬장 쪽으로 움직였다. 마치 소리 없이 움직이는 맨발로 자신의 목소리에서 벗어나서, 그 목소리 자체가 멎은 후에도 소리가 부엌을 가득 채우게 하려는 듯했다. 그녀는 다른 쟁반 하나를 꺼내고 탁자로 돌아가서는, 그녀 본인은 먹지 못할 토마토와 양상추를 바쁘게 손질했다. "그렇기에 그녀가(이건 나르시사를 지칭하기 시작하는 말이었다. 두 검둥이는 명확히 구분할 수 있었다) 짐을 꾸려서 멤피스로 가서 놀아나면서, *그녀를* 이틀 밤이나 깜둥이들밖에 보살필 사람이 없는 저택에 두고 가도 된다고 생각하게 된 거다. 사토리스의 지붕 아래로 이사와서 사토리스의 음식을 10년이나 먹어 놓고서는, 놀러 나가는 깜둥이처럼 멤피스로 훌쩍 다녀오면서 갔던 이유조차 말하지 않다니."

"엄마만 있으면 제니 양을 돌볼 사람은 아무도 필요 없다고 말했던 것 같은데요." 아이섬이 말했다. "그리고 어제는 그녀가 돌아오든 말든 신경 안 쓴다고도 말했잖아요."

엘노라는 폄하하는 거친 콧소리를 냈으나, 그리 크지는 않았다. "그 여자가 안 돌아온다고? 베이어드하고 결혼하려고 5년 동안이나 공을 들여놓고서? 베이어드가 전쟁터로 떠난 다음에는 제니 양한테 그렇게 공을 들여놓고서? 내가 다 지켜봤어. 일주일에 두세 번씩 여길 찾아왔고, 제니 양은 그저 상류층답게 방문하는 거라고만 여겨졌지. 하지만 나는 알고 있었어. 그녀가 무슨 꿍꿍이를 품는지 내내 알고 있었다고. 나는 천박한 작자들을 구분할 줄 알거든. 천박한 작자들이 상류층에 끼어들려고 어떤 식으로 공을 들이는지 알거든. 상류층은 몰라, 그분들은 고귀하니까. 하지만 난 알 수 있지."

"그럼 보리도 천박한 쪽이겠네요." 아이섬이 말했다.

이번에는 엘노라가 몸을 돌렸다. 그러나 아이섬은 그녀가 입을 열기 전부터 이미 의자에서 벗어나 있었다. "입 닥치고 저녁 시중 들 준비나 해라." 그녀는 아들이 개수대로 가서 손 씻을 준비를 하는 모습을 지켜보았다. 그러다 그녀는 다시 탁자로 몸을 돌리고, 빨간 토마토와 연한 압생트 녹색인 양상추 사이로 길쭉한 갈색 손을 바삐 움직였다. "갈망이야." 그녀는 말했다. "보리의 갈망도 아니고 그녀의 갈망도 아니다. 죽은 친족들의 갈망이야. 옛 존 주인님과 대령님과 미스터 존과 베이어드의, 죽어서 아무것도 할 수 없는 이들의 것이야. 그리고 그걸 지켜보는 사람은 그곳에서 그 의자에 앉아 있는 *그녀*하고, 여기 부엌에 처박혀 있는 깜둥이인 나밖에 안 남았지. 나는 그녀한테 아무런 유감도 없어. 그저 상류층은 상류층끼리 어울리고, 하류층도 그렇게 하기를 바랄 뿐이야. 이제 거기 재킷 걸쳐라. 이쪽은 준비 끝났으니까."

III

그녀에게 일러준 사람은 소년이었다. 그녀는 휠체어에 앉은 채 앞으로 몸을 기울이고는, 창문을 통해 여자와 아이가 정원을 가로질러 건물에 가리는 각도로 들어가 시야에서 사라지는 모습을 지켜봤다. 여전히 몸을 기울여 아래쪽 정원을 바라보던 그녀는, 그들이 저택으로 들어와서 서재 문을 지나쳐 계단을 오르는 소리를 들을 수 있었다. 그녀는 움직이지도, 문 쪽을 바라보지도 않았다. 계속 정원을, 그녀가 캐롤라이나에서 가져온 성냥개비보다 별로 크지도 않은 가지가 이제는 튼튼한 관목으로 자라난 모습을 내려다보고 있을 뿐이었다. 그녀가 조카와 결혼해 아들을 가지게 될 젊은 여인을 만난 곳이 바로 그 정원이었다. 때는 1918년이었고, 젊은 베이어드와 그 형제 존은 아직 프랑스에 있었다. 존이 전사하기 전이었고, 나르시사는 일주일에 두세 번씩 시내에서 내려와서 정원을 가꾸는 그녀를 방문하곤 했었다. '그러는 내내 베이어드와 약혼한 사이라고 내게 알리지도 않고서 말이지.' 노부인은 생각했다. '하지만 어차피 내게 말해준 게 거의 없긴 했어.' 그녀는 땅거미가 내려앉는, 그리고 5년 동안 한 번도 나가보지 못한 정원을 내려다보며 생각했다. '무엇에 대해서든 거의 말하지 않았으니. 때론 저렇게 말수가 적은 사람이 어떻게 베이어드와 약혼했는지 모르겠다는 생각마저 들었지. 어쩌면 그저 존재하는 것만으로, 공간을 채워서 해낸 일인지도 몰라. 그 편지를 받은 것처럼 말이야.' 베이어드가 귀향하기 하루 전의 일이었다. 나르시사가 이리로 나와서 두 시간을 지내다가, 떠나기 직전에야 편지를 꺼내 보내주었다. 무기명에 저속한 내용이 담긴 편지였다. 워낙 터무니없는 상황이라 당시 그녀는 나르시사로 하여금 베이어드의 조부에게 편지를 보여주고 그의 힘을 빌려 편지를 보낸 남자를 찾아 처벌하라고 조언했으나, 나르시사는 거절했다. "그냥 태우고 잊어버릴래요." 나르시사는 말했다. "그래, 네 일이니까." 노부인은 말했다. "하지만 이런 일이 용납될 수는 없다. 아무리 편지라고 해도 숙녀가 저런 남자한테 휘둘려서는 안 되는 법이야. 신사라면 누구나 그렇게 생각하고 행동으로 옮길 거다. 게다가 네가 뭐든 조치를 취하지 않으면, 그 작자는 다시 편지를 쓸 게야." "그럼 사토리스 대령님께 보여드릴게요." 나르시사는 말했다. 그녀는 고아였고, 오라비*도 프랑스에 있었다. "하지만 누구든 저한테 그런 생각을 품었다는 걸 다른 남자한테 알리고 싶지 않은걸요." "글쎄다, 나라면 누군가 나한테 그런 생각을 한 번 품었다는 걸 온 세상에 알리고 그 대가로 채찍질을 해주는 편이, 아무런 형벌 없이 계속 그런 생각을 품게 놔두는 것보다 낫다고 여길 텐데 말이다. 하지만 네 일이니까." "그냥 태우고 잊어버릴래요." 나르시사는 말했다. 그러다 베이어드가 돌아왔고, 얼마 지나지 않아 그와 나르시사는 결혼했고 나르시사는 저택에 들어와 살게 되었다. 그러다 그녀는 임신했고, 아이가 태어나기도 전에 베이어드는 비행기 사고로 죽었고, 그의 조부인 늙은 베이어드도 죽었으며 그런 다음에야 아이가 태어났고, 2년이 지난 다음에야 그녀는 조카며느리에게 편지가 더 왔냐고 물었으며 나르시사는 아니라고 대답했다.

그래서 이후 그들은 조용하게, 남자 없는 커다란 저택에서 여자의 삶을 이어갔다. 이따금씩 그녀는 나르시사에게 재혼을 종

---

* 나르시사의 오빠인 호레이스 벤보는 『먼지 속의 깃발들』과 『성역』의 주요 등장인물로, 1차 대전 당시에는 YMCA의 비전투요원으로 프랑스에 있었다.

용하곤 했다. 그러나 상대방은 조용히 거절했고, 그렇게 수년 동안 삶은 이어져 왔다. 두 여인과, 그녀가 끈덕지게 아이의 삼촌 이름으로 부르고 있는 남자아이의 삶이. 그러다 일주일 전 어느 날 밤, 나르시사가 저녁식사 자리에 손님을 청했다. 그녀는 손님이 남자라는 것을 알게 된 후에 한동안 조용히 자기 의자에 꼼짝 않고 앉아 있었다. '아.' 그녀는 조용히 생각했다. '때가 됐구나. 그래. 그럴 수밖에 없는 일이지. 저 아이는 젊으니까. 병석에 누워 있는 노인하고 함께 이런 외딴곳에 살기는 힘들 테지. 그래. 하지만 저 아이한테 나처럼 살라고 할 수는 없는 일이야. 그런 건 기대할 수도 없고. 어쨌든 저 아이는 사토리스가 아니니까. 어리석고 자부심 넘치는 망자들의 일족이 아니니까.' 손님이 도착했다. 그녀는 휠체어에 앉은 채 저녁 식탁에 당도할 때까지 그를 보지 않았다. 그리고 벗어진 머리와 제법 젊은 외모, 영리한 얼굴에 회중시계 사슬에 파이 베타 카파 배지를 달고 있는 남자를 마주하게 되었다. 배지의 내용은 몰랐지만, 그녀는 즉각 상대방이 유대인이라는 사실을 깨달았고, 그가 그녀에게 말을 걸자 그녀의 분노는 격분으로 변하여 마치 공격하려는 뱀처럼 의자 위에서 몸을 뒤로 뺐고, 너무 세찬 동작이었던 나머지 의자가 식탁 뒤쪽으로 밀려나올 정도였다. "나르시사." 그녀는 말했다. "이 양키가 왜 여기에 있는 거냐?"

그렇게 촛불이 켜진 식탁을 둘러싸고, 뻣뻣하게 굳은 세 사람은 서로를 마주했다. 그러다 남자가 입을 열었다. "부인." 그는 말했다. "그대의 성별이 전장에서 우리를 상대했더라면 양키는 한 명도 남아 있지 못할 겁니다."

"자네가 굳이 내게 그걸 알려줄 필요는 없네, 젊은이." 그녀가 말했다. "자네 조부들이 싸운 게 남자들뿐이었음을 감사하는 건 자네 쪽 행운의 별들한테나 대고 해야지." 그리고 그녀는 아이섬을 불러서, 저녁은 한 술도 뜨지 않고 휠체어를 탄 채로 식탁을 떠났다. 그리고 침실로 돌아와서도 불을 켜지 못하게 하고, 나르시사가 올려보낸 식사 쟁반 또한 거절했다. 그녀는 낯선 남자가 떠날 때까지 어둑한 창문 곁에 앉아 있을 뿐이었다.

그리고 사흘 후, 아들이 태어난 후로 하룻밤도 떨어진 적이 없던 나르시사가 갑자기 멤피스로 의문스러운 여행을 떠나서 이틀 밤을 머물렀다. 그녀는 설명 없이 떠났다가 설명 없이 돌아왔으며, 이제 노부인은 그녀와 소년이 계곡에 들어갔다 나온 것처럼 축축한 옷을 그대로 걸친 채 정원을 가로지르는 모습을 지켜보는 중이었다.

그녀에게 상황을 알려준 사람은 아들 쪽이었다. 아이는 새옷으로 갈아입고, 여전히 젖은 머리지만 말끔히 빗질한 모습으로 그녀의 방에 들어왔다. 그녀는 아이가 들어와서 휠체어로 다가오는 동안에도 아무런 말도 하지 않았다. "계곡에 갔다왔어요." 그는 말했다. "수영은 안 했지만요. 그냥 물속에 앉아 있기만 했어요. 엄마가 수영하던 곳을 보여주고 싶다고요. 하지만 수영은 안 했어요. 엄마 수영은 못 할 것 같은데. 그냥 옷 입은 채로 물속에 들어가 있었어요. 오후 내내요. 엄마가 그러고 싶대서요."

"아." 노부인이 말했다. "오, 그렇구나. 정말 재밌었겠는데. 엄마도 곧 내려온다니?"

"네, 할머니. 옷 다 입고 나서요."

"그래…… 네가 원한다면 저녁식사 전에 잠깐 나갔다 올 시간은 있을 것 같구나."

"저는 그냥 여기 있어도 괜찮아요. 할머니가 원하신다면."

"아니다. 넌 밖으로 나가거라. 새디가 올 때까지는 혼자 있어도 괜찮다."

"알았어요." 아이는 방을 떠났다.

석양이 스러지며 창문이 천천히 어둠에 잠겼다. 노부인의 은빛 머리도 찬장 속 움직이지 않는 물건처럼 어둠에 잠겼다. 창문 가장자리를 따라 드문드문 박힌 색유리는 화려한 색조의 고요한 꿈에 빠졌다. 그렇게 앉아 있던 그녀의 귀에, 이내 조카의 아내가 계단을 내려오는 소리가 들려왔다. 그녀는 조용히 앉아서 문을 지켜봤고, 이내 젊은 여인이 들어섰다.

흰옷 차림이었다. 30대의 덩치 큰 여인이 황혼에 잠긴 모습에서는 어딘가 조각상처럼 영웅적인 풍모가 묻어나왔다. "불 켜 드릴까요?" 그녀가 말했다.

"아니." 노부인이 말했다. "아니, 아직 괜찮다." 그녀는 휠체어에 꼿꼿이 몸을 세우고 움직이지 않은 채 앉아서, 방을 가로지르는 젊은 여인을, 그녀의 흰옷이 천천히 영웅적으로 나부끼며, 마치 신전 회랑의 조각 기둥이 살아 움직이는 듯한 모습을 지켜보았다. 그녀가 자리에 앉았다.

"그 편지가—" 그녀가 말했다.

"기다려라." 노부인이 말했다. "시작하기 전에 말이다. 치자꽃. 향기가 느껴지니?"

"네. 그 편지가—"

"기다려라. 언제나 하루의 이때쯤부터 시작하지. 올해까지 57년 동안, 6월의 이때쯤이 될 때마다 시작되어 왔다. 캐롤라이나에서 바구니에 담아서 가져온 것들이야. 첫 3월에 밤새 뿌리께에 앉아서 신문지를 태우던 생각이 나는구나.* 향기가 느껴지니?"

"네."

"결혼 문제라면, 일전에 이야기한 적 있다. 5년 전에 너를 탓하지 않겠다고 이미 말했었지. 젊은 여자가 과부가 되었으니까. 네게 아이가 있기는 해도, 아이로는 충분하지 않을 거라고도 이미 말했었다. 네가 나처럼 살지 않는다고 해서 너를 탓하지 않겠다고도 말했지. 그러지 않았더냐?"

"네. 하지만 그렇게 큰 문제는 아니에요."

"큰 문제는 아니다? 얼마나 큰 문제가 아니라는 게냐?" 노부인은 꼿꼿이 앉아서 고개를 살짝 뒤로 젖혔고, 그녀의 여윈 얼굴은 석양 속으로 깊이 파묻혔다. "널 탓할 생각은 없다. 그렇게 말했었지. 나는 신경 안 써도 된다. 내 삶은 끝났어. 필요한 것도 별로 없다. 검둥이들이 다 해줄 수 있어. 내 생각은 안 해도 된다. 알고 있겠지?" 상대방은 아무 말도 하지 않았고, 움직이지도 않고 그저 조용하기만 했다. 양쪽 입이 모두 어둠에 잠겨 있었기에, 두 사람의 목소리는 그들 사이의 어둑함 속에서 생겨나는 것처럼 느껴졌다. "그럼 어디 이야기해 보거라." 노부인이 말했다.

"그 편지가 문제였어요. 13년 전에요. 기억하시나요? 베이어

---

* 아직 연약한 뿌리를 3월 추위에서 보호하기 위해 밤새 불을 피웠다는 뜻. 치자나무는 추위에 약한 식물이다.

드가 프랑스에서 돌아오기 전에, 고모님이 우리가 약혼했다는 것도 모르시던 때요. 편지 한 통을 보여드렸더니 그걸 사토리스 대령님께 드려서 누가 보냈는지를 알아내자고 하셨고, 저는 그러지 않겠다고 했고, 고모님은 숙녀라면 보낸 사람의 이름이 없는 연애편지를 받아서는 안 된다고 하셨죠. 얼마나 간절히 원하든 간에요."

"그래. 숙녀가 그런 편지를 받았다는 사실을 온 세상에 알리는 편이, 한 남자가 숙녀에 대해 그런 생각을 몰래 품었는데도 처벌받지 않는 것보다 낫다고 말했다. 너는 그 편지를 태웠다고 했었지."

"제가 거짓말을 했어요. 그걸 계속 가지고 있었어요. 열 통을 더 받았고요. 고모님이 숙녀에 대해 하신 말씀 때문에 그걸 알리지 않은 거예요."

"아." 노부인이 말했다.

"맞아요. 전부 가지고 있었어요. 아무도 찾지 못할 곳에 잘 숨겼다고 생각하고 있었어요."

"그리고 꺼내 읽었겠구나. 가끔가다 한 번씩 그걸 꺼내 읽곤 했겠지."

"잘 숨겼다고만 생각했어요. 그런데 베이어드하고 제가 결혼한 다음 날 밤에 누군가 시내에 있는 저희 집에 침입했던 때 기억하시죠. 사토리스 대령님*의 은행에 근무하던 회계사**가 돈을 훔쳐서 달아난 것과 같은 날에 말이에요? 다음 날 아침에 보니까 편지가 사라져 있었어요. 그제야 저는 누가 그 편지를 보냈는지 알게 되었어요."

"그렇구나." 노부인이 말했다. 여전히 움직이지 않아서, 그녀의 사라져가는 머리는 마치 움직이지 않는 은 세공품처럼 보였다.

"그러니까 세상에 나가게 된 거였어요. 어딘가 있는 거였죠. 저는 한동안 미칠 것 같았어요. 사람들이, 남자들이, 그걸 읽는 생각을 했죠. 편지에 적힌 제 이름만 보는 것이 아니라, 제가 반복해서 읽고 또 읽은 부분에 남은 표지마저 알아볼 거라고요. 저는 정신이 나갔어요. 베이어드하고 신혼여행을 가서도 정신이 나가 있었어요. 그이만 생각할 수도 없었어요. 마치 온 세상의 모든 남자들과 동시에 동침해야 하는 것처럼 느껴졌죠.

그러다 거의 12년 전에 보리를 가지고 나서는 극복한 것만 같았어요. 편지가 세상에 나도는 것에 익숙해진 거겠죠. 어쩌면 그때부터는 편지가 사라졌다고, 파괴되었다고, 제가 안전해졌다고 생각하기 시작한 것일지도 모르겠어요. 이따금 떠오르기도 했지만, 어쩐지 보리가 저를 지켜주고 있는 것처럼, 보리를 지나쳐 제게 닿을 수는 없는 것처럼 느껴졌어요. 이 외딴곳에 머물면서 보리하고 고모님을 잘 모시기만 한다면 — 그런데 어느 날 오후에, 12년이 지난 후에, 그 남자가 저를 만나러 찾아온 거예요. 그 유대인이요. 그날 밤 저녁을 먹으려고 머물렀던 그 남자가요."

"아." 노부인은 말했다. "그렇구나."

---

* 존 사토리스 대령의 아들인 늙은 베이어드 사토리스다.
** 양쪽 모두 장편 『먼지 속의 깃발들』에서 플렘의 사촌 바이런 스놉스가 벌인 일로 언급된다.

"그 사람은 연방 수사관이었어요. 그때까지 그 은행털이를 잡으려고 애쓰고 있었는데, 그 수사관이 제 편지를 손에 넣은 거예요. 그 회계사가 도주하다 잃어버렸는지 내팽개쳤는지는 몰라도 두고 간 곳에서 발견했고, 사건을 수사하는 동안 12년 내내 가지고 있었다는 거예요. 그러다 마침내 그 남자가 어디로 갔는지 알아내려고 저를 찾아온 거죠. 그 남자가 저한테 그런 편지를 보냈으니, 저라면 알 거라고 생각하고서요. 기억하시죠. 고모가 저를 보면서 말씀하셨잖아요. '나르시사. 이 양키는 누구냐?'"

"그래. 기억한다."

"그 남자가 제 편지를 가지고 있었어요. 그걸 12년 동안 가지고 있었다고요. 그는—"

"가지고 있었다?" 노부인이 말했다. "지금은 아니라는 게냐?"

"네. 이제는 제 손에 있어요. 그 사람이 편지를 워싱턴으로 보내기 전이었으니, 그 남자 외에는 아무도 안 읽은 상태였거든요. 그리고 이제는 누구도 읽지 못할 테고요." 그녀는 말을 멈추었다. 그리고 조용하고 평온하게 호흡했다. "고모님은 아직 이해 못 하시는 거죠? 그 사람은 편지에서 얻을 수 있는 정보는 다 얻은 상태인데도, 그걸 수사국에 제출해야 했던 거예요. 저는 그걸 달라고 부탁했지만 그는 제출해야 한다고 말했고, 저는 멤피스에서 최종 결정을 내려주지 않겠냐고 부탁했고 그는 왜 멤피스냐고 말했고 저는 이유를 설명했어요. 돈으로는 편지를 되살 수 없다는 정도는 저도 알고 있었어요. 아시겠죠. 그래서 제가 멤피스로 가야 했던 거예요. 적어도 보리하고 고모님을 생각해서라도 다른 데로 가야 하기는 했으니까요. 그게 전부예요. 남자란 전부 똑같은 족속이죠. 무엇을 좋고 나쁘다고 생각하는 것까지도요. 바보들." 그녀는 조용히 숨을 내쉬었다. 그리고 그녀는 온전히 긴장을 푸는 듯 깊이 하품하더니, 이윽고 멈추었다. 그녀는 다시 맞은편에서 어둠 속으로 사라지고 있는 뻣뻣한 은빛 머리를 바라보았다. "아직 이해가 안 되세요?" 그녀는 말했다. "저는 그럴 수밖에 없었어요. 제 물건이잖아요. 되찾아야 했다고요. 되찾으려면 그럴 수밖에 없었어요. 그보다 더한 짓도 할 수 있었을 거라고요. 그렇게 돌려받았어요. 이젠 전부 불태웠고요. 누구도 보지 못할 거예요. 그 사람도 말할 수 없으니까요. 그런 편지가 존재했다는 사실만 입 밖에 내도 그 사람은 파멸이니까요. 어쩌면 교도소에 넣을지도 몰라요. 그리고 편지는 전부 불타 사라졌고요."

"그렇구나." 노부인은 말했다. "그래서 네가 돌아온 다음에 조니를 데리고 나가서, 둘이 함께 흐르는 계곡물 속에 앉아 있었던 거로구나. 요단강 물에 말이다. 그래, 미시시피의 시골 목초지 뒤편에 흐르는 요단강에 말이다."

"편지를 돌려받아야만 했어요. 이해 못 하시겠어요?"

"그렇구나." 노부인은 말했다. "그렇구나." 그녀는 휠체어에서 똑바로 몸을 세워 앉았다. "이런 세상에, 주여. 우리 어리고 불쌍한 여자들을 굽어살피소서 — 조니!" 그녀의 목소리가 날카롭고 쩌렁쩌렁하게 울렸다.

"왜요?" 젊은 여인이 말했다. "뭐 필요한 게 있으세요?"

"아니다." 상대방이 말했다. "조니를 불러다오. 모자가 필요하구나." 젊은 여인이 자리에서 일어섰다. "제가 가져다드릴게요."

"아니. 조니가 가져다줬으면 좋겠구나."

젊은 여인은 일어선 채로 상대방을, 휠체어에 꼿꼿이 앉은 노부인의 어둠 속에 스러지는 은빛 정수리를 내려다보았다. 그러다 그녀는 방을 떠났다. 노부인은 움직이지 않았다. 소년이 고풍스러운 작은 검은색 보닛을 들고 들어올 때까지, 그녀는 어스름 속에 그렇게 앉아 있었다. 노부인이 심기가 불편해질 때마다 그들은 이 모자를 가져다주었고, 그녀는 모자를 머리 꼭대기에 정확히 얹은 채로 창가에 앉아 있곤 했다. 소년이 보닛을 그녀에게 가져왔다. 아이 어머니도 함께였다. 이젠 야음이 완전히 깔렸다. 노부인의 모습은 머리카락밖에 보이지 않았다. "이제 불 켜 드릴까요?" 젊은 여인이 말했다.

"아니다." 노부인이 말했다. 그녀는 머리 위에 보닛을 얹었다. "너희는 가서 저녁 먹고, 나는 잠시 쉬게 두거라. 얼른, 너희 모두." 그들은 명령에 따르며 그녀를 두고 나갔다. 드문드문 온전하지 않은 캐롤라이나 색유리로 둘러싸인 창문 옆 휠체어에, 이제는 머리카락의 반짝임으로밖에 알아볼 수 없는 가녀리고 꼿꼿한 형체가 앉아 있었다.

IV

소년은 여덟 살 생일 이후로 식탁 맨 끝의 죽은 할아버지 자리에서 식사를 하기 시작했다. 그러나 오늘 밤에는 소년의 어머니가 다른 지시를 내렸다. "우리 둘만 있으니까." 그녀는 말했다. "이리 와서 내 옆에 앉으려무나." 소년은 머뭇거렸다. "제발. 그래주지 않겠니? 우리 아들 없이 멤피스에 가 있으니 너무 외로웠단다. 우리 아들은 엄마가 없어서 외롭지 않았니?"

"제니 고모님하고 잤는데요." 소년은 말했다. "재밌었어요."

"제발."

"알았어요." 그는 말했다. 그리고 어머니 옆 의자에 앉았다.

"더 가까이 오렴." 그녀는 말했다. 그리고 의자를 가까이 붙였다. "하지만 두 번 다시 그러지 않을 거야. 그렇지?" 그녀는 아들 쪽으로 몸을 기울이며 손을 붙들었다.

"뭐를요? 계곡에 나가서 앉는 거요?"

"절대 서로를 떠나지 않을 거라는 말이야."

"나는 안 외로운데요. 고모님이랑 재밌었어요."

"약속해. 약속해 주렴, 보리." 소년의 이름은 벤보였다. 그녀의 성에서 따온 것이었다.

"알았어요."

웨이터 재킷을 입은 아이섬이 음식을 가져다놓고 부엌으로 돌아갔다.

"그분은 안 내려오신다니?" 엘노라가 말했다.

"그런 모양인데요." 아이섬이 말했다. "거기 창가에 앉아 계세요. 어둠 속에요. 저녁은 필요 없다고 하셨어요."

엘노라는 새디를 돌아봤다. "마지막으로 서재로 올라갔을 때 뭣들 하고 있었지?"

"부인하고 나르시사 양이 얘기하고 있던데요."

"제가 저녁 준비됐다고 말하러 갔을 때도 얘기하고 계셨어요." 아이섬이 말했다. "그건 아까 말했잖아요."

"나도 안다." 엘노라가 말했다. 그녀의 목소리는 날카롭지 않았다. 그렇다고 부드러운 것도 아니었다. 그저 단호하고 나직하고 차가울 뿐이었다. "무슨 이야기를 하시고 있더냐?"

"저야 모르죠." 아이섬이 말했다. "백인들이 하는 말을 들으려 하지 말라고 가르친 건 엄마잖아요."

"무슨 이야기를 하시고 있더냐, 아이섬?" 엘노라가 말했다. 그녀는 침중하고 강렬하고 위엄 있는 눈빛으로 아들을 바라보고 있었다.

"누가 결혼하는 이야기였어요. 제니 양이 '오래 전에 너를 탓하지 않을 거라고 말했다. 너처럼 젊은 여자가. 네가 결혼했으면 좋겠다. 나처럼 하지 말고'라고 하시던데요."

"제 생각에도 그 여자가 결혼할 생각인 것 같아요." 새디가 말했다.

"누가 결혼해?" 엘노라가 말했다. "그 여자가? 뭐 때문에? 여기 가진 모든 것을 포기하고? 그런 이야기는 아닐 거다. 지난주부터 여기서 무슨 일이 벌어지고 있던 건지 알고 싶은데……" 그녀의 목소리가 잦아들었다. 그리고 뭔가에 귀를 기울이는 것처럼 문으로 고개를 돌렸다. 식당에서 젊은 여성의 목소리가 들렸다. 그러나 엘노라는 그 너머의 뭔가를 듣고 있는 것처럼 보였다. 문득 그녀가 방을 떠났다. 서두르는 것은 아니었지만, 소리 없이 큰 보폭으로 내딛는 걸음 때문에 그녀는 마치 바퀴 달린 석상이 무대에서 내려가는 것처럼 순식간에 시야에서 사라졌다.

그녀는 조용히 어둑한 홀을 지나고 식탁에 앉은 두 사람한테 들키지 않고 식당 문앞을 지나쳤다. 두 사람은 가까이 앉아 있었다. 여자는 계속 말하면서 소년 쪽으로 몸을 기울이고 있었다. 엘노라는 아무 소리 없이 계속 움직였다. 그림자가 모인 곳에서 그녀의 보다 밝은색 얼굴은 몸 없이 둥실 떠 있는 듯했고, 눈알은 흐릿한 흰색으로 빛났다. 문득 그녀가 걸음을 멈췄다. 아직 서재 문앞에 도달하지 못했는데도, 그녀는 보이지도 들리지도 않는 채로 그대로 멈췄고, 어둠 속으로 거의 사라진 얼굴에서 갑자기 눈빛이 번득였다. 그리고 그녀는 노래하는 것처럼 들릴락말락하게 말을 내뱉었다. "오, 주님. 오, 주님." 큰 소리는 내지 않았다. 그리고 그녀는 다시 움직여서, 재빨리 서재 문앞으로 가서 방 안을 들여다보았다. 어둠에 파묻힌 창문 옆에 움직임 없이 앉아 있는 노부인은, 이제 흐릿하게 반짝이는 백발로밖에 알아볼 수 없었다. 마치 그녀의 여위고 꼿꼿한 껍질 속에서 천천히 죽어가던 90년의 생명이, 떠나기 전에 황혼과도 같은 아주 잠시 그녀의 머리에 머무르는 것처럼 보였다. 생명 그 자체는 이미 스러졌는데도. 엘노라는 그저 한순간만 방 안을 들여다보았을 뿐이었다. 그녀는 몸을 돌려 올라올 때와 마찬가지로 빠르고 소리 없는 걸음으로 식당 문 앞까지 되짚어 돌아갔다. 여자는 여전히 소년에게 몸을 기울이고 이야기하고 있었다. 그들은 바로 엘노라를 눈치채지 못했다. 그녀는 양쪽 문설주를 짚지 않은 채 훤칠하게 문간에 섰다. 무표정한 얼굴이었다. 바라보는 대상도, 말을 거는 대상도 없는 것처럼 보였다.

"얼른 와 보시는 게 좋을 것 같군요." 그녀는 나직하고 차갑고 단호한 목소리로 이렇게 말했다.

산골의 승리
Mountain Victory

I

다섯 명의 사람이 오두막집 창문을 통해 흙탕길을 올라와서 대문 앞에 멈추는 두 필의 말을 지켜보고 있었다. 선두의 남자는 말 한 필을 끌고 걸어오고 있었다. 챙이 널찍한 모자를 깊이 눌러쓰고, 낡은 회색 망토* 때문에 몸의 형체도 드러나 보이지 않았으며, 그 아래에서 왼손만 뻗어나와 고삐를 쥐고 있었다. 끌고 있는 말은 재갈에 은제 장식이 박힌 적갈색 서러브레드였지만 수척한 데다 진흙투성이였고, 안장이 있을 자리에는 감청색 군용 담요가 밧줄로 묶여 있었다. 뒤쪽 말은 몸이 짧고 머리는 큰 연갈색 말이었고, 마찬가지로 진흙투성이였다. 밧줄과 철사로 만든 재갈에 군용 안장이 얹혀 있었으며, 달랑거리는 등자 위로는 아이보다 조금 큰 형체가 얹혀 있었는데, 이 거리에서 보기에는 사람다운 옷가지라고는 전혀 걸치지 않은 듯했다.

---

* 회색은 남군의 군복 색이며, 망토는 장교임을 암시한다.

오두막 창문에 붙어 있던 세 남자 중 하나가 화급히 자리를 떴다. 다른 이들은 돌아보지 않고서, 그 남자가 방을 가로질러 장총을 들고 돌아오는 소리를 듣고만 있었다.

"아니, 그러지 마라." 나이 든 남자가 말했다.

"저 망토 안 보여요?" 젊은이가 말했다. "반란군 놈들 망토라고요."

"용납하지 않겠다." 나이 든 남자가 말했다. "놈들은 이미 항복했어. 무기도 전부 빼앗았다고 하더구나."

그들은 창문을 통해 대문 앞에 멈추는 말들을 지켜보았다. 돌담 한가운데 히코리 나무로 만들어진 기울어진 문짝이 걸려 있었다. 그 아래쪽으로는 계곡을 마주하는 휑하고 깎아지른 사면이 이어졌고, 그 너머로는 구름이 낮게 깔린 하늘 속으로 겹겹이 쌓인 산맥이 사라지는 모습이 보였다.

그들은 두 번째 말 위의 생물이 말에서 내리더니 고삐를 회색 망토 남자의 왼손에, 서러브레드의 고삐와 함께 쥐여주는 모습을 바라봤다. 그것이 대문으로 들어와서 오솔길로 접어들더니 창문의 시야 너머로 사라지는 모습도 바라봤다. 뒤이어 그것이 현관을 가로질러 문을 두드리는 소리가 들려왔다. 그들은 멀거니 자리에 서서 다시 문 두드리는 소리를 듣고만 있었다.

잠시 후 나이 든 남자가 고개도 돌리지 않은 채 말했다. "가서 확인해라."

여자 중 나이 많은 쪽이 창문에서 몸을 돌렸다. 맨발이라 아무런 소리도 나지 않았다. 그녀는 현관으로 가서 문을 열었다. 저물어가는 4월 오후의 차갑고 축축한 빛이 그녀에게 내리쬐었다 —

앙상하고 무표정한 얼굴의 키 작은 여자에게도, 회색의 형체 모를 옷가지에도. 문지방을 사이에 두고 그녀를 마주하는 자는 큰 원숭이보다 조금 큰 생물로, 북부 연방군 이등병의 펑퍼짐한 푸른색 외투를 걸치고, 종군 매점 짐마차 덮개를 네모나게 잘라낸 방수포 조각을 머리 위에서 천막처럼 묶어 어깨로 내려트린 차림새였다. 여자는 그 구멍 안쪽에서 잠깐씩 유령처럼 번득이는 한 쌍의 흰자위만을 알아볼 수 있었는데, 아무래도 검둥이는 눈을 한 번 돌리는 것만으로도 색 바랜 캘리코 옷을 입고 맨발로 서 있는 여자와, 오두막의 황량하고 텅 빈 내부를 전부 확인한 듯했다.

"소세이 웨델 소령 주인님이 안부를 전하며 자기하고 애 하나하고 말 두 마리가 잘 방을 청한다고 하십다." 그는 앵무새처럼 젠체하는 목소리로 말했다. 여자는 그를 바라봤다. 무표정한 가면 같은 얼굴로. "우린 한동안 저 위쪽으로 올라가서 빌어먹을 양키 놈들하고 싸웠습다." 검둥이가 말했다. "이젠 끝났지만요. 집으로 돌아가는 중임다."

여자가 말하는 모습은 마치 얼굴 뒤편에서, 조각상이나 그림 그린 가리개 너머에서 말하는 것처럼 보였다. "가서 물어보고 오겠어."

"돈은 낼 검다." 검둥이가 말했다.

"돈?" 그녀는 말을 멈추고 물끄러미 바라보았다. "여기가 무슨 산속 호텔인 줄 아나."

검둥이는 과장되게 팔을 휘둘러 보였다. "별로 다를 것도 없잖습까. 우린 여기보다 훨씬 고약한 장소에서 밤을 지낸 적도 많습

산골의 승리 **487**

다. 그냥 소세이 웨델 주인님이라고만 말해주심 됩다." 그리고 그는 여자의 시선이 자기 뒤편을 향하는 것을 알아차렸다. 뒤를 돌아보자 낡은 회색 망토를 걸친 남자가 이미 대문에서 진입로를 반쯤 올라오는 모습이 보였다. 그는 들어와서 현관으로 올라서더니, 왼손을 들어 빛바랜 월계관 문양이 들어간 남부연합 장교의 모자를 벗었다. 어두운 얼굴색에 검은 눈과 검은 머리카락, 한때 살집이 붙었으나 수척해진 거만한 얼굴의 소유자였다. 별로 큰 키는 아니었으나 검둥이보다 오륙 인치는 더 커 보였다. 낡은 망토는 빛을 가장 강하게 받는 어깨 부근의 색이 바래 있었다. 옷자락은 구겨지고 너덜너덜하고 진흙이 잔뜩 튀었다. 셀 수 없이 기워 입고 셀 수 없이 솔질한 옷이었다. 옷감의 보풀이 아예 사라져 있었다.

"안녕하시오, 부인." 그가 말했다. "혹시 내 말들을 쉬게 할 마구간과 나와 하인이 밤을 보낼 숙소를 구할 수 있겠소?"

여자는 가만히 탐색하는 표정으로 그를 바라보았다. 마치 유령을 만나기는 했는데 놀라지 않는 듯한 모습이었다.

"확인해 봐야 해요." 그녀가 말했다.

"돈은 내겠소." 남자가 말했다. "이런 시절이니 말이오."

"가서 물어봐야 해요." 여자가 말했다. 그녀는 몸을 돌리다가 문득 멈추었다. 나이 든 남자가 그녀 뒤편으로 나와 있었다. 큰 덩치에 데님으로 만든 옷을 입고, 군데군데 희끗희끗한 머리카락에 푸른 눈을 가지고 있었다.

"나는 소시어 웨델이라 하오." 회색 옷차림의 남자가 말했다. "버지니아를 떠나 미시시피의 고향집으로 돌아가는 중이오. 여기가 테네시쯤이겠지요?"

"테네시 맞소." 상대방이 말했다. "들어오시오."

웨델은 검둥이를 돌아보았다. "말들을 마구간에 데려다 놓게." 그는 말했다.

방수포와 큼지막한 외투 때문에 형체를 분간하기도 힘든 모습의 검둥이는, 여자의 맨발과 검소한 오두막 내부를 보자마자 드러낸 거들먹거리는 거만한 태도를 유지하며 대문으로 돌아갔다. 그는 고삐 두 개를 붙들고는 말들을 바라보며 쓸데없이 위세만 떠는 고함을 질러대기 시작했지만, 그에게 익숙해진 지 오래인 두 필의 말은 아랑곳하지 않았다. 마치 검둥이마저도 자신의 고함에 전혀 신경 쓰지 않으며, 그 고함이 말들을 문 안쪽으로 데려가기 위해서 으레 필요한 부수적 행위라고 생각하는 듯했다. 말들과 검둥이 양쪽이 동시에 인정하고 받아들이는 감정의 발산인 것처럼.

II

젊은 여자는 부엌 벽 너머에서 방 안 남자들의 목소리를 듣고 있었다. 낯선 자들이 집에 접근하자 아버지가 그녀를 몰아넣은 곳이었다. 그녀는 스무 살 정도였다. 매끄럽고 소박한 머리카락에 크고 매끄러운 손을 가진 덩치 큰 여자는, 밀가루 푸대로 만든 단벌옷을 입은 채 맨발로 서 있었다. 벽에 바짝 붙어서, 꼼짝도 않고, 고개를 살짝 기울인 채로, 몽유병자처럼 크고 고요하고 텅 빈 눈으로, 벽 너머의 방에 들어서는 아버지와 손님들의 소리를 듣고 있었다.

 부엌은 오두막 본 건물의 통나무벽에 붙여 세운 판자 공간이었다. 그녀 옆의 통나무 사이 진흙에는 틈새가 벌어져 있었다. 스토브의 열기 때문에 허옇게 바싹 말라서 군데군데 떨어져 나가 있었기 때문이다. 그녀는 천천히 조심스레, 그리고 맨바닥의 자기 맨발처럼 아무 소리 없이 몸을 수그려서, 그런 틈새 하나에 눈을 맞췄다. 도기 단지와 '미 연방군'이라고 적힌 머스킷 탄환 상자가 놓인 탁자가 보였다. 탁자 근처에는 그녀의 두 형제가 나무를 얽어 만든 의자에 앉아 있는 모습이 보였지만, 문을 바라보는 쪽은 남동생뿐이었다. 그러나 낯선 남자의 소리가 들려왔기에, 그쪽 일행도 방에 들어왔다는 사실을 알 수 있었다. 오라비는 상자에서 탄환을 하나씩 꺼내다가 종이 포장을 뭉개고는, 행진하는 군대처럼 손바닥 안에 하나씩 세우고 있었다. 낯선 이들이 서 있으리라 짐작하는 문 쪽에서 등을 돌린 채였다. 그녀는 조용히 숨을 헐떡였다. "배치가 총을 쏘려고 했었지." 그녀는 몸을 수그린 채 헐떡이며 혼잣말을 중얼거렸다. "아직도 그럴 생각인 거야."

 뒤이어 다시 발소리가 들렸고, 그녀의 어머니가 부엌문으로 다가오며 잠시 틈새 앞을 지나치며 시야를 막아 버렸다. 그러나 그녀는 움직이지 않았다. 심지어 어머니가 부엌으로 들어왔을 때도, 그녀는 틈새에 몸을 수그린 채로, 규칙적이고 평온하게 호흡하며, 어머니가 뒤편에서 스토브를 뒤적이는 소리를 들었다. 그러다 처음으로 낯선 남자가 그녀의 시선에 들어왔고, 그녀는 숨을 멈췄으나 자신이 그랬다는 사실조차 깨닫지 못했다. 남자는 낡아빠진 망토를 걸치고 왼손에 모자를 든 채로 탁자 옆에 섰다.

배치는 고개를 들지 않았다.

"내 이름은 소시어 웨델이오." 낯선 이가 말했다.

"소세이 웨델." 소녀는 말라붙어 가루가 되어 바스러지는 벽에 대고 속삭였다. 이제 그의 전신이 몸에 들어왔다. 얼룩이 지고 누덕누덕하고 솔질을 너무 많이 한 망토와 고개를 슬쩍 든 자세, 모종의 피로와 거만함이 새겨져서 흡사 다른 공기를 숨 쉬고 다른 혈액으로 몸을 데우는 다른 세계에서 온 생물처럼 보이는 지쳐 수척한 얼굴까지도. "소세이 웨델." 그녀는 속삭였다.

"위스키 한 잔 하시지." 배치는 움직이지 않고 이렇게 말했다.

다음 순간 갑자기, 숨을 멈췄던 때와 마찬가지로, 그녀는 아예 말소리를 듣지 못하게 되었다. 마치 더 이상 들을 필요가 없다는 것처럼, 낯선 이가 거하는 그리고 그녀 자신도 거하는 공간에서는 호기심마저도 필요가 없다는 것처럼. 바로 그 순간 그녀는 낯선 이가 탁자 옆에 서서 배치를 내려다보는 모습을, 그리고 배치도 의자에서 몸을 돌려 탄환을 손에 쥔 채로 낯선 이를 올려다보는 모습을 주시하고 있었다. 음울하고 폭력적이고 유치하며 감정을 눌러담은 남자들의 허영이 섞인 목소리가 아무런 열기도 의미도 없이 흘러나오는 틈새에 대고, 그녀는 나직하게 숨을 내뱉었다.

"아무래도 척 보기만 해도 이게 뭔지 알 수 있는 모양이지?"

"모를 리가 있소? 우리도 그걸 썼는데. 우리 것을 만들 시간이나 화약이 언제나 넘쳐났던 것이 아니라서 말이오. 그래서 이따금 댁네 것들을 써야 했소. 특히 마지막에는 말이오."

"얼굴 바로 앞에서 터지면 더 잘 알아볼 수 있을지도 모르겠군."

"배치." 그녀는 입을 연 그녀의 아버지 쪽을 돌아보았다. 남동생은 의자에서 몸을 조금 일으킨 채로, 입을 살짝 벌리고 앞으로 몸을 내밀고 있었다. 동생은 열일곱이었다. 그러나 낯선 남자는 여전히 배치를 조용히 내려다보며, 닳아해진 망토 위로 모자를 그러쥔 채로, 얼굴에는 거만하고 피로하며 조금 놀란 듯한 표정을 띤 채로 서 있을 뿐이었다.

"반대쪽 손도 보여줄 수 있으면 좋겠는데." 배치가 말했다. "권총을 손에서 놓기가 두려운 게 아니라면 말이야."

"그건 아니오." 낯선 이가 말했다. "보여주는 게 두려운 건 아니오."

"그럼 위스키 한 잔 하라고." 배치는 모욕과 경멸을 담은 움직임으로 단지를 앞으로 끌었다.

"권해 주신 것은 정말 영광이오만." 낯선 남자가 말했다. "내 뱃속이 문제요. 3년의 전쟁 동안 나는 계속 내 뱃속에 사과를 해야 했소.* 이젠 평화가 찾아왔으니 내 뱃속을 위해 사과할 차례 아니겠소. 대신 내가 데려온 하인에게 한 잔 줄 수는 없겠소? 4년이나 지났는데 여전히 추위를 견디지 못하는구려."

"소세이 웨델." 여자는 목소리가 들려오는 부스러지는 가루 속에 대고 속삭였다. 아직 언성을 높이지는 않았으나 영영 화해할 수 없고 이미 파국에 이른 두 사람, 맹목적인 피해자와 맹목적인 처형인의 목소리 속으로.

---

* 제대로 식사를 하지 못했다는 뜻.

"아니면 뒤통수 쪽이 알기 쉬울지도 모르겠군."

"그만해라, 배치."

"됐소, 선생. 이 친구도 1년이라도 전장에 있었더라면 적어도 한 번이라도 도망친 경험이 있었을 거요. 북버지니아군을 상대 했더라면 더 자주 겪었을지도 모르고.*"

"소셰이 웨델." 여자는 수그린 채 속삭였다. 이제 웨델이 그녀 쪽으로 직진해 다가오는 모습이 보였다. 왼손에 큼직한 잔을 들고, 같은 쪽 겨드랑이에 구겨진 모자를 낀 채로.

"그쪽이 아닐 텐데." 배치가 말했다. 낯선 남자는 걸음을 멈추고 배치를 돌아보았다. "지금 어딜 가려는 거지?"

"내 하인한테 이걸 가져다줄 거요." 낯선 남자가 말했다. "마구간으로. 이 문을 통하면 나갈 수 있을 줄—" 이제 시달려 거칠고 수척해진 옆얼굴이 보였다. 슬쩍 올라간 눈썹은 조금 놀란 채로 거만하게 질문을 던지는 듯했다. 배치는 자리에서 일어나지 않은 채 고개를 삐딱하게 뒤로 젖혔다. "그 문에서 떨어져." 그러나 낯선 남자는 움직이지 않았다. 그저 시선의 방향만 바꾼 것처럼 머리만 슬쩍 움직였을 뿐이었다.

"아빠를 보고 있는 거야." 여자는 속삭였다. "아빠가 말해주기를 기다리고 있는 거야. 배치가 두렵지 않은 거야. 그럴 줄 알았어."

"그 문에서 떨어지라고." 배치가 말했다. "이 빌어먹을 검디**가."

---

* 북버지니아군은 남부의 주력 부대 중 하나로, 리 장군의 휘하에 있었다.

** 배치 일가는 negro, nigger의 지역 방언인 nigra라는 단어를 사용한다.

"내 군복이 아니라 내 얼굴이 문제였던 모양이군." 낯선 남자가 말했다. "내가 알기로는 당신네는 우리를 해방시키려고 4년을 싸웠던 듯하오만."

뒤이어 다시 그녀 아버지의 목소리가 들렸다. "현관으로 나가서 집을 빙 둘러 가시오, 낯선 양반." 그가 말했다.

"소셰이 웨델." 여자는 말했다. 뒤편에서 어머니가 스토브 앞에서 달가거리는 소리가 들렸다. "소셰이 웨델." 그녀가 말했다. 크게 소리 내어 말한 것은 아니었다. 그녀는 재차, 깊고 나직하고 망설임 없이 속삭였다. "음악 같아. 노랫소리 같아."

III

검둥이는 마구간 통로에 쪼그려 앉아 있었다. 늘어지고 부서진 축사에는 두 필의 말 외에는 아무것도 없었다. 옆에는 낡은 배낭이 열린 채 놓여 있었다. 그는 걸레하고 구두약 통을 가지고 얇은 무도舞踏용 신발에 광을 내는 중이었다. 구두약 통은 가장자리를 따라 테두리처럼 묻은 것 외에는 텅 비어 있었지만 말이다. 그의 옆 널판지 위에는 작업이 끝난 한쪽 신발이 놓여 있었다. 위편에는 갈라진 자국이 보였다. 최근에 어설픈 솜씨로 조잡한 밑창을 조잡하게 못질해 붙인 모습도 눈에 띄었다.

"제대로 된 사람들이 주인님 발밑을 볼 수 없다니 정말 주님께 감사드릴 일 아닙까." 검둥이가 말했다. "산골짜기 촌것들밖에 없으니 정말 주님께 감사드릴 일 아닙까. 주인님이 이걸 신으신 모습은 양키 놈들한테도 보여주기 싫습다." 그는 신발을 문지른 다음 눈을 찡그리며 바라보고는, 입김을 불고는 쭈그려 앉은 채 자기 옆구리에 대고 다시 문질렀다.

"받게." 웨델이 잔을 내밀며 말했다. 물처럼 아무 색도 없는 액체가 들어 있었다.

검둥이는 움직임을 멈추었고, 신발과 걸레도 따라 멈췄다. "뭡까?" 그가 말했다. 그리고 잔을 바라보았다. "그게 뭡까?"

"마시게." 웨델이 말했다.

"물이잖습까. 물은 뭐하러 가져오신 검까?"

"받게." 웨델이 말했다. "물 아니니까."

검둥이는 조심조심 잔을 받았다. 마치 니트로글리세린이라도 들어 있는 것처럼 손에 들었다. 그리고 시선을 떼지 않고서 눈을 깜빡인 다음, 천천히 코 밑으로 가져다 댔다. 그는 눈을 깜빡였다. "이건 어디서 가져오신 검까?" 웨델은 대답하지 않았다. 작업을 끝낸 무도화를 손에 들고 바라볼 뿐이었다. 검둥이는 잔을 코 밑에 가져다 댔다. "냄새는 제법 제대로지 말입다." 그가 말했다. "하지만 겉보기로는 뭔지 짐작도 안 감다. 여기 놈들이 주인님한테 독을 먹이려는 게 분명합다." 그는 잔을 톡 건드리고는 조심스레 홀짝거리고는, 눈을 깜빡이며 잔을 내려놓았다.

"나는 조금도 안 마셨네." 웨델이 말했다. 그는 무도화를 내려놓았다.

"안 드신 게 잘 하신 검다." 검둥이가 말했다. "제가 마님 말씀대로 몇 년이나 주인님을 보살피고 무사히 집으로 모셔다 드리려고 애썼는데, 지금 주인님은 부랑자처럼, 도주한 깜둥이처럼 시골 놈들 마구간에서 밤을 보내게 되시지 않았습까—" 그는 잔

산골의 승리 495

을 입술에 가져다 대고 고개를 뒤로 젖히며 단숨에 들이켜 버렸다. 그는 텅 빈 잔을 내렸다. 눈은 감겨 있었다. "우엇!" 그는 격렬하게 몸을 떨면서 머리를 내저었다. "냄새는 제대로고, 효과도 제대롭다. 근데 생긴 꼴은 제대로라고 말 못하겠슴다. 주인님은 처음에 그랬던 것처럼 손도 안 대시는 게 좋겠슴다. 놈들이 마시게 하려고 시도하면 저한테 보내심 됨다. 이만큼 버텼으니 마님을 위해서라면 조금 더 버틸 수도 있을 검다."

그는 다시 신발과 걸레를 손에 들었다. 웨델은 배낭을 내려다보며 섰다. "내 권총이 필요하네." 그는 말했다.

검둥이는 다시 신발과 걸레를 든 채로 움직임을 멈추었다. "어디다 쓰실 검까?" 그는 몸을 앞으로 빼고는 진흙투성이 오르막 위편의 오두막을 바라봤다. "저놈들 양키임까?" 그는 속삭이며 말했다.

"아니." 웨델은 왼손으로 배낭을 뒤적이며 말했다. 검둥이에게는 그의 목소리가 들리지 않은 듯했다.

"테네시인데 말임까? 주인님은 우리가 테네시에 있다고, 멤피스가 있는 바로 그곳이라고 말했잖슴까. 멤피스 동네에 이렇게 산골짝만 가득한 곳이 있다고는 안 하셨지만 말임다. 적어도 주인님 아버지랑 멤피스에 갔을 때는 이딴 곳은 본 적이 없슴다. 그래도 주인님 말이니 믿었는데. 근데 이제는 멤피스 사람들이 양키라고 하시는 검까?*"

"권총 어디 있나?" 웨델이 말했다.

"제가 말했잖슴까." 검둥이가 말했다. "주인님답게 행동하라고 말임다. 근디 뻔히 몸을 드러내고 저 길을 따라 올라오면서, 시저가 지친 것 같다고 말도 안 타고 말임다. 게다가 주인님은 걸으면서 저는 말에 태워 오지 않았슴까. 주인님은 살아온 동안 저보다 빨리 걸어본 적도 없슴서 말임다. 저는 마흔이고 주인님은 스물여덟인데도 말임다. 주인님 어머님께 말할 검다. 모두에게 말할 검다."

웨델은 자리에서 일어섰다. 그의 손에는 묵직한 캡앤볼 리볼버**가 들려 있었다. 그는 한 손으로 권총을 놀리다가 공이를 뒤로 당겼다 다시 놓았다. 검둥이는 푸른색 북부군 외투를 걸친 유인원처럼 쭈그려 앉아서 그를 지켜보았다. "그건 도로 넣으셔야 함다." 그가 말했다. "전쟁은 끝났지 않슴까. 퍼기니***에서 전쟁 전부 끝났다고 다들 말하지 않았슴까. 이젠 그 권총 필요 없슴다. 도로 넣으셔야 함다, 들으셨슴까?"

"씻고 오겠네." 웨델이 말했다. "내 셔츠는—"

"어디서 목욕을 하심까? 어디 들어가서요? 여기 촌놈들은 욕조를 본 적도 없을 검다."

"우물가에서 씻을 거네. 내 셔츠는 준비해 놨나?"

---

* 테네시는 공식적으로는 남부연합에 속한 주였지만, 녹스빌을 중심으로 한 동부 산악 지역은 노예 노동에 기반한 농장 체제가 아니어서 북부에 협력했다. 버지니아에서 내려온 웨델은 동부 지역으로 진입했을 것이다. 반면 미시시피와 아칸소 접경 지역의 멤피스는 남군의 주요 거점 중 하나였다.

** 남북전쟁 시기에 흔히 사용된 초기형 리볼버. 약실마다 캡을 달아서 점화용 뇌관으로 때리는 방식으로 발사되었다.

*** 버지니아의 옛 흑인식 발음. 1865년 4월 리 장군 최후의 전투인 애퍼매턱스 코트 하우스 전투가 이곳에서 치러졌다. 리는 이 전투에서 패배하고 항복했다.

"정말 대단한 하루 아닙까…… 권총 도로 넣으셔야 합다, 소셰이 주인님. 어머님께 말할 검다. 모두에게 말할 검다. 큰주인님이 여기 계셨으면 좋았을 텐데 말임다."

"부엌으로 가게." 웨델이 말했다. "가서 내가 우물 가림판 아래에서 씻을 거라고 말해. 그쪽 창문 커튼 닫아 달라고 부탁하게." 권총은 회색 망토 아래로 사라졌다. 그는 서러브레드가 있는 칸으로 다가갔다. 말은 부드러우며 거칠게 눈알을 굴리면서 그에게 주둥이를 부볐다. 그는 왼손으로 말의 콧등을 두드려 주었다. 말은 나지막한 울음소리를 내면서 달큰하고 뜨듯한 숨결을 뱉었다.

IV

검둥이는 뒷문을 통해 부엌으로 들어섰다. 이제는 머리 위의 방수포 천막을 벗고, 그 자리에 푸른색 군모를 쓰고 있었다. 외투와 마찬가지로 그에게는 터무니없이 큼직해서, 머리 위에 올려놓은 채 몸을 움직일 때마다 챙이 살아 움직이는 듯 계속해서 좌우로 움찔거렸다. 모자와 옷깃 사이로 보이는 얼굴 이외에는 아예 몸이 보이지조차 않았는데, 추위 때문에 나뭇재처럼 희끄무레한 먼지가 내린 듯한 모습이 마치 다약족의 말린 머리 전리품* 처럼 보일 지경이었다. 나이 든 여자는 스토브 앞에 앉아서 치익

---

* 다약족의 졸아든 머리 전리품 이야기는 1857년 앨프레드 러셀 월리스에 의해 처음 소개됐다.

소리를 내며 음식을 굽고 있었다. 그녀는 검둥이가 들어올 때도 고개조차 들지 않았다. 젊은 여자는 부엌 한복판에 서서 아무것도 하지 않고 있었다. 그녀는 검둥이 쪽으로 시선을 돌리고는, 느릿하고 진지하고 은밀하게 눈도 깜빡이지 않고, 그가 거들먹거리며 풍자화 속 인물처럼 부엌을 가로지르더니, 스토브 옆에 나무토막을 하나 세우고 그 위에 걸터앉는 모습을 지켜보았다.

"이 동네 날씨가 언제나 이 꼴이라면 말임다." 그는 말했다. "양키들한테 이 동네를 넘겨주더라도 눈 하나 깜짝 안 할 것 같슴다." 그는 외투를 열어젖히고 꽁꽁 싸맨 다리와 발을 드러내 보였다. 진흙투성이의 모피 비슷한 물질에 둘러싸여, 형체도 드러나지 않을 정도의 커다란 꾸러미가 되어 있는 모습이, 흡사 중강아지 크기의 진흙투성이 짐승 두 마리가 바닥에 드러누워 있는 것처럼 보였다. 그가 여자 쪽으로 조금 다가오는 모습을 보면서, 그녀는 조용히 생각했다. *제대로 된 모피야. 모피코트를 가져다가 잘라서 자기 발을 감싼 거라고.* "정말 그렇잖슴까." 검둥이가 말했다. "내가 고향 땅에만 가 닿을 수 있게 해주면, 나머지 땅은 전부 양키들한테 줘 버릴 수도 있슴다."

"당신네들 어디 사는데요?" 여자가 말했다.

검둥이는 그녀를 바라봤다. "미시시핌다. 드 도맹임다. 카운티메종* 농장이라고 들어본 적 없슴까?"

"카운티메종?"

---

* de Domain(e)은 프랑스어로 장원을 의미한다. Countymaison은 콘탈메종Contalmaison의 주발식 발음으로, 양쪽 모두에서 웨델 가문의 정체성이 엿보인다.

"그렇습다. 주인님 할아버지가 말 타고 건너려 해도 카운티 하나보다 더 크다고 해서 붙인 이름임다. 노새로는 해뜰 때 출발해도 해질 때까지 끝까지 못 감다. 그래서 그런 이름이 붙은 검다." 그는 허벅지에 대고 천천히 손을 문질렀다. 이제 그는 스토브 쪽으로 얼굴을 돌렸다. 크게 코 푸는 소리가 났다. 이미 그의 피부에 앉았던 희멀건 층은 사라졌고, 새까맣고 쭈글쭈글한 얼굴이 드러났다. 살짝 늘어진 입매는 마치 근육을 너무 사용해서 고무줄처럼 늘어난 듯했다. 먹는 근육이 아니라, 말하는 근육이 말이다. "이대로 가면 집에는 영영 못 갈 것 같지만 말임다. 적어도 저 돼지고기 냄새를 맡으니 사람 사는 곳 느낌은 남다."

"카운티메종." 여자는 홀린 듯 넋 나간 목소리로 이렇게 말하며, 진지하고 눈도 깜빡이지 않는 시선으로 검둥이를 바라보았다. 그러다 그녀는 고개를 돌려 벽을 마주했다. 완벽하게 고요한, 완벽하게 읽을 수 없는 얼굴로, 서두르지도 않고, 빠져든 듯 깊이 사색에 잠긴 채로.

"그렇습다." 검둥이가 말했다. "심지어 양키들조차도 웨델 가문의 카운티메종하고 프랜시스 웨델 주인님에 대해서는 들어봤을 검다. 어쩌면 당신들도, 그분이 당신네 대통령이 사람들 다루는 방식이 마음에 들지 않는다고 워싱턴으로 갔을 때 마차를 타고 지나가는 모습을 봤을지도 모름다. 그 마차를 타고 워싱턴까지 가셨고, 깜둥이 둘이서 그분 발을 데워줄 벽돌을 달궜고,* 나

---

* 장거리 마차여행에 오른 상류층은 흔히 달궈서 천으로 감싼 벽돌을 이용해 발을 덥히곤 했다.

머지 부하들은 짐마차와 팔팔한 말을 타고 앞서 나갔습니다. 그분은 당신네 대통령한테 통째로 손질한 곰 두 마리하고 훈제한 사슴고기 여덟 쪽을 가져다드렸습니다. 아마 당신네 집 바로 앞을 지나갔을 겁니다. 당신 아버지나 어쩌면 그 아버지가 그분이 지나가는 걸 봤을 겁니다." 그는 입심 좋게, 홀릴 것처럼 가락을 넣어서 계속 말을 이어갔고, 그의 얼굴은 반짝이며 풍요로운 따사로움을 살짝 발하기 시작했고, 어머니가 스토브를 굽어보는 동안 여자는, 옴짝달싹하지 않으며, 맨발을 매끈하게 오므려 거칠게 휘어진 나무통 옆에 놓은 채로, 거친 옷가지 안의 크고 매끈하고 젊은 몸을 부드럽고 풍요롭게 오므린 채로, 황홀함이 깃든 채 눈도 깜빡이지 않는 시선으로 검둥이를 바라보며 입을 슬쩍 벌리고 있었다.

검둥이는 말을 이어갔다. 눈을 감고, 자랑 섞인 목소리를 끝없이 이어가며, 느긋하지만 반박을 용납하지 않는 분위기로, 마치 자신이 여전히 고향에 있으며 전쟁 따위는 벌어지지 않았고 자유와 변화의 잔혹한 소문도 퍼져나가지 않은 것처럼, 그리고 그가 (마구간지기였으며 가정의 계급에서는 말을 보필하던 그가) 농장 일꾼들하고 함께 검둥이 구역에서 저녁을 보내던 때인 것처럼. 그러다 나이 든 여자가 음식을 접시에 옮겨 담고 부엌을 나가면서 문을 닫았다. 그는 그 소리에 눈을 뜨고는 문을 바라보다가 여자 쪽으로 시선을 돌렸다. 그녀는 벽을, 어머니가 사라진 닫힌 문 쪽을 바라보고 있었다. "아가씨는 저 사람들하고 같은 식탁에서 식사하지 않는 겁니까?" 그가 말했다.

여자는 검둥이를 빤히 바라보았다. "카운티메종이요." 그녀가 말했다. "배치 말로는 그 사람도 검다라고 하던데요."

"누구? 그분이? 깜둥이라고? 소세이 웨델 주인님 말임까? 배치라는 놈은 누굼까?" 여자가 그를 바라봤다. "그런 소리를 하는 건 당신네가 이 동네에서만 살아서 그런 검다. 아무것도 본 적이 없어서 말임다. 연기도 보이지 않는 헐벗은 산골짝에서 살아서 그런 검다. 그분이 깜둥이라? 그분 어머니가 그 소리 들었으면 난리가 났을 검다." 그는 얼굴을 잔뜩 찌푸리고 흰자위를 쉴 새 없이 돌리면서 부엌 안을 이리저리 둘러보았다. 여자는 그런 그를 지켜봤다.

"거기 여자들은 언제나 신발을 신고 다니나요?" 그녀는 물었다.

검둥이는 부엌을 휘 둘러봤다. "당신네 테네시 샘물은 어디다 보관함까? 이 뒤편 어딘가일 것 같심다?"

"샘물이요?"

검둥이는 천천히 눈을 깜빡였다. "가볍게 마시는 카히신* 말임다."

"카히신이요?"

"당신네가 마시는 물건은 색이 밝은 등불용 기름 아님까. 이 뒤편 어딘가에 조금 숨겨두지 않았슴까?"

"아." 여자가 말했다. "술 말이군요." 그녀는 구석으로 가서 바닥의 헐거운 널판을 들어냈고, 검둥이가 그녀를 지켜보는 가운데 도기 단지를 꺼냈다. 그녀는 두툼한 잔을 채워서 검둥이에게

---

* 케로신. 마시기 쉬우며 케로신처럼 투명하고 뜨겁다는 뜻.

건네고는 그가 눈을 감은 채 단숨에 들이켜는 모습을 지켜봤다. 그는 다시 말했다. "우엇!" 그리고 손등으로 입가를 쓸었다.

"방금 나한테 뭘 물어봤슴까?" 그가 말했다.

"카운티메종의 여자들은 신발을 신냐고요."

"숙녀분들은 그럼다. 남는 게 없으면 소셰이 주인님이 깜둥이 백 마리를 팔아서 하나 사올 검다…… 소셰이 주인님을 깜둥이라고 부른 게 누구였다고 했슴까?"

여자는 그를 바라봤다. "그분 결혼했나요?"

"누가 결혼함까? 소셰이 주인님?" 여자는 그를 바라봤다. "우리가 몇 년 동안이나 양키들과 싸우고 있었는데 결혼할 시간이 있었겠슴까? 고향에 몇 년 동안 돌아가지 못하고 있으니 결혼할 숙녀분도 없슴다." 그는 살짝 핏발이 선 눈으로 여자를 바라보았다. 그의 피부가 흐릿하지만 계속 내리쬐는 빛살 속에서 번득였다. 몸이 녹으니 체격조차도 조금 커진 것처럼 보였다. "주인님이 결혼했냐 안했냐에 왜 신경 쓰심까?"

둘은 서로를 마주 보았다. 검둥이의 귀에 그녀의 숨소리가 들렸다. 문득 그녀의 눈길이 그가 아닌 다른 곳을 향했다. 여전히 눈을 깜빡이지도 고개를 돌리지도 않았지만. "그분은 아마 신발도 없는 여자하고 어울릴 시간은 없으시겠죠." 그녀가 말했다. 그녀는 벽으로 가서 다시 몸을 수그려 틈새에 눈을 가져다 댔다. 검둥이는 그를 지켜봤다. 나이 든 여자가 들어오더니, 둘을 쳐다보지도 않고 스토브에서 다시 음식 한 접시를 뜬 다음 부엌을 나섰다.

산골의 승리 **503**

V

 네 남자, 성인 셋과 소년 하나는, 저녁 식탁에 둘러앉아 있었다. 두꺼운 쟁반에 엉망인 음식이 놓여 있었다. 나이프와 포크는 철제였다. 도기 단지는 여전히 탁자에 놓여 있었다. 웨델은 망토를 벗은 채였다. 면도도 했고, 여전히 축축한 머리는 뒤로 빗질해 넘겼다. 가슴팍의 셔츠 주름장식은 램프 불빛 속에서 거품처럼 보였고, 텅 빈 왼쪽 소맷단은 가느다란 금빛 핀으로 가슴에 올려 꽂아놓았다. 식탁 아래에는 얇고 기운 자국이 가득한 무도화가 두 남자의 단화와 소년의 맨발 평족 사이에 놓여 있었다.

"배치는 당신이 검디라고 하던데." 아버지가 말했다.

웨델은 의자에 조금 몸을 기댔다. "그걸로 설명이 되겠군." 그가 말했다. "나는 저 친구가 선천적으로 성미가 고약하다고 생각하고 있었지 뭐요. 이긴 쪽인데도 말이오."

"그래서 당신 검디인가?" 아버지가 말했다.

"아니오." 웨델이 말했다. 그는 시달리고 지친 얼굴에 조금 재미있다는 표정을 띄우고 소년을 바라보고 있었다. 소년의 목덜미까지 내려오는 긴 머리카락은, 나이프나 어쩌면 총검으로 손질한 듯 거칠게 잘려 있었다. 소년은 완벽히 넋이 빠진 듯 꼼짝도 안 하고 그를 주시하고 있었다. *내가 혼령이라도 되는 것처럼 보는군.* 그는 생각했다. *망령 말이야. 어쩌면 그럴지도 모르지.* "아니오." 그는 말했다. "나는 검둥이가 아니오."

"그럼 당신은 누구지?" 아버지가 말했다.

웨델은 식탁에 팔을 올린 채로 슬쩍 비껴앉았다. "테네시에서는 손님한테 누군지 묻는 관습이라도 있나?" 그는 말했다. 배치는 단지를 들고 잔을 채우는 중이었다. 고개를 숙이고 있어서 크고 단단한 손이 도드라져 보였다. 굳은 얼굴이었다. 웨델은 그를 바라봤다. "그쪽이 무슨 감정인지 알 것 같소." 그가 말했다. "나도 한때는 그런 감정을 느꼈지. 하지만 4년이나 그런 감정을 유지하는 건 쉽지 않은 일이오. 아예 감정이 없어지니까."

배치는 갑자기 거친 목소리로 뭔가를 말했다. 식탁에 잔을 거칠게 내려놓자 술이 튀어 넘쳤다. 격하고 정력적인 냄새를 풍기는 물처럼 보이는 액체였다. 그 안에 내재한 불안정함 때문인지, 액체는 탁자 너머까지 튀겨서 웨델의 가슴팍에 달린 해졌으나 깔끔한 포말 모양 가슴 장식에 묻었고, 옷감을 뚫고 그의 살갗에 갑작스러운 차가움을 선사했다.

"배치!" 아버지가 말했다.

웨델은 움직이지 않았다. 거만하고 지친, 조금 재밌어하는 듯한 표정 또한 변하지 않았다. "일부러 그런 건 아닐 거요." 그가 말했다.

"내가 제대로 하면 말이야," 배치가 말했다. "사고처럼 보이지는 않을 거다."

웨델은 배치를 바라보고 있었다. "이미 한 번 말한 것 같소만." 그가 말했다. "내 이름은 소시어 웨델이오. 미시시피 출신이오. 콘탈메종이라는 곳에 살고 있소. 내 부친이 그곳을 건설하고 이름 붙이셨소. 그분은 프랜시스 웨델이라는 이름의 촉토족 추장이셨는데, 아마 그대들은 들어본 적 없을 거요. 그분은 촉토족 여인과 뉴올리언스의 프랑스 망명객의 아들이셨소. 프랑스인 조부는 나폴레옹 휘하의 장군이자 레종도뇌르 훈장을 받으신 분이었지. 이름은 프랑수아 비달이었소. 내 부친은 연방정부가 자기 부족을 대하는 방식 때문에 잭슨 대통령에게 항의하려고 마차를 몰아 워싱턴까지 가신 적이 있소. 말여물과 선물을 실은 짐마차와 도중에 바꿔 맬 말들은 먼저 보냈고, 순혈 촉토족이며 아버지의 사촌이었던 원주민 감독관을 하나 딸려 보냈소. 옛날에는 우리 씨족의 수장을 대대로 추장이라고 불렀소. 하지만 백인처럼 유럽화된 다음에는 그 칭호는 오염되기를 거부한 방계 일족에게 넘어갔소. 노예와 땅은 우리 손에 남았지만 말이오. 추장이라 불리는 사람은 이제 검둥이들 움막보다 조금 큰 집에 살고 있소. 상급 하인 정도 지위지. 내 부친은 워싱턴에서 모친을 만나서 결혼하셨소. 멕시코 전쟁에서 전사하셨고. 내 어머니는 2년 전, 그러니까 1863년에 폐렴 합병증과 영양부족으로 돌아가셨소. 어느 비오는 밤에 북부 군대가 우리 고장에 쳐들어와서, 은식기를 묻는 일을 지휘하다 폐렴에 걸리신 거지. 내 하인은 아직도 그분이 돌아가셨다는 사실을 믿기를 거부하지만 말이오. 북부가 어머니가 주일 점심과 수요일 밤마다 드시던 수입품 마티니크 커피와 비튼 비스킷*을 빼앗아가는 일을 나라에서 용납했다는 것도 마찬가지로 믿기를 거부하고 있소. 그렇게 되기 전에 다들 무기를 들고 일어나야 한다고 생각하니까. 그러나 그 녀석은 고작해야 검둥이일 뿐이오. 자유라는 짐을 지고 있는 억압받는 종족

---

* 밀방망이나 나무망치로 반죽을 때려서 만드는 비스킷. 상당한 노동력을 필요로 하므로, 형편이 어려워진 남부 장원에서는 만들기 힘들어졌을 것이다.

의 일원이지. 내가 매일 잘못하는 일을 목록으로 정리해 놓았다가, 집에 도착하면 어머니께 고자질할 생각이라오. 나는 프랑스에서 학교를 다녔지만, 그리 열심히 공부하지는 않았소. 그리고 2주 전까지는 롱스트리트라는 남자의 휘하에서 미시시피군 보병을 지휘하는 소령이었소. 그 장군 이름은 들은 적 있을지도 모르겠군."

"그러니까 소령이었다 이거군." 배치가 말했다.

"나를 고발하려는 것 같구려. 맞소."

"예전에 반란군 소령을 본 적이 있지." 배치가 말했다. "어디서 봤는지 들어볼 생각 있나?"

"말해 보시오." 웨델이 말했다.

"나무 옆에 누워 있었어. 우리도 전진을 멈추고 땅에 엎드려 있었는데, 그 작자가 나무 옆에 누워서 물을 달라더라고. '혹시 물 좀 있나, 친구여?' 그가 말했지. '그래, 물은 있는데.' 나는 말했어. '물은 아주 많지.' 기어가야 했지. 일어설 수가 없었거든. 나는 그 작자 옆으로 기어가서 몸을 들어 머리를 나무에 기대 세웠어. 그리고 얼굴을 정면으로 고정시켰지."

"총검은 없었소?" 웨델이 말했다. "아니, 잊었군. 일어설 수 없었다고 했지."

"그런 다음에 기어서 돌아왔지. 100야드를 기어서 돌아왔다고. 그래야—"

"돌아왔다고?"

"너무 가까웠거든. 그렇게 가까운 거리에서는 누구든 못 맞출 리가 없잖아? 그래서 기어와야 했지. 그런데 그 빌어먹을 머스킷이—"

"빌어먹을 머스킷?" 웨델은 식탁에 손을 올린 채 의자에 조금 비스듬히 앉아 있었다. 여전히 재밌어하는 듯한 얼굴에는 냉소와 자제심이 엿보였다.

"빗나갔거든. 첫 발이 말이야. 얼굴을 나무에 기대서 돌려서 나를 바라보게 해 놓고 왔는데, 그러고 빗맞혔단 말이야. 그다음에는 목을 맞혀서 다시 쏴야 했지. 빌어먹을 머스킷 때문에."

"배치." 아버지가 말했다.

배치의 손은 식탁에 올라와 있었다. 머리와 얼굴은 아버지와 비슷했지만, 그의 신중함은 찾아볼 수 없었다. 분노에 사로잡혀 굳은 얼굴만으로는 무슨 행동을 할지 짐작조차 할 수 없었다. "그 빌어먹을 머스킷 때문이었어. 세 번이나 쏴야 했다고. 그래서 그 작자는 눈깔이 세 개가 됐지. 나무에 기댄 얼굴에 눈깔이 나란히 세 개가 됐다고. 셋 모두 크게 뜨고 있어서 눈 세 개로 나를 바라보는 것 같더군. 잘 보이라고 눈구멍을 하나 더 뚫어준 거야. 그런데 그 빌어먹을 머스킷 때문에 두 발을 더 쐈단 말이지."

"그만, 배치." 아버지가 말했다. 그는 이제 자리에서 일어나서, 탁자에 손을 짚고 수척한 몸을 지탱하고 있었다. "배치는 신경 쓰지 말게. 이제 전쟁은 끝났으니까."

"개의치 않소." 웨델이 말했다. 그의 손이 가슴팍으로 향하더니 리넨의 포말 속으로 사라졌다. 그러는 동안 눈은 계속해서 경계하는, 재밌어하는, 냉소적인 시선으로 배치를 주시하고 있었다. "너무 오랫동안 저런 사람을 너무 많이 봐 와서, 이제 하나 정도는 개의치 않게 됐소."

"위스키 좀 들지." 배치가 말했다.

"예의상 묻는 거요?"

"권총은 놔두고." 배치가 말했다. "위스키 좀 들라고."

웨델은 다시 식탁에 손을 올렸다. 그러나 배치는 잔에 술을 따르지 않고 단지를 든 채 멈춰 버렸다. 그의 시선은 웨델의 어깨 너머를 향하고 있었다. 웨델은 몸을 돌렸다. 여자가 방에 들어와서 문간에 서 있었고, 그녀의 어머니가 바로 그 뒤에 따라오고 있었다. 어머니는 자기 발밑의 바닥널에 대고 말하듯 이렇게 중얼거렸다. "당신 말대로 나오지 못하게 하려고 했어요. 시도했다고요. 하지만 얘는 남자만큼 힘이 세다고요. 남자만큼 고집불통이고."

"들어가 있어라." 아버지가 말했다.

"내가 들어가 있으라고요?" 어머니가 바닥을 향해 말했다.

아버지가 이름을 불렀다. 웨델은 알아듣지 못했다. 심지어 자신이 알아듣지 못했다는 사실마저 알아차리지 못했다. "들어가 있어라."

여자가 움직였다. 방 안의 누구도 바라보지 않은 채였다. 그녀는 웨델의 낡고 기운 자국이 가득한 망토가 놓인 의자 옆으로 가서 망토를 뒤집었다. 흑담비 모피 안감에 나이프로 잘라낸 흔적이 네 군데 보였다. 그녀가 망토를 살피는 동안 배치가 그녀의 어깨를 붙들었지만, 그녀의 시선은 웨델을 향하고 있었다. "이걸 잘라내서 발을 감싸라고 검디한테 줬군요." 그녀가 말했다. 뒤이어 아버지가 배치를 붙들었다. 웨델은 어깨 너머로 얼굴을 돌린 채 꼼짝도 않고 있었다. 그의 옆에서는 소년이 의자에서 일어나

팔을 짚고 몸을 지탱한 채로, 젊고 나른한 얼굴을 램프 불빛 속으로 내밀고 있었다. 그러나 배치와 아버지의 거친 숨소리를 제외하면 방 안에는 아무런 소리도 들리지 않았다.

"난 아직 너보다 강하다." 아버지가 말했다. "남자로서도 너보다 낫거나, 적어도 못하지는 않아."

"계속 그럴 수는 없겠지만요." 배치가 말했다.

아버지는 고개를 뒤로 돌려 여자를 바라봤다. "돌아가라." 그가 말했다. 그녀는 몸을 돌리더니 복도를 향해서, 고무처럼 소리 없는 발걸음으로 돌아갔다. 아버지는 다시 웨델이 알아듣지 못한 그 이름을 불렀다. 그는 이번에도 알아듣지 못했고 자신이 알아듣지 못했다는 사실마저 알아차리지 못했다. 그녀는 문을 나섰다. 아버지는 웨델을 바라봤다. 웨델의 태도는 전혀 변하지 않았다. 다시 손이 가슴팍 속에 숨겨졌다는 것만 다를 뿐이었다. 둘은 서로를 마주했다 — 차가운 북방인의 얼굴과, 반은 갈리아인이고 반은 몽골인이며 청동 주물처럼 여위고 지친 얼굴이, 시력은 남아 있으나 미래를 보지 못하는 죽은 자들 같은 눈으로 상대방을 바라봤다. "말을 끌고 떠나게." 아버지가 말했다.

VI

복도는 어둑하고 싸늘했다. 4월 산골의 검은 추위가 바닥을 뚫고 올라와 그녀의 맨다리와 거친 단벌옷 속의 육체로 전해졌다. "망토 안감을 잘라다가 그 검디의 발을 싸매준 거야." 그녀가 말했다. "검디를 위해 그런 일을 했다고." 그녀 뒤편의 문이 열렸다.

램프 불빛을 등지고 남자의 그림자가 어른거리더니, 뒤편에서 문이 닫혔다. "배치예요, 아빠예요?" 그녀가 말했다. 뒤이어 뭔가가 그녀의 등을 후려쳤다. 가죽끈이었다. "배치일까봐 겁먹었잖아요." 그녀가 말했다. 다시 가죽끈이 그녀를 후려쳤다.

"침대로 가라." 아버지가 말했다.

"나는 채찍질할 수 있지만, 저 사람은 못 하겠죠." 그녀가 말했다.

다시 가죽끈이 그녀를 후려쳤다. 묵직하고 단조로우며 부드러운 소리가 거친 마대자루 바로 아래에 있는 그녀의 살갖 위에서 울렸다.

VII

아무도 없는 부엌에서, 검둥이는 문간을 바라보며 스토브 옆 돌려세운 나무토막 위에 잠시 더 앉아 있었다. 그러다 그는 조심스레 벽에 손을 짚으며 자리에서 일어섰다.

"우엇!" 그가 말했다. "드 도멩에도 저런 물이 흐르는 샘이 있었음 좋겠구만. 사람이 몰려서 가축은 짓밟혀 죽을 게 분명하지만." 그는 문을 향해 눈을 끔뻑이며 귀를 기울이다가, 조심스레 벽을 따라 움직이며 이따금씩 걸음을 멈추고 문 쪽을 바라보며 귀를 기울였다. 교활하고 불안하고 경계하는 분위기였다. 그는 구석에 도달해서 헐거운·널판지를 들어올리고는, 벽에 몸을 기댄 채로 조심스레 몸을 숙였다. 그리고 단지를 꺼내다가, 몸의 균형을 잃고 얼굴부터 그대로 나자빠지고 말았다. 얼굴에는 진심으로 놀란 표정이 가득했다. 그는 조심스레 몸을 일으켜서, 무릎 사이에 단지를 낀 채로 바닥에 주저앉은 다음, 단지를 들어 그대로 들이켰다. 한참을 그렇게 마시고 있었다.

"우엇!" 그가 말했다. "드 도맹에서라면 이런 물건은 돼지들한테나 줄 텐데. 하지만 여기 있는 무식한 산골 하층민들은—" 그는 다시 술을 들이켰다. 단지를 높이 들어올린 그의 얼굴에 우려가, 뒤이어 실망이 어렸다. 그는 단지를 내려놓고 일어서려 시도하다가, 단지 위로 엎어졌다가, 간신히 비척대며 일어서서, 수그린 몸을 양옆으로 흔들며 침을 질질 흘리며 분노한 실망의 표정을 얼굴에 띠었다. 그리고 그대로 바닥으로 고꾸라지며 단지를 엎고 말았다.

VIII

그들은 검둥이를 굽어보며 서서 나직한 목소리로 대화를 나누었다. 거품 모양 셔츠를 입은 웨델과 아버지와 소년이었다.

"이놈은 끌어내야겠군." 아버지가 말했다.

그들은 검둥이를 들어올렸다. 웨델은 한쪽 손으로 검둥이의 머리채를 잡아올리고 흔들었다. "주발." 그가 말했다.

검둥이는 힘겹게 한쪽 손을 내저었다. "좀 냅두라구." 그가 중얼거렸다. "꺼지라고 해."

"주발!" 웨델이 말했다.

검둥이는 갑자기 격렬하게 발버둥쳤다. "냅두라고 했는데." 그가 말했다. "추장한테 말할 검다. 사람들한테 말할 검다." 그는 움직임을 멈추고 중얼거렸다. "농장 일꾼 주제에. 농장 검둥이 주제에."

"이놈은 끝어내야겠군." 아버지가 말했다.

"그렇구려." 웨델이 말했다. "이거 미안하게 됐소. 미리 경고했어야 하는데. 하지만 이놈이 다른 술단지를 손에 넣을 수 있을 줄은 생각도 못 했소." 그는 몸을 숙여서 검둥이의 어깨 아래에 하나뿐인 손을 넣었다.

"비키게." 아버지가 말했다. "이건 나하고 휼이 할 테니까." 그와 소년이 검둥이를 들어올렸다. 웨델은 문을 열었다. 그들은 칠흑같이 캄캄한 추위 속으로 나섰다. 아래쪽에 마구간이 보였다. 그들은 검둥이를 경사 아래까지 날랐다. "저 사람들 말을 내 와라, 휼." 아버지가 말했다.

"말?" 웨델이 말했다. "이놈은 지금 못 타오. 말 위에서 버틸 수도 없을 거요."

둘은 서로를 마주 보았다. 추위 속에서, 살이 에이는 침묵 속에서, 상대방의 목소리를 향했다.

"지금 안 가겠다는 건가?" 아버지가 말했다.

"미안하오. 보시다시피 당장 떠날 수는 없겠소. 해가 뜨고 이놈이 제정신을 차릴 때까지 기다려야 하오. 그런 다음에 떠나겠소."

"이놈은 두고 가게. 말 한 필은 남겨두고 다른 말을 타고 떠나. 이놈은 검디일 뿐이잖나."

"미안하오. 4년을 버텼는데 그럴 수는 없소." 그의 목소리는 기묘한, 거의 엉뚱한 느낌이 풍겼지만, 동시에 사라지지 않는 피로

가 진하게 묻어나고 있었다. "여기까지 이놈 때문에 전전긍긍하면서 왔소. 고향에 데려다줘야겠소."

"나는 경고했네." 아버지가 말했다.

"감사할 따름이오. 해가 뜨면 출발하리다. 휼이 이놈을 마구간 다락으로 올리도록 도와주면 감사하겠소."

아버지는 뒤로 물러섰다. "검디 내려놔라, 휼." 그가 말했다.

"여기 두면 얼어 죽을 거요." 웨델이 말했다. "마구간 다락으로 집어넣어야 하오." 그는 검둥이를 일으켜서 벽에 기댄 다음, 검둥이의 축 늘어진 몸을 어깨에 걸멨다. 묵직한 몸이 제법 수월하게 어깨에 올라갔지만, 웨델은 아버지가 다시 입을 열기 전까지 그 이유를 알지 못했다.

"휼. 이리 물러나라고 했다."

"그래. 가거라." 웨델이 나직하게 말했다. "혼자 사다리 위로 올릴 수 있다." 그는 소년의 숨소리를, 빠르고 짧고 아마도 흥분으로 얕게 몰아쉬는 숨소리를 들을 수 있었다. 웨델은 그 이유도, 소년의 목소리에 살짝 섞인 격한 감정도 깊이 생각하지 않았다.

"내가 도울게요."

웨델은 재차 거절하지 않았다. 그는 검둥이의 뺨을 때려 깨운 다음 사다리 가로대에 발을 올리고, 그를 위로 밀어올렸다. 그는 반쯤 올라가서 머물더니 다시 그들을 향해 팔을 내저었다. "모두에게 말할 겁다. 추장한테 말할 겁다. 마님한테 말할 겁다. 농장 일꾼 주제에. 농장 깜둥이 주제에."

IX

그들은 망토와 안장 담요 두 벌을 덮은 채 다락에 나란히 누워 있었다. 짚풀은 없었다. 검둥이는 코를 골면서 거칠고 고약한 입 냄새를 내뿜고 있었다. 아래 마구간에서는 서러브레드가 때때로 발을 굴러댔다. 웨델은 가슴에 팔을 포갠 채, 손으로는 반대쪽 팔의 잘린 부분을 잡고 누워 있었다. 머리 위로는 지붕 틈새로 하늘이 보였다. 구름이 잔뜩 낀 차갑고 검은 하늘이었다. 내일도 그 다음 날도, 그들이 산을 떠날 때까지 계속 비가 내릴 듯이 보였다. "떠날 수 있다면 말이겠지만." 그는 코 고는 검둥이 옆에 꼼짝 않고 누운 채로, 나직하게 말하며 하늘을 올려다보았다. "걱정했었는데. 전부 소진되어 버렸다고 생각했는데. 두려움을 느낀다는 특권을 더는 누릴 수 없다고 생각했는데. 그런데 아니었던 모양이야. 그래서 행복하군. 상당히 행복해." 그는 차가운 어둠 속에서 뻣뻣하게 누워서 고향을 떠올렸다. "콘탈메종. 우리의 삶이란 소리의 총합이며 그로 인해 의미를 지니니. 승리. 패배. 평화. 고향. 소리의 의미를 만들어내려고 그토록 애써야 하는 이유가, 그토록 빌어먹게 애써야 하는 이유가 바로 그런 거지. 특히 승리할 정도로 불운한 쪽이라면 말이야. 정말 빌어먹게 애써야 해. 패배하는 쪽은 괜찮아. 조용히 패배하기만 하면 되니까. 패배하고 무너진 지붕 아래 누워서, 고향을 떠올리면 되니까." 검둥이가 코를 골았다. "정말 빌어먹게 애써야 하지." 입가 위편 어둠 속에서 단어들이 조용히 형체를 갖추는 모습이 보이는 듯했다. "만약 어떤 남자가 멤피스 가요소 호텔 로비에서 갑자기 큰 소리로 웃기 시작한다면 어떤 일이 벌어질까. 하지만 나는 제법 행복하고—" 그

산골의 승리 515

러다 소리가 들렸다. 그는 완벽하게 꼼짝 않고 누워서, 오른팔 밑둥 아래 넣어두어 뜨끈해진 권총 손잡이를 손에 쥔 채로, 사다리를 올라오는 조용한, 거의 들리지도 않는 소리에 귀를 기울였다. 그러나 그는 바닥문이 열리고 구멍이 흐릿하게 보일 때까지 움직이지 않았다. "그 자리에 멈춰." 그는 말했다.

"난데요." 목소리가 들렸다. 소년의 목소리였고, 이번에도 몰아쉬듯 빠르게 숨 쉬고 있었으나 이때마저도 웨델은 그 안에서 흥분을 읽어내고 궁금하게 여기지도 말을 얹지도 않았다. 소년은 바닥에 깔려서 부스럭 소리를 내는 메마른 여물 부스러기 위로 손과 무릎을 짚으며 올라왔다. "쏠 거면 쏘세요." 소년은 말했다. 그리고 손과 무릎을 짚은 채로 숨을 헐떡이며 웨델을 굽어보았다. "차라리 죽었으면 좋겠으니까. 정말 그러고 싶다고요. 우리 둘 다 죽었으면 좋겠어요. 나도 배치 형이랑 같은 걸 원하고 싶은데. 당신네들은 왜 여기 들른 거예요?"

웨델은 움직이지 않았다. "배치는 왜 내가 죽기를 원하는 거지?"

"아직도 당신네들의 고함 소리가 들린대요. 예전에는 나하고 같이 잤었는데, 밤마다 깨어나곤 했어요. 한 번은 내 목을 졸라 죽이려는 걸 아빠가 떼어놓은 적도 있었고요. 진땀을 뻘뻘 흘리면서 잠에서 깨어나더니, 당신네들 고함이 들린다는 거예요. 장전도 안 된 총을 들고서 고함을 지르면서 옥수수밭 허수아비들처럼 달려들었다고 배치가 그랬어요." 그는 이제 소리 죽여 울고 있었다. "빌어먹을! 당신네들 전부 지옥으로나 꺼져!"

"그래." 웨델이 말했다. "나 또한 그런 소리를 듣는다. 하지만 너 자신까지 죽고 싶은 이유는 뭐지?"

"누나가 직접 오려고 했거든요. 그런데 밖으로 나가려면—"

"누구? 너희 누나 말이냐?"

"—밖으로 나가려면 방을 가로질러야 하거든요. 아빠가 깨어 있었어요. 아빠가 '저 문으로 나가면 두 번 다시 못 들어올 줄 알아'라니까, 누나는 '그럴 생각 없어요'라는 거예요. 그리고 배치도 깨어나 있었는지, '놈하고 결혼할 거면 얼른 하는 게 좋을 거다. 동틀 무렵에는 과부가 되어 있을 테니까'랬어요. 그러니까 누나가 나한테 와서 말해준 거예요. 나도 깨어 있었거든요. 나한테 당신한테 가서 알려주라고 했어요."

"뭘 알린다는 거냐?" 웨델이 말했다. 소년은 끈기 있고 온전한 절망을 담아 조용히 울었다.

"그래서 내가 누나한테 그랬어요. 당신이 겁디고 누나가 그런 짓을 할 거라면, 누나한테 그랬다고요. 내가—"

"뭐야? 너희 누나가 뭘 한다는 거냐? 너희 누나가 나한테 무슨 말을 하고 싶었길래?"

"누나하고 내가 자는 다락방에는 창문이 하나 있어요. 내가 밤에 사냥하고 돌아갈 때 쓰려고 사다리를 만들어 붙여놨는데, 당신도 그걸로 들어갈 수 있을 거예요. 하지만 나는 누나한테, 당신이 겁디고 누나가 그런 짓을 한다면 내가 직접—"

"잠깐 기다려라." 웨델이 날카롭게 말했다. "정신 좀 차려. 분명 기억하고 있을 텐데? 나는 너희 누나를 단 한 번밖에 못 봤다. 방에 들어왔다가 너희 아버지가 내보냈던 그때 말이야."

"하지만 그때 봤잖아요. 누나도 당신을 봤고요."

산골의 승리

"아니." 웨델이 말했다.

소년은 울음을 멈추었다. 그리고 조용히 웨델을 내려다보며 가만히 있었다. "뭐가 아니에요?"

"그런 짓은 안 할 거다. 네 사다리를 올라갈 일은 없을 거다."

소년은 한동안 그를 굽어보며 생각에 잠긴 듯 움직이지 않았다. 이제 호흡도 느리고 조용해졌다. 그는 이제 생각에 잠긴, 거의 꿈꾸는 듯한 어조로 말했다. "당신을 간단히 죽일 수 있었어요. 당신은 외팔이니까. 당신이 나이가 더 많다고 해도……" 갑자기 소년은 믿을 수 없을 정도로 빠르게 몸을 움직였다. 웨델은 소년의 거칠고 커다란 손이 자신의 목을 감싼 후에야 그 사실을 깨달았다. 웨델은 움직이지 않았다. "당신 정도는 손쉽게 죽일 수 있어. 신경 쓸 사람도 아무도 없을 테고."

"쉬이이이잇." 웨델이 말했다. "큰 소리 내지 말아라."

"아무도 신경 안 써." 소년은 억세지만 어색하게 웨델의 목을 짓눌렀다. 웨델은 목이 졸리는 느낌을, 그리고 소년의 팔뚝에서 시작된 떨림이 손까지 도달하기 전에 어디론가 사라지는, 마치 두뇌와 손의 연결이 불완전한 듯한 느낌을 받았다. "아무도 신경 안 써. 배치는 화가 잔뜩 나겠지만."

"나한테는 권총이 있다." 웨델이 말했다.

"그럼 그걸로 날 쏘라고. 얼른."

"아니."

"뭐가 아니야?"

"이미 말했잖니."

"정말로 안 할 거라고 맹세하는 거야? 맹세할 수 있어?"

"내 말 좀 들어 봐라." 웨델이 말했다. 그는 이제 인내심을 품고 다독이듯, 마치 어린아이한테 단음절 단어를 하나씩 불러주듯 말하기 시작했다. "나는 고향으로 돌아가고 싶을 뿐이다. 그게 전부야. 4년 동안이나 고향에서 떨어져 지냈어. 내가 원하는 건 집에 가는 일뿐이다. 이해가 안 되나? 4년이 지난 지금 내가 남겨두고 온 곳이 어떻게 되었는지 보고 싶은 거다."

"거기서는 뭘 하는데요?" 웨델의 목을 잡은 소년의 단단한 손에서는 조금 힘이 빠졌으나, 팔은 여전히 뻣뻣했다. "하루 종일 사냥을 하고, 원한다면 밤에도 하고, 타고 다닐 말도 있고, 검디들이 시중을 들면서 부츠도 닦아주고 안장도 올려주고, 당신은 널찍한 방에서 식사를 하다가 다시 사냥을 나가는 건가요?"

"그럴 수 있었으면 좋겠다. 너도 알겠지만 나는 4년 동안 집에 가지 못했어. 그러니 어떻게 될지는 알 수가 없지."

"나도 데려가 줘요."

"애야, 나도 거기 뭐가 있는지 모른다. 아무것도 안 남았을 수도 있어. 타고 다닐 말도 사냥감도 없을 수도 있다. 양키가 다녀갔고 그 직후에 어머니가 돌아가셨다. 직접 가서 내 눈으로 확인하기 전까지는 뭐가 남았는지 알아낼 방법이 없어."

"난 일할 수 있어요. 우리 둘 다 일하면 되잖아요. 메이어스필드에서 결혼하면 돼요. 별로 멀지 않아요."

"결혼? 아. 너희⋯⋯ 알겠다. 내가 이미 결혼하지 않았다는 건 어떻게 아는 거냐?" 그러자 소년의 손이 그의 목을 단단히 잡고 흔들기 시작했다. "그만해라!" 그가 말했다.

"당신한테 아내가 있다고 말하면, 당신을 죽일 거예요." 소년

산골의 승리 519

이 말했다.

"아니." 웨델이 말했다. "결혼은 안 했다."

"그런데도 그 사다리를 올라가지 않겠다고요?"

"그래. 그 여자는 한 번밖에 보지 못한 사람이다. 다시 보게 될지도 알 수 없고."

"누나 말은 다르던데요. 당신 말 안 믿어요. 거짓말하는 거죠."

"아니." 웨델이 말했다.

"겁이 나서 그러는 거예요?"

"그래, 그럴지도."

"배치 형이요?"

"배치가 아니다. 그냥 두려운 거다. 내 행운이 끝났다는 생각이 든다. 애초에 너무 오래 계속되어 오긴 했지. 지금의 나는 두려워하는 법을 잊었을까봐 두렵다. 그러니 그런 위험을 감수할 수는 없어. 내가 현실과의 연결점을 잃었다고 깨닫게 될까봐 두려운 거다. 여기 주발처럼 말이야. 이놈은 내가 여전히 자신에게 소속되어 있다고 믿는다. 내가 자기한테서 해방되었다고는 앞으로도 믿지 않을 거다. 심지어 내가 그런 말을 꺼내는 것조차 용납하지 않겠지. 알겠지만, 그놈은 현실 따위는 개의치 않으니 말이다."

"우리가 일하면 돼요. 우리 누나가 언제나 신발을 신고 다니는 미시시피 여자처럼 보이지 않기는 하죠. 하지만 우리도 배울 수 있어요. 당신네 가족 앞에서 당신을 부끄럽게 하지 않을게요."

"아니." 웨델이 말했다. "그럴 수 없다."

"그럼 여길 떠나요. 지금 당장."

"어떻게 그럴 수 있겠니? 저놈은 지금 말을 탈 수 없어. 말 위에 올라앉아 있을 수조차 없다." 소년은 바로 대꾸하지 않았다. 다음 순간, 웨델은 완벽한 정지 상태의 긴장감을 거의 느낀 것만 같았다. 자신은 아무 소리도 듣지 못했는데 말이다. 쭈그려 있는 소년이 숨을 멈추고 사다리 쪽을 돌아보고 있었다. "어느 쪽이냐?" 웨델이 속삭였다.

"아빠예요."

"내가 내려가 보마. 넌 여기 있어라. 내 권총은 대신 맡아 다오."

X

밤하늘은 높고 싸늘하고 차가웠다. 계곡은 광대한 어둠 속에 도사리고 있었고, 반대편의 검고 차가운 산맥은 검은 밤하늘에 파묻혀 보이지 않았다. 잃어버린 팔 밑둥을 가슴팍에 붙인 채로, 그는 천천히 계속해서 몸을 떨었다.

"떠나게." 아버지가 말했다.

"전쟁은 끝났잖소." 웨델이 말했다. "배치의 승리가 나를 거북하게 만드는 것도 아니고."

"말들과 검디를 챙겨서 그대로 떠나게."

"당신 딸 때문에 그러는 거라면, 애초에 한 번 본 사이고 앞으로도 다시는 안 볼 예정이오."

"말에 오르게." 아버지가 말했다. "자네 물건을 챙겨서 말에 오르게."

"그럴 수 없소." 둘은 어둠 속에서 서로를 마주했다. "4년을 보낸 덕분에 도주 면제권이 생겼거든."

"동틀 때까지 시간을 주겠네."

"버지니아에서 4년을 보내는 동안에는 그보다 더 시간이 촉박했소. 그런데 여긴 기껏해야 테네시 아니오." 그러나 상대방은 이미 몸을 돌렸다. 그리고 검은 경사면 쪽으로 녹아들었다. 웨델은 마구간으로 들어가서 사다리를 올랐다. 소년은 코 고는 검둥이 위에 올라타고 꼼짝도 않고 있었다.

"이놈은 여기 두고 가요." 소년이 말했다. "기껏해야 검디일 뿐이잖아요. 이놈은 놔두고 떠나라고요."

"아니." 웨델이 말했다.

소년은 코 고는 검둥이 위에 쭈그려 앉았다. 웨델을 돌아보지는 않았지만, 조용하고 소리 없는 두 사람의 사이에는 잠목림이, 날카롭고 건조한 총성이, 갑자기 앞발을 들어올리는 말의 천둥 같은 발소리가, 피어오르는 연기가 가로놓여 있었다. "계곡으로 내려가는 지름길을 알려줄 수 있어요. 두 시간이면 산골을 벗어날 수 있을 거예요. 동틀 무렵이면 10마일은 떨어진 후일 거고요."

"그럴 수는 없다. 이놈도 고향에 가고 싶어 해. 이놈도 고향에 데려다줘야 한다." 그는 몸을 수그렸다. 그리고 하나 남은 손으로 힘겹게 망토를 펼쳐 검둥이를 덮어 주었다. 소년이 기어서 물러나는 소리가 들렸지만, 그는 시선을 돌리지 않았다. 잠시 후 그는 검둥이를 흔들었다. "주발." 검둥이가 신음을 흘렸다. 그는 힘겹게 몸을 뒤척이더니 다시 잠에 빠졌다. 웨델은 소년이 했던 것처럼 그 위에 쭈그려 앉았다. "영영 잃어버렸다고 생각했었는데 말이다." 그가 말했다. "―평화와 고요함을. 다시 두려움에 사로잡힐 능력을."

XI

두 필의 말이 쓰러져가는 대문을 지나 진흙탕길로 들어섰고, 오두막은 새벽의 두터운 추위 속에서 앙상하고 황량해 보였다. 검둥이는 서러브레드에 올랐고, 웨델은 연갈색 말에 타고 있었다. 검둥이는 온몸을 떠는 중이었다. 무릎을 위로 올려 말잔등에 쪼그려 앉은 데다, 방수포 후드에 가려서 얼굴은 거의 보이지도 않았다.

"놈들이 그 물건으로 우리를 독살하려 꾸민 거라고 제가 계속 말했잖습까." 그가 말했다. "분명 말했잖습까. 힐빌리 레드넥 놈들 같으니. 그런데 주인님은 놈들이 저한테 독을 먹이게 놔둔 정도가 아니라, 그 독을 손수 가져다주기까지 하셨잖습까. 오 주여, 오 주여! 집에 도착한 다음에 두고 보잔 말입다."

웨델은 생명의 흔적이라고는 아무것도 보이지 않는, 심지어는 연기조차 없는 낡고 황량한 오두막을 돌아보았다. "그 여자한테도 젊은이가 있겠지, 아마. 남자친구 말이야." 그는 생각에 잠겨 재밌다는 듯 소리 내 말했다. "그리고 그 아이가. 흉이랬지. 길이 사라지는 곳에서 산월계수 덤불을 찾은 다음, 왼쪽 샛길로 들어가라고 했어. 덤불을 지나가면 안 된다고도 했지."

"누가 뭐랬다고요?" 검둥이가 말했다. "저는 아무 데도 안 갈 검다. 저 다락으로 돌아가서 누워 자빠질 검다."

"알았네." 웨델이 말했다. "말에서 내리게."

"내리라고요?"

"말 두 필이 전부 필요하네. 자네는 푹 자고 나서 걸어서 따라오게나."

"주인님 어머님께 이를 검다." 검둥이가 말했다. "모두에게 말할 검다. 4년이나 지났는데도 눈앞의 양키를 못 알아볼 만큼 눈치가 없다고 말할 검다. 양키하고 하룻밤을 지내면서 마님의 깜둥이한테 독을 먹이게 하다니요. 전부 말할 검다."

"자네 저기서 머물 생각인 줄 알았는데." 웨델이 말했다. 그 또한 몸을 떨고 있었다. "하지만 추운 건 아니야." 그는 말했다. "추운 건 아니야."

"여기 머무른단 말임까? 제가 말임까? 그럼 주인님은 저 없이 어떻게 집을 찾아가려고 그러심까? 주인님 없이 집에 돌아갔다가, 마님이 주인님 어디 있냐고 물으시면 어쩌라고 그러심까?"

"따라오게." 웨델이 말했다. 그는 연갈색 말의 고삐를 당겨 움직이기 시작했다. 그는 조용히 집을 돌아보고는 말을 몰았다. 그의 뒤에서는 서러브레드를 탄 검둥이가 비탄으로 가득한 노랫가락을 중얼거리고 주절거렸다. 어제 그들이 힘겹게 올라왔던 기나긴 산길은 이제 내리막이 되었다. 진흙탕에 돌이 섞인 산길이 녹아내리는 하늘 아래 황량한 바위투성이 대지를 흉터처럼 가로지르며, 침엽수와 산월계수 덤불이 시작되는 지점에서 급하게 아래로 꺾어지고 있었다. 잠시 후 오두막이 시야에서 사라졌다.

"이렇게 도망치는 셈이로군." 웨델이 말했다. "집에 도착하면 별로 자랑스럽게 생각하게 되지는 않겠어. 아니, 그렇게 생각해야겠지. 내가 여전히 살아 있다는 뜻이니까. 살아 있는 데다 아직 공포와 욕망을 알고 있다는 뜻일 테니까. 삶이란 과거에 대한 추인이자 미래에 대한 약속이니까. 그러니 내가 여전히 살아 있다는 뜻이니까 — 아." 산월계수 덤불이었다. 300야드쯤 앞에, 대부분 안개뿐인 공기 속에서 음침한 비밀을 품고 움직임 없이 솟아나온 것처럼 보였다. 그는 바로 고삐를 당겼고, 얼굴을 감춘 채 웅크리고 신음하던 검둥이는 알아차리지 못하고 앞서 나갔으나 서러브레드가 알아서 스스로 걸음을 멈추었다. "하지만 샛길은 안 보이는데—" 웨델이 말했다. 다음 순간 덤불 사이에서 인영人影이 하나 튀어나와 그들 쪽으로 달려왔다. 웨델은 고삐를 사타구니 아래로 찔러넣고 망토 안으로 손을 넣었다. 그러다 그는 상대방이 소년이라는 사실을 알아차렸다. 소년은 그들 쪽으로 뛰어왔다. 희게 질린 얼굴에 심각한 눈매였다.

"바로 이쪽이에요." 그가 말했다.

"고맙구나." 웨델이 말했다. "여기까지 직접 와서 길을 보여주다니 정말 친절하구나. 우리끼리도 찾아낼 수 있었을 것 같지만 말이다."

"그래요." 소년은 마치 못 들은 것처럼 말했다. 그는 이미 연갈색 말의 고삐를 잡고 있었다. "덤불 안으로 들어가면 돼요. 샛길로 들어서기 전까지는 길이 안 보이거든요."

"어디로 들어갑까?" 검둥이가 말했다. "모두에게 말할 겁다. 4년이나 지났는데도 주인님은 아직도 눈치가……"

"조용." 웨델이 말했다. 그는 소년을 향해 말했다. "신세를 졌구

나. 감사의 말보다 더 나은 것을 줄 수 없어서 미안하다. 이제 너는 집으로 돌아가거라. 샛길은 우리끼리 찾으마. 이젠 괜찮을 거다."

"저쪽도 샛길을 알아요." 소년이 말했다. 그리고 연갈색 말의 고삐를 잡아당겼다. "가자고요."

"기다려라." 웨델이 연갈색 말을 세우며 말했다. 소년은 여전히 앞쪽의 관목 덤불을 바라보며 고삐를 끌고 있었다. "그러니까 우리한테도 기회는 한 번이고, 저쪽에도 기회는 한 번이라는 거로구나?"

"빌어먹을 지옥으로나 꺼지라고. 가자고요!" 소년은 약하게 분통을 터트리며 말했다. "전부 질렸다고요. 이젠 전부 질렸어."

"흠." 웨델이 말했다. 그는 수척하고 지치고 쇠약해진 얼굴로, 흥미와 냉소를 품은 얼굴로 주변을 둘러보았다. "하지만 난 움직여야 한다. 나는 여기 머물 수 없어. 집이 있고 들어가 쉴 지붕이 있더라도 말이다. 그러니 나는 셋 중 하나를 선택해야만 하는 셈이지. 이렇게 추가 선택지가 주어진 남자는 잘못된 선택을 하기 마련이다. 인생이란 두 가지 잘못된 선택지 중 하나를 고르는 것이라는 사실을 깨닫자마자, 셋 중 하나를 골라야 하는 상황이 되니까. 너는 집으로 돌아가라."

소년은 몸을 돌려 그를 바라봤다. "우리가 일할게요. 지금은 집으로 돌아갈 수 있어요. 아빠하고 배치는…… 그러니까 말을 타고 산을 내려가는 거예요. 한 마리에 둘씩 올라타고서요. 계곡으로 둘러가서 메이어스필드에서 결혼하는 거예요. 당신을 부끄럽게 하지 않을게요."

"하지만 너희 누나한테도 젊은 남자가 있겠지? 주일마다 교회에서 기다리다가 함께 집으로 돌아가서 주일 점심을 함께 먹고, 그녀 때문에 다른 젊은이들과 싸우는 사람이 말이다?"

"그래서 우린 안 데려갈 건가요?"

"그래. 너는 집으로 돌아가라."

소년은 고삐를 쥐고 고개를 숙인 채 한동안 서 있었다. 그러다 그는 몸을 돌리고 나직하게 말했다. "그럼 따라와요. 서둘러야 할 테니까."

"기다려라." 웨델이 말했다. "넌 어쩌려는 게냐?"

"당신들이랑 같이 내려갈 거예요. 따라와요." 그는 연갈색 말을 끌고 길가로 나섰다.

"잠깐." 웨델이 말했다. "너는 집으로 돌아가라니까. 전쟁은 끝났다. 배치도 그걸 알고 있어."

소년은 대답하지 않았다. 그대로 연갈색 말을 끌고 덤불로 들어갈 뿐이었다. 서러브레드는 뒤에서 머뭇거렸다. "워! 시저 네녀석!" 검둥이가 말했다. "기다리십다, 소셰이 주인님. 저는 저쪽으로는 도저히 못 내려가겠……"

소년은 걸음을 멈추지 않고 어깨 너머를 돌아봤다. "당신은 거기 있어요. 그 자리에 그대로 있으라고요."

샛길이 덤불 사이를 이리저리 휘감고 돌아가며 흐릿한 흉터처럼 뻗어 있었다. "이제 확인했다." 웨델이 말했다. "넌 이만 돌아가라."

"당신들이랑 같이 갈 거예요." 소년이 말했다. 너무 나지막한 목소리라, 웨델은 소년이 경계하느라 긴장한 채로 숨을 멈추고 있었다는 사실을 깨달았다. 소년은 다시 숨을 내쉬었고, 연갈색 말은 그 뒤에서 가파른 내리막길을 따라 위태롭게 움직였다. '터무니없군.' 그는 생각했다. '이 아이 덕분에 앞으로 5분쯤 상상 속 인디언 놀음을 하게 생겼어. 내가 두려워하는 능력을 다시 찾기를 원하기는 했지만, 이 정도로 지나치게 잘해 버리면 곤란한데.' 샛길이 넓어졌다. 서러브레드가 옆으로 다가왔고, 소년이 그들 사이에서 걸었다. 소년은 다시 검둥이를 바라보았다.

"당신은 뒤에 있으라고 했잖아요." 소년이 말했다.

"왜 뒤에 있으란 거냐?" 웨델이 말했다. 그는 소년의 창백하고 긴장한 얼굴을 바라보며 빠르게 머리를 굴렸다. "실제로 상상 속 인디언이 존재하는지 아닌지조차 알 수가 없군." 그는 소리 내 말했다. "왜 저놈을 뒤따라오게 만드는 거지?"

소년은 웨델을 바라봤다. 그는 걸음을 멈추며 연갈색 말의 고삐를 당겼다. "우리 일할게요." 그가 말했다. "당신을 부끄럽게 만들지 않을 거예요."

이제 웨델의 얼굴도 소년만큼이나 진지했다. 둘은 서로를 마주 보았다. "우리가 잘못 선택했다고 생각하는 게냐? 하나를 고를 수밖에 없었다. 셋 중 하나를 고를 수밖에 없었어."

이번에도 소년은 그의 말을 못 들은 것처럼 말을 이었다. "정말로 나를 데려가지 않을 거예요? 맹세할 수 있어요?"

"그래, 맹세할 수 있다." 그는 소년을 바라보며 나직하게 말했다. 이제 그들은 두 남자, 또는 두 어린아이처럼 말하고 있었다. "우리가 어찌해야 한다고 생각하지?"

"돌아가야죠. 지금쯤은 없을 거예요. 우리는……" 소년은 고삐를 당겼다. 이번에도 서러브레드는 나란히 서더니 그대로 앞서 나갔다.

"그러니까, 이 근방일 거라고 생각하는 거냐?" 웨델이 말했다. 그는 갑자기 연갈색 말에 박차를 가하며, 매달리는 소년을 끌고 앞으로 나아가기 시작했다. "이거 놔라." 그가 말했다. 소년은 고삐를 붙든 채로, 두 말이 다시 나란히 설 때까지 그대로 앞으로 휩쓸려갔다. 검둥이는 서러브레드 위에 그대로 무릎을 올리고 쭈그려 앉은 채 여전히 나불거리고 있었다. 오래 신고 걸어서 낡아버린 신발처럼 떠오르는 말을 계속 뱉어내느라 헐겁고 닳아버린 입으로.

"내가 그렇게 말하고 또 말했는데." 검둥이가 말했다.

"이거 놔라!" 웨델은 연갈색 말에 박차를 가해서 어깨로 소년을 들이받으며 말했다. "이거 놓으라고!"

"안 돌아갈 거예요?" 소년이 말했다. "정말로 안 돌아갈 거예요?"

"이거 놓으라니까!" 웨델이 말했다. 콧수염 아래로 그의 치아가 슬쩍 드러났다. 그는 박차를 가해서 연갈색 말을 풀쩍 뛰어오르게 만들었다. 소년은 고삐를 놓고 서러브레드의 목 아래로 숨었다. 뛰어오르는 연갈색 말 위에서 뒤를 돌아본 웨델은, 소년이 서러브레드의 등 위로 풀쩍 뛰어오르더니 검둥이를 뒤로 밀어서 시야에서 사라지게 만드는 모습을 목격했다.

"저쪽에서는 당신이 좋은 말을 타고 있다고 생각할 거예요." 소년이 가늘고 헐떡이는 목소리로 말했다. "당신이 좋은 말을 탈 거라고 말해 놨으니까…… 산을 내려가자고요!" 쏜살같이 달려

산골의 승리 529

가는 서러브레드의 말등에서, 소년은 울부짖었다. "이 말이면 할 수 있어요! 샛길에서 벗어나요! 샛길에서 벗어나……" 웨델은 연갈색 말에 박차를 가했다. 두 말은 거의 나란히 굽이길에 도착했다. 샛길이 두 번 꺾어지며 산월계수와 산철쭉 덤불 속으로 사라지는 곳이었다. 소년은 어깨 너머를 돌아보며 말했다. "뒤로 붙어요!" 그가 소리쳤다. "샛길에서 벗어나요!" 웨델은 박차를 가했다. 짜증과 분노로 슬쩍 찌푸린 그의 얼굴은 거의 미소 짓는 것처럼 보였다.

땅으로 떨어져 부딪치는 그의 죽은 얼굴에도 여전히 그 표정이 떠올라 있었다. 발은 여전히 등자에 걸린 채였다. 연갈색 말은 총소리에 풀쩍 뛰어올랐다가 그대로 웨델을 매단 채로 샛길 옆으로 가서 멈추고 한 바퀴 돌더니, 콧김을 한 번 뿜고 그대로 풀을 뜯기 시작했다. 반면 서러브레드는 굽이길을 지나 그대로 달려갔다가 빙 돌아서 돌아왔다. 배 아래에 담요가 꼬인 채로 눈을 희번득거리면서, 그대로 샛길 위에 널브러진 소년의 시체를 짓밟고 지나갔다. 얼굴은 돌에 찍혀 옆으로 돌아가고, 팔은 뒤로 꺾이고 손바닥은 벌린 모습이 마치 물웅덩이를 넘으려고 치맛자락을 들어올린 여자처럼 보였다. 그러다 말은 몸을 돌려 웨델의 시체 곁에 서서 가볍게 울면서 고개를 위아래로 내젓고는, 산월계수 덤불과 그 안에서 피어나다 사라지는 흑색화약 연기를 바라보고 있었다.

덤불에서 두 남자가 걸어나왔을 때 검둥이는 손과 무릎을 땅바닥에 대고 기어가는 중이었다. 남자 하나는 달리고 있었다. 검둥이는 그가 같은 말을 울부짖으며 달려가는 모습을 지켜봤다. "이 빌어먹을 바보가! 이 빌어먹을 바보가! 이 빌어먹을 바보가!" 그는 갑자기 멈추더니 총을 떨어트렸다. 쭈그려 앉은 검둥이는 그가 총을 떨어트린 자리에 돌처럼 굳은 채 서서, 마치 꿈속에 있는 것처럼 충격과 경악이 가득한 표정으로 소년의 시체를 내려다보는 모습을 지켜봤다. 그러다 검둥이는 다른 남자를 알아차렸다. 두 번째 남자는 걸음을 멈춘 그대로 소총을 들어올려 재장전하는 중이었다. 검둥이는 움직이지 않았다. 손과 무릎을 땅에 댄 채로, 핏발이 선 흰자위 속에서 눈동자를 정신없이 이리저리 움직이며 두 백인을 지켜볼 뿐이었다. 그러다 그는 그대로 몸을 돌려 연갈색 말 옆에 누워 있는 웨델 곁으로 기어갔다. 그리고 웨델을 자기 몸으로 덮고는 다시 고개를 들어 소총을 장전하며 천천히 샛길을 따라 멀어지는 두 번째 남자를 지켜봤다. 남자가 멈추는 모습도 지켜봤다. 그는 눈을 감지도 시선을 돌리지도 않았다. 소총이 길어지다가 천천히 올라가며 다시 짧아지기 시작하다 마침내 배치의 하얀 얼굴을 배경으로 책 위의 마침표처럼 둥그런 점이 되는 모습을 지켜보고 있었다. 쭈그려 앉은 검둥이의 붉은 눈알은 마치 구석에 몰린 짐승처럼 계속해서 정신없이 사방으로 돌아갔다.

VI. 저 너머 BEYOND

저 너머

검은 음악

다리

미스트랄

나폴리에서의 이혼

카르카손

Ⅵ. 참고문헌

저 너머
Beyond

청진기의 딱딱하고 둥그런 청진판이 맨 가슴팍에 와 닿으니 차갑고 불쾌한 기분이 들었다. 크고 널찍한 방은 투박한 호두나무 가구로 장식되어 있었다 — 그가 처음으로 잠들었으며, 이후 신혼 침대가 되었고, 아들이 수태되고 태어나고 관에 들어가기 전에 정장 차림으로 누워 있던 침대도 그중 하나였다. 65년의 세월 동안 친숙해졌으며, 적당히 평범하고 쓸쓸하며 너무도 명확하게 그의 것이라서 냄새마저 그의 체취와 동일한 이곳이, 지금 이 순간에는 사람들로 북적이는 것처럼 보였다. 고작해야 세 명뿐이며 모두가 아는 이들이었지만 말이다. 그중 루시어스 피바디는 시내에서 의술을 수행하고 있어야 마땅했고, 두 검둥이 중 하나는 부엌에 있어야 마땅했으며 다른 하나는 용돈벌이를 한답시고 잔디깎이를 들고 정원에 나가 있다가 토요일 밤에 돈을 받으러 와야 마땅했다.

그러나 가장 고약한 것은 딱딱하고 차갑고 작은 청진판이었다.

회색 솜털이 촘촘이 돋은 가슴팍을 드러내야 한다는 터무니없는 사실보다도 고약했다. 사실 이 모든 상황을 완화시켜 주는 요건은 단 하나밖에 없었다. '적어도.' 그는 조바심과 조소를 섞어 이렇게 생각했다. '일반적으로 결혼이나 이혼에 수반되는 내 몫의 여성 지인들이 소란을 피우는 일만은 피할 수 있겠군. 저 빌어먹을 장난감 수화기만 치우고 내 깜둥이들을 일터로 돌려보낼 수만 있다면—'

그가 이 생각을 끝내기도 전에, 피바디가 실제로 청진기를 치웠다. 그리고 그가 베개에 도로 몸을 기대며 짜증 섞인 안도의 한숨을 쉬고 있을 때, 검둥이 중 하나, 그러니까 여자 쪽이, 갑자기 곡소리로 복마전을 만들어버리는 바람에 그는 손으로 귀를 막으며 벌떡 일어나 앉았다. 검둥이 여인은 침대 발치에 서서, 길쭉하고 나긋한 검은 손으로 침대 발판을 부여잡고, 눈을 뒤로 까뒤집어 흰자위를 드러내고 입을 크게 벌리더니, 바로 그 입에서 느릿한 소프라노 소리를 뱉어내기 시작했다. 고음역대 오르간처럼 그윽하고 증기선 경적처럼 파괴적인 소리가 밀려나왔다.

"클로리!" 그가 소리쳤다. "당장 멈춰!" 그녀는 멈추지 않았다. 아무래도 보지도 듣지도 못하는 모양이었다. "거기, 제이크!" 그는 그 여자 옆에 서 있는 검둥이 남자에게 소리쳤다. 그 또한 침대 발판을 붙든 채로, 어둡고 깊이 난해한 표정으로 침대를 굽어보고 있었다. "저 여자 여기서 끝어내! 지금 당장!" 그러나 제이크 또한 움직이지 않았고, 그는 분통을 터트리며 피바디를 돌아보았다. "거기! 루시! 저 빌어먹을 깜둥이들 여기서 끝어내게!" 그러나 피바디도 그의 말을 귀담아듣지 않는 듯했다. 판사는 그가 청진기를 착착 접어 케이스에 집어넣는 모습을 지켜봤다. 그리고 여자의 찢어지는 소음이 방 안에 울려퍼지는 동안 그를 잠시 더 노려봤다. 결국 그는 이불을 내던지고 침대에서 일어나서, 잔뜩 성난 상태로 방을 떠나서 집을 나섰다.

그는 즉시 자신이 여전히 잠옷차림이라는 사실을 깨닫고, 외투 단추를 전부 채웠다. 부드러운 털로 덮인 검은색 공단으로 유행에는 맞지 않지만 품위 있는 물건에다, 흑담비털 옷깃까지 달려 있었다. '적어도 이걸 나한테서 숨길 시간은 없었던 모양이지.' 그는 짜증 섞인 분노 속에서 생각했다. '이제 필요한 건 그냥……' 그는 자기 발을 내려다보았다. '아, 그래도 신발은 신고 나왔군……' 그는 신발에 시선을 두며 말했다. "이것도 행운이 따른 셈이지." 이내 순간적인 놀람이 사그라들었고 분노가 그 공간으로 번져나가기 시작했다. 그는 자기 모자를 만져본 다음, 옷깃으로 손을 가져갔다. 치자꽃이 꽂혀 있었다. 종종 어쩔 수 없이 제이크에게 욕설을 내뱉기는 했지만, 그 검둥이는 철에 맞는 꽃을 가져오는 일을 잊은 적이 없었다. 언제나 최근에 꺾은 생생하고 흠집 없는 꽃이 아침 커피 쟁반에 한 송이씩 올라가 있었다. 꽃과 그리고…… 그는 흑단 지팡이를 겨드랑이에 끼고 서류 가방을 열었다. 책 옆으로 두 장의 깨끗한 손수건이 보였다. 그는 한 장을 가슴 주머니에 꽂고는 그대로 걸음을 옮겼다. 이내 클로리의 곡소리도 천천히 멀어지며 사그라들었다.

이후로도 한동안 명백하게 불쾌한 기분이 계속됐다. 그는 군중을 혐오했다. 아무 목적도 없이 몰려다니는 끈질긴 어리석음도. 자신의 육신에 살아 움직이는 다른 육신이 부딪칠 때의 충격도.

그러나 머지않아 그는 군중에서 해방되었고, 여전히 조금 불편하고 짜증 나는 기분으로, 그는 분노와 혐오가 사그라드는 것을 느끼며 입구를 통과해 조용히 모여드는 인파를 돌아보았다. 혐오가 사그라들다 온전히 사라진 그의 얼굴에는 고요하고 드높은 지성이 남았고, 그 위로 놀라움과 곤혹함의 느낌이, 갑작스러운 사색이 살짝 섞인 채로 흐릿하게 덮여 있었다. 아직은 어리둥절함도 경계심도 엿보이지 않았다. 그 모두는 나중에야 찾아올 일이었다. 따라서 그의 목소리도 그저 가볍고 조금 놀랐고 절제된 듯 느껴질 뿐이었다. "인파가 상당히 몰렸구먼."

"그렇군요." 누군가 말했다. 판사는 그쪽을 돌아보고 전통적인 아침 정장을 걸친 젊은이를 발견했다. 그는 미묘하게 결혼식의 느낌을 풍기며, 긴장하고 참을성 있는 분위기로 입구 쪽을 지켜보고 있었다.

"누군가 기다리는 사람이 있나?" 판사가 말했다.

그러자 상대방은 그를 돌아봤다. "그렇습니다. 선생님, 혹시 보이지는— 아니, 어차피 그녀를 모르시겠죠."

"누굴 모른다는 겐가?"

"제 아내입니다. 그러니까, 사실 아직은 제 아내가 아니지만요. 하지만 정오에 결혼할 예정이었습니다."

"뭔가 일이 생긴 모양이지?"

"어쩔 수 없는 일이었습니다." 젊은이는 긴장하고 초조한 얼굴로 그를 돌아봤다. "늦었거든요. 그래서 과속하고 있었습니다. 아이 하나가 도로로 달려들어왔습니다. 멈추기에는 속도가 너무 빨랐지요. 그래서 방향을 틀어야 했습니다."

"그래도 아이는 피했겠지?"

"네." 상대방은 그를 바라봤다. "혹시 그녀 모르십니까?"

"그래서 자네가 기다리는 이유는……" 판사는 멍하니 상대방을 바라봤다. 그는 눈을 가늘게 뜨고, 뚫어질 것처럼 날카로운 눈길로 바라봤다. 그리고 그는 갑자기 날카롭게 말했다. "터무니없는 소리."

"네? 뭐라고 하셨죠?" 상대방은 모호하고 긴장하고 거의 애원하는 듯한 분위기로 물었다. 판사는 고개를 돌렸다. 얼굴을 찌푸리고 집중하던 모습과, 반사적으로 분노한 경악의 분위기는 이미 사라져 있었다. 자의적인 행동으로 순식간에 얼굴에서 씻어낸 것처럼. 전문 검술가가 아닌 사람이 있음 직하지 않은 위기에 대비하려고 칼을 들고 연습을 조금 했다가, 갑작스레 칼을 든 채로 그런 사건을 마주하게 된 듯한 느낌이었다. 그는 경계하는 얼굴로 생각을 곱씹으며 주변을 둘러봤다. 철저하게 집중하며, 움직이지도 소리 내지도 않고 입구로 들어오는 얼굴을 하나씩 살피는 것처럼 보였다. 그는 조용히 그렇게 살펴보다가 젊은이 쪽으로 시선을 돌렸다. 젊은이는 여전히 그를 지켜보고 있었다.

"선생님도 아내분을 찾고 계신 듯한데요." 그가 말했다. "부디 찾으시기를 바랍니다. 제발 찾으시기를." 그의 목소리에는 일종의 조용한 절망이 깃들어 있었다. "아내분도 아마 선생님만큼 연세가 있으시겠죠. 결혼하여 함께 늙어간 상대방을 지켜보며 기다리는 일은 정말로 힘들 것 같습니다. 선생님한테는 아가씨나 다름없는 여자를 지켜보며 기다리는 저조차도 이토록 끔찍한 기분이 드니까요. 물론 제게는 제 경우가 가장 견디기 힘들게 느껴지지만 말입니다. 하루만 더 있다 일어났다면, 하는 생각이 드는 겁니다. 하지만 그랬더라면 그 아이를 위해 핸들을 틀지 못했을지도 모르지요. 아마 제 경우라서 그렇게 끔찍하게 느껴지는 모양입니다. 제 생각만큼 고약할 리는 없겠지요. 그럴 리가 없어요. 선생님은 아내분을 찾으시길 빕니다."

판사의 입술이 열렸다. "나는 누군가로부터 도망치려고 여기 온 거네. 누굴 찾기 위해서가 아니라." 그는 상대방을 바라봤다. 그의 얼굴에는 한때 미소였던 쓴웃음이 그대로 남아 있었다. 그러나 그의 눈은 웃고 있지 않았다. "내가 찾는 사람이 있다면 말일세, 아마 그 대상은 내 아들일 걸세."

"아. 아드님이요. 알겠습니다."

"그래. 아마 자네 나이였을 게야. 죽었을 때 열 살이었거든."

"여기서 아드님을 찾으신다고요."

이제 판사는 대놓고 웃음을 터트렸지만, 눈은 여전히 웃고 있지 않았다. 상대방은 이제 살짝 호기심을 곁들인 진지하고 초조한 눈빛으로 판사를 바라보고 있었다. "그러니까 안 믿으신다는 겁니까?" 판사는 소리 내 웃음을 터트렸다. 그리고 계속 웃으면서 담배가 든 헝겊 주머니를 꺼내 가늘게 궐련을 말았다. 고개를 들어보니 젊은이는 다시 입구 쪽을 바라보고 있었다. 판사는 웃음을 그쳤다.

"성냥 있나?" 그가 말했다. 젊은이는 그를 돌아보았다. 판사는 궐련을 들어 보였다. "성냥 말이네."

상대방은 주머니를 뒤적였다. "없군요." 그는 판사를 바라봤다. "여기서 아드님을 찾아보시죠."

"고맙네." 판사는 대답했다. "나중에 시간이 나면 자네 조언을 따르도록 하지." 그는 몸을 돌렸다. 그리고 문득 걸음을 멈추고 뒤돌아봤다. 젊은이는 입구를 지켜보고 있었다. 판사는 입을 벌리고 멍하니 그를 바라봤다. 그리고 몸을 돌리다가 다시 멈췄다. 이제 완전한 충격이 그의 얼굴을 뒤덮고, 마치 가면처럼 모든 움직임을 멈춰 버렸다. 예민하고 지친 입매, 우아한 콧구멍, 눈동자만 보이거나 눈동자가 아예 보이지 않는 눈을 가지고 있는. 아예 움직이지조차 못하는 가면 같았다. 다음 순간 마더셰드가 고개를 돌렸다. 순간 마더셰드의 푸른 눈이 타올랐고, 꾸준히 치아 없이 웅얼거리듯 움직이던 뭉툭한 턱도 움직임을 멈추었다.

"흠?" 마더셰드가 말했다.

"그래." 판사가 말했다. "나일세." 마치 최면에서 깨어나는 것처럼, 당황하고 경계하는 온전한 그림자가 그의 얼굴에 깃들었다. 자기가 듣기에도 멍청하게 들리는 말이었다. "나는 자네가 죽은 줄로만⋯⋯" 그러다 그는 씩씩하게 최대의 노력을 그러모아, 다시 가볍고 조금 놀랐고 절제된 목소리를 냈다. "어떤가?"

마더셰드는 그를 봤다. 윤활유와 진흙이 묻은 지저분하고 짝이 맞지 않는 정장 차림에, 지저분한 옷깃에는 타이도 매지 않은 땅딸막한 남자였다. 살짝 졸린 듯한 푸른 눈에는 흉포한 분노가 가득했다. "놈들이 자네도 여기로 끌고온 모양이군. 안 그런가?"

"그에 대한 답은 자네가 '놈들'하고 '여기'를 어떤 의미로 사용했느냐에 달려 있을 걸세."

마더셰드는 한쪽 팔을 들어 격하게 쓸어넘기는 손동작을 해 보였다. "여기가 어디긴! 놈들은 설교자 놈들. 예수쟁이 놈들이지."

"아." 판사가 말했다. "글쎄, 슬슬 의심이 가는 바로 그 장소에 내가 있는 거라면 말일세, 실제로 내가 여기 있는지 아닌지조차 알 수가 없는 상황이라네. 하지만 자네는 아예 이곳에 안 있는 것 아닌가?" 마더셰드는 격하게 욕설을 내뱉었다. "그래." 판사는 말했다. "오후마다 내 집무실에 앉아서 볼테르며 잉거솔*을 가지고 토론하던 시절에는, 우리가 이런 상황에 처하리라고는 예상한 적도 없지 않나? 자네는 하늘에 교회 첨탑이 보이기만 해도 광분하는 무신론자고, 나는 자네의 유쾌하고 노동절약적인 허무주의를 받아들일 만큼 이성과 결별하지 못한 사람이었으니 말일세."

"노동절약적이라니!" 마더셰드는 울부짖었다. "이런 세상에, 내가⋯⋯" 그는 무력한 분노가 담긴 욕설을 내뱉었다. 판사는 눈만 아니라면 웃는 것처럼 보이는 표정이었다. 그는 다시 궐련을 말았다. "성냥 있나?"

"뭐라고?" 마더셰드가 말했다. 그는 입을 벌린 채 판사를 노려보았다. 그리고 입을 옷을 뒤적였다. 분노에 찬 움직임 사이로, 겨드랑이 아래 총집에서 슬쩍 고개를 내민 묵직한 권총 손잡이가 보였다. "아니." 그는 말했다. "없네."

"그렇군." 판사가 말했다. 그는 가볍고 조금 놀란 듯 그를 바라보며 궐련 끝을 비틀었다. "그런데 자네 아직 여기서 뭘 하는 중이었는지 말해주지 않았는데. 나는 자네가⋯⋯"

---

* Robert Green Ingersoll(1833~99). 미국의 법률가, 정치가. 자유사상과 불가지론의 신봉자로, 신학과 성서를 비판하는 합리주의 비판서를 여럿 펴냈으며, 19세기 후반 미국인의 사상에 지대한 영향을 끼쳤다.

마더셰드는 다시 즉각적으로 욕설을 뱉으며 분통을 터트렸다. "아무것도 안 하지. 나는 그냥 자살했을 뿐이야." 그는 판사를 노려봤다. "이런 젠장할. 권총을 들어올리던 기억은 나는군. 내 귓가에 닿던 작고 차가운 고리도 기억나고. 방아쇠에 얹힌 내 손가락에 명령을 내리던 것도……" 그는 판사를 노려봤다. "설교자들로부터 도망칠 방법 중 하나일 거라고 생각했는데 말이야. 교단의 말을 직접 인용하자면……" 그는 분노로 졸도할 지경인 푸른 눈으로 판사를 노려봤다. "글쎄, 자네가 왜 여기 있는지는 알겠군. 그 아이를 찾으러 온 거지."

판사는 고개를 숙이고 입을 열었다. 그 움직임이 눈가로 올라와서 고이는 듯했다. 그는 나직하게 말했다. "아닐세."

마더셰드는 그를 바라봤다. 아니 노려봤다. "그 아이를 찾고 있는 거야. 불가지론자 같으니." 그는 으르렁거리듯 내뱉었다. "고양이가 어느 쪽으로 뛰는지 확인하기 전까지는 '예'라고도 '아니오'라고도 말하지 않을 심산이겠지. 가장 높은 입찰액에 팔아넘길 준비를 하고서 말이야. 원 세상에, 난 차라리 전부 포기하고 존엄한 죽음을 맞이해야 했어. 10마일 안쪽에 있는 천국을 주워섬기는 머저리들을 전부 길동무로 데려와서……"

"아닐세." 판사는 흐릿하게 번득이는 잇새로 나직하게 말했다. 그의 치아는 다시 조용히 숨겨졌지만, 그는 고개를 들지 않았다. 그는 다시 궐련을 조심스레 말았다. "여긴 사람이 정말 많은 듯하군." 마더셰드는 이제 뭔가를 추리하듯 그를 바라보고 있었다. 잇몸을 혀로 훑으며, 분노한 푸른 눈을 고정한 채로. "여기서 나 말고도 다른 낯익은 얼굴을 목격한 모양일세. 아마 자네가 이름

저 너머 543

만 알던 사람들도 있는 거겠지?"

"아." 마더셰드가 말했다. "알겠군. 이제 자네 속셈을 알겠어." 판사는 궐련 마는 일에 집중하는 듯 보였다. "그 작자들도 전부 둘러보고 싶다는 거겠지? 원하는 대로 하게. 나보다 자네 마음에 드는 대답을 해주는 작자를 찾아내길 바라겠네. 어쩌면 가능할지도 모르지. 자네는 불확실한 새로운 문제를 늘리고 싶지 않을 테니, 그만큼 전부 알고 싶지는 않을 테니 말이야. 글쎄, 그런 것이라면 저 작자들로부터 잔뜩 얻어낼 수 있을 테고."

"그렇다면 자네는 이미……"

마더셰드는 다시 거칠고 흉포하게 욕설을 뱉었다. "당연하지. 잉거솔이며, 페인*이며. 통나무에 걸터앉아 햇볕이나 쬐고 있었어야 할 시간에 읽으며 시간을 낭비했던 그 개자식들은 하나도 남김없이 전부 만나보고 왔네."

"아." 판사가 말했다. "잉거솔이라. 그 사람은……"

"물론. 저쪽 공원 바로 안쪽 벤치에 앉아 있네. 어쩌면 그 조그만 여자들 나오는 책들 쓴 작자**가 같은 의자에 앉아 있을지 몰라. 잉거솔이 없다면 그 작자가 있을 테지."

잠시 후 판사는 무릎에 팔꿈치를 얹고, 불을 붙이지 않은 궐련을 손가락에 끼운 채로 의자에 앉았다. "그렇다면 당신도 이 장소를 받아들인 셈이로군." 그가 말했다. 마더셰드가 잉거솔이라고 말했던 남자는 판사의 옆얼굴을 조용히 바라보았다.

---

* 『상식』과 『인간의 권리』 등으로 잘 알려진 18세기 계몽주의 사상가이자 급진적 공화주의자 토머스 페인을 가리킨다.

"아." 그가 말했다. 그리고 간결한 손짓을 해 보였다. "받아들였네."

판사는 고개를 들지 않았다. "인정한 거요? 묵인하기로 한 거요?" 여전히 담배에 집중하는 듯 보이는 모양새였다. "주님을 볼 수만 있다면, 대화할 수 있다면." 궐련이 천천히 그의 손가락 사이에서 돌아갔다. "어쩌면 주님을 찾던 걸지도 모르겠소. 어쩌면 당신의 책을, 그리고 볼테르와 몽테스키외의 책을 읽는 내내 주님을 찾던 걸지도 모르겠소. 그랬던 걸지도 모르지." 담배가 천천히 돌아갔다. "나는 당신을 믿었소. 당신의 진실됨을. 인간이 진리를 찾을 수 있다면, 이 사람이야말로 진리를 찾아낸 인간의 반열에 들 것이라 말한 적도 있소. 한때는 ― 지성인이라도 뭐든 단서를 찾아 정신없이 헤매게 만드는 그런 생생한 상처를 입은 후였는데 ― 어리석은 독단을 품은 적도 있소. 당신이 처음 비웃은 것을 향해 나 또한 훗날 비웃게 되리라고. 어쩌면 사후세계가 존재할지도 모른다고, 어쩌면 무로 돌아가는 중간 기착지가 있을지도 모른다고, 한순간이라도 나처럼 부족한 인간들이 자신이 믿는 이들을 마주하고 대화를 나눌 기회가 존재할지도 모른다고 생각했소. 그런 사람의 입에서 '희망은 존재한다'나 '모든 것은 무로 돌아간다' 같은 말을 들을 수 있으리라 여겼소. 그런 때가 되면 내가 찾을 존재는 주님이 아니라 잉거솔이나 페인이나 볼테르일 것이라 되뇌었소." 그는 담배를 지켜보았다. "그럼

** 이 인물의 정체는 확실치 않으나, 당대의 아동소설 작가인 에드워드 스트레이트메이어(1863~1930)일 가능성이 언급되고 있다.

이제 답을 주시구려. 어느 쪽이든 내게 말해 주시오. 그대로 믿을 테니."

상대방은 한동안 판사를 물끄러미 바라보았다. 그리고 입을 열었다. "왜? 왜 믿는다는 건가?"

담배를 싼 종이가 다시 풀렸다. 판사는 조심스레 종이 끝을 비틀고는 담배를 손에 쥐었다. "있잖소, 내겐 아들이 하나 있었소. 내 이름과 일족을 이을 마지막 아이였소. 아내와 사별한 후로 우리 두 남자는 저택에 홀로 살았소. 평판은 나쁘지 않았소. 나는 그 아이가 가문의 이름에 어울리는 사내다운 남자가 되기를 원했소. 언제나 조랑말을 타고 다녔지. 조랑말을 탄 아이의 사진을 찍어서 책갈피로 사용했소. 때로 그 사진을 바라보거나, 내 시선도 모르고 서재 창문 아래를 지나가는 모습을 보면서, 나는 이렇게 생각했소. *저기 말을 타고 가는 것이 희망이구나.* 조랑말을 보면서는 이렇게 생각했소. *저 어리석은 짐승은 무지한 채로 무거운 짐을 지고 지나가는구나.* 어느 날 집무실로 전화가 걸려왔소. 아이가 등자에 발이 걸린 채 질질 끌려가는 모습을 발견했다는 거요. 조랑말이 그 아이를 걷어찼는지, 아니면 아이가 낙마하다 머리를 부딪친 것인지, 나는 영영 알아낼 수 없었소."

그는 벤치 옆자리에 궐련을 조심스레 내려놓고 서류가방을 열었다. 그리고 책을 한 권 꺼냈다. "볼테르의 『철학서간』이오." 그는 말했다. "나는 어딜 가든 책을 한 권 가지고 다니지. 대단한 독서가라오. 어쩌다 보니 고독한 삶을 살게 되었는데, 내가 가문의 마지막 사람이기도 했고, 민주당의 성채에서 공화당 공직자로 살았기 때문이기도 하오. 나는 미시시피 지역구의 연방 판사였소. 장인어른도 공화당원이셨지." 그는 재빨리 덧붙였다. "나는 공화당의 신조가 이 나라에 가장 어울린다고 여겼소. 당신은 믿지 못하겠지만, 지난 15년 동안 내 지적 동료 중 하나는 격렬한 무신론자였소. 거의 모든 선언을 믿지 않았고, 모든 논리와 과학을 비웃는 것으로도 부족해서 체취도 아주 독특한 자였소. 여름날 오후에 ― 습한 날에 그와 함께 내 집무실에 앉아 있노라면, 신앙심의 회복이 그가 목욕에 대해 가지는 편견을 없앨 수 있다면, 나 또한 기꺼이 함께 신앙의 길에 투신할 이유가 되지 않겠느냐는 생각이 들곤 했소." 그는 책 사이에서 사진을 꺼내 상대방에게 내밀었다. "내 아들이오."

상대방은 움직이지 않은 채, 받으려고도 하지 않은 채 사진을 바라봤다. 갈색으로 바래가는 판지 위에 열 살 먹은 소년이 조랑말 위에 앉아서, 진중하고 평온한 오만한 눈빛으로 이쪽을 돌아보고 있었다. "이 아이는 말 그대로 언제나 말을 타고 다녔소. 심지어 교회에도(당시에는 나도 매번 교회에 나갔다오. 지금까지도 종종 그러고). 도착한 후에 조랑말을 돌볼 마부 하나를 추가로 마차에 태우고 가야 했소……" 그는 생각에 잠겨 사진을 바라봤다. "이 아이 어머니가 죽은 후로 나는 재혼하지 않았다오. 내 어머니도 병에 시달리는 허약한 분이셨소. 내키는 대로 휘두를 수 있었지. 고모님들이 안 계실 때면 조금 을러대는 것만으로도 맨발로 정원에서 뛰놀아도 된다는 허락을 받아낼 수 있었소. 하인 둘을 망보게 시켜서 고모님이 다가오면 신호를 보내라고 하고서 말이오. 나는 당당하게 내 남성성을 자랑하며 저택으로 돌아가서 어머니가 기다리고 있는 방으로 들어갔소. 그러다가 내가 즐겁게 발에 묻혀 들어온 흙 알갱이 하나가 어머니의 목숨 1초를 앗아간다는 사실을 알게 되었소. 우리는 석양 속에서 두 어린아이처럼 나란히 앉았고, 어머니는 내 손을 붙들고 조용히 흐느끼셨소. 그러다 고모님들이 램프를 들고 들어오셨지. '이런, 소피아. 또 울고 있구나. 이번에는 저 녀석이 너한테 뭘 시키면서 몰아붙인 거니?' 어머니는 내가 열네 살때 돌아가셨소. 내가 확신을 가지고 아내를 선택하게 된 것이 스물여덟 살 때의 일이오. 아들이 태어났을 때 나는 서른일곱이었소." 그는 축 처진 눈자위로, 마치 동판화처럼 수많은 주름이 아로새겨져 만들어진 해먹을 매단 눈으로 사진을 바라보았다. "이 아이는 어딜 가든 말을 타고 다녔소. 그렇게 뗄 수 없는 사이였으니 사진 속에도 함께 들어 있는 거요. 나는 이 사진을 책갈피로 사용했소. 아들과 나의 가계를 10세대는 추적할 수 있는 미국 연감이었지. 책장을 넘기면서, 선인들의 혈액과 골격이 아들에 이르기까지의 궤적을 그 아이가 말을 타고 달려내려가는 모습을, 내 눈으로 직접 보고 싶었던 거요." 그는 사진을 붙들었다. 그리고 반대편 손으로 담배를 쥐었다. 종이가 풀려나왔다. 그는 사진을 조금 들어올린 채로 손을 멈추었다. 마치 더 이상은 들어올릴 엄두가 나지 않는다는 듯이. "그러니 당신이 내게 말해 주시오. 그대로 믿을 테니."

"가서 아들을 찾게나." 상대방이 말했다. "가서 아들을 찾아."

그래도 판사는 움직이지 않았다. 사진과 풀어헤쳐지는 담배를 손에 쥔 채로, 그는 완벽히 꼼짝도 하지 않은 채 앉아 있었다. 숨조차 쉬기 힘들 정도로 끔찍한 유예에 사로잡혀 버린 듯했다. "그래서 찾으면? 그래서 찾으면?" 상대방은 대답하지 않았다. 그러자 판사는 몸을 돌려 상대방을 바라봤고, 담배는 그대로 산산이 흩어지며 그의 깔끔하고 광택 나는 신발 위로 비처럼 쏟아져 내렸다. "그게 당신이 해줄 말이오? 내가 믿겠다고 말했잖소." 상대방은 볼품없는 잿빛으로, 거의 눈에 띄지 않을 정도의 모습으로 그대로 앉아서, 아래를 내려다보고만 있었다. "얼른. 그렇게 끝맺으면 안 되는 거요. 그러면 안 돼."

그들 앞의 공원 길을 따라서 사람들이 끊임없이 오가고 있었다. 문득 어느 여인이 어린아이와 바구니를 들고 지나갔다. 평범하고 해지고 잔털이 난 망토를 걸친 젊은 여인이었다. 그녀는 마더셰드가 잉거솔이라고 말한 남자를 평범하고 환하고 즐거운 얼굴로 바라보면서 즐겁고 평온한 목소리로 말을 건넸다. 그리고 그녀는 즐거운 얼굴로, 대담함도 수줍음도 없이 판사를 정면으로 바라보고는 계속 걸어갔다. "그래. 안 돼. 할 수 없는 일이야" 뒤이어 그의 얼굴은 완전히 공허해져 버렸다. 말하는 도중에 얼굴이 텅 비어 버렸다. 그는 놀라고 실망한 어조로 "안 돼. 할 수 없는 일이야"라는 말만 반복했다. "안 된다고?" 그는 말했다. "그러니까, 당신은 나한테 아무 말도 해줄 수 없다는 거요? 당신 자신도 모른다는 거요? 당신이, 로버트 잉거솔이? 로버트 잉거솔이?" 상대방은 움직이지 않았다. "로버트 잉거솔이 지금 나한테, 20년 동안 내가 기대온 상대가 나보다 별로 강할 것도 없는 갈대였다고 말하고 있는 거요?"

여전히 상대는 고개를 들지 않았다. "방금 아이를 안고 지나간 젊은 여자를 봤을 걸세. 그녀를 따라가게. 그녀 얼굴을 들여다보게."

"젊은 여자라니. 아이를 안고······" 판사는 상대방을 바라봤다.

"아, 그렇군. 알겠소. 그 아이를 보고 흉터를 찾아내리다. 그런 다음에 여자의 얼굴을 보겠소. 그러라는 거요?" 상대방은 대답하지 않았다. "그게 당신의 답이오? 당신의 마지막 말이오?" 상대방은 움직이지 않았다. 판사의 입술이 들렸다. 그 움직임이 위로 올라가 절망이, 비탄이, 죽어가는 불꽃이 마지막 순간에 바싹 타오르는 것처럼 눈자위에 깃들었고, 그의 얼굴에는 빛을 잃은 치아가 만드는 흐릿한 찌푸림 속의 스러지는 반짝임만을 남겼다. 그는 자리에서 일어나서 사진을 다시 서류가방에 집어넣었다. "자신이 한때 로버트 잉거솔이었다고 말하는 남자가 이 꼴이라니." 드러낸 이빨 위쪽 얼굴은 눈만 제외하면 미소 짓는 것처럼 보이는 바로 그 표정이었다. "이건 내가 원하던 증거가 아니오. 나는 증거란 것이 한 인간이 자신과 동료들의 무신경한 정욕과 어리석음을 정당화하기 위해 만들어낸 거짓이라는 사실을, 다른 누구보다도 잘 알고 있소. 이건 내가 원하던 증거가 아니오." 그는 지팡이와 서류가방을 겨드랑이에 낀 채로 다시 얇게 궐련 하나를 말았다. "당신이 누군지는 모르겠지만, 적어도 로버트 잉거솔이라고는 믿을 수 없소. 아마 나로서는 당신이 한때 로버트 잉거솔이었는지조차 분간할 수 없을 거요. 어쨌든 인간이라면 누구나 어떤 필수적인 일관성이, 그것이 옳든 그르든 편안히 죽음을 맞이하기 위해서라도 소중히 여겨야 하는 무언가가 있게 마련이오. 그래서 나는 그대로의 나 자신이오. 그리고 내가 아니게 되는 그 순간이 될 때까지 이런 자신일 거요. 그걸 뭐라고 하더라? 논 푸이. 숨. 푸이. 논 숨*"

불붙지 않은 궐련을 손가락 사이에 낀 채로, 처음에 그가 한 생각은 그냥 지나쳐야겠다는 것이었다. 그러나 그 대신 그는 걸음을 멈추고 아이를 내려다봤다. 아이는 길가에 선 여인의 발치에서, 납빛의 작은 인간의 조상들에 둘러싸여 있었다. 일부는 꼿꼿이 서 있고 일부는 쓰러져 있었다. 뒤집어져 텅 빈 바구니가 한쪽에 놓여 있었다. 판사는 문득 그 조상들이 사지가 다양하게 절단된 로마 병사들의 모습이라는 것을 알아차렸다. 일부는 머리가 없고, 일부는 팔다리가 없는 모습으로, 이리저리 흩어져서 그대로 엎어져 있거나, 아니면 이유 모를 부상을 당한 채로 정체불명의 흙 속에서 당당하게 위를 올려다보고 있었다. 아이의 두 발 등 한가운데에는 작은 흉터가 보였다. 드러난 손에는 세 번째 흉터가 있었고, 판사가 놀라고 당황해서 조용히 아래를 내려다보자 몇 안 남은 병사들을 쓰러트리는 아이에게서 네 번째 흉터가 보였다. 아이는 울기 시작했다.

"쉬이이이잇." 여자가 말했다. 그녀는 판사를 힐긋 올려다보더니, 무릎을 꿇고 병사들을 바로 세우기 시작했다. 아이는 계속해서 울었다. 자국이 남은 지저분한 얼굴로, 강하게, 서두르지 않고, 무미건조하게, 눈물 없이. "여길 보렴!" 여자가 말했다. "보이지? 여기야! 여기도 빌라도가 있단다! 여길 보렴!" 아이는 울음을 멈추었다. 눈물 한 방울 안 보이는 채로 흙바닥에 앉아서, 병사들만큼이나 읽을 수 없으며 시 의회 의원처럼 침묵하며 절제하는 얼굴이었다. 그녀는 팔로 쓸어서 병사들을 전부 넘어트렸

---

* Non fui. Sum. Fui. Non sum. '나는 존재하지 않았다. 나는 존재한다. 나는 존재했다. 나는 존재하지 않는다.' 이 표현은 고대 로마의 묘비명으로 자주 사용되었다.

다. "자!" 그녀는 상냥하고 밝은 목소리로 소리쳤다. "봤지?" 아이는 잠시 더 앉아 있었다. 그러다 울음을 터트렸다. 그녀는 아이를 들어 벤치에 앉히더니 좌우로 흔들면서 판사를 힐끔 바라봤다. "자, 착하지." 그녀는 말했다. "자, 착하지."

"어디가 아픈 거요?" 판사가 말했다.

"아, 아뇨. 그냥 장난감에 싫증 난 거예요. 아이들이 그렇잖아요." 그녀는 상냥하고 근심 없는 표정으로 아이를 안고 흔들었다. "자, 착하지. 여기 신사분이 지켜보고 있단다."

아이는 멈추지 않고 울었다. "다른 장난감은 없는 거요?" 판사가 말했다.

"아, 있어요. 너무 많아서 어둠 속에서는 집 안을 돌아다닐 엄두가 안 날 정도예요. 하지만 병사들을 제일 좋아하거든요. 여기 오래 사셨고 아주 부유하다고들 말하는 노년 신사분이 계신데, 그분이 병사를 주셨어요. 하얀 콧수염을 기르고 과식하는 노인분들이 으레 그렇듯이 눈이 불뚝 튀어나오신 노년 신사분이에요. 과식하지 말라고 말씀드렸는데. 우산하고 외투하고 덮개용 담요를 들고 다니는 남자 하인도 하나 데리고 다니시고, 때론 이리 나오셔서 우리와 함께 한 시간이 넘게 앉아서 거칠게 숨을 몰아쉬면서 대화를 나누곤 하세요. 언제나 사탕이나 그런 것들을 가지고 다니시죠." 그녀는 생각에 잠긴 듯 평온한 얼굴로 아이를 내려다봤다. 아이는 계속 울고 있었다. 판사는 영문을 모른 채 멍하니 서서, 아이의 흉터가 남은 지저분한 발을 조용히 내려다보고 있었다. 여자가 고개를 들더니 그의 시선을 따라갔다. "저 아이 흉터가 어쩌다 생긴 건지가 궁금하신 거죠? 일전에 다른 아이들이 함께 놀다가 그랬어요. 물론 자기네가 하는 일이 아이를 다치게 할 거라고는 몰랐지만요. 아마 저 아이만큼이나 그 아이들도 놀랐을 거예요. 애들이 너무 조용해지면 그게 어떤 뜻인지 아실 테지요."

"그렇소." 판사가 말했다. "나도 아들이 있었으니."

"아들이 있으세요? 이리 데려오지 그러세요? 같이 우리 병사들을 가지고 놀아주면 우리도 기쁠 텐데요."

판사가 조용히 치아를 드러냈다. "애석하지만 장난감을 가지고 놀기에는 조금 클 것 같소." 그는 서류가방에서 사진을 꺼냈다. "내 아들이오."

여자는 사진을 받아들었다. 아이는 계속해서 심하게 울고 있었다. "어머나, 하워드잖아요. 세상에, 매일 보는 사이예요. 매일 말을 타고 여길 지나쳐가죠. 때론 멈춰서 우리를 태워줄 때도 있어요. 저는 옆에서 아이를 붙잡고 걷고요." 그녀는 덧붙이며 그를 올려다보았다. 그녀는 사진을 아이에게 보여줬다. "이것 좀 보렴! 조랑말 타고 있는 하워드란다. 보이지?" 아이는 울음을 그치지 않은 채로, 눈물과 흙으로 범벅이 된 얼굴로, 마치 두 가지 별개의 삶을 동시에 살고 있는 것처럼 무심하고 멈추어 있는 표정으로 사진을 살폈다. 그녀는 사진을 돌려주었다. "이 사람을 찾고 계신가 보네요."

"아." 판사는 슬쩍 입술을 벌려 보이며 말했다. 그는 조심스레 사진을 여행가방에 집어넣었다. 불붙이지 않은 담배는 손가락 사이에 끼운 채였다.

여자는 벤치로 돌아가 앉으면서, 자리를 마련해주듯 치맛자락을 모았다. "이리 앉지 않으시겠어요? 지나가는 모습을 보실 수 있으실 거예요."

"아." 판사는 다시 말했다. 그는 영문을 모르겠다는 얼굴로, 노인의 침침한 눈으로 그녀를 바라봤다. "그러니까 이런 거요. 그 사람이 매번 같은 조랑말을 타고 지나간다고 하지 않았소?"

"네, 그렇죠." 그녀는 살짝 놀란 듯 심각하고 평온한 눈으로 그를 바라보았다.

"그 조랑말이 몇 살이나 먹은 것 같소?"

"글쎄요, 저는…… 제가 보기에는 크기가 딱 맞아 보이던데요."

"그렇다면 젊은 말이었다는 뜻 아니오?"

"글쎄요…… 네, 그렇겠죠." 그녀는 눈을 크게 뜨고 그를 바라봤다.

"아." 판사는 슬쩍 드러난 치아 안쪽에서 다시 이렇게 말했다. 그는 조심스레 여행가방을 닫았다. 그리고 주머니에서 반 달러 은화를 꺼냈다. "어쩌면 병사들에도 질린 걸지도 모르겠소. 혹시라도 이걸로……"

"감사합니다." 그녀는 말했다. 그러나 은화 쪽으로 다시 시선을 주지는 않았다. "얼굴이 너무 슬퍼 보이네요. 그 얼굴이요. 미소 짓는다고 생각할 때마다 훨씬 더 슬픈 표정이 되어요. 어디 편찮으신 건가요?" 그녀는 그가 뻗은 손을 힐긋 내려다봤다. 은화를 받지는 않았다. "가지고 있어봤자 잃어버릴 거예요. 이렇게 반짝이고 예쁜 물건인데요. 나이를 더 먹어서 작은 장난감을 간수할 수 있게 된 다음이라면 모를까…… 지금은 너무 어리니까요."

"알겠소." 판사가 말했다. 그는 주머니에 다시 은화를 집어넣었다. "자, 그러면 이쪽은 이만 가 봐야—"

"여기서 우리랑 함께 기다려요. 언제나 여길 지나가거든요. 그쪽이 더 빨리 찾으실 수 있을 거예요."

"아." 판사가 말했다. "이 사진과 같은 조랑말을 타고 지나간다고 하지 않았소. 살아 있다면 그 조랑말은 서른 살은 되었을 거요. 그 조랑말은 6년 동안 아무도 태우지 않고 열여덟 나이에 내 방목장에서 죽었소. 그게 12년 전의 일이지. 그러니 나는 이만 가봐야겠소."

그래서 다시 불쾌한 기분이 찾아왔다. 입구가 비좁은 데다, 저번에는 인파와 같은 방향으로 움직였지만 이번에는 반대 방향으로 뚫고 나가야 했기 때문에 두 배로 불쾌했다. "하지만 적어도 어디로 가는지는 알고 있으니까." 그는 구겨진 모자 아래에서, 지팡이와 서류가방을 팔에 매단 채로 이렇게 말했다. "저번에는 모르고 있었던 것 같은데 말이야." 그러나 그는 마침내 인파에서 해방되어, 집무실 계단을 내려갈 때면 언제나 그랬듯이 법원 시계를 올려다보게 되었다. 저녁이 준비될 때까지는, 그리고 이웃이 정시를 맞춰 지나가는 그를 보고 시간을 짐작할 때까지는 꼬박 한 시간이 남아 있었다.

'공동묘지에 들를 시간은 있겠어.' 그는 이렇게 생각하고는, 최근 파낸 구덩이를 내려다보며 조바심 섞인 짜증을 담아 욕설을 내뱉었다. 떨어트린 건지 내던진 건지, 옆에 놓인 대리석판 위를 흙더미가 덮고 있었기 때문이다. "빌어먹을 페티그루." 그는 말했다. "이쪽도 직접 챙겼어야지. 둘을 최대한 붙여놓으라고 일렀는데. 적어도 그놈이 존중 정도는 해줄 줄……" 그는 무릎을 꿇고 대리석판 위로 떨어진 흙을 치우려 시도했다. 그러나 그의 힘으로는 글자의 일부를 가리는 흙을 흩어놓는 정도가 한계였다. '하워드 앨리슨 2세. 1903년 4월 3일. 1913년 8월 22일.' 그리고 침착하고 알아보기 힘든 고딕체가 발치에 적혀 있었다. '아우프 비더젠, 내 아들.' 그는 흙이 떨어진 후에도 계속 글자를 어루만졌다. 마더셰드가 잉거솔이라고 말했던 남자와 대화할 때처럼, 멍하고 조용한 얼굴이었다. "있잖소, 내가 이 아이를 다시 만나고 어루만지게 되리라 믿을 수 있었더라면, 나는 이 아이를 잃지 않았을 거라오. 그리고 이 아이를 잃지 않았더라면 나는 아들을 가지지도 않은 셈이겠지. 나는 사별을 통해서, 그리고 사별 때문에 지금의 내가 되었기 때문이오. 내가 과거에 어떤 존재였는지, 내가 미래에 어떤 존재가 될지는, 지금의 나로서는 알 수가 없다오. 하지만 지금의 나는 죽음 때문에 존재하는 것이지. 지성으로 가능하고 육신이 갈망하는 불멸성이란 결국 그런 것이 아니겠소. 나머지는 아이를 진정으로 잃었다 할 만큼 충분히 사랑한 적도 없는 무지렁이들에게나 가능한 일일 테고." 손으로 고요한 글자들을 가볍게 쓸어내는 그의 얼굴에 무수한 잔주름이 맺혔다. "아니. 나한테 그런 것은 필요 없소. 이 아이 곁에 눕는 정도면 내게는 충분할 거요. 우리 사이를 흙의 벽이 가르고 있겠지. 그건 사실이오. 그리고 그 아이는 지난 20년 동안 흙으로 변했을 테고. 허나 나 또한 언젠가는 흙으로 돌아갈 것 아니겠소. 그리고—그는 이제 나직하지만 단호한 목소리로, 일종의 승리 선언처럼 말했다. "그 누가 사랑의 형체를 유지하려면 살점과 뼈의 그물에 담겨 있어야만 한다고 장담할 수 있겠소?"

이제 시간이 늦었다. '아마 지금쯤이면 시계를 뒤로 돌리고 있겠군.' 그는 이렇게 생각하며 거리를 지나쳐 집으로 향했다. 이 정도까지 왔으면 잔디깎이 소리가 들려야 하지 않냐고 생각하며 제이크를 향한 짜증이 솟는 순간, 그는 대문 앞에 줄지어 선 자동차 행렬을 알아차리고 갑자기 다급해졌다. 그러나 행렬 선두의 자동차를 바라보며 다시 욕설을 내뱉지 못할 정도로 급한 것은 아니었다. "빌어먹을 페티그루! 공증인 앞에서 유언장에 서명하면서 똑똑히 말했을 텐데. 시속 40마일의 속도로 거꾸로 실린 채 제퍼슨을 통과하지는 않을 거라고 말이야. 내 마차를 끌 말 두 필도 찾지 못한 거라면…… 정신 단단히 차리고 돌아와서 놈한테 들러붙어 줘야겠어. 제이크라면 그러라고 응원해 주겠지."

그러나 이제 초조함이, 다급함이, 그를 짓누르기 시작했다. 그는 서둘러 뒷문으로 돌아가서 (그리고 그 과정에서, 정원의 잔디가 그날 깎은 것처럼 깔끔하게 정돈되어 있음을 발견했다) 집 안으로 들어섰다. 그러자 흐릿한 꽃향기와 목소리가 들려왔다. 그는 아슬아슬하게 외투와 잠옷을 벗어서 옷장에 깔끔하게 걸어둔 후, 홀을 가로질러 갓 자른 꽃들의 향기와 웅얼거리는 목소리들을 헤치고 들어가서, 자신의 옷 속으로 스며들었다. 최근에 다림질한 옷이었고, 얼굴은 깔끔하게 면도되어 있었다. 그러나 자신의 것임은 분명했고, 그 어떤 다리미로도 바꿀 수 없는 오래되고 낯익은 감촉이 그의 몸에 맞아들어갔다. 겨울밤마다 침구에 사지의 형태를 맞추던 것과 같은 그런 선정적인 열의를 느끼면서.

"아." 그는 마더셰드가 잉거솔이라 칭했던 남자를 향해 말했다. "어찌됐든 이게 최고구려. 노인이란 자신의 옷을 걸치지 않으면 편안해질 수 없는 법이라오. 자신의 낡은 사고와 신념도, 자신에게 잘 맞는다고 알고 있는 늙은 손과 발과 팔꿈치와 무릎과 어깨도 말이오."

먹먹하고 흐릿하고 점잖고 공허한 소리와 함께 빛이 사라졌고, 한순간 살해당한 꽃들의 끔찍하고 섬뜩한 냄새가 그의 몸을 덮쳤다. 동시에 그는 웅얼거리는 목소리가 사라진 것을 알아차렸다. '여긴 내 집인데 말이지.' 그는 꽃냄새가 사라지기를 기다리며 생각했다. '그런데도 누가 말하고 있는지도, 언제 말을 그쳤는지도 주의를 기울이지 않았어.' 뒤이어 그는 발치를 채운 고급 내장재를 느끼고, 자신이 비좁은 어둠 속에 누워서, 노인들이 잘 때처럼 가슴팍에 손을 겹친 채로, 그 순간을 기다리고 있음을 깨달았다. 그 순간이 찾아왔다. 고독하고 평화로운 방에서 잠자리에 들었던 밤마다 그랬듯이, 그는 나직하고 짓궂고 평화로운 어조로, 마지막 남은 의식을 발산하고 육신을 비우기에 앞서, 잠의 입구에서 걸음을 멈추고 아주 짧은 순간 동안 주변을 둘러보면서 이렇게 말했다. "배심원 여러분, 진행해 주시오."*

---

* 이 단편은 포크너의 실제 삶과 명확한 연관을 지니는 드문 작품이다. 그의 배우자 에스텔 올덤 포크너의 양아버지인 헨리 C.나일스는 연방 판사였으며 민주당 지역의 공화당원이었고 공공연한 불가지론자이기도 했다. 또한 포크너의 처가에는 하워드 앨리슨과 비슷한 연령에 사망한 아들이 있었으며, 포크너는 그의 비문을 빌려 하워드의 비문으로 사용했다.

검은 음악
Black Music

I

 이것은 신들에게 선택받은 행운의 총아, 윌프레드 미즐스턴에 관한 이야기다. 지난 56년 동안, 시계와 종소리가 만들어내는 강요와 한계가 뱃속 가득 엉겨붙은 채로, 그는 작고 우중충하고 특색 없는 남자의 전형적인 모습 그 자체이며 남자든 여자든 두 번 이상 바라보지 않는 사람으로서, 단조롭고 삭막한 거리의 단조로운 진열창 안에서 살아왔다. 그러다 그는 각성하여 빛을 향해 날아올랐고, 적어도 그 자신이 보기에는 짧지 않은 시간 동안, 옛적 엘리야처럼 지상을 떠나 누구도 헤아릴 수 없는 높은 하늘을 가로지르게 되었다.*

---

* 엘리야는 육신의 죽음을 겪지 않고 하늘로 '승천'한 유일한 구약의 예언자로 여겨진다. "불수레와 불말이 두 사람을 갈라 놓았고, 엘리야는 회오리바람을 타고 하늘로 올라갔다."(열왕기하 2:11) 예언자 외에는 에녹이라는 인물이 죽음을 겪지 않고 신이 그를 데려갔다고 되어 있다. "에녹이 하나님과 동행하더니 하나님이 그를 데려가시므로 그가 세상에 있지 아니하였더라."(창세기 5:24)

내가 그를 찾아낸 곳은 링콘*이었다. 별로 큰 도시는 아니었다. 크기로만 따지면 심지어 유니버설 오일 사의 강철 부두에 정박해 있는 가운데가 움푹 들어간 유조선에도 미치지 못했지만, 야자수와 거주지가 늘어서고 맨발자국이 찍힌 비포장도로는 그보다 길게 이어지긴 했다. 낮에는 선명한 그림자가, 밤에는 크고 선명하게 빛나는 별들이 그 거리 위를 수놓았다.

"미국에서 왔다던데." 사람들은 이렇게 말했다. "여기서 25년을 살았지. 입고 온 옷이 다 해져 떨어진 것만 제외하면 도착한 날부터 조금도 변하지 않았어. 스페인어도 열 마디도 못 배웠고 말이야." 그가 노인이라는 것을 알려주는 유일한 요소는 이런 삶의 방식이었다. 25년 동안 어울려 살았으며 그 속에서 죽어 매장될 사람들의 언어를 거의 익히지 않았다는 사실 말이다. 그는 직업이 없었다. 이 온화한, 지나치게 온화한 남자는 조지 에이드**의 우화 속 회계원이 1890년대 장로교 가장 회합에 나가려고 부랑자로 차려입은 듯한 모습이었고, 언제나 제법 행복해 보였다.

제법 행복하고 제법 가난했다. "가난하거나, 아니면 지독하게 위장하고 있는 거겠지. 하지만 이제는 사람들도 어찌할 수가 없어. 오래전에 그가 처음 여기에 왔을 때, 우리는 이렇게 말했거든. '그대로 쓰면서 즐기는 게 어떤가? 아마 지금쯤이면 그쪽도 전부 잊어버렸을 텐데.' 만약 내가 고생고생해서 절도하는 위험

---

* Rincon. 스페인어로 '구석'이라는 뜻이다. 포크너 연구자들은 푸에르토리코 또는 기타 라틴아메리카 지역에 위치해 있으리라 추측한다.

** George Ade(1866~1944). 미국의 작가, 칼럼니스트. 1899년과 1900년에 발표한 두 권의 우화집이 잘 알려져 있다.

을 무릅쓴 다음에 여기 같은 똥통에서 남은 평생을 보내는 고통까지 겪어야 한다면, 그렇게 힘겹게 얻은 것을 즐길 게 분명하거든."

"뭘 즐긴다는 겁니까?" 나는 말했다.

"돈 말이야. 그 친구가 훔쳐서 여기까지 내려오게 된 이유인 돈. 그거 말고 그 친구가 여기까지 내려와서 25년이나 보낼 이유가 있겠나? 그냥 동네나 구경하려고?"

"별로 부유한 사람처럼 보이지도 않고 그렇게 행동하지도 않던데요."

"그건 분명하지. 하긴 그 친구 생긴 걸 보면. 그 얼굴 말이야. 뭘 제대로 훔칠 만한 분별력은 없어 보이긴 해. 훔친 다음에 무사히 간수하고 있을 분별력도 그렇고. 아마 선생 말이 옳을 것 같은데. 그냥 책임을 회피하려고 도망쳤을 수도 있겠어. 그 친구가 도망쳐온 곳에 사는 누군가는 그 돈을 펑펑 쓰면서 일주일에 두 번씩 성가대에서 노래하고 있을 테고."

"그런 일이 벌어졌다는 겁니까?"

"정확하게 그런 일이 벌어진 적이 있었지. 체포되기에는 너무 부유한 어떤 빌어먹을 친구가 함정을 꾸미고, 평생 2,500달러가 한곳에 모인 것조차 보지 못한 빌어먹을 바보를 데려다가 자기 대신 불 속에서 군밤을 꺼내게 시켰다네. 다른 사람의 손에 있는 2,500달러는 어마어마하게 큰 돈으로 보이잖나. 하지만 그걸 가지고 하룻밤 새 도망쳐서 온갖 경비를 지출하고 나면, 그 2,500달러가 얼마나 버틸 것 같나?"

"얼마나 버텼습니까?" 나는 말했다.

검은 음악

"대충 2년 정도일까, 원 세상에. 그래서 나는—" 그는 문득 말을 멈췄다. 그리고 우리 사이의 탁자에 놓은 커피와 빵을 사준 사람인 나를 노려보았다. 말 그대로 노려보았다. "애초에 자넨 뭐 하는 사람이길래 이러고 있는 건가? 윌리엄 J 번스*라도 되시나?"

"그건 아닌 것 같습니다. 무례하게 굴려던 건 아닙니다. 그저 그 2,500달러가 얼마나 오래 버텼을지가 궁금했을 뿐입니다."

"누가 그 친구가 2,500달러를 가지고 있었댔어? 그냥 예시를 든 것뿐이야. 그 친구는 아무것도, 2,500센트조차도 가진 적이 없었다고. 만약 가지고 있었더라도 어딘가 숨겨놓고 이후로 계속 그곳에 놔두었을 테고. 그 친구는 우리 백인들한테 들러붙어서 여기까지 온 다음에, 우리가 질려 버리니까 저 스피그 놈들한테 들러붙었어. 백인치고는 제법 나락까지 떨어진 셈이지. 자기가 숨긴 돈을 파내서 백인답게 살 생각은 안 하고, 자기가 훔친 물건이 무서워서 스피고티**들하고 어울려 산다니 말이야."

"어쩌면 처음부터 돈을 훔친 적이 없을지도 모르죠." 나는 말했다.

"그럼 여기까지 내려와서 뭘 하는 건데?"

"저도 내려왔잖습니까."

"나야 자네도 도망자인지 아닌지 알 수가 없지."

---

* William J. Burns(1861~1932). '미국의 셜록 홈즈'라는 별명으로 불리며 다양한 강력 사건을 해결했고, 1921년부터 24년까지 FBI의 전신인 연방수사국 국장으로 재임하다 스캔들로 물러났다.

** Spig, Spiggotty는 양쪽 모두 20세기 초에 스페인어 사용자를 가리키던 멸칭이다.

"그건 그렇군요." 나는 말했다. "모르시겠죠."

"당연히 모르지. 그건 자네 문제니까. 모든 남자에게는 사적인 문제가 있는 법이고, 나는 그 누구보다도 잽싸게 그걸 존중해주는 사람이라고. 하지만 남자에게는, 백인 남자에게는, 그럴 만한 빌어먹게 괜찮은 이유가 있으리라는 정도는 알고 있지…… 어쩌면 지금은 그 이유가 없어졌을지도 몰라. 하지만 백인 남자가 아무 이유도 없이 여기까지 내려와서 살다 죽을 리는 없는 거라고."

"그리고 돈을 훔친 것이 유일한 이유라고 생각하시고요?"

그는 혐오와 약간의 경멸을 담아 나를 바라보았다. "자네 간호사는 하나 데려왔나? 당연히 데려왔어야 하는 거야. 인간의 본성을 충분히 깨우치기 전까지는 홀로 여행하면 안 되는 법이라고. 그 직업이나 교회에서 얼마나 요란하게 노래하느냐와는 무관하게, 들키지 않으리라 생각하면 언제나 훔치는 것이야말로 인간의 본성인 법이거든. 아직 그것도 못 깨우쳤으면, 자넨 그냥 얌전히 집으로 돌아가서 부모님 보살핌이나 받으면서 지내는 게 좋아."

그러나 나는 거리 건너편의 미즐스턴을 바라보고 있었다. 그는 그늘에서 흙장난을 하는 벌거벗은 아이들 옆에 서 있었다. 작고 우중충한 남자는 몸에 맞지 않는 지저분하고 성긴 능직물 바지를 입고 있었다. "이유가 뭔지는 몰라도" 나는 말했다. "그것 때문에 근심하지는 않는 모양이군요."

"아, 저 친구. 저 친구는 뭔가를 근심해야 한다는 것을 알 정도의 정신머리도 없어."

검은 음악 563

제법 행복하고 제법 가난했다. 마침내 그와 어울려 커피와 빵을 먹을 기회가 찾아왔다. 아니, 조금 다르다. 마침내 내 첫 정보원과 같은 기타 궁색한 동료들을 회피하는 데 성공했다고 해야 할 것이다. 조금 지저분하고 수염도 깎지 않았으며, 술집이나 커피숍에 갈 때마다 피할 수가 없는, 시끄럽고 폭력적이며 갈색 피부에 하얀 치아를 빛내고 공손하고 치명적이고 뭔가를 궁리하는 이방인들의 얼굴 속에서 백인 인종의 우월성과 자기네 나름의 부당함과 분노를 찾아내 유지하는 그 작자들을 제치고, 미즐스턴과 아침식사를 함께하게 된 것이다. 초대한 다음에도 계속 권해서 간신히 승낙을 얻어냈다. 그는 약속한 시간에 똑같은 지저분한 바지를 입고 등장했지만, 그래도 셔츠는 제대로 된 물건인 데다 흰색이고 다림질까지 되어 있었고, 면도까지 한 상태였다. 그는 굽실거리지 않고, 소심하거나 간절하지도 않은 태도로 음식을 받아들였다. 그러나 그가 손잡이 없는 주발을 들어올리는 손이 떨리는 모습을 보니, 문득 그가 입에 담는 말이 모두 진실은 아닐지도 모른다는 생각이 들었다. 그는 내가 자기 손을 바라보는 것을 알아채고는 처음으로 내 얼굴을 향했고, 나는 그의 눈이 노인의 것임을 확인할 수 있었다. 그는 자신의 서투른 태도에 양해를 구하는 티만 내면서 이렇게 말했다. "하루 이틀 동안 먹지도 말하지도 않아서 그런 거야."

"이틀 동안 굶었단 말입니까?" 나는 말했다.

"여긴 더우니까. 그렇게 많이 먹을 필요가 없어. 조금 덜 먹는 편이 기분이 좋아지지. 내가 여기 처음 와서 가장 괴로웠던 게 바로 그거야. 고향에 있을 때는 언제나 배가 든든하게 챙겨먹었거든."

"오." 나는 말했다. 그리고 그의 항의에도 불구하고 고기를 주문했다. 그러나 그는 고기 요리를 남김없이 전부 해치웠다. "내 꼴을 좀 보라고." 그는 말했다. "25년 동안 이렇게 아침을 많이 먹은 적이 없었는데. 그런데 친구가 생기면, 옛 습관이 다시 도진단 말이지. 정말이야, 선생. 고향을 떠난 이후로 아침을 이렇게 많이 먹은 적이 없어."

"돌아갈 계획이 있으십니까?" 나는 말했다.

"아마 없겠지. 없어. 난 여기가 잘 맞아. 단순하게 살 수 있으니까. 온갖 잡동사니에 치어 살지 않아도 되잖아. 온종일 내 마음대로 살 수도 있고(예전에는 건축사에서 제도 일을 했거든). 아니, 안 돌아갈 것 같아." 그는 나를 바라보았다. 강렬하게 지켜보는 그의 얼굴은 뭔가 비밀을 털어놓기 직전의 어린아이처럼 보였다. "자네는 백 년이 지나도 내가 어디서 자는지 짐작도 못 할 거야."

"못 하겠군요. 할 수 있으리란 생각도 안 듭니다. 어디서 주무시는데요?"

"저쪽 술집 다락방에서 잔다고. 저 건물은 회사 소유고, 위드링턴 부인, 그러니까 위드링턴 씨의 부인, 관리자의 부인이 나를 다락방에서 재워 주는 거야. 높고 조용해. 쥐가 좀 있기는 해도. 하지만 로마에서는 로마인처럼 행동해야 하는 법 아니겠어. 물론 이 나라를 로마라고 부를 생각은 없지만 말이야. 나라면 래트빌[쥐들의 마을]이라고 부르겠어. 하지만 그걸 말한 게 아니야." 그는 나를 바라봤다. "자네라면 절대 짐작도 못 할 거야."

검은 음악 565

"그래요." 나는 말했다. "짐작도 안 가는데요."

그는 나를 바라봤다. "내 침대 이야기거든."

"침대요?"

"절대 짐작도 못 할 거라고 했지."

"그렇군요." 나는 말했다. "포기하겠습니다."

"내 침대는 타르 입힌 지붕 방수용 종이 두루마리거든."

"뭔 두루마리요?"

"타르 입힌 지붕 방수용 종이." 그의 얼굴은 환하고 평온했다. "밤에는 그냥 두루마리를 풀어서 그 위에서 자고, 다음 날 오전에는 다시 둘둘 말아서 구석에 기대 놓는 거야. 그걸로 하루치 방 청소가 전부 끝나는 셈이지. 괜찮지 않아? 시트도 없고, 빨랫감도 없고, 아무것도 없어. 침대를 통째로 우산처럼 둘둘 말아서, 이사할 일이 생기면 옆구리에 끼고 가면 되는 거라고."

"오." 나는 말했다. "그럼 가족도 없으시겠군요."

"같이 사는 사람은 없지."

"그럼 고향에는 있으시단 겁니까?"

그는 제법 조용해졌다. 탁자 위의 물건에 정신이 팔린 시늉을 하지는 않았다. 눈의 초점이 흐려지지도 않았다. 그저 잠시 평화롭게 생각을 곱씹을 뿐이었다. "그래, 고향에 아내가 있지. 아마 이곳 날씨는 아내에겐 맞지 않을 거야. 여기가 마음에 안 들었을 거야. 그래도 아내는 괜찮아. 보험금은 항상 제때 냈었으니까. 75달러 봉급을 받는 건축사 제도사에게 기대하는 것보다는 상당히 많이 모았거든. 액수를 말해주면 자네는 깜짝 놀랄 거야. 아내도 내가 저축하는 걸 도왔지. 좋은 여자야. 그러니 그 돈을 가져야지. 자기가 벌어들인 거니까. 게다가 나한테는 돈이 필요 없고."

"그러니까 고향으로 돌아가실 계획은 없으신 거로군요."

"그래." 그는 말했다. 그리고 나를 바라봤다. 다시 비밀을 털어놓기 직전의 어린아이 표정이 그의 얼굴에 떠올랐다. "있잖나, 내가 저지른 일이 하나 있어."

"아, 그렇군요."

그는 나직하게 말했다. "자네가 생각하는 그런 게 아냐. 다른 작자들이 생각하는 그런 것도—" 그는 고개를 젖히고 가볍게 포옹하는 몸짓을 취했다 —"아니고. 돈을 훔치거나 하진 않았어. 마사한테, 그러니까 내 아내, 미즐스턴 부인에게 언제나 말했듯이, 돈을 벌기는 너무 쉬우니까 훔치는 위험을 무릅쓸 필요가 없거든. 그냥 일을 하면 되는 거잖아. '우리가 돈 때문에 고통받은 적이 있던가?' 나는 아내에게 말했어. '물론 우리가 일부 사람들처럼 사는 건 아니지. 하지만 누구나 태어날 때부터 목표로 하는 삶은 다를 수밖에 없는 거야. 올챙이로 태어난 친구가 연어가 되려고 애쓰다가는 잘 속는 머저리가 될 뿐이라고.' 이렇게 말하곤 했다고. 아내가 자기 역할을 잘 해준 덕분에 우린 제법 괜찮게 지냈어. 내가 든 생명보험 액수가 얼만지 말해주면 자네는 깜짝 놀랄 거야. 아니, 아내는 아무런 고통도 받지 않을 거야. 자네도 그렇게 생각하지 않나."

"그렇군요." 나는 말했다.

"하지만 내가 뭔가 저지른 것은 사실이지. 맞아, 선생."

"뭘 저지르셨다는 겁니까? 말해줄 수 있나요?"

"뭔가. 필멸자인 인간으로서는 행하기도 계획하기도 불가능한 뭔가였지."

"대체 뭘 저지르셨길래요?"

그는 나를 바라봤다. "말하기가 두려운 게 아냐. 말하기가 두려 웠던 적은 단 한 번도 없어. 그저 저 작자들이—" 그는 이번에도 고개를 슬쩍 젖혔다. "이해할 리가 없으니까 그런 거지. 내가 무슨 소리를 하는지도 못 알아들었을 거야. 하지만 자네라면 이해하겠지. 자네라면 알아줄 거야." 그는 내 얼굴을 주시했다. "인생의 어느 한 지점에서, 나는 판*이었거든."

"판이요?"

"판. 옛날 책 속에서 적포도주를 마시는 이들 기억하려나? 때때로 부유한 로마나 그리스 원로원 의원들이 오래된 포도 농원을 철거하거나 신들이 드나들던 숲을 벌목해서, 그 자리에 경찰이나 신들조차 알아차리지 못할 환락의 잔치를 벌이는 여름 별장을 짓기로 결정하면, 신들이 그 부인들을 벌거벗고 뛰어다니게 만드는 그 숲의 신 있잖아. 이름이……"

"판**이죠." 나는 말했다.

"바로 그거야. 판. 그 판이라는 신이 몸 절반이 염소인 꼬맹이들을 보내서 사람들을 놀래키고—"

"아." 나는 말했다. "판*** 말씀이시군요."

"그거야. 판. 내가 한때 그거였다고. 나는 종교적인 집안에서

---

* Farn. Faun의 오기.

** Pan.

***Faun.

자라났어. 담배나 술은 입에 대지도 않았지. 지금도 내가 지옥에 떨어질 거라고는 생각하지 않아. 하지만 성서에 따르면, 그 작은 존재들은 미신이란 말이야. 하지만 나는 그게 미신이 아니라는 것을 알아. 그러니까 나는 필멸의 인간으로서는 행하기도 계획하기도 불가능한 뭔가를 저지른 거라고. 일평생의 단 하루 동안, 나는 판이었으니까."

II

미즐스턴이 제도사로 근무하던 건축사는 건설 장소와 반 다이밍 여사의 독특한 설계를 논의하며 계획을 청사진으로 옮기는 작업을 담당하곤 했었다. 해당 지역에는 초지 한 군데, 포도가 자라는 남향 언덕배기 한 군데, 그리고 삼림지대 한 군데가 있었다.
"좋은 땅이라고들 하더군. 그런데 거기 살 사람은 아무도 없었다는 거야."
"왜입니까?" 내가 말했다.
"온갖 일들이 벌어졌으니까. 먼 옛날에 뉴잉글랜드 친구 하나가 거기 정착해서 포도덩굴을 좀 걷어내고 시장에 내다 팔 포도를 가꾸려 했었다는 거야. 젤리나 뭐 그런 걸 만들려고 했었다지. 제법 탐스럽게 열렸는데, 막상 때가 되고 나니까 수확할 수가 없었다지."
"왜 수확을 못 했다는 겁니까?"
"그 사람 다리가 부러졌거든. 염소 몇 마리하고 늙은 숫양 한 마리를 가지고 있었는데, 숫양을 도저히 포도원에서 몰아낼 수가 없었다는 거야. 온갖 수단을 써 봤는데도 숫양이 안 나갔다지. 그리고 그 사람이 포도를 모아 젤리를 만들려고 안으로 들어갔더니, 그 숫양이 그를 치고 지나가면서 넘어뜨려 다리를 부러뜨려버렸다는 거지. 그래서 이듬해 봄에 그 뉴잉글랜드 친구는 그곳을 떠났어.

그리고 다른 남자 이야기도 들려줬지. 숲 맞은편에 이탈리아 사람이 하나 살았다는 거야. 포도를 모아서 와인을 만들면서 와인 유통업도 제법 괜찮게 일궜어. 조금 있으니 유통업 쪽이 너무 잘나가서 와인 제작보다는 유통 쪽이 돈을 더 벌게 됐지. 그래서 그는 와인에 물과 알코올을 타기 시작했고, 그렇게 점점 부자가 됐어. 처음에는 자기가 직접 뚫은 숲길을 통해 말 한 마리와 짐마차로 포도를 날랐는데, 그러다 돈을 버니까 트럭을 샀고, 와인에 조금 더 물을 타기 시작하면서 더 부자가 되고 더 큰 트럭을 샀어. 그러던 어느 밤에, 그가 집에서 꽤 떨어진 곳에서 포도를 수확하고 있는데 태풍이 밀려왔고, 그는 그날 밤 집에 돌아오지 못했어. 다음 날 아침 아내가 그를 찾아냈지. 대형 트럭이 도로에서 미끄러져 뒤집어져 있고, 그 친구는 거기 깔려 죽어 있었다는 거야."

"그게 어떻게 그 장소 탓이 되는지 모르겠습니다만." 나는 말했다.

"그렇긴 하지. 난 그냥 전달하는 것뿐이라고. 하지만 이웃 사람들은 그렇게 생각하지 않았어. 어쩌면 그들이 그냥 시골 사람들이라 그런 걸지도 모르긴 해. 어쨌든 거기 사는 사람이 아무도 없었기에, 반 다이밍 씨는 그곳을 싸게 사들였어. 반 다이밍 여사를 위해서 말이야. 마음대로 가지고 놀라고. 우리가 계획을 마무리하기 전부터, 그녀는 그런 족속들을 특별 열차에 가득 태우고 내려가서 그곳을 구경시키곤 했어. 아직 움막 하나 세워지지 않은 곳인데 말이야. 숲하고, 사람 키만큼이나 높이 자란 초원하고, 포도덩굴이 얽혀 자라는 언덕배기밖에 없었는데도. 하지만 그녀는 다른 부유한 파크 애비뉴 주민들을 대동하고 그곳에 서서, 콜로세움처럼 생긴 회합장하고 아크로폴리스처럼 생긴 공동 주차장을 만들 장소를 보여주며, 언덕배기의 포도덩굴을 전부 뽑아내 버리고 서로의 연극을 관람하는 테라스형 야외 극장을 만들 거라고 설명했지. 풀밭은 호수로 바꾸어서 가스 엔진으로 로마식 바지선을 이리저리 오가게 만들고, 그 위에는 매트리스나 그런 것을 깔아서 음식을 먹으면서 누워 있게 하겠다는 거였어."

"반 다이밍 씨는 그 계획에 대해서 뭐라고 했습니까?"

"아무 말도 안 했던 것 같은데. 어차피 결혼한 사이였잖아. 한번은 '있잖소, 매티—' 하고 이야기를 꺼냈는데, 그녀가 사무실의 우리 모두가 보고 있는 와중인데도 그대로 남편을 돌아보면서 '날 매티라고 부르지 마'라고 말했어." 그는 한동안 입을 다물고 있다가 다시 말했다. "그녀는 파크 애비뉴 출신이 아니었어. 웨스트체스터도 아니었고. 포킵시에서 태어났지.* 결혼 전 성은 럼프킨이었어.

하지만 이제는 그냥 봐서는 알 수 없게 된 거야. 반 다이밍

---

* 맨해튼의 파크 애비뉴와 시티 교외의 웨스트체스터는 부유층 거주구역이다. 포킵시는 시티에서 70마일가량 떨어져 있는 노동자 계층의 도시였다.

의 다이아몬드를 가득 장식하고 신문에 실린 그녀의 사진을 보면서, 칼턴 반 다이밍 부인이 포킵시의 마틸다 럼프킨 양이었다고 말할 사람은 아무도 없었을 테니까. 당연한 거라고, 선생. 심지어 신문조차 감히 그런 말을 꺼내지 못했어. 그리고 반 다이밍 씨 또한 그러지 못했던 것 같아. 그날 사무실에서처럼 잠시 잊어버렸을 때를 제외하면 말이지. 그래서 그녀는 '날 매티라고 부르지 마'라고 했고, 그는 입을 다물고서 — 키 작은 남자였어. 나하고 조금 닮았다고들 하더군 — 그 조그맣고 비싼 엽궐련을 장갑에 대고 탁탁 털면서, 조금 미소를 지으려다가 그래봤자 아무 소용도 없으리라 깨닫고 포기한 표정으로 그대로 서 있었지.

처음에는 저택부터 지었어. 정말 괜찮았지. 그건 반 다이밍 씨가 설계했어. 아마 그때는 그냥 매티라고만 부르지는 않았을 거야. 아마 반 다이밍 여사도 그때는 '날 매티라고 부르지 마'라고는 말 안 했을 테고. 어쩌면 나머지 건물에는 자기가 간섭 안 하겠다고 약속했을지도 모르겠어. 어쨌든 저택은 정말 괜찮았어. 언덕 위에 있었고, 숲 가장자리라 부를 만한 위치였지. 통나무를 썼지만 그렇다고 너무 많이 쓴 것도 아니었어. 주변 풍경과 딱 어울리는 건물이었지. 통나무를 쓸 곳에는 통나무를 쓰고, 통나무를 쓰지 않을 곳에는 도시에서 가져온 좋은 벽돌과 널판을 썼어. 그곳에 딱 맞았지. 그 장소의 일부였어. 모두 괜찮았지. 누구도 성내지 않을 만한 건물이었어. 내 말뜻이 뭔지 알겠나?"

"네, 무슨 말인지 알 것 같습니다."

"하지만 그는 나머지 건물에는 전혀 개입하지 않았어. 그녀한테도, 그녀의 아크로폴리스와 나머지 전부에도." 그는 제법 강렬한 눈빛으로 나를 바라봤다. "때론 이런 생각이 들기도 했지……"

"무슨 생각 말입니까?"

"반 다이밍 씨하고 내가 체구도 거의 비슷하고, 생김새도 닮은 데가 있다고 했지." 그는 나를 지켜봤다. "파크 애비뉴의 고급 정장을 걸치고 은행과 철도 채권을 소유한 그 사람과, 브루클린에 살면서 주급 75달러를 받는 제도사인 내가, 양쪽 모두 젊은 나이도 아니니까 어쩌면 대화를 나눌 수도 있으리라는 생각 말이야. 내가 그에게 내 생각을 털어놓고, 그가 내게 그의 생각을 털어놓으면, 서로를 이해할 수 있을 거라고 말이야. 그래서 나는 이런 생각을 하곤 했어……" 그는 강렬하지만 실제로 나를 훑는 것은 아닌 눈빛으로 나를 바라봤다. "때론 남자들이 여자보다 분별이 있다고 생각하지 않나. 남자들은 건드리지 말아야 할 대상을 알지만, 여자들은 항상 그걸 아는 게 아니거든. 남자는 좋은 의미에서든 나쁜 의미에서든 종교적이 될 필요가 없어. 아예 종교적이지 않을 필요도 없고." 그는 강렬한 눈으로 나를 바라봤다. 잠시 후 그는 단언하는 투로, 돌이킬 수 없다고 단언하는 투로 이렇게 말했다. "자네한테는 헛소리처럼 들리겠지."

"아뇨. 당연히 그렇지 않습니다. 당연히 앞으로도 안 그럴 겁니다."

그는 나를 바라봤다. 그러다 시선을 돌렸다. "아니, 그냥 헛소리처럼 들릴 거야. 자네 시간만 낭비하는 거라고."

"아뇨, 아니라고 맹세할 수 있습니다. 더 듣고 싶어요. 저는 인간이 모든 것을 알고 있다고 생각하는 그런 부류의 사람이 아닙니다." 그는 나를 바라봤다. "지금 이 세상이 만들어지려면 백만 년의 세월이 필요했다고들 말하지요." 나는 말했다. "그리고 인간 하나는 70년 정도면 만들어지고 낡아 떨어져서 파묻힐 수 있습니다. 그러니 인간이란 의심하기에도 너무 아는 것이 없는 존재일 수밖에 없지 않겠습니까?"

"맞는 말이야." 그가 말했다. "분명히 맞는 말이야."

"때로 생각하셨다는 것이 대체 뭡니까?"

"내가 아니었더라면 저들이 그를 써먹을 수도 있었으리라는 생각이지. 저들이 나를 써먹은 것처럼 반 다이밍 씨를 써먹을 수도 있었을 거라고."

"저들이요?" 우리는 서로를 마주했다. 냉정한 정신 상태로, 조용하게.

"그래. 그 뉴잉글랜드 친구한테 숫양을 써먹고, 이탈리아 사람에게 폭풍을 써먹은 자들 말이야."

"아. 그러니까 당신이 그때 거기 없었더라면 대신 반 다이밍 씨를 이용했으리라는 거군요. 저들이 당신은 어떻게 이용한 겁니까?"

"바로 그걸 지금 말하려는 거야. 내가 선택받고 써먹혀진 이야기 말이야. 나는 선택받은 줄도 모르고 있었어. 그런데도 필멸의 인간으로서는 행하기도 계획하기도 불가능한 일을 하라고 선택받은 거였다고. 그날 카터 씨가 (우리 상사인 건축가였어) 반 다이밍 여사한테서 서두르라는 전갈을 받은 날이었어. 저택은 이미 지어졌다는 이야기를 했었지. 그리고 상당히 많은 일행이 내려가서 인부들이 콜로세움이며 아크로폴리스를 건설하는 모습을 구경할 예정이었어. 그래서 서두르라는 연락이 온 거야. 포도가 자라는 언덕배기에 지을 극장 청사진을 원했던 거지. 우선 극장부터 지어서, 일행이 거기 앉아서 아크로폴리스와 콜로세움을 짓는 모습을 구경하게 만들고 싶었거든. 그녀는 이미 포도덩굴을 뽑아내기 시작한 후였고, 카터 씨는 서류첩에 극장 청사진을 끼워서 건네면서 주말에 내려가서 전달해 달라고 말했지."

"그게 어디쯤이었습니까?"

"나도 몰라. 산속, 사람들이 많았던 적이 없는 조용한 산속이었어. 신선하고 쌀쌀한 공기에 바람도 불었고. 침엽수 사이로 바람이 불 때면 오르간하고 비슷하기는 한데 그처럼 양순하지는 않은 소리가 났어. 양순하지 않은 소리라고밖에 할 수가 없군. 하지만 어디였는지는 모르겠어. 카터 씨가 표를 준비해 주고서, 기차가 멈추면 나를 맞이하러 나올 사람이 있다고 했거든.

그래서 나는 마사한테 전화한 다음 준비하려고 집으로 갔어. 귀가해 보니 그녀가 주일 정장을 깔끔히 다리고 구두를 닦아 놓았더군. 나는 청사진을 전달하고 바로 돌아올 거라서 그럴 필요는 없으리라고 생각했지. 하지만 마사는 내가 그 사람들을 어떻게 묘사했는지 들었다고 했어. '당신도 그곳 사람들만큼이나 멋들어지게 보일 거예요.' 그녀는 말했지. '전부 부유하고 신문에 실리는 사람들이지만, 당신도 그만큼 훌륭한 사람이니까요.' 내가 주일 정장을 입고 서류첩을 든 채로 기차에 오를 때, 그녀가 마지막으로 한 말이 그거였어. '당신도 그 사람들만큼 훌륭한 사람이니까요. 그쪽이 신문에 실리는 사람들이라도요.' 그러다가 그게 시작됐지."

"뭐가 시작됩니까? 기차 여행이요?"

"아니, 그거. 기차는 이미 한참 달려온 후였어. 이미 시골에 나와 있었지. 그때 나는 선택받았다는 사실을 모르고 있었어. 그냥 서류첩을 간수하기 편하게 무릎 위에 올린 채로 기차에 앉아 있기만 했지. 얼음물을 마시려고 식당차에 갔을 때도 선택받았다는 사실을 모르고 있었어. 서류첩을 든 채로 그곳에 서서, 창밖을 내다보며 작은 종이컵을 홀짝이고 있었어. 하얀 울타리가 세워진 강둑이 기차와 나란히 이어지고 있었고, 울타리 너머의 짐승들도 보였지. 하지만 기차가 워낙 빠르게 움직이고 있어서, 어떤 짐승인지는 확인할 수 없었어.

그래서 다시 종이컵을 채우다가 홀짝이면서 강둑과 울타리와 울타리 안쪽의 짐승들을 바라보고 있는데, 난데없이 내 몸이 땅바닥으로 내동댕이쳐진 느낌이 든 거야. 강둑하고 울타리가 빙빙 돌면서 멀어지는 게 보이더라고. 그러다 그게 보였어. 그리고 그걸 본 순간에, 그게 그대로 내 머릿속에서 폭발한 것 같더라고. 내가 본 게 뭔지 짐작이 가?"

"뭘 보신 거였습니까?"

그는 나를 주시했다. "얼굴 하나를 봤어. 허공에서, 강둑 위의 하얀 울타리 쪽에서 나를 보고 있더라고. 사람의 얼굴은 아니었어. 뿔이 있었거든. 그리고 염소의 얼굴도 아니었는데, 턱수염이 난 데다가 인간 같은 눈으로 나를 지켜보고 있었거든. 입은 뭔가를 말하려는 것처럼 벌리고 있었는데, 그게 내 머릿속에서 폭발한 거야."

"그렇군요. 그래서 어떻게 됐습니까? 다음으로 뭘 하셨죠?"

"자네 지금 '이 사람 울타리 안에 있던 염소를 봤군'이라고 생각하는 거지. 잘 알겠어. 하지만 나는 자네한테 믿어 달라고 부탁하지 않았어. 그 점을 기억하라고. 사람들이 내 말을 믿는지 여부 따위는 25년 전부터 신경도 쓰지 않게 되었으니까. 나한테는 그 정도면 충분해. 누구나 그 정도로 생각하는 게 고작일 테고."

"알겠습니다." 나는 말했다. "그래서 다음으로 뭘 하셨습니까?"

"그러다 나는 쓰러져 있었어. 얼굴은 죄다 젖어 있고 입과 목구멍에는 불이 붙은 느낌이었지. 한 남자가 내 입에서 병을 빼앗아갔고 (그 자리에는 남자 둘에, 추가로 차장하고 승무원이 있었어) 나는 일어나 앉으려 애썼어. '저 병에 위스키가 들었어요.' 나는 말했어.

'아니, 그럴 리가 없지요, 선생.' 남자가 말했어. '제가 선생 같은 사람한테 위스키를 건넬 리가 없잖습니까. 누구든 선생을 한 번만 보면 술이라고는 평생 마셔본 적 없는 사람이라고 깨달을 텐데 말입니다. 안 그렇습니까?' 나는 그게 사실이라고 말했어. '물론 그러시겠죠. 남자라면 누구든 선생이 이거 한 모금으로 쓰러지는 모습에 선생이 숙녀분들의 금주 운동을 따르는 사람이라는 걸 깨달았을 겁니다. 그래도 머리를 부딪치신 것 같던데. 기분이 좀 어떠십니까? 여기, 이 강장제 한 모금만 더 드시죠.'

'제 생각에는 위스키 같은데요.' 나는 말했어."

"실제로 위스키였습니까?"

"모르겠어. 잊어버렸거든. 어쩌면 그 당시에는 알았을지도 몰라. 어쩌면 그걸 한 모금 더 마셨을 때 깨달았을지도 몰라. 하지만 관계없는 일이었어. 그땐 이미 그게 시작된 후였으니까."

"위스키 기운이 돌기 시작했다는 말입니까?"

"아니, 그것 말이야. 그건 위스키보다 독하거든. 그 병을 들이 켜는 게 내가 아니라 그것인 느낌이었어. 병을 내 입에 대주고 있던 사람이 그걸 보고 말했거든. '어쨌든 마시는 자세는 위스키가 아닌 것처럼 마시는군요. 어차피 금방 알게 되지 않겠습니까?'

표에 적힌 곳에 도착해서 기차가 멈추고 보니 주변도 산맥도 모두 초록색이더군. 짐마차가 나와 있었고, 사람들이 내가 내리는 것을 도와준 다음 서류첩을 내게 건넸고 두 사람이 와서 서 있었어. 나는 그 자리에 서서 말했지. '떠납시구려.' 정말로 그렇게 말했다고. '떠납시구려.' 두 남자는 지금 자네 같은 표정으로 나를 바라봤어."

"저 같은 표정이라고요?"

"그래. 하지만 자네가 믿어줄 필요는 없어. 나는 호각을 챙길 때까지 좀 기다리라고 말했고—"

"호각이요?"

"상점이 하나 있었거든. 상점하고 작은 역 외에는 산맥과 햇빛은 보이지 않는 싸늘한 녹색만이 가득했고, 짐마차가 서 있는 곳에는 희뿌연 느낌의 흙이 좀 깔려 있었지. 그리고 우리는—"

"호각은요." 나는 말했다.

"상점에 가서 사 왔어. 양철로 만든 물건이고 구멍이 여럿 뚫려 있었지. 어떻게 제대로 볼 수가 없더라고. 그래서 나는 짐마차에 서류첩을 던져넣고는 말했어. '떠납시구려.' 정말로 그렇게 말했다고. 한 사람이 서류첩을 짐마차에서 꺼내서 나한테 돌려주며 말했지. '저기, 선생, 이거 중요한 물건 아닙니까?' 그래서 나는 그걸 받아들고 다시 짐마차에 던진 다음 '떠납시구려'라고 말했어.

우리는 모두 마부석에 함께 타고 갔어. 내가 가운데 앉았지. 노래도 불렀어. 추운 날씨에, 강을 따라서 노래하며 방앗간에 도착해서 마차를 멈췄어. 한 사람이 방앗간에 들어가자 나는 옷을 벗기 시작했고—"

"옷을 벗었다고요?"

"그래. 내 주일 정장 말이야. 그걸 벗어서 얼어죽을 흙바닥 속에 던져 버렸지."

"안 추웠습니까?"

"맞아. 추웠지. 맞아. 옷을 벗으니까 한기가 스며드는 게 느껴지더군. 그러다 방앗간에 들어갔던 사람이 단지를 하나 들고 나왔고 우리는 단지 안에 든 걸 나눠 마시면서—"

"단지 안에 뭐가 있었습니까?"

"나도 몰라. 기억 안 나. 위스키는 아니었어. 생긴 걸 보면 위스키는 아니었지. 물처럼 투명했거든.*"

"냄새로 알 수 있지 않습니까?"

"나는 냄새를 못 맡거든. 이런 증상을 뭐라고들 부르는지는 모르겠는데. 하지만 어린 시절부터 몇몇 물건들은 냄새를 못 맡았어. 사람들은 그 덕분에 내가 이 동네에서 25년을 버텼다고들 하

---

* 흔히 '블루릿지 밀주'라 불리던 밀주 위스키는 색이 거의 나지 않는다.

검은 음악 579

지만 말이야.

어쨌든 우리는 그렇게 마셨고 나는 다리 난간 쪽으로 갔어. 뛰어드는 순간 물에 내 얼굴이 비쳤지. 그리고 나는 그제야 그것이 일어났다는 걸 깨달았어. 내 몸은 인간 남자의 몸이었거든. 그런데 얼굴은 기차에 있을 때 내 머릿속에서 폭발했던 그거, 뿔과 수염이 달린 얼굴이었던 거야.

짐마차로 돌아와서 우리는 다시 단지 속 물건을 마시고 노래했고, 잠시 후 나는 친구들이 원하는 대로 속옷과 바지를 다시 걸친 다음 함께 노래하며 길을 떠났어.

저택이 보이기 시작하자 나는 마차에서 내렸어. '여기서 밖으로 나가면 곤란할 텐데요.' 그들이 말했지. '여기 목초지에다 황소를 묶어놨다고요.' 하지만 나는 짐마차에서 내렸어. 주일 외투와 조끼와 서류첩과 양철 플루트를 들고 말이야."

III

그는 말을 멈췄다. 그리고 제법 침중하고 제법 조용하게 나를 바라봤다.

"그렇군요." 나는 말했다. "그래요. 다음에는 어떻게 됐습니까?"

그는 나를 주시했다. "지금까지 자네한테 뭘 믿어달라고 한 적 없잖아, 그렇지? 그건 자네를 배려한 거였다고." 그의 손이 가슴팍으로 들어갔다. "자, 여기까지 따라오는 게 제법 힘들었지. 이제 자네의 부담을 덜어줄 차례야."

그의 가슴팍에서 나온 것은 캔버스천 손가방이었다. 바느질은 어설펐고 많이 사용해서 지저분해져 있었다. 그는 가방을 열었다. 그러나 내용물을 꺼내기 전에, 그는 다시 나를 바라봤다. "자네는 어느 정도까지 허용할 수 있나?"

"허용이요?"

"사람들 말에 대해서 말이야. 사람들이 생각하는 관점에 대해서. 같은 것이라도 사람이 둘이면 서로 다른 것을 보게 마련이잖나. 사람이 하나라도 보는 방향에 따라서는 다른 것이 되고."

"아." 나는 말했다. "그런 허용이요. 그래요. 알겠습니다."

그는 손가방에서 접은 신문 조각을 꺼냈다. 오래되어 누렇게 떠 있었고, 떨어져 나간 가장자리는 지저분한 천 쪼가리에 조심스레 풀칠을 해서 이어 놓았다. 그는 찬찬히, 진지하게, 신문 조각을 펼쳐서 내 앞 탁자에 내려놓았다. "집으려 하지 말게." 그가 말했다. "이젠 좀 낡은 데다 여분도 없거든. 그냥 읽기만 해."

나는 신문을 바라봤다. 25년 전에 펴낸 신문에는 색이 바랜 잉크로 이렇게 적혀 있었다.

버지니아 산악지대 광인의 준동

저명한 뉴욕 사교계 여성
본인 소유 정원에서 습격

뉴욕과 뉴포트의 칼턴 반 다이밍 부인이 반나체 광인 남성과 성난 황소에 의해 여름 별정의 정원에서 습격당했다. 광인은 탈주했다. 반 다이밍 부인은 충격으로 쓰러졌다.

여기서부터는 그림과 도표가 이어지며, 뉴욕 건축사 사무실 사람을 기다리던 반 다이밍 부인이 만찬 자리에서 누군가 자길 찾는다는 이야기를 듣고, 사무실 사람이라 생각하고 나갔다는 사실을 보여줬다. 이후로는 반 다이밍 부인 본인의 입을 빌려 이야기가 계속되었다.

> 건축사 사람이 찾아오면 안내하라고 명해 놓은 서재로 갔지요. 그런데 아무도 없더군요. 종을 울려 하인을 부를까 생각하다가, 문득 현관으로 나가봐야겠다는 생각이 들었어요. 시골 사람들한테는 저택의 주인이나 여주인이 등장하기 전까지는 현관 이상으로 안 들어오려는 습속이 있거든요. 그래서 문간으로 나갔죠. 그런데 아무도 없는 거예요.
>
> 그래서 현관으로 나섰어요. 불은 켜져 있는데도 처음에는 아무도 보이지 않더군요. 그래서 다시 들어갈까 싶었는데, 하인이 분명히 마을로 보냈던 짐마차가 돌아왔다고 했거든요. 어쩌면 건축사 사람이 극장 부지를 확인하려고 정원 끄트머리로 나갔을지도 모른다는 생각이 들었어요. 인부들이 그날부터 포도나무를 파내면서 부지를 준비하기 시작했거든요. 그래서 그쪽으로 걸음을 옮겼죠. 정원 끄트머리까지 거의 도착했을 때, 나는 고개를 돌릴 수밖에 없었어요. 나하고 불 켜진 현관 사이에서, 어둠 때문에 윤곽만

보이는 남자가 허리를 숙이고 깨금발로 뛰고 있는 거예요. 나는 그 남자가 바지를 벗는 중이라는 사실을 깨닫고 두려움에 사로잡혔죠.

나는 소리쳐 남편을 불렀어요. 그랬더니 그 남자가 반대쪽 다리를 빼내고는 내 쪽으로 달려오는 거예요. 한쪽 손에는 나이프를(긴 칼날에 현관 불빛이 번득이며 비치는 게 보였어요), 반대쪽 손에는 납작하고 네모난 물체를 들고요. 나는 그대로 몸을 돌려 비명을 지르면서 숲으로 달려갔죠. 방향감각을 완전히 잃은 상태였어요. 그저 목숨만 살리려고 뛰었죠. 그러다 보니 오래된 포도밭에 들어와서 포도덩굴 사이를 헤치고, 저택과 반대 방향으로 뛰고 있었어요. 남자가 내 뒤를 쫓아오는 소리가 들리다가, 갑자기 이상한 소리를 내는 게 들렸어요. 어린아이가 1페니짜리 장난감 호각을 부는 소리처럼 들렸는데, 다음 순간 그게 잇새에 나이프 칼날을 문 채로 숨 쉬는 소리라는 사실을 깨달았죠.

갑자기 뭔가가 날 따라잡더니 그대로 지나치며, 관목숲에서 엄청난 소란을 일으켰어요. 나하고 정말 가까이 지나간 덕분에, 그 불타는 눈빛과 뿔을 가진 거대한 짐승의 형체를 알아볼 수 있었죠. 나는 잠시 후 그게 칼턴의 ― 반 다이밍 씨의 ― 수상 경력이 있는 더럼 황소라는 사실을 깨달았어요. 너무 위험한 짐승이라 다이밍 씨조차 가둬놓을 수밖에 없었던 놈이었죠. 그게 풀려나서 앞길의 모든 것을 부수면서 나를 지나쳐 달려나가는 거예요. 나이프를 든 광인은 내 퇴로를 막고 있고요. 나는 나무에 등을 대고 멈춰서 살려달라고 소리를 질렀죠.

"황소는 어떻게 풀어준 겁니까?" 나는 말했다.

그는 신문 조각을 읽는 내 얼굴을 내내 지켜보고 있었다. 마치 내가 그의 시험지를 채점하는 선생이라도 되는 것처럼. "나는 어린 시절에 〈폴리스 가제트〉 지를 우수 회원으로 구독했던 적이 있거든. 우수 회원한테 주는 상품 중에는 모든 자물쇠를 딸 수 있는 작은 기계도 있었어. 이젠 사용하지 않지만 아직도 주머니 속에 가지고 다닌다고. 부적이나 뭐 그런 비슷한 느낌이겠지. 어쨌든, 그날 밤에는 가지고 있었어." 그는 탁자에 놓인 신문을 바라봤다. "사람들이란 아마 자기가 본 대로 믿게 마련이겠지. 그러니까 자네도 저들이 믿는 대로 믿어야 마땅해. 하지만 그 신문에는 그녀가 더 빨리 달리려고 실내화를 벗어던졌다거나(한 짝에 맞아서 목이 부러질 뻔했지), 그녀가 짐말처럼 흑흑흑 소리를 내면서 뛰었다거나, 그녀가 속도를 줄이려 할 때마다 내가 다시 호각을 불어서 달리게 만들었다는 이야기는 안 실려 있어."

"심지어 그녀를 따라가는 것도 힘들었어. 손에는 서류첩을 든 채로 호각을 불려고 애쓰고 있었으니 말이야. 왠지 모르겠지만 그 물건은 진짜 안 불어지더군. 어쩌면 내가 연습도 안 하고 너무 서둘러 시도했기 때문일 수도 있겠지. 내내 달리고 있었기도

했고. 그래서 내가 서류첩을 던져 버리고 그녀를 따라잡아 보니, 그녀는 나무에 등을 대고 서 있었고, 황소는 그녀한테는 신경도 쓰지 않고 나무 주위를 빙글빙글 돌고 있었어. 온갖 소란을 일으키며 나무를 뱅뱅 돌고 있었단 말이야. 그녀는 나무에 기댄 채로, 남편을 깨울까 겁난 것처럼 '칼턴, 칼턴' 하고 속삭이고 있었고."

기사는 다음과 같이 계속되었다.

> 나무에 기댄 채로, 황소가 빙빙 돌 때마다 내 존재를 알아챌까봐 두려워하고 있었어요. 그래서 소리치기를 멈춘 거죠. 그러다 남자가 따라왔고 그제야 처음으로 모습이 제대로 보였어요. 그는 내 앞에 멈췄죠. 끔찍하지만 환희에 찼던 한순간, 나는 그가 반 다이밍 씨라고 생각했어요. "칼턴!" 나는 말했죠. 그는 대답하지 않았어요. 그저 나를 굽어보기만 할 뿐이었죠. 그제야 그의 손에 아까 그 나이프가 들린 게 눈에 들어온 거예요. "칼턴!" 나는 울부짖었어요.
> "왠지 모르겠는데 이거 도저히 제대로 불 수가 없군." 그는 무시무시한 나이프를 바쁘게 살피며 이렇게 중얼거렸어요.
> "칼턴!" 나는 소리쳤죠. "당신 미쳤어요?"
> 그러자 그는 나를 올려다봤어요. 그제야 그가 내 남편이 아니며, 내가 미친 남자의, 광인의, 그리고 성난 황소의 손에 떨어졌다는 사실을 알게 됐죠. 나는 그 남자가 나이프를 입술로 가져가서 다시 그 무시무시하고 새된 소리를 내는 걸 지켜봤어요. 그리고 그대로 기절했죠.

검은 음악

IV

　그게 전부였다. 이어진 기사는 그저 광인이 아무런 흔적도 남기지 않고 사라졌으며, 반 다이밍 부인은 주치의의 보살핌을 받으면서 그녀와 그녀의 가솔과 온갖 모든 물건을 뉴욕으로 실어다 줄 특별 열차를 기다리고 있다고 알렸다. 그리고 반 다이밍 씨는 짤막한 인터뷰를 통해 그 장소를 개발하려는 계획은 완벽히 폐지되었으며 이제 매물로 내놓은 상태라고 언급했다.

　나는 그만큼이나 조심스럽게 신문 조각을 접었다. "아." 나는 말했다. "그게 전부로군요."

　"그렇지. 나는 다음 날 아침 해뜰 무렵에 숲속에서 깨어났어. 언제 잠들었는지도, 처음에는 어디 있었는지도 짐작할 수가 없었지. 처음에는 내가 저지른 일도 기억하지 못했어. 하지만 이상한 일은 아니었지. 사람이란 인생의 하루를 통째로 잃어버리고도 모를 수도 있는 존재니까. 자네도 그렇게 생각하나?"

　"네." 나는 말했다. "저도 그렇게 생각합니다."

　"상당히 많은 사람에게 나는 사악한 작자로 보이겠지만, 주님께서는 그 정도로 악하게는 보이지 않을 거라는 사실을 알고 있거든. 그리고 아마 악마들이나 심지어 악마의 왕 그 자체도, 주님의 일처리 방식을 잘 안다고 주장하는 많은 사람이 믿게 만들려는 것만큼 사악하지는 않으리라 생각해. 자네도 그렇게 생각하지 않나?" 손가방은 열린 채 탁자 위에 놓여 있었다. 그러나 그는 신문을 바로 집어넣지 않았다.

　그러다 그는 나를 지켜보던 시선을 거두었다. 순식간에 그의 얼굴은 다시 소심하고 아이 같아졌다. 그는 손가방에 손을 넣었지만, 이번에도 한 번에 꺼내지는 않았다.

"사실 그게 완전히 전부는 아니야." 그는 손가방에 손을 넣고 눈을 내리깐 채로, 그리고 그의 얼굴은, 온화하고 평화롭고 별 특징 없는, 콧수염이 제멋대로 자란 얼굴 역시 아래를 향한 채로 말했다. "나는 어린 시절부터 책을 많이 읽었어. 자네도 책 많이 읽나?"

"네. 제법 읽습니다."

그러나 그는 대답에 귀를 기울이지 않았다. "해적과 카우보이 이야기를 읽으면, 해적 두목이나 카우보이가 되는 느낌이었지. 바다라고는 코니아일랜드*에서밖에 못 보고, 나무라고는 워싱턴 스퀘어**에 드나들 때밖에 못 봤던 빌어먹을 말썽쟁이 꼬맹이였는데 말이야. 하지만 책을 읽으면서, 다른 모든 소년이 그렇듯이 언젠가…… 삶의 장난질에 넘어가서 일상을 반복하는 일이 끝나게 되리라고 믿었어…… 그날 오전에 기차를 타기 전 집으로 갔을 때, 마사는 이렇게 말했어. '당신도 반 다이밍 부부만큼이나 훌륭한 사람이에요. 신문에 실리는 건 그쪽뿐이라도요. 그럴 가치가 있는 사람들을 전부 신문에 실으려 한다면 파크 애비뉴로도 부족할 거예요. 브루클린으로도요.' 그녀는 말했어." 그는 손가방에서 손을 뺐다. 이번에는 1단짜리 기사 하나만 오려냈을 뿐이었다. 그는 마찬가지로 누렇고 흐릿해지고 별로 길지 않은 기

---

* 뉴욕 롱아일랜드 남해안에 있는 유원지.

** 뉴욕 그리니치 빌리지에 있는 공원.

검은 음악

사를 내게 건넸다.

의문의 실종
살인 의심중

뉴욕의 건축가 윌프레드 미들턴이 백만장자의
별장에서 실종됨

치안대가 버지니아 산악지대에서 광인에게 살해된 것으로
추정되는 건축가의 시체를 수색 중

반 다이밍 부인을 향한 수수께끼의 공격과 연관되었을 가능성
두려움에 떨고 있는 산악지대 주민들

........................지역, 버지니아, 4월 8일, ...년. 뉴욕 시티 거주자인 56세의 건축사 윌프레드 미들턴이 4월 6일, 이곳 근처 칼턴 반 다이밍 씨의 별장으로 향하는 중 실종되었다. 수중에 있던 귀중한 설계도가 오늘 아침 반 다이밍 사유지 근처에서 발견되었으며 1급 정보로 여겨지고 있다. 해리스 경찰서장이 이 사건을 맡았으며, 지금은 뉴욕 형사팀의 도착을 기다리는 중이다. 그는 숙련된 범죄학자들의 도움을 받아 빠르게 사건을 해결할 것임을 약속하고 있다.

가장 당황스러운 경험

"저는 이 실종 사건을 해결함으로서" 해리스 서장은 말한다. "같은 날 벌어진 반 다이밍 부인 습격 사건도 해결할 수 있으리라 생각합니다."

    미들턴은 아내 마사 미들턴을 유족으로 남겼으며,
    그녀는 브루클린의 ················가에 거주 중이다.

 그는 내 얼굴을 바라보고 있었다. "그런데 실수가 하나 있어." 그가 말했다.
 "그렇군요." 나는 말했다. "선생님 이름을 잘못 적었어요."
 "자네가 그걸 알아차릴지 궁금하긴 했는데. 하지만 내가 말한 실수는 그게 아니야······" 그는 손에 들고 있던 두 번째 신문 기사를 내 쪽으로 건넸다. 다른 두 장과 마찬가지로 누렇고 흐릿했다. 나는 그 흐릿해지는 평화로운 인쇄물을, 썩어가는 가느다란 그물에서 해묵은 폭력이 어떻게든 탈출하고 무력한 흔적만 먼지가 되어 조용히 남은 흔적을 바라봤다. "이걸 읽어 봐. 내가 생각한 실수가 그게 아닌 것은 물론이고, 당시에는 누구도 실수를 알 수 없었다는 의미니까······"
 나는 그의 말에 귀를 기울이지 않고 신문을 읽고 있었다. 독자의 '항의 편지'를 그대로 실은 부분이었다.

             뉴올리언스, 루이지애나
             4월 10일, ··········년

뉴욕타임스 편집자 귀하

뉴욕, 뉴욕 주

친애하는 편집자 선생

올해 4월 8일자 기사에서 연관자 이름을 잘못 기록해 놓았습니다. 해당자의 성은 미들턴이 아니라 미즐스턴입니다. 교외 및 도심 지역의 모든 판본에서 이 오류를 수정해 주시면 감사하겠습니다. 언론이란 선과 악 모두를 모든 미국인 가정에 전달하는 무기나 다름없으니, 그런 중차대한 능력을 가진 이들은 매일 신문에 실리지는 못해도 충분히 그만큼 가치 있는 남녀에 대해서도 실수를 해서는 안 되는 법입니다.

다시금 감사드리며,

친구로 남아 있고자 하는 독자가.

"아." 나는 말했다. "알겠습니다. 선생님이 정정하셨군요."

"그래. 하지만 그건 실수가 아니야. 난 그녀를 위해서 이런 일을 했어. 자네도 여자들이 어떤지 알잖나. 그녀라면 철자가 잘못된 꼴을 보느니 아예 신문을 안 보는 쪽을 택하겠지."

"그녀요?"

"내 아내. 마사. 진짜 실수는, 그녀가 그걸 받았는지 아닌지를 모른다는 거야."

"이해가 안 되는데요. 설명 좀 해 주시겠습니까."

"지금 그러고 있잖아. 방금 두 개 중에 처음 기사, 그러니까 실종 기사는 이미 가지고 있었지만, 나중에 내 편지가 실릴 때까지 기다렸어. 그런 다음에 둘 다 종이 한 장에 붙이고 '친구로부터'라고 적은 다음, 그대로 봉투에 넣어서 아내에게 편지로 부쳤지. 하지만 그녀가 그걸 받았는지 아닌지를 모른다는 거야. 그게 실수였다고."

"그게 실수라고요?"

"그래. 아내가 이사를 갔거든. 보험금이 나온 후에 파크 애비뉴로 이사해 갔어. 여기 내려온 후에 신문기사로 접하게 되었지. 파크 애비뉴의 마사 미즐스턴 부인이 5번 애비뉴 메종 페이어트에서 일하던 한 젊은이와 결혼했다는 거야. 언제 이사했는지는 안 적혀 있었으니, 아내가 편지를 받았는지 아닌지를 알 수가 없지."

"아." 나는 말했다. 그는 신문기사를 조심스레 접어 캔버스천 손가방에 넣었다.

"그래, 선생. 여자란 그런 존재지. 어쩌다 한 번씩 비위를 맞춰주는 정도야, 남자들한테는 하등 어려운 일도 아니고. 그럴 가치가 있으니까. 여자들은 힘들게 살잖나. 하지만 나 때문에 한 일이 아니었어. 내 이름을 잘못 쓰든 말든 아무 상관도 없었다고. 필멸의 인간으로서는 행하기도 계획하기도 불가능한 뭔가를 저지르고 그 너머에 있다 온 남자에게, 이름 따위가 대체 무슨 의미가 있겠어?"

다리
The Leg

I

보트가 — 낡아서 덧댄 돛을 가진 작은 보트가 — 우리 두 단 아래의 갑문으로 들어왔다. 나는 노를 들고 앉아서 어깨 너머로 그 배를 힐끔거렸고, 조지는 말뚝을 붙든 채로 에버비 코린시아에게 밀턴의 구절을 늘어놓고 있었다. 상대방 보트가 마지막 침로에 들어서자 나는 조지를 돌아봤다. 그러나 그는 아직도 코무스의 두 번째 대사*를 암송하는 중이었다. 비뚤어진 얼굴을 위로 들고, 짧게 깎은 붉은 머리카락에는 오후의 햇살을 받으면서.

"비켜줘야 돼, 조지." 나는 말했다. 그러나 그는 말뚝에 그대로 보트를 세운 채로, 광택 나는 모자를 들고는, 마치 갑문과 템스강과 시간과 다른 모두가 자신의 소유이기라도 한 듯, 세련되고 운율 섞인 어리석음만을 계속 내뱉었다. 그러는 동안 사브리나는

---

* 『코무스』는 1634년 초연된 밀턴의 가면극이다. 코무스의 두 번째 대사란 '숙녀'를 처음 목격한 코무스의 과장된 찬사를 뜻한다.

(아니면 헤베든 클로에든 다른 이름이든, 그가 당시 코린시아를 칭하던 호칭의 대상은) 농장 처녀의 피부색과 햇살 속에 쏟은 벌꿀술 같은 머리카락에 수없이 많은 날염 원피스 중 한 벌을 입은 모습으로 우리 위편에 서서는, 갑문 레버에 한 손을 올리고 조지와 상대방 보트의 다른 남자를 각각 한쪽 눈으로 보면서, 조지가 잠시 숨을 돌리려고 멈출 때마다 충직하게 "네, 선생님"이라고 말하고 있었다.

보트가 방향을 돌리더니 그대로 멈추었다. 키잡이가 우리를 보며 갑문에서 비키라고 소리쳤다.

"비켜줘야 돼, 조지." 나는 말했다. 그러나 그는 세련되고 어울리지 않는 망각과 함께 계속 말뚝을 붙들고 있었다. 에버비 코린시아는 우리 위편에 서서, 레버에 손을 올린 채로, 고개를 살짝 들고는 조금씩 우려를 표하기 시작했고, 나는 그녀와 상대방 보트를 번갈아 바라보면서, 그녀가 3년 전에 눈을 크게 뜨고 고개를 살짝 든 모습으로 처음으로 우리를 위해 갑문을 열어준 이래로, 그녀와 내가 얼마나 이런 식으로 시간을 허비했을지를 생각해 보았다. 조지가 보트를 세운 채 키즈와 스펜서의 은유를 빌려다가 그녀에게 온갖 미사여구를 늘어놓는 동안 말이다.

상대방 보트의 선원들이 다시 우리를 보고 소리치더니, 돛을 내리고 전진할 채비를 했다. "비켜줘야 된다고, 이 바보야!" 나는 이렇게 말하며 노를 물에 넣었다. "갑문 열어요, 코린시아!"

조지는 나를 바라봤다. 코린시아는 이제 양쪽 눈 모두를 상대방 보트로 향하고 있었다. "이 무슨 일인가, 데이비?" 조지가 말했다. "심지어 그대마저도 키르케의 돼지무리를 바다로 몰아넣으려 조력하는 것인가? 그렇다면 떠나자꾸나, 가다라의 물결 속으로!"*

그러면서 그는 보트를 힘껏 밀었다. 나는 보트를 밀어내라고 말한 것이 아니었다. 그리고 설령 그랬다고 해도, 에버비 코린시아가 갑문을 열지 않았더라면 어떻게든 대처할 수 있었을지도 모른다. 그러나 그녀는 갑문을 열고는, 우리를 한 번 뒤돌아보고는 뻣뻣한 풀 먹인 원피스 차림으로 풀밭에 털썩 주저앉았다. 우리가 탄 작은 보트는 쏜살같이 움직였다. 문득 조지가 아직도 한쪽 팔로 말뚝을 붙든 채로 무릎을 올려 턱에 갖다 붙이고 모자를 쥔 손을 높이 들어올리는 모습과, 갈고리 장대의 긴 그림자가 갑문 위로 드리우는 모습을 본 것 같기도 했다. 그러나 나는 방향을 잡느라 너무 바빴다. 보트는 쏜살같이 갑문 사이로 쓸려갔고, 조지는 여전히 반짝이는 모자를 전함 돛대 꼭대기의 깃발처럼 높이 든 채 꼼짝 않고 있다가 그대로 물속으로 사라졌다. 이내 나는 잔잔해진 물 위에 조용히 뜬 채로, 보트에서 아무 말 없이 나를 내려다보는 두 남자의 휘둥그레한 눈을 마주하게 되었다.

"당신 친구가 사라졌소만, 선생." 그중 하나가 차분한 투로 말했다. 그리고 그들은 갈고리 장대로 내 보트를 끌어다 주었고, 보트에서 일어서던 나는 조지를 발견했다. 그는 배 끄는 길에 서

---

* 여기서 조지는 돼지와 연관된 두 가지 고사를 하나로 묶어 사용하고 있다. 키르케는 호메로스의 『오디세이아』에 등장하는 인간을 돼지로 바꾸는 마녀다. 가다라는 마태복음 8장에 등장하는 지명으로, 예수가 두 남자에게 들린 마귀를 추방하여 돼지떼에 넣은 다음 바다로 달려가 빠져 죽게 만든 곳이다.

있었고, 에버비 코린시아의 아버지인 사이먼과 다른 남자도 — 갑문 건너편에 보였던, 갈고리 장대 그림자를 드리웠던 남자였다 — 그곳에 있었다. 그러나 내 눈길이 닿은 곳은 뒤틀려 못생겨진 조지의 얼굴과, 젖은 채 햇살을 받아 검고 둥글게 보이는 조지의 머리통뿐이었다. 수부 하나는 아직도 말하고 있었다. "진정하시오, 선생. 저 사람 좀 붙들어 주게, 새뮤얼. 그래. 이제 괜찮을 거야. 조금 시간을 주자고. 방금 친구가 그렇게……"

"이 바보가, 이 빌어먹을 바보가!" 나는 말했다. 조지는 내 옆에서 몸을 수그린 채로 흠뻑 젖은 플란넬을 짜고 있었고, 사이먼과 두 번째 남자는 — 사이먼은 무쇠 같은 잿빛의 얼굴에 무쇠 같은 회색 콧수염을 길러서 마치 겨울의 생울타리 사이를 부루퉁하고 멍청하게 가로지르는 나이 든 황소 같은 남자였고, 그보다 젊은 두 번째 남자는 불그레하고 유능해 보이는 얼굴에 근처 동네에서 만든 딱딱하고 뻣뻣한 양복 차림이었다 — 우리를 주시하고 있었다. 코린시아는 땅바닥에 주저앉아 절망한 듯 조용히 흐느끼고 있었다. "빌어먹을 바보. 아, 빌어먹을 바보 같으니."

"옥스퍼드 젊은이들이란." 사이먼은 역겨움이 묻어나는 거친 목소리로 말했다. "옥스퍼드 젊은이들이란."

"아, 뭐." 조지가 말했다. "제가 당신네 갑문을 파딩 한 닢*만큼도 손상시키지 않았다고 감히 말하고 싶군요." 그는 자리에서 일어나서 코린시아를 바라보았다. "이 무슨, 키르케!" 그가 말했다.

---

* 1파딩은 4분의 1페니다.

"그대의 약속된 운명을 달성하였기에 눈물을 흘리는 거요?" 그는 다져진 땅 위로 물을 줄줄 흘리면서 그녀에게 다가가서, 그녀의 팔을 붙들었다. 팔은 그대로 따라 올라갔지만, 그녀는 땅바닥에 앉아서, 절망해서 눈물을 펑펑 흘리고 있었다. 입을 살짝 벌린 채로, 그녀는 인내하는 절망 속에 앉아서 수정처럼 순수한 눈물을 흘렸다. 사이먼은 갈고리 장대를 — 갑문을 조작하느라 바쁜 두 번째 남자에게서 받아든 후였다. 나는 두 번째 남자가 코린시아가 이전에 우리에게 말해준 적 있는 런던에서 일하는 오빠라는 사실을 알아차렸다 — 거칠고 큼직한 손으로 움켜쥔 채로 그들을 지켜보고 있었다. 큰 보트는 이제 갑문 안으로 들어왔고, 두 남자가 난간 너머에서 우리를 지켜보는 모습이 마치 인도 위에 잘린 머리 두 개가 얹혀 있는 것처럼 보였다. "자, 일어나요." 조지가 말했다. "거기 앉아 있으면 옷이 더러워지잖습니까."

"일어나라, 딸." 사이먼이 거칠지만 심술은 섞이지 않은, 마치 그 거침이 그의 말을 전달하는 매개체일 뿐인 듯한 목소리로 말했다. 코린시아는 여전히 눈물을 흘리면서 순순히 자리에서 일어나서, 그 가족이 살고 있는 비둘기장처럼 깔끔하고 작은 집을 향해 걸음을 옮겼다. 기울어진 햇살이 그 집과 조지의 터무니없는 상판에 가 닿고 있었다. 그는 나를 지켜보는 중이었다.

"자, 데이비." 그는 말했다. "내가 똑똑한 사람이 아니었더라면 말이야, 지금 자네 표정을 보고 자네가 나를 부러워하는 줄 알았겠어."

"내가?" 그가 말했다. "이 머저리. 무시무시하게 미친 놈."

사이먼은 갑문 쪽으로 가 있었다. 두 개의 조용한 머리가 천천히, 마치 땅에서 조금씩 밀려나오는 것처럼 위로 올라왔고, 사이먼은 갈고리 장대를 들고 갑문 위로 허리를 숙이고 있었다. 그는 몸을 일으키고는, 한때 멋들어졌으나 이제는 축 늘어져 알아볼 수도 없을 지경이 된 조지의 모자를 갈고리 장대 끝에 걸린 채로 그에게 내밀었다. 조지는 침중하게 그걸 받아들었다. "고맙군요." 그는 말했다. 그리고 주머니를 뒤지더니 사이먼에게 동전 하나를 건넸다. "갈고리 장대가 낡고 상했으니까요." 그리고 말했다. "당신의 당연한 실망에도 위로가 될지도 모르고요. 그렇죠, 사이먼?" 사이먼은 투덜대면서 갑문으로 돌아갔다. 그녀의 오빠는 여전히 우리를 주시하고 있었다. "그리고 당신에게는 감사를 표해야겠군요." 조지가 말했다. "같은 부류의 호의를 돌려줄 일이 일어나지 않기를 바라죠." 오빠는 느릿하고 경쾌한 목소리로 짧고 간단하게 뭔가를 말했다. 조지는 다시 내 쪽으로 눈길을 돌렸다. "자, 데이비."

"얼른. 이제 가자고."

"당연히 그래야지. 우리 보트는 어디 있어?" 그러자 나는 다시 그를 바라봤고, 그 또한 잠시 나를 멀거니 바라봤다. 그러더니 그는 크게 울리는 긴 웃음을 터트리기 시작했고, 그러는 동안 큰 보트의 두 머리는 화강암 같은 사이먼의 등판 너머에서 우리를 지켜보고 있었다. 우리를 무시하고 있는 사이먼이 옥스퍼드 젊은이들이란, 하고 생각하는 소리가 거의 들리는 것만 같았다. "데이비, 설마 보트를 잃어버린 거야?"

"조금 아래쪽에 묶어 놨소, 선생." 큰 보트에서 점잖은 목소리가 말했다. "저쪽 신사 양반이 택시에서 내리는 것처럼 뒤도 안 돌아보고 뛰어내립디다."

6월의 오후 햇살이 비스듬히 내 어깨에, 그리고 조지의 얼굴 전체에 비추었다. 그는 내 상의를 받아들지 않았다. "노를 저으면 몸이 데워질 거야." 그는 말했다. 한때 깔끔했던 모자는 그의 발치에 놓여 있었다.

"그건 그냥 버리는 게 어때?" 나는 말했다. 그는 계속 노를 당기면서 나를 바라봤다. 햇살이 그의 눈을 가득 채우고는 반짝이는 노란색 점들을 운모 파편 같은 불꽃으로 휘날렸다. "그 모자 말이야." 나는 말했다. "그걸 어디다 쓰려고 하는 건데?"

"아, 이거. 내 영혼의 상징을 내다버리라고?" 그는 노 한 짝을 배에서 떼어내더니 모자를 들고 빙 돌린 다음 손잡이에 끼워서, 용맹하면서도 쾌활하고 방탕하게 축 늘어져 있게 만들었다. "심해에서 구원해 낸 내 영혼의 상징을—"

"아무런 의미도 없는 장소에서, 자신이 담당하는 갑문이 막히는 것을 원치 않았던 공무원이 끄집어낸 물건이지."

"적어도 너도 상징성은 인정하잖아." 그는 말했다. "그리고 대영제국이 이 모자를 구원했다는 것도. 그러니 제국에 뭔가 가치가 있는 물건이라는 뜻이지. 나로서는 감히 던져 버릴 수가 없어. 죽음이나 재난에서 구해낸 물건은 영원히 소중한 존재가 되기 마련이라고, 데이비. 무시할 수가 없는 거야. 그쪽에서도 무시하게 놔두지를 않고. 너희 미국인들은 이런 걸 뭐라고 부르더라?"

"헛수작이라고 부르지. 그냥 강물을 따라 흘러가게 잠시 놔두는 건 어때? 흐름이 알아서 해 주잖아."

그는 나를 바라봤다. "아. 그건…… 뭐, 어쨌든, 미국적이긴 하군. 그것도 의미가 있지."

그러나 그는 다시 물의 흐름에서 벗어났다. 바지선 한 척이 예인되어 강을 거슬러 올라오고 있었다. 우리는 경로에서 빠져나와 바지선이 지나가는 모습을, 그 어떤 생명의 자취도 없이 누구도 막지 못할 것처럼 지나가는 모습을 지켜봤다. 마치 덩치 큰 짐말이 황막한 관대를 끌고, 누더기 외투를 입고 껍질 벗긴 몰이용 막대를 든 소년이 무신경하게 쿡쿡 찌르면서 길을 따라 몰아가는 것처럼 보였다. 우리는 천천히 후진했다. 갑판 위에서는 불도 안 붙은 파이프를 잇새에 물고 꿈쩍도 않는 얼굴 하나가, 아무 생각도 없이 공허한 눈으로 우리를 바라보고 있었다.

"내게 선택권이 있었더라면 말이야." 조지가 말했다. "나는 저쪽 저 친구한테 끄집어내지고 싶었어. 느긋하게 갈고리 장대를 들고는, 파이프를 고쳐 물지도 않고 그대로 끄집어내 줄 것 같지 않아?"

"그럴 거였으면 장소를 잘 골랐어야지. 어차피 내가 보기에는 네가 불평할 위치는 아닌 것 같은데."

"하지만 사이먼은 짜증을 냈다고. 놀라지도 않고 염려하지도 않고, 그냥 짜증만 냈어. 나는 갈고리 장대를 들고 짜증 내는 남자한테 붙들려서 삶으로 돌아오고 싶지는 않단 말이야."

"그때는 그런 말을 할 엄두도 못 냈으면서. 사이먼은 널 구할 필요조차 없었어. 그냥 갑문을 닫아 뒀다가, 다음번 밀물이 올라올 때 열어서 널 건드리지도 않고 자기 구역에서 내보낼 수도 있었다고. 그러면 귀찮은 문제도 배은망덕함도 안 겪어도 됐을 테고. 게다가 코린시아는 울었잖아."

"그렇지, 눈물. 적어도 이제부터는 코린시아도 일말의 상냥함을 품고 나를 대해 주겠지."

"그래. 그건 네가 아예 못 빠져나왔을 경우의 일이긴 하겠지만. 아니면 아예 처음부터 빠지지를 않았던가. 인사 하나를 마무리 지으려고 지저분한 갑문 물에 빠지다니. 내 생각에는―"

"부디 생각하지 말아 주게, 친애하는 데이비드. 내게 주어진 선택은 보트를 붙잡은 채로 안전하고 얌전하게 멀어져가거나, 아니면 이 물에 일시적으로 몸을 담그는 작은 대가를 치름으로써 어리석은 작은 신들에게 거짓을 고하는 것뿐이었느니." 그는 한쪽 노를 놓고 손을 물에 담근 다음, 그대로 손을 들어올려 물을 튀기며 벌레스크처럼 과장된 투로 말했다. "오 템스여! 제국의 강대한 하수도여!"

"보트나 저어." 나는 말했다. "나는 영국의 자부심에서 뭔가를 배우기에는 미국에 너무 오래 살았다고."

"그 때문에 너는 조물주께서 신이라는 존재를 창조할 필요를 느끼기도 전부터 이 땅을 적셔 왔던, 이 더럽고 낡은 하수도에 몸을 담그는 행위를…… 인간과 그의 모든 시끄러운 허튼소리가 추잡함과 함께 소용돌이쳐 내려가는 갑문을……"

당시 우리는 스물한 살이었다. 우리는 그런 식으로 떠들며 그 평화로운 땅을 짓밟고 돌아다녔다. 과거의 화려하고 피비린내 나는 행위와 실수투성이 용맹한 남자들의 정신이, 그대로 녹색의 풍경 속에 굳어져, 모든 돌과 나무마다 잠들어 있는 땅을. 때는 1914년이었고 공원의 밴드는 〈9월의 왈츠〉*를 연주하며, 젊은 남녀는 달빛 속에서 보트를 타고 강을 떠다니며 '미스터 문'과 '천국 한 조각이 있다네'**를 노래하던 시절이었다. 조지와 나는 크라이스트처치***의 어느 창가에 앉아서 황혼 속에서 속삭이는 커튼 소리에 파묻힌 채로, 용기와 영예와 네이피어와 사랑과 벤 존슨과 죽음에 관한 이야기를 나누었다. 이듬해는 1915년이었고, 밴드는 〈신이여 국왕을 지켜주소서〉를 연주했으며, 나머지 젊은이들은 ─ 그리고 일부 그리 젊지도 않은 사람들은 ─ 진흙탕 속에서 〈아르망티에르의 아가씨〉****를 불렀으며, 조지는 죽었다.

10월에, 그는 자기네 가문이 고위 장교를 맡은 부대의 소위가 되어 전선으로 나섰다. 10개월 후 나는 그가 잡역병 하나를 데리고, 지방시 외곽의 어느 무너진 굴뚝 뒤에 앉아 있는 모습을 보게 되었다. 귀에는 전화를 댄 채로 뭔가를 먹다 말고 내 쪽으로 손을 흔들었고, 우리 부대는 그를 지나쳐 목적지인 지하 저장고로 그대로 몸을 숨겼다.

II

나는 에테르 투여가 끝날 때까지 좀 기다리라고 그에게 말했

---

* Valse Septembre. 펠릭스 고딘이 1909년에 작곡한 왈츠곡.
** 당대에 유행하던 여러 유행곡의 가사로 여겨진다.
*** 옥스퍼드의 칼리지 중 하나, 또는 그 부속 교회.
****Mademoiselle from Armentières. 1차 대전 동안 영국군에서 유행했던 노래.

다. 사방으로 움직이는 사람들이 너무 많아서, 누군가 그를 쓸고 지나가며 그가 있다는 사실을 알아차릴까 두려웠던 것이다. "그러면 너 돌아가야 할 거 아냐." 나는 말했다.

"조심할게." 조지는 말했다.

"네가 나를 위해서 해줄 일이 있어서 그래." 나는 말했다. "해줘야만 할 거야."

"알았어. 해줄게. 뭔데 그래?"

"사람들이 갈 때까지 기다리면 그때 얘기해 줄게. 내가 할 수 없는 일이라 네가 해줘야만 해. 해줄 거라고 약속해."

"알았어. 약속하지." 그래서 우리는 그들이 처치를 끝내고 내 다리 쪽으로 내려갈 때까지 기다렸다. 그러자 조지가 가까이 왔다. "뭔데 그래?" 그가 말했다.

"내 다리 문제야." 나는 말했다. "다리가 확실히 죽었는지 확인하고 싶어. 서둘러 잘라내 버리고는 잊어버릴 수도 있는 거 아냐."

"알았어. 내가 확인하지."

"그 정도로는 곤란해. 그 정도로는 턱도 없다고. 저들이 그대로 파묻었는데 얌전히 잠들어 있지 않을 수도 있단 말이야. 그랬다간 도망쳐서 영영 잃어버릴 테고 그러면 찾을 수 없으니 어떻게 조치를 취할 수도 없다고."

"알았어. 내가 지켜보고 있지." 그는 나를 바라봤다. "근데 나는 안 돌아가도 되긴 해."

"안 돌아가도 된다고? 아예 안 돌아가도 된다는 뜻이야?"

"벗어났거든. 넌 아직 벗어나지 못했고. 넌 다시 돌아가야지."

"내가 아직이라고?" 나는 말했다……"그럼 더 찾기 힘들어지겠는데. 네가 잘 보고 있어야 해…… 그리고 너 안 돌아가도 된다는 거지. 운 좋은 녀석 같으니라고."

"그래, 내가 운이 좀 좋지. 난 언제나 행운아였다고. 이 물에 일시적으로 몸을 담그는 작은 대가를 치름으로써 어리석은 작은 신들에게 거짓을 고하였으니―"

"눈물을 흘렸지." 나는 말했다. "그녀는 땅바닥에 주저앉아 눈물을 흘렸어."

"그래. 눈물." 그는 말했다. "하늘 아래 모든 인간의 눈물이 그렇게 흘렀나니. 경악과 경멸과 증오와 공포와 분개가, 그리고 세상이 눈앞에서 추잡함과 함께 소용돌이쳐 내려가게 될 것이니."

"아니야. 그녀는 녹색 오후에 털썩 주저앉아서 네 영혼의 상징을 위해 눈물을 흘렸어."

"상징을 위해서가 아니라, 제국이 그것을 구해서 간직했기에 눈물을 흘린 거지. 현명함을 위해 흘린 거야."

"하지만 눈물을 흘렸지…… 네가 확실히 지켜본다고 했지? 안 떠나고서?"

"그래." 조지가 말했다. "눈물."

병원에 오니 좀 나아졌다. 길쭉한 방 안은 언제나 움직임으로 가득했고, 나는 저들이 그를 찾아내서 떠나보낼까 계속 전전긍긍할 필요가 없었다. 가끔 그런 일이 벌어지기는 했지만 말이다― 수녀나 잡역병이, 언제나 바쁜 손놀림과 경쾌한 무균의 목소리로 우리가 대화하는 가운데 끼어드는 것이다. "자, 자. 그 사람 아무 데도 안 가요. 그래요, 그래요. 돌아오겠죠. 그러니 이제 얌전히 누워요."

그러면 나는 그렇게 누워서, 내 허벅지 아래로 근육과 신경이 끝나는 지점이 움찔거리며 뒤틀리는 당황스러운 감각에 휘감긴 채로, 그가 돌아오기를 기다리게 되는 것이었다.

"못 찾았어?" 나는 말했다. "제대로 찾아본 거야?"

"그럼. 모든 곳을 둘러봤다고. 저 밖으로도 돌아가서 찾아보고, 여기도 찾아보고. 분명 괜찮을 거야. 저들이 죽인 게 분명하다고."

"안 죽였을 거라니까. 저들은 그냥 잊어버릴 거라고 했잖아."

"잊어버릴 거라는 걸 어떻게 아는데?"

"그냥 알아. 느껴진다고. 그게 나를 조롱하고 있다니까. 그건 안 죽었어."

"그냥 조롱만 하는 걸 수도 있잖아."

"알아. 하지만 그걸로는 부족해. 그걸로는 부족하다는 걸 모르겠어?"

"알았어. 다시 찾아볼게."

"꼭 찾아야 해. 반드시 찾아야 해. 이 상황이 마음에 안 들어."

그래서 그는 다시 둘러봤다. 그는 돌아와서 자리에 앉은 다음 나를 바라봤다. 그의 눈은 환하고 격렬하게 타오르고 있었다.

"미안하게 생각할 필요 없어." 나는 말했다. "언젠가는 찾을 테니까. 괜찮아. 그냥 다리 한 짝일 뿐인데. 걸어다닐 나머지 다리 한 짝이 있는 것도 아니잖아." 그래도 그는 아무 말도 하지 않고 나를 바라보기만 할 뿐이었다. "지금은 어디 살고 있어?"

"저 위에." 그가 말했다.

나는 잠시 그를 바라봤다. "아." 나는 말했다. "옥스퍼드 말이지?"

"그래."

"아." 나는 말했다…… "너는 왜 집에 안 간 거야?"

"나도 모르겠어."

그는 여전히 나를 바라보고 있었다. "요즘은 그쪽 괜찮아? 분명 괜찮겠지. 아직도 강물에 배를 띄우려나? 그 여름에 젊은 남녀들이 했던 것처럼, 아직도 배를 띄우고 그 위에서 노래를 부르나?" 그는 눈을 크게 뜨고, 격렬한 눈빛으로, 조금 진지하게 나를 바라보았다.

"너 어젯밤에 나를 두고 갔어." 그가 말했다.

"내가 그랬다고?"

"보트에 올라타더니 그대로 배를 띄웠잖아. 그래서 내가 여기로 돌아온 거야."

"내가 그랬다고? 내가 어디로 갔던 건데?"

"나도 몰라. 서둘러서 상류로 올라가던데. 혼자 있고 싶었으면 그냥 나한테 말하지 그랬어. 도망칠 필요는 없었잖아."

"다시는 안 그럴게." 우리는 서로를 마주했다. 그리고 이제 나직한 목소리로 말했다. "그러니 너도 이제 그걸 찾아줘야 해."

"알았어. 그게 지금 뭘 하고 있는지 알려줄 수 있어?"

"나도 모르지. 원래 그런 거야."

"그게 지금 네가 원하지 않는 일을 하고 있는 느낌이 들어?"

"나도 모르지. 그러니 네가 찾아야 해. 얼른 찾는 게 좋을 거야.

찾아내서 확실히 처리해서 죽어 있게 만드는 거야."

그러나 그는 그것을 찾지 못했다. 우리는 나직하게, 침묵 사이에서, 서로를 바라보며 그것에 대해 이야기했다. "그게 어디 있는지 감이라도 잡히는 게 없어?" 그가 말했다. 이제 나는 일어나 앉아서, 나무와 가죽으로 만든 그것에 적응하려 연습하는 중이었다. 틈은 여전히 존재했지만, 우리는 이제 일종의 부루퉁한 휴전 상태를 일구어낸 상태였다. "어쩌면 그것도 기다리던 그걸 찾았을지도 몰라." 그가 말했다. "어쩌면 이제 그것도……"

"그럴지도 모르지. 그랬으면 좋겠군. 하지만 저들이 잊었을 리가 없어 — 그날 밤 이후로 내가 또 도망간 적이 있었나?"

"나도 몰라."

"네가 모른다고?" 그가 나를 주시하던 빛나고 격렬한 눈이 흐릿해지기 시작했다. "조지." 나는 말했다. "기다려, 조지!" 그러나 그는 사라졌다.

나는 오래도록 그를 다시 보지 못했다. 나는 공군 관측병 양성소에 있었다 — R.E.*나 F.E.**의 관측병용 피아노 의자에 앉아서 기총과 무선통신용 키를 조작하거나 지도를 정리할 때는 다리도 두 짝이나 필요하지 않았으니까. 나는 과정을 거의 수료한 상태였다. 따라서 나의 낮 시간은 작업은 물론이고 진리와 환영의 영역을 제멋대로 정해서 진실과 망상의 경계를 단호하게 나누게 만드는, 그리고 현자들이 눈살을 찌푸리게 만드는 그런 젊은이

---

* Royal Aircraft Factory R.E.8. 1916년 도입된 복좌식 복엽 정찰기.

** Royal Aircraft Factory F.E. 복엽 전투기 또는 폭격기에 사용한 제식명.

의 확신으로 가득했다. 그리고 밤 시간은, 신경과 근육이 끝나는 곳이 계속 쓸리며 생기는 짜증으로 가득했다. 직접적인 이유는 물론 나무와 가죽으로 만든 의족이었고 말이다. 그러나 틈은 여전히 존재했고, 아무것도 보이지 않아 고립되어 있는 밤에는 가끔, 아무리 마음을 다잡아도 막대한 어둠과 침묵이 밀려와서 그 틈을 채우곤 했다. 나는 그럴 때마다 잠이 깨기 직전의 상태에서, 그가 마침내 그것을 찾아서 죽었는지 확인했을 것이며, 언젠가 그가 돌아와서 그 이야기를 해줄 것이라 생각하곤 했다. 그러다 나는 꿈을 꾸었다.

문득 내가 그것을 마주치기 직전이라는 깨달음이 찾아왔다. 어둠 속에서도 복도의 시커먼 벽과 보이지 않는 모퉁이가 느껴졌다. 짐승 같고 부패한 악취가 풍겼다. 맡아본 적이 없는 냄새였지만, 나는 바로 그 정체를, 악취가 진동하는 옛적 동굴에서 갑작스레 밀려오는 냄새의 정체를 즉시 알아차렸다. 마치 정원 오솔길 옆에서 뱀을 감지했을 때처럼, 나는 공포와 역겨움을 느끼면서 마음을 다잡았다. 다음 순간 나는 땀에 젖고 온몸이 뻣뻣한 채로 깨어나 있었다. 길게 밀려드는 한숨과 함께 어둠이 흘러왔다. 땀이 식고 콧구멍 속의 악취가 흐릿해지는 동안, 나는 누운 채로 어둠 속을 바라보며, 감히 눈을 감을 엄두도 못 내고 있었다. 그렇게 누워서 몸을 둥글게 말아 도넛 구멍을 만들고 있는 동안 악취는 흐릿해졌다. 마침내 악취는 사라졌고, 조지가 나를 보고 있었다.

"왜 그래, 데이비?" 그가 말했다. "뭐 때문에 그러는지 말해줄 수 없어?"

"아무것도 아니야." 입술에서 땀의 맛이 느껴졌다. "아무것도 아니야. 다신 안 그럴 거야. 다신 안 그럴 거라고 맹세할 수 있어."

그는 나를 보고 있었다. "너는 그때 시내로 돌아가야 한다고 했었잖아. 그런데 네가 강가에 있는 모습을 보게 되었어. 너는 나를 보고 숨었어, 데이비. 강둑 아래, 그림자 속으로 배를 저어 들어갔다고. 여자가 하나 함께 있었지." 그는 환하고 진지한 눈으로 나를 지켜봤다.

"달은 떠 있었어?" 나는 말했다.

"그래. 달이 떠 있었지."

"아, 세상에. 아, 세상에." 나는 말했다. "다신 안 그럴게, 조지! 네가 그걸 찾아줘야 해. 반드시 찾아줘야 한다고!"

"아, 데이비." 그가 말했다. 그의 얼굴이 흐릿해지기 시작했다.

"안 그럴게! 다신 안 그럴 테니까!" 나는 말했다. "조지! 조지!"

성냥불이 타올랐다. 내 위편 어둠 속에서 얼굴 하나가 드러났다. "정신 차려요." 얼굴이 말했다. 나는 그것을 바라보고 진땀을 흘리며 누워 있었다. 성냥이 다 타들어가고 얼굴이 다시 어둠 속으로 잠겼고, 그 어둠 속에서 근원 없는 목소리가 흘러나왔다. "이제 괜찮습니까?"

"네, 고맙습니다. 꿈을 꿨어요. 깨워서 죄송합니다."

이어지는 며칠 밤 동안 나는 다시 잠들 엄두를 내지 못했다. 그러나 나는 젊었고, 내 육신은 다시 튼튼해지고 있었으며 매일 야외에서 보내야 했다. 그러던 어느 밤 잠이 나도 모르게 나를 사로잡았고, 다음 날 아침 깨어난 나는 그것을 피했다는 사실을 깨달았다. 그것이 뭐든 간에 말이다. 나는 일종의 평화를 찾았다. 시간이 흘러갔다. 나는 기총과 무선통신과 지도 보는 법을 익혔고, 다른 무엇보다도 관측해서는 안 되는 것을 관측하지 않는 법을 익혔다. 내 허벅지는 새 사지를 거의 받아들인 듯했으며, 이제 나는 버려진 그것의 행위에서 해방되어 조지를 찾는 데 온 시간을 쓸 수 있게 되었다. 그러나 나는 그를 찾지 못했다. 꿈의 어머니가 기거하는 미로 같은 통로의 어딘가에서, 나는 그것과 조지 모두를 잃어버린 모양이었다.

 따라서 그것이 기다리던 모퉁이 바로 너머에서 그가 내 곁에 서 있었는데도, 처음에 나는 그를 알아보지 못했다. 주변 사방에 유황 냄새가 가득했다. 나는 공포와 두려움과 말할 수 없는 무언가를, 즉 희열을 느꼈다. 출산 중인 여성의 감각을 느꼈다고 생각한다. 그러다 조지가 그곳에 등장해서 나를 가만히 내려다보았다. 그는 언제나 내 머리 옆에 앉아서 대화를 나누곤 했지만, 이제 그는 침대 발치 너머에 서서 나를 내려다보고 있었고, 나는 이것이 작별 인사임을 깨달았다.

 "가지 마, 조지!" 나는 말했다. "다시는 안 그럴게. 다시는 안 그럴 테니까, 조지!" 그러나 그의 꾸준하고 침중한 시선은 천천히, 완고하게, 슬프게, 그러나 비난하는 기색은 없이 사라져 갔다. "그럼 가라고!" 나는 말했다. 입술에 닿는 내 치아가 사포처럼 메마르게 느껴졌다. "그럼 가 버리란 말이야!"

그게 마지막이었다. 그는 돌아오지 않았다. 꿈 또한 마찬가지였다. 탈진하고 평온하고 허약해진 몸으로 잠에서 깨어나서 병증이 돌아오지 않을 것임을 깨닫는 병자처럼, 나는 꿈이 돌아오지 않을 것임을 알고 있었다. 사라졌다는 것을 알고 있었다. 그 생각을 해도 연민밖에 느껴지지 않는다는 사실을 깨달은 순간, 사라졌다는 것을 알게 되었다. 불쌍한 놈. 나는 생각했다. 불쌍한 놈.

그러나 그것은 조지를 함께 데려가 버렸다. 때로 어둠과 고립 때문에 제정신이 아닐 때면, 나는 그가 그것을 죽이는 과정에서 자신의 목숨마저 잃었으리라 생각하곤 했다. 죽은 자가 죽은 자를 죽이기 위해서 죽은 것이다. 나는 종종 잠의 통로에서 그를 찾아 헤매곤 했으나 성공하는 일은 없었다. 데번에서 그의 일족과 함께 일주일을 머무르면서, 그 저택에서 그의 비뚤어진 못생긴 얼굴을, 둥글고 적갈색인 머리를, 말로가 셰익스피어보다 나은 시인이고 토머스 캠피언이 그 둘보다 나은 시인이며 숨결이란 인간의 쾌락을 위해 주어진 싸구려 장신구가 아니라는 그의 믿음을, 나뭇가지나 돌멩이 하나하나 뒤편에 있을 그를 찾아다니기도 했다. 그러나 나는 두 번 다시 그를 보지 못했다.

III

사제가 나를 포퍼링어*에서부터 태워다 주었고, 나는 어둠 속에서 모터사이클의 사이드카에 타고 목적지에 도착했다. 그는 탁자 맞은편에 앉아서 조덤 러스트의 이야기를 꺼냈다. 에버비 코린시아의 오빠이자 사이먼의 아들로, 내 평생 세 번밖에 보지 못한 남자 말이다. 어제 나는 세 번째이자 마지막으로 조덤을 목격했는데, 탈영으로 군법회의에 기소당한 모습이었다. 한때 불그레하고 유능한 얼굴에 탄탄한 몸매를 가졌으며, 3년 전 그날 오후에 갈고리 장대로 조지를 갑문에서 건져냈던 그 남자는, 이제 허수아비처럼 바싹 마른 채 사형을 구형받고는, 아무런 변명도 설명도 하지 않고서 관용을 요구하지도 기대하지도 않는 모습으로 서 있었다.

"관대한 처분을 원하지 않는다더군." 사제가 말했다. 그는 선량하고 정직한 남자로, 미들랜드 어디선가 소박하게 살아가며 교구를 이끌다가, 신념이라는 이름의 상냥하고 정직한 어리석음을 지상의 다른 어디보다도 그런 것이 발 디딜 자리가 없는 장소, 바로 이곳으로 끌고 온 사람이었다. "살고 싶지 않은 걸세." 그의 얼굴에는 사색과 낙담과 충격과 당황이 떠올라 있었다. "누구나 살다 보면 세상이 어두운 면을 드러내 보이고 자기 그림자가 숙적처럼 느껴지는 때를 경험하게 마련이라네. 그럴 때는 신께 의지하거나 아니면 스러질 수밖에 없어. 그런데도 그는…… 나로서는 도저히……" 그의 눈에는 건장한 황소의 당황스러움이 담겨 있었다. 성직자용 옷깃 위로 보이는 면도한 턱에서는 낙담이 느껴졌지만, 아직 패배를 인정하지는 않은 듯했다. "그런데 그가 자네를 공격한 이유는 전혀 모르겠다고 했지?"

---

* Poperinge. 벨기에의 도시. 1차 대전 당시 영국군의 작전 중심지로 야전병원과 휴식처가 있었다.

"예전에 그를 본 것 자체가 두 번뿐입니다." 나는 말했다. "처음은 두 번째로 만나기 전날 밤이었고, 두 번째는…… 이삼 년 전일까요, 옥스퍼드에 있을 때 보트를 타고 그의 아버지가 담당하는 갑문을 지나갈 때였습니다. 여동생하고 같이 나와서 우리를 지나가게 해줬지요. 그리고 사제님이 여동생 이름을 언급하지 않으셨으면, 저는 그를 아예 기억조차 못 했을 겁니다."

사제는 수심에 빠진 얼굴이 되었다. "그 부친도 죽었다네."

"네? 죽었다고요? 사이먼 노인이 죽었다는 겁니까?"

"그래. 다른 자식이 죽고 얼마 지나지 않아 뒤를 따랐다네. 러스트 말로는 여동생의 장례식 후에 애빙던* 교회지기한테 말해서 부친을 남기고 왔다는데, 일주일 후에 런던에서 부친의 부고 소식을 받았다더군. 교회지기 말로는 그 부친이 자기 장례식과 연관된 지시를 직접 내렸다고 하네. 사이먼이 매일 자신을 찾아와서 진행 상황을 확인하고 필요한 모든 것을 주선했는데, 교회지기는 그걸 가지고 살짝 농담도 건넸다는 걸세. 워낙 원기왕성한 노인이라, 그가 방금 찾아온 비탄 때문에 마음이 심란해졌다고만 여긴 거지. 그런데 일주일 후에 그가 죽었다는 걸세."

"사이먼 노인이 죽었다고요." 나는 말했다. "코린시아, 그리고 사이먼, 이제 조덤까지요." 탁자 위에 서 있는 양초의 불빛은 조금도 흔들리지 않고 고요히 타올랐다.

"그게 그 여동생 이름이었나?" 그가 말했다. "에버비 코린시

---

* Abingdon-on-Thames. 옥스퍼드셔에 위치한 역사적인 템스 강변의 마을로, 이야기 전반부의 무대이기도 하다.

아라고?" 그는 하나뿐인 의자에 앉아서, 영문을 모르고 당황한 모습을 뒤편 벽에 비친 그림자 속에 드러내 보이고 있었다. 빛이 그의 얼굴 한쪽 측면에 쏟아지며, 어깨에 붙은 소령 견장이 둔탁하게 빛났다. 나는 침상에서 몸을 일으켜서, 다리 고정구를 폭발하듯이 시끄럽게 삐걱대며, 그의 어깨 너머로 손을 뻗어 자석식 담배상자에서 궐련을 하나 꺼내온 다음, 하나만 남은 손으로 성냥을 잡고 끙끙댔다. 그가 고개를 들었다.

"내가 해주지." 그가 말했다. 그는 성냥갑을 받아서 한 개비에 불을 붙였다. "그 정도로 빠져나온 게 운이 좋은 걸세." 그는 내 팔걸이 붕대를 가리켰다.

"그렇죠, 사제님. 제 다리가 아니었더라면 팔이 아니라 갈빗대 사이에 나이프가 들어왔을 겁니다."

"다리 덕분이라고?"

"손 닿기 편하게 침대 옆 의자에 기대어 놓거든요. 그 친구가 거기에 발이 걸리면서 저를 깨웠습니다. 아니었더라면 돼지처럼 푹 찔렸겠지요."

"아." 그가 말했다. 그는 성냥을 떨어뜨리고 아까의 완고한 당황을 다시 드러내 보였다. "하지만 그는 어둠 속의 암살자처럼 행동하지 않았네. 단도직입적인 느낌이 있었단 말이야. 그 뭐랄까— 뭐라고 해야 하려나? 일종의 사회적 책무랄까, 고결함이랄까…… 그런데 자네 말로는 말일세— 실례했네. 자네 말을 의심하는 건 아니라네. 그저 느낌이 그렇다는 거야— 일단 그 여자가 죽은 것에는 의심의 여지가 없다네. 여동생을 발견하고 그녀가 숨이 끊어질 때까지 함께 있다가 매장까지 한 사람이 바로

다리 613

그였거든. 그 남자가 어둠 속에서 웃는 소리를 들은 적이 있다고 도 했네."

"하지만 어둠 속에서 사람이 웃는 소리를 들었다고 낯선 사람의 팔을 베어내면 안 되는 법입니다, 사제님. 그 불쌍한 친구는 자신의 불운 때문에 정신이 나간 거예요."

"아마 그렇겠지." 사제는 말했다. "나를 보고는 반박의 여지가 없는 다른 증거도 있다고 했네. 그 증거가 뭔지는 알려주지 않았지만."

"그럼 내놓으라고 해 보시죠. 제가 그 사람의 상황이었더라면……"

그는 탁자 위에서 손을 맞잡은 채로 고심에 빠졌다. "자연스러운 사건의 흐름 속에는 정의가 깃들기 마련이네…… 친애하는 선생, 지금 주님의 섭리를 끔찍하고 무의미한 장난질로 폄훼하고 있는 건가? 아니, 아니야. 죄를 저지른 이에게는 그 죄가 절로 찾아오게 마련일세. 그렇지 않다면…… 주님은 적어도 신사적인 분이긴 하다네. 내 말은 용서하게. 어째 말이 안 되는군 — 자네도 내가 이 사건을 어떻게 받아들이는지 이해하겠지. 이 불행한 시대에는 스스로를 비난할 이유 정도는 이미 충분히 많지 않은가. 이 또한 우리의 책임인 걸세." 그는 상의에 달려 있는 작은 금속 십자가를 만지고는, 팔을 원형으로 빙 두르며 우리가 마주 보는 조용한 방 안에 고요하고 불길한 어둠을 그려냈다. 그 어둠 속에서 인간들이 구변 좋게 입에 담는 멋들어지고 훌륭한 언어들은 흡사 흡혈귀가 포식할 때 사용하는 송곳니와도 같았다. "주님의 목소리가 그분의 종들을 그들이 가라앉은 나태 속에서 깨우시기를……"

"뭡니까, 사제님?" 나는 말했다. "이 빌어먹을 상황이 사제님까지 배교자로 만들고 있는 겁니까?"

그는 촛불 불빛에 얼굴을 드리운 채로 다시 사색에 잠겼다. "그 얼굴이 고의로 피를 흘리는 살인마나, 어둠 속에서 움직이는 암살자의 얼굴로 보이나? 아니, 아니야. 나는 그 말을 믿을 수 없네."

나는 시도조차 하지 않았다. 조용하고 신속하게 처리해야 할 필요성 때문에 조덤이 나이프나 다른 도구를 들었으리라는, 그리고 그가 진정으로 원하는 것은 자기 손으로 내 목을 조르는 일이었으리라는 내 믿음을 그에게 털어놓지 않았다.

그는 휴가를 얻어 고향집으로, 그 갑문 옆의 작고 깔끔한 비둘기집 같은 집으로 내려갔다. 그리고 즉시 그곳 분위기 속에서 경직된 불협화음을 읽어냈다. 지난여름, 내가 관측병 양성소를 수료했을 즈음에 일어난 일이었다.

사이먼은 그런 분위기를 알아채지 못한 듯했으나, 집에 오래 돌아오지 않았던 조덤은 매일 해질 무렵마다 코린시아가 한 시간 정도 집을 비운다는 사실을 발견했다. 그리고 그녀의 태도 때문에, 또는 집 안에 감도는 긴장된 분위기 때문에, 그는 여동생을 붙들고 직접 질문을 던졌다. 그녀는 질문을 회피하더니 평소와는 너무도 다른 모습으로 난데없이 그를 향해 분노를 터트렸다가, 곧바로 수동적이고 양순한 모습으로 돌아왔다. 이내 그는 여동생의 수동성은 비밀을 지키기 위함이며, 양순함은 위장일 뿐이라는 사실을 깨달았다. 어느 저녁에 그는 집을 빠져나가는 여동생을 급습했다. 그는 그녀를 집 안으로 도로 몰아넣었고, 그녀는 자기 방으로 도피해서 문을 걸어잠갔으며, 창문에 서 있던 그는 한 남자가 들판 너머로 사라지는 모습을 본 것 같다고 생각했다. 그는 뒤를 쫓았으나 아무도 발견하지 못했다. 황혼이 깔린 후 한 시간 동안, 그는 근처의 잡목림 속에 엎드린 채 집을 주시하다가 돌아왔다. 코린시아의 문은 여전히 잠겨 있었으며 사이먼 노인의 평화로운 코 고는 소리가 집 안을 채우고 있었다.

시간이 흘러 그는 문득 잠에서 깨어났다. 그는 일어나 앉았다가, 바로 침대에서 뛰쳐나와 창문으로 달려갔다. 달이 떠 있었고 그 달빛 속에서 뭔가 허연 것이 배 끄는 길을 따라 도주하고 있었다. 그는 코린시아를 쫓아가서 따라잡았고, 그녀는 그가 누워 숨어 있던 잡목림 근처에서 사나운 작은 짐승처럼 몸을 획 돌렸다. 배 끄는 길 너머의 강둑에는 보트 한 대가 정박해 있었다. 아무도 타고 있지 않았다. 그는 코린시아의 팔을 붙들었다. 그녀는 분노하며 달려들었다. 별로 보기 좋은 광경은 아니었을 것이다. 그러다 그녀는 갑자기 무너져내렸고, 그들 뒤편 잡목숲의 뒤얽힌 어둠 속에서 남자의 웃음소리가 들려왔다. 야유 섞인 웃음소리가 단 한 번, 달빛 속 강물 위로 메아리치더니 그대로 멎어 버렸다. 코린시아는 이제 땅바닥에 쪼그린 채로 그를 주시하고 있었다. 달빛 속 얼굴은 가면처럼 보였다. 그는 잡목림으로 달려들어가서 사방을 헤치고 다녔으나 아무것도 찾을 수 없었다. 숲에서 나와 보니 보트가 사라지고 없었다. 그는 물가로 달려가서 이쪽저쪽을 돌아보았다. 그렇게 서 있는 동안 다시 웃음소리가, 반대편 물가 아래 그림자 속에서 들려왔다.

그는 코린시아에게 돌아왔다. 그녀는 두고 간 그대로 주저앉아서, 산발이 된 머리카락으로 얼굴을 가린 채로, 강 건너편을 바라보고 있었다. 그는 말을 걸었지만, 그녀는 대답하지 않았다. 그는 그녀를 일으켜 세웠다. 그녀는 얌전히 따라왔고 둘은 집으로 돌아갔다. 그는 다시 그녀에게 말을 걸었지만, 그녀는 풀어헤쳐진 머리로 얼굴을 가린 채 그를 따라 묵묵하게 걸음을 옮길 뿐이었다. 그는 그녀를 방으로 들여보내고 손수 문을 잠그고는 열쇠를 가지고 침대로 돌아갔다. 사이먼은 깨지도 않았다. 다음 날 아침, 그녀는 사라져 버렸다. 문은 그대로 잠긴 채로.

그는 사이먼에게 상황을 털어놓았고, 둘은 그날 내내 이웃의 도움을 받아 그녀를 찾아다녔다. 양쪽 모두 경찰을 부르기를 원하지는 않았지만, 해질 무렵이 되자 경관 하나가 그의 공책을 가지고 돌아왔으며, 그들은 막대와 그물로 갑문 바닥을 훑었으나 아무것도 발견하지 못했다. 다음 날 아침, 해 뜬 직후에, 조덤은 문 옆의 배 끄는 길에 누워 있는 여동생을 발견했다. 의식이 없었으나 몸에 부상은 없는 듯했다. 그들은 그녀를 집 안으로 데려와서 가혹한 가정 요법을 실시했고, 잠시 후 그녀는 비명을 지르며 소생했다. 그녀는 그날 해질 때까지 계속 비명을 질렀다. 그렇게 크게 흡뜬 완벽하게 공허한 눈으로 누운 채 비명을 지르다가, 마침내 목이 나가면서 아무 소리도 없는 비명의 유령이라 부를 만한 것만이 남았다. 해질 무렵에 그녀는 죽었다.

그는 지금까지 112일 동안 부대에 복귀하지 않았다. 어떻게 그럴 수 있었는지는 주님만이 아실 것이다. 분명 짐승처럼, 숨어서, 가능할 때만 먹으며, 모든 인간의 손길을 피해 그림자 속에서 살아가며, 동시에 그가 단 한 번 들은 웃음소리를 가진 남자를 찾아서 영국 원정군 전체를 뒤졌을 것이다. 확실하게 찾아낼 단 하나의 수단은 스스로의 죽음이라는 것을 알면서도. 그리고 어둠 속에서 의자에 기대어 놓은 의족 때문에 성공 직전에서 망쳐 버린 것이었다.

얼마나 더 시간이 지났는지는 나도 모르겠다. 양초에 다시 불이 붙었지만, 나를 깨운 남자는 나와 불빛 사이에 선 채로 침상을 굽어보고 있었다. 그러나 빛에도 불구하고, 조금 지나치게 이전 밤과 비슷하다는 생각이 들었다. 이번에는 나도 빠르게 잠에서 깨어나며, 자동권총을 손에 들었다. "그대로 멈춰." 나는 말했다. "더 이상 다가오면—" 그러자 그는 뒤로 물러섰고, 나는 사제의 얼굴을 알아봤다. 그는 탁자 옆에 서서 얼굴과 가슴팍의 한쪽 면에만 불빛을 받고 있었다. 나는 일어나 앉으며 권총을 내려놓았다. "무슨 일입니까, 사제님? 다시 저를 호출하는 건가요?"

"이제 그는 아무것도 원하지 않는다네." 사제가 말했다. "인간의 능력으로는 이제 그에게 더 이상 상처를 입힐 수 없으니." 그는 가만히 서 있었다. 불룩 튀어나온 배가, 셔블 모자*를 쓰고 여름 밀밭의 고랑 사이를 인자하게 걸어다녀야 어울릴 듯한 모습이었다. 그는 상의 안으로 손을 넣더니 납작한 물건을 하나 꺼내서 탁자에 올려놓았다. "조덤 러스트의 소지품 중에 이런 게 있었는데, 한 시간 전에 부숴 달라고 내게 전달했다네." 그가 말했다. 그는 나를 바라보더니, 몸을 돌려 문간으로 가서는, 다시 몸

---

* 영국 성공회 성직자의 챙 넓은 모자.

을 돌려 나를 바라봤다.

"그 사람이 — 오늘 새벽이라고 생각했는데요."

"그렇지." 그가 말했다. "그래서 서둘러 돌아가야 한다네." 그가 나를 보고 있는지 아닌지 알 수가 없었다. 불꽃은 양초 위에 꼿꼿이 서 있었다. 그가 문을 열었다. "주님께서 그대의 영혼에 자비를 베푸시길." 그는 이렇게 말하고 밖으로 나갔다.

나는 시트 위에 앉아서 그가 더듬거리며 어둠 속을 걸어가다가, 뒤이어 모터사이클에 시동을 걸고 멀어져 가는 소리를 들었다. 나는 다리를 흔들어 발을 바닥에 붙인 다음에 일어나서, 의족을 기대어 놓은 의자에 몸을 지탱했다. 날은 싸늘했다. 잃어버린 다리의 발가락마저 바닥에 닿아 곱아드는 것이 느껴질 정도였다. 그래서 나는 옆구리를 의자에 대고 탁자 위의 납작한 물체에 손을 뻗어 가져온 다음 침대로 돌아와서 어깨에 담요를 둘렀다. 손목시계를 보니 3시였다.

물체의 정체는 사진이었다. 축제의 떠돌이 사진사들이 내놓는 싸구려 물건이었다. 바로 지난여름의 6월에 애빙던에서 찍은 물건이었다. 그때 나는 병원에 누워서 조지와 대화를 나누고 있었다. 나는 담요 속에서 얼어붙은 채로 사진을 바라봤다. 나를 바라보는 그 얼굴은 나 자신의 것이었기 때문이다. 마치 내 얼굴이 아닌 듯한 느낌이 들었다. 사납고 격렬하며 두려움을 모르는 품성이 엿보였고, 그 아래에는 어린아이가 제멋대로 손을 놀려 쓴 듯한 글씨체로 이렇게 적혀 있었다. '에버비 코린시아에게' 그 뒤로는 여기에 옮겨 적을 수 없는 문구가 이어졌으나, 그 얼굴은 분명히 나 자신의 것이었고, 양초의 불길이 심지 위로 높고 흔들림 없이 타오르며 벽면에 사진을 들고 웅크린 내 그림자를 드리우는 동안, 나는 그대로 조용히 사진을 들고 앉아 있었다. 천천히, 조금씩, 마치 자신의 비탄에 스스로를 파묻는 것처럼, 양초의 차가운 눈물이 내려앉기 시작했다. 그러나 그런 일이 생기기 전부터도 불꽃은 차츰 창백하고 흐려지더니 마침내 작은 불꽃의 고요한 겉껍질만이 마치 밀랍 위 깃털처럼 흔들리지 않고 타오르며, 벽에 내 그림자의 움직이지 않는 겉껍질만을 남기게 되었다. 문득 나는 창문이 잿빛으로 변한 것을 깨달았고, 그게 전부였다. 포퍼링도 이제 해가 떴을 테지만, 이미 상당한 시간이 지났으니, 분명 사제도 시간 맞춰 돌아갈 수 있었을 것이다.

나는 그에게 그걸 찾아내서 죽이라고 말했었다. 새벽은 싸늘했다. 요즘은 아침마다 잘려나간 다리 끄트머리가 얼음으로 만들어진 듯한 느낌이 든다. 내가 분명히 말했는데. 분명히 말했는데.*

---

* 전쟁 소설과 '도플갱어'가 등장하는 고딕 소설을 한데 엮은 듯한 이 소설에서, 일부 평론가는 주인공의 착란과 현실이 섞이는 지점의 모호함을 지적하며 그 또한 작가의 의도라고 평한다. 그에 따르면, 조지는 1914년에 갑문에서 익사했을 수도, 1915년에 1차 대전에서 전사했을 수도 있을 것이다. 어느 시점부터 조지가 주인공의 환각으로 대체되었는지는 확실치 않은 셈이나, 전자의 경우라면 주인공의 광증은 전쟁이 아닌 친구의 익사로부터 비롯되었으며 도플갱어가 그 근원을 찾아갔다는 해석이 가능할 것이다.

미스트랄
Mistral

I

밀라노산 브랜디는 이게 마지막이었다. 나는 쭉 들이켠 다음 휴대용 술병을 돈에게 건넸고, 그는 가죽 외피 위로 액체가 흘러 노란 선을 그릴 때까지 병을 쳐들었다. 그가 병을 들고 있는 동안 병사가 길을 따라 다가왔다. 상의 목깃은 풀어헤친 채로, 자전거를 끌고 있었다. 뚜렷하고 늘씬한 얼굴의 젊은이였다. 그는 우리에게 부루퉁하게 인사를 건네더니 술병을 힐긋 보며 지나쳤다. 우리는 그가 능선 너머로 사라지며, 우리 시야를 넘어가며 자전거에 오르는 모습을 지켜보았다.

돈은 한 모금을 마신 다음 나머지를 쏟아 버렸다. 액체는 갈라진 대지에 튀기면서 구멍을 뚫다가 금세 사라졌다. 그는 병을 흔들어 마지막 한 방울까지 전부 털어냈다. "건배." 그는 이렇게 말하고는 휴대용 술병을 돌려줬다. "신들이여 감사합니다. 세상에, 아직도 이걸 뱃속에 넣은 채로 잠자리에 들게 되다니."

"정말 끔찍한 일이지. 자네가 이걸 마시는 이유가 말이야." 나는 말했다. "그냥 마셔야 하니까 마시는 거라니." 나는 술병을 집어넣었고 우리는 걸음을 서둘러 능선을 넘었다. 내리막으로 변한 산길은 여전히 그림자 속에 잠겨 있었다. 공기는 생생했고, 단순한 빛과 열기 이상의 훌륭함을 머금은 햇살로 가득했으며, 근원 모를 염소 방울 소리가 멀리까지 막힘없이 이어지는 산길의 다음 굽이 너머에서 들려오고 있었다.

"자네가 매일 그걸 가지고 다니는 꼴이 보기 싫단 말이야." 돈이 말했다. "그래서 내가 이러는 거라고. 자네는 그거 마시지도 못하면서 버릴 엄두도 못 내잖아."

"버리라고? 10리라나 줬는데. 내가 이걸 뭐 하려고 산 거지?"

"누가 알겠어." 돈이 말했다. 햇빛 가득한 계곡에 서 있는 나무들이 마치 쇠창살 기둥처럼 보였고, 산길은 창살 사이의 간격 같았고, 계곡은 푸르고 화창했다. 앞쪽 어디선가 염소 방울 소리가 들렸다. 앞쪽에 직각으로 뻗은 갈림길이 보였다. 우리가 따라가고 있는 널찍한 길보다 한층 흐릿하고 가팔라 보였다. "그 친구 저쪽으로 갔어." 돈이 말했다.

"누구 말이야?" 내가 말했다. 돈은 흐릿한 산길로 꺾어지는 흐릿한 자전거 바퀴 자국을 가리켜 보였다.

"보라고."

"이쪽 길이 충분히 가파르지 못했나보군." 나는 말했다.

"서두르는 중이었겠지."

"여기서 꺾은 다음부터는 확실히 그랬겠지."

"맨 끝에 밀짚 무더기라도 있을지도 모르잖아."

"아니면 추진력이 다 떨어질 때까지 이쪽 계곡을 내려가서 다른 산으로 올라갔다 다시 내려와서 이쪽 산 올라왔다 하는 짓을 반복하게 될 수도 있겠지."

"아니면 그러다 굶어 죽거나." 돈이 말했다.

"바로 그거야." 나는 말했다. "자전거 타다가 굶어 죽은 사람 이야기 들어본 적 있어?"

"아니." 돈이 말했다. "자네는?"

"없지." 나는 말했다. 우리는 산을 내려갔다. 산길이 휘어 돌아가며 우리는 염소 방울을 마주하게 되었다. 짐을 실은 노새 한 마리가 석조 성소 근처의 길가에서 풀을 뜯고 있었고, 목을 움직일 때마다 가냘픈 딸랑거리는 소리가 울렸다. 코듀로이 바지를 입은 남자와 화사한 숄을 두른 여자가 성소 옆에 앉아 있는 모습이 보였다. 여자 옆에는 천을 덮은 바구니가 놓여 있었다. 우리가 다가가자 그들은 우리를 바라봤다.

"좋은 날입니다, 시뇨르." 돈이 말했다. "많이 더 가야 합니까?"

"좋은 날이에요, 시뇨리." 여자가 말했다. 남자는 우리를 바라봤다. 푸른 눈에 흐릿하게 녹아드는 홍채가, 마치 오랫동안 물에 담가 놓은 느낌이 들었다. 여자는 그의 팔을 가볍게 건드리더니, 손가락을 들어 그의 얼굴 앞에서 빠르게 놀렸다. 남자는 매미처럼 건조하고 금속성인 목소리로 말했다.

"좋은 날이오, 시뇨리."

"이 사람은 이제 소리를 못 들어요." 여자가 말했다. "그리고 별로 안 남았어요. 저쪽까지 가면 지붕들이 보일 거예요."

"잘됐군요." 돈이 말했다. "정말 지쳤거든요. 혹시 여기서 좀 쉬어가도 됩니까, 시뇨라?"

"쉬세요, 시뇨리." 여자가 말했다. 우리는 짐을 미끄러트리듯 내려놓고 자리에 앉았다. 성소에, 벽감 안쪽의 낡고 평온한 성상에, 그리고 그곳에 놓여 있는 두 다발의 개미취 꽃다발에 햇살이 비스듬히 내리쬐었다. 여자는 남자의 얼굴 앞에서 계속 손가락을 놀리고 있었다. 옆의 바구니 위에 놓인 반대쪽 손은 앙상하고 거칠었다. 움직임 없이 뻣뻣한 그 모습에서 가만있는 것 자체에 익숙지 않음이 느껴졌다. 휴식을 취하는 것이 아니라 지쳐 숨이 끊어진 듯한 모습이었다. 마치 숄 가장자리에 연결된 의수처럼, 관례에 따라 덧붙이려고 숄과 함께 두른 물건인 것처럼 보였다. 반대쪽 손, 그녀가 남자에게 이야기하려고 쓰고 있는 쪽은, 마치 마술사의 손처럼 재빠르고 유연했다.

남자가 우리를 바라봤다. "걸어온 모양이로군, 시뇨리." 그는 가볍고 억양 없는 목소리로 말했다.

"그렇습니다." 우리는 말했다. 돈은 담배를 꺼냈다. 남자는 담배를 꺼냈다. 남자는 사양하듯 손을 살짝 들어 흔들어 보였다. 돈은 다시 권했다. 남자는 앉은 채로 정중하게 고개를 숙이더니 짐을 뒤적였다. 여자가 짐에서 담배를 꺼내서 그의 손에 들려주었다. 그는 우리가 권하는 불을 받으며 다시 꾸벅 고개를 숙였. "밀라노에서 왔습니다." 돈이 말했다. "제법 멀더군요."

"멀지요." 여자가 말했다. 그녀의 손가락이 가볍게 일렁였다. "이 사람도 거기 있었어요." 그녀가 말했다.

"나도 그곳에 있었소, 시뇨리." 남자가 말했다. 그는 엄지와 검지로 조심스레 담배를 들었다. "마차를 피해 도망칠 때는 조심해야 하는 법이지."

"아." 돈이 말했다. "말 없는 마차 말이군요."

"말 없는 마차 말이에요." 여자가 말했다. "많더라고요. 여기 산속에서도 그 소리가 들려요."

"많지요." 돈이 말했다. "언제나 슉, 슉, 슉 하고 달려가지요."

"그래요." 여자가 말했다. "여기서도 본 적이 있어요." 그녀의 손이 햇빛 속에서 움직였다. 남자는 담배를 태우면서 우리를 조용히 바라봤다. "이 사람이 거기 있을 때는 그렇지 않았어요." 그녀가 말했다.

"나는 아주 옛날에 그곳에 있었소, 시뇨리." 그가 말했다. "거기 멀지요." 그는 여자와 같은 어조로, 진중하고 예의 바르게 설명하는 어조로 말했다.

"멀지요." 돈은 말했다. 우리는 담배를 태웠다. 노새는 가냘픈 방울 소리를 울리며 풀을 뜯었다. "하지만 저쪽에서는 쉴 수 있을 듯하군요." 돈은 이렇게 말하며, 산길이 굽어지는 벼랑 너머 푸른빛과 햇살 속에서 유영하는 계곡 쪽으로 손을 뻗어 보였다. "수프 한 그릇에, 와인에, 침대도 있을 테지요?"

여자는 귀머거리 남자의 고요한 성곽 같은 웃통을 벗은 상반신 너머에서 우리를 바라봤다. 엄지와 검지로 잡은 담배가 그 옆에서 조용히 타올랐다. 여자의 손이 그의 얼굴 앞에서 빠르게 움직였다. "그래." 그가 말했다. "그래. 사제를 찾아가면 되지. 안 될 게 뭐야? 사제라면 받아주겠지." 남자는 이어 뭔가를 더 말했지만, 너무 빨라서 나로서는 알아들을 수가 없었다. 여자는 바구니를 덮은 체크무늬 천을 벗겨내고는 와인 가죽부대 하나를 꺼냈다.

돈과 나는 고개 숙여 감사한 다음 차례로 와인을 마셨고, 남자도 그런 우리를 향해 마주 고개를 숙였다.

"사제님이 있는 곳은 멉니까?" 돈이 말했다.

여자의 손이 믿을 수 없을 정도로 빠르게 움직였다. 바구니 위에 얹혀 있는 반대쪽 손은 마치 다른 몸통에 속해 있는 것 같았다. "그럼 거기 가서 기다리라고 하지." 남자가 말했다. 그는 우리를 바라보며 말을 이었다. "오늘 장례식이 있소. 성당에 가면 만날 수 있을 거요. 더 드시오, 시뇨리."

우리 셋은 예의 바르게 번갈아 가며 와인을 마셨다. 거칠고 톡 쏘는 독한 와인이었다. 노새는 계속 작은 방울을 울리며 풀을 뜯었고, 기울어지는 햇빛 속에서 산길로 길게 그림자가 늘어졌다. "돌아가신 분은 누굽니까, 시뇨라?" 돈이 물었다.

"이번 추수가 끝나면 사제님의 후견을 받는 아이하고 결혼할 예정인 남자였어요." 여자가 말했다. "교회의 결혼 공고도 전부 끝난 상태였죠. 부유한 남자고 늙은이도 아니었어요. 그런데 이틀 전에 죽어 버렸죠."

남자는 그녀의 입술을 바라보고 있었다. "쯧. 땅하고 집이 있었을 뿐이오. 나도 그렇지. 별것도 아닌데."

"부자였어요." 여자가 말했다. "젊은 데다 운도 좋았으니까요. 이 사람은 그냥 질투하는 거예요."

"지금은 아니지만." 남자가 말했다. "흠, 시뇨리?"

"살아 있는 편이 좋지요." 돈이 말했다. '에 벨로'라고.

"그편이 좋지." 남자가 말했다. 그 또한 그렇게 말했다. '벨로'* 라고.

"그러니까 사제님의 질녀와 결혼할 예정이었던 남자라는 말씀이죠." 돈이 말했다.

"그분의 친척은 아니었어요." 여자가 말했다. "사제님이 양육했을 뿐이죠. 처음 받아들였을 때 그 아이는 여섯 살이었는데, 친족도 친척도 아무도 없었어요. 어머니가 구빈원에서 낳았다더라고요. 저쪽에 있는 산속 움막에서 살았죠. 아버지가 누군지는 아무도 모르지만, 사제님은 한참 동안 그들 중 하나를 붙들고 아이를 위해 여자와 결혼하라고 설득하곤 했어요—"

"그들 중 하나라뇨?" 돈이 말했다.

"아이의 아버지일 수 있는 사람 중 하나 말이에요, 시뇨르. 하지만 1916년까지는 그게 누구인지는 확인되지 않았죠. 젊은 인부였더라고요. 다음 날 그 어머니도 전쟁터로 떠났다는 사실을 알게 되었고요. 알고 지내던 사람들이 얼굴을 못 보게 되었는데, 그 아이 아버지가 목숨을 잃은 카포레토**에서 돌아온 우리 젊은 애들 중 하나가 말하기를, 그 어머니가 밀라노의 좋다고는 말하기 힘든 곳에서 살고 있더라는 거예요. 그래서 사제님이 가서 아이를 데려오셨죠. 그때 아이는 여섯 살이었고, 까무잡잡한 데다 도마뱀처럼 말라 있었죠. 사제님이 가보니까 산에 숨어 있었대요. 집은 텅 비어 있고요. 사제님이 바위를 타넘으며 아이를 쫓아

---

* 여기서 돈과 남자의 이탈리아어는 잘못되어 있다. 상응하는 이탈리아어 표현은 'La vita e bella'이므로, 여성형을 사용해야 한다.

** 1917년 독일군이 오스트리아–헝가리군과 대치하는 이탈리아군을 기습한 전투. 이 전투의 대패로 이탈리아군은 30만에 이르는 병력을 손실하고 북이탈리아 전선에서 수세로 돌아서게 된다.

미스트랄 627

가서 짐승처럼 사로잡았다는 거예요. 겨울인데도 반벌거숭이에 신발도 안 신고 있었다더라고요."

"그래서 사제님이 보살핀 거로군요." 돈이 말했다. "견실한 분이시군."

"친족도 없고, 몸을 뉠 지붕도 없고, 사제님이 주신 것 외에는 빵 껍질 하나 없는 아이였어요. 하지만 그런 티는 조금도 나지 않았죠. 주일이나 축제일에는 언제나 붉은색 또는 초록색 드레스를 입고 나왔는데, 열넷이나 열다섯이 되어서까지도 계속 그랬죠. 소녀들이 겸손과 근면함과 지아비의 면류관*이 되는 법을 배워야 하는 나이인데 말이에요. 사제님은 그 아이가 교회에 몸바칠 것이라고 말했고, 우리는 언제쯤 그 아이가 주님의 위대한 영광을 위해 그 모든 것을 포기하게 만드실지를 궁금히 여겼어요. 그러나 열넷이나 열다섯부터 이미 그 아이는 춤판에서 가장 눈에 띄고 떠들썩하고 지치지 않는 아이였고, 젊은이들은 그때부터 그 아이를 싸고돌기 시작했어요. 그 아이와 이번에 죽은 그 남자의 결혼이 주선된 다음에도 말이에요."

"사제님이 교회에 남기겠다는 생각을 바꾸고 대신 남편을 얻어주신 거로군요." 돈이 말했다.

"이 교구에서 가장 훌륭한 신랑감을 찾아 주신 거예요, 시뇨르. 젊은 데다 매년 밀라노의 재단사한테 가서 새 정장을 맞출 정도로 부유했다고요. 그러다 추수철이 됐는데, 무슨 일이 벌어

---

* 잠언 12장 4절. '어진 여인은 그 지아비의 면류관이나 욕을 끼치는 여인은 그 지아비의 뼈가 썩음 같게 하느니라.'

졌는지 짐작이 가세요, 시뇨리? 그 아이가 그와 결혼하지 않겠다는 거예요."

"아까 결혼식은 추수가 끝난 다음에 열릴 계획이라고 하셨었는데요." 돈이 말했다. "그렇다면 이번 추수 전에, 결혼식이 이미 1년 연기된 상태였다는 겁니까?"

"3년 동안 미뤄진 셈이죠. 추수가 끝나면 식을 올리기로 계획을 세운 게 3년 전의 일이거든요. 줄리오 파린찰레가 군대에 끌려간 바로 그 주에 있었던 일이죠. 우리 모두가 놀랐던 기억이 나요. 누구도 입영통지가 그렇게 빨리 나오리라고는 생각하지 못했거든요. 총각인 데다 숙부와 숙모를 제외하면 아무 연고도 없는 사람이긴 했지만요."

"그런가요?" 돈이 말했다. "정부란 이따금 모두를 놀라게 하기 마련이지요. 그 사람은 어떻게 군대에서 빠져나온 거래요?"

"빠져나오지 못했어요."

"아, 그래서 결혼식이 미뤄진 거로군요?"

여자는 잠시 돈을 바라보고 있었다. "약혼자의 이름은 줄리오가 아니에요."

"아, 그렇군요. 그럼 줄리오는 누굽니까?"

여자는 바로 답하지 않았다. 그녀는 고개를 기울인 채로 잠시 그렇게 앉아만 있었다. 남자는 그들이 대화하는 내내 그녀의 입술을 바라보고 있었다. "계속해." 그가 말했다. "이 사람들한테 말하라고. 사내들 아닌가. 여편네들 뜬소문 따위는 한 귀로 듣고 한 귀로 흘릴 수 있단 말이야. 다 꽥꽥거리는 소리요, 시뇨리. 말할 기회만 주면 거위들처럼 꽥꽥거리지. 한 잔 하시오."

미스트랄 629

"줄리오는 그 아이가 저녁마다 강가에서 만나던 남자였어요. 나이도 더 어렸죠. 그래서 입영통지가 나왔을 때 다들 놀란 거였어요. 그럴 나이가 되었다고 생각하기도 전부터 줄리오를 만나고 다니던 거였으니까요. 그리고 그 아이는 다 큰 여자만큼이나 솜씨 좋게 사제님한테 그 사실을 숨겼고—" 남자의 흐릿한 눈이 흥미를 품은 듯 잠시 우리를 바라보며 반짝였다.

"다른 남자하고 약혼해 있었으면서 계속 그 줄리오를 만나고 있었다는 겁니까?" 돈이 말했다.

"아뇨. 약혼은 그 후의 일이에요. 우리는 그 아이가 그럴 나이가 안 됐다고 생각했죠. 그 이야기를 들은 우리는 아비 없는 아이란 우체국에 들어간 편지 같다고 말하고 다녔어요. 봉투만 보면 다른 편지와 다름없어 보이지만, 일단 열기만 하면— 게다가 성직에 계신 분도 여러분이나 저만큼이나 순식간에 죄에 속아넘어갈 수 있는 거예요, 시뇨리. 성직에 계시니 사실 더 빠를지도요."

"결국 알아차리긴 하신 겁니까?" 돈이 말했다.

"네. 별로 오래 걸리지도 않았어요. 해질녘에 집을 빠져나오곤 했거든요. 그 아이를 본 사람도 있었고, 사제님이 정원에 숨어서 집을 지켜보는 모습을 본 사람도 있었어요. 성스러운 주님의 종복이 집 지키는 개처럼 구는 모습을 모두가 보게 된 거죠. 좋은 일이 아니었어요, 시뇨리."

"그러다 그 젊은이가 갑작스레 군대에 끌려갔고요." 돈이 말했다. "그렇게 된 겁니까?"

"상당히 갑작스러웠죠. 우리 모두가 놀랐어요. 그러다 우리는 주님의 손길이 닿은 것이라 생각하며, 이제 사제님이 그 아이를 수녀원으로 보내시리라고 여겼죠. 그런데 바로 그 주에, 우리는 그 아이와 이번에 죽은 남자 사이에 결혼이 주선되었다는 것을 알게 된 거예요. 그리고 우리는 이번에도 주님의 손길이 닿아서 그분의 종복을 보호하려고 그 아이한테 자기 분수에 맞지 않는 남편을 찾아주셨다고 생각했죠. 성직에 계신 분이라도 여러분이나 저만큼이나 악에 물들 수 있으니까요, 시뇨리. 주님의 도움 없이는 그분들도 죄 앞에서는 무력한 거죠."

"쯧, 쯧." 남자가 말했다. "별일도 아니었소. 그 사제한테도 눈이 달렸던 것뿐이지." 그가 말했다. "사제복을 입고 있더라도 남자는 남자이니 말이오. 안 그렇소, 시뇨리?"

"남자들이 할 법한 소리로군요." 여자가 말했다. "주님의 은총도 모르는 사람들 같으니."

"그러니까 사제님도 알아보셨다는 거로군요." 돈이 말했다.

"그 아이에게 너무 관대하게 굴었기 때문에 시련을, 벌을 받으신 거예요. 그리고 벌은 끝나지 않았죠. 추수철이 다가왔는데 결혼식이 1년 미뤄졌다는 이야기가 들려오는 거예요. 무슨 생각이 드세요, 시뇨리? 그런 곳 출신인 그런 아이가, 사제님이 자기를 스스로의 악덕에서, 스스로의 핏줄에서 구할 기회를 주셨는데도…… 그 아이가 사제님과 말다툼을 벌이고 거역했다는 이야기를 모두가 들었어요. 날이 어두워지면 몰래 집에서 빠져나와 춤을 추러 갔다는 거예요. 약혼자가 언제 그녀를 보거나 소식을 들을지도 모르는데 말이죠."

"사제님은 여전히 그 아이를 돌보셨던 겁니까?" 돈이 말했다.

미스트랄

"그분의 벌이고 그분의 속죄였던 거죠. 그러다 다음 추수철이 찾아왔고, 이번에도 식은 미루어졌어요. 그다음 추수 다음으로요. 결혼 공고조차 시작하지 못했죠. 그 아이는 그 정도까지 사제님께 반항한 거예요, 시뇨리. 가난뱅이인 그 아이가요. 우리는 모두 이렇게 말하고 다녔죠. '저 아이 약혼자가 언제 소문을 듣고 저 아이가 아무 쓸모 없다는 사실을 알게 되려나. 겸양과 품위를 배운 좋은 가정의 딸아이들이 있다는 걸 말이야?'"

"미혼인 따님이 있으십니까, 시뇨라?" 돈이 말했다.

"네. 하나요. 둘은 결혼시켰고, 하나는 아직 같이 살고 있죠. 제가 말하기는 좀 그렇지만, 참한 아이랍니다, 시뇨리."

"쯧, 이 여편네가." 남자가 말했다.

"그 말씀은 믿을 만하군요." 돈이 말했다. "그래서 젊은이는 군대로 갔고, 결혼식은 1년 미뤄졌다는 거지요."

"거기다 1년 더 미뤄졌죠, 시뇨리. 그리고 3년째도요. 그래서 이번 추수 다음에 식을 치를 예정이었어요. 한 달 안에 열릴 예정이었죠. 결혼 공고도 했고요. 지난 주일에 사제님이 직접 성당에서 공고하셨어요. 새 밀라노 정장을 입은 그 남자하고, 그가 준 숄을 두른 그 아이가 나란히 서 있었고 — 100리라나 들었다더군요 — 거기다 금목걸이까지 있었죠. 자기 성도 못 대는 여자가 아니라 여왕한테나 어울릴 만한 선물이었죠. 우리는 사제님의 속죄가 마침내 끝났고 그분의 집에서 악이 물러나게 되었다고 생각했어요. 줄리오의 복무도 이번 가을에 끝날 예정이었거든요. 그런데 이제 그 약혼자가 죽은 거죠."

"많이 아팠답니까?" 돈이 말했다.

"너무 갑작스러운 일이었어요. 건강한 사람이었거든요. 오래 살 거라는 덕담에 어울리는 사람이었죠. 전날까지만 해도 건강했는데 다음 날 갑자기 앓아누운 거예요. 셋째 날에 죽었죠. 두 분 모두 젊은 분이라 귀가 좋으니 종소리가 들릴지도 모르겠네요." 맞은편 산맥은 그림자에 잠겨 있었다. 그 사이의 계곡은 여전히 눈에 보이지 않았다. 햇살이 내리쬐는 침묵 속에서 들리는 것이라고는 이따금 울리는 노새의 방울 소리뿐이었다. "모든 것은 주님의 손길 안에 있으니까요." 여자가 말했다. "그 남자의 목숨이 자기 것이라고 누가 단언할 수 있겠어요?"

"누가 가능하겠습니까?" 돈이 말했다. 그는 나를 바라보지 않은 채 영어로 말했다. "담배 한 대 주게."

"자네도 있잖아."

"아니, 없어."

"아니, 있어. 바지 주머니에."

그는 담배를 꺼냈다. 그리고 계속해서 영어로 말을 이었다. "그러다 갑자기 죽었다는 거지. 갑자기 약혼했고. 동시에 줄리오는 갑자기 징병당했고. 놀랄 만한 일이야. 누군가 결혼식에 대해 보였던 의욕을 제외하면, 모든 일이 갑작스레 일어난 셈이잖나. 적어도 결혼식만은 서두르지 않았던 모양인데, 안 그런가?"

"나야 모르지. 나 말 모태요."

"사실 줄리오가 집으로 돌아올 때가 되기 전까지는 갑작스럽기를 완전히 멈추기는 했지. 그러다 다시 갑작스러운 일이 벌어졌고. 그러니 아무래도 이탈리아에서는 사제들이 징병 업무를 맡는지를 물어봐야 할 것 같아." 나이 든 남자는 그의 입술을, 흐린 눈으로 심각하게 뚫어져라 지켜보고 있었다. "그리고 이쪽 산 길이 산을 내려가는 길이라면 말이야, 아까 저 뒤편 샛길로 들어간 자전거 말이야. 그쪽은 어떻게 생각하시나, 시뇨리?"

"별문제 있겠어. 목이 조금 칼칼하군. 저 아래로 내려가서 뭔가 먹으면서 이 뒷맛을 씻어내자고."

남자는 우리 입술을 지켜보고 있었다. 여자는 다시 고개를 기울였다. 그녀의 뻣뻣한 쪽 손이 바구니를 덮은 체크무늬 천을 쓸었다. "성당에 가면 있을 거요, 시뇨리." 남자가 말했다.

"그렇군요." 돈이 말했다. "성당 말이지요."

우리는 다시 술을 마셨다. 남자는 완벽하게 예의를 갖추어 담배 한 개비를 받아들였고, 그 동작에는 어딘가 세련되게 격식을 갖추는 느낌이 있었으나 어울리지 않을 정도는 아니었다. 여자는 와인 부대를 바구니에 담고 다시 천을 덮었다. 우리는 자리에서 일어나며 짐을 들었다.

"손으로 말씀하시는 게 아주 빠르군요, 시뇨라." 돈이 말했다.

"이 사람이 입술도 읽긴 하니까요. 손놀림은 우리끼리 어둠 속에서 누워서 만들어낸 거예요. 늙은이들은 잠이 적으니까요. 침대에 누워서 대화를 나누죠. 여러분은 아직 그러지는 않을 것 같군요."

"그렇습니다. 부군께 많은 아이를 선사하지 않으셨습니까, 시뇨라?"

"그렇죠. 일곱이요. 하지만 이젠 늙었으니까요. 침대에 누우면 대화를 나누죠."

II

 우리가 마을에 도착하기 전에 종이 울리기 시작했다. 성당의 가느다란 종탑에서 울려퍼지는 잘 조율된 음색이, 마치 겨울 나뭇가지에서 떨어져 바람을 타고 날아가는 것만 같았다. 해가 지자마자 바람이 불기 시작했다. 우리는 태양이 산마루에 닿는 모습과, 하늘이 연하고 생생한 푸른빛을 잃고 갓 떠오른 초승달 뒤편에서 흡사 유리처럼 흐릿한 녹색조로 물드는 모습을, 그리고 어둠에 잠기며 검고 날카롭게 서 있는 십자가 아래 마른 꽃 한 줌이 놓인 성소가 흐릿해지는 모습을 지켜보았다. 그리고 바람이 불기 시작했다. 눈에 보이지 않는 뭔가의 작은 입자들로 가득한 공기가, 계속 움직이는 벽처럼 밀려왔다. 그 앞에서 나뭇가지는 마치 보이지 않는 손에 짓눌리는 듯 떨지도 않고 숙였고, 바람에 휘말린 우리는 피가 식는 느낌을 받았다. 산길이 포석 깔린 거리로 변하는 지점에서 걸음을 멈추기 전부터도 말이다.

 여전히 종이 울리고 있었다. "장례식을 치르기에는 어정쩡한 시각인데." 나는 말했다. "이 정도 고도에서라면 시체도 오래 간수할 수 있지 않나. 이런 곳에서는 서둘러 매장할 필요도 없을 텐데."

 "다들 난데없이 일을 벌이는 동네잖아." 돈이 말했다. 여기서는 벽에 가려 성당이 보이지 않았다. 우리는 어느 문 앞에 서서 삼면이 벽으로 둘러싸이고 덩굴이 휘감고 올라가는 서까래와 창살 위로 지붕이 덮인 중정을 들여다보았다. 나무탁자 하나와 등받이 없는 벤치 두 개가 보였다. 그렇게 대문 앞에 서서 중정을 들여다보고 있는데, 돈이 문득 입을 열었다. "그래서 여기가 숙부네 집인 모양이군."

"숙부?"

"그 젊은이가 숙부와 숙모 말고는 연고가 없었다고 했잖나." 돈이 말했다. "저기, 문가를 보게." 중정 아래쪽에 문이 하나 달려 있었다. 그 너머에는 횃불이 타고 있고, 문 옆에는 벽에 기대어 놓은 자전거가 보였다. "그 자전거가 쓰러져 계시군." 돈이 말했다.

"저게 자전거라고?"

"당연하지. 저것도 자전거야." 손잡이가 높이 달리고 가젤의 뿔처럼 뒤로 꺾인 구식 물건이었다. 우리는 그 자전거를 바라봤다.

"그 샛길을 따라오면 뒷문으로 이어지는 거였나본데. 가족용 출입구로 말이야." 나는 말했다. 우리는 종소리를 들으며 중정 안을 바라봤다.

"어쩌면 저 안에는 바람이 들이치지 않을지도 몰라." 돈이 말했다. "어쨌든 서두를 필요는 없지. 장례식이 끝날 때까지는 사제를 만날 수 없을 테니."

"이런 장소를 호텔로 쓰는 경우도 있잖아." 우리는 안으로 들어섰다. 그리고 우리는 병사를 발견했다. 우리가 탁자 쪽으로 다가가자, 그는 문간으로 나와서 횃불을 등지고 서서 우리를 바라봤다. 그는 이제 흰 셔츠를 입고 있었다. 그러나 다리를 보면 누군지 알아볼 수 있었다. 이내 그는 다시 집 안으로 돌아갔다.

"그러니까 말브룩*이 귀향한 셈이로군." 돈이 말했다.

"장례식 때문에 돌아온 걸지도 모르지." 우리는 종소리에 귀를 기울였다. 안으로 들어오니 땅거미가 한층 짙게 깔렸다. 머리 위로는 나뭇잎이 바람 속에서 뻣뻣하게 흔들리며, 검푸르고 투명한 하늘을 뭉툭한 검은 점처럼 수놓았다. 종소리 또한 바람 속에서도 꿋꿋한 덩굴에 달린 나뭇잎처럼 납작해져 흘러갔다.

"장례식이 있을 거라고 알 방법이 있었겠어?" 돈이 말했다.

"사제가 편지를 써 줬을지도 모르지."*

"그럴 수도 있지." 돈이 말했다. 불빛 때문에 문 너머가 잘 보였다. 문득 그 안으로 여자 한 명이 들어와서 우리를 바라봤다. "좋은 날입니다, 주인마님." 돈이 말했다. "혹시 와인 한 모금씩만 베풀어주실 수 있을까요?" 그녀는 불빛을 등지고 서서 꼼짝 않고 우리를 바라봤다. 키가 훤칠했다. 그녀는 불빛을 등지고 훤칠하고 꼼짝 않고 서서, 문에는 손도 대지 않고 있었다. 종이 울렸다. "저 여자도 군인이었나본데." 돈이 말했다. "병장쯤 되었을 거야."

"어쩌면 말브룩한테 귀향하라는 명령을 내린 대령이었을지도 모르지."

"아냐, 저 여자 때문이었다면 우리를 지나쳐갈 때 더 빨리 움직였을 거라고." 그리고 여자가 입을 열었다.

"그러지요, 시뇨리. 쉬고 계세요." 그녀는 다시 집 안으로 들어갔다. 우리는 짐을 내려놓고 자리에 앉았다. 그리고 자전거를 바

---

* 초대 말버러 공작 존 처칠. 여기서는 유럽 전역에서 유행했던 〈말브룩이 전장으로 떠나네〉라는 프랑스 민요를 인용한 것으로 보인다. 즉 전장으로 떠났던 병사가 돌아왔다는 뜻이다.

라봤다.

"기병대인 셈이잖아." 돈이 말했다. "왜 뒷길로 들어왔는지가 궁금한데."

"좋아." 내가 말했다.

"좋긴 뭐가 좋아?"

"난 좋으니까 알아서 궁금해하라고."

"그걸 농담이라고 한 거야?"

"당연하지. 농담이야. 우리가 늙은이들이라 그래. 드러누워 생각나는 대로 말을 뱉는 거지. 이것도 농담이야."

"농담 아닌 소리 좀 해 봐."

"좋아."

"거기서 자네하고 내가 똑같은 말을 듣기는 한 건지 모르겠군."

"나 말 모태요. 나 이탈리아 조아요. 나 무솔리니 조아요." 여자가 와인을 가져왔다. 그녀는 와인을 탁자 위에 내려놓고 몸을 돌리고 있었다. "저 사람한테 물어봐. 그럼 되잖아?" 나는 말했다.

"알았어. 그러지. ― 혹시 집에 군인분이 계십니까, 시뇨라?"

여자는 그를 바라봤다. "별일 아니에요, 시뇨르. 조카가 돌아온 것뿐이죠."

"제대하신 건가요, 시뇨라?"

"제대했답니다, 시뇨르."

"부디 축하를 받아주시기를. 분명 그분의 귀환을 축하하는 친구분들이 많으시겠군요." 가녀리고 그리 나이가 많지 않은 여자는 차가운 눈으로 퉁명스럽게 돈을 내려다보면서 기다리고 있었다. "오늘 마을에서 장례식이 있다던데요." 그녀는 아예 아무 말도 하지 않았다. 그저 그 자리에 서서, 돈이 말을 끝맺기를 기다릴 뿐이었다. "사람들이 애도하겠군요." 돈이 말했다.

"그러길 빌어야죠." 그녀가 말했다. 그녀는 그대로 떠나려는 시늉을 했다. 돈은 묵어갈 수 있을지를 물었다. 그녀는 단호하게 안 된다고 말을 끊었다. 그리고 우리는 종소리가 멈췄다는 것을 깨달았다. 이제 머리 위 나뭇잎이 바람 속에서 꾸준히 속살거리는 소리를 들을 수 있었다.

"아까 이야기를 들었는데, 사제님이라면—" 돈이 말했다.

"그런데요? 사제님 이야기를 들었다고요."

"그쪽에서 재워 주실 수 있다고 하시던데요."

"그럼 사제님을 뵈러 가시는 편이 좋겠네요, 시뇨르." 그녀는 집 안으로 돌아갔다. 남자처럼 성큼성큼 걸어서 불빛 속으로 들어간 다음, 그대로 사라졌다. 내가 돈을 바라보자 그는 시선을 돌리면서 와인으로 손을 뻗었다.

"조금 더 물어본다더니?" 나는 말했다. "왜 그렇게 쉽게 포기한 거야?"

"서두르고 있었잖아. 자기 조카가 방금 제대해서 돌아왔다고 했다고. 오늘 오후에 온 거 아니야. 아무 연고도 없는 조카니까 함께 시간을 보내고 싶었겠지."

"징병당할까봐 두려운 걸지도 모르지."

"그것도 농담이야?"

"나한테는 아닌데." 그는 잔을 채웠다. "다시 불러 봐. 당신 조카가 사제의 피후견인하고 결혼할 거라고 들었다고 말하라고. 두 사람한테 선물을 주고 싶다고 해 봐. 위 세척기라던가. 참고로 이것도 농담 아니야."

"아닌 거 알아." 그는 조심스레 잔을 채웠다. "그런 꼴을 구경하는 거하고, 사제하고 함께 머무는 것 중에서 어느 쪽이 더 좋을 것 같아?"

"건배." 나는 말했다.

"건배." 우리는 술을 마셨다. 나뭇잎이 메마르고 거친 소리를 끊임없이 울렸다. "아직 여름이었으면 좋았을 텐데."

"오늘 밤은 꽤 추울 거야. 헛간에 들어간다고 해도."

"그래. 오늘 밤에는 헛간에서 안 자도 된다는 게 다행이지."

"그렇게 나쁘진 않을걸. 밀짚을 데운 다음에 잠들면 될 거야."

"그럴 필요가 없다는 게 문제지만. 푹 자고 나서 아침 일찍 출발하는 편이 낫지."

나는 잔을 채웠다. "다음 마을까지 얼마나 멀지가 궁금한데."

"너무 멀지." 우리는 술을 마셨다. "여름이었으면 좋았겠어. 자넨 안 그래?"

"그렇지." 나는 병에 남은 술을 마저 잔에 따랐다. "와인이나 마시자고." 우리는 잔을 들었다. 그리고 서로를 바라봤다. 바람에 섞인 입자가 옷과 살을 뚫고 들어와서, 벽의 벽돌과 회반죽을 관통해서, 그대로 우리에게 닿아 뼈에 스며드는 것만 같았다. "건배."

"아까도 말했잖아." 돈이 말했다.

"알았어. 그래도 건배."

"건배."

우리는 젊었다. 돈은 스물셋이고 나는 스물둘이었다. 그리고 나이란 자신이 태어나거나 자란 장소의 일부이자 불가분의 관계다. 따라서 집을 나와 한참 떨어져 있으면 ― 공간이든 시간이든 경험이든 간에 ― 언제나 원래의 스스로보다 늙으면서 동시에 영원히 젊은 사람이 된다.

우리는 검은 바람 속에 서서 장례식 행렬이 ― 사제와 관과 한 줌의 문상객들이 ― 지나가는 모습을, 그들의 복장을, 그리고 특히 앞서나가는 사제의 낡은 검은 옷이 풍선처럼 부풀어오르는 모습을 지켜봤다. 마치 그들이 혹독한 녹색 황혼을 (겨울이면 이곳의 공기는 얼음 탄 레모네이드 느낌이 들 것이다) 앞질러 교회에 들어가려 서두르는 듯한 부적절한 환상처럼 보였다. "우리도 바람을 피해야겠어." 돈이 말했다.

"깜깜해질 때까지는 한 시간은 남았는데."

"그렇지. 깜깜해질 때쯤이면 산마루까지 가 있을 수도 있겠어." 그는 나를 바라봤다. 나는 시선을 돌렸다. 이제 지붕의 빨간 타일마저도 검은색으로 보였다. "바람을 피해야겠어." 그러자 종이 다시 울리기 시작했다. "우린 아무것도 모르잖아. 저것도 아마 아무것도 아닐 거야. 어쨌든 모르는 거라고. 굳이 알 필요도 없잖아. 바람이나 피하자고." 흔히 있는 황량하고 네모난 석조 성당, 롬바르디아의 거칠고 완고한 귀족과 주교들이 지었던 그런 건물 중 하나였다. 처음부터 고색창연했으며, 세월의 흐름조차도 부드럽게 만들 수 없었고, 앞으로도 영원히, 아무리 오랜 시간이 지나더라도 부드러워지지 않을 건물이었다. 어쩌면 산을 쌓고 지하

토굴 속 어둠에서 황혼을 발명한 이들도 그들이었을지 모른다. 그리고 문 옆에는 자전거가 기대어 있었다. 우리는 조용히 그 모습을 바라보며 성당 안으로 들어가서 조용히, 동시에 말했다.

"비버."*

"그 젊은이가 운구를 맡은 사람 중 하나였던 모양인데. 그래서 귀향한 거였어." 종이 울렸다. 우리는 성단소를 지나 성당 뒤편에 이르러 멈추었다. 여기서는 가끔 우리 등을 훑고 지나가는 차가운 회오리를 제외하면 바람을 완전히 피할 수 있었다. 바깥에서는 바람이 종탑에서 반쯤 튀어나온 종이 천천히 울리는 소리를 가르며 불고 있었고, 따라서 우리 귀에 들리는 종소리는 멀찍이서 울려 돌아오는 것처럼 들렸다. 어스름 속으로 이어지는 신도석 때문에 한 군데 몰려 서 있는 조문객이 한층 적어 보였다. 그들 너머로는, 초연히 타오르는 촛불 너머로, 성체를 높이 들어 올린 손길이 보였다. 마치 거미줄 장식처럼 드리운 시커먼 그림자 속에서, 비애와 승리의 미덕을 날개처럼 펼친 듯했다. 처음에는 오르간도 음악도 인간의 소리라고는 아예 존재하지 않았다. 사람들은 그저 짓누르는 어스름 속에, 차갑고 고요하며 흐릿한 촛불 불빛 속에 무릎 꿇고 앉아 있을 뿐이었다. 모두 죽은 이들처럼 보였다. "다 끝나기 한참 전에 어두워지겠는데." 돈이 속삭였다.

"추수 때문일지도 몰라." 내가 속삭였다. "온종일 일했을 거 아니야. 산 사람은 죽은 사람을 기다려줄 수 없는 법이라고."

---

* 턱수염을 발견하고 먼저 '비버'라고 말한 사람이 점수를 따는 놀이.

"그래도 아까 들은 것처럼 부유한 사람이라면, 이보다는 더……"

"부자를 매장하는 게 누군데? 부자들이 하겠어, 아니면 빈자들이 하겠어?"

"빈자들이 하지." 돈이 속삭였다. 그러다 고개 숙인 사람들 위로 사제가 등장했다. 처음에는 있는 줄도 몰랐는데, 어느새 촛불 아래 그림자 속에서 형체도 없이 흐릿하게 모습을 드러냈다. 눌러 문지른 자국이라, 지문처럼 보이는 얼굴을, 폭포수처럼 한 겹씩 반짝이며 사라지는 성체를, 휘감은 어둠 속으로 높이 들고 있었다. 느릿하고 계속 이어지는 목소리가, 마치 차가운 돌을 때리는 날갯짓처럼 성당 안을 가득 메우고, 바람 없어 흔들리지 않는 촛불이 마치 그림처럼 서 있는 사이로 들려오는 바람 소리를 비집으며 내려앉았다. "그래서 저 사제도 그녀한테 눈길을 준 거지." 돈은 속삭였다. "이를테면 말이야, 식탁 맞은편에 앉아서 그녀를 지켜보고 있었을 거란 말이야. 그녀를 아무것도 아닌 것에서 모든 것으로 변하게 만드는 음식을 먹는 모습을 지켜보면서, 그렇게 만드는 음식이 그녀의 것이 아니라 자신의 것임에도 자신은 변하지 않는다는 사실을 알면서 말이야. 자네도 알잖아. 여자들이 어떤지. 아무것도 아닌 존재였다가 한순간에 모든 것이 되지. 눈앞에서 모든 것이 되는 순간을 지켜보게 된다고. 아니, 눈앞일 필요도 없지. 어둠 속에서도 똑같으니까. 심지어 변하기 전부터 알고 있어. 물론 두려운 것은 여자가 모든 것이 된다는 사실이 아니야. 자네가 오랫동안 알아오던 사실을 그들이 알게 되는 순간이 두려운 거지. 그럴 때마다 목숨을 잃으니, 너무 많이 죽게 되는 셈이라고. 이건 잘못된 거야. 불공평하다고. 나한테는 딸이 안 생겼으면 좋겠는데."

"그거 근친상간이다." 나는 속삭였다.

"아니라고 한 적 없는데. 그냥 불길 같다고 말한 것뿐이야. 불길이 일어나서 밀려나가는 모습을 지켜보는 것과 같다고."

"불길은 지켜보거나, 아니면 같이 타버리거나 둘 중 하나지. 아니면 아예 그곳을 피하든가. 자네라면 뭘 고를 거야?"

"나도 모르지. 여자 문제라면 차라리 같이 타버리겠어."

"아예 그곳을 피하는 것보다 그게 낫다고?"

"그래." 우리가 젊었기 때문이다. 그리고 젊은이들은 하찮지 않은 모든 일에 무적인 것처럼 보인다. 우리는 세계라는 하찮은 일을 비극적일 정도로 심오하게 파고들 수 있었다. 어차피 현실에 딱히 심오한 것이란 존재하지 않기 때문이다. 마흔이나 쉰이나 예순 정도 되어서 현실에 닿게 되면, 그것이 기껏해야 6피트 깊이에 18피트짜리 정방형밖에 안 된다는 것을 깨닫게 되기 때문이다.

그러다 장례식이 끝났다. 바깥에서는 검은 언덕으로부터 바람이 꾸준히 불어내려오고 있었다. 녹색 유리 같은 하늘의 천구가 텅 빌 정도였다. 우리는 사람들이 성당에서 일렬로 나가며 관을 들고 교회 뜰의 교구 묘지로 향하는 모습을 지켜봤다. 네 명이 철제 랜턴을 들었고, 사람들은 어스름 속에서 기괴한 모양으로 조용히 한데 뭉친 채 자기들의 몸과 랜턴 불길을 휩쓰는 바람을 맞으며 묘지로 나섰다. 바람을 타고 작은 흙알갱이가 무덤으로 들어가는 모습이, 모든 자연이 무덤을 숨기려고 서두르는 것만 같았다. 이내 그쪽도 끝났다. 랜턴이 덜렁거리고 흔들리며 접근했고, 우리는 사제를 지켜봤다. 그는 검은 사제복 자락을 휘날리며 교회 안뜰을 가로질러 사제관으로 종종걸음쳤다. 병사는 이제 사복 차림이었다. 그는 인파 속에서 빠져나와 자기 숙모처럼 긴 다리로 성큼성큼 걸어왔다. 그는 선이 굵고 부루퉁한 얼굴로 우리를 힐긋 바라보고는 자전거에 올라타고 그대로 떠나 버렸다. "저 친구가 운구를 맡은 거였나." 돈이 말했다. "자네는 그 점에 대해서 어떻게 생각하나, 시뇨리?"

"나 말 모태요." 나는 말했다. "나 이탈리아 조아요. 나 무솔리니 조아요."

"그 소린 아까도 했잖아."

"좋아. 그럼 건배하지."

돈은 나를 바라봤다. 꽤나 진지한 얼굴이었다. "건배." 그는 말했다. 그리고 그는 사제관 쪽을 바라보며 짐을 챙겨 들었다. 사제관 문은 닫혀 있었다.

"돈." 나는 말했다. 그는 걸음을 멈추고 나를 바라봤다. 주변 산들과의 거리 감각이 완전히 사라져서 마치 우리 쪽으로 굽어드는 것처럼 보였다. 움직이다 죽어 버려서 자신의 관성과 움찔거리는 흙알갱이로 가득한 녹색 바람이 들어차 있는 사화산 바닥에 들어와 있는 느낌이었다. 우리는 서로를 마주 봤다.

"알았어, 젠장." 돈이 말했다. "그럼 자네가 이제 어찌할 건지 말해 봐." 우리는 서로를 마주 봤다. 조금만 있으면 바람 소리도 잠을 이룰 정도로 잦아들지도 모른다. 따뜻한 실내에 들어가 있을 수 있다면 그럴지도 모른다.

"좋아." 나는 말했다.

"그게 대체 뭔 소리야, 뭐가 좋아? 젠장, 뭐든 해야 할 것 아냐. 10월이라고. 여름이 아니란 말이야. 아는 것도 하나도 없고, 들은 것도 하나도 없고. 이탈리아어도 못하고. 우리 이탈리아 사랑해요."

"그러니까, 좋다고 했잖아." 나는 말했다. 황량한 안뜰에 으스스하게 서 있는 사제관 또한 석조 건물이었다. 우리가 판석을 따라 반쯤 올라갔을 때, 처마 아래의 여닫이창이 열리면서 흰옷을 입은 누군가가 우리를 내려다보더니 창문을 다시 닫았다. 모두 이어진 한 동작으로 이루어진 일이었다. 우리는 이번에도 동시에, 나직한 목소리로 말했다.

"비버." 그러나 너무 어두워서 주변을 보기가 힘들었고, 여닫이창은 다시 닫혀 버렸다. 10초도 채 걸리지 않았다.

"사실 비버레트*라고 말해야 했던 건데." 돈이 말했다.

"그렇군. 그거 농담이야?"

"그래. 농담이야." 딱딱한 얼굴의 농민 여성이 문을 열었다. 손에 들린 촛불은 바람 때문에 안쪽으로 흩날리고 있었다. 뒤편으로 보이는 홀은 어둑했다. 퀴퀴하고 싸늘한 냄새가 안에서 흘러나왔다. 그녀는 엄격한 얼굴을 불빛 속에 날카롭게 드러낸 채로, 동굴 안에서 빛나는 한 쌍의 불빛 같은 눈으로, 우리를 바라봤다.

"얼른." 나는 말했다. "뭐라도 말해봐."

"시뇨라, 저희가 듣기로는 여기 계시는 사제님께서" 돈이 말했

---

* 비버의 여성형. 창문을 열고 내려다본 사람이 젊은 여자라는 뜻.

다. "우리에게―" 촛불이 기울어지다 되살아났다. 그녀는 반대편 손을 들어 촛불을 가리며, 몸으로 문을 막고 서 있었다. "저희는 여행자입니다. 앙 프롬나드.* 저희가 듣기로는 ― 식사와 잘 곳을……"

그녀를 따라 홀로 들어서자 방금 불었던 길게 이어지는 바람 소리가 소라고동 속에서처럼 우리를 따라왔다. 그녀가 든 촛불 말고는 조명이랄 것도 없었다. 따라서 우리는 그녀를 따라 어스름 속에서, 촛불이 지나갈 때마다 한쪽 벽면에 깔쭉깔쭉하게 드러났다가 사라지는 계단 그림자를 따라 걸음을 옮겼다. 눈길은 자연스레 아무런 조명도 없는 벽면을 따라 움직이는 촛불을 따라갔다. "조금만 있으면 그 창문에서 아무것도 안 보일 정도로 완전히 깜깜해질 거야." 돈이 말했다.

"그때쯤에는 그녀도 내다볼 필요가 없을지 모르지."

"그럴지도 모르지." 여자가 문을 열었다. 우리는 불 켜진 방으로 들어섰다. 철제 촛대에 꽂은 촛불이 타오르는 탁자 위에는 와인이 든 유리병 하나, 길쭉한 빵 한 덩이, 길쭉한 구멍이 있는 뚜껑을 덮은 철제 상자 하나가 있었다. 두 사람분의 식기가 준비되어 있었다. 우리는 구석에 가방을 내려놓고는 그녀가 다른 식기를 챙기고 다른 의자를 홀에서 가져오는 모습을 지켜보았다. 그러나 그래봤자 자리는 셋뿐이었고, 우리는 그녀가 자기 양초를 가지고 다른 쪽 문으로 나가는 모습을 지켜봤다. 그러다 돈은 나를 바라봤다. "어쩌면 그 여자를 볼 수 있을지도 모르겠어."

---

* 걸어서, 도보로.

"식사를 안 할 사람이 사제라는 건 어떻게 아는데?"

"뭐야? 그 사람이 어디 가 있을지 모르겠어?" 나는 그를 바라봤다. "저 바깥쪽 정원에 나가 있어야 할 거 아냐."

"그건 어떻게 아는데?"

"그 병사가 교회에 있었잖아. 사제도 그를 보았을 거라고. 돌아왔다는 소리도 들었을 테고—" 우리는 문을 바라봤지만, 들어온 사람은 아까의 그 여자였다. 그릇 세 개를 들고 있었다. "수프입니까, 시뇨라?" 돈이 말했다.

"그래요, 수프예요."

"잘됐군요. 아주 먼 길을 왔거든요." 그녀는 그릇을 탁자에 내려놓았다. "밀라노부터요." 그녀는 힐긋 어깨 너머로 돈을 바라봤다.

"거기 머무는 편이 나았을 텐데요." 그녀가 말했다. 그리고 방을 나섰다. 돈과 나는 서로를 마주 봤다. 내 귓속에는 아직 바람 소리가 가득했다.

"그러니까 사제는 정원에 있다니까." 돈이 말했다.

"그걸 어떻게 아는 건데?"

잠시 후 돈은 나를 바라보던 시선을 돌렸다. "나도 모르지."

"맞아. 자네도 몰라. 나도 모르고. 우리는 알고 싶지 않은 거야. 그렇지?"

"몰라. 나 말 모태요."

"그래, 당연히 그래야지."

"나도 같은 생각이야." 돈이 말했다. 우리 귓가의 속삭임이 방 안을 바람으로 가득 채우는 듯했다. 그러다 우리는 문득 우리가 듣는 것이 바람소리라는 것을, 실제 바람 그 자체라는 것을 깨달았다. 하나뿐인 창문이 꼭 닫혀 있었는데도 말이다. 마치 그 조용한 방이 공간의 궁극적인 극점에 고립되어, 혼돈에서 태어난 중얼거림과 길고 어두운 시간의 분노에서 비껴나 있는 것만 같았다. 촛불이 그렇게 꾸준하고 꼿꼿이 심지 위에서 타오르는 것이 기묘해 보일 정도였다.

III

그래서 우리는 집 안에 들어오기 전까지는 그를 제대로 보지 못한 셈이었다. 그 전까지 그는 추레하고 형체 없고 작달막하며 장례식 행렬의 선두에서 불어오는 황혼을 뚫고 종종걸음치던 인간 형체이자 목소리일 뿐이었다. 형체와 목소리가 전부 같은 존재의 부분이라고는 쉽사리 상상하기 힘들었다. 검은 사제복을 휘날리던 형체, 그리고 촛불 위 고요함 속을 울리던 무심하고 무감정하며 끝없이 계속되던 지치고 쓸쓸한 목소리가.

그가 들어오는 모습에는 어딘가 느닷없는 데가 있었다. 마치 잠수부가 잠수하기 전에 숨을 깊이 들이쉬는 것처럼 느껴졌다. 그는 우리를 보지 않으면서도 입부터 열더니, 우리를 환영하며 자신의 지각을 양해해 달라는 말을 낮고 빠른 목소리로 단숨에 내뱉었다. 그리고 여전히 말을 멈추지 않고 우리를 돌아보지도 않은 채로, 그는 다른 의자들 쪽으로 손짓하고 자리에 앉은 다음 자기 접시 위로 고개를 숙이고 전혀 끊김 없이 라틴어 기도문을 암송했다. 이번에도 그의 목소리는 성당에서 했을 때처럼 느릿하고 수월하게, 바람보다 살짝 잘 들릴 정도의 크기로 쏟아져 나왔다. 그 목소리는 한동안 계속 이어졌고, 나는 잠시 후 고개를 들었다. 돈이 눈썹을 살짝 찡그린 채로 나를 바라보고 있었다. 우리가 사제 쪽을 바라보자, 그가 쟁반의 양쪽에 놓인 손을 천천히 꼼물거리는 모습이 보였다. 뒤이어 우리 뒤편의 여자가 짧고 날카롭게 뭔가를 말했다. 그녀가 들어오는 것조차 알아차리지 못했는데 말이다. 수척한 여자였다. 별로 크지는 않았으며 창백하지만 마호가니색인 얼굴에 스물다섯에서 예순 사이의 어느 나이라 해도 믿을 법한 얼굴이었다. 사제가 움직임을 멈추었다. 그는 연약하고 떨리는 눈으로 처음으로 우리를 바라보았다. 홍채가 보이지 않는 갈색 눈이 마치 늙은 개와 흡사했다. 절망에 떨리는 눈을 찡그리며 우리를 바라보는 모습이, 흡사 채찍으로 우리를 바라보게 몰아넣어 움직이지 못하게 만든 것만 같았다. "잊고 있었군." 그가 말했다. "때론 이럴 때가 —" 여자가 다시 그를 향해 한마디 내뱉고는 탁자에 커다란 그릇을 내려놓았다. 그녀의 팔 그림자가 그의 얼굴을 가로지른 다음 그대로 남았다. 그러나 우리는 이미 고개를 돌린 후였다. 길게 이어지는 바람이 석조 처마를 훑고 지나갔다. 촛불 불빛은 이어지는 바람소리 속에서 깎은 연필처럼 꼿꼿이 서 있었다. 그녀가 그릇을 채우는 소리가 들렸으나, 그녀는 사제의 얼굴에 자기 팔 그림자를 드리운 채로 한동안 그대로 서 있었다. 마치 그 순간이 — 정확히 어떤 순간이건 간에 — 지나갈 때까지 우리 모두를 꼼짝 못하게 붙들고 있는 듯했다. 그녀가 방을 나갔다. 돈과 나는 음식을 먹기 시작했다. 사제 쪽을 바라보지는 않았다. 마침내 입을 연 사제는 평온하고 정중한 무심함이 깃든 어조로 이렇게 말했다. "멀리서 오신 거요, 시뇨리?"

"밀라노에서 왔습니다." 우리 둘은 입맞춰 말했다.

"그 전에는 피렌체에 있었고요." 돈이 말했다. 사제는 그릇 위로 고개를 숙이고 있었다. 서둘러 먹는 모습이었다. 그는 고개를 들지 않은 채 빵을 향해 손짓했다. 나는 빵을 그쪽으로 밀어주었다. 그는 빵 끄트머리를 뜯고는 계속 음식을 먹었다.

"아." 그가 말했다. "피렌체라. 훌륭한 도시지요. 밀라노보다 — 뭐라고 해야 하나? — 고상하고 세련된 도시랄까요." 그는 우아함 따위는 없이 서둘러 음식을 해치웠다. 사제복은 뒤로 걷어올려 소맷단의 플란넬 속셔츠가 드러나 보였다. 그의 숟가락이 절걱거렸다. 그 즉시 여자가 브로콜리가 담긴 쟁반을 들고 들어왔다. 그녀는 그릇을 치웠다. 그는 손을 뻗었다. 그녀는 그에게 유리병을 건넸고, 그는 고개를 들지 않은 채 유리잔을 채우고 짤막한 문구를 읊조리며 자기 잔을 들었다. 그러나 그는 술을 마시는 척만 할 뿐이었다. 내가 그쪽을 봤을 때, 그는 내 얼굴을 바라보고 있었다. 나는 시선을 돌렸다. 그가 접시를 달그락거리는 소리가 들렸고, 돈 역시 나를 바라보고 있었다. 뒤이어 여자의 어깨가 우리와 사제 사이로 비집고 들어왔다. "때론 이럴 때가—" 그는 목소리를 높이며 이렇게 말했다. 그러자 여자는 우리 사이를 완전히 막아서며 더 큰 말소리로 그의 나머지 말을 묻어버렸고, 돈과 나는 시선을 돌린 채 두 사람이 방을 떠나는 소리를 들었다. 발소리가 사라졌다. 이제 들리는 것이라고는 바람 소리뿐이었다.

"장례 미사였어." 돈이 말했다. 돈은 카톨릭 신자였다. "방금

기도 말이야."

"그렇군." 나는 말했다. "난 몰랐지."

"그래. 장례 미사 문구였어. 헷갈린 모양이야."

"그렇군." 나는 말했다. "당연히 그렇겠지. 이제 우린 어쩐다?"

우리 짐은 그대로 구석에 놓여 있었다. 두 개의 짐꾸러미는 인간으로 치면 마치 두 쌍의 신발처럼 완전히 지쳐 빠지고 인간적인 모습으로 보였다. 문을 지켜보고 있으니 아까의 여자가 들어왔다. 그러나 그녀는 멈추지 않았다. 우리를 쳐다보지도 않았다.

"저흰 이제 어떻게 하면 됩니까, 시뇨라?" 돈이 말했다.

"식사하세요." 그녀는 발을 멈추지 않았다. 다시 바람 소리가 들렸다.

"와인 좀 들라고." 돈이 말했다. 그는 유리병을 들어서 내 잔 위에 가져다 댄 채로 멈추었고, 우리는 그대로 귀를 기울였다. 벽 너머에서, 어쩌면 벽 두 개 너머에서, 알아듣기 힘든 숨죽인 다급한 말소리가 들려왔다. 그는 딱히 누군가에게 말하고 있는 것은 아닌 듯했다. 듣기만 해도 느낌이 왔다. 정확히 어디 있는지는 몰라도 혼자 있는 것이 분명했다. 어쩌면 자연이 침노하는 상황에서는 — 바람이든 비든 가뭄이든 — 인간은 언제나 홀로일 수밖에 없는 걸지도 모른다. 돈이 내 잔 위에 유리병을 가져다 대고 있는 동안, 1분이 넘도록 그 소리는 계속 이어졌다. 이내 그가 술을 따랐다. 우리는 식사를 시작했다. 숨죽이고 억눌린 그의 목소리는 마치 기계가 내는 소리처럼 들렸다.

"여름이었으면 좋았을 텐데." 내가 말했다.

"와인 좀 들라고." 그가 술을 따랐다. 우리는 잔을 들어올렸다.

기계처럼 들리는 소리였다. 그가 혼자 있다는 것은 분명했다. 누구라도 알 수 있었다. "그게 문제라고." 돈이 말했다. "저쪽에 아무도 없다는 게 말이야. 이 집 안에 아무도 없다는 게."

"그 여자가 있잖아."

"그리고 우리도 있지." 그는 나를 바라봤다.

"아." 나는 말했다.

"그래. 젊은 여자 입장에서 이보다 훌륭한 기회를 원할 수나 있겠어? 사제는 적어도 5분 동안 이 방 안에 있었지. 그 남자는 군대에서 3년 있다가 막 돌아온 참이야. 집에 온 첫날인 데다 오후와 황혼이 흘러가고 어둠이 찾아왔어. 창가에서 여자가 그러고 있던 거 봤잖아. 자네도 두 눈으로 똑똑히 보지 않았어?"

"사제가 문을 잠갔겠지. 당연히 문을 잠갔을 거 아냐."

"이곳은 주님의 집이야. 여기서는 자물쇠 같은 건 못 써. 자넨 몰랐겠지만."

"그렇군. 자네가 카톨릭이라는 걸 잊었어. 가지가지 아는구만. 아는 게 정말 많은 모양이야?"

"아니. 아무것도 몰라. 나도 말 모태요. 나도 이탈리아 사랑해요." 아까의 여자가 방으로 들어왔다. 이번에는 아무것도 가져오지 않았다. 그녀는 탁자 앞에 서서, 촛불 위로 수척한 얼굴을 드리우고, 그저 우리를 내려다보기만 할 뿐이었다.

"이봐요, 당신들." 그녀가 말했다. "부디 떠나 주겠어요?"

"떠나라고요?" 돈이 말했다. "여기서 오늘 밤 묵어가는 게 아니라요?" 그녀는 탁자에 손을 짚은 채로 우리를 내려다봤다. "어디서 묵어갈 수 있습니까? 우리를 받아줄 사람이 있습니까? 10

월인데 산속에서 야영할 수는 없습니다, 시뇨라."

"그렇죠." 그녀가 말했다. 이제 그녀의 시선은 우리를 향하지 않았다. 벽을 통해 계속 목소리와 바람 소리가 들려왔다.

"애당초 무슨 일인 겁니까?" 돈이 말했다. "대체 여기서 무슨 일이 벌어지는 겁니까, 시뇨라?"

그녀는 진중하게, 살펴보듯이, 마치 그가 어린아이라도 되는 것처럼 바라봤다. "주님의 손길이 행하시는 광경을 보고 있는 겁니다, 시뇨리노." 그녀가 말했다. "당신들이 이걸 기억하기에는 너무 젊다는 사실을 신께 감사드리세요." 그리고 그녀는 사라졌다. 잠시 후 목소리가, 실이 뚝 끊기는 것처럼 갑자기 멎어 버렸다. 그리고 바람 소리만이 남았다.

"바람을 피할 수만 있다면 그리 나쁘지는 않을 거야." 나는 말했다.

"와인 좀 들라고." 돈이 유리병을 들어올렸다. 이제 절반도 안 남아 있었다.

"더 안 마시는 게 좋을 것 같은데."

"아냐." 그는 두 잔 모두를 채웠다. 우리는 잔을 비웠다. 그리고 움직임을 멈췄다. 이번에는 침묵이 실처럼 끊기며 갑작스럽고 빠르게 말소리가 다시 시작됐다. 우리는 술을 마셨다. "브로콜리도 마저 해치우는 게 좋겠어."

"더 먹기 싫은데."

"그럼 와인이나 더 들어."

"이미 자네가 나보다 더 마셨잖아."

"알았어." 그는 내 잔을 채웠다. 나는 그걸 마셨다. "그리고 이제 와인 더 들라고."

"다 마셔 버리지는 않는 게 좋을 듯한데."

그는 유리병을 들었다. "두 잔쯤 더 나오겠어. 그만큼 남겨서 어디다 쓰려고."

"두 잔도 안 나올걸."

"1리라 걸지."

"좋아. 대신 내가 따르겠어."

"좋아." 그는 내게 유리병을 넘겼다. 나는 내 잔을 채우고 그의 잔으로 팔을 뻗었다. "들어 봐." 그가 말했다. 지금까지 1분 동안, 벽 너머의 목소리는 마치 달려내려가는 바퀴처럼 오르내리기를 반복하는 중이었다. 그러나 이번에는 다시 올라가지 않았다. 그저 긴 바람 소리만 남아 있을 뿐이었다. "따라 봐." 돈이 말했다. 나는 와인을 따랐다. 4분의 3 정도 와인이 찼다. 남은 방울이 똑똑 떨어졌다. "쭉 기울여." 나는 그렇게 했다. 마지막 한 방울이 매달려 있다가 잔으로 떨어졌다. "1리라 달아 둬." 돈이 말했다.

긴 홈이 난 상자로 떨어지며 동전이 절그렁거렸다. 그러나 그가 상자를 들고 흔들자 아무런 소리도 들리지 않았다. 그는 주머니에서 동전을 더 꺼내 홈에 집어넣었다. 그는 다시 상자를 흔들었다. "어째 소리가 충분하지 못한 것 같은데. 너도 토해내 봐." 나는 홈으로 동전을 좀 집어넣었다. 그는 상자를 다시 흔들었다. "이제 괜찮게 들리는군." 그는 탁자 맞은편의 나를 바라보며 빈 잔을 거꾸로 들어 보였다. "와인 좀 더 하는 게 어때?"

미스트랄 655

우리는 자리에서 일어섰고, 나는 구석에서 짐을 챙겼다. 내 짐이 아래쪽에 있었기에, 돈의 짐을 옆으로 치워야 했다. 그는 나를 바라봤다. "그건 또 왜 건드리고 있어?" 그가 말했다. "산책할 때도 가지고 나가려고?"

"나도 모르겠어." 나는 말했다. 긴 바람이 보이지 않는 차가운 처마를 지나치며 계속 한숨 소리를 울렸다. 양초의 불꽃은 마치 어릿광대의 길고 하얀 코 위에 균형을 잡은 깃털처럼 꼿꼿이 서 있었다.

홀은 어둑했다. 아무 소리도 들리지 않았다. 볕을 받지 못한 회반죽의 차가운 냄새와 적막과 삶의 냄새, 사람들이 있었으며 앞으로 있을 장소의 냄새 외에는 아무것도 없었다. 우리는 훔친 물건처럼 짐을 낮게 들어 다리에 붙인 채 움직였다. 그리고 문가로 가서 문을 열고, 다시 검은 바람 속으로 들어갔다. 말끔하게 쓸어가 깨끗해진 하늘에는 마지막 빛도, 마지막 황혼도 남아 있지 않았다. 우리가 대문을 향해 반쯤 걸어갔을 때 그의 모습이 보였다. 벽을 따라 잰걸음으로 왔다갔다 하고 있었다. 모자를 쓰지 않고, 사제복을 펄럭이는 채로. 그는 우리를 보고도 걸음을 멈추지 않았다. 그렇다고 서두른 것도 아니었다. 그는 그저 몸을 돌리고는 벽을 따라 빠르게 걸어 돌아갔다가 다시 몸을 돌려 다가올 뿐이었다. 우리는 대문 앞에서 그를 기다렸다. 우리는 식사에 대해 감사를 표했고, 그는 사제복 자락을 펄럭이며 뻣뻣이 서서, 마치 귀머거리가 귀를 기울일 때처럼 살짝 고개를 돌려 시선을 돌리고 있었다. 돈이 그의 발치에 무릎 꿇자 그는 돈이 공격 자세를 취하기라도 한 것처럼 놀라 뒤로 물러섰다. 그러자 나 또한 카톨릭 신자 기분이 되어 무릎을 꿇었고, 그는 서둘러 우리 머리 위에서, 검녹색의 바람과 어스름이 마치 물속이라도 되는 듯이 다급하게 손을 휘저어 성호를 그려 주었다. 대문을 나와 뒤돌아본 우리는, 여전히 불빛도 아무것도 없는 사제관을 배경으로, 그의 머리가 벽 위에서 바삐 달려가는 난쟁이처럼 왔다갔다 하는 모습을 알아볼 수 있었다.

IV

바람이 안 드는 쪽의 거리에 카페가 있었다. 우리는 바람을 피해 앉았다. 그러나 배수로를 따라 돌풍에 휘말려 날아가는 쓰레기는 그대로 보였고, 종종 그 바람이 혓바닥을 뻗어 우리 다리를 오싹하게 핥고 지나가곤 했다. 그리고 지붕 사이의 황혼을 쓸고 지나가는 바람 소리는 계속해서 우리 귓가에 들려왔다. 포석 위에는 산악지대의 음악가 둘이 앉아서 — 하나는 깽깽이, 하나는 피리였다 — 거칠고 새된 연주를 하는 중이었다. 그들은 종종 연주를 멈추고 술을 마신 다음 같은 곡조를 다시 시작했다. 시작도 없었으며 아마 끝도 없을 듯했고, 휘몰아치는 바람과 뒤섞인 그 거칠고 귀에 거슬리는 소리는 호전적이며 동시에 슬프게 들렸다. 웨이터가 우리에게 브랜디와 커피를 가져다줬고, 그의 지저분한 앞치마가 갑자기 획 들춰지더니 그 아래에서 뻣뻣한 녹색 천이 깔린 녹슨 구리 쟁반이 모습을 드러냈다. 다른 탁자에 앉아 술을 마시던 젊은이 다섯은 저마다 동전 몇 개씩을 웨이터의 쟁반에 던졌고, 그는 동전이 떨어지는 소리로 액수를 가늠하는 듯하더니 부드러운 동작으로 조끼에 대고 쟁반을 기울였다. 그러는 동안 허리춤에 아이를 매단 젊은 농부 여자가 걸음을 멈추고 음악에 귀를 기울였다. 그녀가 아이를 내려놓자 아이는 여자가 안 보는 틈에 젊은이들이 앉은 탁자로 기어들어갔고, 젊은이들은 다리를 치워 아이가 들어오게 해 주었다. 그녀는 둥그렇고 평온한 얼굴로, 입을 조금 벌린 채 음악가들을 바라보고 있었다.

"와인 좀 들자고." 돈이 말했다.

"좋아." 나는 말했다. "나 이탈리아 조아요." 우리는 브랜디를 한 잔 더 시켰다. 여자는 아이를 탁자 아래에서 빼내려 애쓰는 중이었다. 젊은이 하나가 아이를 끄집어내 그녀에게 돌려주었다. 사람들은 거리에서 길을 멈추고 음악에 귀를 기울였고, 한 여자와 조그만 노새가 끄는 나무다발을 가득 실은 이륜 손수레가 멈추지 않고 지나갔고, 다음으로 그 젊은 여자가 새하얀 옷을 입고 거리를 따라 다가왔으며, 나는 더 이상 카톨릭 신자 기분이 아니게 되었다. 그녀는 외투도 없이 하얀 옷차림에 호리호리한 몸으로 나긋하게 걸음을 옮겼다. 나는 더 이상 그 어떤 기분도 느끼지 못하는 상태로, 그녀의 하얀 옷이 황혼 속에서 흩날리는 모습을, 옷이 그녀를 어디론가 데려가는 것인지 그녀가 옷을 어디론가 데려가는 것인지 알 수 없는 모습을 지켜보고만 있었다. 어쨌든 그 옷은 그녀의 움직임을 따라 같이 움직였고 그녀가 보이지 않게 되자 같이 사라졌는데, 옷 또한 그녀와 함께 움직이며 사라지는 순간까지 그녀와 함께 가 버렸기 때문이었다. 써와 화이트와 이블린 네스빗 사건*을 처음 들었을 때 내가 얼마나 울었는지가 떠올랐다. 내가 운 이유는 그저 하나의 단어였던 이블린이 아름다운 존재라는 사실을 깨달은 후에야 영영 잃어버렸기에, 그리고 그렇지 않았더라면 내가 그녀를 들어보지도 못했을 것이라는 이유에서였다. 내가 그녀를 발견하려면 그녀를 잃을 수밖에 없었으며 그녀를 잃으려면 그녀를 발견할 수밖에 없기 때문이었다. 그리고 그녀가 다 큰 딸이나 아들 등등을 가질 만큼 나이가 들었음을 깨달았을 때도 나는 울었는데, 그때 나 자신을 상실했으며 앞으로 다시는 상실로 인해 상처받지 않을 것이기 때문이었다. 따라서 나는 흰옷을 바라보며, 그녀가 잠깐이지만 내게 가장 가까운 곳까지 다가왔다가 흰옷을 입은 채로 영원히 사라져버릴 것이라고, 영원히 황혼 속으로 모습을 감출 것이라고 생각하게 되었다. 문득 나는 돈 또한 그녀를 바라보고 있음을 깨달았고, 뒤이어 우리는 자전거에서 뛰어내리는 병사의 모습을 보게 되었다. 둘은 서로를 알아보고 그대로 멈추었고 한동안 그렇게 사람들 사이에서 가만히 서서, 서로를 건드리지 않고 가만히 바라보기만 했다. 어쩌면 대화조차 나누지 않고 있었을지도 모른다. 얼마나 오래 그러고 있었는지는 중요한 문제가 아니었다. 시간은 아무런 의미도 없었으니까. 돈이 나를 쿡쿡 찔러댔다.

---

* 뉴욕의 유명 건축가였던 스탠포드 화이트는 자신의 모델이었던 이블린 네스빗을 유혹한 후 강간하고 연인으로 삼았다. 훗날 네스빗과 결혼한 백만장자의 상속자 해리 쏘는 아내의 복수를 위해 극장에서 화이트를 권총으로 쏘아 죽였다. 당대의 스캔들이었던 이 사건이 벌어진 해가 1906년이었으니, 주인공은 한참 나중에야 이 사건에 대해 알게 되었을 것이다.

"저쪽 탁자 좀 봐." 그가 말했다. 다섯 젊은이가 모두 몸을 돌리고 있었다. 머리를 전부 같은 방향으로 돌린 채, 이따금 손 하나 또는 팔 하나가 은밀한 몸짓을 보내면서, 모두 한쪽으로 얼굴을 향하고 있었다. 그들은 얼굴을 돌리지 않은 채 그대로 의자에 몸을 기댔고, 웨이터조차도 쟁반을 허리춤에 매단 채로 — 땅딸막하고 냉소적이며 정욕의 시조始祖보다도 나이가 많아 보이는 노인인데도 — 그쪽을 바라보고 있었다. 마침내 두 사람은 몸을 돌리더니, 병사가 왔던 쪽으로 함께 걸음을 옮기기 시작했다. 병사가 자전거를 끌면서 앞서갔다. 시야에서 사라지기 직전, 그들은 다시 걸음을 멈추고 사람들 사이에서 서로를 마주했다. 이번에도 아예 서로를 건드리지 않았다. 그들은 다시 걸음을 옮겼다.

"와인 좀 들자고." 돈이 말했다.

웨이터가 브랜디를 탁자에 올려놓았다. 바람을 맞은 앞치마가 훌쩍 들려 올라갔다. "이 마을에는 군인이 있더군요." 돈이 말했다.

"그렇소." 웨이터가 말했다. "하나 있소만."

"흠, 하나 정도면 충분하지요." 돈이 말했다. 웨이터는 거리를 내다보았다. 그러나 그들은 이미 사라진 후였다. 그녀의 걸음걸이를 가다듬는 흰옷과 함께, 소녀의 흰색과 함께, 우리를 위한 것이 아닌 흰색과 함께.

"누군가는 너무 많다고도 하더군." 길고 가는 코와 벗어진 머리 때문에, 사제보다도 훨씬 수도승 같아 보이는 남자였다. 마치 엉망이 된 송골매처럼 보였다. "그쪽이 사제님 댁에서 묵는 분들 아니오?"

"여긴 호텔이 없더군요." 돈이 말했다.

웨이터는 조끼에서 거스름돈을 꺼낸 다음 천천히 소리를 내며 탁자에 떨어트렸다. "있어봤자 어디에 쓰겠소? 걸어서 오는 사람들 말고 여기서 묵으려는 사람이 누가 있기에? 여기서 걸어다니는 자들은 당신네 영국인들뿐이오."

"우린 미국인인데요."

"흠." 그는 어깨를 보일듯 말듯 으쓱해 보였다. "그건 당신들 사정이고." 그의 시선은 우리에게서 조금 비껴나 있었다. 그러니까, 돈을 보고 있지 않았다는 뜻이다. "카발칸티에는 가보셨소?"

"마을 언저리에 있는 와인 상점 말이지요? 그 병사의 숙모님이 운영하시는? 가 봤습니다. 그런데 그분 말로는—"

웨이터는 이제 돈을 바라보고 있었다. "그녀가 당신네를 사제님한테 보낸 게 아니란 말이오?"

"아닙니다."

"아." 웨이터가 말했다. 그의 앞치마가 갑자기 불쑥 들려 올라갔다. 그는 바람과 씨름하며 앞치마를 내린 다음 그 끄트머리로 탁자 위를 닦았다. "미국인이라 했소?"

"네." 돈이 말했다. "그럼 그분은 왜 우리한테 어디로 가라고 말해주지 않으신 겁니까?"

웨이터는 탁자를 벅벅 문질러 닦았다. "그 카발칸티 말이오. 거긴 이 교구 소속이 아니오."

"아니라고요?"

"그런 지 3년 됐소. 그 집 주인은 산 너머 교구 소속이오." 그는 우리가 오전에 지나온 마을의 이름을 댔다.

"알겠습니다." 돈이 말했다. "이 마을 출신이 아닌 모양이로군요."

"아, 둘 다 여기서 태어났소. 3년 전까지는 이 교구 소속이었지."

"그런데 3년 전에 교구를 바꾼 거로군요."

"교구를 바꿨소." 그는 탁자 위에서 다른 얼룩 하나를 찾아냈다. 그는 앞치마로 그 얼룩을 닦은 다음, 앞치마를 꼼꼼히 살폈다. "변화는 어디에든 있기 마련이지. 다른 이들보다 더 많이 변하는 사람도 있고."

"그 집 여주인 분은 산 너머보다 더 먼 곳으로 교구를 바꾸셨다는 거로군요?"

"그 집 여주인은 어느 교구에도 속해 있지 않소." 그는 우리를 바라봤다. "나처럼 말이오."

"선생님처럼요?"

"그 여자한테 성당 얘기를 꺼내 보셨소?" 그는 돈을 바라봤다. "내일 거기 들러서 그 여자에게 성당 얘기를 해 보시구려."

"그게 3년 전에 일어난 일이라고 하셨죠." 돈이 말했다. "그분들에게는 여러 변화가 있던 해인가 봅니다."

"그렇다고 할 수 있소. 조카는 군대로 갔고, 주인은 산 너머로 갔고, 여주인은…… 그것도 모두 일주일 안에 벌어진 일이라오. 내일 거기 들러서 그 여자에게 물어보구려."

"그분들은 이런 온갖 변화에 대해서 어떻게 생각하신답니까?"

"무슨 변화?"

"최근 일어난 변화들이요."

"얼마나 최근?" 그는 돈을 바라보았다. "변화하면 안 된다는 법이 있는 것도 아니잖소."

"그렇죠. 법에서 말하는 대로의 변화만 일어난다면야 그렇겠죠. 때론 변화가 제대로 이루어졌는지 확인하려고 법이 슬쩍 들여다보는 일도 생기지 않습니까. 안 그런가요?"

웨이터는 눈과 우울한 얼굴을 제외하면 게으른 태만의 분위기를 온몸에서 풍기고 있었다. 그의 얼굴이 너무 크다는 느낌이 들었다. "그가 경찰인 줄은 어떻게 알았소?"

"경찰이요?"

"병사라고 했잖소. 경찰이라고 말하고 싶었는데 단어를 잘못 선택했다는 건 알 수 있으니 말이오. 말이야 연습하면 금방 나아지게 마련이지." 그는 돈을 바라봤다. "그러니 당신들도 그 정체를 알아본 것 아니오? 오늘 오후에 이 가게에 들렀소. 자기가 구두 판매원이라더군. 하지만 난 알아봤지."

"벌써 여기 왔었다고요." 돈이 말했다. "그렇다면, 왜 그가……" 그 일이 벌어지기 전에 막지……"

"그 사람이 경찰인 줄은 어떻게 아신 겁니까?" 내가 말했다.

웨이터는 나를 바라봤다. "나는 그가 경찰인지 아닌지는 신경 안 쓴다오. 당신이라면 어느 쪽을 선택하겠소? 경찰이라고 생각하다가 아니라는 것을 알고 싶소, 아니면 경찰이 아니라고 생각하다가 맞다는 것을 알고 싶소?"

"그 말이 맞습니다." 돈이 말했다. "여기서는 그런 이야기가 퍼지고 있군요."

"사람들이야 온갖 말을 하지. 언제나 그랬고 언제까지나 그럴 거요. 여느 마을이나 마찬가지지."

"선생님 생각은 어떠십니까?" 돈이 말했다.

"난 아무 말도 안 할 거요. 당신들도 마찬가지고."

"그렇군요."

"나하고는 아무 상관 없는 일이오. 나는 그저 술 마시고 싶은 사람에게는 술을 내주고, 말하고 싶은 사람 앞에서는 이야기를 들어 줄 뿐이오. 그것만으로도 내가 원하는 만큼은 충분히 바쁘게 지낼 수 있지."

"맞는 말씀입니다." 돈이 말했다. "선생님께 일어난 일도 아니니까요."

웨이터는 거리 저편을 바라봤다. 이젠 거의 칠흑처럼 어두웠다. 그는 돈의 말을 듣지 못한 듯했다. "그럼 누가 경찰을 부른 걸까요?" 돈이 말했다.

"돈 있는 사람은 죽은 다음까지도 자신을 도와 온갖 문제를 일으킬 사람들을 충분히 찾을 수 있는 법이라오." 웨이터가 말했다. 그리고 그는 우리를 바라봤다. "나에 대해 물었소?" 그는 이렇게 말하며 몸을 기울이더니, 가슴을 가볍게 두드렸다. 그는 다른 탁자를 빠르게 훑어보고는, 몸을 수그리더니 속삭였다. "나는 무신론자라오. 미국인들처럼." 그리고 그는 몸을 세우며 우리를 바라봤다. "미국에서는 모두가 무신론자라던데. 우리도 알고 있소." 그는 지저분한 앞치마를 걸친 채 우울하고 지치고 느슨한 얼굴로 서 있었고, 우리는 번갈아 자리에서 일어나서 진중한 태도로 그와 악수를 나누었다. 다섯 젊은이가 고개를 돌려 우리를 바라봤다. 그는 반대쪽 손을 옆구리에 대고는 팔락거리며 흔들었다. "그만, 그만." 그가 속삭였다. 그리고 어깨 너머로 젊은이들 쪽을 바라봤다. "앉으시오." 그가 속삭였다. 그는 우리 뒤편의 문간을 향해 고갯짓했다. 여주인이 나와서 바 안쪽에 자리 잡고 앉는 모습이 보였다. "나는 식사하러 가야겠소." 그는 슬쩍 빠져나가더니 브랜디 두 잔을 추가로 가지고 돌아왔다. 그대로 느슨하고 위태로운 솜씨로 가져와서 내려놓는 모습이, 마치 우리와 나눈 대화라고는 주문을 받는 것이 전부였다고 말하는 듯했다. "내가 내는 거요." 그가 말했다. "한 잔씩 하시오."

"이젠 어쩐다?" 돈이 말했다. 음악은 멈춘 지 오래였다. 우리는 거리 맞은편에 서서, 깽깽이 연주자가 깽깽이를 겨드랑이에 낀 채로 젊은이들이 앉아 있는 쪽으로 가서는, 모자를 뒤집어 내밀며 까딱거리는 모습을 지켜보고 있었다. 젊은 여자는 다시 아이를 허리에 매단 채 거리를 따라 걸어가고 있었다. 아이의 고개가 마치 코끼리에 올라탄 사람처럼 나른하게 박자에 맞춰 흔들렸다. "이젠 어쩐다?"

"난 상관없어."

"아, 그러지 말고."

"됐어."

"여기 수사관이 있을 리 없잖아. 저 사람이 수사관을 봤을 리도 없고. 수사관을 어떻게 알아보겠어. 이탈리아에 수사관 따위는 없다고. 이탈리아 공무원이 사복을 제복으로 여기면서 돌아다니는 모습을 상상이나 할 수 있겠어?"

"못 하지."

"돌아가면 침대로 안내해 줄 거야. 그리고 우린 이른 아침에—"

"아니. 자네는 원한다면 그래도 돼. 난 안 되겠어."

그는 나를 바라봤다. 그러다 그는 짐을 어깨에 걸머졌다. "잘 자라고. 아침에 봐. 저기 카페에서."

"알았어." 그는 뒤돌아보지 않았다. 그대로 모퉁이를 돌았다. 나는 바람을 맞으며 서 있었다. 어쨌든 외투는 있었으니까. 해리스 트위드로 만든 사냥용 외투*였다. 11기니나 주고 산 물건으로, 하루씩 번갈아 입으며 안 입은 쪽은 스웨터만 걸치고 다녔다. 작년 여름에 티롤에서, 돈이 여관에서 맥주 파는 여자를 꼬시느라 사흘이나 머물렀던 적이 있었다. 그는 사흘 연속으로 이 코트를 입고 다니는 대신 나한테 원할 때 일주일 내내 입게 해주겠다고 말했다. 셋째 날, 그 여자의 연인이 귀가했다. 곡물 사일로만큼이나 덩치 큰 남자였고 모자에는 녹색 깃털을 꽂고 있었다. 우리는 그가 바 너머로 손을 뻗어 연인을 한 손으로 번쩍 들어올리는 모습을 지켜보았다. 아마 여자 쪽도 돈을 그런 식으로 들어올릴 수 있었을 것이다. 노란색에 분홍색에 하얀색이 가득해서 과수원 나무처럼 보이는 여자였으니까. 아니면 이른 아침 햇살 속의 눈밭처럼 보인다고 해야 할지도 모르겠다. 지난 사흘 동안, 그녀가 원했다면 언제든지 팔을 뻗어 그렇게 할 수 있었을 것이다. 돈은 우리가 그곳에 있는 동안 4파운드나 몸무게가 불었다.

---

* 스코틀랜드산 트위드 재질에 소총 개머리판이 닿는 어깨 앞쪽과 팔꿈치에 가죽을 덧댄 외투.

V

그러다 나는 강풍 속에 휘말리게 되었다. 집들은 전부 어둑해 졌지만, 지면 근처에는 아직 약간의 빛이 남아 있었다. 마치 바람 때문에 대지에 납작하게 짓눌려서 일어나 도망칠 수 없게 된 것 같았다. 다리가 시작되는 곳에 이르니 벽들도 사라졌다. 강물이 강철로 만들어진 것처럼 보였다. 이미 강풍 속에 휘말려 있다고 생각했으나 아니었던 모양이다. 다리는 난간과 찻길까지 모두 석조였고, 나는 바람이 닿지 않는 쪽의 난간 뒤편에 쪼그려 앉았다. 위아래로 바람 지나가는 소리가 들렸다. 길게 휩쓸듯 웅웅거리며 강을 따라 내려오는 소리가 마치 전선을 타고 전해지는 것만 같았다. 나는 그곳에 쪼그려앉아 기다렸다. 그리 오래 걸리지 않았다.

그는 내가 일어날 때까지 내 위치를 눈치채지 못했다. "술병을 채워 올 생각은 안 했던 거야?" 그가 말했다.

"잊었어. 그럴 생각이었는데. 운이 나빴지. 슬슬 돌아가야—"

"한 병 가져왔어. 이제 어느 쪽으로 갈 건데?"

"상관없어. 바람만 피할 수 있으면 돼. 상관없어." 우리는 다리를 건넜다. 돌바닥을 밟는 우리의 발에서는 아무 소리도 나지 않았는데, 바람이 소리를 날려 버렸기 때문이었다. 바람이 수면을 문질러 평평하게 만들었다. 그래서 강철처럼 보였다. 수면이 그 사이의 땅이나 바람처럼 반질거리며 빛을 머금고 있었기에, 그 빛이 반사되어 충분히 앞을 볼 수 있었다. 그러나 소리는 거의 모두 생기자마자 쓸려갔고, 따라서 우리가 반대편에 도착해서

도로가 시작되는 지점에 도착했을 때조차도, 우리는 한동안 귓가에 울리는 이명 외에는 아무것도 듣지 못했다. 차차 소리가 들리기 시작했다. 머리 위 허공에서 들리는 듯한 숨죽인 끙끙대는 소리였다. 우리는 걸음을 멈췄다. "아이 소리 같은데." 돈이 말했다. "갓난아기 같아."

"아냐. 짐승이지. 짐승 종류일 거야." 우리는 희끄무레한 어둠 속에서 귀를 기울이며 서로를 마주 봤다.

"어쨌든 저 위에서 나는 소리군." 우리는 포석이 끝나는 부분을 타고 올라갔다. 들판을 빙 둘러싸는 낮은 돌담이 보였고, 아직 살짝 빛이 남은 들판이 어둠 속으로 녹아들고 있었다. 어둠의 바로 앞쪽에, 약 100야드 정도 떨어진 곳에, 검은 풀숲이 어스름 속에 형체 없는 얼룩처럼 솟아 있었다. 바람이 들판을 가로질러 불었고 우리는 돌담에 기대어 귀를 기울이며 풀숲 쪽을 바라보았다. 그러나 소리는 그보다 가까웠고, 잠시 후 우리는 사제를 목격했다. 그는 돌담 바로 안쪽에 엎어져 있었다. 사제복을 머리 위로 둘러쓰고, 옷섶은 희미하게 계속 일렁이고 있었는데, 바람 때문이거나 그가 엎드린 채로 계속 움직이고 있기 때문인 듯했다. 그리고 그가 내는 소리가 무슨 뜻인지는 몰라도 아무도 들어서는 안 되는 것이 분명했다. 우리가 소리를 내자 그의 목소리도 멈추었기 때문이다. 그러나 그는 고개를 들지 않았고, 희미하게 흔들리는 그의 옷섶도 멈추지 않았다. 몸을 떠는 것인지, 뒤트는 것인지, 양옆으로 몸을 꼬는 것인지는 — 알 수가 없었지만. 이내 돈이 나를 건드렸다. 우리는 돌담을 따라 걸음을 옮겼다. "여기부터는 좀 수월해지겠는데." 그는 나직하게 말했다. 언덕 경사가 완만해지며 희끄무레한 길이 조금씩 우리 발밑에서 드러나기 시작했다. 풀숲은 검은 얼룩처럼 보였다. "자전거가 안 보인다는 게 문제야."

"자전거 보고 싶으면 카발칸티네 가게로 돌아가라고." 나는 말했다. "왜 자전거가 보일 거라고 생각하는 건데?"

"저들이라면 숨겼겠지. 잊고 있었어. 당연히 저들이 숨겼겠지."

"걷기나 해." 나는 말했다. "그렇게 빌어먹게 나불대지 좀 말고."

"사제가 우리 때문에 바쁠 거라고 생각해서 숨기지 않았을 수도—" 그는 말을 끊으며 걸음을 멈췄다. 나는 그를 들이받은 다음에야 그 모습을 발견했다. 손잡이가 숨은 가젤의 뿔처럼 돌담 너머에서 비쭉 솟아 있었다. 어스름을 등진 풀숲은 맥동하며 움찔대는 것처럼, 살아서 호흡하는 것처럼 보였다. 우리는 젊었고, 밤과 어둠은 젊은이들에게 끔찍한 것이기에. 심지어 추위로 가득한 칠흑 같은 이런 어둠마저도. 차라리 젊은이들은, 해가 지면 곧 혼수상태에 빠지도록, 잠에 들어 어둠으로부터 안전하게 차단되도록 그렇게 태어나야 했는지도 모른다. 수면을 통해 어둠으로부터, 은밀하고 향수 어린 좌절감으로부터, 그리고 목적도 없고 가라앉힐 수도 없는 욕망으로부터 보호받을 수 있도록.

"몸 숙여, 이 빌어먹을 자식아." 나는 말했다. 구부정하게 높이 솟아오른 짐과 몸에 붙는 스웨터 때문에 그는 우스꽝스러워 보였다. 마치 어릿광대 같았다. 비참하고 추하고 슬픈 모습인 것은 우스꽝스럽기 때문이고, 외투가 없으니 춥기도 할 것이었다. 나 또한 마찬가지였다. 추하고 처절하고 슬펐다. "이 빌어먹을 바람. 이 빌어먹을 바람." 우리는 다시 도로로 나왔다. 잠시 몸을 숨길 곳을 찾아낸 다음, 병을 꺼내서 술을 마셨다. 독한 물건이었다. "내 밀라노산 브랜디가 생각나는데." 나는 말했다. "저 빌어먹을 바람. 빌어먹을 바람. 빌어먹을 바람."

"담배 한 대 줘."

"자네한테도 있잖아."

"자네한테 다 줬잖아."

"이런 빌어먹을 거짓말쟁이 같으니. 안 줬다고." 그는 자기 주머니에서 담배를 찾아냈다. 그러나 나는 기다리지 않았다.

"자네는 한 대 안 피워? 여기서 불을 붙이는 게 나을 거야. 바람이 안 들어오는 데서……" 나는 기다리지 않았다. 길은 계속 이어지며 들판을 향해 쏟아져나갔다. 잠시 후 바로 뒤편에서 그의 목소리가 들렸고, 우리는 바람 속으로 들어갔다. 그의 담배가 멈추지 않고 밀려오는 미스트랄 속에서, 얼음조각 같은 흙알갱이로 가득한 검고 차가운 바람 속에서, 불타는 긴 깃발처럼 조각나는 모습이 어깨 너머로 보였다.

나폴리에서의 이혼
Divorce in Naples

I

 우리는 안쪽 탁자에 앉아 있었다. 몽크턴과 갑판장과 칼과 조지와 나와 여자들, 수부들이 알거나 그쪽에서 수부들을 아는 사이인 비참하게 반짝이는 여자 세 명이었다. 우리는 영어로 대화 중이었고 저쪽은 아예 대화하고 있지 않았다. 그말인즉슨 저들이 우리 목소리보다 높거나 낮은 음역에서, 말이 생겨나는 것보다도 심지어 시간 그 자체보다도 오래된 언어로 끊임없이 우리에게 말을 걸고 있었다는 뜻이다. 적어도 우리가 지금껏 겪어온 34일의 선상 생활보다 더 오래되긴 했을 것이다. 가끔씩 그들은 서로 이탈리아어로 대화를 나누었다. 여자들은 이탈리아어로, 남자들은 영어로, 마치 언어가 성별을 가리기라도 하는 것처럼, 성대를 울리며 어둠 속에서 짝지을 순간이 오기 전에 내부자들끼리 입찰 시간을 가지는 것처럼. 남자들은 영어로, 여자들은 이탈리아어로, 제방에서 잠시 둘로 갈라지는 물의 흐름이 점잖게 예의를 갖춰 흘러가듯이.

우리는 조지한테 칼 이야기를 하고 있었다.

"그럼 이 친구는 왜 여기 데려온 건가?" 갑판장이 말했다.

"맞아." 몽크턴이 말했다. "나라면 이런 장소에 내 마누라를 데려오지는 않을 거라고."

조지가 몽크턴에게 욕설을 내뱉었다. 단어도 심지어 문장조차도 아니었다. 하나의 구절이었다. 그는 덩치 크고 거무스레한 그리스인으로, 칼보다 머리 하나는 더 컸다. 눈썹은 나란히 날아가는 두 마리 까마귀 같았다. 그는 우리 모두를 빈틈없이 싸잡으며 거의 흠잡을 데 없는 고전적인 앵글로색슨식 욕설을 내뱉었다. 다른 때에는 이를테면, 보드빌* 희극인과 말 사이에서 태어난 여덟 살 먹은 아이의 어휘를 사용해서 지껄이는 주제에 말이다.

"그렇지, 선생." 갑판장이 말했다. 그는 이탈리아산 엽궐련을 피우며 진저비어를 마시고 있었다. 두 시간째 같은 잔을 들고 씨름하는 중이니 이젠 배의 샤워실과 비슷한 온도가 되어 있을 것이 분명했다. "나라면 내 연인을 이런 곳에 빠트리지는 않을 거야. 설령 바지를 입고 있다고 해도 말이지."

그러는 동안 칼은 조금도 동요한 기색을 보이지 않았다. 소음과 반짝임 사이에 끼어 있는 둥글고 노란색인 머리와 동그란 눈이 흡사 우아한 갓난아기처럼 보이는 모습으로, 손에는 묽은 이탈리아 맥주를 들고서, 우리 사이에 평온하게 앉아 있을 뿐이었

---

* 원래는 프랑스에서 시작한 버라이어티 희극 장르였으나, 19세기 말에서 20세기 초의 미국에서는 다양한 예능인이 등장하여 잡기를 펼치는 쇼 무대가 되었다. 즉 화자는 상대방이 길바닥 공연자와 짐승의 트기나 다름없다고 비하하고 있는 셈이다.

다. 여자들은 계속 입찰하는 눈빛으로 서로 수근거리며 우리와 칼을 번갈아 바라보며 뭔지 모를 통찰을 나누는 듯했는데, 자기네한테 그런 것이 없다는 것조차도 알지 못하는 듯했다. "에인노첸테."* 누군가 말했다. 그들은 다시 수근거리며, 뭔가를 가늠하는 은밀한 얼굴로 칼을 살펴봤다. "벌써 자네를 속여넘겼을지도 몰라." 갑판장이 말했다. "지난 3년 동안 언제라도 창문을 열고 자네 몰래 빠져나갔을지도 모른다고."

조지는 갑판장을 노려보며, 욕설을 뱉으려고 입을 열었다. 그러나 그는 욕을 하지 않았다. 대신 그는 여전히 입을 벌린 채로 칼을 바라봤다. 그의 입이 천천히 닫혔다. 우리 모두는 칼을 바라봤다. 그는 우리가 보는 앞에서 잔을 들어 절제된 신중함을 보이며 술을 마셨다.

"너 아직 동정이지?" 조지가 말했다. "아니 그러니까, 당연히 그렇겠지."

우리의 열네 개의 눈이 바라보는 가운데, 칼은 묽고 쓴 도수 3퍼센트의 맥주잔을 비웠다. "나도 지난 3년을 바다에 있었잖아요." 그가 말했다. "유럽 전역을 돌아다녔고."

조지는 말문이 막히고 분노한 표정으로 그를 노려보았다. 얼마 전에 면도한 얼굴이었다. 파르스름한 턱살이 권투 선수나 해적처럼 단단하게 착 달라붙은 채 검은색으로 폭발하는 머리카락에 이르기까지 이어지고 있었다. 그는 우리의 부주방장이었다. "이 빌어먹을 거짓말쟁이 애송이가." 그가 말했다.

---

* Èinnocente. 그리고 동정이야.

갑판장은 칼과 정확하게 똑같은 식으로 진저비어 잔을 들어올렸다. 꾸준하고 신중하게, 몸을 뒤로 기울이고 고개도 젖히면서, 그는 진저비어를 자신의 오른쪽 어깨 너머로 흘렸다. 여전히 칼의 진중하고 코스모폴리탄스러운 거만한 분위기를 품고, 맥주를 마시던 것과 똑같은 속도로. 그는 유리잔을 내려놓고 자리에서 일어섰다. "자, 다들." 그는 몽크턴과 나를 보며 말했다. "슬슬 가자고. 저녁 내내 한 곳에만 있을 거면 차라리 배에서 안 내리는 게 나았을 것 아닌가."

몽크턴과 나는 자리에서 일어섰다. 그는 짧은 파이프를 태우고 있었다. 여자 중 하나는 그의 차지였고, 다른 하나는 갑판장 차지였다. 세 번째는 금니가 상당히 많았다. 서른은 족히 되어 보였지만, 어쩌면 아닐 수도 있을 것이다. 우리는 그녀를 조지와 칼과 함께 남겨뒀다. 문간에서 뒤돌아보니 웨이터가 맥주를 추가로 가져다주는 중이었다.

II

둘은 갤버스턴*에서 함께 배에 올랐다. 조지는 휴대용 축음기와 유명 10센트 상점의 상표가 찍힌 종이로 포장한 작은 꾸러미를, 칼은 무게가 각각 40파운드는 되어 보이는 터질 듯한 모조가죽 가방 두 개를 들고 있었다. 조지는 기차 침대칸처럼 침상 두 개가 위아래로 겹친 자리를 차지하고는, 거칠고 끊임없으며 v와

---

* 멕시코만에 위치한 텍사스의 항구 도시.

r이 지나치게 많이 들어간 목소리로 칼에게 욕설을 내뱉고 깜둥이를 대하듯 명령을 해 댔다. 그러는 동안 칼은 노처녀처럼 꼼꼼하게 소지품을 정리하고는 가방 하나에서 깨끗이 세탁된 튼튼한 하인용 재킷을 꺼냈는데, 아무래도 같은 물건이 열두 벌은 되는 듯했다. 뒤이은 34일 동안 (그는 식당 급사일을 했다) 그가 라운지에서 매 끼니 일할 때마다 새 재킷을 입었으며, 뒷갑판 차양 아래에는 언제나 갓 세탁한 재킷이 두세 벌씩 걸려 있었기 때문이다. 그리고 34일 동안 매일 밤마다, 주방이 문을 닫은 후에, 우리는 그 둘이서 바지와 셔츠 차림으로, 텍사스산 면화와 조지아산 수지로 가득한 선창을 덮는 후미 아래갑판에서, 휴대용 축음기에 맞춰서 춤추는 광경을 지켜보곤 했다. 축음기 음반은 하나뿐인 데다 금까지 가 있었는데, 조지는 바늘이 쿨럭거릴 때마다 갑판에다 발을 구르곤 했다. 내 생각에는 양쪽 모두 그런 행동 자체를 눈치조차 못 챘을 듯하다.

칼에 대해 우리에게 알려준 사람은 조지였다. 칼은 열여덟이고, 필라델피아 출신이었다. 둘 다 그곳을 필리라고 불렀다. 조지는 소유주라도 되는 것 같은 말투로, 자신이 칼을 배출하기 위해 필라델피아를 창조하기라도 한 것처럼 말했는데, 실은 조지도 칼이 1년 동안 바닷일을 한 후에야 만난 사이였다. 그리고 칼 본인도 일부 이야기를 털어놓았다. 스칸디나비아계 미국인 조선공 첫 세대의 넷째인지 다섯째인지로 태어났고, 짠물까지 나가려면 전차를 타야 하는 지역에 일렬로 늘어선 작은 목조주택 중 하나에서, 어머니 또는 누님의 손에 양육되었다. 그리고 열다섯 나이에도 체중이 100파운드가 조금 안 되는 정도였던 그에게, 먼 옛

날 바다 밑바닥에 고요히 뼈를 뉘었던 (또는 어쩌다 마른 땅에서 안식처를 구하게 되어서 안락함과 고요함을 지루하게 여겼던) 조상님 중 하나가 3세대, 어쩌면 4세대는 늦었을 낡고 불온한 꿈을 그에게 내려보낸 것이었다.

"당시에는 저도 아이였죠." 칼은 우리에게 이렇게 말했다. 여전히 면도를 해본 적도, 할 필요도 없는 주제에 말이다. "바다로 나가는 것 말고 다른 모든 가능성을 생각해 봤어요. 야구선수나 권투선수가 될까 생각해 본 적도 있죠. 토요일 밤에 누나가 길모퉁이 술집에서 노친네를 데려오라고 날 보내곤 했는데, 거기 벽에 운동선수 사진이 잔뜩 붙어 있었거든요. 이야, 길거리에 서 있으면 그런 사람들이 들어가는 모습이 보이기도 했다고요. 문 아래로 그들의 다리를 보고 목소리를 듣고 톱밥 냄새를 맡고 연기 사이로 벽에 걸린 그들의 사진을 보곤 했어요. 그러니까, 그땐 아이였으니까요. 다른 어디에도 가본 적이 없었죠."

우리는 조지에게 칼이 어떻게 배에 올랐는지를 물은 적이 있었다. 아무리 급사라고 해도 지금도 키가 5피트 4인치밖에 안 되는 데다 성체 안치기를 들고 회중석 통로를 돌아다녀야 어울릴 얼굴인데 말이다. 아니면 그 위편 색유리 속에 들어가서 아래를 내려다보거나.

"저 녀석이라고 바다로 나오면 안 될 이유가 있나?" 조지가 말했다. "여긴 자유로운 나라 아냐? 저 녀석이 빌어먹게 엉망진창이기는 해도 말이야." 그는 거무스레하고 심각한 얼굴로 우리를 바라봤다. "저놈 동정이라고. 알겠어? 그게 무슨 뜻인지 알기나 해?" 그는 우리에게 그게 무슨 뜻인지를 알려주었다. 아무래도 누군가 최근에야 그게 무슨 뜻인지를, 그리고 그런 옛날까지 기억할 수 있다면 말이지만 그 자신도 한때 그런 존재였다는 사실을 알려준 모양이었다. 그리고 그는 아마도 우리가 그 누군가를 모르거나, 그게 방금 발명된 새로운 단어라고 생각했던 듯하다. 그래서 그는 우리에게 그게 무슨 뜻인지를 알려주었다. 지브롤터를 떠나고 이틀째 되던 날 저녁식사 후에 보초 1순번으로 뒷갑판에 나가서, 몽크턴이 컬리플라워에 대해 지껄이는 소리를 듣고 있을 때였다. 칼이 샤워를 하는 동안 (그는 언제나 저녁식사가 끝나고 라운지를 청소한 후에는 목욕을 했다. 반면 요리만 하는 조지는 우리가 입항해서 검역을 통과하기 전까지는 씻는 법이 없었다) 조지가 우리에게 그 뜻을 설명해 주었다.

그리고 그는 욕설을 내뱉기 시작했다. 한참을 그렇게 욕설을 내뱉었다.

"어이, 조지." 갑판장이 말했다. "그럼 자네가 동정이었다면 말이야. 그랬다면 자네는 뭘 했겠나?"

"내가 뭘 했겠냐고?" 조지가 말했다. "내가 뭘 못 했겠어?" 그는 꾸준히 한동안 욕설을 내뱉었다. "그냥 아침에 피우는 첫 담배 같은 거라고." 그는 말했다. "한낮이 되어서 그 맛이 떠오를 때면, 성냥이 담배 끄트머리에 닿기를 기다리던 때의, 그리고 처음 숨을 빨아들이던 때의 느낌이—" 그는 길고 무미건조한 욕설을, 마치 찬송가를 부르듯이 읊조렸다.

몽크턴은 그를 지켜보고 있었다. 귀를 기울였다는 소리가 아니다. 자기 파이프를 만지작거리며 그를 지켜보고 있었다. "이봐, 조지." 그가 말했다. "근데 자네 거의 시인처럼 말하고 있는데."

그 장소에는 웨스트인디아 독스* 출신의 떨거지도 하나 있었다. 이름은 잊었다. "그걸 욕설이라고 하고 있어?" 그는 말했다. "우리 플리머스 항해사가 앞갑판에 있는 포르투갈 촌놈들한테 뭐라고 하는지 한번 들어봐야 할 텐데."

"몽크턴은 욕설 가지고 그런 소리를 한 게 아니야." 갑판장이 말했다. "욕이야 누구든 할 수 있지." 그는 조지를 바라봤다. 그는 조지를 바라봤다. "그런 것을 소망한 남자가 자네가 처음은 아닐 거야, 조지. 그 당시에는 자기가 그런 존재였다는 것을 깨닫지도 못하고 지나가 버리게 되는 그런 부류의 일이니까." 그리고 그는 여인의 입에 대한 바이런의 경구를 나름 적절하지만 여기에는 적을 수 없는 말로 바꾸어 읊었다.** "하지만 그 아이를 왜 아껴두려 하는 거야? 그 아이가 동정이 아니게 되면 자네한테 뭐가 좋은 일이 있다고?"

조지는 욕설을 뱉으며, 말문이 막히고 분노한 채로 우리 면면을 하나씩 들여다봤다.

"어쩌면 그러면 칼이 자기 손을 조지에게 허락해 줄지도 모르지." 몽크턴이 말했다. 그는 성냥을 찾아 주머니에 손을 넣었다. "자, 그러면 자네는 방울양배추나—"

"나폴리에 도착하면 선장한테 그 아이 검역을 맡겨 보는 건

---

* 런던 최초의 상업적 항만 시설. 19세기 초까지는 세계 최대 규모였다.
** 아마도 『돈 주앙』의 다음 대목일 것이다. '내 소망은 그만큼 넓으나 그만큼 악하지는 않으니 그 소원이란 지금이 아니라 젊은이였을 적의 일이니, 모든 여성이 단 하나의 장밋빛 입만을 지녀서 북방에서 남방까지 단숨에 입맞출 수 있기를 빌었더라.'(Canto IV, stanza XXVII)

어때." 갑판장이 말했다.

조지는 욕설을 내뱉었다.

"자, 그러면 자네는 방울양배추나 가져가라고." 몽크턴이 말했다.

III

그날 밤에는 시작하기에도 눌러앉기에도 제법 시간이 걸렸다. 우리는 ― 몽크턴과 갑판장과 두 여자와 나는 ― 카페 네 군데를 더 방문했고, 모두가 저마다 그리고 우리가 조지와 칼을 두고 온 곳과 비슷했다. 사람도 같고, 음악도 같고, 색 들어간 묽은 음료도 같았다. 두 여자는 우리와 동행했으나 우리 일행은 아니었고, 잠자코 우리 말만 따르면서 계속 끈질기게 그리고 말을 사용하지 않고 이제 잠자리에 들 시간이라는 생각만 반복해 피력했다. 그리하여 잠시 후 나는 그들을 두고 배로 돌아갔다. 조지와 칼은 배에 돌아와 있지 않았다.

다음 날 아침에도 그들은 거기 없었다. 몽크턴과 갑판장은 와 있는 데다, 주방장과 급사장은 욕설을 내뱉으며 주방 안을 바쁘게 돌아다니고 있는데도 말이다. 주방장은 그날 상륙해서 하루를 보내고 올 계획을 세웠던 듯했다. 그래서 그들은 온종일 배 위에 붙들려 있어야 했다. 오후가 중천에 다다를 때쯤 지저분한 정장 차림의 덩치 작은 남자 하나가 배에 올랐다. 마치 매일 아침 채텀스퀘어에서 이스트사이드 지하철을 타고 올라오는 컬럼비아대 주간 학생들*과 흡사한 몰골이었다. 모자도 안 쓴 머리는 기름을 발라 뒤로 넘긴 채였다. 최근에 면도도 안 한 듯했고, 경쾌하게 활짝 웃으며 사과하면서도 영어는 한마디도 할 줄 몰랐다. 그러나 배는 제대로 찾아온 모양이었고 조지가 써준 쪽지를 들고 있었다. 지저분한 신문지 가장자리 종이에 쓴 글이었고, 그제야 우리는 조지가 어디에 있는지를 알게 되었다. 그는 유치장에 갇혀 있었다.

그래도 급사장은 그날 내내 욕설을 멈추지 않았다. 이후로도 멈추지 않았다. 그와 전령은 함께 영사관으로 향했다. 급사장은 여섯 시가 조금 넘어서야 조지를 데리고 돌아왔다. 조지는 별로 취했던 것처럼은 보이지 않았다. 혼란에 빠져 조용하고, 머리는 엉망이 된 데다가 턱에 파르스름한 수염이 자라고 있을 뿐이었다. 그는 즉시 칼의 이층침대로 가더니, 유럽의 삼류 호텔에서 묵게 된 여행객이 침대를 점검하듯이 칼이 세심하게 정리해 놓은 침대 시트를 하나씩 뒤집기 시작했다. 그 아래 칼이 숨어 있으리라고 생각하는 것처럼. "그러니까 지금," 그는 말했다. "칼이 안 돌아왔다는 거야? 아예 이리 돌아오지도 않았다고?"

"우린 못 봤어." 우리는 조지에게 말했다. "급사장도 못 봤다고 하고. 자네하고 같이 유치장에 있을 줄 알았지."

그는 시트를 다시 덮기 시작했다. 엄밀히 말하자면, 멍한 손길로 천을 하나씩 다시 덮어놓으려고 시도는 했다는 뜻이다. 의식도 지성도 날아간 것처럼 보이는 모습이었다. "둘이 도망쳤

---

* 채텀스퀘어는 맨해튼 차이나타운 근처의 공원이다. 화자는 컬럼비아대 기숙사에 머물 형편이 안 되는 중국계 학생들을 얕잡아보며, 동시에 이탈리아인 또한 그와 별로 다르지도 않다고 비하하고 있다.

어." 그가 먹먹한 투로 말했다. "나를 버려 두고 갔다고. 그 녀석이 그럴 줄은 몰랐어. 그 여자 때문이야. 그 여자가 그런 짓을 하게 만든 거야. 그 여자는 그 녀석이 어떤 놈인지를 알고, 내가 어떤······" 그러다 그는 숨죽여서, 먹먹하고 멍한 모습으로 울기 시작했다. "분명히 내내 그 여자 무릎에 손을 올려놓고 앉아 있었을 거야. 나는 의심도 못 했는데. 그 여자가 계속 그 녀석한테 의자를 당겨다 앉았어. 그래도 나는 그 녀석을 믿었다고. 전혀 의심한 적도 없어. 그 녀석이 나한테 묻지도 않고 심각한 일을 저지를 리가 없다고 생각했는데, 심지어······ 나는 그 녀석을 믿었다고."

아무래도 조지의 술잔 밑바닥이 뒤틀려서, 칼과 여자도 자기를 따라서, 진지하지만 순결한 방식으로 술을 마시고 있다는 환상을 보여준 모양이었다. 그는 탁자 앞에 둘을 놔두고 화장실로 들어갔다. 그런데 그의 말에 따르면, 화장실에 있는데 갑자기 돌아가봐야겠다는 깨달음이 들었다는 것이다. 자신이 없는 동안 무슨 일이 벌어질지 걱정되어서가 아니라, 화장실에 간다는 행위 자체가 실패이자 실수라는 생각이 들었으며 그것이 어떤 결과를 불러올지가 두려워졌기 때문이었다. 그래서 그는 자기 탁자로 돌아갔다. 이때까지는 별로 경계하지도 않고, 그저 우려하고 재밌게 생각하는 정도였다. 자기 말로는 즐거운 한때를 보냈다고 했다.

그래서 처음에는 자기 탁자를 찾지 못하는 상황도 그저 즐거운 한때의 일부라고만 여겼다. 그러다 자기 탁자인 듯한 곳을 찾았는데, 접시 세 장이 쌓여 있는 것 말고는 아무도 앉아 있지 않았다. 그래서 그는 여전히 즐거운 기분으로 방을 한 바퀴 돌았다. 그리고 댄스장 한복판으로 나가서 댄서들 위로 머리가 불쑥 솟아나온 채로 "포티어스, 들리나!"*라고 크게 소리치기 시작했을 때도 여전히 즐기고 있었다. 그러다 영어를 할 줄 아는 웨이터가 와서 그를 데려다가 접시 세 장과 유리잔 세 개가 놓인 빈 탁자로 데려다줬고, 그는 그중 하나가 자신의 것이라는 사실을 알아보았다.

그러나 여전히 그는 즐기고 있었다. 이제는 자신이 장난질의 희생양이 되었다고 생각하여 조금 덜해지기는 했지만 말이다. 처음에는 가게 쪽에서 벌인 일이라 생각했고, 그런 의견을 피력하다 조금 소요를 일으킨 모양이었고, 갈수록 조금씩 덜 즐기면서 그는 몰려든 웨이터와 손님들의 한복판에 위치하게 되었다.

마침내 두 사람이 떠났다는 사실을 깨닫고 받아들인 순간에는 기분이 상당히 고약했을 것이다. 그 분노가, 그 절망이, 흘러간 시간의 감각이, 모두가 고약했다. 한밤중의 낯선 도시에서 칼을 찾아내야만 하며 그것도 아무 문제도 없으려면 서둘러야 했다. 그는 군중을 뚫고, 돈을 내지 않은 채 가게를 나가려 시도했다. 돈을 떼먹으려 했던 것은 아니다. 그저 시간이 없었을 뿐이다. 이후 10분 안에 칼을 찾았더라면, 그는 가게로 돌아와서 두 배의 액수를 지불했을 것이다. 나도 그건 확신할 수 있다.

---

* 스탠리 포티어스는 1920년대에 지능검사법을 창안하고 인종이 지능의 상한으로 작용한다고 주장한 학자다. 따라서 이 부분은, 조지를 저능한 그리스인이라고 무시하면서도 열등감을 품은 화자의 비꼬는 농담으로 해석해야 할 것이다.

그래서 사람들이 그를 붙들었다. 웨이터와 손님들로 — 남자와 여자 모두 — 이루어진 저지선이 거친 미국인을 막아선 셈이었고, 그는 주머니에서 동전 한 줌을 꺼내서 바닥에 뿌렸다. 뒤이어 벌어진 일은 그의 표현을 빌리자면 들개 무리가 다리를 습격한 것 같았다고 한다. 웨이터와 손님과 남자와 여자가 모두 네 발로 바닥을 기어다니며 굴러가는 동전을 쫓기 시작했고, 조지는 커다란 발을 구르며 손들을 밟아 치우려 했다.

그러다 갑자기 사람들이 물러섰고, 숨을 조금 몰아쉬며 널찍한 원 안에 서 있게 되었다. 칼과 운구용 장갑과 피디아스 기사단 같은 모자를 쓴 나폴레옹 두 명*이 그의 양옆에 서 있었다. 그는 자신이 뭘 했는지 알지도 못했다. 그저 체포당했다는 것만 알 뿐이었다. 통역사가 있는 지방 판사의 집무실에 도착한 다음에야, 그는 자신이 정치범이 되었음을 알게 되었다. 동전에 있는 국왕 폐하의 얼굴을 밟아서 폐하를 모욕한 것이었다. 그들은 그를 다른 정치범 일곱 명과 함께 40피트짜리 감방에 던져넣었고, 그중 하나가 바로 그 전령이었다.

"내 벨트하고 넥타이하고 신발끈까지 전부 가져갔어." 그는 먹먹하게 말했다. "방 한가운데 고정해 놓은 나무통하고 벽을 빙둘러 붙여놓은 벤치 말고는 아무것도 없었다고. 나무통이 뭘 하라고 놓은 건지는 바로 알겠더군. 꽤 오랫동안 비우지 않고 사용해 온 모양이었으니 말이야. 서 있기가 힘들면 벤치에 앉아서 자

---

* 흰 장갑과 술 달린 모자를 착용한 군복 차림의 경비병들에게 연행되었다는 뜻. 피디아스 기사단은 워싱턴 D.C.에서 설립된 형제회이자 비밀 단체로, 술 달린 모자를 정복으로 착용했다.

게 되어 있었어. 벤치 위로 허리를 수그리고 자세히 들여다보니까, 꼭 비행기에서 42번가를 내려다보는 것 같더라고. 벌레들이 노란색 택시 같더라니까. 그러다 나는 나무통을 사용하러 갔지. 원래 사용하도록 되어 있는 쪽의 반대편으로 사용하게 되었지만 말이야."

그리고 그는 전령에 대해 이야기했다. 아무래도 절망이 가난처럼 제 자식을 보살핀다는 말은 사실인 모양이었다. 영어를 아예 못 하는 이탈리아인과, 이탈리아어는 고사하고 그 어떤 언어도 제대로 못 하는 조지가 그렇게 만났으니 말이다. 그때가 새벽 4시였다. 그러나 동틀 무렵이 되자, 조지는 일곱 죄수 중에서 자신을 도와주거나 도와줄 가능성이 있는 한 사람을 발견하는 데 성공했다.

"정오에 풀려날 거라고 말하더군. 그래서 내가 나가면 곧바로 10리라를 주겠다고 약속했지. 그는 종이쪽과 연필을 가져다줬어 (추위를 이겨낼 옷 한 벌 말고는 모든 것을, 돈도 나이프도 신발 끈도 심지어 옷핀과 떨어진 단추까지도 말끔히 빼앗긴 일곱 남자가 있는 텅 빈 토굴에서 말이야). 나는 그 쪽지를 썼고, 그 친구는 쪽지를 숨겼고, 그 친구가 나간 다음에 네 시간쯤 있다가 들어와서 나를 데려가길래 가 보니까 급사장이 있더란 거지."

"그 작자하고는 어떻게 대화한 거야, 조지?" 갑판장이 말했다. "급사장도 영사관에 갈 때까지는 뭐가 어떻게 된 건지 아무것도 못 캐냈는데."

"나도 몰라." 조지가 말했다. "그냥 대화가 되더라고. 내 위치를 누군가에게 알리려면 그게 유일한 방법이었어."

우리는 그를 침대에 눕히려 했지만, 그는 말을 듣지 않았다. 심지어 면도조차 하지 않았다. 그는 주방에서 먹을거리를 챙기더니 다시 상륙했다. 우리는 그가 뱃전을 내려가는 모습을 지켜봤다.

"불쌍한 개자식." 몽크턴이 말했다.

"왜였을까?" 갑판장이 말했다. "저 친구가 왜 칼을 거기 데려갔던 걸까? 그냥 함께 영화나 보러 가도 되었던 거잖아."

"조지를 말한 게 아니야." 몽크턴이 말했다.

"아." 갑판장이 말했다. "글쎄, 남자라면 어디서든 상륙하다 보면 이따금씩 망가지지 않을 수 없는 법이지. 유럽이면 더하고."

"이런 세상에." 몽크턴이 말했다. "별일이 없기를 빌어야겠어."

조지는 다음 날 아침 6시에 돌아왔다. 그는 여전히 어리벙벙해 보였지만, 제법 제정신이고 제법 침착했다. 밤새 수염이 4분의 1인치는 더 자라 있었다. "둘 다 못 찾았어." 그는 나직하게 말했다. "어딜 가도 안 보이더라고." 이제 그는 칼 대신 고급 선원들의 식사 시중을 드는 급사일까지 도맡아야 했다. 그러나 아침식사가 끝나자마자 그는 다시 사라졌다. 우리는 정오까지 급사장이 욕설을 내뱉으며 그를 찾아 배 안을 돌아다니는 소리를 듣고 있었다. 정오 직전에 그는 돌아와서 점심 일을 한 다음 그대로 다시 사라졌다. 그리고 어두워지기 직전에 돌아왔다.

"아직 못 찾았나?" 나는 말했다. 그는 대답하지 않았다. 그다운 멍한 얼굴로 한동안 나를 바라볼 뿐이었다. 그리고 그는 두 사람의 이층침대로 가서는 그의 모조 가죽가방 하나를 끌어내려 칼의 소지품을 전부 그 안에 쑤셔박고 삐져나온 소맷자락이며 양말 위로 쾅 하고 닫은 다음 그대로 가운데갑판 쪽으로 던져 버렸다. 가방은 그대로 한 번 튕기더니 활짝 열리며 하얀 재킷과 양말과 속옷 따위를 토해냈다. 그리고 그는 옷을 전부 걸친 채로 침대로 돌아가서 열네 시간을 내리 잠들어 있었다. 주방장은 아침식사 시간에 맞춰 그를 깨우려 했지만, 죽은 자를 일으키려는 것만큼이나 헛된 시도였다.

잠에서 깨어난 그는 한결 나은 모습이었다. 그는 내게서 담배 한 개비를 빌리더니 면도를 하고 돌아와서 다시 담배를 빌렸다. "그놈은 알아서 뒈지라지." 그가 말했다. "그 개자식은 떠나라고 해. 내가 신경이나 쓸 줄 알고."

그날 오후 그는 칼의 소지품을 다시 침대로 가져다 놓았다. 딱히 조심하는 투도, 덜 조심하는 투도 아니었다. 그저 주워모아서 침상에 쏟아놓고 잠시 멈춰서 떨어지지 않을지 확인한 다음 등을 돌릴 뿐이었다.

IV

해 뜨기 직전의 일이었다. 자정 즈음해서 배로 돌아온 나는 선실이 텅 비어 있음을 깨달았다. 그리고 해 뜨기 직전에 잠에서 깨어 보니, 내 것을 제외한 모든 침대가 텅 비어 있었다. 잠이 덜 깬 채로 누워 있는데 통로에서 칼의 기척이 들렸다. 조심스레 다가오고 있었다. 그가 문간에 모습을 드러낼 때까지 거의 듣지도 못할 정도였다. 그는 한동안 그렇게, 사춘기 소년 같은 작달막한 체구로 어스름 속에 서 있다가, 이윽고 선실로 들어왔다. 나는 재빨리 눈을 감았다. 그가 여전히 살금살금 내 침대 앞으로 다가와서 한동안 나를 굽어보는 것이 느껴졌다. 그리고 몸을 돌리는 소리가 났다. 나는 실눈을 뜨고 그를 지켜봤다.

그는 서둘러 옷을 벗었다. 거의 찢어내듯이, 작은 두둑 소리를 내며 걸린 단추 하나를 뜯어 버리기까지 했다. 흐릿한 불빛 속에서 나신을 드러낸 그의 모습은 여느 때보다도 한층 작고 연약해 보였다. 그는 조지가 쏟아놓은 자기 짐 속에서 수건을 하나 끄집어내며, 공황에 사로잡혀 서두르듯 나머지 옷가지를 전부 옆으로 내던졌다. 그리고 그는 밖으로 나갔다. 통로에서 맨발의 숨죽인 발소리가 들렸다.

칸막이벽 너머의 샤워기가 오래도록 틀어져 있었다. 지금은 물도 차가울 텐데. 그러나 물소리는 오랫동안 이어지다 이윽고 멈추었고, 나는 그가 들어올 때까지 다시 눈을 감고 있었다. 그리고 그가 바닥에서 방금 벗었던 속옷을 집어 선실 창문으로 서둘러 내던지는 모습을 바라봤다. 마치 정신을 차린 주정뱅이가 빈 병을 안 보이는 곳으로 치우는 것 같은 느낌이 들었다. 그는 옷을 입고 새 흰색 재킷을 걸친 다음, 작은 거울 앞으로 몸을 기울이고 머리를 빗었다. 자기 얼굴을 오랫동안 바라보면서.

그리고 그는 일하러 갔다. 선교 갑판에서 하루 종일 일했다. 대체 무슨 할 일을 찾아냈는지는 우리로서는 짐작조차 할 수 없었다. 그러나 승무원 구역의 우리는 어두워지기 전까지는 그의 얼굴도 보지 못했다. 하루 종일 그의 하얀색 재킷이 열린 문 너머로 왔다갔다 하거나 선창 문고리를 닦느라고 무릎 꿇고 있는 모습만 지켜보았을 뿐이었다. 광포하게 일에만 몰두하는 모습이었다. 그리고 일거리 때문에 갑판으로 올라올 때면, 그는 언제나 좌현 쪽에만 머물렀다. 부두에 닿은 쪽은 우현이었고 말이다. 그리고 조지는 주방이나 후갑판에 머물면서 조금 일하고 한참 빈둥거렸고, 선교 쪽은 아예 쳐다보지도 않았다.

"저 위쪽에만 있으면서 하루 종일 문고리나 닦는 이유가 있겠지." 갑판장이 말했다. "조지가 거기로는 못 올라온다는 걸 아는 거야."

"조지도 별로 올라가고 싶지 않은 것 같은데." 내가 말했다.

"그게 맞지." 몽크턴이 말했다. "조지는 1달러만 주면 선장실로 쳐들어가서 선장한테 담배 한 대 달라고 말할 녀석이라고."

"호기심 때문에 그럴 리는 없지만." 갑판장이 말했다.

"자넨 그게 전부라고 생각하나?" 몽크턴이 말했다. "그냥 호기심이라고?"

"당연하지." 갑판장이 말했다. "아니라고 생각할 이유가 있어?"

"몽크턴 말이 맞아." 내가 말했다. "이게 바로 결혼 생활에서 가장 힘겨운 순간이라고. 아내가 외박을 하고 돌아온 다음 날인 셈이잖아."

"가장 손쉬운 순간이겠지." 갑판장이 말했다. "이제 조지가 저 녀석을 내칠 수 있으니까."

"그렇게 생각하나?" 몽크턴이 말했다.

우리는 그 상태로 닷새를 보냈다. 칼은 여전히 선교 갑판의 선창 문고리를 닦고 있었다. 급사장이 그를 갑판으로 내보내고 자리를 비웠다 돌아와 보면, 칼은 여전히 좌현에서 일하고 있었다. 부둣가의 화사하고 지저분한 셔츠를 입은 이탈리아 젊은이들과 외설스러운 엽서를 파는 행상인이 내려다보이는 우현으로 보내면 순순히 시키는 대로 했지만, 그리 오래 머물러 있지는 않았다. 다시 갑판 아래로 내려와서 하얀 재킷 차림으로 퀴퀴한 그늘 속에 조용히 앉아서 저녁식사 시간이 되기를 기다리는 것이었다. 보통은 양말을 깁고 있었다.

조지는 그때까지 그에게 한마디도 하지 않았다. 칼이 아예 배에 오르지도 않은 것처럼, 공간의 왜곡을 일으켜 그의 육신이 걸리적거리지도 않는 그저 숨쉴 수 있는 공기로 여겨지는 것처럼. 이제는 조지 쪽이 낮의 거의 대부분과 밤 전체를 배에서 멀어져 지냈다. 서너 시쯤에 조금 취한 채로 들어와서, 칼을 제외한 나머지 모두를 손으로 쳐서 깨우고는, 시끄럽고 고약한 목소리로 방금 어울렸으며 매번 다른 사람인 여자 이야기를 요약하고는, 자기 침대로 기어올라가는 것이었다. 우리가 아는 한, 둘은 우리가 지브롤터로 떠나기 전까지 서로를 쳐다보지도 않았다.

이내 칼의 광포한 일처리도 살짝 느슨해졌다. 그래도 하루 종일 꾸준히 일하기는 했으며, 그런 다음에는 몸을 씻은 후 젖은 금발을 뒤로 넘기고, 가녀린 몸에 면 속옷을 걸친 채로, 배의 중앙이나 앞갑판으로 나가서 홀로 난간에 몸을 기대고 기나긴 황혼을 바라보곤 했다. 그러나 우리가 담배를 피우며 지껄이는 곳이자 조지가 다시 휴대용 축음기로 하나뿐인 음반을 틀기 시작한 곳인 후미 쪽으로는 다가오지 않았다. 아무도 그 음악을 주문하지도 않았고 반대하는 사람들도 있었는데도, 조지는 무정하게

도 그 음악을 계속 틀고 또 틀어댔다.

그러던 어느 밤 우리는 둘이 함께 있는 모습을 목격했다. 뒷갑판 난간에 나란히 앉아 있었다. 배로 돌아온 그날 아침 이후로 칼이 고물 쪽을, 나폴리 쪽을 바라본 것은 그때가 처음이었다. 심지어 그때조차도, 헤라클레스의 관문이 저물어가는 황혼 속으로 가라앉고 대양의 강물이 어둑한 바다로 흘러가며 머리 위에서 활대가 규칙적으로 흔들리는 너머로는 한밤중의 어둠 위로 초승달이 떠오른 그런 때였다.

"이젠 괜찮겠군." 몽크턴이 말했다. "개가 토사물로 돌아간 셈이지."

"내가 계속 괜찮을 거라고 말했잖아." 갑판장이 말했다. "조지는 그딴 건 신경도 안 쓴다고."

"조지 이야기를 한 게 아닌데." 몽크턴이 말했다. "조지 녀석은 아직 증명해 보이지 못했어."

V

조지는 우리에게 말했다. "계속 걸레질에만 열중하고 있었잖아. 나는 계속 녀석한테 말을 걸고 이젠 화 안 났다고 말하려고 애썼다고. 원 참, 때론 그럴 때도 있는 거지. 남자가 평생 천사같이 굴 수는 없는 거 아냐. 그런데 녀석은 아예 그쪽은 쳐다보지도 않고 있었다고. 그런데 갑자기 어느 밤에 이렇게 말하더란 거야.

'여자들한테는 어떻게 해 줘야 해요?' 나는 녀석을 바라봤지.

'남자로서 어떻게 다루어야 하나요?'

'너 지금 설마.' 나는 말했어. '사흘을 같이 있었는데 그 여자가 안 알려줬다고 말하는 거냐?'

'그러니까, 뭘 해 줘야 하냐고요.' 녀석이 말했어. '남자라면 뭔가를 줘야 하는— '

'주님 맙소사.' 나는 말했어. '여기가 시암이었다면 너한테서 그걸 받아간 그 여자가 너한테 돈을 줬어야 할 거야. 왕이나 수상이 될 만큼 받아낼 수 있다고. 대체 뭔 소리를 하는 거야?'

'돈 이야기를 하는 게 아니에요.' 녀석이 말했어. '나는……'

'글쎄다.' 나는 말했어. '그 여자를 다시 볼 생각이라면, 네 여자로 삼을 생각이라면, 뭔가를 주긴 해야겠지. 그 여자한테 가지고 돌아갈 물건 말이야. 몸에 걸칠 것이나 뭐 그런 걸로. 그 외국 여자들은 뭘 가져가든 신경 안 써. 이탈리아 창녀들은 장난감 풍선 같은 거니까 있는 힘껏 불면 안 된다고. 뭘 줘도 신경도 안 쓴다니까. 그래도 다시 그 여자를 만나러 갈 생각은 아닌 거지?'

'''네.' 녀석은 말했어. '네.' 녀석은 말했어. '네.' 꼭 그대로 배에서 뛰어내려 먼저 헤엄쳐 가서 해터러스*에서 우릴 기다릴 것만 같은 표정이더군.

'그러니까 그만 걱정은 안 해도 돼.' 나는 말했어. 그리고 가서 축음기를 다시 켜고 왔지. 그러면 힘이 날 것도 같았거든. 젠장, 그런 고민을 하는 게 그 녀석이 처음도 아니잖아. 녀석이 만들어

---

* 해터러스 섬. 노스캐롤라이나 팜리코강 하구의 등대와 방파제가 설치된 섬이다.

나폴리에서의 이혼

낸 것도 아니고. 그런데 다음 날 밤이었어. 그때는 뒷갑판 난간으로 나가서 — 녀석이 돌아온 후 처음이었지 — 측심선에 달라붙은 인광을 보고 있었는데, 녀석이 이렇게 말하는 거야.

'어쩌면 그녀를 곤란하게 만들었을지도 모르겠어요.'

'뭘 했는데?' 나는 말했어. '누구 때문에 곤란해? 경찰? 그 여자 허가증 확인하지 않았어? 하긴 어차피 입 안에 금이 가득한데 허가증*이 필요하긴 했을까. 원 참, 그 면상만 보여줘도 기차에도 태워줬을 거라고. 스타킹 대신에 거기다 돈을 저금하는 걸지도 모르겠군.'

'무슨 허가증이요?' 녀석이 물었어. 그래서 나는 알려줬지. 한동안은 녀석이 우는 거라고 생각했는데, 잘 보니까 토하지 않으려고 애쓰는 거더라고. 그래서 나는 문제가 뭔지를, 녀석이 무슨 걱정을 하던 건지를 알아챘지. 나도 그걸 처음 알았을 때는 깜짝 놀랐던 기억이 나더라고. '아.' 나는 말했어. '냄새 때문에 그러냐. 그거 별문제 없어.' 나는 말했어. '그거 때문에 걱정할 필요 없다고. 그런 여자들이라 냄새가 고약한 게 아냐.' 나는 말했어. '그냥 이탈리아라는 나라가 냄새가 고약한 거지.'"

그리고 우리는 그가 마침내 제대로 앓기 시작했다고 생각했다. 하루 종일 일하다가 나머지 우리가 잠들어 코를 골 때에나 침대로 왔으며, 한밤중에 일어나서 갑판으로 나가는 모습을 본 적도 있었는데, 따라가 보니 닻줄 말뚝에 앉아 있었다. 속셔츠 바람으

---

* 이탈리아에서는 매춘이 불법은 아니었으나 허가증이 필요했다. 이 작품 내에서는 petite 또는 ticket이라는 은어로 계속 언급된다.

로 꼼짝 못하고 앉아 있는 모습이 어린 소년처럼 보였다. 그러나 그는 젊었고, 일만 하고 짠 공기를 마시며 살아가다 보면 늙은이라도 그리 오래 앓고 있을 수는 없는 법이다. 그렇게 2주가 지나자 우리는 저녁식사 후 중갑판에서 그와 조지가 속셔츠 바람으로 춤추는 모습을 다시 구경하게 되었다. 휴대용 축음기가 기울어가는 달이 떠오른 하늘로 얼빠진 자아를 반복해서 표출하며, 배는 삐걱대는 소리를 흘리며 해터러스 연안의 물결을 타고 흘러가는 동안에 말이다. 두 사람은 대화는 나누지 않았다. 그저 하늘 높이 떠오르는 달빛 아래에서 진지하게 계속 춤만 출 뿐이었다. 그러다 우리는 침로針路를 남쪽으로 틀었다. 멕시코만류가 푸른 잉크처럼 우리와 나란히 흘러가며 밤마다 저위도의 불꽃을 담은 채 부글거렸고, 그러던 어느 밤 토투가 군도* 근처에서 우리 배가 달빛의 은색 철길을 따라 서투르고 열의 넘치는 구혼자처럼 나아가기 시작했을 때, 칼은 거의 20일 만에 처음으로 입을 열었다.

"조지." 그가 말했다. "부탁 하나 들어줄 수 있어요?"

"그럼, 친구." 바늘이 쿨럭일 때마다 갑판에 쿵 하고 발을 구르면서, 조지는 말했다. 칼의 가녀리고 창백한 어깨 위로 솟아오른 그의 거무스레한 어깨와 머리는 마치 정중하게 포옹을 하고 있는 것처럼 보였고, 둘의 캔버스 신발은 동시에 바닥을 미끄러지며 소리를 냈다. "물론이지." 조지가 말했다. "털어놔 보라고."

---

* 플로리다 키웨스트 서쪽 끝에 있는 군도. 현재는 산호초와 해양 및 조류 생물상 보호를 위해 국립공원으로 지정되어 있다.

"갤버스턴에 도착하면, 당신이 숙녀들이 입는 그 분홍색 실크 테디 속옷을 한 벌 사다줬으면 좋겠어요. 나한테 맞는 크기보다 조금 큰 걸로요. 알겠죠?"

카르카손*
Carcassonne

 그리고 나는 전류처럼 시퍼런 눈빛과 뒤엉킨 화염 같은 갈기를 가진 황갈색 조랑말에 올라, 언덕을 달려올라 그대로 세상의 지고한 천상에 도달했으니

 그의 해골은 가만히 누웠다. 어쩌면 이런 생각을 하고 있었을지도 모른다. 잠시 후 해골은 신음을 뱉었다. 그러나 말은 하지 않았다. 분명 너답지 않은 일이구나 그는 생각했다 너답지 않구나 그러나 조금 조용한 편이 즐겁지 아니하다고는 말할 수 없으니

 그는 타르칠한 지붕 방수용 종이를 펼쳐서 덮고 누워 있었다. 전신이, 그러니까 벌레나 온도의 해를 입지 않으며 목적지 없이 지칠 줄 모르고 달리는 조랑말에 올라탄 부분을 제외한 전신이

---

* 프랑스 랑그도크 지방의 유명한 성채 도시. 이슬람(사라센인), 카타리파, 카톨릭 세력의 요새로 사용되었으며 매번 상당한 규모의 공세를 격퇴한 장소였다.

그렇게 덮여 있었다. 그 부분은 발굽소리도 나지 않으며 발자국도 남지 않는 보드라운 은빛 적운積雲을 타고서 결코 닿을 수 없는 푸른 언덕을 향해 달려갔다. 그 부분은 육신도 비육신도 아니었으며 그는 타르칠한 종이 이불을 덮은 채로 필요없는 묵상에 조금 즐겁게 몸을 떨었다.

뭇 인간이 밤을 보내며 웅크리고 잠드는 모습을 단순화한 형상이 그러했으리라. 아침이 찾아오면 침대를 통째로 둘둘 말아 구석에 세워 두면 그만이었으니. 노부인들이 사용하는 돋보기안경과 흡사하게, 달린 끈으로 돌돌 말아 아무 표지 없는 깔끔한 금빛 상자에 넣어두는 셈이었다. 돌돌 말린 돋보기와 상자는 잠의 어머니의 깊은 품속에 연결되어 있었으니.

그는 이런 상황을 맛보며 가만히 누워 있었다. 아래쪽 링콘에서는 부유한 이들을 상대로 하는 치명적이고 은밀한 밤의 일거리가 계속되는 중이었고, 거리의 먹먹한 어둠이 불 켜진 창문과 문 위로 유화물감을 지나치게 많이 묻힌 널찍한 붓질처럼 쓸고 다녔다. 부두 어디선가 뱃고동이 울렸다. 그 뱃고동은 잠시 소리였다가, 뒤이어 정적으로, 분위기로 변하여 고막에 정적조차 아닌 비존재의 진공을 선사했다. 그러다 그 또한 사그라들었다. 정적에 다시 숨소리가 섞여들며, 야자잎이 맞비비는 소리가 마치 금속판에 모래가 긁히는 소리처럼 울렸다.

여전히 그의 해골은 가만히 누웠다. 어쩌면 이런 생각을 하고 자신의 타르칠한 종이 침대를 밤마다 꿈의 짜임새를 읽어내는 안경으로 여기고 있었을지도 모른다.

쌍을 이루는 투명한 안경알 너머에서, 말은 여전히 불길을 튀기며 달려가고 있었다. 팽팽하게 둥근 배 앞뒤로 다리들이 흔들리며, 박자에 맞춰 다리를 뻗고 더 뻗으면서, 매번 지나치게 다리를 뻗을 때마다 편자 끼운 발굽의 번득이는 유연함이 돋보였다. 뱃대끈과 등자 위 기수의 신발 밑창이 그의 눈에 보였다. 뱃대끈 때문에 말의 몸통이 어깨뼈 바로 뒤편에서 둘로 잘라진 것처럼 보였으나, 말은 여전히 박자를 맞추어 지칠 줄 모르는 격분을 실어, 아무런 진전도 없이 발을 구르며 달렸고, 그는 사라센의 에미르를 향해 돌진하는 기수 없는 노르만 말의 모습을 떠올렸다. 날카로운 눈과 칼을 휘두를 섬세하고 강인한 손목을 가지고 있는 에미르가, 달려오는 짐승을 단번에 둘로 잘라냈고, 잘린 짐승은 부용과 탄크레드 또한 전투 중 마지못해 퇴각했던 바로 그 성스러운 모래 위를 내달렸던 것이다.* 자신이 죽었다는 것조차 알아차리지 못한 채로, 우리 온유하신 주님의 적들이 결집한 곳을 뚫고서, 여전히 격분과 돌진에 따르는 자부심에 온몸이 휩싸인 채로.

다락방 천장은 지붕 처마가 내려앉은 쪽을 향해 기울어 있었다. 어둠 속에서 육체를 의식하고 있던 그는, 눈앞이 보일 경우를 가정하고 움직이지 않는 육체에서 마음속 눈을 그려냈다. 태어난 바로 그날부터 부패하기 시작하여 조금씩 인광을 발하기 시

---

* 사라센의 에미르, 그리고 부용과 탄크레드의 언급은 십자군의 모티프다. 고드프루아 드 부용과 탄크레드는 제1차 십자군에 참전한 그리스도교 측 장수로, 뛰어난 전과를 올리고 각각 성묘의 수호자와 갈릴리 영주의 지위를 얻었다. 19세기에는 월터 스콧, 디즈레일리, 스펜서, 밀턴 등 여러 작가가 이 두 인물을 다루기도 했다.

작하는 바로 그 육체에서. 육신이란 스스로를 아껴가며 섭취하여 근근이 살아가는 죽은 존재일지니 그러한 재생으로 인해 결코 죽지 않는 것은 내가 부활이며 생명이기 때문이라 남자의 구더기는 튼튼하고 늘씬하고 머리를 넘긴 자들을 파먹는다. 여자의, 얼핏 조율된 음악처럼 들리는 젊은 여자의 구더기는 상냥한 생김새와 아리따움을 게걸스럽게 섭취한다. 그러나 부활이며 생명인 내게 있어 그 또한 갓 짜낸 우유에 이는 거품과 무엇이 다를 것인가

어두웠다. 이런 저위도 지역에서는 목재의 신음도 잠잠해진다. 빈방도 사방에서 삐걱대며 울리지 않는다. 어쩌면 목재 또한 일정 시간이 지나면, 옛 충동의 반사행동이 소진된 다음에는 다른 해골들과 비슷해지는지도 모를 일이다. 해저에, 바닷속 동굴에 뉘인 뼈들은 죽은 파도의 반향에 함께 덜그럭거리곤 한다. 말의 뼈들이 자기네를 탔던 솜씨 없는 기수들을 저주하고, 일급의 기수가 탔더라면 자기네가 어떤 위업을 이루었을지를 서로에게 자랑하며 떠벌리듯이 말이다. 그러나 일급의 기수들은 언제나 십자가형에 처해지게 마련이다. 그렇게 생각하면 차라리 바닷속 동굴에서 밀려나가는 조수의 움직임에 맞추어 함께 덜그럭거리는 뼈가 되는 편이 나을지도 모를 일이다.

부용과 탄크레드가 그랬듯이

그의 해골이 다시 신음했다. 한 쌍의 투명한 유리판 너머에서 말은 여전히, 지치지 않고 전진하지 못한 채, 잠이 기다리는 마구간이라는 목적지를 향해 달리고 있었다. 어두웠다. 아래층에서 술집을 운영하는 루이스가 그를 다락에 재워 주었다. 그러나 이

다락방과 지붕용 종이의 소유주인 스탠다드 오일 사*는 이 어둠 또한 소유하고 있었다. 그가 잠들어 왔던 이 어둠은 스탠다드 오일 사의 부인인 위드링턴 부인 소유였다. 다른 일자리가 없다면 시인으로 만들어줄 수도 있는 사람이었다. 그녀는 사람이 숨 쉬는 이유를 자신이 납득할 수 없다면, 그것을 이유로도 취급해 주지 않는 사람이었다. 그녀에게 있어 백인인데 일하지 않는 남자는 부랑자 아니면 시인일 뿐이었다. 어쩌면 그럴지도 모른다. 여자들은 정말 현명하니까. 현실에 굴하지 않고 혼란에 빠지지 않는 방법을 익혔으니까. 어두웠다.

그리고 내 뼈는 계속 덜그럭거리나니 어두웠고 그 어둠을 채우는 것은 요정이 작은 발을 몰래 열심히 파닥거리는 소리였다. 때론 한밤중에 그의 얼굴 위를 지나가는 차가운 발 때문에 잠에서 깨는 때도 있었고, 그가 움직이면 요정들은 바람에 순식간에 분해되는 묵은 낙엽처럼, 작은 소리를 속삭이듯 아르페지오로 울리며 보이지 않게 도망치며, 가늘지만 명확한 은밀함과 집착의 기색을 남기곤 했다. 때론 잿빛 햇살이 무너진 처마를 따라 찬찬히 기울어가는 동안 누워 있노라면, 그들이 그림자처럼 날개를 팔락이며 한 어둠에서 다른 어둠으로 움직이는 모습이 보이기도 했다. 고양이만큼이나 커다란 그림자가, 정체된 정적 속으로 달음박질하는 요정 발의 속삭임을 남기면서 움직이는 모습이.

위드링턴 부인은 쥐 또한 소유하고 있었다. 그러나 부유한 이

---

* 링콘이 등장하는 다른 작품인 「검은 음악」에서 '유니버설 오일'이라는 가상의 회사를 등장시킨 것과는 달리, 여기서는 실존하는 회사 이름을 그대로 사용하고 있다.

들은 워낙 온갖 것들을 소유하고 있게 마련이다. 다만 그녀도 쥐들한테는 어둠과 정적을 이용하는 대가로 시를 쓸 것을 요구하지 않는다는 점이 다를 뿐이었다. 물론 그들이 시를 못 쓴다는 이야기는 아니며, 아마 상당히 괜찮은 운문이 나왔을 것이다. 쥐에게는 바이런을 연상시키는 구석이 있다. 은밀한 탐욕을 예찬하지 않는가 핏빛 아라스 천이 쓰러진 뒤편에서 요정 하나가 작은 발을 파닥이는 소리가 들렸다 *쓰러진 나는 왕 중의 왕으로 쓰러졌으나 개의 눈을 가진 여자와 함께 하는 여자는 나의 뼈를 계속 굴리며 덜그럭거렸으니**

"뭔가 공연을 해 보고 싶은데." 그는 어둠 속에서 소리 없이 입술 모양을 만들며 이렇게 말했다. 그리고 달려가는 말이 다시 소리 없는 우레로 그의 마음을 메웠다. 뱃대끈과 등자 위 기수의 신발 밑창이 보였고, 그는 노르만의 말을 생각했다. 잉글랜드의 느긋하고 축축한 녹색 계곡에서 무쇠 갑주를 견딜 수 있도록 수많은 아비를 거쳐 사육되어 왔으나, 이제 열기와 갈증과 일렁이는 무로 가득한 절망의 지평선을 바라보며 미쳐 버려서, 몸이 반으로 잘렸으면서도 그조차 모르는 채로 돌진하며, 누적된 관성의 박자로 아직 붙어 있는 그 모습을. 머리에 씌운 마갑 때문에 앞이 아예 보이지도 않았고, 마갑 한복판에서 비죽 튀어나온 것은— 튀어나온 것은—

"샹프론**이야." 그의 해골이 말했다.

---

* 아라스 천은 햄릿이 죽인 폴로니어스가 숨어 있던 장소다. 포크너는 『내가 죽어 누워 있을 때』에서 아가멤논을 죽인 클뤼타임네스트라를 '개의 눈을 가진 여인'으로 서술한 바 있다.

"샹프론이라고." 그는 잠시 생각에 잠겼고, 그동안 자신이 죽은 줄도 모르는 짐승은 계속 달려갔으며 줄지어 서 있던 어린 양이신 주님의 적들은 성스러운 모래 속에서 길을 열어 지나가게 해 주었다. "샹프론이라고." 그는 다시 말했다. 은퇴해 여생을 보내는 중인 그의 해골은 이 세상에 대해 거의 아는 것이 없을 것이다. 그러나 일시적으로 잊어버린 사소한 정보를 제공하는 일에는 놀랍고 짜증 나게 솜씨가 좋았다. "네가 아는 건 전부 내가 말해준 것들인데." 그는 말했다.

"항상 그런 건 아니야." 해골이 말했다. "나는 삶의 끝이 가만히 누워 있는 것이라는 걸 알아. 넌 아직 그걸 못 배웠지. 아니면 적어도 내게 언급한 적은 없어."

"아, 나도 이미 배웠어." 그는 말했다. "시끄럽게 나한테 알려주려 애쓰는 작자들이 많았으니까. 그게 문제가 아냐. 내가 그게 진실이라고 믿지 않는다는 게 문제지."

해골이 신음을 흘렸다.

"안 믿는다고 했어." 그는 되풀이해 말했다.

"알았어, 알았다고." 해골은 짜증 내며 말했다. "너하고 말싸움은 안 할 거야. 내가 할 일이 아니니까. 나는 그저 조언을 해줄 뿐이라고."

"누군가는 해야 할 일이지." 그는 마지못해 동의했다. "적어도 그래 보이긴 하니까." 그는 타르칠한 종이 아래, 요정들의 발소리로 가득한 정적 속에 가만히 누웠다. 다시 그의 몸이 아래로 기

** 마갑의 머리 부분, 또는 그 이마에 다는 금속 못이나 장식품.

울어지다가, 위편으로 흐릿하게 녹아드는 죽어가는 햇살의 늑재가 맞물리는 유백색의 통로로 미끄러져 빠지더니, 마침내 바람 없는 바다의 정원에 이르러 움직임을 멈추었다. 위편에는 흔들리는 동굴이 보였고, 그의 육체는 물결 치는 바닥에 누워서, 일렁이는 조수의 반향에 맞추어 평화롭게 흔들리고 있었다.

뭔가 대담하고 비극적이고 소박한 공연을 해 보고 싶어 그는 다시 발소리로 가득한 정적 속에서 소리 없는 단어를 빚어냈다 내가 전류처럼 시퍼런 눈빛과 뒤엉킨 화염 같은 갈기를 가진 황갈색 조랑말에 올라 언덕을 달려올라 그대로 세상의 지고한 천상에 도달하는 거야 말은 그대로 달려 밖으로 뛰쳐나갔다. 그대로 달려 발굽 소리를 울리며 천상의 길고 푸른 언덕을 달려올라갔고, 그 갈기는 불길 같은 금빛 소용돌이로 나부꼈다. 말과 기수는 그렇게, 우레마저 하찮게 들릴 정도의 굉음을 울리며 달려갔다. 광대한 어둠과 정적 속을 달려가는 죽어가는 별처럼, 깊은 품을 간직한 채 변함없고 고고히 멀어져가는, 그의 어머니인 지구라는 암울하고 비극적인 존재를 바라보면서.

옮긴이 | 조호근

서울대학교 생명과학부를 졸업하고 과학서 및 SF, 판타지, 호러 장르 번역을 주로 해왔다. 옮긴 책으로 『나방의 눈보라』 『레이시즘』 『물리는 어떻게 진화했는가』 『아마겟돈』 『물리와 철학』 『장르라고 부르면 대답함』 『도매가로 기억을 팝니다』 『컴퓨터 커넥션』 『타임십』 『런던의 강들』 『몬터규 로즈 제임스』 『모나』 『레이 브래드버리』 『마이너리티 리포트』 등이 있다.

포크너 자선 단편집 2

초판 1쇄 발행 2025년 6월 15일

지 은 이 윌리엄 포크너
옮 긴 이 조호근

펴 낸 곳 서커스출판상회
주   소 경기도 파주시 광인사길 68 202-1호(문발동)
전화번호 031-946-1666
전자우편 rigolo@hanmail.net
출판등록 2015년 1월 2일(제2015-000002호)

ⓒ 서커스, 2025

ISBN 979-11-94598-05-3 04840
ISBN 979-11-94598-03-9 (세트)